HISTOIRE

DE LA

LITTÉRATURE HINDOUIE

ET HINDOUSTANIE

PAR

M. GARCIN DE TASSY

PROFESSEUR A L'ÉCOLE IMPÉRIALE ET SPÉCIALE DES LANGUES ORIENTALES VIVANTES
MEMBRE DE L'INSTITUT DE FRANCE
DE L'ACADÉMIE IMPÉRIALE DES SCIENCES DE SAINT-PÉTERSBOURG
DES ACADÉMIES ROYALES DE MUNICH, DE LISBONNE, DE TURIN
DES SOCIÉTÉS ROYALES DE NORVÉGE, D'UPSAL ET DE COPENHAGUE
DES SOCIÉTÉS ASIATIQUES DE PARIS, DE LONDRES, DE CALCUTTA, DE MADRAS
DE BOMBAY, ET ORIENTALE AMÉRICAINE
DE L'« ANJUMAN » DE LAHORE, DE L'INSTITUT D'ALIGARH
CHEVALIER DE LA LÉGION D'HONNEUR ET DE L'ÉTOILE POLAIRE DE SUÈDE, ETC.

> The Hindi dialects have a literature of their
> own and one of very great interest.
> H. H. Wilson, *Introd. to Mack. Collect.*

SECONDE ÉDITION

REVUE, CORRIGÉE, ET CONSIDÉRABLEMENT AUGMENTÉE

TOME PREMIER

PARIS

ADOLPHE LABITTE

LIBRAIRE DE LA SOCIÉTÉ ASIATIQUE
4, RUE DE LILLE

M DCCC LXX

HÍSTOIRE

DE LA

LITTÉRATURE HINDOUIE

ET HINDOUSTANIE

PARIS. TYPOGRAPHIE DE HENRI PLON

IMPRIMEUR DE L'EMPEREUR

8, RUE GARANCIÈRE

HISTOIRE

DE LA

LITTÉRATURE HINDOUIE ET HINDOUSTANIE

PAR

M. GARCIN DE TASSY

PROFESSEUR A L'ÉCOLE IMPÉRIALE ET SPÉCIALE DES LANGUES ORIENTALES VIVANTES
MEMBRE DE L'INSTITUT DE FRANCE
DE L'ACADÉMIE IMPÉRIALE DES SCIENCES DE SAINT-PÉTERSBOURG
DES ACADÉMIES ROYALES DE MUNICH, DE LISBONNE, DE TURIN
DES SOCIÉTÉS ROYALES DE NORVÉGE, D'UPSAL ET DE COPENHAGUE
DES SOCIÉTÉS ASIATIQUES DE PARIS, DE LONDRES, DE CALCUTTA, DE MADRAS
DE BOMBAY, ET ORIENTALE AMÉRICAINE
DE L'« ANJUMAN » DE LAHORE, DE L'INSTITUT D'ALIGARH
CHEVALIER DE LA LÉGION D'HONNEUR ET DE L'ÉTOILE POLAIRE DE SUÈDE, ETC.

The Hindi dialects have a literature of their
own and one of very great interest.
H. H. WILSON, *Introd. to Mack. Collect.*

SECONDE ÉDITION

REVUE, CORRIGÉE, ET CONSIDÉRABLEMENT AUGMENTÉE

TOME PREMIER

PARIS

ADOLPHE LABITTE

LIBRAIRE DE LA SOCIÉTÉ ASIATIQUE

4, RUE DE LILLE

M DCCC LXX

PRÉFACE.

La première édition de cet ouvrage, qui fait partie des publications du Comité des traductions de la Société Royale Asiatique de Grande-Bretagne et d'Irlande, dont elle porte le
nº 57, et qui est dédiée avec permission à S. M. la Reine d'Angleterre, est épuisée depuis longtemps. Le premier volume
avait paru dès 1839, et comme le second ne put voir le jour
qu'en 1846, j'avais déjà à cette époque recueilli beaucoup de
renseignements nouveaux qui me permettaient de publier un
volume de supplément que j'annonçai alors. Le temps se
passa et les renseignements se multiplièrent. Les amis de la
littérature moderne de l'Inde m'engageaient depuis longtemps
à publier une nouvelle édition, et je m'y suis enfin décidé,
encouragé surtout à le faire par un frère chéri et dévoué.

Après avoir donné dans l'Introduction un aperçu historique
de la formation et du développement de la littérature hindouie et hindoustanie, après avoir indiqué les classes des
écrivains qui l'ont cultivée et leurs genres de compositions,
j'ai signalé les sources originales de mes renseignements;
mais je regrette de n'avoir pu me servir d'un Tazkira que je n'ai
reçu que postérieurement à l'impression de l'Introduction, et
qui est d'autant plus intéressant qu'il est uniquement consacré aux femmes auteurs. Je veux parler du *Bahâristân-i nâz*
« le Jardin de la gentillesse », par le hakîm Facíh uddîn Ranj,
raïs de Mirat, qui a bien voulu m'en envoyer un exemplaire.
Je n'ai pu parler non plus d'une grande collection en deux
volumes de soixante-treize poëmes nommés *wâçokht*, accompagnés de courtes notices sur leurs auteurs par le munschî
Fidâ 'Alî 'Aïsch, de Lakhnau, collection qui est aussi un véritable Tazkira spécial, et dont je ne connais l'existence que
par l'*Awadh akhbâr* du 27 juillet 1867.

Un savant musulman [1] a récemment présenté dans un journal hindoustani [2] la formation de l'urdû d'une façon un peu différente de celle que j'ai exposée dans mon Introduction d'après d'autres sources originales. « Jusqu'en 1191 de l'ère chrétienne, dit-il, le gouvernement des râjâs exista dans l'Hindoustan ; on y parlait le bhâschâ ou bhâkhâ (l'hindouî ou l'hindi), et le sanscrit était la langue écrite et savante. En 1193, Schihâb uddîn Gorî fit prisonnier Prithirâj, le mahârâja de tous les râjâs de l'Inde, et ainsi finit le gouvernement des Hindous. En 1206, Cutb uddîn Ibak, esclave de Schihâb uddîn, s'assit le premier des rois musulmans sur le trône de Dehli. Alors, comme l'armée de ce roi et les anciens habitants de Dehli résidaient dans les mêmes lieux, se trouvaient sans cesse ensemble et étaient obligés d'avoir des rapports de chaque instant, le bhâschâ commença à changer en s'incorporant beaucoup de mots persans, turcs et autres. En 1325, du temps de Taglic Schâh, l'amîr Khusrau de Dehli composa dans cette langue naissante une petite grammaire employée encore aujourd'hui [3]. Il écrivit en outre des *pahélî*, des *mukrî*, des *anmal* [4] et des *dohras* qui ont conservé jusqu'à présent une grande célébrité.

« Cette nouvelle langue fut donc un mélange de plusieurs autres langues, puisque l'urdû (horde), le camp des troupes, réunissait toute espèce de gens, et elle en tira son nom. Cependant jusqu'à l'an 1718 on n'en fit pas grand cas, la considérant comme plus propre à se faire entendre dans le marché qu'à servir à des compositions littéraires ; on continua ainsi à écrire en persan, qui était le langage de la cour, et on se borna à composer en bhâschâ des chants populaires. Toutefois, en 1719, Muhammad Schâh étant monté sur le trône de Dehli, éprouva un grand désir de mettre en vogue l'urdû, et il s'employa lui-même à le perfectionner et à en changer quelques expressions. Dès la seconde année de son règne, Walî, du Décan, écrivit un Dîwân en urdû, et Hâtim, un de

---

[1] Le munschi Jamâl uddîn.
[2] *Awadh akhbâr* du 24 novembre 1868, p. 722.
[3] Le *Khâlic bârî*.
[4] « Hétérogène ». Les autres mots sont expliqués dans l'Introduction.

ses élèves, qui était un des principaux officiers de Muhammad Schâh, se mit aussi à faire des vers urdus. Il forma à son tour trente-cinq élèves, dont quelques-uns devinrent célèbres. Il avait coutume de dire : « J'ai arrêté l'emploi de l'*hindî* et j'y ai substitué l'*urdû*, pour qu'à la fois employé par le peuple il fût agréé des gens distingués ». Depuis lors, cette langue a acquis de jour en jour plus de pureté et d'élégance, et elle est arrivée à un degré considérable de perfection. »

Voici enfin ce qu'un autre savant musulman vient d'écrire de son côté au sujet de l'hindî et de l'urdû[1] :

« L'hindî est le langage primitif de l'Inde (du moyen âge), et sa littérature a été enrichie par de nombreux auteurs....

« L'urdû est ce même idiome émaillé d'arabe, de persan et de quelques mots turcs par le fait des conquérants musulmans qui lui ont imposé leur alphabet. Il est devenu la langue non-seulement des cours et des familles musulmanes, mais de tous les Hindous respectables et qui ont reçu de l'éducation, tandis que l'hindî est confiné, dans bien des endroits, aux plus basses classes des adorateurs de Brahma.... »

J'ai cru devoir aujourd'hui, comme dans la première édition, afin de simplifier mon travail, adopter l'ordre alphabétique pour traiter de chaque auteur en particulier et faire ainsi une sorte de dictionnaire; mais cette fois j'ai réuni les extraits et les analyses que j'avais publiés à part dans la première édition, si ce n'est que ces extraits ont aujourd'hui bien moins d'étendue. Ainsi je n'ai rien donné du *Prem sâgar,* qui depuis ce temps a été complétement traduit en anglais par Hollings et par Ed. B. Eastwick. Je n'ai pas reproduit non plus la description poétique d'Afsos des provinces de l'Inde, qui a perdu de son intérêt par suite de la traduction anglaise qu'en a donnée N. L. Benmohel en 1847 sous le titre de « Ten sections of a description of India »; ni le huitième chant du *Râmâyana* de Tulcî-dâs, le poëme sanscrit de Valmiki, qui roule sur la même légende et qui offre les mêmes incidents, ayant été depuis l'époque de la première édition traduit en italien et en français. Enfin j'ai élagué quelques autres mor-

---

[1] Préface de l'édition du *Singhaçan battîçi* de Syed Abdoollah.

ceaux qui ne m'ont pas paru devoir être conservés. Mais cette
édition est beaucoup plus considérable que la première pour
la partie biographique et bibliographique, puisqu'elle formera
trois volumes de plus de six cents pages chacun.

J'ai mentionné les auteurs dont je parle, ceux du moins qui
ont écrit des poésies, sous la rubrique de leur surnom poétique ou *takhallus* pour plus de clarté, les prénoms musulmans et hindous étant peu variés; mais comme ces auteurs
sont souvent désignés sous leurs autres noms, on trouvera
dans la table des auteurs non-seulement l'indication du *takhallus,* mais aussi des autres noms avec le renvoi au *takhallus*.

J'ai renoncé à l'emploi des caractères persans et dévanagaris, mais, autant qu'il m'a été possible, j'ai orthographié régulièrement les mots orientaux, en marquant d'un accent cir-
conflexe les voyelles longues et en mettant pour représenter
le *'aïn* une apostrophe avant ou après la voyelle qu'il précède
ou qu'il suit. Dans les notes, j'ai indiqué les mots indiens par
un I., les mots arabes et persans par un A. ou un P., et j'ai
fixé l'orthographe des mots quand la chose m'a paru nécessaire.

Le troisième volume se terminera par la liste des ouvrages
dus à des Indiens dont il n'a pu être question dans la Biographie,
classés par ordre de matières, et par la liste des journaux hindis
et urdus qui existent ou qui ont existé et qui sont parvenus à
ma connaissance; enfin par une table des auteurs et des ouvrages avec renvoi au tome et à la page. J'avais l'intention de
donner aussi la liste des ouvrages religieux chrétiens écrits
en hindoustani par des Européens ou sous leurs auspices, et
celle des ouvrages élémentaires, mais il m'a paru que ces
listes sortaient de mon cadre, et je les ai retranchées d'autant
plus volontiers qu'elles auraient donné à ce volume une étendue
excessiv .

HISTOIRE

DE LA

LITTÉRATURE HINDOUIE

ET HINDOUSTANIE.

INTRODUCTION.

Lorsque le sanscrit fut importé dans l'Inde, les langues du pays ne cessèrent pas pour cela d'être usitées. Au nord comme au midi, le sanscrit ne fut jamais la langue usuelle. Nous voyons en effet dans les pièces du théâtre hindou qu'on le met seulement dans la bouche des grands personnages, mais que les femmes et les plébéiens parlent les langues vulgaires appelées *prâcrit* « mal formées » par opposition au *sanscrit* « bien formé ». Ces langues ne tardèrent même pas à supplanter tout à fait le sanscrit, qui ne resta usité que comme langue savante et idiome sacré.

La langue qui se développa dans le nord et dans les provinces nord-ouest, désignée sous le simple nom de *bhâschâ* ou *bhâkhâ* « langage (usuel) », prit l'appellation plus spéciale d'*hindouï* « langue des Hindous », ou *hindî* « langue indienne[1]. »

---

[1] On nomme *thenth* ou *khârî bolî* « pur langage » l'hindî sans mélange de mots persans et arabes; *braj-bhâkhâ*, le dialecte particulier au pays

Dès le commencement du huitième siècle les musulmans
parurent en conquérants dans l'Inde ; Mahmud le Gaznévide surtout y obtint, vers l'an 1000 de notre ère,
des succès éclatants, et dès lors le bhâkhâ indien fut
modifié dans les villes. Quatre cents ans plus tard, Tamerlan, de race mogole, entra dans l'Hindoustan, s'empara de Dehli, et jeta les bases du puissant empire fondé
définitivement par Baber, en 1505. Alors l'hindî se sa-
tura de persan, déjà chargé lui-même du nombre illimité
de mots arabes que la conquête et la religion y avaient
introduits. Le marché de l'armée fut établi dans la ville
et reçut le nom tartare d'*urdû,* qui signifie proprement
« armée » et « camp » . Ce fut là surtout qu'on fut obligé de
parler le nouvel idiome hindou-musulman ; aussi reçut-il
le nom de *langue de l'urdû* « zabân-i urdû », ou simplement *urdû.* Vers le même temps, un semblable phéno-
mène philologique s'accomplissait au midi de l'Inde, sous
les dynasties musulmanes qui régirent les différents em-
pires élevés successivement au sud de la Nerbudda ; et là
l'hindou-musulman prit le nom spécial de *dakhnî*
« méridional » . Ces deux dialectes, comme ceux d'oil et
d'oc dans la France du moyen âge, ont pénétré dans
l'Inde, l'un au nord, l'autre au midi, partout où les musulmans ont étendu leurs conquêtes. Toutefois l'hindî
primitif resta usité dans les villages, parmi les Hindous
des provinces du nord et du nord-ouest ; mais quoique
l'urdû et l'hindî diffèrent l'un de l'autre dans le choix
des expressions, ils ne forment à proprement parler

de Braj, celui des dialectes modernes qui se rapproche le plus de l'ancien hindouî ; et *purbî-bhâkhâ,* une autre nuance du même dialecte qui
est parlée à l'orient (*purb*) de Dehli. Voyez des détails très-intéressants
là-dessus dans le savant travail de J. Beames, « Notes on the Bhoj puri
dialect of hindi », Journal Roy. Asiat. Soc., septembre 1868.

qu'une même langue soumise à une syntaxe unique, mais composée en partie d'éléments différents, langue à laquelle les Européens ont donné le nom général d'*hindoustani*, dans lequel ils comprennent l'hindoui et l'hindî, l'urdû et le dakhnî; mais ce nom a été peu admis par les Indiens, qui ont préféré distinguer le dialecte hindou écrit en caractères *dévanagaris* ou plutôt *nagaris*[1], par le mot de *hindi*, et le dialecte musulman, écrit en caractères persans, par celui d'*urdu*. Les Européens eux-mêmes emploient plus volontiers maintenant ces deux appellations.

Tant que dura la domination musulmane, l'urdû écrit en caractères persans fut adopté par toute l'Inde, bien que le persan fût la langue officielle du gouvernement, non-seulement pour les relations diplomatiques, mais même pour les tribunaux et les offices publics. Le gouvernement anglais suivit pendant assez longtemps la routine, mais ayant reconnu les inconvénients de l'emploi de cette langue étrangère pour l'Inde, il y substitua en 1831, dans l'intérêt de la population, les langues usuelles des différentes provinces, et naturellement l'urdû fut adopté pour les provinces du nord et du nord-ouest. Cette mesure libérale obtint l'assentiment général, et pendant plus de trente ans ce nouveau système réussit parfaitement et aucune plainte ne se fit entendre; mais dans ces dernières années le mouvement vers les anciennes nationalités qui agite l'Europe s'est fait aussi sentir dans l'Inde; les Hindous n'étant plus soumis aux musulmans

---

[1] Ou *kaïthî nâgarî* « l'écriture des kâyaths (écrivains) », c'est-à-dire le dévanagari cursif, plus difficile encore à lire que le *schikasta*, le caractère persan usité pour l'usage ordinaire dans l'Inde, où on se sert autrement du *nasta'lic* dans le nord et du *naskhî* dans le midi.

veulent opérer une réaction ; ne pouvant pas s'emparer du pouvoir, ils veulent du moins écarter tout ce qui se ressent du joug musulman, et ils s'en prennent à la langue urdue elle-même, ou simplement, pour mieux dire, aux caractères persans avec lesquels elle est écrite, qu'ils considèrent comme portant le cachet musulman. Pour soutenir leur fantaisie rétrograde, ils emploient les arguments les moins acceptables. Ils prétendent que la langue du pays (c'est-à-dire de la campagne) est l'hindî et non l'urdû, sans faire attention que l'urdû est fixé par de belles productions poétiques, tandis que l'hindî, qui n'est presque plus écrit littérairement, change dans chaque village, comme le provençal par exemple, qu'on veut ressusciter aussi par un esprit étroit de nationalité. Les Hindous se plaignent des caractères persans, et ils trouvent le nagarî préférable ; mais c'est certainement le contraire, et il faut être aveuglé par les préjugés pour préférer je ne dis pas le beau caractère dévanagarî, mais l'informe nagarî cursif au caractère persan, même au schikasta le plus difficile à lire. Les musulmans soutiennent vaillamment l'attaque et rétorquent avec succès, selon moi, les arguments de leurs adversaires. On le voit, c'est l'antagonisme de race et de religion qui est en jeu, bien que ni les uns ni les autres ne veuillent l'avouer. C'est le combat du polythéisme contre le monothéisme, des Védas contre la Bible, qu'admettent les musulmans. J'ignore si le gouvernement anglais cédera aux Hindous, ou s'il maintiendra le dialecte des musulmans, à l'administration desquels il a succédé[1]. Qui sait s'il ne se décidera pas à

---

[1] On trouve dans mes derniers Discours d'ouverture des détails curieux sur cette question et sur les débats qu'elle a suscités.

trancher la question en imposant l'alphabet anglais, c'est-
à-dire latin (ou romain, comme on le nomme actuellement), ce qui serait bien regrettable sous le point de
vue littéraire.

Mais la question de l'antagonisme des idiomes, représenté surtout par l'écriture, importe en réalité fort peu
à mon sujet, puisqu'il embrasse les différents dialectes
auxquels un des deux noms employés au titre de mon
ouvrage peut s'appliquer.

D'abord, comme langue parlée, l'hindoustanî a dans
toute l'Asie une réputation d'élégance et de pureté
qu'aucune autre ne possède[1]. On cite un proverbe d'a-
près lequel les musulmans considèrent l'arabe comme la
base des langues de l'Orient musulman et comme le plus
parfait des idiomes, le turc comme celui des arts et de
la littérature légère, et le persan comme celui de la poésie et de l'histoire. Mais le langage qui sait adapter les
qualités des trois autres aux exigences générales de la
société, c'est l'hindoustanî, qui leur semble préférable
pour le langage de la conversation et les usages pratiques
auxquels on le consacre spécialement[2]. Il est, en effet,
dans l'Inde, l'idiome usuel le plus expressif et le plus
poli, comme il est le plus utile à connaître à cause de la
généralité de son emploi[3], et il a acquis une nouvelle
importance depuis que dans les provinces du nord et du
nord-ouest il a remplacé le persan dans les bureaux et
les tribunaux, et comme langue officielle.

[1] Voyez ce que dit là-dessus Amman, de Dehli, cité dans mes « Rudiments », p. 80 de la première édition.

[2] Seddon, « Address on the language and literature of Asia », p. 12.

[3] Il y a d'ailleurs plus de soixante-dix millions d'Indiens dont la langue
maternelle est l'hindoustanî.

Comme langue écrite, je puis dire avec l'illustre indianiste Wilson, dont j'ai pris les propres paroles pour épigraphe : *Les dialectes hindis ont une littérature qui leur est propre, et elle offre un très-grand intérêt;* cet intérêt n'est pas seulement poétique, il est historique, il est philosophique. Et d'abord examinons l'intérêt historique de l'hindoustanî. De précieuses chroniques (en vers) sur ce que je pourrais appeler le moyen âge de l'Inde, existent en hindouî, qu'on peut nommer aussi la langue romane de l'Hindoustan. On a une idée de leur importance par celle du poëme de Chand, écrit dans le douzième siècle, poëme d'où le colonel Tod a tiré les « Annales du Rajasthan » [1], et par l' « Histoire des Bandélas » de Lâl Kavi, qui a écrit au commencement du dix-septième siècle, travail que le major Pogson nous a fait connaître. S'il n'est parvenu jusqu'ici à la connaissance des Européens qu'un nombre peu considérable de ces ouvrages, ce n'est pas une raison d'en conclure qu'il n'en existe pas davantage. Le célèbre érudit anglais que j'ai déjà cité nous assure que plusieurs ouvrages du même genre sont répandus dans les États râjpouts [2], et j'aurai l'occasion d'en mentionner plusieurs dans cet ouvrage. Il ne tiendrait qu'à un voyageur zélé d'en obtenir des copies.

Il y a aussi en hindouî et en hindoustanî des travaux intéressants de biographie. Le principal est le *Bhakta mâl,* Vie des saints hindous les plus célèbres écrite à la fin du seizième siècle. Les biographies moins an-

---

[1] Voyez ce que je dis de cet écrivain et de son célèbre poëme dans la Préface des « Rudiments de la langue hindouie » et dans mon Discours de 1868, p. 49 et 50.

[2] « Mackenzie's Catalogue », t. 1er, p. lij.

ciennes sont très-nombreuses, ainsi qu'on le verra
bientôt.

Quant à l'intérêt philosophique, voici surtout en quoi
il consiste, et ce fait curieux donne à l'hindoustanî un
caractère bien propre à le faire apprécier par les esprits
élevés. C'est l'idiome des réformes religieuses de l'Inde.
De même qu'en Europe les réformateurs chrétiens ont
adopté les langues vivantes pour tout ce qui a rapport
au culte et à l'instruction religieuse, ainsi, dans l'Inde,
les chefs des sectes modernes hindoues et musulmanes
se sont servis généralement de l'hindoustanî pour propager leurs doctrines; tels sont Kabîr, Nànak, Dâdû,
Birbhàn, Bakhtawar, et enfin Saïyid Ahmad, le plus
récent des réformateurs musulmans. Non-seulement ils
ont écrit leurs ouvrages en hindoustanî, mais les prières
que récitent leurs sectateurs, les hymnes qu'ils chantent,
sont en cet idiome.

Enfin, la littérature hindoustanie a un intérêt poétique qui ne le cède à celui d'aucun autre langage, et cet
intérêt n'est certes pas le moindre. Chaque littérature,
en effet, a la couleur locale qui en fait le charme, comme
à chaque fleur, selon l'expression d'un poëte persan,
est une couleur et une odeur différentes[1]. L'Inde est
d'ailleurs le pays classique de la poésie; on y a écrit en
vers des romans, des histoires, des lettres, des traités
didactiques, des dictionnaires, et même des légendes de
monnaies[2]. Mais l'intérêt dont je parle ne consiste pas

---

[1] Cette pensée a été paraphrasée par Afsos, dans son « *Arâïsch-i
mahfil,* de cette façon : « Chaque fleur a une couleur et une apparence
différentes, et toutefois aucune n'est dépourvue de charme. »

[2] Voyez l'*Ayeen Akbery* et l'ouvrage de Marsden intitulé « Numis-
mata Orientalia ».

seulement en une heureuse combinaison de mots agréables à l'oreille, dans l'arrangement plus ou moins harmonieux de lignes pompeuses ; il a quelque chose de plus substantiel, tant en descriptions utiles qu'on y trouve sur la nature et le sol, qu'en détails ethnographiques curieux qui nous donnent l'explication d'une foule de choses peu ou mal connues. J'ajouterai que la poésie hindoustanie est surtout employée à populariser les doctrines les plus sublimes de la religion et de la haute philosophie. En effet, ouvrez un recueil de poésies urdues, et vous y trouverez célébrée sous des allégories variées l'union de l'homme à Dieu. C'est le taon et le lotus, le rossignol et la rose, le papillon et la bougie.

Ce qu'il y a de plus abondant dans la littérature hindoustanie, ce sont les Dìwàns, ou recueils de gazals, sorte d'odes sur une même rime, et, surtout en dialecte dakhnî, les romans en vers. La même chose a lieu en persan et en turc, et ces trois littératures ont des points nombreux d'analogie. Il y a aussi en hindoustanî beaucoup de chants populaires d'un grand intérêt, et dans cette langue sont écrits nombre de drames de l'Inde actuelle.

On me saura gré sans doute de donner ici quelques détails sur les différents genres de poésie urdue et hindie cultivés par les auteurs hindoustanis.

En hindouî on ne trouve guère que des compositions en vers. Ces vers, mesurés par syllabes généralement groupées par quatre, se partagent en deux hémistiches rimés. Toutefois il y a aussi, comme en hindoustanî, des ouvrages en simple prose, ou en prose rimée, mais le plus souvent entremélée de vers, qui dans ce cas sont généralement des citations.

Si nous suivons la classification sanscrite rappelée par M. Gorresio dans la préface de sa belle édition du *Râmâyana*, nous partagerons en quatre classes les productions hindouies.

1° *Akhyâna* « conte, légende ». Il faut entendre par là les poëmes qui ont pour sujet des traditions populaires, et les romans en vers, quelquefois transcrits en caractères persans, sous forme de stances, quoique les rimes changent à chaque vers comme dans les masnawis.

2° *Adikâvya* « poésie primitive ». On entend particulièrement par là le *Râmâyana*.

3° *Itihâça* « histoire, récit ». Ce sont les grands corps de traditions historico-mythologiques, tels que le *Mahâbhârata* et les chroniques en vers.

4° Enfin *Kâvya* « composition poétique (quelconque) ». Ce nom générique, qui équivaut au *nazm* de l'Orient musulman, comprend en hindouî tous les petits poëmes que je vais bientôt passer en revue.

On doit rattacher à la troisième classe les récits en prose entremêlés de vers, spécialement les recueils de contes et d'apologues, tels que le *Totâ kahâni* « Contes d'un perroquet », le *Singhâçan battici* « le Trône enchanté », le *Baïtal pachici* « les Narrations du Baïtal », etc.

Faire entendre la vérité aux rois, c'est chose difficile en Orient, où leur volonté étant tout, on ne saurait jamais la contredire. C'est au point que le poëte philosophe Sa'adi recommande d'assurer qu'on voit la lune et les étoiles, si un souverain venait à dire qu'il fait nuit en plein midi. On a donc dû recourir à des fictions pour faire parvenir jusqu'à ces oreilles délicates la voix de la vérité. C'est ainsi qu'on a inventé l'apologue, où l'on a pu sans danger donner aux tyrans des leçons dont ils ont quelquefois profité. Témoin ce roi de Perse demandant à son ministre, qui se piquait d'entendre le langage des animaux, de quoi pouvaient s'entretenir deux hiboux qu'il apercevait ensemble. « Ils disent, répondit le hardi philosophe, qu'ils sont charmés de votre règne, parce qu'ils peuvent se réfugier à leur gré dans les ruines que votre administration rapace produit tous les jours. » Nous voyons en effet que la politique occupe le premier rang dans les fables orientales, et en forme la portion la plus importante. On peut s'en convaincre en prenant connaissance des principaux recueils de contes et d'apologues indiens. Là, au moyen des formes les plus éloquentes du discours, on fait entendre le langage de la raison ; car, ainsi que l'a dit un poëte urdû, « Ce n'est pas seulement la beauté physique qui séduit le cœur, la persuasive éloquence est encore plus attrayante. »

Voici actuellement, par ordre alphabétique, les noms des principales compositions hindouies en vers.

Abhang, sorte d'ode trochaïque dont les vers sont réglés par l'accent des mots, comme en anglais, et non par la quantité (la longueur ou la brièveté) des syllabes, comme en sanscrit, en grec et en latin. Ce poëme est surtout usité en mahratte.

Alhâ, poëme qui tire son nom de son inventeur [1].

Baçant « printemps », nom d'un râg, ou mode musical, et d'une espèce particulière de poésie qu'on chante sur ce râg. On trouve dans Gilchrist [2] et dans Willard [3] les noms de tous les râgs (modes principaux) et râguinis

---

[1] Shakespear, « Dict. Hind. and Engl. »
[2] « Gramm. Hind. », p. 267 et suivantes.
[3] « On the music of Hindoostan », p. 49 et suivantes.

(modes secondaires), avec les explications convenables.
Il est d'autant plus nécessaire de les connaître, que souvent ils servent de titre aux pièces de poésie qu'on
chante sur ces différents modes. Toutefois je ne citerai
ici que les plus usités pour les poésies écrites.

Badhâwâ, poëme de quatre hémistiches, dont le premier est répété au commencement et à la fin du poëme.
C'est un chant de félicitation, qu'on fait entendre à la
naissance des enfants, à la cérémonie des mariages, etc.
On le nomme aussi *mubârak bâd,* mais cette dernière
expression est musulmane.

Barwâ ou *barwi,* poëme de deux vers sur le mode
musical de ce nom. Il appartient à l'espèce nommée
khiyâl. On en trouve un exemple dans l'ouvrage intitulé *Sabhâ vilâça.*

Bhakt mârg, à la lettre, « la voie des dévots », nom
d'une espèce particulière d'hymne à Krischna [1].

Bhathyâl, sorte de complainte hindouie à l'imitation
des *marciyas* musulmans.

Bhojanga, ou plutôt *bhujang,* pièce de poésie que
Tod [2] nomme « lenghthened serpentine couplet ».

Chappaï, ou « sixain », poëme de six hémistiches de
huit syllabes nommés *aschtpaï* rimant ensemble, lesquels
forment trois vers. Il commence par un hémistiche qui
termine aussi le dernier vers du poëme.

Charan « pied », est le nom qu'on donne à la moitié
du *chaupâï* ou au quart du *dohâ.* Il est synonyme de
pad, mentionné plus loin.

Charanâkula-chhand, c'est-à-dire « poëme en vers

____

[1] Broughton, « Pop. poetry of the Hindoos », p. 78.
[2] « Asiatic Journal », octobre 1840, p. 129.

variés ». On en trouve des exemples dans la version hindouie du *Mahâbhârata*.

Chaturang, poëme consistant en quatre parties chantées sur quatre airs différents : le *khiyâl*, le *tarâna* [1], le
sari-gam [2] et le *tirwat* [3].

Chaupâï, poëme de quatre hémistiches rimés ou de
deux vers. Toutefois, dans le *Râmâyana* de Tulcî, les
poëmes qui portent ce titre se composent de neuf vers,
et dans l'*Uscha charitr* de cinq seulement.

Chhand, poëme composé de six vers. On en trouve un
grand nombre dans le *Râmâyana* de Tulcî. Il est très-
usité à Lahore.

Chutkulâ, khiyâl plaisant de deux *tuks*.

Dâdrâ, chant érotique, usité surtout en Bandelkhand
et en Bhagelkhand, et mis dans la bouche des femmes.

Dhammâl, chant nommé aussi *holi* ou *horî*, du nom
du carnaval indien, temps pendant lequel on le fait entendre.

Dhurpad, petit poëme ordinairement composé de cinq
hémistiches sur une même rime. Il y en a sur toutes
sortes de sujets, mais particulièrement sur les sujets hé-
roïques. L'inventeur de ce poëme, qui se chante, fut le
râjâ Mân, gouverneur de Gualior [4].

Dîpachandî, chanson sur une mesure particulière,
qu'on chante aussi dans le temps du holî.

Dohâ ou *dohrâ* « distique ». C'est le *baït* des poé-

---

[1] Voyez plus loin l'explication de ces mots dans la liste des pièces de
poésie hindoustanie.

[2] Ce mot signifie proprement « gamme », et il en offre du reste
l'étymologie.

[3] Sur ce dernier air et chant, voyez Willard, « A treatise on the
music of Hindoostan », p. 92.

[4] Willard, « On the music of Hindoostan », p. 107.

sies musulmanes, c'est-à-dire un vers à deux hémistiches, qui forme un couplet.

Domrâ. Ce poëme, qui porte le nom de la caste des danseurs qui le chantent, se compose d'un premier hémistiche, d'un vers formé de deux hémistiches plus longs, et enfin d'un dernier vers qui se termine par le premier hémistiche du poëme.

Gâlî. Ce mot, qui signifie proprement « injure », est aussi le nom de certaines chansons licencieuses chantées aux mariages et en carnaval.

Gân, nom générique qui exprime toute espèce de chant.

Guît, autre nom générique des chants, chansons, romances, etc.

Gujrî, nom d'un râguinî, et d'un chant sur ce mode musical secondaire.

Hindola « escarpolette », chant descriptif de cet exercice, et que les Indiennes chantent tout en faisant balancer leurs compagnes.

Holî ou *horî*. C'est le nom du carnaval indien, dont on peut voir la description dans ma Notice des fêtes populaires de l'Inde[1]. On donne aussi le même nom aux chants qu'on fait entendre à cette époque, chants dont on trouvera un élégant échantillon à l'article sur le poëte Zamir. Le *holî* se compose souvent de deux vers seulement, dont le dernier se termine par le même hémistiche qui commence le poëme.

Jagat barnan, à la lettre, « peinture du monde, de la terre ». C'est un poëme descriptif hindouî dont le titre indique le sujet.

----

[1] « Journal Asiatique », année **1834**.

Jat, chant du holi sur un mode musical du même nom.

Jayakari-chhand « chant de la victoire », sorte de poëme dont on trouve des exemples dans le fragment du *Mahâbhârata* que j'ai publié à la suite de mes « Rudiments de la langue hindouie ».

Jhûlnâ « balancement », chant de la balançoire ; le même que le hindola. Il y en a entre autres dans Kabir. On en trouve un exemple, texte et traduction, dans l' « Oriental Linguist » de Gilchrist, p. 157.

Kabit ou *kabitâ*, petit poëme de quatre vers.

Kahrwâ, poëme pareil pour la forme au *malâr,* dont il va être parlé. C'est proprement le nom d'une danse dans laquelle les hommes ont des vêtements de femme, et *vice versa;* et par suite on donne ce nom au chant qui accompagne cette danse.

Karkhâ, chant guerrier usité chez les Râjpouts pour encourager les combattants. On y exalte la valeur, et on y loue les hauts faits des anciens héros. Ce sont des chanteurs de profession, nommés karkhaïts ou dhâris, qui font entendre ces chants.

Kîrtan, chant adapté aux *râgs* (modes musicaux).

Kundalyâ ou *kundaryâ,* poëme ou plutôt stance qui commence et finit par le même mot[1].

Malâr, nom d'un râguinî et d'un petit poëme descriptif de la saison des pluies, qui est aussi dans l'Inde celle de l'amour.

Mangal ou *mangalâchar,* petit poëme chanté aux fêtes et réjouissances. Chant de congratulation, épithalame.

Mukri, sorte d'énigme en vers qui consiste à mettre

---

[1] Voyez Colebrooke, « Asiatic Researches », X, 447.

dans la bouche d'une femme un mot à double entente qu'elle dit dans un sens et que son interlocuteur prend dans un autre [1].

Pad. Ce mot, qui signifie proprement « pied », s'emploie pour désigner la moitié d'un *chaupâï* ou le quart d'un *dohâ*, un vers, et par suite un chant, une chanson.

Pâhélí « énigme ».

Pakhâna. Ce mot, qui signifie « pierre », est donné à un petit poëme érotique offrant la description d'une femme en un certain nombre de phrases qui commencent par la même lettre [2].

Pâlnâ. Ce mot, qui signifie « berceau », s'emploie aussi pour exprimer les chansons qu'on chante en berçant les enfants.

Parbhâtí, nom d'un râguiní et d'un poëme usité chez les Sâdhs. On trouve des parbhâtis parmi les poésies de Birbhân.

Prabandh, ancien chant hindouî.

Râg, nom des principaux modes musicaux hindous, et d'un poëme qui ressemble au gazal musulman et qu'on nomme aussi *râg pad* « poëme sur les râgs ». On en trouve entre autres des exemples dans Sûr-dâs.

On nomme *Râg sâgar,* ou « l'océan des râgs », une sorte de rondeau dont chaque stance se chante sur un râg différent, et *Râg mâlâ,* ou « collier des râgs », un recueil de pièces de vers sur les différents râgs, accompagnées de dessins allégoriques qui les représentent.

Ramaïní, poëme sentencieux. On trouve un grand

---

[1] Voyez-en un exemple dans l'Avant-propos de la première édition de mes « Rudiments de la langue hindoustanie », p. 23.

[2] Voyez Sir Gore Ouseley, « Biographical notices of persian Poets », p. 244.

nombre de poëmes qui portent ce titre dans les poésies de Kabîr.

Râm pad, pièce de vers de quinze syllabes par hémistiche, en l'honneur de Râma, ainsi que son titre l'indique.

Râs, chant descriptif des jeux de Krischna ainsi nommés.

Raçâdik, c'est-à-dire « indication des sentiments ». C'est un petit poëme érotique de quatre vers; beaucoup de chants populaires portent ce titre.

Rolà-chhand. Un poëme de ce nom, composé de vingt-deux longs vers, commence l'épisode de *Sakuntalà*, dans la version hindouie du *Mahâbhârata*.

Sabd ou *sabdi*, nom particulier à certains poëmes de Kabîr.

Sâdrâ, chant usité en Braj et en Gualior, et pareil à celui qu'on nomme *karkhâ*.

Sakhi, et au pluriel *sakhiyân*, nom particulier à certains poëmes de Kabîr. On nomme *sakhi sambandh*, ou « mesure de sakhî », un chant sur les amours de Krischna et des gopies.

Samay, autre nom particulier à des hymnes de Kabîr.

Sanguît, chant accompagné de danse.

Sohlâ. Ce mot, qui signifie « fête », s'emploie aussi pour désigner les poëmes qu'on chante dans les fêtes et les réjouissances, et notamment aux mariages. Willard parle de ce chant dans son intéressant ouvrage sur la musique de l'Hindoustan, p. 93.

Sorath [1], nom d'un râguinî et d'un petit poëme hindouî sur un mètre particulier.

----

[1] Ce mot dérive du sanscrit *Sauraschtr* « Surate », nom de la contrée où était usité le chant ainsi nommé.

Stut ou *stuti*, chant de louange.

Tappâ, petit poëme érotique qu'on chante sur le mode musical du même nom et sur le mode nommé *bhaïraw.* On en distingue le corps (*antarâ*) d'un premier hémistiche qui est répété à la fin. Gilchrist a donné à ce poëme, avec juste raison, le nom anglais de *glee,* qui signifie une chanson à ritournelle. On s'en sert surtout dans les chants populaires du Panjâb, lesquels se distinguent par l'emploi de la postposition du génitif *dau* ou *dâ,* au lieu du *kau* de l'hindouî et du *kâ* de l'hindoustanî [1].

Thumrî, nom de certains chants populaires hindouis, composés d'un petit nombre d'hémistiches. Ils sont surtout usités dans les zanânas ou gynécées.

Tuk signifie proprement « un hémistiche ». C'est le *fard,* ou l'hémistiche isolé des poésies musulmanes.

Wischnu pad, vulgairement *bischan pad,* poëme pareil au *domrâ,* si ce n'est que le sujet est toujours relatif à Wischnu. Sûr-dâs en est, dit-on, l'inventeur. C'est surtout à Mathura qu'il est usité.

Actuellement, si laissant l'Inde brahmanique nous tournons nos regards vers l'Inde musulmane, nous pourrons classer d'abord, avec les rhétoriciens musulmans [2], les compositions poétiques hindoustanies, tant urdues que dakhnies, en sept principales classes.

1° La poésie héroïque, *alhamâça ;*

2° Les élégies, *almarâci* [3];

---

[1] Voyez mes « Rudiments de la langue hindouie », note 3, p. 6, et note 2, p. 11.

[2] On trouve des détails sur cette classification, qui est celle du *Hamâça,* dans les « Poëseos Asiaticæ commentarii », par W. Jones.

[3] Pluriel arabe, précédé de l'article, du mot *marciya,* qui sera expliqué plus bas.

3° Les poésies de morale et de conseils, *aladab wa'l-nacîhat;*

4° La poésie érotique, *alnacîb;*

5° Les poésies de louange et d'éloge, *alsanâ wa'l-madîh;*

6° La satire, *alhijâ;*

7° Les poésies descriptives, *alsifât.*

On doit ranger dans la première classe certains cacìdas [1], et surtout les grands poëmes historiques qui prennent le nom de *nâma* « livre [2] », et les *quissa,* ou « romans en vers ». On peut même y placer les histoires proprement dites, dont la prose poétique est entremêlée de vers nombreux. Ce sont du reste ces histoires, embellies par l'imagination orientale, qui ont sans doute donné naissance au roman historique, sorte de composition que nous avons empruntée aux Orientaux [3]. Les sujets que ces derniers ont traités d'une manière tout à fait romanesque se réduisent à un petit nombre de légendes, dont plusieurs sont communes aux Arabes et aux Turcs, aux Persans et aux Indiens musulmans. Tels sont les exploits d'Alexandre le Grand, les amours de Khusrau et de Schîrin, ceux de Joseph et de Zalikhâ, de Majnûn et de Laïla. Plusieurs poëtes ont pris à tâche de développer cinq et même sept de ces légendes célèbres, de manière à former des collections de masnawìs [4] auxquelles ils donnent le titre de *khamsa*

---

[1] J'expliquerai plus loin la forme particulière du poëme à laquelle on donne ce nom.

[2] Tels que le *Schâh-nâma,* pour ne citer que le principal.

[3] Des littérateurs distingués se sont élevés contre ce genre de romans, en prétendant que le mot même de « roman historique » renferme une idée contradictoire; mais ils oublient que plusieurs histoires célèbres ne sont guère que des romans historiques.

[4] J'expliquerai plus loin le sens de ce mot.

« quintenaire », ou de *hafta* « septénaire ». Tels sont,
par exemple, les *khamsa* de Nizâmî[1], de Khusrau, de
Hâtifî, le *hafta* de Jâmî, etc.

On trouve aussi chez les Orientaux des romans de
chevalerie; ainsi les Arabes possèdent en ce genre la
célèbre histoire d'Antar, où on trouve, comme dans nos
anciens romans de chevalerie, des hommes pourfendus,
des arbres déracinés, des armées détruites par un seul
guerrier. En hindoustanî on peut rattacher aux romans de chevalerie le *Quissa-i Amir Hamza*, le *Khâwir-
nâma*, etc.

On doit rapporter aussi à cette première division les
innombrables contes orientaux : les Mille et une Nuits,
dont il existe des traductions hindoustanies en prose et
en vers; le *Khirad afroz*, le *Mufarrah ulculib*, etc.

Dans la seconde division on doit placer les *marciyas*,
ou complaintes en l'honneur de Haçan, de Huçaïn et de
ses compagnons, poésies fort communes dans l'Inde musulmane.

Dans la troisième on place les *Pand-nâma* ou « livres
des conseils », qui sont des poëmes moraux dans le
genre de l'Ecclésiastique de Jésus, fils de Sirach; les
Akhlâc ou « éthiques », ouvrages de morale en prose,
entremêlés de citations en vers, tels que le *Gulistân* et
les imitations qui en ont été faites : le *Saïr-i 'ischrat* par
exemple, dont je parlerai à l'article sur Sâlib.

Dans le quatrième il faut ranger non-seulement les
poésies érotiques proprement dites, mais tous les gazals
mystiques, où l'amour divin est représenté sous des couleurs souvent très-profanes, ce qui constitue un mélange

[1] Le *khamsa* de Nizâmî comprend le *Makhzan ulasrâr*, le *Khusrau o
Schîrîn*, le *Haft Païkar*, le *Laïla-Majnûn* et le *Sikandar-nâma*.

2.

indéfinissable des choses spirituelles et des choses sen-
suelles trop souvent exprimées crûment et quelquefois
d'une manière obscène [1]. Ce serait peu encore, si ces
poëtes n'appartenaient pas généralement à la secte philosophique musulmane des sofis, dont les doctrines sont
en réalité celles du panthéisme indien professé par les
joguis. Il faut oublier un instant la funeste tendance de
ces écrits, pour apprécier ce qu'ils renferment d'admirable sur Dieu et l'homme, sur le néant des choses de la
terre, et sur la réalité des choses spirituelles.

On doit ranger dans la cinquième classe les invocations à Dieu qui sont en téte des Diwâns et de beaucoup
d'ouvrages musulmans, les poëmes à la louange de Mahomet et des imâms qui suivent souvent les premiers, et
ceux par lesquels le poëte célèbre le souverain régnant
ou ses protecteurs. Ces dernières pièces sont souvent
celles qui sont écrites avec le plus d'exagération. Les
poëtes hindoustanis sont ici, comme en beaucoup d'autres choses, les fidèles imitateurs des Persans. Ce fut
sous les princes pleins de vanité de la dynastie des Seljoukides et des Atabeks, que des poëtes aussi insatiables
de faveurs que ces princes l'étaient de louanges, com-
mencèrent à employer les hyperboles les plus outrées
dans le genre de poëmes dont il s'agit, à cause des limites
étroites du sujet, et du besoin d'éviter la monotonie [2];

---

[1] Une chose digne de remarque, c'est que les auteurs musulmans de
la Perse et de l'Inde les plus estimés, ceux même qu'on regarde comme
de saints personnages, tels que Hâfiz, Sa'adi, Jurat, Kamâl, etc., ont
presque tous écrit des poésies licencieuses. On peut appliquer aux musulmans ce que saint Paul disait des païens : « Ces hommes, qui se
croyaient sages, sont devenus fous... Dieu les a livrés... aux vices de
l'impureté... à des passions honteuses. » (Épit. aux Rom., I, 22, 24.)

[2] Gœthe, « Ost. west. Divan. »

quelques-uns n'hésitèrent pas à écrire des panégyriques où ils dépassèrent toutes les bornes non-seulement
de l'adulation, mais du mauvais goût, et même de la raison. Le monde visible n'offrant pas à l'imagination de
ces poëtes des couleurs assez fortes pour peindre leurs
héros, ils les prennent dans les régions du monde spirituel. Ainsi, par exemple, ils font dépendre toutes les
puissances de la nature de la volonté du prince. C'est
lui qui détermine le cours du soleil et celui de la lune.
Tout est soumis à ses ordres. La destinée même est l'esclave de sa volonté [1].

La satire forme la sixième classe des compositions
musulmanes. Dans tous les pays du monde, la critique,
la satire sait se faire jour à travers tous les obstacles.
Examiner, comparer, telles sont en effet les plus belles
prérogatives de l'esprit humain. Or, comme toutes les
œuvres de la créature sont frappées au coin de l'imper-
fection, rien ne peut être à l'abri de la critique. Les esprits les plus médiocres peuvent l'exercer quelquefois
avec justice envers les plus sublimes. Quoiqu'on soit incapable d'écrire l'Iliade, on peut trouver avec Horace
que

> Quandoque bonus dormitat Homerus.

De même on peut s'apercevoir des fautes que commet-

---

[1] On trouve, du reste, dans les auteurs classiques des exagérations
analogues. Virgile n'a-t-il pas, dans le commencement de ses Géorgiques,
comparé César au maître des dieux? ne lui offre-t-il pas pour épouse la
fille de Téthys? ne veut-il pas que la constellation du Scorpion s'écarte
avec respect pour faire place à son trône?

Les troubadours sont tombés dans la même exagération; ils ont soumis à leur dame la nature entière, et la Fontaine a dit avec sa bon-
homie quelquefois un peu maligne :

> On ne peut trop louer trois sortes de personnes :
> Son Dieu, sa maîtresse et son roi.

tent d'éminents hommes d'État, sans avoir la prétention
d'atteindre à leur capacité. Malheureusement la propension à la critique est souvent le résultat de l'envie, de
la jalousie et d'autres mauvaises passions. Quoi qu'il en
soit, la satire est connue de l'Orient comme de l'Europe : les fiers despotes de l'Asie n'ont pas été à l'abri de
ses traits. Ainsi on a vu, il y a deux siècles, le poëte
turc Uweïci répandre dans le public de Constantinople
la satire sur la dégénération des Ottomans, satire où il
interpelle vivement le monarque sur les abus criants
qu'il signale, et où il se plaint entre autres que des *animaux* remplissent depuis longtemps le poste de grand
vizir[1]. Et non-seulement des hommes recommandables
ont écrit, dans des cas particuliers, des satires que les
circonstances leur ont paru rendre nécessaires ; mais, de
même qu'en Europe, des poëtes ont cultivé de préférence ce genre, auquel les portait leur esprit caustique :
et, chose singulière, on doit généralement aux mêmes
écrivains des satires et des panégyriques ; parce qu'en
effet, lorsqu'on ressent vivement le mal, on se passionne
aussi pour le bien ; si l'on est choqué des défauts de
quelques hommes, on s'enthousiasme des bonnes qualités de quelques autres. Ainsi nous voyons le poëte An-
warì, le plus célèbre satirique persan, être néanmoins
auteur de panégyriques. Il en est de même dans l'Inde :
les poëtes satiriques les plus distingués ont aussi écrit
des panégyriques, où se trouve l'exagération qui distingue leurs satires ; mais ils ont mieux réussi dans le

---

[1] Cette satire a été traduite en allemand par de Diez, et on en trouve
quelques morceaux traduits en français dans le tome II des « Mélanges
de littérature orientale », par Cardonne. Voyez aussi un article de M. de
Sacy, dans le « Magasin encyclopédique », t. VI, 1811.

dernier genre que dans le premier. On trouve dans leurs
satires plus d'originalité, et leurs compatriotes eux-
mêmes les préfèrent aux panégyriques. Il est vrai que la
satire a été cultivée avec succès par les poëtes hindoustanis. Chez eux le cercle de la satire s'est peu à peu
étendu. Ils ont d'abord attaqué les hommes, puis les
institutions, puis enfin les choses qui ne dépendent pas
de la volonté des hommes. Ils en sont venus jusqu'à critiquer la nature elle-même [1] dans ce qu'elle a de terrible
et d'effrayant. Ainsi ils ont écrit des satires contre la
chaleur, contre le froid [2], contre les inondations, et
contre les maladies les plus cruelles et les plus repous-
santes. On peut même dire que la majeure partie des
satires de l'Inde moderne ont pour thème ces singuliers
sujets. Toutefois les poëtes hindoustanis ont le mérite
d'avoir, les premiers en Orient, introduit la satire sur
les usages de la vie domestique [3]. Mais l'inconvénient de
la plupart de ces satires, c'est qu'elles roulent souvent
sur des sujets qui n'offrent qu'un intérêt de localité ou
de circonstance, qu'elles sont souillées par des obscénités et déparées par des trivialités, ce qui n'est que trop

[1] Quelquefois même par suite la Providence divine. Chez les Romains aussi, Juvénal, tout en s'élevant avec raison contre l'abus que les
grands faisaient de leur puissance, finit par déclamer contre les torts de
la fortune, c'est-à-dire contre les mystères de la Providence, qui sait
tirer le bien du mal.

[2] Voyez l'article sur Caïm (Quiyâm uddîn).

[3] Dans les littératures de l'arabe, du turc et du persan, qui avec l'hindoustani forment les quatre principales langues de l'Orient musulman,
on trouve aussi des satires, mais elles n'ont pas le caractère particulier
des satires hindoustanies. Dans le *Hamâça* il y a trois livres consacrés à
la satire ; il y en a une entre autres sur la paresse, une autre contre les
femmes, une troisième contre les hommes ; mais ce sont plutôt des épi-
grammes. En persan, les satires sont en petit nombre. Ce sont plutôt des
invectives contre des particuliers. Telle est la célèbre satire de Firdauci
contre Mahmûd.

ordinaire même chez les poëtes les plus célèbres, tels que Saudâ et Jurat; aussi n'ai-je pu en donner dans mes extraits qu'un petit nombre, et encore avec des coupures. J'ai dû renoncer à faire connaître des satires très-célèbres, celles même qui ont donné à leurs auteurs la plus grande réputation [1], et qui sont citées comme des chefs-d'œuvre dans l'Inde, où on est si relâché pour tout ce qui tient aux bonnes mœurs.

On a remarqué avec juste raison que la comédie n'était qu'une satire moins directe et plus vague. Les Indiens modernes ne sont pas tout à fait privés de ce moyen de blâme. S'ils connaissent peu le véritable drame, dont la littérature sanscrite offre de si beaux modèles, ils sont passionnés pour les espèces de comédies que des bâzi-gârs [2] exécutent dans les grandes réunions, et qui même contiennent quelquefois des allusions politiques. Dans les grandes villes du nord de l'Inde on trouve de ces sortes d'acteurs qui sont assez habiles. Quelquefois il y a une troupe de ces artistes qui est attachée à un régiment de la cavalerie irrégulière des natifs. Souvent ils sont à la solde d'un riche nabâb, qui a recours à eux quand il a besoin de distraction, ou lorsqu'il veut fêter un hôte. On les emploie aussi à l'époque des principales fêtes musulmanes, surtout à celle du *bacar-'id* ou *'id-uzzuhâ*, la plus grande solennité de l'islamisme. Les

---

[1] Ainsi, par exemple, je ne donne pas la traduction de la satire de Saudâ sur le cheval, dirigée contre la manie de briller, quoiqu'elle soit très-estimée dans l'Inde, et spécialement louée par Mîr, aussi bon juge que bon écrivain lui-même.

[2] Ou acteurs. Les *bâzîgârs* appartiennent à la tribu des jongleurs, et sont généralement musulmans. Quelquefois ce sont des vagabonds qui ne tiennent à aucune religion, et qui par conséquent sont censés adorer Brahma avec les Hindous, et honorer Mahomet avec les musulmans.

pièces qu'ils représentent ressemblent beaucoup à l'ancienne pantomime italienne, où certains acteurs improvisaient leur rôle, et à nos proverbes de société. Les acteurs sont en même temps auteurs. Le dialogue entre les différents personnages, quoique souvent grossier, est néanmoins spirituel et piquant. Il abonde en calembours, jeux de mots, allitérations et expressions à double sens, genre de beauté auquel l'hindoustani se prête admirablement et est plus propre peut-être que toute autre langue, à cause de sa grande richesse et des sources diverses où il a puisé la masse de mots qui le composent. Ces pièces improvisées, ai-je dit, contiennent souvent des allusions politiques. En effet, les acteurs se permettent d'y tourner en ridicule les Anglais et leurs usages, surtout les jeunes civiliens, dont plusieurs se trouvent souvent parmi les spectateurs [1]. Les portraits

---

[1] Voici, par exemple, le sujet d'une de ces pièces. La scène représente un tribunal (*kachrî*) où siégent des magistrats européens. Un des acteurs, affublé du costume anglais avec le chapeau rond, paraît sur la scène en sifflant et en frappant ses bottes de sa cravache. Puis on amène un prisonnier accusé de quelque crime; mais le juge n'y fait aucune attention, occupé qu'il est d'une jeune Indienne qui comparaît comme témoin. Pendant qu'on reçoit les dépositions, il ne cesse de la lorgner et de lui faire des signes, sans se mettre en peine de rien autre, et paraissant indifférent au résultat de la cause. Enfin arrive le *khidmatgâr* (domestique) du juge, qui s'approche de son maître, et les mains jointes, d'un air respectueux et soumis, lui dit à voix basse : *Sahib, tiffin taïyâr haï*, c'est-à-dire, « Monsieur, votre goûter est prêt ». Aussitôt le juge se lève pour se retirer. Les officiers de la cour demandent ce qu'il faut faire du prisonnier. « Goddam, le pendre! » s'écrie le jeune civilien, en faisant une pirouette sur son talon à mesure qu'il sort de la salle.

On lit ce qui précède dans l'« Asiatic Journal » (n. s., t. XXII, p. 37). Bevan, « Thirty years in India, » t. Ier, p. 47, donne aussi l'analyse d'une comédie ou farce qu'il vit représenter à Madras, et dont le sujet était l'arrivée d'un Européen dans l'Inde, et les duperies que lui fait éprouver son interprète. Heber, dans son voyage, parle d'une fête à

sont très-chargés, il est vrai, et les peintures de mœurs très-exagérées, comme du reste il n'arrive que trop souvent sur la scène européenne; mais enfin il y a un certain fonds de vérité et de l'habileté dans les caractères des personnages. Ces sortes de drames sont généralement précédés de danses et de chants hindoustanis exécutés par des chanteurs *ad hoc* nommés *kalâwant* dans le nord, *bhât, châran* et *bardâi* dans l'Inde centrale[1].

Enfin dans la septième classe, celle des poésies descriptives, nous rangerons les nombreux poëmes sur les saisons, les mois, les fleurs, la chasse, etc. On trouvera dans cet ouvrage des extraits de quelques-uns de ces poëmes.

Je dois rappeler ici que les règles de la métrique hindoustanie sont les mêmes que celles de la métrique persi-arabe, avec quelques légères modifications, que j'ai exposées dans un Mémoire spécial[2]. Toutes les poésies urdues et dakhnies sont rimées; mais lorsqu'un ou plusieurs mots sont répétés à la fin du vers, la rime se reporte

laquelle sa femme assista, et où furent donnés les trois divertissements de la musique, de la danse et du drame. Une cantatrice indienne célèbre y chanta entre autres plusieurs chansons hindoustanies. Mon honorable ami feu le général Sir William Blackburne avait aussi vu représenter dans le Décan des pièces hindoustanies.

[1] Il existait à Calcutta, il y a quelques années, un théâtre particulier entretenu par un riche bâbû, et situé dans sa maison, au quartier nommé *Schâm bâzâr*. Les pièces, écrites dans la langue vulgaire, étaient jouées par des acteurs hindous de l'un et de l'autre sexe. Des musiciens du pays, presque tous brahmanes, formaient l'orchestre, et exécutaient des airs nationaux sur les instruments nommés *sitâr, sâranguî, pakhwâj,* etc. On commençait la représentation par une prière à Dieu, puis on chantait un prologue où était exposé le sujet de la pièce. On jouait enfin le drame. Ces représentations étaient en bengali, qui est l'idiome plus spécialement employé dans le Bengale par les Hindous. (« Asiatic Journal », t. XIX, n. s., p. 452, as. int.)

[2] « Journal Asiatique », 1832.

au mot précédent. On nomme la rime *câfya*, et les mots répétés *radif* [1].

Voici ce que dit Mîr Taqui à la fin de son *Tazkira*, au sujet de la poésie rekhta ou hindoustanie en particulier :

« Il y a plusieurs manières d'écrire les vers rekhtas (bigarrés) : 1° on peut écrire un misrà' en persan et un en hindî [2], comme Khusrau l'a fait dans un quita' connu. 2° On peut, *vice versâ*, écrire le premier misrà' en hindi et le second en persan, comme l'a fait Mîr Mu'izz uddin Muçawî [3]. 3° On peut n'employer que des mots, et même que des verbes persans [4]; mais ce style est de mauvais goût. 4° On peut employer des composés persans, mais il faut en user avec sobriété, et seulement quand ils sont conformes au génie de la langue hindie. 5° On peut écrire dans le style nommé *ibhâm*. Ce genre est très-goûté par les poëtes anciens ; mais actuellement il n'est usité qu'autant qu'on le fait avec délicatesse et modération. Il con-

[1] Voyez mon quatrième article sur la « Rhétorique des peuples musulmans », sect. xxiii.

[2] Ce mot vague, qui proprement signifie *indien*, s'applique à l'hindoustani, mais spécialement, ainsi que je l'explique dans la préface de mes « Rudiments de la langue hindouie », au dialecte moderne des Hindous, écrit en caractères dévanagaris.

[3] On trouve aussi des vers composés d'un hémistiche arabe et d'un hémistiche hindoustani. J'en ai cité un exemple dans mon Mémoire sur la métrique. Nous avons en français des exemples de ces amalgames ; on en trouve entre autres dans Panard. En persan on trouve aussi des vers dont un hémistiche est arabe, et l'autre persan. On les nomme *mulamma'*. Voyez Gladwin, « Dissert. on the Rhet. etc. of the Persians ».

[4] L'auteur veut probablement parler de certains vers composés de telle sorte qu'ils sont à la fois persans et hindis; à peu près comme le distique latin-italien de Chiabrera, que mon ancien auditeur, Eusèbe de Salles, a cité dans un spirituel article sur ma première édition :

In mare irato, in subita procella
Invoco te, nostra benigna stella.

siste à employer des mots qui ont deux sens, un très-usité (*carib* « proche »), et l'autre peu usité (*ba'id* « éloigné »), et à les employer dans leur sens peu usité, de manière à mettre le lecteur dans l'embarras [1]. 6° On peut suivre une espèce de juste milieu, qu'on nomme « convenance » (*andâz*). Dans ce genre, dont Mir a fait choix pour lui-même, doivent être employées l'allitération (*tajnis*), la symétrie (*tarci'*), la similitude (*taschbih*), la belle diction (*safâ-é guftgo*), l'éloquence (*façâhat*), l'é-locution (*balâgat*), la description (*adâ-bandî*), l'imagina-tion (*khiyâl*), etc. « Quiconque, ajoute Mir, a dans l'art poétique des connaissances spéciales, appréciera ce que je dis. Je ne l'ai pas écrit pour le vulgaire; car je sais que l'hippodrome du discours est vaste, et que les opi-nions sont diverses. »

Quant à la prose, il y en a trois sortes : 1° celle qu'on nomme *murajjaz* « prose poétique », qui a le rhythme sans la rime; 2° celle qu'on nomme *muçajja'* ou *saja'*, qui a la rime sans la mesure [2]; 3° celle qu'on nomme *'ârî* « dépouillée », qui n'a ni rime ni mesure. Les deux dernières sont les plus usitées; elles sont souvent mêlées ensemble. On nomme *nasr* la prose, par opposition à *nazm*, qui est l'expression générique pour la poésie. La prose, soit simple, soit rimée, est du reste généralement accompagnée de vers qui y sont intercalés, et qui sont ordinairement des citations.

Actuellement je vais, comme je l'ai fait pour l'hindouî,

---

[1] Sur la figure de rhétorique nommée *ibhâm*, voyez mon troisième article sur la « Rhétorique des nations musulmanes », p. 97.

[2] On compte trois espèces de prose rimée. Voyez à ce sujet mon quatrième article sur la « Rhétorique des nations musulmanes », section XXII.

passer en revue, en suivant l'ordre alphabétique, les noms
des principaux genres de compositions hindoustanies.

Band signifie proprement « strophe » : ainsi *haft
band* est une pièce de sept strophes. On nomme *tarji'
band* ou « strophe en ritournelle », ou « refrain », les
poëmes composés de strophes à rimes différentes, de
cinq à onze vers, à la fin de chacune desquelles on ré-
pète un vers particulier [1] étranger au poëme, mais dont
le sens cadre avec la strophe, quoiqu'elle soit complète
sans ce vers. Ils ne doivent pas être composés de moins
de cinq, ni de plus de douze stances [2]. On nomme *tarkib band* « strophe en arrangement », une pièce composée de strophes dont le vers final varie. Ce sont généralement des pièces d'éloge [3] ; quelquefois les vers isolés
qui terminent chaque strophe peuvent former un gazal
par leur réunion. Dans la dernière strophe de ce poëme,
ainsi que dans le précédent, le poëte doit placer son
takhallus ou surnom poétique. A ce sujet Saudà dit, dans
sa satire sur Fidwi, que les poëtes doivent placer leur takhallus dans leurs vers, mais jamais leur véritable nom.

Baït. Ce mot [4] est synonyme de *schi'r*, et signifie un
vers en général ; mais il a aussi un sens plus restreint,
et il se prend pour un vers détaché qu'on appelle quelquefois un distique, parce qu'il se compose de deux

---

[1] On en trouvera un exemple à l'article sur KAMAL.

[2] Newbold, « Essay on the met. comp. of the Pers. »

[3] On trouve dans Mîr Taqui, édition de Calcutta, page 875, une pièce
de cette espèce, dont chaque strophe varie ; et Kamâl cite dans son *Tazkira* un poëme de Haçan, composé de dix-sept bands ou strophes de
quatre vers, dont les trois premiers en urdû et le dernier en persan, sur
une rime particulière.

[4] *Baït* signifie proprement « tente », et par suite « maison » ; et de
même qu'une tente a deux entrées qu'on nomme *misrâ'*, ainsi le vers a
deux hémistiches qui prennent le même nom.

misrà's ou « hémistiches ». Il répond au *dohá* ou *dohrâ* hindoui.

On nomme *do baïl* ou « deux baïts », une petite pièce de deux vers, ou de quatre hémistiches; et *chàr baïl,* ou « quatre vers », une chanson urdue composée de quatre couplets.

Bayàz « album ». C'est un recueil de vers appartenant à différents auteurs. On nomme particulièrement *safîna* « bateau », un album oblong où l'on écrit des vers d'autrui et les siens propres. Feu le savant arabisant M. Varsy, de Marseille, m'a assuré que ce mot a en Égypte la même signification, et signifie précisément un album oblong renfermé dans un étui.

Cacîda. Ce poëme, consacré à la louange ou à la satire, doit se composer de plus de douze vers (généralement d'une centaine) sur une même rime, à l'exception du premier, dont les deux hémistiches doivent rimer ensemble, et qui se nomme *muçarra',* c'est-à-dire « à deux hémistiches rimants », et *matla'* « exorde ». Au dernier, nommé *macta'* « finale », doit se trouver le surnom poétique de l'écrivain.

Caul « récitation », sorte de chanson, usitée surtout à Dehli, selon l'*Ayin Akbari* [1].

Chistân, énigme en vers et en prose.

Dîwân. On nomme ainsi un recueil de gazals rangés par ordre alphabétique de la dernière lettre des vers, et par suite le recueil des poésies d'un écrivain. Toutefois on emploie spécialement, dans ce dernier sens, le mot *kulliyât* ou « complètes (œuvres) ».

Les recueils de gazals sont ce qu'il y a de plus com-

[1] T. II, p. 459.

mun dans la littérature de l'Inde musulmane. On fait un
ou deux gazals, puis quelques-uns encore; enfin, quand
on en a un nombre suffisant, on les réunit en Dîwân, on
en fait tirer des copies, et on les distribue à ses amis. Il
y a des poëtes qui ont fait plusieurs Dîwâns; Mir Taqui,
par exemple, en a écrit six. Malheureusement on y
trouve souvent les mêmes pensées, et quelquefois les
mêmes expressions; aussi, dans un Dîwân de plusieurs
centaines de pièces, a-t-on parfois de la peine à en
trouver quelques-unes qui offrent des idées nouvelles,
ou originalement exprimées.

Fard « unique », est, ainsi que son nom l'indique,
un vers détaché, c'est-à-dire un *baït* composé de deux
hémistiches. Les Dîwâns se terminent souvent par un
certain nombre de *fard,* et on leur donne alors le titre
général de *fardiyât.*

Gazal, sorte d'ode pareille pour la forme au cacida,
si ce n'est qu'elle est beaucoup plus courte, ne devant
pas être composée de plus de douze vers. Le dernier,
nommé *schâh baït,* « vers royal », doit contenir,
comme le cacida, le takhallus de l'écrivain.

On emploie quelquefois dans le gazal des jeux de
mots particuliers. Ainsi les deux hémistiches du premier
vers, et le dernier des vers suivants, peuvent se commencer et se terminer par le même ou les mêmes mots;
c'est ce qu'on nomme *bâz gascht* « ritournelles [1] ».

Hazliyât « plaisanteries ». On donne quelquefois ce
nom à des pièces de vers plaisants.

Inschâ « production ». C'est un recueil de modèles

---

[1] Le gazal de Wali qui commence par le mot *Dil-rubâ*, et qu'on
trouve page 24 de mon édition, et celui qui commence par les mots *Sab
chaman,* et qu'on lit p. 69, en offrent des exemples.

de lettres qui ressemble assez à nos manuels épistolaires.
Beaucoup d'écrivains se sont exercés à ce genre de composition, et s'y sont livrés sans mesure à leur goût pour
les métaphores tant dans la prose que dans les vers. Je
n'ai pas besoin de dire que les vers originaux, et surtout
les citations y abondent.

Khayâl, ou, vulgairement et en hindouî, *khiyâl*[1].
Les Hindous et les musulmans donnent ce nom à certains petits poëmes à refrain, dont plusieurs sont devenus des chants populaires, auxquels Gilchrist donne le
nom anglais de *catch*. Le sujet de ces poëmes est généralement érotique, ou du moins sentimental. Ils sont
mis dans la bouche d'une femme, et leur langage est
très-étudié. On attribue au sultan Huçaïn Scharquî
de Jaunpûr l'invention de cette espèce particulière de
chanson[2].

Lugz « charade »[3].

Madh « louange », poëme d'éloge qui porte ce titre
particulier.

Mancaba « éloge », autre titre qu'on donne à certains
poëmes écrits à la louange d'une personne.

Marciya « épicède, chant funèbre », ou plutôt « complainte », poëme généralement composé d'une cinquan-
taine de strophes de quatre vers sur les martyrs musulmans[4]. Ces complaintes sont chantées par une seule

---

[1] On peut penser que bien que ce mot ait pris chez les Indiens modernes la forme d'un mot arabe bien connu, et qui signifie « imagination », il est l'altération du sanscrit *khéli* « hymne, chant ».

[2] Willard, « Music of Hindoostan », p. 88.

[3] Ce mot, qui est arabe, est ainsi traduit par feu de Hammer-Purgstall.

[4] Voir des détails sur ces complaintes dans mon « Mémoire sur la
religion musulmane dans l'Inde », et dans les « Séances de Haïdarî »,
traduites par le savant abbé Bertrand.

personne qu'on nomme dans ce cas *bázú* « bras » ; mais le refrain qui termine ordinairement les strophes est chanté en chœur, et on le nomme *jawábí* « réponse ». On donne le nom général de *'idí* « festivus » aux cantiques composés et chantés à l'occasion des fêtes musulmanes et hindoues [1].

Masnaví. On nomme ainsi en persan et en hindoustani les vers appelés en arabe *muzdawij*. Or ces deux mots peuvent se rendre par « accouplés (hémistiches) », et ils servent à désigner une série de vers dont les deux hémistiches riment ensemble, et dont la rime change ou du moins peut changer à chaque vers [2]. On écrit dans cette forme les *wa'z* « avis », ou *pand-náma* « livres des conseils », les poëmes didactiques, tous les longs poëmes quelconques et les narrations en vers. On les divise souvent en « chants » ou « chapitres » qu'on nomme *báb* « porte » ou *fasl* « division ». Ce dernier mot équivaut au *kánd* ou *khandh* des poëmes hindouis.

Maulúd. Ce mot équivaut à nos chants nommés « noëls ». C'est proprement un cantique en l'honneur de la naissance de Mahomet.

Mu'amma « logogriphe », petit poëme spécial [3].

Mubárak bád « béni soit-il ». On donne ce nom à une pièce de congratulation et de louange. En hindoui on l'emploie comme synonyme de *badháwá*.

Mucatta'at « découpure », petit poëme composé de vers très-courts.

---

[1] On en trouve un exemple hindi dans « Report of indigenous education » de H. S. Reid. Agra, 1852, p. 37.

[2] Ils répondent aux vers latins nommés *léonins*. Il y en a beaucoup du même genre dans la liturgie anglicane.

[3] On trouve un grand nombre de ces énigmes dans le *Guldasta-i nischát*, p. 144.

Muçammat, c'est-à-dire « rattaché ». On appelle ainsi un poëme composé de strophes qui ont chacune une rime différente, mais qui se terminent par un hémistiche avec une rime à part, laquelle est la même pour tout le poëme. Il y en a de trois, de quatre, de cinq, de six, de sept, de huit et de dix hémistiches à la strophe, et qui prennent conséquemment les noms de *muçallas, murabba, mukhammas, muçaddas, muçabba', muçamman,* et *mu'aschschar.* Le mukhammas est le plus usité. Quelquefois on compose ce poëme du gazal d'un autre écrivain. Alors chaque vers du gazal forme les deux derniers hémistiches des cinq qui constituent la stance. La première est donc sur la même rime que le premier vers du gazal, dont les deux hémistiches doivent rimer ensemble d'après l'usage. Dans la seconde stance et dans les strophes suivantes, les trois premiers hémistiches riment avec le premier hémistiche du vers du gazal, vers qui devient le quatrième de la strophe; et le cinquième hémistiche reproduit, jusqu'à la fin du mukhammas, la rime de la première strophe, rime qui est la même que celle du gazal.

Mustazâd « addition ». On nomme ainsi un gazal à chaque vers duquel sont ajoutés un ou plusieurs mots avec ou sans lesquels on peut lire le poëme [1]. Cette pièce offre le développement de la figure de rhétorique nommée *i'tirâz* « incidence », ou *hascho* « remplissage », et qui, pour avoir l'approbation des gens de goût, doit être ce qu'on nomme un « beau remplissage », *hascho malih* [2].

---

[1] S. de Sacy, « Journal des Savants », janvier 1827, en donne pour exemple un joli rubâ'i persan. On en trouve plusieurs dans les œuvres de Wali, p. 113 et 114 de mon édition.

[2] Voyez mon troisième article sur la « Rhét. des nat. mus. », p. 130.

Na't « louange » est le nom qu'on donne à l'invocation des poëmes, c'est-à-dire aux louanges de Dieu, de Mahomet et quelquefois des premiers khalifes ou des imâms, par lesquelles les musulmans commencent leurs livres.

Nisbaten « rapports ». On nomme ainsi un genre de composition particulière consistant en des phrases qui paraissent n'avoir entre elles aucun rapport, et pour l'explication desquelles on s'adresse à un interlocuteur dont la réponse s'applique à la fois aux différentes questions.

Nukta « pointe, bon mot », sorte de chant de harem[1].

Quita' « morceau », c'est-à-dire *quatrain* composé de quatre hémistiches, ou de deux vers dont les deux derniers hémistiches seuls riment ensemble. Ils sont fréquemment employés dans les compositions en prose mêlées de vers. On nomme *quita' band* une strophe en *quita'*.

Rekhta « bigarré », et au féminin *rekhtí* « bigarrée ». C'est le nom qu'on donne à la poésie urdue, et par suite à toute espèce de poëme écrit dans ce dialecte, et spécialement au gazal. Ce nom, écrit *rekhtas* à la manière hindie, a été aussi employé par Kabîr pour désigner une classe de ses poésies.

Riçâla. Ce mot, qui signifie proprement « épître », s'emploie pour désigner un petit traité didactique en vers ou en prose, *un opuscule*, et ce que nous pourrions nommer *une brochure*, par opposition au mot *kitâb* « livre », qui signifie *un volume*, *un ouvrage* de longue haleine, et qui équivaut au *pothi* hindoui.

---

[1] Willard, « Music of Hind. », p. 93.

Rubâ'i « quatrain », petite pièce de vers sur une mesure particulière, composée de quatre hémistiches dont les deux premiers et le quatrième riment ensemble. On la nomme aussi *do baïtï* ou « deux vers[1] » ; et on nomme *rubâ'i quita' âmez* « rubà'ì mélangé de quita' », une variété du même poëme.

Salâm « salutation », gazal ou hymne à 'Alì, et même toute espèce de poëme à la louange d'un individu quelconque.

Sâl-guira « retour d'année », c'est-à-dire « anniversaire de la naissance », pièce de congratulation pour cette circonstance.

Sâqui-nâma « livre de l'échanson ». C'est une sorte de dithyrambe d'une quarantaine de vers rimant à la manière des masnawîs, à la louange du vin. Le poëte s'adresse généralement à l'échanson ; et, comme dans le gazal, le sens est souvent spirituel. En effet le vin signifie, chez les auteurs mystiques, l'amour de Dieu ; la taverne, le temple de la Divinité ; le marchand de vin, le prédicateur ; enfin le gracieux échanson est une image de Dieu lui-même.

Sarod « chant, chanson ».

Schikâr-nâma « livre de chasse ». On nomme ainsi un masnawî destiné à célébrer les plaisirs de la chasse, ou plutôt quelque chasse particulière d'un souverain.

Soz. Ce mot, qui signifie à la lettre « brûlure », se donne à un chant érotique passionné qu'on nomme aussi *wâçokht*. On donne également le nom de *soz* aux stances des marciyas.

Tacrit est le nom qu'on donne à un poëme d'éloge exagéré.

[1] Gladwin, « Dissert. », p. 80.

Tarâna ou *tilâna*. Ce mot, qui signifie « modulation » , s'emploie pour exprimer une chanson en *rubá'i*, usitée surtout à Dehli. On nomme *tarâna pardâz* « faiseur de chansons » , les chansonniers qui les composent.

Tarîkh « chronique » . On nomme ainsi une pièce de vers chronogrammatique dans laquelle on fixe, par la valeur numérique des lettres d'un ou de plusieurs mots, d'un hémistiche ou d'un vers, la date d'un événement. Il est essentiel que le poëme et le chronogramme soient relatifs à l'événement dont il s'agit. Ces poëmes servent souvent d'inscription aux édifices et aux tombeaux, et terminent généralement les ouvrages dont ils fixent ainsi la date. On entend aussi par *tarîkh* une chronique, une histoire, tout grand travail sur l'histoire générale ou sur une histoire particulière.

Taschbîb. Ce mot, qui signifie « description de la jeunesse et de la beauté » , indique un poëme érotique qui est classé par les rhétoriciens musulmans parmi les principales compositions poétiques.

Tazkira « mémorial » ou « biographie » . Il y a en hindoustanî, comme en persan et en turc, beaucoup d'ouvrages qui portent ce titre, et qui consistent en des notices sur les poëtes, accompagnées de citations de leurs ouvrages.

Tazmîn « insertion » . On nomme ainsi les pièces de vers qui offrent le développement d'un autre poëme. Elles consistent à accompagner de nouveaux vers des vers connus. Saudâ l'a fait pour un de ses propres gazals, et Tâbân pour un gazal de Hâfiz.

Wâçokht. Ce poëme, qu'on nomme aussi *soz*, pareil pour le fond au gazal, en diffère quant à la forme, car il se compose de vingt à trente strophes de trois vers dont les deux premiers riment ensemble et le dernier avec lui-même (par hémistiches).

Zataliyat. On nomme ainsi des poésies dans le genre de celles de Mir Ja'far Zatali, qui leur a donné son nom, c'est-à-dire moitié persanes et moitié hindoustanies.

Zikri « mention », chant dont le sujet est grave et moral. Il prit naissance dans le Guzarate, et fut introduit dans l'Hindoustan par le càzi Mahmûd[1].

Les deux tables qui précèdent pourront donner, je l'espère, une idée assez juste des principales sortes de compositions hindouies et hindoustanies, c'est-à-dire de la langue moderne d'une grande partie de l'Inde, et de l'idiome plus ancien qui la sépare du sanscrit, idiome de transition dont les poëmes populaires charmèrent le moyen âge de l'Inde, et auquel peut s'appliquer aussi ce que l'auteur du *Sarf-i urdù* dit de l'hindoustani : « C'est une mine d'élégance et de douceur. »

Une grande partie de la littérature hindoustanie, je dois l'avouer, consiste en traductions du persan, du sanscrit, de l'arabe ; mais ces traductions ont souvent de l'importance, parce qu'elles peuvent donner les moyens d'expliquer les passages obscurs ou équivoques des originaux. C'est ce qu'a exprimé le célèbre écrivain hindou Kulpati par ces mots, que j'ai pris pour épigraphe de mes « Rudiments de la langue hindouie » : « Si les poé- « sies qui existent en sanscrit étaient rendues en hindi, « on en comprendrait mieux le sens réel. » Quelquefois même elles remplacent ces ouvrages lorsqu'ils sont malheureusement perdus[2]. Quant aux romans qu'on dit

---

[1] Willard, « Music of Hind. », p. 93.

[2] Comme c'est, je crois, le cas pour le *Baïtâl pachîcî*, par exemple, et pour plusieurs autres ouvrages.

traduits du persan, ce sont plutôt des imitations et même de nouvelles manières de présenter des légendes connues, que de véritables traductions ; or une heureuse imitation est quelquefois préférable à la production première ; jamais elle n'est dénuée d'intérêt [1] ; d'ailleurs j'ai trouvé généralement plus de naturel dans les ouvrages hindoustanis que dans les ouvrages persans, qui se distinguent souvent par une exagération excessive.

C'est de cette littérature presque inconnue à l'Europe que je veux dérouler le tableau. Je veux indiquer les ouvrages de tout genre en vers et en prose qui l'enrichissent et la rendent digne de l'attention du monde savant. Pour cela, j'ai lu un grand nombre d'ouvrages hindoustanis, et j'en ai parcouru un nombre plus grand encore. J'ai eu soin de me procurer le plus de manuscrits que j'ai pu ; je suis allé trois fois en Angleterre pour connaître les richesses hindoustanies des bibliothèques publiques et particulières, et partout, je dois le dire, j'ai trouvé l'accueil le plus flatteur, l'assistance la plus généreuse. La plus belle collection de manuscrits hindoustanis à laquelle j'aie eu accès, c'est celle de la bibliothèque de l'East-India Office, et dans cette bibliothèque, c'est surtout le fonds Leyden qui est le mieux fourni en ce genre. Le docteur Leyden avait été examinateur pour l'hindoustani au collége de Fort-William ; il s'occupait beaucoup de cette langue. Certes, si plusieurs autres orientalistes avaient réuni autant de volumes hindoustanis qu'il l'a fait, je pourrais présenter un tableau bien

---

[1] On peut dire de toutes ces traductions ce que Wilà dit de celle qu'il a donnée du *Tarîkh-i Scher Schâhî* : « Quelque parfait que soit en son « genre l'original persan, je suis venu à bout, je pense, de le reproduire « d'une manière aussi parfaite. »

plus étendu que celui qu'il m'est permis d'offrir aujour-
d'hui au public lettré. J'ai eu surtout recours aux biographies et aux anthologies originales, auxquelles on
donne le nom général de *Tazkira* « mémorial ». On me
blâmera peut-être d'avoir, pour les suivre, mentionné
une grande quantité de poëtes insignifiants, mais j'ai
cru devoir consacrer un article, ne fût-il que de quelques mots, à tous ceux qui y sont signalés.

Voici maintenant la liste alphabétique des ouvrages
de ce genre qui sont parvenus à ma connaissance, avec
l'indication de ceux que j'ai pu consulter. On trouvera
les détails sur ces écrits et sur leurs auteurs dans la partie biographique et bibliographique de cet ouvrage.

I. *'Ayâr uschschu'arà* « la Pierre de touche des poëtes »,
par Khûb Chand Zukà, qui a écrit cet ouvrage à la demande de son maître Mir Nàcir uddin Nàcir, appelé
communément Mir Kallû, en 1247 (1831-32), ou plutôt
de 1208 (1793-94) à 1247 (1831-32), car l'auteur dit
y avoir travaillé treize années. Zukà est mort en 1846,
ainsi que le Dr Sprenger l'a appris de la bouche même
de son petit-fils.

Le *Tazkira* de Zukà est du nombre de ceux dont je n'ai
eu qu'une connaissance médiate. Il est écrit en persan,
et contient les biographies de près de quinze cents poëtes,
avec des fragments de leurs écrits. Le manuscrit que le
Dr Sprenger a eu entre les mains est un in-8° de près de
mille pages de quinze lignes à la page. Ce savant orientaliste considère le *Tazkira* dont il s'agit comme écrit
sans critique et fourmillant de répétitions et d'inexacti-
tudes. Il y a néanmoins de quoi glaner amplement,
et il est fâcheux qu'il n'y en ait pas d'exemplaire en
Europe.

II. *Bârta* ou *Vârta,* collection d'anecdotes sur Vallabha et sur ses premiers disciples, auteurs sans doute, comme Vallabha, de chants religieux hindis.

III. *Bhakta charitr* « Histoire des dévots », c'est-à-dire des saints personnages hindous, lesquels sont généralement auteurs d'hymnes ou de chants religieux, par Ughava-Chiddhan, poëte hindî du quatorzième siècle, auteur d'autres ouvrages.

IV. *Bhakta mâl* « le Rosaire des dévots », ou *Santa charitr* « l'Histoire des saints (hindous des sectes waïschnavas) », ouvrage analogue au précédent.

Il y a plusieurs rédactions du *Bhakta mâl;* mais la base de ces rédactions diverses, ce sont des pièces de vers nommées *chappaï,* sorte de petit poëme que j'ai décrit dans la première des listes que j'ai données plus haut des principaux genres de compositions hindouies et hindoustanies. Ici ces pièces de vers sont des espèces de cantiques ou de chants populaires religieux en hindouî ou ancien hindî sur les saints waïschnavas, chants qui ont une grande célébrité et qui sont dus à Nâbhâ Ji. Ils furent retouchés par Nârâyan-dâs et développés d'abord par Krischna-dâs, puis plus tard par Priyâ-dâs.

Je n'avais pu consulter, lors de la publication de la première édition de cette Histoire, que la rédaction de Krischna-dâs. Aujourd'hui j'ai pu consulter aussi celle de Priyâ-dâs, dont j'ai un manuscrit, unique, je crois, en Europe.

V. *Chaman bé-nazîr* « le Jardin incomparable », ou *Majma' ulasch'âr* « Collection de vers ». Ces deux titres sont ceux de deux éditions du même ouvrage, publiées toutes les deux à Bombay, en 1265 (1848-49) et 1266

(1849-50) : la première par Muhammad Huçaïn, et la seconde par Muhammad Ibrâhîm, le même, je pense, à qui on doit la traduction dakhnie de l'*Anwâr-i suhaïlî*, imprimée à Madras en 1824. Cet ouvrage comprend 249 pages d'extraits de cent quatre-vingt-sept poëtes hindoustanis différents.

VI. Collection de Macbûl-i Nabî de soixante mille vers de trois cents poëtes urdus. Je ne puis malheureusement citer cette Anthologie que pour mémoire, car le manuscrit a été la proie des flammes.

VII. *Dîwân-i Jahân* « le Dîwân du monde (indien) » ou « de Jahân », nom de l'auteur, qui bien qu'Hindou a écrit en urdû. Son *Tazkira* est un de ceux que j'ai mis à contribution pour cette Histoire.

Le *Dîwân-i Jahân* est plutôt une Anthologie qu'une biographie, les notices sur environ cent cinquante écrivains dont il est donné des morceaux étant très-succinctes et les citations au contraire très-étendues.

VIII. *Dulha Râm* a écrit d'innombrables vers à la louange des personnages célèbres par leur sainteté, dont plusieurs sont auteurs de poésies hindies.

IX. *Guldasta-i Haïdarî* « le Bouquet de Haïdarî » ; cet ouvrage, ainsi intitulé par allusion au nom de son auteur (Muhammad Haïdar-bakhsch Haïdarî), contient, outre des anecdotes et un Dîwân, un *Tazkira* des poëtes hindoustanis.

X. *Guldasta-i nâznînân* « le Bouquet des belles », par le maulawî Karîm uddin, auteur contemporain très-fécond. C'est une collection de vers choisis dans les ouvrages des auteurs les plus célèbres de l'Hindoustan.

XI. *Guldasta-i nischât* « le Bouquet de la joie », par Muztarr. Ce *Tazkira*, que j'ai largement mis à contribution pour mon ouvrage, est une sorte de rhétorique pratique formée d'exemples tirés des poëtes de l'Inde qui ont écrit en persan, et d'une collection assez considérable de poëmes et de vers hindoustanis, classés par ordre de matières.

XII. *Gulistân-i Hind* « le Jardin de l'Inde », par Karîm uddîn, déjà cité; collection de bons mots, d'anecdotes, etc., divisée en huit chapitres nommés *gulschan* « parterre », dont le huitième est une collection de vers choisis, propres à être retenus par cœur.

XIII. *Gulistân-i maçarrat* « le Jardin de la joie », anthologie poétique (« Selections from poets ») , par Mustafà Khân de Dehli, directeur de l'imprimerie appelée de son nom *Matba'-i Mustafài,* des presses de laquelle sont sortis de nombreux ouvrages hindoustanis.

XIV. *Gulistân-i sukhan* « le Jardin de l'éloquence », par Mubtala (Kàzim).

XV. *Gulistân-i sukhan,* autre *Tazkira* du même titre que le précédent, par Sàbir (Càdir-bakhsch), prince de la maison royale de Dehli.

XVI. *Gulschan bé-khàr* « le Parterre sans épine », par Schefta (Muhammad Mustafà), dont j'avais obtenu un exemplaire avant même qu'il eût été publié en 1845, contient des notices écrites en persan sur six cents différents poëtes hindoustanis, avec des extraits de leurs ouvrages. J'ai beaucoup puisé dans ce *Tazkira* pour les additions de cette seconde édition.

XVII. *Gulschan bé-khizân* « le Parterre sans automne », n'est guère que la traduction en urdû du *Tazkira* précédent par Bàtin (Gulâm Cutb uddîn).

XVIII. *Gulschan-i Hind* « le Parterre de l'Inde », par Lutf ('Ali), de Dehli. Ce *Tazkira,* écrit en hindoustani, contient des notices assez étendues sur soixante poëtes, et il m'a été fort utile pour mon travail.

XIX. *Gulzâr-i Ibrâhîm* « le Lit de roses d'Ibrâhîm ('Ali) », notices sur trois cents poëtes urdus avec des spécimens de leurs écrits. Ce *Tazkira* est un de ceux dont je me suis le plus servi.

XX. *Gulzâr-i mazâmín* « le Lit de roses des significations », par Tapisch (Jân). Cet ouvrage, qui n'est autre que le recueil des poëmes de peu d'étendue de cet écrivain célèbre, est en même temps une sorte de *Tazkira*, car dans sa préface l'auteur y donne une esquisse de la poésie urdue et des écrivains qui l'ont cultivée.

XXI. *Intikhâb-i dawâwín* ou *Khulâça diwânhâ* « Choix de Dîwâns » des poëtes urdus les plus célèbres, par Sahbâyi (Imâm-bakhsch), de Dehli. Quoique cet ouvrage ne soit proprement qu'une Anthologie, toutefois, comme les extraits poétiques sont précédés de courtes biographies rédigées en urdù, on peut le considérer comme une sorte de *Tazkira*.

XXII. *Kabi (Kavi) bachan sudha* « l'Ambroisie des discours des poëtes », anthologie hindie publiée mensuellement à Calcutta par le bâbû Hari Chandra.

XXIII. *Kavi charitr* « Histoire des poëtes », par Janârdhan, rédigée en mahratti, mais contenant des notices sur des poëtes hindis.

XXIV. *Kavi prakâsch* « Manifestation des poëtes », ce qui doit être, d'après son titre, un *Tazkira* hindi.

XXV. *Kavya sangraha* « Recueil de poésies hindies », ou plutôt « braj-bhâkhâ », par Hirâ Chand, de Bombay.

XXVI. *Muar uschschu'ârâ* « l'Excitation des poëtes ». C'est un recueil des productions poétiques des auteurs anciens et modernes, lequel est publié deux fois par mois à Agra, par Câmar (le munschi Câmar uddîn Gulâb Khân).

XXVII. *Maçarrat afzâ* « l'Accroissement du plaisir » , par Abû'lhaçan, d'Allahâbâd. Je n'ai eu à ma disposition qu'une analyse de ce *Tazkira*, que feu Nath. Bland voulut bien faire pour moi d'après le manuscrit appartenant à Sir W. Ouseley et qui est aujourd'hui à Oxford.

XXVIII. *Majâlis Ranguîn* « les Belles assemblées » ou « les Assemblées de Ranguin (nom de l'auteur) » ; revue critique des poésies contemporaines et de leurs auteurs.

XXIX. *Majmûa'-i nagz* « Charmante collection » par Câcim (le saïyid Abû'lcâcim), de Dehli. Ce *Tazkira* est un de ceux qui ont fourni des additions à cette nouvelle édition. Ce qui distingue cette biographie des autres *Tazkiras* originaux, c'est que Câcim n'a pas placé pèle-mêle les noms des auteurs, mais qu'il a réuni les homonymes, qu'il en a indiqué le nombre et les a mentionnés dans leur ordre. Les articles de Câcim sont moins nombreux que ceux de Sarwar et de Schefta, mais plus développés, et ils contiennent des anecdotes et des citations qu'on ne trouve pas ailleurs.

XXX. *Majmû'a ulintikhâb* « l'Abrégé collectif » , « Anthologie des anthologies » de Kamâl (Faquir Schâh Muhammad). Cet ouvrage m'a aussi offert pour cette seconde édition cinquante-huit nouveaux articles dont plusieurs sont pleins d'intérêt. Malheureusement le manuscrit dont j'ai pu faire usage, bien que d'un beau nasta'lic, est très-négligemment écrit ; ce qui m'a été surtout désavantageux pour la partie anthologique.

XXXI. *Majmûa'-i wâçokht* « Recueil de wâçokhts » , anthologie de vingt et un poëmes de ce genre dus à différents poëtes, qui forme un petit volume in-folio de

68 pages, lithographié à Lakhnau en 1261 (1849), et dont la marge est couverte de texte.

XXXII. *Makzan-i nikât* « le Trésor des bons mots », ou *Nikât uschschu'arà* « les Bons mots », c'est-à-dire « les Beaux discours des poëtes », par Câïm (Quiyâm uddîn). Ce *Tazkira*, divisé en trois parties nommées *Tabacât* « rangées », et qui par suite porte aussi le titre de *Taba.cât-i schu'arà* « Rangées des poëtes », comme un autre ouvrage du même genre dont il sera parlé plus loin, m'a fourni de nouveaux renseignements.

XXXIII. *Mukhtaçar ahwâl muçannifân hindi ké tazkiron kâ* « Notices abrégées sur les biographies hindies », intitulée aussi : *Riçâla dar bâb-i tazkiron kâ.* « Lettre sur les biographies », par Zukà ullah, de Dehli. Cet opuscule est simplement la traduction de mes « Auteurs hindoustanis et leurs ouvrages ».

XXXIV. *Nau ratan* « les Neuf pierres (précieuses) ». Ce titre, qui fait allusion au bracelet ainsi nommé, aux neuf divisions (*nau khand*) de la terre, et aux neuf principaux poëtes de la cour de Bikrmajit auxquels on avait donné ce nom, est celui d'une Anthologie hindoustanie écrite par Muhammad-bakhsch.

XXXV. *Nikât uschschu'arà*, de Mir (Muhammad Taqui). Cet ouvrage, le plus ancien des *Tazkiras* des poëtes urdus, est écrit par un des auteurs les plus distingués de la dernière moitié du dix-huitième siècle, et sur lequel je donnerai des détails circonstanciés dans la partie biographique et bibliographique de mon travail, avec des extraits de ses poésies.

XXXVI. *Râg kalpa druma* « l'Heureux arbre des râgs » ou « modes musicaux », immense collection de chants populaires hindis formant un volume grand in-4°

de près de 1800 pages, par Krischnanand Byàs-déo, surnommé Ràg Sàgar (« l'Océan des ràgs »), par allusion à la collection qu'il a publiée.

XXXVII. *Rauzat uschschu'arà* « Jardin des poëtes », par Kalim (Muhammad Huçaïn), poëme sur les poëtes hindoustànis, pouvant être considéré comme un *Tazkira*.

XXXVIII. *Sabhà vilàs* « le Plaisir de l'assemblée », anthologie de poésies hindies, par le pandit Dharm Nàràyan, qui a pour takhallus le nom de Zamir.

XXXIX. *Saràpà sukhan* « Tout éloquence », par Muhcin, de Lakhnau, collection de morceaux choisis de plus de sept cents poëtes hindoustanis classés par ordre de matières et accompagnés de courtes notices sur leurs auteurs. Cet ouvrage m'a été fort utile pour cette seconde édition.

XL. *Sarv-i Azàd* « le Cyprès libre », ou « le Cyprès d'Azàd », est un *Tazkira* cité par Abû'lhaçan dans son *Macarrat afzà*, ce qui fait supposer qu'il roule sur des poëtes urdus, tandis que N. Bland le cite parmi les *Tazkiras* des poëtes persans. Les deux suppositions sont admissibles : il peut y être question à la fois tant des poëtes indiens qui ont écrit en persan, que de ceux qui ont écrit en hindoustani; car Azàd était poëte hindoustani lui-même et poëte fort distingué. Ce qui corrobore l'explication que je donne ici, c'est qu'Azàd est auteur d'un autre *Tazkira* spécial des poëtes persans, intitulé *Khazàna-i 'àmira* « le Trésor fertile ».

XLI. *Suhuf-i Ibràhim* « les Pages d'Ibràhim », ainsi nommé du prénom de l'auteur, Khalil, sur lequel on trouvera des renseignements à l'article qui lui est consacré dans cette Histoire.

XLII. *Sujàna charitr* « la Chronique des sages »,

sorte de biographie de plus de deux cents poëtes hindouis, par le poëte (kavî) Sûdana.

XLIII. *Tabacât uschschu'arâ* « les Rangées des poëtes »,
par Schauc (Cudrat ullah). Cet ouvrage est quelquefois
désigné sous le simple titre de *Tazkira-i hindi* « Mémorial hindoustanî ».

XLIV. *Tabacât uschschu'arâ*, par Karîm uddîn. Ce
Tazkira, nommé aussi *Tazkira-i schu'arâ-é hindi* « Mémorial des poëtes hindoustanis », publié à Dehli en 1848,
est annoncé comme traduit de la première édition de
mon « Histoire de la littérature hindouie et hindoustanie » ; mais c'est un travail tout à fait distinct. Ce qui
m'a été emprunté a été fourni au savant musulman qui
l'a rédigé par Mr. F. Fallon, aujourd'hui inspecteur de
l'instruction publique en Bihar.

XLV. *Tabacât-i sukhan* « les Rangées de l'éloquence », par 'Ische (Gulàm Muhi uddîn), de Mirat.
Ce *Tazkira*, que je n'ai pu me procurer, contient des
notices sur une centaine de poëtes rekhtas.

XLVI. *Tazkira-i Akhtar* (Wâjid 'Ali), immense biographie composée, dit-on, de cinq mille notices sur des
poëtes persans et hindoustanis. L'auteur n'est autre que
le dernier roi d'Aoude, dont j'ai plusieurs ouvrages dans
ma bibliothèque, mais non celui-ci.

XLVII. *Tazkira-i 'Aschic* (Mahdi 'Ali), de Dehli.

XLVIII. *Tazkira-i Azurda* (Sadr uddîn), mentionné
par Schefta.

XLIX. *Tazkira-i Gurdézi* (Fath 'Ali Huçaïni), une
des biographies que j'ai le plus mises à contribution.

L. *Tazkira-i Haçan,* le célèbre auteur du *Sihr ulbayàn,* souvent cité par Sarwar et par d'autres auteurs,
mais que je ne connais pas.

LI. *Tazkira-i Imâm-bakhsch*, de Cachemire, mentionné par Mashafî, qui se plaint d'avoir été pillé par ce biographe.

LII. *Tazkira-i 'Ischqui* (Rahmat ullah). Je m'en suis servi indirectement au moyen du « Catalogue of the Libraries of the king of Oude » de Sprenger, qui a eu entre les mains la copie de J. B. Elliot, possesseur d'une belle collection de manuscrits hindoustanis.

LIII. *Tazkira-i Jahândâr* (Jawân-bakht), copié à ce qu'il paraît dans le suivant.

LIV. *Tazkira-i Khâksâr* (Muhammad Yâr), cité par Schorisch.

LV. *Tazkira-i Mahmûd* (le Hâfiz), auteur contemporain.

LVI. *Tazkira-i Mashafî* (Gulâm-i Hamdâni). Cet ouvrage, qui roule sur cent cinquante poëtes hindoustanis, est un de ceux où j'ai le plus largement puisé pour mon travail.

LVII. *Tazkira-i Mazmûn* (ou *Mazhim*) (Imâm uddîn).

LVIII. *Tazkira-i Nâcir* (Sa'âdat Khân), de Lakhnau.

LIX. *Tazkira-i Saudâ* (Rafî' uddîn). Je regrette de n'avoir pu consulter cet ouvrage, dû au plus célèbre poëte urdû du dix-huitième siècle.

LX. *Tazkira-i Schauc* (Haçan).

LXI. *Tazkira-i Schorisch* (Gulâm Huçaïn). Il en est de ce *Tazkira* comme de celui de 'Ischqui.

LXII. *Tazkira-i Tirmizi* (Muhammad 'Ali), cité dans le *Gulzâr-i Ibrâhîm*.

LXIII. *Tazkira-i Zauc* (Muhammad Ibrâhîm), célèbre poëte lui-même.

LXIV. *Tazkirat ulkâmilîn* « Mémorial des parfaits », par le bâbû Râm Chand.

LXV. *Tazkirat unniçà* « Mémorial des femmes (célèbres) », par Karim uddin.

LXVI. *'Umdat ulmuntakhaba* « le Pilier du choix », par Sarwar (Muhammad Khàn), biographie anthologique de douze cents poëtes, un des ouvrages originaux de ce genre qui m'ont été le plus utiles.

Les catalogues proprement dits m'ont aussi été d'une grande utilité pour la partie bibliographique. En ce genre, j'ai tiré surtout parti du Catalogue manuscrit d'une précieuse collection de manuscrits persans et hindoustanis [1], d'un personnage de Lakhnau, nommé Al-i Ahmad, et copié en 1211 (1796-97); du catalogue en caractères persans et de celui en caractères dévanagaris de la Société Asiatique du Bengale; et pour la partie anthologique, j'ai puisé avec avantage dans deux recueils précieux sous ce point de vue, dus à des savants anglais. Le premier, c'est le « Selections from the popular poetry of the Hindoos », par feu le colonel Broughton, qui contient cinquante-neuf pièces de chants populaires indiens, et nous fait ainsi subsidiairement connaitre plusieurs poëtes anciens. Le second, auquel a coopéré un écrivain hindoustanî distingué, Tàrini Charan Mitr, auteur de plusieurs ouvrages, est la plus importante des anthologies dont je me suis servi. Elle contient, entre autres, de longs extraits du *Bhakta màl,* des *rekhtas* de Kabîr, un chant du *Râmâyana* de Tulcidàs, des extraits d'une version urdue de l'*Hitopadéça,*

___

[1]. Un exemplaire de ce catalogue m'avait été obligeamment prêté par le professeur D. Forbes, à qui il appartenait, et qui en a fait don ensuite à la Société Royale Asiatique. Un autre exemplaire faisait partie des manuscrits de sir Gore Ouseley; il a été copié, ainsi que me l'a fait savoir feu Nathanael Bland, par un habitant de Barhara en 1211 (1796-97), comme l'autre copie.

la légende de *Sakuntalá* par Jawân, enfin trois cent qua-
rante-huit petits poëmes, dont un bon nombre sont devenus des chants populaires.

Malheureusement les tazkiras sont rédigés d'une manière bien peu satisfaisante. Souvent on ne donne que
le nom des poëtes dont il est parlé et quelques vers extraits de leurs ouvrages comme spécimen de leur talent.
Dans les notices les plus étendues, on ne trouve presque
jamais la date de leur naissance, rarement celle de
leur mort, ni des détails sur leur vie privée. On ne dit
presque jamais rien non plus de leurs ouvrages, on n'en
donne pas même les titres; à peine nous apprend-on si
ces poëtes ont réuni leurs pièces fugitives en *díwán*, et
on ne donne cette indication que parce que les poëtes
qui ont publié un ou plusieurs de ces recueils sont nommés « auteurs de dìwâns », titre qui les distingue des
autres écrivains, et qui paraît équivaloir à celui de
« grand poëte ». La principale utilité de ces tazkiras,
c'est qu'ils offrent de nombreux fragments de poëtes
dont les ouvrages sont inconnus en Europe. Seul des
biographes originaux, Mìr porte quelquefois son jugement sur les vers qu'il cite; il en relève les plagiats et
les expressions qui lui paraissent inexactes ou défec-
tueuses quant à la mesure, et il fait souvent connaître
la manière dont il s'y serait pris à la place de l'auteur
dont il cite des fragments. Sa biographie est d'ailleurs,
s'il faut l'en croire, la plus ancienne de celles qui traitent
spécialement des poëtes urdus [1].

Les biographies originales qui ont servi de base à
mon travail sont toutes rangées par ordre alphabétique

----

[1] Préface du *Nikât uschschu'arâ*.

de *takhallus* [1] ou « surnom poétique ». J'ai suivi cet exemple, quoique mon premier dessein eût été d'adopter l'ordre chronologique : et, je ne le dissimule pas, cet ordre aurait été peut-être préférable, ou du moins plus conforme au titre que j'ai donné à mon ouvrage ; mais il aurait été difficile de l'adopter à cause de l'insuffisance des renseignements que j'ai eus à ma disposition. En effet, comme je viens de le dire, les biographes originaux ne nous font souvent pas connaître l'époque où les poëtes qu'ils mentionnent ont écrit ; et quoiqu'ils en citent assez souvent des vers, on ne peut guère juger du style, parce qu'il a subi par la transcription des changements orthographiques qui les font paraître modernes, quoiqu'ils soient quelquefois anciens. Pour les auteurs hindouis, on n'est pas fixé non plus sur la date précise des écrits de la plupart d'entre eux. Si j'avais adopté l'ordre chronologique, il aurait fallu établir plusieurs catégories : j'aurais mis dans la première les auteurs dont l'époque est bien connue ; dans la seconde, ceux dont l'époque est douteuse ; enfin dans la troisième, ceux dont elle est inconnue. Il aurait fallu agir de même pour les livres dont la mention n'aurait pu trouver place dans le corps de l'ouvrage. J'ai dû renoncer de bonne grâce à cet arrangement, beaucoup plus rationnel néanmoins, tant pour simplifier mon travail, que pour la commodité du lecteur.

Voici toutefois une esquisse de cette classification :

Nous avons d'abord des poëtes hindous [2] ; et, dès le

---

[1] Ce mot, qui est arabe, signifie littéralement « appropriation », parce que les poëtes se l'approprient eux-mêmes selon leur fantaisie.

[2] Le temps précis dans lequel vivaient les poëtes hindis les plus anciens ne peut guère se fixer. Je puis citer, néanmoins, Sankara

onzième siècle [1], le poëte musulman Maç'ûd-i Sa'ad,
sur lequel Nath. Bland a écrit d'intéressantes pages dans
le Journal Asiatique, en 1853; puis, dans le douzième
siècle, Chand, qu'on a nommé l'Homère des Râjpouts,
et Pîpâ, dont les poésies font partie de l'*Adi granth* des
sikhs; dans le treizième siècle [2], Sa'adi, qui n'a pas dédaigné d'écrire des vers dans le dialecte urdû; Bâïjû
Bâwar, poëte et musicien célèbre; et, dans le quatorzième siècle, Khusrau, de Dehli, et Nûri, de Haïderâbâd.

Il y a, sans doute, bien d'autres écrivains hindoustanis qui ont vécu dans les mêmes siècles et antérieurement. Les bibliothèques de l'Inde centrale conservent
certainement d'anciens ouvrages hindis qui sont inconnus; et, dans tous les cas, nombre de chants populaires
remontent aux premiers temps du développement de la
langue hindie.

Dans le quinzième siècle se montrent les plus anciens fondateurs des sectes modernes qui ont employé
l'hindî comme langue liturgique, et qui ont composé
des hymnes religieux et des poésies morales en cet
idiome. Ce sont surtout Kabîr, qui s'éleva énergiquement
contre l'emploi du sanscrit; ses disciples Srutgopâl-dâs,
rédacteur du *Sukh nidhân* [3], et Dharma-dâs, l'auteur de
l'*Amar mâl* [4]; Nânak et Bhago-dâs, qui sont les plus connus et sur lesquels je ne répéterai pas ce que je dis

Acharya, le poëte sanscrit connu par l'*Amara sataka,* qui vivait dans le
neuvième siècle et qui paraît avoir écrit des vers hindis.

[1] Vers 1080.

[2] Vers 1250.

[3] Sur cet ouvrage, voyez l'article Kabir, dans la partie biographique
et bibliographique de cette histoire.

[4] Voyez la Préface de mes « Rudiments de la langue hindouie », p. 5.

ailleurs [1] ; Lâlach, rédacteur d'un *Bhagavat* écrit en hindoustanî de l'ouest, etc.

Dans le seizième siècle, nous avons, parmi les Hindous, Sukh-déo, auquel le biographe Priya-dâs a consacré un article spécial ; Nâbhâ-Jî, l'auteur des chants biographiques qui constituent le texte fondamental du *Bhakta mâl;* Vallabha et Dâdû, chefs de secte et poëtes distingués ; Bihârî, le célèbre auteur du *Sat-saï* [2] ; Gangâ-dâs, l'habile rhétoricien, et plusieurs autres.

Parmi les écrivains musulmans du nord de l'Inde, nous avons, entre autres, Abu'lfazl, le ministre d'Akbar, et Bâyazîd Ançarî, le chef de la secte des roschanîs ou jalâlîs (illuminés).

Parmi les écrivains du Décan, nous avons :

Afzal (Muhammad), duquel le biographe Kamâl dit : « Son style n'est pas châtié, parce qu'à l'époque où il écrivait, la poésie rekhta n'était pas en grande faveur, et qu'il fut obligé d'écrire en dakhnî » ; Muhammad Culî Cutb Schâh, roi de Golconde, qui régna de 1582 à 1611, et qui eut pour successeur 'Abd ullah Cutb Schâh, qui patrona et encouragea spécialement la littérature hindoustanie.

Pour le dix-septième siècle, époque à laquelle commença, surtout dans le Décan, la culture de la véritable poésie urdue, soumise à des règles exactes, je me bornerai à citer, parmi les poëtes hindis, Sûr-dâs, Tulcî-dâs et Kéçava-dâs, les trois poëtes favoris des Indiens modernes, dont il a été dit : « Sûr-dâs est le soleil ; Tulcî,

---

[1] Dans la Préface des « Rudiments de la langue hindouie » et dans cet ouvrage.

[2] Sur ces différents personnages, voyez les mêmes ouvrages.

la lune ; Kéçava-dàs, les étoiles ; les autres poëtes sont
des vers luisants qui brillent çà et là [1]. »

Parmi les poëtes urdus, nous avons Hâtim, dont j'ai
déjà parlé ; Azâd (Faquir ullah), qui, bien que natif de
Haïderâbâd, habita Dehli et y acquit de la popularité
par ses vers ; Jîwan (Muhammad), auteur de plusieurs
ouvrages religieux, etc.

Parmi les poëtes dakhnis : Walî, qu'on a surnommé
« le Père de la poésie rekhta, *bâbâ-é rekhta* » ; Schâh Gulschan, son maître ; Ahmad, du Guzarate ; Tânâ Schâh ;
Schâhî, de Bagnagar, et Mirzâ Abû'lcâcim, officiers de ce
prince ; Awarî ou Ibn Nischâtî, l'auteur du *Phûlban;*
Gauwâs ou Gauwâcî, l'auteur d'un poëme sur la légende
du Perroquet ; Muhacquic, un des plus anciens poëtes
du Décan qui aient écrit dans un rekhta fort ressemblant
à celui de l'Hindoustan ; Rasmî, l'auteur du *Khâwir-nâma,*
'Ajiz (Muhammad), et nombre d'autres.

Il serait trop long de citer les poëtes hindoustanis
qui dans le dix-huitième siècle se sont fait un nom distingué parmi leurs compatriotes. Qu'il me suffise de
mentionner d'entre les écrivains hindis : Gangâ Pati,
auteur d'un traité sur les différentes doctrines philosophiques des Hindous ; Birbhân, fondateur de la célèbre
secte des *sâdhs* ou « purs » et auteur de poëmes religieux
remarquables ; Râm-Charan, fondateur d'une secte qui
porte son nom et auteur d'hymnes sacrés ; Siva Nârâyan, autre fondateur de secte, auteur de onze livres
en vers hindis qui, au lieu de commencer par l'invocation commune de « Louange à Ganescha », *Schrî Ga-*

---

[1] Voyez le texte de cette citation remarquable, p. 8 de mes « Rudiments de la langue hindouie. »

neschayanama! commencent par les mots : « La protection des saints » , *Santa saran.*

Parmi les écrivains urdus, je me bornerai à mentionner Saudâ[1], Mîr et Haçan, les trois poëtes les plus célèbres du dernier siècle, Jur'at, Arzû, Dard, Yaquîn, Figân, Amjad, de Dehli, Amin uddin, de Bénarès, 'Aschic, de Gazipûr; et parmi les écrivains dakhnis, Haïdar Schâh, surnommé *Marciya-go* « chanteur de marciyas » , parce qu'il chantait les complaintes dont il était auteur. On lui doit, en outre, une série de pièces de vers qui offrent le développement de celles dont se compose le Diwân de Wali. Dans ces poëmes, nommés *mukhammas,* chaque *baït,* ou double hémistiche, est accompagné de trois autres hémistiches, et forme ainsi une strophe différente. Abjadi est un autre écrivain dakhnî digne d'être cité; il est auteur d'une petite encyclopédie en vers[2] qui se compose de plusieurs chapitres, chacun sur un mètre différent, que l'auteur a eu soin de faire connaître en tête du chapitre. Sirâj, d'Aurangâbâd, mort vers 1754; 'Uzlat, de Surate, un des poëtes les plus célèbres du Décan, mort en 1165 (1751-52), doivent aussi trouver leur place ici.

Enfin les plus distingués d'entre les écrivains indiens du dix-neuvième siècle et les contemporains sont pour l'hindi : Bakhtawar , à qui on doit une exposition en vers de la doctrine des jaïns, le biographe Dulhâ Râm et Chatrâ-dâs, son successeur dans la dignité religieuse de chef des râmsanéhis.

Pour l'urdû, Sabhâyi et Karîm nous donnent les noms

---

[1] On a même appelé spécialement Saudâ « le roi des poëtes hindoustanis » , *malik uschschu'ara-é rekhta.*

[2] *Tuhfa lissabiyân* « Cadeaux aux enfants ».

de Mûmin, de Dehli, fertile et éloquent poëte mort en 1852, dont le Dîwân est appelé par eux *incomparable;* Nacir, mort en 1842 ou 43, et Atasch, mort en 1847, à chacun desquels on doit un Dîwân devenu populaire; Mûl Chand, l'auteur d'une traduction abrégée en vers du *Schâh-nâma;* Mamnûn, un des plus célèbres écrivains contemporains, et plusieurs autres que j'ai mentionnés dans mes discours d'ouverture.

Pour le dakhnî, je me bornerai à citer Kamâl, de Haïderâbâd, et Musta'an, de Madras.

Si nous faisons actuellement attention à la manière dont les biographes originaux parlent des poëtes qu'ils signalent, nous y reconnaîtrons bien facilement trois classes : les poëtes dont il n'est fait qu'une simple mention, ceux dont il est fait une mention que je nommerai honorable, et enfin ceux qui sont l'objet d'une mention très-honorable, pour me servir des expressions consacrées dans les concours. Je comprends dans la première classe les écrivains qui sont indiqués sans aucun détail, quelquefois avec la simple mention de leur nom et de leur ville natale, et une citation de leurs vers. Ce sont ceux qui ne sont auteurs que d'un nombre de gazals insuffisant pour être réunis en Dîwân, ou à qui on doit d'autres poëmes qui ne sont pas connus sous des titres spéciaux. Dans la seconde, je range les écrivains auxquels on doit un recueil de poésies nommé, selon les cas, *Dîwân* ou *Kulliyât.* Enfin la troisième série se compose des auteurs d'ouvrages en vers ou en prose portant des titres particuliers, presque toujours en sanscrit s'ils sont hindis, en persan et même en arabe s'ils sont urdus ou dakhnis.

Les biographes originaux parlent aussi incidemment,

et je l'ai fait quelquefois à leur exemple, des productions persanes qui sont dues à des écrivains urdus, et on ne sera pas étonné d'apprendre qu'un bon nombre de poëtes hindoustanis ont fait des vers persans et ont même écrit des ouvrages en cette dernière langue, en se souvenant que Racine, Boileau, et la plupart des poëtes les plus distingués du siècle de Louis XIV, auraient cru donner une mauvaise idée de leur instruction s'ils n'avaient publié parmi leurs poésies quelques pièces en latin. A Rome, on faisait des vers grecs en même temps que des vers latins, ce qui faisait nommer ceux qui écrivaient dans les deux langues classiques *utriusque linguæ scriptores*. L'usage indien dont je parle en a fait naître un autre : c'est que les auteurs qui se piquent de cette facilité de composition prennent alors deux différents surnoms poétiques ou *takhallus*, selon qu'ils écrivent en hindoustani ou en persan.

Essayons maintenant de fixer des catégories parmi ces écrivains. La première distinction à établir, celle qui semble la plus naturelle, c'est de les séparer en Hindous et en musulmans, en faisant observer toutefois que presque aucun musulman n'a écrit dans le dialecte hindouî ou hindî, tandis que nombre d'Hindous ont écrit soit en urdû, soit en dakhnî ; de même qu'ils ont écrit plus anciennement en persan, ainsi que Saïyid Ahmad l'a dit dans l'extrait que j'ai donné de son *Açâr ussanâdîd*[1]. Mais tandis que sur les trois mille écrivains indiens dont j'ai parlé on compte plus de deux mille deux cents écrivains musulmans, on ne compte pas huit cents écrivains hindous, et ce ne sont encore qu'en-

---

[1] Voir cet extrait dans « les Auteurs hindoustanis », p. 4 et suiv.

viron deux cent cinquante de ces derniers qui **ont** écrit
en hindi. A la vérité, nous sommes loin de connaître
tous les écrivains qui font partie de cette catégorie, car
nous manquons de Tazkiras pour les poëtes hindis, et
ainsi un grand nombre nous sont inconnus, tandis qu'il
n'en est pas de même des écrivains urdus, dont les biographies originales ont eu soin de citer au moins les
noms. Ce sont surtout des Hindous habitants du Panjâb,
du Cachemire, du Râjpoutana et des pays classiques des
provinces nord-ouest (ainsi nommées par rapport à Calcutta, le siége du gouvernement anglais), Dehli, Agra,
Braj et Bénarès, qui ont écrit en hindi.

Quant aux poëtes dakhnis positivement désignés
comme tels, il n'y en a pas deux cents ; ainsi la plus
grande partie des poëtes dont je parle ont écrit dans le
véritable dialecte urdû, qui est considéré comme l'hindoustanî le plus pur.

Si nous faisons attention aux noms des villes de ces
poëtes, nous saurons par là celles dans lesquelles les
deux dialectes musulmans sont non-seulement usités,
mais le plus cultivés. Ce sont pour le dakhnî : Surate,
Bombay, Madras, Haïderâbâd, Seringapatam, Golconde ;
pour l'urdù : Dehli, Agra, Lahore, Mirat, Lakhnau, Bénarès, Cawnpûr, Mirzâpûr, Faïzâbâd, Allahâbâd et Calcutta, où l'hindoustanî est aussi usité que le dialecte
provincial.

Amman, qui est considéré comme le premier prosa-
teur hindoustanî, a écrit à Calcutta, et il dit à ce sujet,
dans la préface du *Bâg o bahâr :*

« Moi aussi j'ai parlé la langue urdue, et j'ai métamorphosé le Bengale en Hindoustan. »

Il est facile de reconnaître à leur nom seul les écrivains

musulmans ou hindous, et il y aurait même une étude
curieuse à faire sur les noms de ces poëtes. J'ai traité
ailleurs [1] de ce qui concerne les noms et les titres musulmans ; je me bornerai à rappeler que les poëtes musulmans de l'Inde peuvent avoir jusqu'à six noms, surnoms ou titres différents, dont plusieurs doubles et
triples, c'est-à-dire des *'alam* ou noms de saints musulmans, des *lacab*, sorte de sobriquets honorifiques,
comme *Gulâm Akbar* « serviteur de Dieu », *Imdâd 'Ali*,
« la faveur de 'Ali » ; des *kunyat*, surnoms exprimant
la descendance ou la paternité, comme *Abû Tâlib* « père
de Tâlib », *Ibn Hischam* « fils de Hischam » ; des *nis-
bat*, surnoms indiquant le pays et l'origine, comme
Lahaurî « de Lahore », *Canaujî* « de Canoje » ; des
khitâb, titres de rang ou de nationalité, tels que Khân,
Mirzâ, etc., et enfin le surnom poétique ou *takhallus*,
qui est ordinairement un substantif ou un adjectif arabe
ou persan et non indien.

Au lieu des noms des saints de l'islamisme que portent les auteurs musulmans, les Hindous prennent les
noms de leurs dieux ou de leurs demi-dieux. Les musulmans se nomment, par exemple, Muhammad, 'Ali,
Ibrâhîm, Haçan, Huçaïn, etc. ; les Hindous, Har, Nârâyan, Râm, Lakhschman, Gopi-nâth, Gokul-nâth, Kas-
chi-nâth [2], etc.

Les surnoms honorifiques musulmans de *'Abd ul 'Ali*
« serviteur du Très-Haut », *Gulâm Muhammad* « serviteur
de Mahomet », *'Ali mardân* [3] « homme de 'Ali », etc.,

______

[1] « Mémoire sur les noms et titres musulmans ».

[2] Les trois derniers noms sont des noms de Krischna.

[3] Ce nom, qui est celui d'un personnage célèbre de l'Inde, signifie
proprement « les gens de 'Ali », car *mardân* est le pluriel du mot *mard*

ont leurs équivalents hindous dans *Siva-dâs* « serviteur de Siva », *Krischna-dâs, Madho-dâs* et *Kéçava-dâs* « serviteur de Krischna », *Nand-dâs* « serviteur de Nand », *Haldhar-dâs* « serviteur du porte-soc de charrue, c'est-à-dire de Bal », *Sur-dâs* « serviteur du Soleil ».

Et les Hindous ne sont pas seulement serviteurs de leurs dieux, ils sont aussi serviteurs de leurs villes sacrées, de leurs rivières et de leurs plantes divinisées.

Ainsi, nous avons des *Gangâ-dâs* « serviteur du Gange », des *Tulci-dâs* « serviteur de l'*ocimum sanctum* », des *Agra-dâs* « serviteur d'Agra », des *Kaci-dâs* « serviteur de Bénarès », des *Mathura-dâs* « serviteur de Mathura », des *Dwarika-dâs* « serviteur de la ville fondée miraculeusement par Krischna ».

Aux titres de *Mahbûb 'Ali* « chéri de 'Ali », *Mahbûb Huçaïn* « chéri de Huçaïn », etc., répondent ceux de *Schri Lâl* « chéri de Sri ou Lakschmî », *Harbans Lâl* « chéri de la race de Siva ».

Aux titres musulmans de *'Ata ullah* « don de Dieu », *'Ata Muhammad* « don de Mahomet », *'Ali-bakhsch* « don de 'Ali », répondent les titres hindous de *Bhagavân-dat* « Deo datus », *Râm-praçâd* « don de Râma », *Schiv-praçâd* « don de Siva », *Kâli-praçâd* « don de Durgâ ». Les Hindous emploient même quelquefois en ce genre des composés hybrides hindis-persans, tels que *Gangâ-bakhsch* « don du Gange », etc.

Les titres musulmans d'*Açad* et de *Scher* « lion », sont représentés par le titre hindou de *Singh,* qui a la même signification.

« homme »; mais le pluriel se prend souvent dans l'Inde pour le singulier, ainsi que je l'ai déjà dit dans mon « Mémoire sur les noms et titres musulmans ».

Quant aux titres appelés *khitâb*, il y en a de spéciaux aux différentes castes d'Hindous.

Ainsi on donne aux brahmanes les titres de *sarmâ*[1], de *chaubé*, de *tiwârî*, de *dobé*, de *pândé*, de *schastrî*[2]; aux kschatriyas, râjpouts et sikhs, ceux de *thâkur*, de *râé*, de *singh*; aux vaïcyas, marchands ou banquiers, ceux de *sâh* ou *seth* et de *lâlâ*; aux lettrés, ceux de *pandit* et de *sen*; aux médecins, celui de *misr*[3].

Les faquirs hindous sont nommés *gurû*, *bhagat*, *gosâïn* ou *sâïn*, et les sikhs, *bhâî* « frère[4] ».

A l'imitation des Hindous, les musulmans de l'Inde se divisent en quatre classes : les saïyids, les schaïkhs, les Mogols et les Pathans. Les premiers sont les descendants de Mahomet; les seconds, les Arabes d'origine, ce qui n'empêche pas qu'on appelle de ce nom les convertis à l'islamisme; par Mogols, on entend les Persans d'origine, et par Pathans, les Afgans.

On donne aux saïyids le titre de *mîr*, pour « amîr »; les schaïkhs n'ont pas de titre particulier. Les Mogols prennent le titre de *mirzâ*[5] avant leur nom, ou de *beg* après; on les nomme aussi *agâ* ou *khwâjâ*; et les Pathans sont appelés *khân*. Les faquirs musulmans reçoivent les titres de *schâh*, de *sûfî* ou de *pîr*. Leurs docteurs sont nommés *maulâ* ou *mullâ*. Les dames reçoivent

---

[1] Ce mot, qui signifie « heureux », fait partie du nom de l'auteur de l'*Hitopades*.

[2] C'est-à-dire « orthodoxe, sectateur des Schâstars ».

[3] Les musulmans nomment leurs médecins *hakîm* « docteurs ».

[4] Il y a parmi les poëtes hindoustanis un *Bhâî* Gur-dâs et un *Bhâî* Nand Lâl.

[5] En Perse, le titre de *mirzâ*, qui signifie « fils d'émir », désigne un prince après le nom; mais avant le nom, c'est un titre banal qu'on donne entre autres aux lettrés.

les titres de *khánam, bégam, khátún, sáhibá* ou *sáhib,
bí* ou *bibí.*

Schrí et *Déva* sont des titres d'honneur hindous : le
premier signifie proprement « saint », et le second
« dieu ». *Schrí* se met avant les noms et *Déva* après. On
emploie aussi ces titres avec les noms de villes, de montagnes, de rivières, etc. [1]. On donnait autrefois dans
les Gaules les titres de *divus* ou *diva* aux villes, aux forêts, aux montagnes. C'était un usage indien, transporté,
avec les origines du langage celtique et de la religion
druidique, des bords du Gange à ceux de la Meuse, de
la Marne et de la Seine. De nos jours, les Russes nomment encore leur pays la *Sainte Russie.*

Les souverains de l'Inde donnent, même actuellement, aux poëtes les plus distingués de leurs États, ou
aux plus favorisés, soit le titre musulman de *saïyid
uschschu'ara* « seigneur des poëtes », ou *malik uschschu'ara* « roi des poëtes », soit les titres hindous de
kabéswar « seigneur des poëtes », *bar kavi* « excellent
poëte », etc.

Les Hindous qui ont écrit en urdû ont adopté l'usage
musulman de prendre un takhallus, et comme ces surnoms de fantaisie sont généralement empruntés au persan, qui est la langue savante des musulmans de l'Inde,
les mêmes takhallus peuvent être pris par les poëtes des
deux religions, et on ne peut savoir, par conséquent,
lorsque ces auteurs ne sont désignés que par ces surnoms, s'ils sont Hindous ou musulmans.

Parmi ces écrivains, nous trouvons un certain nombre
d'Hindous devenus musulmans, mais aucun musulman

---

[1] Les musulmans emploient, dans ce cas, l'expression de *Hazrat.* Ils
disent ainsi : *Hazrat Dillí, Hazrat Agra.*

qui ait fait profession de l'hindouisme, à moins qu'il
ne soit entré dans une secte radicalement réformée, telle
que celle des sikhs, par exemple, qui nomment *mazhabî*
« religionnaires » les musulmans convertis à leur
croyance. En effet, passer de l'islamisme à l'hindouisme,
ce serait rétrograder, tandis que pour les Hindous l'islamisme est un progrès évident, puisque la croyance en
l'unité de Dieu et en la vie future en est la base. D'ailleurs le rationalisme n'a pas pénétré chez les musulmans
de l'Inde ; ils sont encore très-zélés pour leur culte, bien
que dans la pratique il soit entaché d'hindouisme, et ils
font journellement des prosélytes. C'est ainsi que nous
voyons des poëtes hindous embrasser l'islamisme, renoncer au monde et chanter dans leurs vers l'unité de
Dieu. Tel est entre autres Muztarr (Làla Kunwar Sen),
qui a de plus célébré en beaux vers hindoustanis ce que
les musulmans appellent « le martyre de Huçaïn ».

Nous trouvons aussi parmi les écrivains hindoustanis
quelques Hindous convertis au christianisme, et même,
chose beaucoup plus rare et presque inouïe, quelques
musulmans devenus chrétiens. Voici comment s'énonce
le biographe Schefta en parlant d'un poëte urdû surnommé Schaukat, qui, de musulman qu'il était, se fit
chrétien :

« On dit que Schaukat se lia de grande amitié avec
un Européen, à Bénarès, et qu'à son instigation il quitta
l'islamisme pour se faire chrétien. Que Dieu nous garde
d'un pareil malheur ! Il changea conséquemment son
nom de *Munîf 'Alî* « exalté par 'Ali », en celui de *Munîf
Macîh* « exalté par le Christ ».

Dans ce cas, le changement de nom a presque
toujours lieu. Un autre poëte hindoustani, qui se

nommait *Faïz Muhammad* « la grâce de Mahomet »,
prit, en se convertissant au christianisme, le *lacab* de
Faïz Macîh « la grâce du Christ ».

Il paraît néanmoins qu'à l'exemple des premiers chrétiens, les Hindous convertis conservent leur nom malgré
la signification païenne qu'il peut avoir. Nous avons
parmi les contemporains les plus distingués qui ont agi
ainsi le bâbû Gamendra Mohan Tagore, dont j'ai
raconté, dans mon discours d'ouverture de 1868, l'honorable exhérédation que lui a value, de la part de son
père resté payen, sa conversion au christianisme.

Les tazkiras originaux signalent parmi les poëtes
hindoustanis quelques Juifs d'origine devenus musulmans. Tels sont Jamâl ('Alî) de Mirat, qui vivait à Haïderâbâd il y a une soixantaine d'années ; Jawân (Muhibb
ullah), de Dehli, médecin de profession, élève de 'Ische
pour la poésie, et Muschtâc, l'auteur d'une Anthologie.

Quoique les Parsis écrivent généralement en guzaratî
et quelquefois en persan, il y en a qui ont employé l'hindoustanî, et c'est ainsi qu'on trouvera Bomangî Doçabjî,
de Bombay, parmi les auteurs mentionnés dans mon
ouvrage.

Les mêmes biographes nous signalent parmi les poëtes
indiens quelques chrétiens européens, du moins d'origine. Par exemple, le fils de l'Européen (*Franguî*) Sombre et de la célèbre *Bégam Samrù*, reine de Sirdhana,
surnommée *Zînat unniçâ* « l'ornement des femmes »,
c'est à savoir Sâhib, car tel est son takhallus, tandis que
son principal titre d'honneur est *Zafar-yâb* «victorieux. »
Il fut élève de Dilsoz, et on lui doit des poésies urdues
qui eurent du succès. Il tenait chez lui, à Dehli, des
réunions littéraires auxquelles assistaient les principaux

poëtes de cette capitale, et, entre autres, Sarwar, à qui nous devons ce détail. Il était aussi habile, dit-on, en calligraphie, art fort estimé des Orientaux, en dessin et en musique. Il mourut à la fleur de l'âge, en 1827.

Il avait un ami appelé Balthazar de nom de baptême, et *Acir* « esclave » de takhallus, qui cultiva aussi avec succès la poésie hindoustanie. Sarwar nous apprend qu'il était *Frangui* et chrétien (*nasrâni*), et que ses vers, dont il donne au surplus des échantillons, ne manquent pas d'originalité.

La petite cour de Sirdhana comptait, à la même époque, un troisième poëte hindoustani Européen et, de plus, Français, qu'on appelait *Faraçû* ou *Fransû*, c'est-à-dire « Français ». On le dit fils d'Auguste ou d'Augustin et officier de la reine de Sirdhana. Il est auteur de gracieuses poésies, et élève, comme Sâhib, de Dilsoz, poëte distingué de Dehli.

On cite encore un poëte hindoustani contemporain, chrétien et Anglais, que le biographe original [1] qui en parle nomme *Jarij Bans Schor*, c'est-à-dire, probablement, « George Burns Shore », le nom de famille ayant été considéré par le biographe comme un *takhallus* signifiant « bruit ».

Enfin on signale parmi les poëtes hindoustanis deux Anglais natifs de Dehli, *Isfân*, c'est-à-dire sans doute « Stephen » ou « Stevens », lequel était encore vivant en 1800, et *Jân Tûmas*, c'est-à-dire « John Thomas », nommé aussi *Khân Sâhib* « Monsieur le Khân », poëte contemporain. Ces poëtes sont probablement tous de sang mêlé, « half cast ».

---

[1] Karim.

J'ai connu moi-même un poëte hindoustani de la
même catégorie, feu Dyce Sombre, fils adoptif de la
reine de Sirdhana, dont je viens de parler, personnage
dont le nom retentit si souvent dans les journaux anglais, à propos de son interdiction, contre laquelle il ne
cessa de réclamer. Dyce Sombre faisait avec une certaine
facilité les vers hindoustanis, et il les récitait admirablement.

On cite un poëte hindoustani qui était nègre et qui
se nommait Sidî [1] Hàmid Bismil. C'est un nom à ajouter
à la liste des nègres distingués qu'a donnée l'évêque
Grégoire dans sa « Littérature des nègres ». Notre poëte
nègre était natif de Patna, et, à ce qu'il paraît, esclave.
Il vivait au commencement de ce siècle [2].

Presque tous les écrivains hindis appartiennent aux
sectes réformées des Hindous, c'est-à-dire aux jaïns, aux
kabîr-panthis, aux sikhs et aux waïschnavas de toute
nuance; et les chefs de ces sectes, les plus célèbres
comme les moins connues, sont aussi des poëtes hindis;
tels sont : Ràmànand, Vallabha, Darya-dàs, Jayadéva,
l'auteur du célèbre poëme sanscrit intitulé *Guîtâ Go-
vinda,* Dâdû, Birbhàn, Bàbà Làl, Ràm-Charan, Siva
Nàràyan, etc.

Il n'y a que très-peu de sivistes qui aient écrit en
hindî. La plupart d'entre eux sont restés fidèles à l'ancienne langue aussi bien qu'à l'ancien culte.

Quant aux musulmans, ils se divisent, dans l'Inde,
sous le rapport religieux, en *sunnites* ou « traditionnai-
res » et *schiïtes* ou « séparatistes ». On a souvent com-

[1] Ce titre, qui est la prononciation africaine de Saïyidî, n'est donné
dans l'Inde qu'aux musulmans d'origine nègre.

[2] Sprenger d'après 'Ischqui (« Catal. », t. Ier, p. 215).

paré[1] les sunnites aux catholiques et les schiites aux protestants, parce que ces derniers rejettent la *sunna* ou « tradition relative aux actions de Mahomet », tout en admettant les *hadîs*, c'est-à-dire les paroles attribuées au Prophète par la tradition. Cependant, Chardin, qui, à la vérité, était protestant, fait l'inverse, à cause peut-être des cérémonies extérieures du culte des schiites.

Il y a aussi des dissidents, nommés saïyid-ahmadi, du nom de leur fondateur. Ce sont les wahabis de l'Inde, et on les appelle quelquefois ainsi. Plusieurs écrivains hindoustanis appartiennent à cette secte; tels sont : Hâjî 'Abd ullah, Hâjî Ismaïl, et plusieurs autres dont j'aurai l'occasion de parler.

On trouve également parmi les écrivains hindoustanis un grand nombre de philosophes musulmans ou sofis, dont plusieurs sont réputés saints; des poëtes mendiants, non-seulement volontaires ou faquirs, mais de véritables mendiants, qui vont vendre dans les marchés, sur des feuilles volantes, les pièces de vers de leur composition. Tels furent Makàrim (Mirzà), de Dehli, et Kamtarin (Miyan), surnommé Pîr-Khàn[2], qui vendaient eux-mêmes, à l'*urdû mu'alla*[3], leurs gazals sur des feuilles volantes, à deux païça (environ dix centimes) la pièce.

A côté de ces poëtes mendiants, nous avons des poëtes de profession, c'est-à-dire des gens de lettres occupés exclusivement de poésie, puis des poëtes amateurs

---

[1] Je suis un de ceux qui ont fait cette comparaison dans mon « Mémoire sur un chapitre inconnu du Coran ». Journal Asiatique, 1842.

[2] Il est mort en 1168 (1754-55). Quant à son titre pompeux de Khàn, on le donne dans l'Inde, comme je l'ai dit, à tous les Pathans ou Afghans, et, en effet, notre poëte était Afghan.

[3] On a vu plus haut qu'il faut entendre par cette expression le grand marché de Dehli.

de toutes les classes, et même d'entre les gens du bas peuple, et enfin un bon nombre de poëtes rois, des poésies desquels il a été dit : « Les discours des rois sont les rois des discours[1]. » Tels sont, outre les trois rois de Golconde dont j'ai déjà parlé, Ibrâhîm Adil Schâh, roi de Béjapûr, le malheureux Tippou, roi du Maïssour, les grands mogols Schâh 'Alam II, Akbar II et Bahâdur Schâh II, le nabâb et les rois d'Aoude Açaf uddaula, Gâzî uddin Haïdar et Wajîd 'Ali.

On peut séparer enfin de la masse des poëtes hindoustanis les femmes poëtes, dont j'ai cité plusieurs dans un article spécial[2]. Parmi celles dont je n'ai pas parlé, je puis mentionner la princesse Khâla[3], c'est-à-dire « la tante maternelle ». Elle avait pris, en effet, ce takhallus parce qu'on la désignait familièrement sous ce nom dans le harem de son neveu, le nabâb 'Imâd ulmulk, de Farrukhâbâd ; mais son surnom honorifique ou *khitâb* était *Badr unniçâ* « la pleine lune des femmes », c'est-à-dire la plus remarquable des femmes[4].

Je citerai aussi Amat ul Fâtima Bégam, connue sous le takhallus de Sâhib, et nommée familièrement Jî Sâhib ou Sâhib Jî « Madame la Dame », célèbre parmi les écrivains urdus, surtout par ses gazals. Elle est élève d'un poëte très-distingué, Mun'im, qui a été aussi le maître de Schefta, un des biographes que j'ai le plus consultés, et de plusieurs autres écrivains. Elle a habité tour à tour Dehli et Lakhnau, et elle est l'objet d'un

[1] Discours d'ouverture du cours d'hindonstani de 1851.
[2] « Les Femmes poëtes de l'Inde », numéro de mai 1854 de la « Revue de l'Orient ».
[3] Ce mot est arabe et signifie « la sœur de la mère ». Il est le féminin de *khâl* « frère de la mère, oncle maternel ».
[4] 'Ischqui, cité par Sprenger.

masnawi de Muzi' ullah Khàn, intitulé « Le tendre discours », *Caul-i gamîn*.

Une autre femme poëte, probablement musulmane malgré son nom hindou, c'est Champa, dont le nom est celui de la jolie fleur du *michelia champaka*. Elle faisait partie du harem du nabâb Huçam uddaula, et Càcim la met au nombre des poëtes urdus.

Nous avons aussi une simple bayadère nommée *Farh* « joie », ou plutôt *Farh-bakhsch* « donnant la joie », à qui on doit des poésies hindoustanies. Schefta mentionne une autre bayadère nommée Ziyâ « éclat » ; et 'Ischqui une troisième, nommée Ganchîn.

Une quatrième bayadère a acquis, comme poëte hindoustani, une plus grande célébrité que les précédentes, c'est Jân (Mir Yâr 'Alî Jàn Sàhib), native de Farrukhâbàd, mais qui a surtout habité Lakhnau, où elle a obtenu ses succès littéraires. Elle s'appliqua dès son enfance à la musique et à la littérature, et elle apprit le persan. Elle s'adonna surtout à la poésie hindoustanie , et le biographe Karîm la considère comme son maître et la consultait sur ses propres vers. Elle a publié à Lakhnau, en 1262 (1846), un Dîwân ou recueil de ses poésies qui a eu un grand succès et qui est écrit dans le style particulier aux zanànas ; elle était alors âgée d'environ trente-six ans.

Je dois mentionner encore une femme poëte hindoue, Ràm Jî, de Narnaul, surnommée *Nazâkat* « gentillesse », dont le prodigieux talent et la rare beauté sont célébrés par des expressions extravagantes dans les biographies originales, et qui vivait encore en 1848 ; Taswîr, dont le nom signifie « peinture », c'est-à-dire « belle comme une peinture » ; Suraïya « les Pléiades » ; Yâs « déses

poir », et plusieurs autres dont on trouvera la mention dans cet ouvrage.

L'esquisse abrégée qui précède donne une idée du
contenu de la partie principale de mon travail, pour lequel je réclame l'indulgence du monde érudit, et spécialement des enthousiastes du sanscrit qui dédaignent
les langues usuelles, sans faire attention qu'elles devien-
dront à leur tour des langues savantes, et que, dans tous
les cas, elles sont le véhicule de la civilisation et le chaî-
non qui doit lier le présent à l'avenir.

BIOGRAPHIE

BIBLIOGRAPHIE ET EXTRAITS.

A

ABAD [1] (Mahdî Huçaïn Khan), de Lakhnau, fils de
Gulâm Ja'far Khân, est un poëte hindoustani très-distingué, élève du schaïkh Imâm-bakhsch Nâcikh, et auteur
de gazals et de wâçokhts. On a publié à Lakhnau, en
1847, quelques-unes de ses poésies avec celles de Nâcikh
et d'Atasch, sous le titre de *Bahâristân-i sukhan* « le Jardin
de l'éloquence ». Elles forment trente-deux pages in-8°
et elles sont indiquées dans le n° VII du « Journal of
the Asiatic Society of Bengal », 1854, p. 642, sous le
titre anglais de « The Poems of Nasikh, Atasch and
Abad ». On a aussi publié des pièces de vers de ce poëte
dans la collection de wâçokhts imprimée à Dehli en 1849.

Le Diwân d'Abâd porte le titre particulier de *Nigâri-
stân-i 'ischc* « la Galerie de peintures de l'amour ». Ce
Diwân, colligé en 1252 (1836-37), est composé de deux
cent trente-deux gazals; il a été lithographié au *Mùçawi
Press* à Lakhnau en 1263 (1846-47), et il forme 50 p.
in-8° de cinq *misra's* (hémistiches) à la page. Il paraît
qu'il faut distinguer de ce Diwân un autre recueil qui
se compose de gazals écrits dans les différents *bahars*
ou mètres arabes usités en hindoustani et dans les autres
langues de l'Orient musulman [2].

[1] P. « Florissant ».

[2] A ce sujet voyez mon « Mémoire sur la prosodie des langues de
l'Orient musulman », et le Mémoire plus spécial pour l'hindoustani, dans
le Journal Asiatique de 1832.

ABAL KHAN (le maulawî) est auteur du *Majmû'a-i schamsî* « Summary of the Copernican system of Astronomy, by Moulvi Ubul Khan and D' W. Hunter », ouvrage hindoustani imprimé à Agra par le School Book Society [1].

I. 'ABBAS [2] (le nabâb ICTIDAR UDDAULA MIRZA 'ABBAS) est auteur d'une Histoire de N. S. Jésus-Christ en vers rekhtas, qu'il a intitulée *Masnawî Mîrzâ 'Abbâs,* et qui forme un volume de 300 p. de onze vers à la page.

Le D' Sprenger rencontra à Lakhnau, en 1849, ce poëte musulman, qui avait alors quatre-vingts ans, et qui lui dit qu'il avait voulu, par cet ouvrage qui parait favorable aux idées chrétiennes, montrer qu'il était au-dessus des préjugés de ses coreligionnaires.

On a aussi du même écrivain un Dîwân, dont le D' Sprenger possédait un exemplaire [3].

II. 'ABBAS (MIRZA 'ABBAS 'ALÎ BEG) est un poëte du Décan mentionné par Sarwar, qui en cite des vers dans son *Tazkira.*

III. 'ABBAS (MÎR), de Lakhnau, *thânâdâr* « officier de police » du commissariat de Lakhnau, fils de Mîr Imâm uddîn, petit-fils des schaïkhs défunts Gulâm Huçaïn et Gulâm Haçan, possesseurs de fiefs à Dârâpûr, et descendant du célèbre saint musulman Farîd Schakar-Ganj [4], est un poëte contemporain, élève du khwâjâ Wazîr et auteur d'un Dîwân dont Muhcin cite plusieurs gazals dans son *Sarâpâ sukhan.*

On doit aussi à cet auteur un opuscule intitulé *Ba wajh-i*

---

[1] Zenker, « Bibliotheca orientalis », t. II.

[2] Nom d'un oncle de Mahomet, lequel sert de *'alam* aux musulmans. Voy. mon « Mémoire sur les noms et titres musulmans ».

[3] « Bibliotheca Sprengeriana ».

[4] Au sujet de ce personnage, voy. mon « Mémoire sur la religion musulmane dans l'Inde », p. 94.

pahéli « En forme d'énigmes », qui est un recueil en vers d'énigmes nommées *pahéli* et dont on attribue l'invention au grand poëte persi-indien Amîr Khusrau. Mais il semble que l'auteur de cet opuscule serait plutôt *Hazârí Lâl Muztarr*. Cet opuscule, dont j'ai un exemplaire, a été lithographié en 1922 du samwat, 1262 de l'hégire et 1866 de J. C., par l'ordre de Lâla Schiv Nârâyan, raïs de Dehli, à la typographie appelée *Bahrí*.

IV. 'ABBAS, fils de Nâcir 'Alî l'historien, petit-fils de Fazl ullah Jâjmûî et frère de Câcim 'Alî, est auteur de la traduction de l'arabe en urdû, du *Dacâïc akhbâr* « Minuties des nouvelles », par l'imâm Hujjat ulislâm Abû Hâmid Muhammad, fils de Muhammad Gazâlî. Il a donné à sa traduction le titre de *Subh ka sitâra* « l'Étoile du matin ». Cet ouvrage traite des questions religieuses susceptibles d'explications, telles que la création de l'homme, celle des anges, la mort, l'âme, etc.

Cette traduction urdue a été imprimée à Lakhnau, en 1268 (1851-52), en un in-8° de 88 p., et j'en ai une édition de 40 p. grand in-8°, de 26 lignes à la page.

V. 'ABBAS. On doit à un écrivain de ce nom le *Munâjât, na't, mancaba, madh-i awliyâ* « Prières, éloges, louanges, panégyriques des saints », ouvrage religieux musulman. Lahore, 1867, in-8° de 8 p.

I. 'ABD [1] (Mirza 'Abd ullah), fils de 'Askar Khân et élève de Mirzâ Zuhûr 'Alî. Il était très-lié avec Abù'l-haçan, qui lui a consacré un article dans sa Biographie des poëtes hindoustanis.

II. 'ABD (Miyan 'Abd ullah Schah), élève de Miyân Allah Nûr Schâh, demeurait à Tunâk et avait trente-quatre ans en 1847. Il est habile en poésie et dans la

---

[1] A. « Esclave, serviteur (de Dieu) ».

théologie ésotérique, selon ce que nous apprend Karim dans son *Tazkira*.

'ABD ULBACA[1] est auteur 1° d'un traité (*riçála*) sur la religion intitulé *Kaschf ulahkâm* « Explication des préceptes (religieux) », imprimé à Mirat en 1864 ;

2° Du *Záyid Furçân* « Accessoire du Coran », ouvrage qui traite aussi de la religion ; imprimé dans la même ville et en la même année.

'ABD ULBARR[2] est un poëte hindoustani mentionné par Mir Taquî dans son *Nikât uschschu'ara*.

I. 'ABD ULCADIR[3], fils de 'Atíc ullah, est auteur d'un traité sur l'aumône intitulé *Kanz ulkhaïrât fî macâïl uzzakât* « Le trésor des bonnes œuvres par rapport aux questions sur l'aumône », grand in-8° de 60 pages. Cawnpûr, 1281 (1864-65)[4].

II. 'ABD ULCADIR (le maulànà), de Dehli, fils du schaïkh Wali ullah, et petit-fils de 'Abd urrahman, est surtout connu par sa traduction hindoustanie du Coran, qui porte le titre de *Muzih-i Curán* « Exposition du Coran ». Son père avait traduit le Coran en persan : mais quoique la connaissance de cette langue soit beaucoup plus répandue dans l'Inde musulmane que celle de l'arabe, toutefois la masse des sectateurs de Mahomet l'ignore, et ainsi le but que se proposait le père de l'auteur, celui de propager la connaissance du livre du faux prophète, n'était qu'à demi rempli. C'est ce que sentit bien 'Abd ulcâdir ; et pensant, comme il le dit

---

[1] A. « Serviteur de l'Immutabilité », c'est-à-dire « de Dieu ».

[2] A. « Serviteur du Juste (par excellence) », « de Dieu ».

[3] A. « Serviteur du (Tout-)Puissant ». C'est aussi le nom du fameux émir de Mascara que les Français eurent tant de peine à soumettre.

[4] J. Long, « Descriptive Cat. », 1867, p. 43.

dans sa préface, qu'il n'était pas plus difficile de traduire
le Coran en hindoustani qu'en persan, il entreprit ce travail, heureux de rendre par là un service signalé à la cause
de la religion musulmane, en faisant connaître les vrais
principes de cette religion, ignorés de la plupart de ceux
à qui les livres arabes et persans sont inaccessibles. « Les
musulmans, dit-il à ce sujet dans sa préface, sont tenus
de connaître Dieu tel qu'il s'est révélé aux hommes, ses
attributs et ses ordonnances, ce qu'il aime et ce qu'il
désapprouve, car hors de son service il n'y a rien, et
celui qui n'en observe pas les règles n'est pas son serviteur. Or la connaissance de Dieu ne s'acquiert que par
l'indication qu'on nous en donne. L'homme naît dans
une ignorance complète : tout ce qu'il apprend, on le lui
enseigne; mais quelque confiance que méritent les paroles de ses instituteurs, elle n'est cependant pas comparable à celle qu'on doit accorder à la parole de Dieu,
car la direction qu'on y trouve n'existe point ailleurs. »

'Abd ulcàdir fait ensuite connaître la méthode qu'il
a suivie dans sa traduction.

Il dit d'abord qu'il ne lui a pas paru nécessaire de
rendre l'arabe *mot à mot,* parce que la construction de
l'hindoustani est tellement éloignée de celle de l'arabe,
que si on suivait celle-ci il serait impossible de saisir le
sens du discours. Il annonce en second lieu que pour
être bien compris de tout le monde, il a écrit en hindoustani courant et non pas en *rekhta,* c'est-à-dire dans le
style élevé employé par les poëtes. Ce ne fut qu'après
avoir terminé sa traduction que pour se rendre aux vœux
qu'on lui exprima il joignit à son travail des notes exégétiques qui ne font pas positivement partie de l'ouvrage,
et que les copistes, dit-il, peuvent transcrire ou omettre

à volonté. Le titre de *Muzih-i Curán*, que 'Abd ulcàdir donna à son ouvrage, indique à la fois quel en est le sujet et quelle est la date ou *tarikh* de la composition. En effet, en additionnant la valeur numérique des lettres qui composent ces deux mots, on a le nombre, c'est-à-dire l'année de l'hégire 1205 (1803 de J. C.), époque où ce travail fut achevé.

Cette traduction ne tarda pas à être connue, et sa fidélité fut généralement appréciée par les juges compétents; aussi des copies furent-elles bientôt répandues parmi les musulmans. Mais ce mode de publicité, lent et difficile, était loin de satisfaire le besoin d'instruction religieuse qui se fait vivement sentir parmi les musulmans de l'Inde. Il était réservé au saïyid 'Abd ullah[1] de remédier à cet inconvénient en publiant l'ouvrage de 'Abd ulcàdir.

Le style hindoustani, tant de la traduction que des notes, est très-pur et très-clair; on a même adopté une sorte de ponctuation pour en faciliter l'intelligence. La traduction en paraît fort bonne : elle est bien préférable à celle dont on a donné des extraits dans le *Hidáyat ulislàm*. Les notes sont pleines de sens ; on y trouve bien rarement de ces arguties scolastiques qui rendent insipide la lecture des commentateurs arabes. Elles sont empreintes d'un esprit religieux de liberté qu'on ne s'attend guère à trouver dans l'ouvrage d'un docteur musulman ; elles ont en général peu d'étendue : « Les meilleurs discours, dit Walî[2], ne sont pas les plus longs, mais ce sont ceux qui, en peu de mots, expliquent clairement ce qu'on veut exprimer. »

[1] Voy. son article.

[2] Voy. le texte, pag. 128, lig. 25, de mon édition des OEuvres de ce célèbre poëte du Décan.

Pour faire juger de la manière dont est exécuté ce travail, j'en ai cité ailleurs quelques passages [1], et j'ai inséré dans la « Chrestomathie hindoustanie » la surate entière de Joseph. J'engage le lecteur à en prendre connaissance. Il y en a plus qu'il n'en faut pour donner une idée assez exacte d'un ouvrage important non-seulement pour l'Inde musulmane, mais encore pour l'Europe savante. Nul doute que ce travail ne puisse être utilement consulté par celui qui voudra connaître le vrai sens des passages obscurs du livre sacré des Arabes.

Cette traduction du Coran a eu plusieurs éditions, une entre autres à Hougly, en 1829, composée de deux tomes en un vol. in-fol. de 850 p. ; une à Bombay, de 1270 (1853-54); une autre en caractères latins, publiée à Lakhnau, et celle qui a été imprimée à Allahâbâd, en 1854, par les missionnaires presbytériens américains [2]. Cette dernière édition est précédée d'une préface dans laquelle sont réfutées les erreurs des mahométans et résolues toutes leurs objections contre la religion chrétienne ; elle est accompagnée d'un commentaire opposé au Coran, dans le genre de celui de Marracci.

'ABD ULGAFUR [3] (le saïyid) était l'éditeur d'un journal urdû de Dehli qui paraissait en 1841, et qui était intitulé, par allusion au titre de l'auteur, *Saïyid ulakhbâr* « le Saïyid des nouvelles ». Ce journal était l'organe des musulmans sunnites de Dehli. L'éditeur, fervent musulman, s'y livrait souvent à des discussions

---

[1] Journal des Savants, année 1834. Je reproduis, du reste, ici et dans l'article suivant, une partie de ce que j'ai dit dans ce recueil scientifique et littéraire.

[2] Curan; maulawî Abd ulqâdir ka tarjuma, zabân-i urdu men ; aur hashiya, nasara musanif ke. In-8°, Allahâbâd, 1844.

[3] A. « Serviteur du Compatissant (Dieu) ».

religieuses ; mais il y admettait aussi d'autres articles
instructifs et donnait les nouvelles du jour.

I. 'ABD ULHACC[1] (le maulawî saïyid), fils de Schâh
Gulàm-i Raçûl, de Bareilly, est auteur d'une traduction
urdue de l'ouvrage persan intitulé *Jazb ulculûb* « l'Attraction des cœurs » , en urdû, grand in-8° de 288 p. de
23 lignes, imprimé à Lakhnau en 1281 (1864-65), avec
notes marginales. Le titre complet de l'ouvrage persan,
qui est en prose comme la traduction et qui n'est autre
qu'une description de Médine, est *Jazb ulculûb ilâ diyâr
ulmahbûb* « l'Attraction des cœurs vers les tabernacles du
bien-aimé » , c'est-à-dire de Mahomet. Description de
Médine, où se trouve le tombeau du Prophète.

L'auteur de l'ouvrage persan, qui l'a écrit en 1002
(1592-93), a le même nom que le traducteur.

II. 'ABD ULHACC (le cazi MUHAMMAD) est auteur du
Ta'lîm-i tiflân « Enseignement des enfants » , en urdû ;
guide pour la prononciation du Coran.

III. 'ABD ULHACC (SCHAH) est auteur de l'ouvrage
intitulé *Adab ussâlihîn* « les Mœurs des honnêtes gens » ,
recueil de préceptes moraux, imprimé à Madras en
1845, in-16, dont il y avait un exemplaire à la Bibliothèque de l'East-India Office ; mais cet ouvrage paraît
être écrit en persan, car on en a annoncé une traduction urdue sous le titre de *Hâdi unnâzirîn* « le Directeur
des clairvoyants » , dans le n° du 8 mars 1866 de
l'*Akhbâr-i 'âlam* de Mirat, laquelle forme 252 p.

2° Du *Takmîl ulîmân* « la Perfection de la foi » ,
ouvrage dont on a publié un abrégé à Madras en 1846[2],
et qui traite des principes de la religion musulmane.

---

[1] A. « Serviteur de la Vérité », c'est-à-dire « de Dieu ».
[2] Voyez plus loin l'article sur MUHAMMAD MAHDI.

’ABD ULHALIM [1] (le munschî) est un savant musulman aux soins duquel est due l’édition de *Gul o Sanaubar kâ* (*Quissa*) publiée à Calcutta en 1847, par Hidâyat ’Alî, d’Islàmàbâd, petit in-8° de 164 p.

’ABD ULISLAM [2], de Lakhnau, est auteur d’une traduction hindoustanie de l’ « Introduction to Astronomy » de James Fergusson, travail exécuté par ordre du roi d’Aoude Nacir uddîn Haïdar et imprimé à Calcutta.

On a publié aussi aux frais du Calcutta School Book Society, les « Illustratives Plates of Fergusson’s Astronomy ».

’ABD ULJABBAR [3] est auteur de l’*Ibtâl uttaclîd* « Destruction de l’imitation théologique », n° 1073 du Catalogue des livres achetés par le gouvernement anglais après la prise de Dehli en 1857.

’ABD ULKARIM [4] est l’éditeur du *Guldasta-i anjuman* « Bouquet de la société », collection de pièces de vers urdus lues dans une réunion littéraire. Lahore, 1867, in-8° de 28 p.

I. ’ABD ULLAH [5] (le hâjî saïyid), fils du saïyid Bahâdur ’Alî [6], petit-fils du saïyid Haçan et arrière-petit-fils du saïyid Ja’far, naquit à Sawâna, ville à treize kos sud de Thanéçar et à cinq journées de marche de Dehli. Ses ancêtres habitèrent Lahore avant de résider à Sawâna. Un d’eux, Schâb Zaïd, général d’armée, vint de Lahore à Sawâna avec ses frères, pour combattre le

[1] A. « Serviteur du Clément (Dieu) ».
[2] A. « Serviteur de l’islamisme ».
[3] A. « Serviteur du Tout-Puissant ».
[4] A. « Serviteur du Généreux (Dieu) ».
[5] A. « Serviteur de Dieu ».
[6] Voy. l’article consacré à cet écrivain.

râjâ hindou de ce pays. Après l'avoir vaincu, il périt
martyr en cet endroit. Ses frères et ses enfants se fixèrent
à Sawâna et gouvernèrent quelques villes des environs.
Il y a eu dans cette famille plusieurs saïyids distingués;
elle remonte à l'imâm 'Ali Asgar, petit-fils de l'imâm Zaïn
ul'âbîdin.

Le saïyid 'Abd ullah s'était retiré à Calcutta, et il y
résidait depuis quelque temps, lorsque l'*amîr des croyants*,
l'imâm des musulmans (comme il le nomme), Sa Sei-
gneurie le saïyid Ahmad, vint à Calcutta, conduit par le
désir de s'y embarquer pour aller faire le pèlerinage de
la Mecque et de Médine.

A cette époque, 'Abd ullah avait déjà réfléchi sur la
position fâcheuse des musulmans de l'Inde britannique,
où, indépendamment des mauvais exemples que leur
donnent les payens hindous, ils en trouvent souvent de
pernicieux parmi les Européens à qui ils sont soumis et
qu'ils sont obligés de fréquenter. « Aussi, dit-il, la
crainte de Dieu, de son prophète et des magistrats musulmans s'est éloignée de leur cœur. Ils ont quitté la voie
droite de l'islamisme et sont tombés dans celle de l'idolâtrie et des innovations, s'étant livrés à leur gré à tous les
désirs sans en être empêchés. » 'Abd ullah regrettait que
les gens instruits d'entre les musulmans ne s'occupassent
pas un peu plus de l'instruction religieuse du peuple. Il
n'y avait pas longtemps que 'Abd ullah avait fait ces sages
réflexions lorsqu'il fut admis avec des centaines de musulmans dans la nouvelle secte d'Ahmad, et eut l'honneur de faire en sa compagnie le pèlerinage des villes
saintes de l'islamisme. Pendant le temps qu'ils restèrent
dans ces villes pour y accomplir les rites du pèlerinage,
Ahmad, qui était fils d'une sœur de 'Abd ulcâdir, eut occa-

sion de voir chez 'Abd ullah l'exemplaire que ce dernier possédait de la traduction hindoustanie du Coran, dont le même 'Abd ulcâdir était l'auteur, et il en voulut prendre copie dans le lieu même du pèlerinage. Il exprima en même temps l'opinion que si l'on publiait cette traduction, on pourrait espérer que les musulmans connaîtraient enfin la parole de leur Créateur et s'y conformeraient. Ces simples paroles furent un ordre pour 'Abd ullah. A son retour de Calcutta il mit la main à l'œuvre, et avec l'aide du maulânâ 'Abd ulhaïyî, du maulânâ Muhammad Ishac, de Dehli, et du maulawî Haçan 'Alî, de Lakh-nau, il revit la traduction de 'Abd ulcâdir, y ajouta quel-ques notes, et prépara la copie qui devait être livrée à la presse. Lorsqu'il était en doute sur quelque passage, il consultait une traduction hindoustanie[1] à laquelle son père, le saïyid Bahâdur 'Alî, avait travaillé, le com-mentaire du défunt maulânâ Schâh 'Abd ul 'Azîz[2], inti-tulé *Tafsîr-i 'Azîziya* « Explication de 'Azîz » ; le *Tafsîr-i Huçaïnî* « Commentaire de Huçaïn Wâïz Kàschifî », auteur de l'*Anwâr-i suhaïlî*, et de bonnes copies du Coran.

Non content d'imprimer ce travail, 'Abd ulcâdir, notre éditeur, l'accompagna du texte arabe, et rendit la version hindoustanie interlinéaire ; il n'est pas inutile de remarquer, en effet, que c'est à lui que cette traduction doit cette forme, qu'elle n'avait pas dans l'origine. 'Abd ullah la lui a donnée pour faciliter l'usage du texte du Coran à ceux qui ont quelque teinture de cette langue,

[1] Celle apparemment dont on a donné des extraits dans l'Eucologe musulman imprimé à Calcutta sous le titre de *Hidâyat ulislâm*.

[2] Voy. au sujet de ce personnage ma Notice sur des vêtements à inscriptions dans le numéro d'avril 1838 du Journal Asiatique.

ce qui n'empêche pas qu'on puisse lire la version hindoustanie sans s'occuper du texte arabe. Du reste, d'autres
traductions interlinéaires du Coran sont répandues dans
l'Inde, surtout dans le Décan. Il y en a une qui est accompagnée des commentaires persans de Huçaïni et de
'Abbâci, 2 vol. in-4°, Calcutta, 1837. Je possède un
exemplaire lithographié du tome Ier de cet ouvrage. On
en a publié à Mirat, en 1867, une édition avec une traduction interlinéaire en urdû et en persan de 693 p.
de 10 lignes. Le volume se compose du texte arabe,
imprimé avec beaucoup de soin et accompagné de
tous les signes de ponctuation et d'abréviation particuliers au Coran, et que S. de Sacy a fait connaître dans
sa « Grammaire arabe » ; d'une traduction interlinéaire
hindoustanie et de notes marginales exégétiques, écrites
dans la même langue. Le titre de chaque chapitre est
accompagné de l'indication du nombre des mots et des
lettres qui le composent ; ce titre, pour la facilité des
recherches, est répété en tête de toutes les pages. Les *sípâra*
ou trente *juz*, divisions du Coran, leurs moitiés, leurs tiers,
les *rucú'* (c'est-à-dire les versets qu'on doit lire en s'incli-
nant), y sont exactement indiqués. On a eu soin de suivre,
pour ces divisions, l'ordre de la concordance du Coran
imprimée à Calcutta sous le titre de *Nujùm ulfurcán*.
Elles sont indiquées par un *'aïn*, dernière lettre de leur
nom arabe, suivi de leur numéro d'ordre. Il y a de plus,
ce qu'on ne peut trouver dans aucun ancien manuscrit,
les numéros d'ordre des versets imprimés dans une
colonne particulière, en marge. Les notes sont désignées
par la lettre *fé;* et quand il y en a plusieurs à la suite
l'une de l'autre, l'éditeur a eu soin de leur donner des
numéros pour qu'on retrouve plus facilement celle dont on

a besoin. Les deux parties qui composent ce volume [1] se
terminent par une liste de quelques mots de l'idiome
nommé *thenth hindi* ou « pur hindoustanî », et aussi
kharî bolî [2] ou « vrai langage hindoustanî », mots peu
usités dans la langue vulgaire et dont l'éditeur a donné
les équivalents en hindoustanî plus usuel.

Non-seulement l'auteur a consacré à ce travail un
temps considérable, mais il en a supporté tous les frais,
afin, dit-il, de n'être à charge à aucun de ses frères musulmans. Toutefois son zèle si désintéressé ne le mit pas
à l'abri de la critique. En effet, plusieurs musulmans qui
occupaient un rang distingué blâmèrent violemment
cette entreprise ; pareils, en cela, à ces chrétiens ombra-
geux qui désapprouvent la propagation des saintes Écri-
tures. L'éditeur, cependant, ne se découragea pas, et il
rend grâces à Dieu, dans son épilogue, de ce qu'il a fait
retomber la calomnie sur les calomniateurs, et qu'il a
délivré son serviteur de la méchanceté de ces musulmans égoïstes, insouciants sur les erreurs de leurs frères,
et qui prétendent être très-religieux, tandis que leur foi
n'est pas même comparable au vétiver. « Dieu nous garde,
s'écrie-t-il, de telles gens ! Leur bien n'est que mal.....
Ils sont enlacés dans le filet trompeur du monde, et sont
morts pour la religion ; car leur seule affaire consiste à

---

[1] Outre cette édition, il y en a une autre imprimée comme la première
à Hougly (en 1832). Je dois ce renseignement au savant H. H. Wilson,
qui avait, comme moi, un exemplaire de la première. On m'avait aussi
annoncé en juillet 1833 qu'on s'occupait à cette époque de donner, à
Sérampûr, une édition lithographiée de cette traduction du Coran et
qu'on devait y joindre une version anglaise. Enfin on en avait commencé
une autre édition à Cawnpûr en 1834, restée inachevée.

[2] W. Price, de Calcutta, a donné un vocabulaire kharî bolî pour le
Prem sâgar, ouvrage dont il sera parlé plus loin.

gagner quelques roupies. Quel rapport y a-t-il entre eux et la bonne direction ? »

Outre la traduction du Coran, on doit à 'Abd ullah 2° une traduction du *Tambîh ulgâfilîn*, ouvrage théologique mentionné aux articles de Saïyid Ahmad et de Bénî Narayan, qui est auteur d'une traduction du même ouvrage. La traduction de 'Abd ullah a été imprimée à Hougly, en caractères naskhîs, en 1246 de l'hégire (1830-31). Le volume se compose de vingt-quatre chapitres, et paraît être ainsi une amplification de l'original, qui ne contient que vingt chapitres. Une seconde édition de la même traduction a paru en 1247 de l'hégire (1831-32)[1]. Il existe une autre traduction du même ouvrage, laquelle a été imprimée à Calcutta en 1261 (1845) et contient vingt-cinq chapitres, dont le dernier est subdivisé en cinq sections. Elle forme un volume in-8° de 472 p.

Il paraît qu'il existe en conséquence quatre traductions hindoustanies du *Tambîh ulgâfilîn*. La première, qui est critiquée tant par 'Abd ullah que par Bénî Nârâyan pour son manque d'exactitude et d'élégance et pour les erreurs qu'on y trouve dans les citations du Coran et des hadîs; la seconde par 'Abd ullah, laquelle a été imprimée plusieurs fois; la troisième par Bénî Nârâyan, inédite; la quatrième, enfin, récemment imprimée à Calcutta.

On doit aussi au saïyid 'Abd ullah 3° un ouvrage intitulé *Fatâwâ hindî* « les Décisions indiennes[2] ». On lui doit de plus 4° une traduction urdue du *Maulûd Ibn Jûzî mu-*

---

[1] Il en a paru aussi une édition à Dehli, à moins que ce ne soit la traduction de Bénî Nârâyan.

[2] « Opinions of the Maulawîs on certain invocations of holy men, in answer to certain querries, translated from the persian by Said Abd ullah; » in-8°, Calcutta, 1847.

haddas [1] « Mohamedan traditions », in-8", Calcutta, 1263 (1847), ouvrage plus connu sous le titre de *Milâd-i scharîf* « la Noble naissance », qui roule en effet sur la naissance de Mahomet, et est traduit (en partie) du persan du maulawî Schâh Muhammad Salâmatullah Sâhib; 5° le *Quiâmat-nâma* « Livre de la résurrection », dont un exemplaire fait partie des livres urdus achetés par le gouvernement anglais après la prise de Dehli en 1857 (n°1077 du Catalogue). Enfin on doit au même 'Abd ullah 5° une traduction urdue du *Maçâil 'arbaïn* « les Quarante questions », de Muhammad Ishac, sous le titre de *Riçâla châlis maslon kâ* « Traité des quarante questions », in-8°, Calcutta, 1843.

II. 'ABD ULLAH est un ancien poëte hindoustani mentionné par Sarwar, le même probablement qui est nommé 'Abd ullah du Décan, et à qui on doit un masnawî intitulé *Durr ulmajâlis* « la Perle des assemblées ». Ce poëme contient la vie des prophètes mentionnés dans le Coran : il y en a un exemplaire in-8° à la belle Bibliothèque de l'East-India Office. Il existe des ouvrages en prose hindoustanie sur le même sujet (Voy. l'article sur Mîhan), un entre autres en urdû-bengalî, in-8° de 248 p. Calcutta, 1865 [2].

Parmi les livres persans de la bibliothèque de l'infortuné Tippou, il y en a un' qui porte aussi le titre de *Durr ulmajâlis*. C'est un recueil d'anecdotes sur différents personnages, depuis les temps les plus anciens jusqu'au khwâjâ Sûfiân Sûrî : on y trouve aussi une description du ciel et de l'enfer. Saïf uzzafar Nobcharî en est l'auteur.

---

[1] « La naissance de Mahomet, d'après la tradition, par Ibn Juzî ».
[2] J. Long, « Descriptive Catalogue of bengali books », 1867, p. 18.

Il paraît que cet ouvrage a été traduit en hindoustani, car au nombre des livres hindoustanis du ministre du Nizâm, à Haïderâbâd, il y a un volume intitulé *Tarjuma-i Durr-i majâlis*, « Traduction du *Durr-i majâlis*. »

III. 'ABD ULLAH (le schaïkh) est l'éditeur du journal publié à Sìmla sous le titre de *Simla akhbâr* « les Nouvelles de Sìmla ». Ce journal, qui est signalé comme le meilleur qui paraisse dans les provinces nord-ouest de l'Inde, se distingue par l'intérêt des articles qu'il publie. Il est imprimé à la typographie appelée de son nom *Matba' Simla akhbâr*, et il était patroné par feu le major Edwardes, le même qui est auteur de l'ouvrage intitulé « A year in the Penjab », dont on a annoncé la publication à Lahore d'une traduction hindoustanie. A sa recommandation, le gouvernement avait souscrit à des exemplaires du *Simla akhbâr* pour être distribués dans les colléges et les écoles du gouvernement. L'éditeur a l'avantage de connaître aussi bien l'anglais que l'hindoustani, sa langue maternelle. En 1851, la circulation de ce journal s'était accrue de quatre-vingt-dix-huit exemplaires. La plupart de ses abonnés étaient Hindous ; aussi ce journal, quoique rédigé en urdû, est-il écrit en caractères dévanagaris.

Cet écrivain rédigeait en 1866 le *Schu'ala-i Tûr* « la Flamme du Sinaï », journal urdû de Cawnpûr.

Serait-il le même que le saïyid 'Abd ullah à qui l'on doit :

1° Le *Tashíl utta'lim* « Facilitation de l'enseignement », abécédaire urdû, illustré, qu'il a rédigé sous la direction de J. P. Ledlie, à l'usage des provinces nord-ouest ;

2° Le *Tauquiyât Khusrawi* « les Préceptes de Khusrau », c'est-à-dire « Beaux exemples » tirés de l'histoire

de ce prince, ouvrage illustré à l'usage des écoles des
natifs, traduit du persan sous la même direction. Agra,
1852, petit in-4° de 144 p. ;

3° Le *Naclyât urdû* « Historiettes en urdû (Pleasing
anecdotes) », Agra, 1852, petit in-8° de 32 p.

IV. 'ABD ULLAH (le saïyid), fils du saïyid Muhammad[1], percepteur de Jabbalpûr, est un musulman très-instruit qui parle et écrit parfaitement
l'anglais, et qui a même épousé une dame anglaise fort
aimable. Il a rempli les fonctions de traducteur au
bureau de l'administration du Panjâb, puis de secrétaire
du ministre du roi d'Aoude ; et il était, en 1866, professeur d'hindoustanî à l'University College de Londres.

On lui doit sur son voyage en Europe un poëme que
j'ai fait connaître dans le Journal Asiatique ; un masnawî
hindoustanî à l'occasion de la mort de Sir H. M. Law-
rence, dont il a rendu lui-même la substance en vers
anglais publiés dans plusieurs journaux ; un panégyrique
en vers persans du mahârâja Randhir Sing Bahâdur,
souverain de Kappurthala, etc.

V. 'ABD ULLAH (Muhammad) est auteur du *Quiâmat-nâma* « le Livre de la résurrection », traduction
d'un ouvrage persan de Schâh Rafî 'uddîn, de Dehli, sur
le jour du jugement, sur les signes qui le précéderont,
sur les sept enfers et les huit paradis. Il forme un in-8°
d'environ cent pages, imprimé plusieurs fois à Calcutta,
entre autres en 1241 (1825-26), et à Dehli, au *Dâr ulislâm Press*. On a publié une autre traduction du même
ouvrage dans le dialecte hindoustanî des Laskars, en
138 p.[2].

---

[1] Sur ce personnage, voy. mon Discours de 1868, p. 65-66.
[2] J. Long, « Descriptive Catalogue », p. 95.

VI. 'ABD ULLAH est aussi le nom de l'éditeur de la traduction littérale du *Gulistán* de Sa'adi en urdù, à l'usage des étudiants en persan, publié à Calcutta, dans sa propre imprimerie, en 1265 (1848-49), gr. in-8° de 442 p., sous le titre de *Tarjuma kitáb-i Gulistán* « Traduction du livre du *Gulistán* ». Cette traduction est tout à fait mot pour mot. On y trouve d'abord la phrase persane, puis la traduction hindoustanie, et il en est ainsi depuis le commencement jusqu'à la fin. L'École des langues orientales de Paris en possède un exemplaire. La préface est signée par le président du tribunal de Calcutta, Fazl urrahman.

VII. 'ABD ULLAH BEN 'ABD USSALAM est auteur du *Tuhfat ulmaçáil* « Cadeau de questions », ouvrage dont j'ignore le sujet, mais qui fait partie des livres achetés par le gouvernement anglais après la prise de Dehli en 1857 (n° 1119 du Catalogue qui en a été publié).

'ABD ULLATIF [1] KHAN (le maulawí) a traduit en hindoustani le code pénal indien. Son nom figure parmi les noms des savants qui ont été consultés sur les langues qu'il est opportun de faire étudier de préférence dans les provinces nord-ouest [2].

'ABD ULMACIH [3] est un musulman qui fut converti par le célèbre missionnaire Henry Martin à la foi chrétienne, et devint lui-même missionnaire de la mission anglicane d'Agra, sous M. Corrie, en 1816. En 1825 il fut ordonné prêtre par le Très-Révérend H. Heber,

---

[1] A. « Serviteur du Bienveillant (Dieu) ».
[2] Voy. mon Discours d'ouverture de 1863.
[3] A. « Serviteur du Christ. » Il ne faut pas confondre ce personnage avec Faïz-i Macîh, mentionné plus loin.

évêque de Calcutta [1]. Le journal de Calcutta intitulé *Hurkaru* décrivit ainsi cette dernière cérémonie : « Le rite de l'ordination fut solennel et touchant. L'évêque lut couramment le service en hindoustani , à cause de 'Abd ulmacîh, qui ne comprend pas l'anglais. Il y avait près de vingt membres du clergé, tous à genoux autour de l'autel et coopérant à l'acte sacré. Le Père Abraham, suffragant arménien du patriarcat de Jérusalem , accompagné du vicaire arménien de Calcutta, était présent, revêtu de la robe noire de son couvent; il était assis à la droite de l'évêque pendant les prières : il entra avec lui derrière la rampe de communion et imposa sa main sur les ordinands avec celle de l'évêque. Lorsque la cérémonie fut terminée, ils s'embrassèrent à la porte de l'église. »

'Abd ulmacîh était très-lettré, et on le compte parmi les poëtes hindoustanis. Je pense que c'est à lui qu'on doit un traité de théologie chrétienne, traduit en arabe et conservé parmi les manuscrits de la Société Asiatique de Calcutta [2]. Peu d'instants avant sa mort, qui eut lieu à Lakhnau le 4 mars 1827, il improvisa les vers hindoustanis dont voici la traduction [3] :

Cher Sauveur du monde, que j'aime ardemment jusqu'à mon dernier soupir, ah! que ton cœur sacré plein d'amour pour les hommes ne m'oublie pas!

Tu es la plus belle des fleurs douces et suaves qui s'épanouissent dans les parterres du monde et dans les champs célestes du paradis.

Le joyeux matin de la jeunesse a passé loin de moi et

[1] « Journey », t. II, p. 340. On trouve des détails sur ce musulman converti dans Lushington, « Calcutta Institutions », App., p. vIII.

[2] Voyez le Catalogue, p. 1.

[3] D'après l'« Asiatic Journal », t. XXIV (1827), p. 703.

l'heure finale sonne; mais ce n'est pas ce qui m'afflige; l'amer souvenir de mes fautes affecte bien plus cruellement mon âme.

Cher Sauveur du monde, que j'aime ardemment jusqu'à mon dernier soupir, oh! que ton cœur sacré, plein d'amour pour les hommes, ne m'oublie pas!

'ABD ULMAJID [1] (le hakîm maulawi), médecin musulman, ainsi que son titre de *hakîm* l'indique, était en 1836 *cazî ulcuzât* du *Sadr-i Dîwân-i nizâmat uddaula*, de la présidence de Calcutta. Il était auparavant professeur et médecin au collège musulman de la Compagnie des Indes orientales, et surintendant adjoint à l'institution médicale des natifs sous le Dr John Tytler [2], qui en était le chef; et qui, pendant sept ans, eut continuellement recours à lui pour des traductions en hindoustanî. Il a entre autres rédigé, conjointement avec Lewis Dacosta, une traduction hindoustanie des « Éléments d'histoire générale ancienne et moderne », par Tytler (lord Woodhouselee), et la continuation de cet ouvrage par le Dr Nares jusqu'en 1810. Cette traduction, intitulée *Lubb uttawârîkh* [3], a été imprimée à Calcutta en 1819, par l'ordre et aux frais de la Société de Bombay pour l'éducation des natifs, en trois volumes in-4°. Elle est écrite d'un style simple et intelligible, et sa lecture ne peut qu'être avantageuse pour l'instruction des Indiens; seulement je trouve qu'il y a trop de mots arabes et

---

[1] A. « Serviteur du Louable (par excellence) », c'est-à-dire « de Dieu ».

[2] Ce savant recommandable est mort en Angleterre le 5 mars 1837. Voyez une notice circonstanciée et intéressante sur sa vie et sur ses ouvrages dans l' « Asiatic Journal », nouvelle série, t. XXIII, p. 1 et suiv. Le Dr Bramley, qu'on lui avait préféré pour la direction du collège médical des natifs, que John Tytler avait conduit avec tant de zèle pendant plusieurs années, est mort à l'âge de trente-trois ans, le 18 décembre 1836, deux mois et demi avant Tytler.

[3] « Essence des chroniques ».

persans, comme dans presque tous les ouvrages rédigés sous la direction des savants anglais.

'Abd ulmajìd a aussi aidé Kalì Krischna dans la rédaction du *Majma' ullatâïf*, ouvrage dont il sera parlé à l'article de ce râjâ.

Dans le Catalogue des manuscrits achetés par le gouvernement anglais après la prise de Dehli en 1857, on attribue à cet écrivain le *Najât ulmùminìn* dont je parle à l'article sur MUHAMMAD HUÇAÏN.

'ABD ULWACI [1] HANSWI, c'est-à-dire de Hansaw [2], est auteur 1° d'un Dictionnaire hindì, cité par Breton dans son Vocabulaire médical [3] sous le titre de *Hanswì*, surnom de l'auteur, mais intitulé en réalité *Garâïb ullugât* « les Merveilles du langage » ;

2° D'une Grammaire persane abrégée (« Compendium of the persian Grammar »), intitulée *Riçâla 'Abd ulwâcì*, et imprimée à Cawnpûr en 1851, à la typographie appelée *Matba' Mustafâì* (Cawnpur Mustafaee Press) , du nom de son propriétaire Mustafà Khàn ; mais ce dernier ouvrage est, je crois, en persan.

Un écrivain de ce nom, probablement le même, est

[1] A. « Serviteur de l'Immense », c'est-à-dire « de Dieu ».

[2] Hansaw est apparemment la ville à laquelle nos cartes européennes donnent le nom de *Hansi*. Elle est située dans la province de Dehli, sur le canal construit par le sultan Fìroz; lat. 28° 54′ N., long. 75° 39′ E. Cette ville fut prise par les musulmans gaznévides dès l'année 1035; et vers la fin du dix-huitième siècle elle attira de nouveau l'attention comme capitale de la principauté de peu de durée que se forma l'aventurier Georges Thomas. Voyez W. Hamilton, « East-India Gazetteer », t. Ier, p. 629.

[3] « A vocabulary of the names of the various parts of the human body and of medical and technical terms in english, arabic, persian, hindee and sanscrit, by P. Berton », 1 vol. in-4°, Calcutta, 1827.

Il est essentiel de faire observer que cet ouvrage n'est pas le même que celui qui est intitulé « Nosological Tables ». Ce dernier a été imprimé à Calcutta en 1826, gr. in-4° ; il contient une liste des médicaments, en

cité par Schefta parmi les poëtes hindoustanis dans son
Tazkira.

'ABD ULWAHHAB [1] KHAN ('ABD USSAMAD), fils de
Nasrat Jang, a donné une traduction en prose hindoustanie du Décan ou dakhní, du *Quiçás ulanbiyá* « Histoire des Prophètes », dont j'ai un beau manuscrit copié
en 1233 (1817-18), à Nizâmâbâd, dépendance de Mu-
hammadpûr, ville plus connue sous le nom d'Arcot.

'ABD ULWAJID [2] est auteur du *Ahkám ulímân* « Préceptes de la foi (musulmane) », brochure urdue imprimée
à Lakhnau en 1265 (1848-49), et aussi à Dehli.

I. 'ABD URRAHIM [3] est un écrivain hindoustani du
Décan, selon Sarwar, dont Mîr cite un vers qui signifie :

Lorsque le moment de la séparation de ma bien-aimée
est arrivé, j'ai perdu mes sens et ma raison, je suis devenu
fou (*majnún*), et j'ai suivi ma Laïla dans le chemin qu'elle
a pris.

II. 'ABD URRAHIM (le maulawî) est auteur du
Hamlat-i Haïdarí, ouvrage qui fait partie des livres
urdus achetés par le gouvernement anglais après la prise
de Dehli en 1857 (n° 1084 du Catalogue). Voyez l'article
'ISCHC.

'ABD URRAHMAN [4] (le maulawî) est le premier éditeur du *'Umdat ulakhbâr* « le Pilier des nouvelles »,
journal de Bareilly, aujourd'hui sous la direction de
Lakschman-praçâd.

latin, anglais, arabe, persan et hindí, avec la manière d'en faire usage ;
en deux parties : une en caractères nagaris, l'autre en caractères persans, et, en appendice, l'explication des mots techniques anglais.

[1] A. « Serviteur du Donneur (Dieu) ».

[2] A. « Serviteur de l'Inventeur », c'est-à-dire « du Créateur ».

[3] A. « Serviteur du Miséricordieux (par excellence), » c'est-à-dire
« de Dieu ».

[4] A. « Serviteur du Clément (Dieu) ».

Je pense que ce publiciste est le même que Muhammad 'Abd urrahman, fils du hâjî Muhammad Roschan Khân l'Hanéfite, défunt, à qui on doit une nouvelle édition de la traduction urdue de l'*Ikhwân ussafa,* publiée à Cawnpûr en 1278 (1861-62), grand in-8° de 100 p. de 23 lignes, et une traduction du *Hikâyât ussâlihin* « Histoires des saints » , ouvrage persan d'Osman ben Omar el Kahf, en vingt chapitres contenant chacun dix anecdotes sur les principaux saints musulmans, sous le titre de *Macâcid ussâlihin* « les Visées des saints » , Cawnpûr, 1281 (1864-65), in-8° de 96 p. de 21 lignes à la page.

'ABD URRAZZAC [1] CADIRI (Schah) est auteur d'un *Tarikh* sur la traduction hindoustanie du *Bustân* de Sa'adi par Maschschâc.

'ABD USSALAM [2] (le maulawi), de Lakhnau, de son vivant premier professeur de persan au collége de Sàgar, est auteur :

1° De la traduction en hindoustani des « Éléments d'astronomie » de Fergusson, sous le titre de *Miftâh ulaflâk* « la Clef des sphères » , avec la coopération de miss Bird. Cette traduction a été publiée en caractères persans sous le titre de « An easy introduction to Astronomy » ;

2° Du *Takmil urdû* « Perfection de l'urdû » . Ce sont des éléments de grammaire hindoustanie à l'usage des écoles des natifs, imprimés à Sâgar, petit in-4° de 58 p., dont la première édition a été tirée à 2,500 exemplaires. Le manuscrit avait été transcrit par Muhammad Khalîl ullah, aussi professeur au collége de Sâgar.

---

[1] A. « Serviteur du Nourrisseur », c'est-à-dire « de Dieu ».
[2] A. « Serviteur de la paix »

ABHAI [1] RAM. Serait-il le même que Abhaï Singh, le poëte favori du râjâ du Marwar, dont les ouvrages, dit-on, sont en grande estime tant pour leur intérêt historique que pour leur mérite poétique[2], et à qui on doit des chants populaires?

ABHAS [3] est, je crois, auteur d'un *Râmâyana* en urdû. Dans tous les cas, on en a imprimé un en dialecte indien, à Mirat, en 1867, de 93 p. [4].

ABHIMANYA [5] est un écrivain hindî dont je ne puis citer que le nom.

I. 'ABID [6] est un poëte ancien mentionné par Sarwar et par Zukà comme contemporain de Walî.

Serait-il le même que 'Abidî, mentionné plus loin?

II. 'ABID ('Alî) est un poëte qui paraît distinct du précédent et dont Muhcin cite des vers dans son Anthologie.

III. 'ABID (le nabâb Muhammad Zaïn ul'abidîn Khan) est un jeune écrivain, gendre du souverain de Râmpûr, du talent poétique duquel Mirzà Muhammad Wajà-hat 'Alî Khàn fait un grand éloge, et dont il a inséré un gazal dans le n° du 6 février 1865 de l'*Akhbâr-i 'âlam*.

IV. 'ABID 'ALI ZU'LFICAR HAIDARI (Mîr), commandant de peloton à Lakhnau, fils de Mîr Mahdi, que le schaïkh Amin 'Alî Sihr réclame pour son élève et son intime ami, est un poëte hindoustanî qui s'est distingué dans le *marciya*. Muhcin le mentionne et en cite des vers.

---

[1] I. « Sans crainte ».
[2] Tod, « Asiatic Journal », octobre 1840, p. 129.
[3] I. « Sans éclat ».
[4] *Akhbâr-i 'âlam*, n° du 15 août 1867.
[5] I. « Très-respectable ».
[6] A. « Dévot ».

'ABIDI [1] est un écrivain du Décan à qui l'on doit un masnawi intitulé *Dhiyâ Calbî*, d'après le nom d'un des compagnons de Mahomet sur lequel il roule. Je possède de ce poëme un manuscrit que je dois à feu F. Falconer. C'est un in-4° de 13 p., qui se termine par deux cacidas. Voici en peu de mots le sujet de cette production :

Dhiyâ Calbî était arrivé à l'âge de soixante ans sans s'être marié, lorsque le tableau de la résurrection s'offrit à lui en songe. Il vit des enfants qui montaient au ciel, soutenus par des anges, et il les entendit demander où étaient leurs pères et mères. On leur répondit qu'ils avaient mérité l'enfer et qu'ils y avaient été jetés. Ces enfants intercédèrent alors pour leurs parents au nom de Mahomet et de Fatima, et Dieu se rendit à leurs prières. A son réveil, Dhiyâ Calbî était pensif et rêveur. Ses disciples lui en demandèrent la raison : « Cherchez-moi une femme, leur dit-il, je veux me marier. » Il se maria effectivement, et dans la première année de son mariage il eut un enfant; mais il le perdit bientôt, ainsi que six autres qu'il eut ensuite. Jusque-là le père et la mère s'étaient résignés à la volonté de Dieu, mais à la dernière fois *ils rejetèrent la patience et firent un grand deuil.* Le mari voulut divorcer; la femme lui représenta qu'elle avait vieilli auprès de lui, qu'elle avait porté sept enfants dans son sein, et qu'il était injuste de s'en prendre à elle de leur mort. Dhiyâ Calbî se leva néanmoins et quitta sa maison; sa femme s'attacha à ses pas et le suivit dans les jangles. Là, ayant éprouvé une soif ardente, ils se mirent à la recherche d'une source et finirent par trouver un bassin d'eau ; mais il n'y avait ni corde, ni seau, ni vase pour en pui-

---

[1] Adj. dérivé de *'âbid*, s. m., « adorateur (de Dieu), dévot. »

T. I.

ser. Il leur vint à l'idée d'appeler à leur secours leurs fils
défunts, qui se manifestèrent en effet à eux l'un après
l'autre du monde invisible, et le bonheur brillait sur leur
visage. Le septième, dont la mort les avait jetés dans le
désespoir, vint à son tour ; mais celui-là était ensanglanté
et couvert de haillons. Ils surent par lui que c'était à
leur manque de résignation qu'il devait la condition fâcheuse où il se trouvait. Ils se convertirent alors, se
réconcilièrent, et purent boire de l'eau du bassin par
l'entremise de leurs fils. En ce moment ils apprirent
que ce bassin n'était autre chose que la fontaine de
Kauçar [1], et que l'eau qu'ils avaient bue était celle
du paradis. Heureux, ils retournèrent à leur maison,
et Dieu les bénit par la naissance de sept autres fils,
qu'ils eurent la satisfaction d'élever et à qui ils inspirè-
rent la crainte de Dieu ; ceux-ci eurent, à leur tour, des
enfants qui réjouirent la vieillesse de Dhiyà Calbî.

'Abidî tire de là cette moralité, que nous devons supporter avec patience les fâcheux événements qui nous
arrivent.

Ce petit poëme, où l'on trouve des répétitions et
des longueurs comme dans la plupart des masnawîs, est
écrit dans le plus pur dialecte dakhnî pareil à celui de
la traduction de l'*Anwâr-i suhaïlî* imprimée à Madras.

ABJADI [2] (Mîn Ismaïl) est un poëte dakhnî à qui on
doit un Dîwân qui se compose seulement de gazals et de
rubâ'is. La bibliothèque de l'East-India Office possède
un exemplaire de ce recueil, lequel porte le titre de
Dîwân-i Abjadî. Il est écrit dans le dialecte dakhnî ;
mais très-rapproché de l'urdû, ce qui doit faire suppo-

---

[1] Fontaine du paradis.
[2] A. « Alphabétique ». Ce mot est le takhallus de cet écrivain.

ser, selon Shakespear, que l'auteur a vécu près de Bombay, où l'on parle un dialecte qui s'éloigne très-peu de celui d'Agra et de Dehli.

Voici la traduction d'un court gazal de cet écrivain :

Aujourd'hui des tresses de cheveux en désordre m'ont rendu insensé; je n'ai de repos que dans les chaînes qu'elles m'ont imposées.

Bien loin d'être douce, celle que j'aime est d'une humeur chagrine : ô mon ami! indique-moi la conduite que je dois tenir.

Au matin a paru cette *lune* qui a la nature du *soleil*, mais elle n'a pas eu pour moi plus de bienveillance, après m'avoir laissé toute la nuit dans les larmes!

Comme je reste continuellement dans l'esclavage, je ne possède jusqu'ici aucune considération dans l'assemblée des belles.

A qui Abjadî fera-t-il connaître son état désolé? La jeunesse le rendra-t-elle victorieux de son chagrin?

Outre ce Dîwân, Abjadî est auteur du *Tuhfa li-sibiyân* « Cadeau aux enfants ». C'est une sorte de petite encyclopédie en 700 vers, divisée en chapitres qui portent le titre du mètre que l'auteur a employé et qu'il fait ainsi connaître : chaque chapitre forme une pièce distincte. Je possède un manuscrit de cet ouvrage qui a été copié en 1196 (1781-82).

Je ne parle pas d'un Dîwân persan dont Abjadî est aussi auteur, ni d'un masnawî écrit également en persan et qui porte le titre de *Anwâr-nâma*, et dont la bibliothèque de la Société Asiatique de Calcutta possède un exemplaire.

ABRU [1] (le schaïkh Schah ou Miyan Najm uddîn 'Alî Khan), nommé aussi Schâh Mubârak et connu sous le nom

[1] P. « Honneur ».

poétique d'Abrû, était un derviche de l'ordre des calandars, contemporain de Hâtim. Il était un des petits-fils du schaïkh Muhammad Gaus de Gualior et parent de Sirâj uddîn 'Alî Khân Arzû, dont il fut élève. Il naquit, à ce qu'il paraît, à Lakhnau, mais il alla, très-jeune encore, à Dehli; voilà pourquoi on le nomme Abrû de Dehli. C'est là, en effet, qu'il s'est formé à l'art d'écrire. Abrû est un écrivain très-distingué et fort estimé par les natifs. Il est auteur d'un Dîwân hindoustani [1] qui eut beaucoup de vogue et qui est surtout apprécié sous le rapport des allégories ingénieuses qui y abondent. On cite spécialement de lui un masnawi intitulé *Mau'aza-i ârâïsch-i ma'schûc* « Indication des agréments que doit posséder une maîtresse ».

Mir nous apprend que par l'effet de l'aveuglement de la fortune, *dont la conduite est pareille à celle de l'Antechrist*, Abrû était privé d'un œil. Mashafî nous fait savoir qu'il laissait croître sa barbe et qu'il portait habituellement un bâton à la main. Il résida quelque temps à Nârnaul, et il mourut sous le règne de Muhammad Schâh, avant 1169 (1755), âgé de plus de cinquante ans. Il était d'un caractère très-aimable.

Bénî Nârâyan cite de lui trois pièces de vers dans son Anthologie, et Lutf, Fath 'Alî Huçaïnî, 'Alî Ibrâhîm et Mashafî, plusieurs pages extraites de son Dîwân.

ABU'LFAZL [2], célèbre ministre d'Akbar, doit être compté parmi les écrivains hindoustanis, car outre les ouvrages persans dont il est auteur, il nous apprend dans son *Ayîn Akbarî* qu'il a travaillé à la traduction hindouie des « Nouvelles Tables astronomiques », rédigées

---

[1] Sprenger, « Catal. », p. 596.
[2] A. « Père de la bienveillance ».

en persan par Ulug Beg, traduction exécutée par l'ordre
d'Akbar. Ses collaborateurs dans ce travail furent Amîr
Fath ullah Schirâzî, Kischan Jaïcî, Gangadhar et Mahaïs,
dont il sera parlé sous ces titres respectifs.

I. ABU'LHAÇAN [1] (Amîn uddin Ahmad), connu aussi
sous le nom d'Amr ullâh Ilahâbâdî, c'est-à-dire d'Allahâbâd, alla s'établir à Azîmâbâd (Patna), puis visita
Calcutta. Son goût pour la poésie urdue le décida à composer, en 1193 (1779), tout en voyageant, un Tazkira
des poëtes hindoustanis intitulé *Maçarrat afzâ* « l'Aug-
mentation de la joie », ouvrage auquel il fit quelques
additions à Lakhnau. Un manuscrit de ce Tazkira, qui
est écrit en persan, faisait partie de la collection de feu
Sir W. Ouseley, et il est actuellement à la bibliothèque
d'Oxford, où N. Bland a bien voulu le consulter pour
moi et m'en envoyer des extraits.

II. ABU'LHAÇAN (le maulawi), de la ville de Kan-
dahla, près de Murschidnagar, province de Dehli, a terminé la traduction du premier livre du masnawî de Jâlâl
uddîn Rûmî, que Nischât (Ilâhi-bakhsch) avait commencée
quarante ans auparavant. Ce travail est intitulé *Majma'
faïz ul'ulûm* « Réunion de l'abondance des sciences (théologiques) »; j'en dois un exemplaire à l'amitié de Karîm
uddîn.

ABU'LHUÇAIN [2] (Muhammad) est auteur d'un
poëme intitulé *Gulzâr-i Ibrâhîm* (*Quissa*), « Histoire du
jardin d'Ibrâhîm », c'est-à-dire roman en vers sur le
célèbre Ibrâhîm Adham, gr. in-8° de 72 p. de 25 lignes,
contenant chacune deux vers (ou quatre hémistiches),
avec notes explicatives marginales. Mirat, 1865.

[1] A. « Père de Haçan ».
[2] A. « Père de Huçaïn ».

ABU'LJALAL [1], fils de 'Abd ulmujib alhaçanî, est auteur de *Ihyâ ulculûb fî maulûd ulmahbûb* « la Vivification des cœurs au sujet de la naissance du bien-aimé », récit de la naissance, de l'ascension au ciel et de la mort du prophète Mahomet, en urdû, ouvrage revu et publié à Calcutta, in-8°, en 1264 (1847), par Parwar uddin [2], et dont la bibliothèque de l'East-India Office possède un exemplaire.

I. AÇAD [3] (Mir Amani) fut un des élèves de Saudâ. Il était de Dehli, ou, selon certains biographes, d'Agra. 'Ali Ibrâhîm dit qu'il alla dans le Bengale pendant le temps de Schâh 'Alam et qu'il s'établit à Murschidâbâd. Mashafî nous fait savoir que c'était un jeune homme d'un caractère agréable et d'un visage riant. Il est auteur d'un Dîwân. Ses cacîdas, ses gazals et ses masnawîs sont très-estimés ; son masnawî sur les cartes [4] est surtout célèbre. Mashafî tenait de Mîr Zu'lficâr 'Alî, qui était le voisin d'Açad, que cet écrivain, dans un voyage qu'il fit à Lakhnau, voulut avancer plus à l'est, et que, dans une chauderie de la route, il fut assailli par des voleurs qui l'assassinèrent. Il était âgé d'environ cinquante ans. 'Ischqui le nomme Açad 'Alî.

II. AÇAD (Lala Kîrat Singh), kschatrya de Dehli, est auteur de poésies hindoustanies et d'un Dîwân persan. Il était *mutaçaddi*, c'est-à-dire employé comme écrivain dans l'administration, ainsi que nous l'apprend Sarwar.

---

[1] A. « Père de la gloire ».

[2] P. A. Expression hybride qui signifie « Protecteur de la religion ».

[3] A. « Lion ».

[4] *Masnawî ganjîfa.* Le mot *ganjîfa* signifie un jeu de cartes. Les séries des différentes couleurs se nomment *tâj* ou *barât.*

AÇAD 'ALI [1] KHAN est auteur d'un *Hidâyat-nâma*, « Guide » pour les Écoles de Bareilly, imprimé à Bareilly.

AÇAD ULLAH [2] KHAN (le nabâb) est auteur de la traduction urdue, sous le titre de *Hadâyik unnazâïr* « les Jardins des regards », du célèbre ouvrage persan intitulé *Nazâïr afsâna* « Regards dans la fiction », sur lequel on peut consulter mon Discours d'ouverture de 1866, p. 15 et 16.

AÇAF [3] est le surnom poétique du nabâb d'Aoude, Açaf uddaula Yahya Khân, fils du nabâb Schujâ' uddaula et petit-fils du nabâb Abû'lmansûr Khân. Muhcin l'appelle le Hâtim du siècle, le nabâb vizir des provinces de l'Hindoustan, Muhammad Yahya 'Ali Khân surnommé Açaf uddaula Bahâdur, et dit qu'il naquit à Faïzâbâd.

Açaf régna de 1775 à 1797, époque de sa mort. Nous ne dirons rien ici de sa vie politique, mais nous parlerons seulement de son talent comme écrivain. 'Ali Ibrâhim nous représente chacun de ses vers hindoustanis comme autant de perles brillantes de la plus belle eau ; Mashafî, jouant sur ses noms, dit que bien qu'on le nommât *Açaf*, on pouvait l'appeler le *Salomon* de son temps ; et que bien qu'on le nommât Jean-Baptiste (Yahya), on pouvait le considérer comme le Jésus (Içâ) de son siècle. Le fait est qu'Açaf avait reçu une éducation très-soignée, et que dès sa plus tendre jeunesse il s'était fait remarquer par son goût pour les connaissances et

---

[1] A. « Le lion de 'Ali ».

[2] A. « Le lion de Dieu ».

[3] Nom d'un ministre de Salomon à qui sont adressés plusieurs psaumes. Il y a un autre poëte hindoustani qui a pris pour takhallus le nom d'Açaf. C'est le nabâb 'Imâd ulmulk Nizâm, dont il sera parlé sous ce dernier nom, qui est aussi son takhallus.

par sa capacité littéraire. Il aimait la poésie, et il écrivait
en vers avec esprit. Béní Nàrâyan cite de lui six différentes pièces de vers ; et le docteur Gilchrist, dans son
« Stranger's East-India Guide [1] », une septième, en caractères latins, accompagnée de la traduction anglaise.
Mashafí cite aussi quelques vers de ce nabâb distingué,
et enfin 'Alí Ibrâhîm donne une page de ses vers. Ses
poésies, qui sont écrites dans un style très-figuré, ont
été réunies en un Dîwàn [2]. Elles sont fort estimées dans
l'Inde. Quelques-unes sont devenues des chants populaires, et on en trouve dans la collection de W. Price.
La bibliothèque du Collége de Fort-William en possède un exemplaire. On distingue surtout son poëme
sur la fête du Muharram. On trouve aussi à la bibliothèque de l'East-India Office un volume intitulé *Baydz*
« Album [3] », qui contient une collection de vers tant
hindoustanis que persans de ce même souverain. Ce manuscrit a appartenu au gouverneur général lord Hastings.

Voici la traduction d'un gazal d'Açaf dont le texte
a été publié dans les « Hindee and Hindoostanee Selections » de W. Price [4].

O fée charmante, ta parure est particulière; ta vivacité, ta
beauté, ta manière de serrer ton *anguiyâ* sont particulières.

Les amulettes qui ornent ta tête tyrannisent les cœurs, et
les plis de ton turban excitent les passions particulièrement.

Tes cheveux exhalent une odeur suave, ta manière de les
tresser est particulière.

[1] Page 269.

[2] Sprenger, « Catal. », p. 596. Il est aussi auteur d'un Dîwân persan,
selon Muhcin.

[3] *Baydz*. « Verses in pers. and hindi, by the nawab Wazir Açaf uddaula ».

[4] T. II, p. 378, 1re édit.

Tes pendants d'oreilles exercent l'injustice; tes bracelets de neuf pierres l'exercent aussi, et tes ornements de joyaux ont une beauté particulière.

En voyant le *gokhrû* garni de clochettes se jouer sur ta cheville, on ne peut s'empêcher de reconnaître que ce bijou, comme le ruban qui le serre, est fait d'une manière particulière.

Ton vêtement est plus beau que tout autre; de la tête aux pieds, tu es plus belle que toutes tes compagnes. Par la teinture du *missi*, tes dents ont une noirceur particulière.

A tes pieds sont des babouches ornées d'or et de pierreries d'une rare beauté, sur lesquelles retombe ton pantalon de forme particulière, qui jette le cœur dans l'infidélité, et dont l'agrafe brille comme les Pléiades.

Lorsque cette fée est debout, sa tournure est particulière. La forme de son vêtement est tellement belle qu'elle séduit les cœurs.

Cette robe qui entoure ton corps délicieux excite les passions. Les manches en sont très-étroites; elles sont plissées d'une manière particulière...

Dites-moi, si vous êtes justes, pourquoi le cœur ne se laisserait pas captiver par cette fée dont la conversation est enchanteresse. Sa colère même plaît, et son amitié est toute particulière.

Quelle description pourra faire Açaf de celle qui l'a charmé? Ses mains et ses pieds sont remarquables par leur forme parfaite; le *menhdî* qui les teint a une couleur particulière.

I. AÇAR [1] (Mîr Muhammad), de Dehli, était fils du khwâja Nasr uddîn Nâcir, et ainsi frère (cadet) du khwâja Mîr Dard [2]. Il est aussi nommé Miyân Saïyid Muhammad Mîr, par Sarwar. Homme très-savant et très-pieux, il joignait à l'habileté en poésie la science du *taçauwuf* « spiritualisme ». Tant que son frère vécut, il fut simple

---

[1] A. « Trace », etc.
[2] Voyez l'article consacré à ce poëte distingué.

membre de la famille religieuse dont ce dernier était le chef; mais, à son décès, il en fut nommé supérieur [1]. Karim uddin dit qu'il est mort il y a quelques années. Ses vers hindoustanis ne sont point sans mérite, et ils ne sont pas moindres en nombre que ceux de son frère aîné. Il a laissé un Diwân écrit avec une grande pureté de style, dont il y avait un exemplaire parmi les livres achetés par le gouvernement anglais après la prise de Dehli (n° 1114 du Catalogue), et on distingue de lui des khiyâls. Mashafi en cite quatre pages. Lutf nous fait savoir qu'Açar est auteur d'un très-long masnawî *sur l'amour* [2], poëme dont ce biographe a donné des extraits choisis. Voici un de ses gazals que je trouve dans Bénî Nârâyan:

Si dans la nuit je rappelle à mon esprit ton injustice, je ne puis m'empêcher de pousser des cris et des gémissements, que tu les entendes ou non.

Tous les efforts de ces agaçantes beautés n'ont d'autre objet que de briser les cœurs; y en a-t-il une seule qui rende quelqu'un satisfait?

Il faut que nous, leurs esclaves, nous ayons soin de les contenter, et qu'au rebours de ce qui devrait être, nous renoncions aux fonctions de chasseur.

Montre-toi donc quelquefois ici, viens-y déployer tes gentillesses. Ah! je me souviens bien des avantages qui te distinguent de tes compagnes.

Peut-être que quelques soupirs finiront par s'échapper de ton cœur; c'est bien alors que je te consacrerai tout ce qui est en moi.

II. AÇAR (le nabâb Huçaïn 'Ali Khan Bahadur), de Lakhnau, jeune fils de Mirzâ Amir uddaula Haïdar Beg

---

[1] *Sijâda-nischîn*, à la lettre, « assis sur le tapis ».
[2] *Bayân 'ische men.*

Khân du Turân, lieutenant du nabâb Açaf uddaula
Bahâdur, est un poëte urdû, élève d'Imâm-bakhsch Nâcikh, auteur d'un Diwân, de cacîdas et de masnawîs. Il
était neveu (fils de sœur) d'Açaf uddaula, nabâb
d'Aoude. Il est mort en 1865, âgé de quatre-vingt-douze
ans. Karîm uddîn [1] et Muhcin en citent des gazals et
des masnawîs.

'AÇAS [2] (le schaïkh BADR UDDÎN), de Sikandara [3],
kutwâl, c'est-à-dire « chef de la police » de son pays
natal, est un poëte distingué mentionné par Câcim et
par Sarwar.

I. 'ACI [4] (NUR-I MUHAMMAD), natif de Burhânpûr, ancienne capitale de la province de Candeisch, dans le
Décan, est un des écrivains les plus distingués de cette
partie de l'Inde. Fath 'Alî Huçaïnî en cite quelques vers.

Je pense que c'est le même auteur à qui on doit deux
ouvrages sur la doctrine et les devoirs de la religion musulmane, ouvrages dont on trouve une copie à la Bibliothèque impériale (n° 21 du fonds d'Anquetil), écrite en
1146-1147 (1733-1735 de J. C.), sous le règne de
Muhammad Schâh III. Le premier est intitulé *Khulâçat
ulmu'amalât* « la Quintessence des pratiques »; et le
second *Anwâ' ul'ulûm* « les Différentes espèces de sciences
(religieuses) », ouvrage dans lequel est compris le *Kitâb
farâïz* « le Livre des devoirs extérieurs de la religion ».
Ces traités sont en vers du genre nommé *masnawî*. Ils
forment un volume in-fol. d'environ 500 p., enrichi de
notes marginales écrites en persan. Ils sont rédigés,

[1] Tant dans son *Tazkira* que dans son *Khatt tacdîr*.
[2] A. « Sentinelle de nuit ».
[3] A environ quarante milles à l'est de Dehli.
[4] A. « Rebelle. »

d'après les opinions sunnites, en un dialecte dakhnî fort difficile, mais curieux à connaître.

Schefta nous apprend dans son Tazkira que 'Acî est auteur d'un masnawi qui a de la célébrité, et qui est probablement le même ouvrage dont je viens de parler.

II. 'ACI (le munschi Imdad Huçaïn) est un auteur hindoustani contemporain, mentionné par Karîm. Il est habile en anglais et en persan, et il était l'éditeur du *Mazhar ulhacc* « Manifestation de la vérité », journal urdû de Dehli, qui paraissait dès avant 1844 et qui était l'organe de la secte des Schiites.

III. 'ACI ('Abd urrahman), poëte dont on trouve un *tarîkh* à la suite du *Gulzâr-i nischât*, de Muztarr, et sur le *Façâna-i 'ajâïb* [1].

IV. 'ACI, de Râmpûr, est un poëte mentionné par Câcim, qui en cite quelques vers.

V. 'ACI (le munschi Sadr uddîn), d'Agra, est un autre poëte mentionné par Muhcin, qui en cite des vers.

VI. 'ACI (Karam 'Alî), de Dehli, parfumeur à Patna, qui, bien qu'illettré, a acquis une certaine réputation par ses poésies hindoustanies. Il était élève de Mirzâ Bhachû Fidwî, dont il sera parlé plus loin.

VII. 'ACI (le hakîm et saïyid Ahmad), de Balrâmpûr, est un poëte contemporain dont on trouve un long gazal dans l'*Akhbâr-i 'âlam* de Mirat, du 4 juin 1868, et un cacida de quatre-vingts vers, à la louange du nabâb de Râmpûr, publié à la suite du n° du 13 août 1868 dans le même journal.

'ACIF [2] (Muhammad) est auteur de chants populaires.

---

[1] Je le crois du moins, mais dans ce dernier ouvrage l'auteur du *tarîkh* est indiqué comme étant le frère de 'Abd urrahman Khân.

[2] A. « Fort, violent ».

Il fut le maître de Cudrat (le maulawî Cudrat ullah), de Dehli. Il était surnommé *Rafûgar*, c'est-à-dire « Repriseur de châles », qualification que M. Sprenger (« A. Cat. », t. I, p. 278 et 279) croit être le takhallus de cet écrivain.

ACIM[1] (Muhammad 'Alî Khan), de Lakhnau, occupait en 1847 à Gorakhpûr, dans le royaume d'Aoude[2], des fonctions dans la magistrature. Il est auteur :

1° D'un Dîwân urdû ;

2° D'un ouvrage intitulé *Ma'dan-i façâhat* « la Mine de l'éloquence ».

Karîm uddin fait l'éloge de l'esprit et du talent poétique d'Acîm, et il en cite plusieurs gazals dans son *Guldasta-i nazmînân*.

'AÇIM[3] est le surnom poétique du nabâb Samsâm uddanla Khân Mansûr-i Jang, d'Agra, qui descend du khwâja 'Alà uddin 'Attàr, célèbre dans l'Hindoustan. Câcim s'étend beaucoup sur le compte de ce personnage et en fait un grand éloge. Il le compte au nombre des poëtes hindoustanis et cite un échantillon de ses poésies.

ACIMI (le khwàja, saïyid et mîr Burhan uddîn) est, selon Schefta, un poëte ancien. Les biographes originaux ne sont pas d'accord sur l'orthographe du *takhallus* ou surnom poétique de cet écrivain. Mîr et Huçaïni l'écrivent *'Acimi* (*aïn, alif, sâd, mîm, yé*), peut-être pour

---

[1] A. « Criminel ». Le mot original est écrit avec un *alif*, un *sé* (quatrième lettre de l'alphabet arabe), un *yé* et un *mîm*.

[2] Ce royaume est souvent appelé, comme on peut le voir dans *Kâmrûp* par exemple, le royaume d'Aoude et de Gorakh, du nom de ses deux anciennes capitales.

[3] A. « Chaste ». Le mot original est écrit avec un *'aïn*, un *alif*, un *sâd* (avec *kesra*) et un *mîm*.

'Acim « chaste »; mais 'Ali Ibrâhîm l'écrit Acimî (*alif* avec *medda*, *té* à trois points avec *kesra*, *mîm* et *yé*), et Schefta aussi bien qu'Abû'lhaçan, *Ismî* (*alif*, avec *kesra*, *té* à trois points, etc.), mots qui signifient l'un et l'autre *pécheur*, ce qui est bien différent [1]. Enfin Schorisch le nomme *'Acî*, le confondant probablement avec un autre poëte de ce nom.

Acimî mourut en 1166 (1752-53) : il était fils [2] du khwâja 'Abd ullah Irâr [3]. Il habitait dans le quartier de Dehli nommé Bahâdur-Pûrà. Il excellait dans le genre plaisant, le *tarîkh* et le *marciya*. Il savait manier l'épée aussi bien que la plume, mais il paraît qu'il n'était pas heureux. Mîr dit à ce sujet dans sa Biographie : « Il honore notre temps, quoique le temps ne lui soit pas favorable ».

Le même biographe et Fath 'Ali Huçaïnî citent de lui trois vers dont voici la traduction :

Au jour où la rose, reine des fleurs, parut dans toute sa beauté sur le trône des jardins, mille rossignols vinrent gazouiller et chanter autour d'elle.

L'automne arriva, et une épine de cette rose n'existait plus même dans le parterre. La jardinière me montra en pleurant où était auparavant le bouton, où se trouvait la rose.

Je passai la nuit à répandre des larmes (en voyant l'instabilité des choses du monde); je me trouvai comme anéanti, tant l'abondance de mes pleurs m'avait affaibli.

1. ACIR [4] (BALTHAZAR-SAMRU ou SOMBRE), chrétien

---

[1] Ce vague orthographique m'avait induit en erreur et m'avait fait consacrer mal à propos à cet écrivain, dans ma première édition, deux articles au lieu d'un seul. Voyez plus loin l'article sur AMANI, de Dehli, qui était fils d'Acimî.

[2] Ou descendant.

[3] Ahrâr, selon Sprenger.

[4] A. « Esclave ».

(nasrâni) et Européen (Frangui) d'origine, n'est autre
que le propre fils [1] du célèbre général Samrû ou Sombre
(altération de *Summer*), surnommé *Zafar-yâb* « Victorieux », et beau-fils de la Bégam Samrû, catholique
(romaine), reine de Sirdhana, dans le district de Mirat,
laquelle avait épousé Sombre lorsque celui-ci avait
déjà, d'une première femme hindoue, le fils dont il s'agit.
Sarwar, qui l'a connu, nous apprend qu'il fut élève de
Schâh Nâcir, de Dehli, et qu'il est auteur de poésies hindoustanies dont il donne quelques échantillons qui ne
manquent pas d'originalité. Il était habile en calligraphie, en dessin et en musique.

Ce poëte a pris aussi, à ce qu'il paraît, le takhallus de
« Sâhib », car il est évidemment le même auquel Sarwar
a consacré, par erreur, un second article sous ce dernier
nom. En effet, il nomme celui-ci le nabâb Muzaffar
uddaula Mumtâz ulmulk Zafar-yâb Khân Bahâdur Nasrat
Jang. Il dit qu'il est polythéiste, c'est-à-dire chrétien,
d'origine, fils de Zafar-yâb Khân Samrû (Schamrû) et
de Zeb unniçâ Bégam Samrû; il fut élève, ajoute-t-il,
de Khaïratî Khân Dilsoz pour la poésie urdue, qu'il
cultiva avec succès; il habitait Dehli, et y tenait des
réunions littéraires fréquentées par les poëtes contemporains, et par Sarwar lui-même. Il mourut à la fleur
de l'âge en 1243 (1827-28) [2].

Notre poëte avait une fille nommée Juliana, qui
épousa le colonel George Alexander Dyce. Ce fut de ce
mariage que naquit en 1808 le fameux Dyce Sombre,
que la Bégam adopta dès son enfance, et qu'elle éleva

[1] Sprenger dit « compagnon » *rafîc*, et il pourrait l'être en effet,
quoiqu'il fût son fils. Sprenger prend la chose à la lettre et traduit par
« friend » le mot *rafîc*.
[2] Voyez l'article sur ABAM (Khaïr ullah).

comme son propre fils. A la mort de la reine de Sirdhana, en 1836, Dyce Sombre devint possesseur de l'immense fortune de la reine, vint en Europe, et épousa en Angleterre lady Mary Anne Jervis, fille du vicomte St. Vincent. Ses excentricités orientales le firent passer pour monomane : il fut interdit, et par suite de cette interdiction son testament a même été annulé après sa mort, qui eut lieu en 1848. Ce qui doit intéresser dans Dyce Sombre sous le rapport littéraire indien, c'est que, de même que son aïeul, il faisait fort bien les vers hindoustanis et les récitait admirablement, ainsi que je m'en suis assuré moi-même à Paris, où je l'ai souvent vu.

Il y a un autre Balthazar Bombonna, descendant d'un Français qui était allé dans l'Inde du temps d'Akbar. Celui-ci, qu'on nommait *Schâh-zâda macihî* « Prince chrétien », était aussi catholique (romain), et avait fait partie du conseil de régence du jeune prince de Bhopal, en 1818.

II. ACIR (le khalifa mir Gulzar 'Alî), d'Agra, fils et élève de Mir Muhammad Wali Nazir, professeur (*ustâd*), avait environ quarante ans lorsque Bâtin écrivait son Tazkira[1]. On lui doit un Dîwân dont Muhcin cite plusieurs gazals.

III. ACIR[2] (le munschi Muzaffar 'Alî Tadbîr uddaula Dabîr ulmulk Saïyid), d'Amithî, près d'Agra, élève de Mashafi pour la poésie hindoustanie, alla avec son père, Mir Madad 'Alî 'Alawî, un des descendants de 'Abbâs (sur qui soit la paix !), à Lakhnau, à l'âge de dix ans ; il y résidait encore avant l'annexion, et le roi l'avait souvent en

---

[1] Sprenger, « A Catalogue, » etc., p. 207.

[2] On trouve ce poëte indiqué aussi, par erreur sans doute, sous le nom d'*Amîr*.

sa compagnie. Il est neveu du saïyid 'Alî, le traducteur en vers persans du *Jalâl ul'uyûn* « l'Éclat des yeux ».

On lui doit :

1.º Un Dîwân rekhta dont Muhcin cite plusieurs gazals, et un Dîwân persan que je ne cite que pour mémoire;

2º Le *'Ischc-nâma* « Livre d'amour », dont j'ignore le sujet réel;

3º Le *Ma'ârij ulfarâïz* « les Degrés des devoirs », poëme en quatorze chapitres ou chants (*fasl*), sur les miracles des imâms. Acîr composa cet ouvrage sous le règne d'Amjad 'Alî Schâh, roi d'Aoude de 1842 à 1851, et il a été lithographié à Cawnpûr en 1267 (1850-51), en 300 p. in-8º;

4º Un masnawi de 36 p., publié en 1263 (1846-47), in-8º [1].

IV et V. Bâtin mentionne deux autres poëtes de ce surnom, mais sans autre indication [2]. Un des deux est probablement le suivant :

V. ACIR (Mîr Hidayat 'Alî), agent du tribunal de Mirat, est un poëte indien qui a pris le surnom d'Acîr dans ses poésies hindoustanies, et celui d'Acirî [3] dans celles qu'il a écrites en persan. Il est fils du saïyid Amîr 'Alî, et il est natif de Zaïdpûr, des dépendances de Lakhnau. Il est élève de Masbafî et du nabâb Huçaïn 'Alî Khân Açar. Muhcin, qui le mentionne, en cite des vers dans son Tazkira.

ADAB [4] (Gulam Muhî uddîn), de Haïderâbâd, élève de

---

[1] Dans ce masnawi, le nom de l'auteur est écrit par un *sé* ou *thé* (*th* anglais dur), et non par un *sîn*.

[2] Sprenger, « A Catalogue, » etc., p. **207**.

[3] Adjectif persi-arabe dérivé d'*Acîr*.

[4] A. « Politesse ».

Faïz, est mentionné par Bâtin dans son Tazkira des poëtes hindoustanis intitulé *Gulschan bé-khizân*.

'ADAM [1] (WAHÎD 'ALÎ KHÂN), de Lakhnau, fils de Rustam Khân, est un écrivain hindoustani contemporain, né en 1821 (1237 de l'hégire). Il est élève d'Atasch, et il occupait un emploi honorable auprès du nabâb Muḥammad Ja'far Khân. Il demeurait à Lakhnau, mais il allait souvent à Farrukhâbâd et dans les villes des environs de Lakhnau. C'est Karîm uddin qui nous donne ces renseignements dans son Tazkira.

I. ADHAM [2] ('ABD UL'ALÎ) est auteur d'un masnawî mystique écrit en hindoustani, extrêmement intéressant, intitulé *Majmâ'a-i àschiquîn* [3], ce qu'on peut rendre par « la Communion des saints », poëme dont on conserve au British Museum un exemplaire orné de dessins représentant les principaux individus qui y sont célébrés. Cet ouvrage contient en effet la vie des personnages qui se sont distingués par un ardent amour pour Dieu, tant ceux qui ont appartenu à la religion musulmane, qui était celle de l'auteur, que les chrétiens et les Hindous. Parmi les saintes chrétiennes, je dois citer la Vierge Marie, qui est en outre représentée sur un dessin avec l'Enfant Jésus, absolument de la même manière que nous la figurons dans nos gravures et nos tableaux. Chose singulière, il y a même parmi ces dévots sofis chantés par notre poëte, des dieux du paganisme hindou, tels que Ganescha, les Avatars de Wischnu, Krischna, etc.

Voici la traduction des vers qui accompagnent le dessin de la sainte Vierge; ils sont fondés sur l'histoire de

[1] A. « Néant ». Le mot original est écrit par un *'aïn*, un *dâl* (avec *fatha*) et un *mîm*.

[2] A. « Brun, noir ».

[3] A la lettre, « la Réunion des amants ».

la naissance de Jésus-Christ telle qu'elle est racontée dans le Coran, sur. IV, v. 156, et XIX, v. 16 et suiv.

Ceci nous représente la noble Marie lorsque, après avoir mis au monde Jésus le Messie, être parfait, qui fut engendré sans père, les gens de sa famille étant venus la trouver, lui dirent : « Est-ce bien toi qui as mis au monde cet enfant? Si « tu nous fais connaître la vérité, c'est bien; sinon, n'oublie « pas que nous sommes disposés à punir de mort le mensonge. » Ayant entendu ces mots, elle dit sans émotion : « Gens de « Nazareth, pourquoi m'interrogez-vous? Cet enfant est né de « moi, sans que j'aie commis une faute... » Comme néanmoins on la tourmentait encore, elle ajouta : « Demandez à cet en-« fant lui-même comment a eu lieu sa naissance, car, pour « moi, je n'en sais absolument rien; j'en jure par Dieu. » Alors ses compatriotes s'adressèrent à l'enfant : « Raconte-« nous toi-même, lui dirent-ils, ce qui s'est passé. » Jésus ré-pondit : « Je suis prophète, je vous apporte les ordres de « Dieu; je suis le souffle du Très-Haut; je suis l'illustre Mes-« sie. Ma mère est Marie, et mon père, c'est Dieu. » Les habi-tants de Nazareth ayant entendu ce discours, dirent à Jésus : « Fais un miracle pour que nous croyions à la vérité de ce « que tu nous annonces. — Eh bien, dit Jésus, par la grâce « de Dieu, je ressusciterai les morts, je rendrai la clarté aux « yeux des aveugles, et la santé aux corps des lépreux. » Ses compatriotes, désireux d'éprouver la vérité de cette assertion, demandèrent qu'on apportât des cadavres. Effectivement on en transporta un grand nombre dans leur bière, et on les plaça devant Jésus. Il ne les eut pas plutôt vus, que s'adres-sant à chacun d'eux en particulier, il lui dit : « Lève-toi, Dieu « te le permet! » Alors tous ces cadavres furent rendus à la vie. Tel fut l'ordre de Dieu. De leur côté, des aveugles et des lépreux accoururent, dans l'espoir de la guérison. En effet, ils recouvrèrent tous la santé, au nom du Tout-Puissant. Alors les gens de Nazareth reconnurent que Jésus était vraiment un prophète ; ils crurent, et embrassèrent la religion qu'il an-nonçait. Mais l'enfant alla se placer de nouveau entre les bras de sa mère, qui l'abreuva de son lait pur. Plus tard, sa

8.

propre nation le persécuta; mais il est inutile d'entrer dans aucun détail là-dessus. A la fin, le prophète Jésus s'étant délivré des mains du peuple, monta au ciel, où il vit éternellement.

II. ADHAM, de Râmpûr, poëte urdû dont Kamâl cite deux gazals. Voici la traduction d'un de ces gazals :

Je ne m'inquiète pas des révolutions de la terre, je ne m'inquiète pas de celles du ciel; le roulement seul des yeux de celle que j'aime a le pouvoir de me troubler.

Je suis étonné du sort que m'a réservé le Créateur, en donnant à l'objet de mon amour les plus belles qualités et à moi le regret de ne pouvoir que la contempler.

La blancheur de son teint, la noirceur de ses cheveux, ont jour et nuit excité mon amour; les uns le traiteront de folie, les autres en reconnaîtront la sagesse.

Le ciel, qui ne veut pas m'être favorable, a fait de cette belle, dont la figure est digne d'être réfléchie dans un miroir, comme un mur, et m'a rendu semblable à la peinture qu'on y trace.

O Adham, la vie me paraît bien difficile à supporter, à cause de l'agitation et du trouble de mon cœur !

1. AFAC[1] (Mir Farîd uddîn[2] Khan), disciple de Firàc, était originaire de Cachemire, et il habita d'abord Dehli; puis, par suite des circonstances politiques, il se retira à Haïderâbâd, où il se distingua dans la culture de la poésie. Kamâl, qui était très-lié avec lui, cite dix-sept pages de ses gazals et de ses mukhammas. Schefta nous apprend qu'il était fils de Mîr Bahâ uddîn Baçant et parent de Schâh Sulaïmàn, de Jalâlâbâd, un des personnages de Dehli les plus éminents de son temps par leur science et par leur sainteté. Mannû Lâl a cité dans son *Guldasta-i*

---

[1] A. Pluriel d'*ufc* « horizon ». Le poëte qui a pris ce nom a voulu peut-être exprimer par là que sa réputation s'étendrait aux horizons, c'est-à-dire dans les différentes régions de la terre.

[2] Au lieu de Farid uddin, Muhcin nomme Afàc, Fakhr uddin.

nischât plusieurs vers d'Afâc, abondants en métaphores impossibles à traduire.

II. AFAC (Mîr Haçan 'Alî), de Lakhnau, fils de Mîr Hajû, petit-fils de Mîr Ihçân 'Alî Makhlûc, le réciteur de gazals, et élève de Mahdî Huçaïn Khân 'Abâd, est un poëte mentionné par Muhcin.

AFGAN[1] (l'imâm 'Alî Khan), de Lakhnau, que Câcim nomme Alif Khân, était un derviche de profession, fort pauvre en réalité. Il est cité par Sarwar et par 'Alî Ibrâhîm, qui donne de lui deux vers dont voici la traduction :

Dans le commencement j'ai su affranchir mon esprit de l'amour; pourquoi faut-il qu'en peu de jours il l'ait rendu insensé?

Le miroir qui réfléchit ta beauté, supérieure à toutes les autres beautés, s'est dissous de honte en voyant le poli de ta joue éclatante, et il s'est changé en eau.

AFGAR[2] (Mîr Junun[3]) est un poëte dont il est dit dans le *Gulzâr-i Ibrâhîm* qu'étant allé à Tous en Khoraçan visiter le saint tombeau de l'imâm Rizâ[4], il y resta en qualité de *mujâwir*[5]. Voici un de ses vers, empreint des idées qui occupaient son esprit :

L'asile où repose 'Alî (Rizâ) est un lieu de douceur tel qu'au prix de lui la nuit du *mi'râj* (ascension de Mahomet) est une nuit de vigile[6].

---

[1] Nom du petit-fils de Malik Talût (Saül), duquel les Afgans ou Pathans prétendent tirer leur origine.

[2] P. « Blessé (par l'amour divin) ».

[3] Ou Jyûn, selon le *Maçarrat afzâ*.

[4] Ce tombeau, nommé *meschhed* « lieu de martyre », tire son nom du faubourg de Tous où il est situé. Voyez, à ce sujet, l'édition de feu Langlès des « Voyages de Chardin », t. IV, p. 201. Voyez aussi le « Voyage d'Abd ulkarîm », traduit par le même Langlès, p. 57 et 79.

[5] C'est ainsi qu'on nomme les musulmans qui demeurent près d'un temple ou d'un tombeau pour se livrer aux exercices de piété.

[6] Le mot que je traduis par *nuit de vigile* est *rat-jagâ*; il indique

AFRIN[1] (le schaïkh CALANDAR-BAKHSCH) est un écrivain hindoustanî qui habitait Saharanpûr, où il était né. Il descendait du grand imâm Abû Hanifa, de Kufa, lumière de la nation musulmane[2]. Il était très-versé dans la rhétorique et l'art poétique. Il a écrit entre autres : 1° un traité intitulé *Tuhfat ussanâyi'* « Cadeau *relatif* à l'emploi des figures de rhétorique ».

2° Un Diwân composé de différentes sortes de poëmes tels que cacîdas, masnawîs, énigmes (*mu'amma*), logogriphes (*lagû*), éloges (*manâquib*), etc. Sarwar, qui l'a connu, en cite un bon nombre de vers et un tarîkh qu'il fit sur son Tazkira.

I. AFSAH[3] (SCHAH FACÎH), connu sous le nom de *Schâh Facîh*, fut un des disciples de Mirzâ Bédil[4]. C'était un pieux musulman, qui poussa très-loin sa carrière. Sa profession était celle de derviche. Il habitait Lakhnau, où il mourut en 1192 (1778). Il a laissé un Diwân persan et un bon nombre de vers hindoustanis ; 'Alî Ibrâhim en cite dans son *Gulzâr* quelques-uns dont voici la traduction :

M'étant souvenu de toi là où j'étais allé, je n'ai pu y fixer ma résidence. Hélas! le dévot doit se diriger vers la Caaba, et moi je tourne mes yeux vers la pagode!

Je n'ai pas visité le temple bâti par Abraham, et je suis allé dans celui des idoles.

proprement une pratique exécutée surtout par les femmes et qui consiste à veiller toute la nuit, à l'occasion de certaines fêtes.

[1] P. « Louange ».

[2] Il s'agit ici du célèbre chef de la secte orthodoxe des Hanéfites.

[3] Ce mot, qui est écrit par un *alif*, un *fé*, un *sâd* et un *hé* (sixième lettre de l'alphabet arabe), est la forme comparative et superlative de l'adjectif arabe *facîh* « éloquent ». Ce dernier nom est le sobriquet de notre poëte, et le premier est son *takhallus* ou surnom poétique.

[4] Voyez plus loin l'article consacré à cet écrivain.

Les instants où je suis séparé de toi sont pour moi pareils à la mort. Ces jours de mort doivent-ils compter pour ceux de ma vie?

Et faut-il que lorsque je pourrai contempler ta stature, ce soit pour moi le jour terrible de la résurrection?

II. AFSAH (l'aga Haïdar 'Alî), fils de Mirzâ Haçan 'Alî Beg, de Lakhnau, où il résidait, est un poëte hindoustani mentionné par Bâtin.

1. AFSAR[1] (le nabâb Ahmad Yar Khan), fils de Muhammad Yâr Khân Amîr, s'est distingué à l'exemple de son père dans la culture de la poésie hindoustanie. Pendant son séjour à Râmpûr, où il résidait avec celui-ci, Kamâl recueillit dans son album des vers qu'Afsar voulut y transcrire lui-même et que ce biographe cite dans son Tazkira. Voici la traduction d'un de ces vers qui me paraît digne d'être connu :

Au milieu de ton cœur de pierre il y a peut-être une étincelle d'amour. Ne voit-on pas jaillir de la pierre que l'on frappe des étincelles de feu?

Afsar a laissé des poésies rekhtas et persanes. Le Dr Sprenger le confond mal à propos, je crois, avec le schaïkh Ahmad 'Alî, de Dehli [2].

II. AFSAR (Nusrat Khan), de Baraïch, était fils de Fath Khân, de la nation des Afgans. Il résidait à Lakhnau, où il mourut, non sans laisser des poésies hindoustanies dont Muhcin cite quelque chose.

III. AFSAR (Gulam-i Aschraf), fils de Gulâm-i Raçûl, est un poëte hindoustanî de Lakhnau qui dans les marciyas et les salâms a pris le takhallus d'*Aschraf*, et

[1] P. « Couronne, diadème ».
[2] « A Catalogue, » t. I, p. 199.

dans les autres pièces de vers celui d'*Afsar*. Il était de
la classe des schaïkhs [1], et ses ancêtres étaient les entre-
preneurs de la bergerie impériale. Afsar se sentit un
goût prononcé pour la poésie : il composa plusieurs
pièces de vers qu'il mit en circulation. A l'époque où
Mashafî établit une société littéraire à Dehli, il y lut
quelques gazals de sa composition qui lui valurent les
éloges qu'en fait le même Mashafî dans le Tazkira que
j'ai souvent mis à contribution pour mon travail. On
trouve dans cette biographie anthologique deux gazals
et deux quatrains de ce poëte.

Sarwar mentionne un autre Afsar qui était de Mu-
radâbâd, mais dont il ignore le nom et tout ce qui le
concerne.

I. AFSOS [2] (Mirza Gafur Beg), originaire du Tûrân,
était militaire de profession ; mais il cultiva la littérature
et spécialement la poésie sous la direction de Hidâyat et
de Firâc. Câcim dit dans son Tazkira qu'Afsos lui avait
aussi soumis quelquefois ses vers. Il mourut à Dehli [3],
peu de temps avant la rédaction du Tazkira du même
biographe, qui le considère comme un poëte distingué
et qui en cite dix vers.

II. AFSOS (Mîr Scher 'Alî), un des écrivains hindou-
stanis modernes les plus distingués, était fils du saïyid
Muzaffar 'Alî Khân et petit-fils ou neveu, selon Mîr, de
Mîr Gulâm-i Mustafâ. Il descendait de Mahomet par l'i-

---

[1] On nomme ainsi dans l'Inde les descendants des Arabes. Voyez
mon « Mémoire sur la religion musulmane dans l'Inde », p. 22.

[2] P. « Chagrin, peine, soupir ».

[3] Je remarque que dans Câcim le nom de la ville de Dehli est précédé du mot *Hazrat*, titre d'honneur qui signifie à la lettre « présence », et
qui peut être rendu par « excellence ». Ce mot est dans ce cas synonyme du sanscrit *Srî*, qu'on met souvent devant le nom des villes et
des rivières.

mâm Ja'far. Sa famille vint se fixer à Nârnaul, dans la
province d'Agra, et en prit le nom de *Nârnaulî;* mais
sous le règne de Muhammad Schâh, son grand-père et
son père se rendirent à Dehli et y occupèrent des fonctions honorables. Ce fut dans cette dernière ville qu'Afsos naquit et qu'il commença son éducation auprès de
son père.

Afsos avait onze ans lorsque, après le bouleversement de l'empire mogol, son père entra au service du
soubadâr du Bengale, le nabâb Câcim 'Alî Khân, en qualité de *dâroga* (surintendant) de l'arsenal. Il vécut avec
honneur et distinction à Patna jusqu'à la fin du règne
du nabâb Ja'far 'Alî Khân. Ensuite il alla à Lakhnau, puis
à Haïderâbâd, où il mourut. Afsos avait alors vingt-
neuf ans : il était allé à Lakhnau deux ans avant son
père, et y avait été attaché au nabâb Ishak Khân, oncle
du nabâb Açaf uddaula, en qualité d'officier [1]. Dès son
enfance, Afsos avait fait sa lecture favorite du *Gulistân*
de Sa'adî et du Dîwân de Walî, ainsi qu'il nous l'apprend
lui-même [2]. Cependant son génie se développait, et il
faisait des vers à l'imitation des anciens écrivains. Outre
le profit qu'il tira de ses lectures, la fréquentation des
célèbres poëtes hindoustanis Mîr Soz, Mîr Haïdar 'Alî
Haïrân [3], et Mîr Haçan, lui fut très-utile; enfin Kamâl le
compte parmi les élèves de Mashafî. Aussi son style
parvint-il à un tel degré de perfection que les personnes
les plus distinguées recherchaient ses vers. Il est dit
dans la préface de son Dîwân qu'il apprit de maîtres

---

[1] *Mucarrab.* Une partie de ces détails sont extraits de la préface persane du Dîwân hindoustani d'Afsos.

[2] Dans la préface de sa traduction du *Gulistân.*

[3] Haïrân est spécialement désigné par Mashafî et par Lutf comme le
maître d'Afsos.

habiles les règles de la poésie persane et hindoustanie,
et qu'il acquit de l'habileté en ces deux genres; mais
que son goût pour la poésie nationale ayant prévalu,
c'est en cette langue qu'il a écrit ses ouvrages. Ce fut
pendant le temps qu'il passa à Lakhnau qu'il étudia la
langue arabe et la médecine et qu'il composa son Dîwân
hindoustani, recueil qui eut beaucoup de succès. Lorsque
Mirzâ Jawân Bakht, fils de Schâh 'Alam, vint de Dehli à
Lakhnau, il entendit la lecture des vers d'Afsos, les ap-
précia, et le mit au nombre de ses familiers, qui étaient
choisis parmi les gens les plus distingués. Il passa ainsi
quelques années. Ensuite Mirzâ Haçan Rizâ Khân Sarfarâz uddaula, lieutenant du nabâb Açaf uddaula, s'in-
téressa à lui auprès de lord Wellesley. Afsos ayant désiré, d'après le conseil du colonel Scott, entrer au
service de la Compagnie des Indes orientales, il se rendit à Calcutta sur l'invitation du gouverneur général. Il
fut parfaitement accueilli dans cette ville; on le plaça au
Collége de Fort-William, où le docteur Gilchrist le chargea d'abord de traduire le *Gulistân,* puis de la publication de différents ouvrages. Il mourut en 1809. Mashafî
et Lutf, qui l'avaient connu, font l'éloge de ses excel-
lentes qualités et de son esprit. L'auteur de la préface
de son Dîwân en fait aussi un grand éloge et loue surtout sa modestie et sa douceur. En parlant de lui,
Muhcin l'appelle un célèbre poëte du temps passé.

Les ouvrages dont Afsos est l'auteur sont les suivants :

1° Un Dîwân [1] très-estimé dont Ibrâhîm, Bénî Nàrâyan, Lutf et le docteur Gilchrist [2] ont donné des

[1] N° 581, p. 396 de la « Bibliotheca Sprengeriana ».
[2] Dans l'ouvrage intitulé « Stranger's East-India Vade mecum ».

fragments. L'East-India Library en possède un bel exemplaire[1] qui provient du docteur Leyden, et j'en ai un moi-même dans ma collection particulière[2]. Les principales pièces qui le composent sont les suivantes : un cacîda à la louange des imâms, un autre à celle d'Açaf uddaula, un troisième à celle de lord Wellesley ; cinq salâms ; sept marciyas ; puis le Dîwân proprement dit ; ensuite des rubâ'is en grand nombre sur différents sujets ; des mukhammas, des wâçokhts et des tarîkhs ; enfin des masnawîs et des marciyas, auxquels Schefta dit qu'il s'était surtout appliqué.

2° Une traduction du *Gulistân* de Sa'adî, imprimée à Calcutta en 1808, sous le titre de *Bâg-i urdû*[3], c'est-à-dire « Jardin hindoustanî ». Cette traduction est en prose et en vers comme l'original ; elle est, je pense, la meilleure de celles qui existent dans la langue générale de l'Inde moderne[4].

Il existe plusieurs traductions en hindoustanî de ce livre célèbre. Il y en a entre autres une en dialecte dakhnî à la Bibliothèque impériale ; c'est peut-être un exemplaire de la même version dont il existe une copie dans la bibliothèque du vizir du nizâm d'Haïderâbâd, selon la note qui me fut obligeamment envoyée par le général J. Ste-

[1] D'après la préface de cet ouvrage et d'après son contenu, ce serait plutôt un kulliyât qu'un diwân.

[2] In-4° de 442 p. de 15 lignes. Voy. Sprenger, « A Cat. », p. 596.

[3] En deux volumes grand in-8°. On en avait commencé une autre édition qui fait partie du volume intitulé « Hindee Manual or Casket of India », collection d'ouvrages classiques hindoustanis, imprimée à Calcutta, par les soins du docteur Gilchrist, en 1802. Il n'a paru que 34 pages du *Bâg-i urdû*.

[4] J'ignore si c'est une nouvelle édition de cette traduction qui a été publiée à Dehli en 1845 par les soins de feu Boutros ; d'autres l'ont été en 1835 et 1848 ; enfin une à Bombay, en 1846, sous le titre de *Gulistân yâ Bâg-i urdû*, in-fol., et il y en a une édition romanisée.

wart, alors résident britannique à Haïderâbâd. Il y en a
une autre en urdû au British Museum (addit. mss.), et
une troisième à l'East-India Library, dans la collection
Leyden. Feu D. Forbes en avait aussi une traduction
dakhnie interlinéaire, n° 123 du Catalogue de ses manuscrits.

3° L'*Arâïsch-i mahfil*[1], ou « Statistique et histoire de
l'Hindoustan », est le plus important des ouvrages d'Afsos, dont on n'a malheureusement imprimé à Calcutta que
la première partie[2], la mort de l'auteur ne lui ayant pas
permis d'achever la publication de ce travail, certainement supérieur à la plupart des ouvrages orientaux de
ce genre. Toutefois il paraît qu'il existe en manuscrit à
la bibliothèque du Collége de Fort-William à Calcutta,
réunie aujourd'hui à celle de la Société Asiatique de cette
ville. La partie imprimée contient : 1° des notions générales sur l'Inde et sur les usages de ses habitants;
2° la description topographique de chacune de ses provinces; 3° l'histoire des souverains de Dehli, depuis
Yudhischtir jusqu'à Prithwi-Râé[3]. Quoique cet ouvrage
ait pour base un livre persan intitulé *Khulâçat uttawârîkh*,
qui est dû au munschî Sujân-Râé, de Patala, on peut le
considérer néanmoins comme original, soit à cause de
la quantité de faits qu'Afsos a puisés ailleurs, soit parce
que souvent, loin de répéter les assertions hasardées de
l'auteur persan, il en a rectifié les erreurs. Le colonel
N. Lees en a donné une édition revue et corrigée, in-8°,

---

[1] A la lettre, « l'Ornement de l'assemblée».

[2] En 1805 et 1808, in-fol. Il paraît que cet ouvrage est indiqué dans
le « General Catal. » sous le titre anglais de « History and Geography of
India » (Zenker).

[3] M. l'abbé Bertrand a donné la traduction de cette partie historique
dans le Journal Asiatique, 1842 et 1844.

Calcutta, 1863; et il y en a une autre édition lithographiée à Bombay en 1845.

Afsos a revu en outre les deux ouvrages suivants et coopéré au troisième :

1° Le *Mazhab-i 'ische*, reproduction en hindoustani moderne du *Gul-i Bakâwalî*[1];

2° Le *Nasr-i Bénazîr*, paraphrase en prose du poëme de Haçan intitulé *Sihr ulbayân;*

3° Les *Fables d'Ésope*, traduites en hindoustanî et publiées à Calcutta en 1803, par le docteur Gilchrist, sous le titre de « Oriental Fabulist »[2];

4° Le *Bahâr dânisch* de Tapisch[3], avec la collaboration de Muhammad Faïz ullah.

Voici quelques extraits de l'*Arâïsch-i mahfil* qui en feront apprécier au lecteur l'importance générale.

COUP D'OEIL GÉNÉRAL SUR L'HINDOUSTAN.

Depuis que ce vaste espace de terre a été peuplé, des centaines, que dis-je? des milliers de villes et de villages s'y sont élevés. De ces lieux habités, les uns sont misérables, les autres florissants; mais ce qu'il y a de certain, c'est que l'Hindoustan est un pays à part, bien différent des autres contrées. Il n'y a pas de région aussi vaste, il n'y a pas de royaume aussi prospère. Chaque village compte une population considérable. Chaque ville, grande ou petite, contient de nombreux caravansérais de briques, beaux et propres, où dans chaque saison on trouve pour les voyageurs des couvertures, des lits et des nourritures convenables. La plupart des villes offrent des mosquées, des couvents, des colléges, des jardins. *Il y a* diffé-

---

[1] Voyez l'article sur NIHAL CHAND.

[2] Voyez les articles sur TARINÎ CHARAN MITR, et sur MIR BAHADUR 'ALI HOÇAÏNI.

[3] Voir son article.

rents édifices pour les malheureux, les gens sans asile, les voyageurs. *Il y a* des châteaux bien fortifiés, tellement spacieux, que des centaines de villages pourraient y tenir, et tellement élevés, que les nuages qui versent la pluie sont au-dessous de leurs créneaux. Il y a mille rivières, ruisseaux, étangs; mille puits propres et élégants, dont l'eau est douce, fraîche, bonne et abondante. Les différents grands fleuves *de ce pays* sont sillonnés par des bateaux, des nacelles et d'autres embarcations sans nombre. Dans beaucoup d'endroits on a élevé des ponts sur les rivières et les ruisseaux qui traversent la route royale. Sur les deux côtés de la plupart des grands chemins, jusqu'à plusieurs kos *des villes, il y a* un rang d'arbres touffus. A chaque kos il y a une tour pour marquer les distances. Sur les bancs qui sont auprès se trouvent les denrées dont les voyageurs peuvent avoir besoin. *Il y a* partout des boutiques de marchands. Les voyageurs boivent gaiement, se lèvent, s'asseyent à leur gré. Ils marchent pendant le jour, et le soir ils trouvent à se reposer commodément dans le caravanséraï.

Vers. Quelque part qu'on regarde, tout est bien. Ce n'est pas un voyage, c'est une promenade dans un jardin.

Du reste, si on jetait de l'or dans le chemin, et qu'on continuât de marcher, nulle part il n'y a de danger; comme aussi on peut rester à dormir où l'on veut, dans les forêts, au milieu de la nuit, sans qu'il y ait aucune crainte *à éprouver.* C'est ainsi que les commerçants et les banjâras [1] transportent, des endroits les plus éloignés, de l'argent, des marchandises et des grains en quantité, et qu'ils arrivent toujours sains et saufs à l'endroit où ils doivent trafiquer de ces objets.

A l'orient de l'Hindoustan se trouve le Bengale, au midi le Décan, à l'occident Thatha (le Sind), que baigne l'Océan; au nord une grande montagne (l'Imaüs ou Himalaya), au sommet de laquelle personne n'est parvenu. Quoiqu'il y ait dans ce royaume des mines de diamant, de rubis, d'or, d'argent, de cuivre, de fer, de plomb, etc., et que le revenu de ces mines soit très-grand, néanmoins le plus riche produit du

---

[1] Sorte de colporteurs qui forment une caste particulière.

pays consiste dans les grains; on y en trouve d'espèces et de
qualités différentes, qu'il serait trop long de détailler. La
plupart de ces grains sont d'un goût délicieux, particulièrement le riz de Sukhdâs, qui est extrêmement doux, agréable
et de bonne odeur. L'empereur, les ministres, les gouverneurs, et tous les riches auxquels Dieu a départi le sens du
goût, font chaque jour cuire de ce riz, et en mangent lorsqu'ils le désirent. Assurément si ce riz eût été dans le paradis
terrestre, certes Adam, sur qui soit la paix! n'aurait pas fait
attention au blé; comment donc aurait-il songé à le broyer et
à le manger[1]? Mais l'abondance des grains dépend de la culture, et son principal agent c'est la pluie. Néanmoins dans
différents endroits les champs sont aussi arrosés par l'eau des
lacs, des étangs ou des puits, particulièrement dans les prairies situées près des montagnes, où des rivières et des ruisseaux coulent en abondance; des portions de terre de ces
endroits sont souvent mouillées, et ainsi n'ont pas besoin
d'autant de pluie *que les autres*. Mais *ces prairies* sont loin
d'avoir assez d'étendue pour que les grains qu'elles produisent
soient suffisants aux nombreux habitants de l'Inde. ·

Bref la culture de la plus grande partie des terres de l'Hindoustan qui sont susceptibles d'être labourées et ensemencées,
consiste uniquement dans la pluie. Dans cette contrée, en
effet, il est impossible d'arroser; et ce serait sans résultat,
parce que les terres à grains y sont en tel nombre, qu'on ne
saurait le calculer : comment donc serait-il possible que les
fermiers pussent arroser le dixième du dixième de ces terres?
Il faut donc renoncer à l'irrigation; mais le Très-Haut a donné
aux nuages la puissance de couvrir d'eau en un instant un
vaste terrain, il en résulte qu'il a placé dans la pluie de sa
miséricorde la cause de l'abondance et du bon marché des
grains, et non dans l'irrigation. Il y a des terres qui sont ensemencées deux fois par an, et jusqu'à trois fois. Dieu est un admirable créateur : de la matière des éléments, qui est unique,

---

[1] Les musulmans, avec quelques rabbins, pensent que le blé était le
fruit défendu du paradis terrestre. Il est aussi fait allusion à cette
croyance dans « les Oiseaux et les Fleurs », p. 52. On dit que les Caraïbes,
habitants de l'île de Saint-Vincent, croyaient que c'était le tabac.

il a produit un élément contraire à l'autre, et de ces éléments des effets différents. Que dis-je? chaque élément n'est pas identique, il a des particularités et des qualités diverses. Ainsi l'air d'un royaume est une chose, et l'air d'une ville une autre. La même analogie se remarque dans l'eau, quoique réellement elle ait en propre l'unité. L'eau du Gange, par exemple, a-t-elle quelque rapport avec celle de la Jamuna? De plus, la qualité de l'eau, que dis-je? sa couleur est différente. Ainsi dans les rivières entre lesquelles il y a une grande distance, il est reconnu que la différence est extrême. De la même façon, l'eau des puits aussi est ici saumâtre, ailleurs douce. Il y a ainsi entre elles des différences pareilles à celle de la nuit et du jour; mais ce serait tracer des mots inutiles que d'entrer dans des détails là-dessus. *L'état de* la terre présente aussi quelque chose d'approchant. En un lieu, dans une année, *il y a* deux ou trois récoltes; dans un autre, une seule; ailleurs il n'y en a pas du tout. Quoique dans certains lieux la pluie tombe pareillement, néanmoins le riz d'un endroit est bon, le blé d'un autre, et les pois chiches d'un troisième. En outre il y a partout ou manque ou abondance de chaque grain, et la vraie cause de ces différences ne nous a pas été révélée. Quant au feu, on ne trouve pas de différence dans ses qualités particulières. La cause en est apparemment qu'il n'existe pas séparément sans bois, charbon, ou autres matières combustibles, ou bien c'est par toute autre raison que nous ne connaissons pas.

« La science appartient à Dieu. »

SUR LA SAISON DU PRINTEMPS ET DES PLUIES.

En Hindoustan, dans la saison du printemps, les fleurs s'épanouissent, les fruits mûrissent en abondance, et de diverses espèces et variétés. En effet, les manguiers fleurissent, et les roses s'ouvrent en grand nombre au milieu des jardins. Dans les forêts il y a une telle quantité de téçû[1] et de sénevé[2], qu'on n'y fait pas attention et que l'œil ne s'y arrête pas. La

[1] *Butea frondosa.*
[2] *Sinapis dichotoma.* Roxb.

couleur dorée des fleurs fait ressortir davantage la pâleur du
visage des amants, et leur parfum excite vivement [1] le feu de
l'amour...

Réellement le jour et la nuit de cette saison ne sont pas
dépourvus de circonstances *remarquables*. Car dans ces jours-
là les rayons du soleil sont sans force et ceux de la lune sans
altération. Le vent aussi souffle avec modération; et il est
embaumé à tel point qu'il parfume le cerveau, et que sa
fraîcheur accroît la fraîcheur du corps. Les princes musulmans de l'Inde nomment cette saison *saison du printemps*, ou
temps du printemps; mais la plus grande partie des gens distingués et du vulgaire la nomment l'hiver de rose. Le commencement de cette saison a lieu à l'entrée du soleil dans le
signe des Poissons (en février), et la fin coïncide avec le trentième degré de la constellation du Bélier (en avril)...

Dans l'Inde la saison des pluies offre aussi d'agréables particularités. *On voit* dans le ciel des nuages de différentes couleurs; *on sent* un vent suave venir des quatre côtés. La terre
est toute verte; chaque montagne est comme un jardin de
roses qui présente l'image du printemps. Des fleurs de mille
sortes sont épanouies dans les jardins; différentes espèces
d'arbres verdoyants mêlent ensemble leurs rameaux touffus.
Dans cette saison les rivières sont plus hautes que d'ordinaire,
et la beauté de la nouvelle crue des plantes est vraiment admirable. Chaque fleuve, chaque rivière, chaque ruisseau
s'enfle; les lieux marécageux, les étangs sont remplis d'eau.
Le brillant des herbes, l'éclat du ver luisant, la lueur des
éclairs, le froissement des nuages, tout attire votre attention.
Des rangées de hérons blancs [2] traversent l'air, tandis que
pendant la pluie les cris des paons, ceux des papîhâs [3] excitent
le désir des cœurs. Des poteaux sont dressés çà et là, des es-
carpolettes y sont suspendues; un nombre infini de jeunes
filles, belles comme des fées, revêtues de robes de différentes
couleurs, s'y balancent. Tandis que l'une fait aller la balan-

---

[1] A la lettre, « deux fois plus qu'ordinairement ».

[2] *Ardea torra et putea.* Buch. (en hindoustani *baglâ*.)

[3] *Falco Nisus.*

çoire, l'autre chante la romance de l'escarpolette[1]. Il y en a qui se balancent avec une compagne en serrant les pieds, tandis que d'autres quittent leurs amies pour se balancer toutes seules.

Vers. Chacune d'elles est disposée à s'amuser; tout ce qu'elle fait est plein de charme.

Le vin de la jeunesse produit son effet; toutes les personnes que vous voyez paraissent ivres.

C'est une saison étonnante que celle des pluies, où les apparences et les changements de la nuit et du jour sont si variés.

Il y a matin et soir une si grande quantité de nuages, que ces deux parties de la journée ont le même aspect.

De chaque côté il y a irruption de nuages, et en même temps le bruit de la pluie se fait entendre.

L'eau ne cesse de tomber continuellement, et à verse. De chaque source il jaillit de l'eau avec violence; une seule est cachée, c'est celle du soleil[2].

On fait circuler le vin pur, *tandis que* de tous côtés il y a un monde d'eau.

Actuellement il n'est plus question du jour ni de la nuit *dans les conversations;* s'il est question de quelque chose, c'est de la pluie.

Parmi le peuple, aussi bien que parmi les gens distingués, on compte quatre mois de pluies. Le premier de ces mois est açàrh (juin), temps où l'on voit ordinairement le ciel se charger de nuages couleur de poussière, et quelquefois des orages s'élever et la pluie tomber avec violence et bruit, puis le temps s'éclaircir. Le second est sâwan (juillet), dans lequel le ciel est généralement couvert de nuages agréables, et où il règne des vents frais et des pluies légères et modérées. Mais souvent les nuages restent amoncelés pendant plusieurs jours, et le soleil reste caché. Le troisième est bhâdon (août). Dans ce mois ordinairement les tonnerres éclatent, les éclairs brillent, et la pluie tombe d'une manière impétueuse; mais le temps s'éclaircit bientôt. Ce qu'il y a de remarquable, c'est que d'un côté il tombe de la pluie, et de l'autre le soleil darde ses rayons. La pluie de bhâdon est si singulière, qu'on va jusqu'à

---

[1] On la trouvera parmi les chants populaires indiens que j'ai publiés.

[2] Ceci est un jeu de mots que la traduction ne peut pas rendre. Le mot persan *chaschma* « source » s'applique aussi à la source de la lumière, au soleil. L'auteur fait allusion aux nuages qui couvrent le soleil.

dire que quelquefois une corne d'un bœuf est mouillée tandis
que l'autre est tout à fait sèche. Conformément à ce qui précède, les ondées d'açârh, les petites pluies continuelles de
sâwan, et les pluies impétueuses de bhâdon sont célèbres. Le
quatrième mois de la saison des pluies est kuâr (septembre),
que l'on considère comme la porte du froid. Dans ce temps il
pleut *ordinairement* des jours entiers de suite; mais comme
cette pluie n'offre aucune particularité, nous ne nous y arrê-
terons pas...

SUR LES VOITURES ET SUR LES PALANQUINS.

La gâri [1] est une invention particulière aux gens de l'Inde.
Ceux qui s'en servent y sont parfaitement à l'abri, qu'il fasse
chaud ou froid, qu'il fasse du vent ou de la pluie [2]. Quatre
individus peuvent s'y tenir assis, tout en causant à leur aise;
et ainsi ils jouissent, quoique en voyage, des agréments de la
résidence dans leur demeure. La gârî a deux roues, qu'elle
soit recouverte d'un tendelet, ou qu'elle n'en ait pas. Si elle
est légère et de forme exiguë, on la nomme *manjholî;* si
elle est très-petite et très-légère, on la nomme *gaïnî.* Dans ce
dernier cas, les bœufs qui la traînent sont aussi extrêmement
petits; on les nomme *gaïnas,* et ils sont d'une espèce particulière. Le rath [3] à quatre roues est préférable à la gâri. Comparé
au premier, ce dernier véhicule, en effet, lui est inférieur.
Dans le rath, moins que dans la gâri, les cahots se font
peu sentir. Il est digne d'être la voiture des amîrs et des
omras. Dans le fait, quelques-unes de ces voitures sont si
bien faites et si légères, elles ont de si jolies peintures, que
les gens qui les voient en sont stupéfaits, comme la figure
peinte sur un mur. Il y a aussi au-dessus, pour les recouvrir,
des tentures ou simplement de laine, ou brodées, et d'autres

[1] Sorte de chariot qui ressemble aux voitures des blanchisseuses.

[2] Ici il y avait dans le texte imprimé une transposition dans la pagination, qui altérait le sens de ce morceau. Feu Duncan Forbes a découvert l'ordre véritable.

[3] Autre espèce de chariot. C'est le nom des anciens chars de guerre
indiens. On donne aussi ce nom au char du Soleil.

manières. Elles ont tant de propreté et d'élégance, que si le
soleil était sur la terre au moment de leur passage, il descen-
drait de son char pour monter dans celui-là, et s'y assiérait;
et si le râjâ Indra lui-même les voyait, il ne voudrait plus ap-
puyer le pied sur son trône. Aussi, à cause des avantages que
présentent ces voitures, les princes et les omras s'en servent
dans les promenades qu'ils font pour se distraire.

Quoique ces personnages distingués ne montent que rarement sur ces sortes de chars, cependant on ne manque pas de
changer, selon la saison, les tentures qui doivent les couvrir.
Dans les chaleurs on emploie le khas[1]; du temps des pluies,
la toile cirée; du temps des froids, une étoffe de laine. Toutefois, en général, ce sont des banquiers, des changeurs, des
joailliers, des employés, et les femmes des musulmans et des
Hindous, qui se servent de ces voitures. Souvent aussi de jolies
bayadères, d'élégantes courtisanes en font usage. Dans ce cas
elles les couvrent d'ornements brillants; elles pendent au cou
des bœufs des clochettes, et à leurs cornes des joyaux d'or ou
d'argent; elles attachent des pièces de métal et des cymbales
à l'essieu, et elles placent dans les timons des sonnettes. Montées sur ces chars ainsi arrangés, elles vont et viennent avec
grande pompe dans les foires et les lieux fréquentés par la
foule, ou bien elles parcourent les jardins. La vérité est que
leur présence fait perdre l'esprit et le sentiment à ceux qui les
voient. On croirait voir, en effet, des trônes de péris portés
au son des cymbales.

> *Vers.* Là où elles passent, qui pourrait avoir le temps de les regarder?
> Et dans ce cas quel en serait le résultat, puisqu'en les voyant on
> reste immobile comme la peinture d'un mur?
> Lorsque par hasard le rideau des chars est écarté par le vent, la beauté
> coquette de ces femmes brille de tout son éclat.
> Si elles passaient devant l'éclair, ébloui lui-même, il serait agité au
> point de rouler dans la poussière.

Sur les voitures des femmes honnêtes il y a des tentures ou
couvertures *solidement* attachées; ainsi comment pourrait-il se
faire qu'il s'y trouvât une fente ou une ouverture semblable à
un cheveu?... Mais cet usage n'est réellement qu'une exigence

---

[1] Le vétyver (*andropogon muricatum*).

de l'orgueil; car lorsqu'il passe une de ces voitures splendidement couverte, il entre naturellement dans l'esprit des promeneurs et des gens des marchés qu'il y a au dedans quelque beauté lunaire digne d'exciter la jalousie des fées. Toutefois le trop grand luxe pour les voitures des femmes est très-répréhensible, selon quelques amirs dignes de confiance. Au fond l'usage de ces équipages, en général, est réellement avantageux. Leur forme particulière dépend du goût de la personne qui les emploie; mais les cahots sont un fâcheux inconvénient. Outre les différentes espèces de voitures que nous avons signalées, il y en a d'autres de fantaisie, qui sont dues à des gens de goût qui en font usage, et à d'habiles ouvriers. Bref, pour les rois et les empereurs, on se sert du véhicule nommé *takht* (trône) et du *nalki* (sorte de litière); pour les amirs, du *palki* ou palanquin garni de franges; pour les princesses et les femmes de vizirs et d'amirs, du *mahâdol* [1], du *chandol* [2], du *sukhpâl*, du *myâna* [3]; et pour les femmes des pauvres, du *doli*. Une dame distinguée ou noble ne sort pas à pied; et une personne qui n'est pas mahram [4] pour elle ne voit ni sa taille ni sa stature.

SUR LES HABITANTS DE L'INDE.

Les habitants de l'Hindoustan, tant Hindous que musulmans, s'habillent généralement bien et se nourrissent sainement. Ils ont l'air gracieux; ils sont d'un agréable naturel, affables, fidèles, de bonne conduite; ils savent apprécier l'amitié; ils sont scrupuleux observateurs de leur parole; ils sont bons, compatissants et sensibles; ils ont de la capacité; ils sont d'un caractère égal et gai; ils sont justes et sincères dans leur amitié; ils ont de l'élévation dans leurs vues, et ont la conscience timorée. C'est ainsi que les banquiers sont tellement fidèles, que si quelqu'un, par exemple, place chez eux secrètement en dépôt, sans témoins, mille roupies lui apparte-

---

[1] Sorte de grande et belle litière.

[2] Sorte de palanquin, avec deux timons ou pieux pour le porter.

[3] Deux autres sortes de palanquins.

[4] On nomme ainsi les personnes admises légalement dans le harem.

nant, ils les lui remettent au moment même que le dépositaire les réclame, sans excuse et sans retard...

Vers. Tous les habitants de l'Hindoustan sont capables, savants, habiles, et connaissent le mérite.

Ce qu'ils disent de bouche, ils le font avec plaisir.

Ils ne mettent pas de différence dans le vendre et l'acheter[1].

Ils possèdent douceur, modestie, pudeur et fidélité.

Ils ont en partage le calme, la générosité, la bienfaisance, la libéralité.

Leur conduite est telle quant à ce qui concerne l'amitié, qu'ils donnent
jusqu'à leur vie, à combien plus forte raison leur bien.

Ils possèdent abondamment les perfections du genre humain.

Dans un seul d'entre eux on trouve les vertus du monde entier.

Les soldats (*sipâhís*) de ce pays sont extrêmement fidèles, dévoués, soumis ; ils renoncent facilement à la vie, d'après le
désir de leur général. Ils sont susceptibles du plus grand atta-
chement ; ils meurent s'il le faut, mais ils ne tournent pas le
dos. La règle ordinaire des courageux et braves cavaliers de ce
pays, c'est que lorsque le tour des flèches et des balles a passé,
et que l'heure de la mêlée arrive, ils descendent de cheval,
tirent l'épée du fourreau et en viennent aux mains avec leurs
adversaires. Ils agissent ainsi afin que si l'un des deux partis
vient à avoir le dessus sur l'autre, il ne puisse pas arriver que
les vaincus disent : « Puisque nous sommes cavaliers, venez
maintenant, faisons galoper nos chevaux et conservons nos
vies en sûreté ; car la vie est une chose excellente et précieuse. »
Un proverbe célèbre dit : « La vie, comme un hôte, vient nous
visiter une fois, mais non pas deux fois. » Il faut donc couper
d'abord le pied de la fuite, afin de ne pas abandonner le
champ de bataille. Tant pis si on vous tranche la tête.

Vers. Au jour du combat, les braves dignes de renommée ne gardent
pas dans le corps les pieds de la fuite.

Leurs pas ne vont jamais en arrière ; ils finissent par être tués étant
taillés en pièces, tellement ils combattent.

Jamais ils ne se débandent ; ils sont tellement immuables, qu'ils ne
cèdent jamais le terrain, quand même la terre s'évanouirait sous leurs
pas.

Lorsque des zamîndârs de ce pays se révoltent, par une rai-

---

[1] C'est-à-dire qu'ils traitent aussi bien celui qui leur achète, que s'ils
achetaient eux-mêmes.

son quelconque, contre le gouverneur, avant de marcher au
combat ils confient leurs femmes à des gens sur la fidélité
desquels ils peuvent compter ; et lorsque ces gens voient que le
gouverneur est vainqueur, et que les zamindârs doivent se ré-
signer à périr, ils endurcissent leur cœur, et par point d'honneur ils tuent les femmes toutes à la fois et se tuent ensuite
eux-mêmes. On nomme cette action *jauhar*. Toutefois, cette
pratique n'est pas particulière aux zamindârs ; car aussi, quand
de nobles personnages, jaloux de leur honneur, voient qu'ils
sont avilis, étant en butte aux vexations du souverain, ils
abandonnent avec résignation la vie, et ne renoncent jamais
à leur fierté...

Les femmes de l'Inde sont incomparables pour la beauté...
Sans doute les autres pays ne sont pas dépourvus de belles,
mais je soutiens qu'ici les femmes ont un charme tout particulier. La perfection des formes, la gentillesse des mouvements,
l'attrait des minauderies, les manières agaçantes, la recherche
dans la parure, tout cela se trouve-t-il de même dans un autre
pays? Il est bien connu que la province de Dehli est particulièrement célèbre pour ce qui concerne la beauté sans art. Les
femmes étrangères, au corps d'argent, qui viennent à Dehli
dans leur jeune âge, perdent en quelques jours leur caractère
maussade, et acquièrent une aimable beauté. En effet, chaque
maîtresse (femme) qu'on voit ici est maîtresse dans l'art de
séduire le cœur et de l'enlever, dans l'adresse et la hardiesse.
Lorsqu'elle en forme le dessein, d'un regard elle rend fous les
sages, et en un instant elle arrache aux gens dévots le vêtement de la piété. En voyant la coupe de son œil, celui qui
servait Dieu depuis cent ans devient un débauché, et l'absti-
nent courbé sous le poids des années devient un idolâtre.

Vers. Toutes ces femmes sont d'habiles praticiennes dans l'art de
séduire.

Elles savent se draper de la manière la plus gracieuse.

Quelle que soit celle que vous voyez, elle est unique pour la fraîcheur,
elle surpasse Laïla en grâce et en amabilité.

Si elle entr'ouvre seulement ses douces (*schîrîn*) lèvres, Schîrîn elle-
même ne peut dire autre chose, si ce n'est qu'elle lui rend les armes.

Elle blesse pour toujours le cœur de ses amants, elle tue avec ses yeux
qui elle veut.

L'homme religieux qui a pu l'apercevoir dans tous ses atours, donnerait, pour la contempler à son gré, la piété qu'il a en partage.

Elle pourrait dévaster la religion des musulmans, et des Hindous faire des musulmans.

En un instant elle changerait une mosquée en pagode, et établirait dans le sanctuaire de la Mecque le siége de l'infidélité.

L'éloge de ces beautés ne peut avoir de limite, la plume est impuissante à les décrire; renonçons-y donc.

En résumé, on ne saurait trop louer le pays de l'Inde et ses habitants. En effet, tous ceux qui l'ont connu, grands ou petits, pourvu qu'ils aient eu de l'intelligence, l'ont apprécié comme il convient; que dis-je? ils ont désiré s'y établir. C'est ainsi que beaucoup de gens venus de la Perse s'y sont fixés, oubliant leur propre pays; de faquirs ils sont devenus amîrs, et de pauvres, riches.

Vers. Quoique dans toutes les parties de l'univers il y ait des habitants aussi bien que dans l'Inde, toutefois l'Hindoustan n'en est pas moins un pays merveilleux.

Dans un moment le piéton y devient cavalier; et celui qui est arrivé dépourvu de tout, obtient ce qu'il désire.

Tel était, en effet, jusqu'à Aurang-zeb, l'état de l'Hindoustan, et telle était son admirable prospérité. Mais à partir du temps de Farrukh-siyar, la corruption s'introduisit dans l'empire. Muhammad Schâh aimait trop ses plaisirs pour pouvoir supporter *le poids de la couronne.* Toutefois l'empire subsista jusqu'à son temps; mais il devint une sorte de marché. Ce fut sous Ahmad Schâh qu'on put considérer le sultanat comme terminé. En effet, beaucoup d'amîrs se renfermèrent chez eux, et de respectables nobles pleins d'honneur fermèrent leurs portes et moururent de misère; mais la plupart se dispersèrent et allèrent se fixer *un peu* partout.

AFSUN[1] (le munschî RAUNAC 'ALÎ), éditeur de l'*Awadh akhbâr,* élève du khwâja 'Azîz uddîn 'Azîz, est aussi poëte non-seulement hindoustanî, mais persan.

AFSURDA[2] (MIRZA PANAH 'ALÎ BEG), de Lakhnau,

[1] P. « Enchantement, charme ».
[2] P. « Abattu, découragé ».

est auteur : 1° d'un poëme intitulé *Mu'jiza* « Miracle » ;
2° de beaucoup de marciyas fort appréciés dans l'Inde.
Karim donne dans son *Tabacât-i schu'arâ-é hindî* quatre
stances d'une de ces pièces, qui en contient trente-deux.

AFTAB [1] (SCHAH 'ALAM II). Ce roi poëte est connu
comme écrivain sous le nom d'Aftàb, qui est son principal *takhallus*. Il a pris aussi quelquefois celui de 'Ali-
gauhar et même son titre honorifique de Schâh 'Alam.
On sait qu'il commença à régner en 1761 et qu'il mourut
en 1806. Sirâj uddîn, qui occupait le trône nominal de
Dehli au moment de l'insurrection, était son petit-fils[2].

Son poëme intitulé *Manzûm-i acdas* « Poëme sacré »
est un roman féerie de plus de onze mille vers de deux
hémistiches en cent trente chapitres. Il roule sur les
aventures, le mariage et les conquêtes du prince Schujâ'
usschams, fils de Muzaffar Schâh, roi de Khatai et de
Khotan, et d'Akhtar Sa'îd, fils du vizir de ce roi. L'ouvrage est rempli en grande partie de détails ethnolo-
giques très-curieux sur le cérémonial des cours orientales,
sur les fiançailles, le mariage, la naissance, etc. Le style
en est pur et clair. On y trouve çà et là des gazals et des
rubâ'is persans, de nombreux dohras, et un *pâlnâ* ou
chant de berceau. Le titre du poëme forme un chronogramme qui en donne la date, c'est-à-dire 1201 de l'hégire (1786-87). La Société Asiatique de Calcutta possède
un bel exemplaire in-folio de cet ouvrage, qui parait être
le manuscrit autographe du royal auteur. Il porte le
n° 37 et se compose d'environ 1500 p. de 9 lignes[3].

Aftâb est aussi auteur d'un Dîwàn dont il y avait un

---

[1] P. « Soleil ».
[2] Sur ce dernier personnage, voyez l'article ZAFAR.
[3] Voyez Sprenger, « A Catal. », p. 597.

magnifique exemplaire à la bibliothèque du *Moti Mahall*
« Palais de perles » de Lakhnau. C'est un grand in-8°
de 244 p. de 8 lignes à la page.

L'auteur du *Gulzâr-i Ibrâhîm* cite de ce souverain
deux vers dont voici la traduction :

Je passe le matin avec la coupe de vin et le soir avec ma
bien-aimée. Dieu seul sait ce qui doit arriver; passons donc
tranquillement la vie.

Mashafi fait l'éloge de la piété de Schâh 'Alam en
même temps que de son talent poétique, et il cite, à ce
sujet, ce proverbe arabe :

Les discours des rois sont les rois des discours.

Schâh 'Alam a fait un bon nombre de vers hindoustanis; il a, entre autres, écrit des kabits et des dohras[1];
il a écrit aussi des vers persans.

Il aimait à réunir à sa cour les gens de lettres et les
poëtes, tant hindous que musulmans, et il rendait hommage à leur talent lorsque leurs lectures lui plaisaient.

Dans les « Hindee and Hindoostanee Selections » de
W. Price, on trouve de ce roi poëte deux gazals qui sont
devenus des chants populaires. Le premier fait partie,
avec cinq autres, de l'Anthologie hindoustanie de Bénî
Nârâyan. Voici du même personnage un gazal allégorique qu'on peut intituler *le Rossignol et la Rose.*

Dis au rossignol d'emporter son nid loin du jardin. Quand
même il réciterait cent mille charmes, il n'aurait pas le jardinier pour le défendre.

Le rossignol s'est donc retiré du parterre, emportant son nid.
Il a dit à la rose : « Cet infidèle a pris ma place. »

Et lorsqu'il s'est vu loin du jardin, il s'est écrié en pleurant:

---

[1] Noms spécialement usités dans la poésie hindouie : le premier ressemble assez au *gazal* et le second au *baït* ou distique arabe.

« O injuste fortune! était-il écrit que je devais quitter ma
« demeure dans la saison de la rose!

« O chasseur! tu dois être prêt d'esprit et de cœur, et te
« mettre pour marque un collier à la manière de la co-
« lombe. »

Mon âme ressent la plus vive sympathie pour ce rossignol
sans ami qui, à cause de son amour pour la rose, s'est exposé
au malheur.

Lorsqu'il s'est retiré, résigné à son sort, ses plaintes n'ont
laissé aucune trace dans le jardin.

O rossignol! tu n'avais réussi ni auprès de la rose ni auprès du jardinier : comment avais-tu osé bâtir ta maison dans
le jardin?

Ah! je sens combien il a sujet de soupirer en pensant
avec quel plaisir il passerait sa vie si ce jardin était le sien, si
cette rose était à lui, si ce jardinier était pour lui.

Le triste rossignol pleura tellement qu'il fut déshonoré. Les
larmes de ses yeux submergèrent sa demeure.

Toutefois un ami *de noble race*[1] le recherche pour l'aimer
cordialement; le rossignol doit répondre à l'amour du roi.

I. AFZAL[2] (le munschi Açad uddaula Haçan Yar
Khan), chef des percepteurs du gouvernement royal
(*bakhschi 'amlah sultâni*) de Lakhnau, fils de Bàquir
'Ali Khàn, petit-fils du colonel Muhammad Yàr Khân
et élève du khwàja Haïdar 'Ali Atasch, est auteur d'un
Dîwàn dont Muhcin cite des vers dans son Tazkira.

II. AFZAL (Kammal Schah Muhammad), d'Allahâbâd,
est auteur d'un Dîwàn urdû. Il fut très-lié avec un Hindou appelé Gopâl, et il écrivit un poëme à ce sujet, sous
le titre de *Bikat kahâni*[3] « Terrible histoire », ouvrage
dont il existe deux manuscrits à l'East-India Library,

---

[1] C'est-à-dire l'auteur, le poëte royal.

[2] A. « Meilleur. »

[3] Je ne suis pas bien sûr du premier mot, qui est illisible dans mes
deux manuscrits de 'Ali Ibrâhim.

écrits en caractères persans. Ce poëme est aussi intitulé *Bàrah màça* « les Douze mois ». Dans un des deux
manuscrits dont nous parlons, il est attribué à Gopàl. Il
y a du reste plusieurs ouvrages hindoustanis qui portent
le nom de *Bàrah màça*. J'aurai occasion de parler de
quelques-uns. Un manuscrit portant ce titre est indiqué
parmi les livres nombreux de la bibliothèque de Farzàda-
culî, dont feu Duncan Forbes possédait le catalogue
manuscrit, mais j'en ignore le sujet.

Quoique musulman, Afzal a écrit aussi des dohras et
des kabits en hindouî [1]. Afsos, qui l'a connu, en parle
dans son *Aràïsch-i mahfil*, p. 82, comme d'un contemplatif renommé. 'Alî Ibràhîm cite de lui un vers, tiré du
roman dont nous avons parlé. En voici la traduction :

Ceux qui s'attachent à un voyageur (c'est-à-dire à un homme),
s'exposent à passer leur vie à pleurer.

III. AFZAL (Muhammad). Kamàl parle d'un Muhammad Afzal différent du précédent, car il est plus ancien
que Walî, puisqu'il vivait à la fin du seizième ou au
commencement du dix-septième siècle. Selon Kamàl, il
était de Janjàna. « Son style, dit encore Kamàl, n'est
pas châtié, parce qu'à l'époque où il écrivait la véritable
poésie rekhta n'était pas en grande faveur et qu'il fut
obligé d'écrire en dakhnî. » Ce biographe en cite un
seul vers tiré du Tazkira de Càïm et qui diffère, il est
bon de le remarquer, de celui dont j'ai donné la traduction à l'article ci-dessus.

IV. AFZAL (Schah Gulam A'zam), d'Allahàbàd, fils
de Schàh Abû'lma'àlî 'Alî, petit-fils de Hazrat Schàh
Ajmal Khàn, gouverneur d'Allahàbàd et élève de Nàcikh, est auteur de trois Dîwàns, et d'un masnawî qui a

---

[1] Gilchrist, « Hindoostanee Grammar », p. 335.

de la célébrité dans l'Inde. Muhcin cite plusieurs gazals de cet écrivain.

AFZAL 'ALI [1] (Mìr) était vers 1840 wakil du râjâ de Satara à Londres. J'ai donné sur lui quelques détails dans le *Siyàhat-nàma* « Voyage de Dehli à Londres », par Karim Khàn [2]. On lui doit une compilation intitulée *Muntakhabàt-i urdù* « Choix urdû », qui consiste en dialogues, phrases idiomatiques et fables en hindoustani. Le manuscrit probablement original de cet ouvrage est décrit dans le « Catalogue of oriental manuscripts » de D. Forbes, p. 82, sous le n° 256.

I. AGA [3] (le saïyid AGA 'ALÎ), de Lakhnau, fils du saïyid Sàhib 'Alì Jàïcì et élève d'Asgar 'Alì, de Dehli, est un poëte dont Muhcin cite des vers. Ne serait-il pas le même que celui qui est mentionné par Sarwar sous le nom de Mirzâ Agà Khàn, de Lakhnau, comme auteur de marciyas?

II. AGA (HAÇAN), de Lakhnau, fils de Mirzà Amir et élève de Mir Wazir Sabà, est auteur d'un Diwân dont Muhcin cite des vers dans son Anthologie.

I. AGAH [4] (Mìr HAÇAN 'ALÎ), lecteur du sultan de Dehli [5], médecin et poëte, était élève de Ziyà [6] pour la poésie, selon Schefta.

Cet écrivain est probablement le même que le suivant. Dans la liste donnée par le docteur Sprenger, il y a la même ambiguïté qu'on rencontre ici, si ce n'est que Nùr Khàn Agàh y est donné comme élève de Schàh

---

[1] A. « L'excellent 'Alì ».
[2] « Revue de l'Orient », 1866.
[3] T. « Seigneur, maître », etc.
[4] P. « Instruit ».
[5] Il occupait encore ce poste, selon Karîm, en 1221 (1806-1807).
[6] Voyez l'article sur ce poëte.

Wàquif et celui-ci seulement comme élève de Ziyà.

II. AGAH (Nur Khan), conteur distingué, élève en ce genre du célèbre conteur Mir Ahmad, et, pour la poésie, de Mir Ziyà uddin Ziyà, était encore un jeune homme à l'époque où écrivait l'auteur du *Gulzàr-i Ibrà-hìm*, c'est-à-dire de 1780 à 1784. On le compte parmi les poëtes hindoustanis.

III. AGAH (Muhammad Salah), de Dehli, vivait sous l'empereur mogol Muhammad Schàh. Il était mort depuis quelque temps quand Sarwar écrivait son Tazkira. Il est auteur de poésies charmantes, tant pour le fond que pour l'expression. Voici la traduction d'un de ses vers cité par Fath ullah Huçaïni :

Il est convenable que dans ma vieillesse je parcoure le monde, car ce beau spectacle s'évanouira bientôt pour moi.

AGAZ [1]. Ce poëte urdù était le compagnon ou plutôt le protégé de Sulaïman Schikoh, un des fils de Schàh 'Alam II, et qui, en cette qualité, pouvait lui succéder au trône nominal de Dehli. Kamàl, le seul des biographes originaux qui parle d'Agàz, en cite un gazal de dix vers qui se termine par ces mots en l'honneur de son patron :

Voici quel est le vœu d'Agàz, c'est que Sulaïman devienne roi de l'Inde.

Serait-il le même que le munschi Lakschman Nà-ràyan Agàz, de Lakhnau, qui était au service du général Ochterlony, mort en 1826? Dans tous les cas, celui-ci serait peut-être le même personnage qui est mentionné plus loin sous le takhallus de Zìrak.

AGRA-DAS [2] est un saint waisnawa (ou waischnava)

___
[1] P. « Commencement. »
[2] H. « Serviteur de la ville d'Agra. »

qui paraît être l'auteur du premier texte original du *Bhakta mâl* écrit en sanscrit, lequel a été traduit ou imité, développé et augmenté, en hindî et en urdû, par plusieurs auteurs [1], ce qui n'empêche pas qu'il n'ait écrit en hindouî, chose extrêmement probable. Voici au surplus l'article qui lui est consacré dans le *Bhakta mâl* de Krischna-dâs :

CHHAPPAÏ.

Agra-dâs n'employa pas inutilement son temps à autre chose qu'à l'adoration de Wischnu.

Dès l'aurore il se livrait aux pratiques de charité envers les saints ; méditant sur ses devoirs, il portait à leur service une attention digne de Raghu.

Il se livrait constamment à l'amour du jardin célèbre *des choses spirituelles*. Son esprit au goût pur était comme la pluie qui dure longtemps.

Krischna-dâs a mis affectueusement en œuvre le discours de son esprit, et l'a rendu immuable.

Agra-dâs n'employa pas inutilement son temps à autre chose qu'à l'adoration de Wischnu.

EXPLICATION.

Nâbhâ-Jî [2] a dit : « Agra-dâs n'employa pas inutilement son temps à autre chose qu'à l'adoration de Wischnu. »

Demande. — Peut-on dire que le temps de la vie d'un homme occupé d'affaires temporelles est employé en vain, puisque le Schastâr a dit que le meilleur rite est de satisfaire et de nourrir sa famille?

Réponse. — Le temps qu'on passe au culte de Hari, celui-là seul a de la valeur. Toutes les autres occupations sont vaines.

---

[1] Voyez les articles Nabha-Jî, Priya-das, Lal-Jî, Gamani Lal et Tulci-Ram.

[2] Premier auteur des vers qui font la base du *Bhakta mâl,* et qui se réduisent, à ce qu'il paraît, au vers initial et final de chaque chhappaï. Les autres vers des chhappaïs, ainsi que le prouvent le texte précédent et le chhappaï sur Prithirâj, sont de Krischna-dâs.

Le râjâ Mân Singh [1] vint voir Agra-dâs. Ce dernier, après avoir balayé son jardin, était allé en jeter dehors les feuilles *mortes*, lorsque le roi arriva. Quand Agra-dâs voulut rentrer chez lui, les officiers, qui ne le connaissaient pas, l'en empêchèrent. Le saint personnage s'assit sous un arbre des Banyans, tenant en ses mains son chapelet. Nâbhâ-Jî ayant appris que le roi était arrivé, accourut, et trouva Agra-dâs assis sous l'arbre dont il a été parlé. Nâbhâ-Jî, *qui était son disciple*, s'arrêta devant lui les mains jointes. En voyant sa position et celle de son gurû, des larmes coulèrent de ses yeux. Le roi Mân Singh, après avoir attendu quelque temps, fut informé de tout, et se fâcha contre ses officiers ; enfin il sortit et vit Agra-dâs. Le dévot adorateur de Wischnu pensant que le roi pourrait renvoyer ses gens, à cause de la faute qu'ils avaient commise, le pria, tellement il était bon, d'augmenter *au contraire* leur paye. Mân Singh dit à Agra-dâs : « Je ne suis pas libre d'abandonner la royauté; mais je ne veux pas être privé de votre présence, car je ne puis rester sans vous. Vous me direz ce que j'ai de mieux à faire. » Agra-dâs lui répondit : « Restez attaché fidèlement à Hari, et tous vos jours seront heureux. »

I. AH [2] (Mîr Akbar 'Alî Khan), de Lakhnau, fils du saïyid Wilâyat 'Ali Khân et petit-fils de Mîr Muhammad Huçaïn Khân, surnommé Murassa' Racam (« à écriture diamantée »), parce qu'il a imaginé une nouvelle manière brillante d'écrire, est auteur d'un Diwân hindoustanî dont Muhcin cite des vers dans son Tazkira.

II. AH (Mîr Mahdî), fils de Mîr Muhammad Soz, a marché avec distinction sur les traces de son père, ainsi que nous l'apprend 'Ischqui.

I. AHÇAN [3] (Miyan Ahçan ullah) est un poëte hin-

---

[1] Roi d'Amber, qui régna de 1592 à 1615. (Prinsep, « Useful Tables », II, 112.)

[2] P. « Soupir, hélas ».

[3] A. « L'Excellent (par la bonté de Dieu) ».

doustanî qui a écrit dans le genre d'Abrû, son contemporain. Il s'est attaché à exprimer de nouvelles idées, ce dont peu de ses compatriotes modernes se sont mis en peine; car leurs écrits ne sont souvent que des centons qu'on peut trouver çà et là dans les écrits des poëtes plus anciens. Toutefois on lui reproche d'avoir trop recherché les expressions à double entente, ce qui empêche la généralité des lecteurs d'apprécier ses vers. Il était mort quelques années avant l'époque où Fath 'Alî Huçaïnî écrivait son Tazkira. Ce biographe en cite quelques vers; voici la traduction de deux seulement :

Le seul nom de Ni'mat Khân[1] est aussi doux que le chant de David : il rend flexibles comme la cire les cœurs de fer.

L'usage des paroles grossières est indigne de l'homme. Celui qui met sa langue en mouvement pour dire des injures ne devrait pas faire partie de l'humanité.

II. AHÇAN (Mirza Ahçan 'Alî), de Dehli, fut d'abord élève de Ziyâ, puis de Saudâ. 'Alî Ibrâhim nous apprend qu'il fut employé en qualité de secrétaire à la cour du nabâb d'Aoude Schujà' uddaula, et que plus tard, en 1800, il occupa des fonctions auprès du feu nabâb Sar-afrâz uddaula Haçan Rizâ Khân.

Masbafî dit qu'il était très-spirituel et qu'il s'énonçait avec précision et facilité. Il ajoute qu'il fut d'abord attaché au nabâb Muhammad Yûnas Khân avant de l'être au nabâb vizir défunt (Schujà' uddaula), et qu'il se distingua dans la poésie. Ses vers se font effectivement remarquer par la vigueur et par la pureté du langage. Ils ont été réunis en Dîwân.

Notre auteur se nommait Ahçan (Haçan Culi), selon

---

[1] On trouvera à la lettre N la mention d'un poëte de ce nom.

Càcim, et il était Mogol de nation. Ce biographe cite un grand nombre de ses vers.

Sarwar dit qu'il était Persan d'origine et qu'il fut patroné par les nababs d'Aoude Schujâ' uddaula et Açaf uddaula, dont il fut secrétaire.

Il parait qu'il avait le titre de « poëte royal », et ce fut à la cour de Lakhnau que Kamâl le connut. Ce dernier fait un grand éloge de son talent et de ses bonnes qualités : il loue sa belle écriture et son élocution facile.

On conserve à la bibliothèque du Topkhâna à Lakhnau, et à celle de la Société Asiatique de Calcutta [1], des manuscrits de son Dîwàn, lequel se compose de trois cacidas à la louange de 'Alî, de Schujâ' uddaula et de Sarfarâz uddaula; de sept courts masnawis qui ont des titres particuliers [2], et enfin d'un grand nombre de gazals. Il était mort quand Muhcin écrivait son Tazkira.

III. AHÇAN (Muhammad) est auteur 1.º d'une « Introduction à la philosophie naturelle » rédigée en urdû et dont il a été publié deux éditions in-8º d'environ 130 p. sous la direction de feu F. Taylor [3] ;

2º Du *Nafa'-i kharîdârân* « l'Avantage des acheteurs », sorte de traité sur le commerce, imprimé à Mirat en 1864, ainsi que les deux suivants;

3º D'un Recueil de masnawis, *Majma' masnawiyât;*

4º D'un Traité de prosodie, *Riçâla-i 'arûz;*

5º De l'*Ahçan ulmaçàïl* « les Meilleures des questions », ouvrage religjeux (musulman); Bareilly, 1868, in-fol. de 398 p.

---

[1] Ce dernier manuscrit parait avoir été copié sur le manuscrit autographe par les soins de Camar uddîn Khân, selon Mirzà Hâji.

[2] Voyez Sprenger, « A Catalogue », t. Ier, p. 599.

[3] « Reports of the Vernacular Translations Society ».

Cet écrivain est probablement le même qui est le rédacteur et l'éditeur du journal hebdomadaire de Bareilly intitulé d'après son nom *Ahçan ulakhbár* « la Meilleure des nouvelles ».

IV. AHÇAN (Muhammad Maula), du Décan. Cet écrivain hindoustani a été confondu avec Anwar (Muhammad Maulà). Le manuscrit du Tazkira de Sarwar que j'ai entre les mains porte *Anwár Muhammad Maulà;* mais en marge on a mis *Ahçan* comme rectification [1].

V. AHÇAN (Schah Ahçan ullah), défunt, est un poëte hindoustani dont Muhcin, qui le mentionne et qui en cite quelques vers, dit simplement qu'il était contemporain d'Abrû. Càcim dit aussi qu'il était contemporain d'Abrû et de Nàjî, et qu'il mourut en 1165 (1751-52).

VI. AHÇAN (Mirza), défunt, fils de Mirzà 'Abd urrahmàn Khàn, fut attaché au palais du roi de Dehli, puis il vécut à Lakhnau dans l'intimité de Rizà Khàn, lieutenant d'Açaf uddaula. Il est auteur d'un Diwàn dont Muhcin cite des vers dans son Tazkira.

AHÇAN ULLAH (Muhammad) est auteur du *Miràt guéti-numâ* (*Kitâb*) « Miroir qui montre le monde », c'est-à-dire Tableaux historiques comparatifs des rois du Turquestan et des rois d'Angleterre [2].

Il est aussi auteur de l'*Istiftá uttaràwih* « Décision (traité) sur la prière ainsi nommée qu'on récite dans le mois de Ramazàn », Agra, 1868, gr. in-8° de 23 p.; et de l'*Ahçan ulkalâm* « le Meilleur des discours », discussion sur des points relatifs à la religion, en urdû; Agra, gr. in-8° de 65 p.

---

[1] Cette rectification n'est pas la seule qu'on trouve dans ce manuscrit; car souvent les erreurs y sont évidentes.

[2] In-folio de 54 pages, Dehli, 1859.

AHÇAN ULLAH KHAN, de Dehli, où il était plein de vie en 1852, avait de la réputation comme prédicateur et comme poëte. Il est élève de Câcim. On lui doit entre autres une traduction urdue du *Quiças ulanbiyâ,* dont il y a plusieurs versions en hindoustanî.

Il y a un autre poëte de Dehli nommé Ahçan ullah Khân ; car le *Gulschan bé-khâr* parle de deux Ahçan ullah différents.

AHCAR [1] (MIRZA JAWAD 'ALÎ) est auteur d'un Diwân dont Mashafî cite plusieurs pièces et dont on conservait un exemplaire à la bibliothèque du *Motî Mahall* de Lakhnau, de 128 p. de 12 baïts à la page. Il contient entre autres un poëme qui commence par le vers dont voici la traduction :

Je suis un rossignol au doux chant de ton jardin féerique. O Dieu, ne me fais jamais voir la saison d'automne.

Et un autre où on trouve ces mots, qui témoignent de son amitié pour Haçan, auteur du *Sihr ulbayân,* son maitre dans l'art des vers :

Haçan a pris dans sa main le cœur d'Ahcar avec tant d'affection, que sa vive amitié m'a fait oublier tous les chagrins du monde [2].

Ahcar était de la tribu des *Quizilbâsch* [3]. Ses ancétres étaient originaires du Khoraçan ; mais depuis deux générations ils habitaient l'Hindoustan quand Ahcar naquit à Lakhnau. Étant âgé de douze ans, il alla visiter

---

[1] A. « Humble (vil) ».

[2] Le texte de ces vers se trouve dans Sprenger, « A Catalogue », t. Ier, p. 599.

[3] Des mots turcs *quizil* « rouge », et *bâsch* « tête ». Ce sont des Tartares, considérés comme les descendants des captifs donnés par Tamerlan au schaïkh Haïdar. Ils portent un bonnet rouge, d'où leur vient ce nom.

le tombeau de 'Alî à Najaf [1], celui de Huçaïn à Karbala, et
les Kàzimaïn [2], ou les tombeaux des deux Kàzim, savoir :
celui du septième imâm Muça ben Ja'far, à Bagdad, et le
cénotaphe de Mahdî, douzième et dernier imâm, à Sâmira.
Il passa quatre ans dans cet intéressant voyage et revint
ensuite à Lakhnau, où il résidait en 1793. Il avait alors
vingt-deux ans.

AHL ULLAH [3] (Schah), oncle paternel de S. S.
Schâh Walî ullah, est auteur du *Riçâla châr bâb* « Traité
en quatre chapitres », qui contient des conseils et des avis
sur les préceptes de la religion musulmane et sur la loi
des héritages. Cet ouvrage, de 80 p., est annoncé dans
le numéro du 8 mars 1866 de l'*Akhbâr-i 'âlam* de Mirat.

I. AHMAD [4] (le schaïkh et maulawî Hafîz uddîn).
Bardwânî (de Bardwân), fils de Hilàl uddîn Muhammad, et petit-fils du schaïkh Muhammad Zâkir Siddîqui,
est un écrivain hindoustanî très-distingué. Ses ancêtres
vinrent de l'Arabie se fixer dans le Décan ; puis, après
deux générations, le schaïkh Haçan, un d'eux, alla s'é-
tablir dans le Bengale. Depuis ce temps ils firent profession de la vie religieuse, pendant cinq générations, en
sorte qu'un fils de ce dernier, le schaïkh Sa'dî, connu
sous le nom de *Schâh Purân*, eut l'avantage d'être disciple de Schâh 'Inâyat ullah, qui était fils de Schâh 'Abd
ullah Kirmânî ; et instruit par lui, il parvint à un haut
degré de sainteté. Toutefois il se mit au service de l'em-

---

[1] Ville de l'Irac arabi, à dix-huit lieues de Karbala : c'est là que se
trouve le tombeau de 'Alî.

[2] C'est-à-dire « les deux débonnaires ».

[3] A. « Homme de Dieu ».

[4] A. « Louable », un des noms de Mahomet. J'ignore si c'est le même
écrivain que Mannû Làl nomme simplement Schaïkh Ahmad, et dont il
cite un vers.

pereur mogol, ayant eu une occasion favorable de le
faire. Hilâl uddîn[1], père de notre écrivain, fut attaché
en qualité de *munschi* (professeur) au collége de Fort-
William; quant à Ahmad, il resta jusqu'à l'âge de vingt
ans au collége des Natifs de Calcutta, fondé par le gouverneur général Hastings. Il y apprit les langues arabe
et persane, puis il fut nommé professeur au Collége
de Fort-William. Ce fut alors que le docteur Gilchrist,
connu par son zèle enthousiaste pour la culture de la
langue hindoustanie, l'engagea à traduire le *'Ayâr dânisch*[2]. Il se livra en effet à ce travail, dans lequel il fut
aidé par son père, qui était fort savant.

L'ouvrage fut terminé en mai 1803, et Ahmad fut
gratifié de la plus forte récompense qu'on ait jamais
donnée en pareille occasion. Quelque temps après il
quitta le Collége de Fort-William, et il fut employé par
M. Metcalfe, alors résident à Dehli. Il était encore en
cette ville en 1815, et il y exerçait les fonctions de principal munschi[3].

On sait que le *'Ayâr dânisch* « la Pierre de touche de la
sagesse », est la version persane due à Abû'lfazl, premier
ministre d'Akbar, du célèbre recueil de fables connu
sous le nom de *Kalîla et Dimna*, originairement écrit en
indien[4] par le philosophe Bidpaï, sous le titre de *Kara-*

[1] A. « Le croissant de la religion ». Il est auteur d'une grammaire hindoustanie écrite en persan et intitulée *Canuncha hindî*, c'est-à-dire « Petite
Grammaire hindoustanie », dont j'ai un exemplaire manuscrit dans ma
collection particulière. Je ne sais s'il a laissé d'autres ouvrages.

[2] J'ignore si c'est la même traduction dont il y a un exemplaire dans
la bibliothèque du ministre du Nizâm, sous le titre de *Dânisch afroz*
« l'Éclaireur de la sagesse ».

[3] Ce qui précède est extrait en partie de la préface hindoustanie du
Khirad afroz, écrite par Ahmad, et en partie de celle de Roebuck.

[4] *Zabân-i hindî*. Il faut entendre probablement ici par ces mots le
sanscrit.

tak Damanak[1]. La traduction hindoustanie d'Ahmad, à
la fois remarquable par la pureté et l'élégance du style,
aussi bien que par la fidélité, est extrêmement estimée.
Elle a été publiée à Calcutta, en 1815, sous le titre de
Khirad afroz[2], par les soins de feu T. Roebuck et avec
l'assistance du maulawi Kâzim 'Ali Jawân et des mun-
schis Gulâm-i Akbar[3], Mirzâî Beg et Gulâm-i Câdir[4].
M. Eastwick en a donné une édition en un volume in-4°
en 1857, et une deuxième in-8° de xiv et 222 p. L'édition originale forme deux volumes grand in-8°, qui contiennent seize chapitres dont voici le sujet en peu de
mots.

Le premier contient l'histoire de l'ouvrage, telle que
l'a donnée le fameux philosophe Buzurjmihr;

Le deuxième contient celle de Barzuya, médecin
distingué par sa science et ses grandes qualités, lequel
fut envoyé dans l'Inde par Nuschirwân le Juste, roi de
Perse, à l'effet d'obtenir une copie de ce livre célèbre;

Avec le troisième commencent les fables. La première
a pour but de prouver qu'il ne faut pas se fier aux faux
rapports;

[1] Voyez des détails à ce sujet dans le Mémoire historique que feu
M. de Sacy a donné en tête de son édition arabe de ce même ouvrage.

[2] C'est-à-dire « l'Éclaireur de l'entendement ». On avait commencé,
en 1803, une première édition petit in-folio de cet ouvrage; mais il
n'en a paru, je crois, que cinquante-deux pages. J'ai dans ma collection particulière un exemplaire de cette portion. Cette édition a été
annoncée sous le titre de *'Ayâr dânisch*, dans les « Primitiæ orientales »,
t. III, p. 52. On a publié à Calcutta, en 1827, un volume d'extraits du
Khirad afroz; il est intitulé *Ta'lîmât-i Khirad afroz* « Leçons du *Khirad afroz* ».

[3] Le même qui a donné la seconde édition du *Bâg o bahâr* « Histoire des quatre derviches », publiée à Calcutta en 1813.

[4] Gulâm-i Câdir a été attaché, en qualité de professeur d'arabe et de
persan, au Bishop's College de Calcutta.

Le quatrième roule sur la punition qui est réservée aux mauvaises actions, et sur la fin malheureuse d'une vie mal employée;

Le cinquième, sur les heureux effets du bon accord entre les amis, et sur le secours qu'ils peuvent se prêter mutuellement;

Le sixième, sur la nécessité de veiller aux mouvements d'un ennemi, et de se tenir en garde contre son hypocrisie et ses ruses;

Le septième, sur les inconvénients qui résultent de la négligence qu'on met quelquefois à s'occuper d'un objet qu'on a en vue;

Le huitième, sur les suites fatales de la précipitation;

Le neuvième, sur la prévoyance, la politique et les expédients par lesquels nous pouvons échapper aux maux que nos ennemis cherchent à attirer sur nous;

Le dixième, sur la nécessité de se mettre en garde contre les personnes malveillantes, et de ne pas se fier à leur sourire;

Le onzième, sur l'excellence du pardon, qui est une des plus grandes vertus d'un roi;

Le douzième, sur la rétribution dont les crimes sont accompagnés;

Le treizième, sur les dangers d'aspirer à ce qui est hors de notre sphère et de négliger nos propres affaires;

Le quatorzième, sur l'excellence du savoir et de la modestie, et sur les bons effets d'une mûre délibération;

Le quinzième montre que les rois doivent se garder des conseils des gens sans probité et sans droiture;

Le seizième, qu'on ne doit pas faire attention aux vicissitudes temporelles, mais rapporter tout à la souveraine volonté et au décret absolu de Dieu.

Il y a plusieurs autres Histoires de Kalîla et Dimna rédigées en hindoustanî. La première est intitulée *Muntakhab ulfawâïd,* c'est-à-dire « Choix d'utilités » ; il y en a un exemplaire manuscrit dans la bibliothèque de Fort-William ; la deuxième porte le titre de *Kalîla Dimna tarjuma dar hindouî rekhta :* il y en a un exemplaire dans la bibliothèque de l'East-India Office ; la troisième est indiquée dans le Catalogue de Sir W. Ouseley.

T. P. Marmol a publié une traduction partielle du *Khirad afroz* sur deux colonnes, accompagnée d'un vocabulaire in-8°, Calcutta, 1861, 49 p. C'est l'extrait donné dans le tome III du « Hindoostanee Reader ».

Il y a plusieurs éditions du *Khirad afroz.* Voyez l'article Ajodhya Praçad. On remarque dans cet ouvrage une fable qui est l'original du *Bûcheron et la Mort* de la Fontaine.

II. AHMAD, du Guzarate. 'Alî Ibrahîm nous apprend, dans sa Biographie anthologique, intitulée *Gulzâr-i Ibrâhîm,* que cet écrivain hindoustanî était contemporain et compatriote du célèbre Walî, qu'il était fort habile en sanscrit et en braj-bhakhâ, et qu'il a laissé des poésies rekhtas. Il en cite ce vers seulement :

Ahmad, que puis-je faire aujourd'hui pour les belles dans la voie de l'amour? L'obscurité de la nuit environne ma tête, et la fatigue retient mes pieds.

Je pense que c'est le même écrivain que Mîr nomme dans sa biographie *Ahmadî Gujarâtî* « Ahmadî du Guzarate », et dont il cite cinq vers où, malheureusement, on ne trouve pas le nom du poëte.

Mîr, Zukâ et Sarwar citent aussi ce poëte sous le nom de Ahmadî du Guzarate; mais Sprenger[1] pense

---

[1] « A Catalogue », p. 198.

que c'est par erreur, et que ce surnom ne doit pas lui
être attribué.

III. AHMAD (Ahmad 'Alî), de Safîpûr, des dépen-
dances de Lakhnau, fils de 'Inàyat ullah et élève de
Mîr 'Ali Auçat Raschk, est un poëte hindoustanî dont
Muhcin cite des vers dans son Anthologie.

IV. AHMAD (le schaïkh Hafiz Gulam-i Ahmad Akhund),
originaire du Panjâb, mais natif de Dehli, était connu
personnellement de Sarwar, qui en fait l'éloge. Il est
aussi mentionné par Schefta.

V. AHMAD (le schaïkh), habitant de Dehli, est cité
par Sarwar comme habile dans le gazal. Zukâ nous apprend qu'il est élève de Mîr Kallû Haquir.

VI. AHMAD (Gulam-i Ahmad), de Burhànpûr, est
connu entre autres par un *mubârak-bâd* et un *sâl-guîra*
en l'honneur du nabâb Nizàm 'Ali Khàn. Il est mentionné
par Sarwar.

VII. AHMAD (Samsam ullah), second fils d'In'am ullah Khàn Yaquîn, militaire et poëte, mort dans les contrées orientales de l'Inde. Il est mentionné par Càcim,
qui en cite beaucoup de vers.

VIII. AHMAD (Mîr Ahmad 'Alî), élève de Mîr 'Izzat
ullah 'Ischc, est mentionné par Càcim, qui en cite beaucoup de vers. Serait-il le même qu'Ahmad (Ahmad
'Ali), sirischtadàr sarkàrî (*justice recorder*) d'Allahâbàd,
résidant à Sikandarah, dans le zillah susdit, et dont
Muhcin cite des vers dans son Anthologie?

IX. AHMAD (Nizam-i Ahmad) est un autre poëte mentionné par Sarwar.

X. AHMAD (le munschi Nacir uddìn). Ce lettré musulman avait été attaché au *madriça* de Calcutta. On lui
doit entre autres le texte hindoustani de l'atlas des plan-

ches anatomiques du corps humain, qu'il a rédigé avec
Frédéric J. Mouat [1]. Ne serait-ce pas le même auteur
qui a pris pour takhallus le nom de Garib et que j'ai
mentionné sous ce nom?

XI. AHMAD (le munschî Schams uddîn), fils de feu 'Abd
urrahmàn, natif de Sa'âdat-Bandar [2], est auteur d'une
traduction hindoustanie de deux cents contes des Mille
et une Nuits arabes, lithographiée en deux volumes à
Madras [3] sous le titre de *Hikâyat uljalîla* « Brillante histoire », « Arabian Nights in hindoostanee for the use of
the college of St. George. »

Ahmad nous apprend dans sa préface qu'il a été employé pendant trente ans au collége de Saint-George et
que ses occupations l'avaient jusqu'alors empêché d'é-
crire un ouvrage qui lui fît un nom dans le monde; mais
qu'aussitôt qu'il l'a pu, il n'a pas cru devoir mieux employer son temps qu'à rendre accessible à ses compatriotes la lecture des « Mille et une Nuits », en les traduisant de l'arabe en hindoustani, cet ouvrage ayant une
réputation méritée et faisant depuis longtemps les délices
de l'Asie et de l'Europe. Il a soumis à son ami le maulawî
Muhammad Haçan 'Alî, premier professeur d'arabe au
collége de Saint-George, sa traduction, qui est faite sur
la première édition arabe de Calcutta, des deux cents
premières nuits, dont il y a aussi une édition lithographiée. Elle diffère essentiellement de celle de Habicht et
de Fleischer, et aussi de celle de Boulac.

[1] « An Atlas of anatomical Plates of the human body accompanied
with description in hindoustani », Calcutta, 1846.

[2] Serait-ce *Sa'âdat kâ garhî*, long. 74° 0′, lat. 34° 37′? Ahmad nous
fait savoir dans sa préface des Mille et une Nuits que dans sa ville natale se trouve le dargâh ou châsse de Tamîn l'Ansârî.

[3] En 1836. Le premier forme un in-8° de 500 pages, le second de
426 pages.

XII. AHMAD (le saïyid Gulam Muhi uddîn), de Haïder-âbâd, élève de Faïz, est un poëte hindoustanî mentionné par Gurdézî.

XIII. AHMAD (le maulawî Auhad uddîn), de Balgram, est auteur d'un excellent Dictionnaire urdû intitulé *Na-fâïs ullugât*[1], imprimé à Lakhnau en 1257 (1841), et formant un in-fol. de 940 p. C'est la première tentative digne de mention qu'ait faite un musulman de donner un Dictionnaire de sa langue maternelle. Mais par suite de l'ancienne habitude d'écrire les ouvrages didactiques en persan, les explications qu'on trouve dans ce Dictionnaire sont écrites dans cette dernière langue. Ce qu'il y a d'avantageux, c'est qu'on y donne les synonymes arabes, persans et turcs, et qu'on y trouve de nombreuses citations habilement choisies chez les poëtes. Cet ouvrage a eu un grand succès; aussi Mîr Haçan Rizwî, de Lakhnau, en a-t-il fait un abrégé en persan sous le titre de *Anfâs unnafâïs*[2], et cet abrégé a été imprimé à Lakhnau en 1262 (1845). Un autre abrégé du même Dictionnaire a été publié à Lakhnau la même année et réimprimé en 1847. Ce dernier est dû au maulawî Mahbûb 'Alî, de Râmpûr, et il forme un in-8° de 172 p., sous le titre de *Muntakhab unnafâïs* « Abrégé du *Nafâïs* ».

On doit aussi à Ahmad un abrégé de grammaire urdue en urdû, intitulée en anglais « Compendious Grammar of the oordoo language ».

XIV. AHMAD (Fakir uddîn) est auteur de la traduction en urdû du *Kîmyâ-i sa'âdat* « l'Alchimie du bon-

---

[1] A. « Les excellences des dictionnaires. »
[2] A. « Les haleines des excellences. »

heur », célèbre ouvrage persan de philosophie morale, par Gazâli. Cette traduction, intitulée *Iksir-i hidâyat* « la Pierre philosophale de la direction », est divisée comme l'original en quatre parties, et elle a été imprimée à Lakhnau en 1288 (1866), en un vol. gr. in-4° de 690 p.

XV. AHMAD (Schah Gulam Ahmad), de Cawnpûr, fils du schaïkh Imâm-bakhsch Khân, neveu (fils de frère) du colonel Muhammad Zaniàn Khân, dont le père était capitaine dans l'armée de Tippû Sultan, et élève distingué du schaïkh Ilâhi-bakhsch 'Ischqui, est auteur d'un Diwân dont Muhcin donne des vers dans son Tazkira.

XVI. AHMAD (Muhammad Amir) est l'éditeur et rédacteur du journal hebdomadaire de Mirat intitulé *Najm ulakhbâr* « l'Étoile des nouvelles ».

XVII. AHMAD (le munschi Gulam Ahmad), fils de feu Gulâm Haïdar 'Izzat, est auteur d'un masnawî urdû sur la légende de Sakuntalà, intitulé *Farâmosch-yâd* « Oubli et souvenir », et qui a été imprimé à Calcutta en 1849. M. l'abbé Bertrand en a donné l'analyse dans le Journal Asiatique, en 1850. L'auteur était vivant à cette époque et résidait à Calcutta.

XVIII. AHMAD (le maulawi Ahmad Khan), de Schahjâhânpur, est nommé par Muhcin *Sâhib do zabân* « possesseur des deux langues », pour signifier apparemment qu'il a écrit en hindoustani et en persan.

I. AHMAD 'ALI (le saïyid), de Saràwah, et habitant de Faïzàbâd, est auteur d'un poëme sur l'histoire de *Gul o Sanaubar* « Rose et Pin », qu'il écrivit par ordre du roi d'Aoude. Cette singulière légende, dont j'ai donné la traduction dans la « Revue Orientale » en 1866, fait le sujet de plusieurs autres romans en vers hindoustanis.

1° Il y a un *Gul o Sanaubar* en dialecte dakhni, dont il existe un exemplaire dans la bibliothèque du Nizàm, à Haïderàbàd. C'est le même poëme, je pense, dont on trouve un manuscrit incomplet à l'East-India Library, sous le n° 546, fonds de Leyden.

2° Il y en a un autre qui porte le titre de *Gulschan-i Hind* « le Jardin de l'Inde », ou *Quissa-i Gul o Sanaubar* « Histoire de Gul et de Sanaubar ». Cet ouvrage existe en manuscrit à la bibliothèque du Collége de Fort-William, à Calcutta, qui fait aujourd'hui partie de la collection de la Société Asiatique du Bengale.

3° Enfin on a publié à Calcutta une rédaction de la même légende en urdù-bengalì entremêlée de vers hindis. Il en a paru en 1865 une seconde édition revue, in-8° de 61 p. [1].

On doit encore à Ahmad 'Alì deux ouvrages en prose hindoustanie. Le premier est intitulé *Mor-pankhi* « le Batelet »; et le second est le conte qui porte le titre de *Raschk-i parì* « la Jalousie de la fée ». Ils ont été écrits à Faïzàbàd, en 1241 de l'hégire (1825-1826).

Ahmad 'Alì est auteur, en outre, d'un *Nal o Daman*, masnawì qui est, je pense, le même que celui qui a été lithographié à Lakhnau en 1229 (1813-14), qu'on dit traduit ou imité du persan et qui se compose de 1675 vers, en cinquante pages sur trois colonnes.

2° D'un *Yûçuf Zalîkha,* et 3° d'un Diwân rekhta mentionné par Zukâ.

Je trouve à la suite d'un ouvrage persan intitulé *Schu'ala-i jân soz,* par Bâquîr 'Alì Khân, un *tarìkh* urdù rédigé par un Ahmad (Ahmad 'Alì Khàn), fils de 'Inàyat Ahmad Khàn.

[1] J. Long, « Descript. Catal. », 1867, p. 19.

II. AHMAD 'ALI (le saïyid), de Schikohâbâd, est auteur 1° du *Taschrîh unnafâïs* ou plutôt *ulanfâs* « Analyse des respirations », ou l'Art de dire la bonne aventure, en urdû, compilé d'après l'ouvrage hindou intitulé *Sarodha;* 2° du *Niçâb-i garîb* « le Capital merveilleux », vocabulaire persan en vers urdus ; 3° du *Riçâla maulûd-i scharîf* [1] « Traité de la noble naissance (de Mahomet) ».

III. AHMAD 'ALI, de Schîvrajpûr, est auteur :

1° Du *Quissa-i Jamjama padschâh* « Histoire du roi Jamjama », poëme hindî sur les miracles de Jésus-Christ en faveur de ce souverain. Cet ouvrage a été édité à Lakhnau en un in-8° de 9 pages à plusieurs colonnes [2]. Le Dr Sprenger en possédait un manuscrit de 600 p. copié en 1223 (1808-1809).

2° Le *Quissa-i Mansûr,* lithographié à Cawnpûr en 1851 au *Mustafâï Press* en 20 p. de dix-neuf baïts chacune. Ce poëme roule sur la mort ou, si l'on veut, le martyre d'Abû Mugni Huçaïn ben Mansûr, surnommé *Hallâj,* c'est-à-dire « cardeur de coton », parce qu'il avait un jour, par humilité, aidé un cardeur de coton dans son travail. Ce célèbre contemplatif, élève de Junaïd de Bagdad, surnommé *Saïyid-i Tâïfa* « prince de l'ordre (des sofîs) », fut empalé à Bagdad par l'ordre du khalife Muctadir, en 309 (922), pour s'être appelé, conformément à ses principes de dévotion panthéiste, *ulhacc* « la vérité », c'est-à-dire *Dieu,* ou plutôt, dit-on, pour avoir soutenu que des pratiques de piété et de bienfaisance pouvaient suppléer au pèlerinage de la Mecque.

[1] Ou plutôt *Maulad scharîf;* Lakhnau, brochure de 68 pages.

[2] C'est apparemment cette édition lithographiée à Lakhnau qui est indiquée dans la « Bibliotheca Sprengeriana », n° 1732, sous le titre de *Quissa-i Jamjama o Sipâh-zâda,* parce qu'à la suite du premier poëme il y a celui du *Sipâh-zâda* de Khusch-dil.

Quoi qu'il en soit, ce personnage extraordinaire est souvent cité dans les ouvrages mystiques musulmans ; car les sofis le considèrent comme un grand saint et lui attribuent de nombreux miracles. On a même dit qu'il était chrétien, et d'Herbelot cite de lui, dans la « Bibliothèque orientale », des vers qui semblent en effet le démontrer. Voici le premier distique :

> Loué soit à jamais celui qui nous a manifesté son humanité en nous cachant sa divinité qui pénètre toutes choses ; jusque-là qu'il a voulu paraître parmi nous buvant et mangeant comme les autres hommes.

Voici le second, qu'il prononça en allant au supplice :

> Celui qui me convie à son banquet ne me fait aucun tort, car il me fait boire le calice qu'il a bu lui-même.
>
> Il me traite en effet comme celui qui invite traite son convive.

IV. AHMAD 'ALI (le maulawî Mir Ahmad 'Alí), professeur au collége de Dehli, est auteur du *Chaschma-i faïz* ou *Faïz kâ chaschma* « la Source de l'abondance », grammaire urdue rédigée en hindoustanî, imprimée à Dehli en 1845, aux frais du « Vernacular Translation Society », sous le titre de « Compendium of the urdu Grammar », in-8° de 34 p. et réimprimée plusieurs fois [1]. On lui doit aussi des vers hindoustanis. Il a été élève du collége de Dehli pour les natifs, puis professeur au même collége sous le nom de Mirzà 'Alî Ahmad ; il a pris des conseils pour la poésie urdue du hakîm Mîr 'Izzat ullah 'Ische. Il avait trente-cinq ans en 1847, selon ce que nous apprend Karîm.

[1] La Bibliothèque de l'Institut en possède un exemplaire de l'édition de 1845, in-8°.

Cet écrivain est sans doute le même que le saïyid Ahmad 'Alî de Dehlî, qui est auteur du *Riçâla taharruk ula'zâ* « Traité du mouvement des corps », présages qu'on tire des membres ou du port du corps, imprimé à Agra.

V. AHMAD 'ALÎ (Hafiz) est auteur des huit pages in-8° de *Madhât* « Louanges de Mahomet », en urdû et en persan, publiées à Dehli en 1868, in-8°.

AHMAD 'ALÎ KHAN (Mirza), fils de Fath 'Ali Khân, est un poëte urdû mentionné par Zukâ.

AHMAD BEG (Mirza). Cet auteur, qui était encore vivant il y a quelques années, appartient à la tribu turque des Quizil-bâsch. Schefta nous apprend qu'il est chef d'escadron, et il donne un échantillon de ses poésies. Sarwar, qui l'a connu, dit qu'il excelle dans le gazal. Mannû Lâl en cite des vers dans son *Guldasta-i nischât*.

AHMAD GURJANÎ ou JURJANÎ, c'est-à-dire de Gurjân ou Jurjân [1], est un habile poëte hindoustanî mentionné par Schefta, qui le distingue de ses homonymes par ce surnom, tiré de son pays natal.

AHMAD HAÇAN (Mîr), fils de feu le hakim Mîr A'zam, est auteur d'un poëme intitulé *Fawâïd-i dâraïn* « les Avantages des deux résidences (en ce monde et dans l'autre) », ouvrage qui roule sur les quarante principaux hadîs, et qui a été publié à Madras en 1263 (1846-47 [2]), in-8°.

AHMAD KHAN (le saïyid) est auteur de l'*Istiftâ 'azâb 'ac'ac* « Consultation sur l'ennui des cris de la pie », ou-

---

[1] Le Jurjân est une province de Perse au sud-est de la mer Caspienne et qu'il ne faut pas confondre avec la Géorgie.

[2] Et non en 1768, comme on l'a mis par erreur typographique dans le Catalogue des livres de la Bibliothèque de l'East-India Office.

vrage qui fait partie des livres urdus achetés par le gouvernement anglais après la prise de Dehli en 1857
(n° 1070 du Catalogue qui en a été publié).

AHMAD SAHIB (le saïyid), fils de Saïyid Darwesch,
est auteur d'un poëme sur les dogmes de la religion musulmane écrit pour son élève *Scharáfat unniçá
Bégam*[1], poëme auquel il a donné, par allusion au
nom de la princesse à qui il est dédié, le titre de *Riçála-i
manzúma-i 'acáïd-i scharfiya* « Traité en vers sur les
nobles dogmes ». Cet ouvrage a été imprimé par Rahmat
ullah en 1263 (1846-47), à Madras.

AHMAD SCHAH, familièrement appelé Baçâwan,
est mis par Schorisch au nombre des poëtes hindoustanis.

AHMAD SCHAH BAHADUR, sultan de Dehli,
doit être compté avec bien d'autres sultans parmi les
poëtes hindoustanis. Toutefois il est indiqué comme tel
par Schorisch seul[2], qui le distingue du précédent.

AHMAD SCHARIF. Sprenger pense qu'on lui doit le
Dawá uddáa « le Remède de la maladie », poëme urdû
sur la médecine[3], dont l'auteur était mort en 1082
(1671-72).

AHMAD UDDIN[4] est auteur 1° d'un ouvrage contre
les dépenses excessives faites dans l'Inde à l'occasion
des mariages et intitulé *Zabzáb ul-Hind* « la Plaie de
l'Inde », imprimé à Mirat en 1864 ;

2° Du *Mulakkhas ul-Curân* « Abrégé (par extraits) du

---

[1] A. 1. « La Bégam, noblesse des femmes. »

[2] Sprenger, « A Catalogue », p. 199.

[3] Sprenger nous apprend qu'il y en a un manuscrit sous le n° 51 à la
Société Asiatique de Calcutta, lequel est relié avec un *Kokschastar* de la
même main et un autre ouvrage de médecine en vers rekhtas.

[4] A. « Le louable de la religion ».

Coran », en urdû, imprimé à Mirat en 1864, et à Bareilly
en 1865 [1];

3° Du *Riyâz ulhasnât* « le Jardin des bonnes œuvres
(musulmanes) » ; Bareilly, 1865.

AHMAD WAHHAB [2] est un poëte musulman cité par
Gilchrist dans sa « Grammaire hindoustanie » comme
ayant écrit en urdû et en hindî.

AHMAD YAR[3] est auteur de l'*Ahmad yârî* « l'Amitié
d'Ahmad », traité des maladies et de leurs remèdes, en
dialecte panjâbî, caractères persans; Lahore, 1867,
63 p. in-8°.

1. AHMADI [4] (le schaïkh Ahmad Waris) est un poëte
hindoustanî distingué. Il naquit à Zimaniya [5]. Sa famille
était alliée au câzî Schams uddîn Hérawî [6], descendant
du prince des spiritualistes, Schâh Aschraf uddîn Biharî [7]. Quant à Ahmadî, comme il tenait de ses ancêtres
le droit d'être payeur du pargana de Zimaniya et de
commander un escadron de cavalerie, il fut employé en
cette qualité par le nabâb de Gazipûr, Fazl-i 'Alî Khân.

En l'année 1196 (1781-1782), il fit un choix de cent
vers environ parmi ses nombreuses poésies hindoustanies, et les envoya à 'Alî Ibrâhîm, pour qu'il pût les
citer dans sa Biographie anthologique; mais ils ne lui
parvinrent pas, et ce dernier n'en cite que dix qu'il connaissait déjà.

---

[1] J. Long, « Descriptive Catalogue », 1867, p. 33.

[2] A. *Wahhâb* est probablement pour *'Abd ulwahhâb*, expression
qui signifierait alors « serviteur du Généreux (Dieu) ».

[3] A. P. « L'ami d'Ahmad (Mahomet) ».

[4] A. « *Ahmadien*, mahométan ».

[5] Petite ville au sud de Gazipûr, dans la province d'Allahâbâd.

[6] C'est-à-dire de la ville de Hérat, en Khoraçan.

[7] C'est-à-dire du Bihâr, province de l'Inde.

II. AHMADI (Nizam uddîn), habile calligraphe, est auteur d'un Diwân hindoustanî et d'un Dîwân persan. Il naquit en 1200 (1785-86) et vint dans le Malabar (Maliwàr) en 1229 (1813-14)[1].

III. AHMADI (le khwâja Ahmad 'Ali), défunt, natif de Dehli et habitant de Lakhnau, élève de Jurat, est un poëte hindoustanî des poésies duquel Muhcin cite un échantillon dans son Tazkira.

'AIN[2] (le schaïkh Muhi uddîn) est un poëte hindoustanî mentionné par Schorisch.

I. 'AISCH[3] (Mirza Muhammad Askari) naquit à Dehli. Il fut pendant quelque temps gouverneur de Dacca, et il mourut dans le Bengale, c'est-à-dire probablement à Murschidâbâd, où il occupait un poste. Il était fils de Mirzâ 'Ali Taqui, qui était principal magistrat (*schahr-amîn*) de la ville de Dacca pour le nabâb 'Ali Culi Khàn.

J'ai dans ma collection particulière un exemplaire petit in-folio du Dîwân de 'Aïsch. Il y a à la suite quelques mukhammas. Le même manuscrit contient un choix de dohras, de baïts et d'autres pièces de vers recueillies de différents auteurs. 'Ali Ibrâhîm, qui était lié avec 'Aïsch, cite plusieurs vers de lui dans son *Gulzâr*.

II. 'AISCH (Haçan Rizaî ou plutôt Rizwi et même Riza) naquit à Lakhnau et y habita. Kamâl, qui l'avait connu dans cette dernière ville, et les autres biographes contemporains le nomment Huçaïn et non Haçan, qui est cependant son véritable prénom. Il était à la fleur de l'âge à l'époque où Mashafi écrivait son Tazkira[4].

On lui doit le *Tamiyîz ulkalâm dar bâyân halâl o ha-*

<hr>

[1] Sprenger, « A Catalogue », p. 199.
[2] A. « OEil » (*'aïn*), et par suite « l'essence » de quelque chose.
[3] A. « Vie » (*'aïsch*).
[4] C'est-à-dire vers 1790.

râm, c'est-à-dire « Éclaircissements sur les nourritures permises et défendues », ouvrage imprimé à Lakhnau en 1847, in-8°, et dont on a publié une autre édition à Dehli en 1848, gr. in-8°.

On lui doit aussi un abrégé du *Dictionnaire urdû* d'Ahmad de Balgram [1].

Voici la traduction d'un court gazal de cet écrivain :

Si ce charmant oiseau venait une fois seulement au bord de la terrasse de ma demeure, je m'emparerais de lui et je le mettrais en sûreté quelque part.

Qu'est-ce que ces gouttes de vin que tu me donnes, ô échanson ? Remplis donc une bonne fois ma coupe entièrement.

Ce gazal de 'Aïsch est comme un holocauste d'amour; oui, je suis prêt à sacrifier ma vie pour celle à qui je me suis voué.

III. 'AISCH (AMÎR KHAN), de Dehli, est un poëte contemporain mentionné par Zukâ.

IV. 'AISCH (MÎR 'ALÎ HUÇAÏN), défunt, de Lakhnau, fils de Mîr Muhammadî 'Alî Saïyid, élève et gendre du khwâja Wazîr, est un poëte hindoustanî dont Muhcin cite des vers dans son Tazkira.

V. 'AISCH (le nabâb MUHAMMAD MIRZA), originaire de Nischapûr, natif de Lakhnau, fils de Schaukat uddaula Abû Mirzâ Bahâdur et élève de Dabîr Dost 'Alî Khalîl, est un poëte hindoustani mentionné par Muhcin, qui en cite des vers.

VI. 'AISCH (le schaïkh ABU MUHAMMAD FARUQUÎ), fils du schaïkh Nûr ulhudâ, qui était un des intimes du câzî Amîn uddaula Jâgmûî, défunt, élève de Mîr 'Alî Auçat Raschk, est auteur d'un Dîwân dont Muhcin cite des

____
[1] Voyez l'article consacré à cet écrivain.

vers. On lui doit aussi le *Quiâmat-nâma* « Livre de la résurrection », lithographié dans l'Inde.

VII. 'AISCH (le maulawî munschî FIDA 'ALI) est un poëte contemporain dont on trouve un quita' à la suite du *Schâm-garibân* de Taslîm, un autre quita' pour épithalame dans le n° du 12 décembre 1865 de l'*Awadh akhbâr*, et un article sur le *Façâna 'ajâïb* de Surûr, à la suite de l'édition de cet ouvrage imprimée à Lakhnau en 1866.

'AISCHI [1] (TALIB 'ALI KHAN), de Lakhnau, fils de 'Ali-bakhsch Khân, est un écrivain que Schefta nomme Tàlib 'Ali Khân, qu'il dit être de Lakhnau, et qu'il donne pour un poëte très-distingué surtout dans le gazal, tant en rekhta qu'en persan. Il fut élève pour la première langue de Mashafî, et pour la seconde de Mirzà Càtil. Il est auteur d'un Dîwân dans les deux langues. Il a écrit dix mille vers en urdû et seize mille en persan, outre plusieurs masnawîs, un entre autres intitulé *Sarv-i chirâgân* « le Cyprès des lampes », et un ouvrage en prose intitulé *Naçâr kà majmù'a* « Collection en prose ».

Son Dîwàn urdû consiste en une grande variété de poëmes écrits avec goût et élégance.

C'est à M. le lieutenant-colonel, aujourd'hui général Low, ancien résident anglais à Lakhnau, que je dois ce renseignement, qu'il tenait du bibliothécaire du dernier roi d'Aoude. Il y avait aussi un exemplaire de ce Dîwàn dans la bibliothèque du palais de Dehli.

'Aïschî était mort lorsque Muhcin écrivait son Tazkira.

1. 'AIYASCH [2] (KHIYALÎ RAM), de Dehli, est un poëte

---

[1] A. P. Adjectif dérivé de *'aïsch* « vie » (et par suite « plaisir, délices », etc.), « épicurien ».

[2] A. « Épicurien ».

hindou de la sous-caste des kâyaths, élève de Nacîr. Le biographe Câcim dit qu'il a écrit dans le nouveau style, et il cite, de même que Sarwar, qui le rencontra souvent dans des réunions littéraires, un échantillon de ses poésies. 'Aïyâsch vivait encore en 1221 (1806-1807).

II. 'AIYASCH (Mir Ya'cub), de Lakhnau, poëte contemporain, est auteur de marciyas, ce qui a popularisé son nom parmi les musulmans de l'Inde, ainsi que nous l'apprend Schefta.

III. 'AIYASCH (Gulam-i Jilanî [1] Khan), fils du nabâb Gâzî uddin Khân 'Imâd ulmulk, est un autre poëte hindoustanî à qui on doit différentes productions signalées par Câcim et Sarwar. Il est aussi nommé Mîrân Miyân Bakhschû.

IV. 'AIYASCH (le nabâb Schahryar Mirza), originaire de Nischapûr, natif de Lakhnau, fils du nabâb Sultân Mirzâ, *alias* Mirzâ Saïyid, et élève de Sabâ, tenait chez lui des réunions poétiques, et il a écrit lui-même des poésies hindoustanies.

V. 'AIYASCH (Mirza 'Abbas 'Alî Beg), poëte dakhnî, d'origine mogole, est un poëte dont Sarwar parle sous le takhallus de 'Abbâs dans son *Umdat muntakhaba*; mais il le confond peut-être avec un autre Mirzâ Abbâs qui paraît en être distinct.

'AJAIB [2] RAÉ (le munschî) est un poëte hindoustanî que mentionne Schorisch dans son Tazkira.

I. 'AJIZ [3] est un poëte hindoustanî cité par Mîr seul, dans sa biographie. Il paraît qu'il se livrait à l'amour

---

[1] C'est-à-dire serviteur d'Abd ulcâdir Jilânî ou Guilânî.

[2] A. *'Ajâib*, pluriel du mot *'ajîba* « merveille », employé ici emphatiquement pour le singulier.

[3] A. « Faible, abattu » (*'âjiz*).

antiphysique, pour lequel, malheureusement, les Orientaux à imagination ardente ont quelquefois de la propension. Il était lié avec **Miyân Kamtarîn**, et il avait souvent des conférences littéraires avec **Hâfiz Halîm**, qui était un homme d'un caractère affectueux et très-liant. Ce dernier connaissait les bons vers des grands maîtres, et il écrivait les siens à la manière d'Abû Ishac At'ima [1]. Quelquefois 'Ajîz composait des vers en sa compagnie ou s'occupait à intercaler des vers connus dans les siens. Mîr cite un exemple de ces intercalations, nommées *tazmîn*. Sarwar lui donne le titre d'ancien poëte. Feu d'Ochoa avait rapporté de l'Inde un exemplaire de son Dîwân.

II. **'AJÎZ** ('Arif uddin 'Alî Khan), d'Akbarâbâd ou Agra, est un des poëtes hindoustanis dont les œuvres ont été réunies en dîwân. Il avait habité Dehli dix à douze ans avant l'époque où Mîr écrivait sa biographie et y avait acquis de la célébrité, d'après le témoignage du même biographe. Quelque temps avant la même époque, il alla dans le Décan ; il se fixa à Burhanpûr, ancienne capitale du Candeisch. Selon Mîr, le langage de 'Ajîz n'est pas pur. Il a généralement écrit dans le mètre nommé *kabit*. Fath 'Alî Huçaïnî donne dans son Tazkira trois pages de ses vers. Voici la traduction du seul que cite 'Alî Ibrâhîm :

O visage de rose! lorsque je me souviens de toi, par l'abondance de mes larmes de sang, mes paupières sont comme un rosaire de grains de rubis.

III. **'AJÎZ** (Muhammad) est un poëte du Décan [2] à qui

[1] Mot arabe, pluriel de *ta'âm* « viande, nourriture ».

[2] Sprenger, « A Catalogue », p. 599. Il y a quelque confusion entre cet écrivain et Muhammad 'Alî 'Azîz.

on doit : 1° le *Quissa-i lâl o gauhar*, ou simplement *Lâl o gauhar* « le Rubis et la perle », roman en vers hindoustanis qui jouit d'une certaine célébrité, qu'il doit surtout au style brillant et facile dans lequel il est écrit. J'en ai deux exemplaires dans ma collection particulière, et il y en a aussi des copies dans les principales bibliothèques de l'Inde, entre autres dans celles du Collége de Fort-William, à Calcutta, et du Nizâm, à Haïderâbâd. Il existe en persan un ouvrage sur le même sujet par Huçaïn 'Alî, de Séringapatan. Cet ouvrage, écrit en 1778, est dédié au malheureux sultan Tippû. Il est mentionné dans le catalogue des livres de ce prince, catalogue publié par feu C. Stewart.

2° On doit aussi à cet écrivain le *Quissa-i Firoz Schâh* « Histoire de Firoz Schâh », roman masnawî dont il existe des exemplaires manuscrits à la bibliothèque du Collége de Fort-William, dans ma collection particulière, dans celle de la Compagnie des Indes à Londres, et ailleurs. Un manuscrit de l'East-India Library a été copié en 1100 de l'hégire (1688-1689).

L'auteur nous apprend que ce dernier ouvrage est traduit du persan. Il existe en effet un ouvrage persan portant ce titre parmi les manuscrits recueillis par Mackenzie ; et Wilson, rédacteur du catalogue de ces livres, nous apprend que ce Firoz Schâh, fils du roi de Badakhschan, comme Tâj ulmuluk, héros du *Gul-i Bakawali*, alla chercher une fleur merveilleuse pour guérir son père.

IV. 'AJIZ (Ulfat Khan), Afgân de nation, natif du village de Khurja, à l'orient de Dehli, est auteur de poésies hindoustanies écrites avec goût et mentionnées par Sarwar.

V. 'AJIZ (Zorawar Singh), Hindou de la tribu des kschatriyas, et l'un des petits-fils [1] de Ráé Anand Rám Mukhlis, est élève du schaïkh Nacir uddîn Garib. Il résidait à Dehli, et il est auteur de poésies rekhtas et persanes mentionnées dans le *Gulschan bé-khár*.

VI. 'AJIZ (Mîr Gulam-i Haïdar Khan), de Dehli, fils de 'Azim ullah Khàn, neveu de Muhammad Ja'far Ràguib de Panipat et cousin de Sarwar, l'auteur du *Tazkira* où il est mentionné, habita d'abord Dehli, puis 'Azîmâbàd (Patna), où il mourut jeune encore. Il était élève de Schàh Cudrat ullah Cudrat, et se distingua sur les traces de son maître dans la poésie indienne. Bien qu'il s'appelàt *faible*, dit Abù'lhaçan, il était cependant *fort* en poésie.

On distingue trois autres 'Ajiz, entre autres :

VII. 'AJIZ (Mohan Ram), sur qui je n'ai aucun renseignement.

AJMAL [2] (le schaïkh Schah Nacir uddìn Muhammad), d'Allahâbâd, fils de Schàh Muhammad Nâcir Alfazlî, aussi d'Allahâbâd, et frère cadet de Schàh Gulàm-i Cutb uddîn Mucîbat [3] dont il fut élève, était faquir, ainsi que son titre de Schàh [4] l'indique. Il était très-lié avec 'Alî Ibrâhîm, et à la demande de ce dernier il lui envoya à Bénarès, d'Allahâbàd où il résidait en l'année 1196 (1781-82), des vers qu'Ibrâhim a insérés dans sa biographie. J'ignore si ses pièces de vers ont été réunies sous le titre

---

[1] Il y a dans le texte le mot *nabâhir*, qui est le pluriel irrégulier, à la manière arabe, du mot persan *nabîra*, comme *janâwir* de *jânwar* « animal ».

[2] A. « Le plus beau ».

[3] Voyez son article.

[4] Sur ce mot, voyez mon « Mémoire sur la religion musulmane », p. 21.

de Dîwân, mais dans tous les cas 'Ischqî le dit auteur de plusieurs ouvrages.

AJODHYA-PRAÇAD [1] (le pandit). Il ne faut pas confondre cet écrivain avec son homonyme qui porte le takhallus de *Haïrat* et qui est mort en 1834. Celui-ci est encore vivant, et on lui doit :

1° Un ouvrage de mathématiques rédigé en urdû sous le titre de *Riçâla 'ilm-i maçâhat* « Elements of practical geometry, trigonometry and conic sections, with trigonometrical tables », brochure de 77 p. dont on se sert à l'école de Rurkî ; Dehli, 1844, in-8° ;

2° « The first eight chapter of Herschell's Astronomy, the 12th chapter from Bounycastle's Astronomy, and the supplement from the Encyclopedia britannica. » Je pense que c'est le même ouvrage qui est simplement intitulé « Herschell's Astronomy », et en urdû *Riçâla 'ilm-i hiyat* « Traité de la science d'astronomie », que ce pandit a traduit avec la collaboration de Râm Chand ;

3° « Elements of natural philosophy » (ou « Introduction to natural philosophy »), 1. Mechanics, 2. Astronomy, 3. Hydrostatics, 4. Heat, 5. Electricity, avec la collaboration de Schîv-praçâd et de Dharm Nârâyan ;

4° Il a publié à part, à Dehli, en 1850, des « Principes d'hydrostatique » (« Principles of hydrostatics ») traduits de « Thomas Webster's Hydrostatics », ouvrage que Mr. V. Tregear traite d'excellent dans son rapport du 23 septembre 1814, et qui est intitulé *Kitâb-i 'ilm-i miyâh* « Ouvrage sur la science des eaux » ;

5° Une Histoire abrégée d'Alexandre le Grand rédigée par Mr. R. Cust et publiée à Lahore en 1858 sous le titre de *Wacâyi' Iskandar a'zam* « Faits et gestes

---

[1] I. « Don d'Aoude ». '

d'Alexandre le Grand », grand in-8° de 32 p. accompagné d'une carte du théâtre de ses exploits. Cet ouvrage a été traduit en hindî sous le titre de *Vrittânt Sikandar a'zam;*

6° Il a revu la traduction en urdû de l'« Histoire de Bâbâ Nânak », *Wacâyi' Bâbâ Nânak* [1];

7° Une Géographie de l'Inde (*Jagrâfiya Hind*) à l'usage des élèves des écoles du Panjâb, traduite de l'anglais et publiée à Lahore par ordre du major Fuller [2];

8° Le *Zubdat ulhiçâb* « l'Essence du calcul », traité complet d'arithmétique en quatre parties. Cet ouvrage a été traduit en hindî sous le titre de *Ganit sâr* « l'Essence du calcul », par Râm Dayâl. L'ouvrage a été primitivement rédigé en anglais par C. W. W. Alexander, inspecteur des études du cercle de Lahore;

9° Le *Dastûr ul'amal madâris ta'lîm ulmu'allimîn* « Manuel des écoles pour l'instruction des maîtres » des provinces du Panjâb; publié en urdû par l'ordre du major Fuller, directeur de l'instruction publique; Lahore, 1862, in-8° de 32 p.;

10° Une édition destinée aux écoles et publiée par l'ordre du major Fuller, du *Khirad afroz,* en trois parties, sous le titre de *Mufîd ussibiyân;* Lahore, 1863, in-8°;

11° Le *Jabr mucâbala* « Algèbre », en deux parties, imprimé aussi par ordre du major Fuller à Lahore en 1861, in-8°. Cet ouvrage a été traduit en hindî sous le titre de *Panj ganit* « Les cinq numérations »;

12° Le *Jâm jahân numâ* « Coupe qui manifeste le monde », géographie de l'Inde, publiée à Lahore, en

---

[1] Voyez l'article SURAJ BHAN NIJAR.

[2] Je n'ai pas la première partie; la deuxième, in-8° de 134 p., est imprimée à Lahore en 1861 et tirée à 1,500 exemplaires.

quatre parties, par ordre du major Fuller, in-8°, 1863;

13° Il est l'éditeur de la Grammaire persane rédigée en urdû sous le titre de *Masdar fuyûz* « la Source abondante »;

14° Il a soigné une édition du *Bidyânkar* [1], dont il y a plusieurs éditions de Lahore, 1863, 1864, 1865, in-8°.

Je pense que cet écrivain est le même qui est rédacteur, en compagnie de Mohan Làl, du *Khaïr khwâh-i khalâïc* « l'Ami des hommes », journal urdû d'Ajmir.

AJOMAYARA. Écrivain hindou à qui on doit un guît [2] ou chant par excellence, écrit dans le dialecte de Jaïpûr. Ward cite cet ouvrage dans son « Histoire et littérature des Hindous [3] ». Il cite un autre guît en dialecte de Kanoje, mais sans en indiquer l'auteur.

I. AKBAR [4] (Mukarram uddaula Saïyid Akbar 'Ali Khan Mustaquîm Jang) était fils du nabâb Ictidàr uddaula, plus connu sous le nom de Fath 'Ali Khân et frère de Tàj mahal Bégam, mère de Jahàndâr Schâh [5], et il s'occupait de poésie et de musique. Étant allé de Lakhnau à Haïderàbàd avec son père, il engagea vivement le biographe Kamàl, pour qui il avait beaucoup de bienveillance, à venir résider auprès de lui. Kamàl se rendit à ses instances et il le visitait fréquemment. Puis, comme Kamàl avait déjà réuni une quarantaine de dîwàns hindoustanis, Akbar les lut avec intérêt et prit du goût pour la poésie, qu'il se mit à cultiver sous la direction de Ka-

---

[1] Voyez l'article Schrì Làl.

[2] Ce guît serait-il le *Guît artha* dont feu le général Harriot possédait un exemplaire manuscrit? Ce dernier ouvrage, qui est en prose et en dialecte urdû, paraît être une « Histoire des Pandav et des Kaurav ».

[3] T. II, p. 48.

[4] A. « Grand », à la lettre « plus grand » ou « le plus grand ».

[5] Càcim le nomme Jawàn-bakht.

mâl avec goût et bonheur. Malheureusement il mourut à
la fleur de l'âge, ce que Kamâl déplora d'autant plus
qu'Akbar le comblait de ses bontés. Aussi fit-il au sujet
de ce fâcheux événement un marciya qui se termine par
un tarîkh qu'il cite dans sa biographie, avec un autre qu'il
fit aussi à la même occasion. Il donne de plus dix pages
des vers de ce jeune écrivain, y compris un masnawî sur
la maladie dont il mourut, poëme qu'Akbar composa
un ou deux jours seulement avant son décès, et qui me
paraît assez intéressant pour que j'en donne ici la traduction partielle.

O mon Dieu, à qui dirai-je l'état de mon cœur? La déso-
lation s'y est introduite. Je n'ai pas d'ami intime à qui je
puisse me confier ni qui puisse compatir à mes souffrances. Je
suis réduit à pousser de longs soupirs, étendu sur mon lit.
Jusqu'à quand, ô mon Dieu! supporterai-je douleur sur douleur? N'y a-t-il pas d'espoir que je puisse être guéri?......
On sait qu'il y a une ville qu'on nomme Lakhnau, qui est
une des villes les plus agréables qu'il y ait sous la coupole du
ciel. C'était là que résidait avec honneur et dignité mon père
Fath 'Alî Khân. Il vivait heureux dans l'abondance de la richesse, jouissant paisiblement de son bonheur intérieur. Il
était honoré par le nabâb Açâf eddaula, le grand vizir de
l'Hindoustan[1], et rien ne semblait manquer à sa félicité. Dans
cette ville, dont l'état florissant n'était égalé que par celui de
Dehli, personne, ni parmi les grands, ni parmi les petits, ne
connaissait le mot de *pauvreté*. Tous étaient contents et satisfaits de leur état : ils n'étaient en souci sur aucune chose.
Mon père avait l'inspection des palais, des troupes, des
propriétés, de l'or et de l'argent. Dieu lui avait donné un tel
pouvoir qu'il était le chef et que tous lui étaient soumis. En
un mot il pouvait tout et il se trouvait heureux.. .. Sur ces

---

[1] Tel était le titre qu'on donnait aux principaux gouverneurs des
provinces de l'Inde et entre autres à celui d'Aoude, qui plus tard prit le
titre de « roi ».

entrefaites, Açaf uddaula mourut, et en même temps le malheur tomba sur la tête de mon père. Le royaume fut bouleversé, les *chrétiens* (Anglais) s'immiscèrent dans les affaires, et une telle dévastation eut lieu dans l'Hindoustan qu'il finit par leur être soumis. Les grands personnages et les chefs de troupe furent réduits à l'inaction. Après avoir poussé de vains soupirs, chacun se décida à quitter le pays. Comment exprimerai-je ma situation? Mon temps se passait tout à fait inutilement.

Mon père possédait légitimement un jaguîr[1]; mais comme il cessa de pouvoir en retirer les revenus, il conçut le dessein d'aller dans le Décan : car chacun quittait sa patrie pour se procurer ailleurs des moyens d'existence. Après plusieurs journées de chemin, il arriva dans cette ville de Haïderâbâd... Il y fut reçu avec distinction par Nizâm ulmulk, qui lui accorda des titres, des dignités, des honneurs. Ce prince heureux dans son gouvernement, et aussi recommandable qu'Aristote, daigna confier à mon père le gouvernement de la ville. Tous, grands et petits, l'accueillirent avec distinction. Mais, par suite de la révolution du temps, son entrée en fonctions éprouva du retard. Or le climat de ce pays est singulier. Son influence oppressive se fait sentir sur les étrangers. Malheureusement mon père l'éprouva dans son tempérament : il perdit son énergie et tomba malade, mais après quelques mois il fut guéri par la bonté de Dieu...

À mon tour je souffris de grandes douleurs d'entrailles. Tous les médecins de la ville vinrent me secourir; mais leurs remèdes ne produisirent sur moi aucun effet, quoiqu'ils m'ordonnassent un traitement conforme à leur intelligence. Un d'eux me fit boire une médecine laxative, un autre me fit manger des myrobolans. Ces remèdes ne produisirent aucun effet, et la santé ne me revint pas. Je fus fatigué par tous les remèdes que je pris, et à la fin je mis sur ma poitrine la pierre de la Patience. J'adressai cependant à Dieu cette prière : « Il ne reste plus aucune force à mon corps. Aucun remède n'a produit de l'effet et ne peut me délivrer de la peine et de la

---

[1] Terre féodale.

douleur. Toi seul peux me rétablir, mais ta volonté est la meilleure chose. Ton bon plaisir est pour moi préférable à tout. »

En conséquence de cette prière, je suspendis tout traitement et je me plaçai sous la puissance de la grâce de Dieu. Cependant non-seulement je ne pouvais ni aller ni venir, mais je ne pouvais pas même me lever ni me tenir sur mon séant et rester à peine couché. Mon père... me dit : « Il ne faut pas s'affliger ni se contrister. Sois ton propre médecin, prends de l'eau pure, et tu seras guéri en dix jours. Oui, par la grâce de Dieu, la guérison aura lieu, en te recommandant à l'intercession de 'Ali. »

Enfin je fis venir Cutb uddîn [1], qui a ici une grande réputation dans l'art de guérir. J'envoyai des gens pour le chercher, et je lui exposai mes souffrances et mes douleurs. Il me tâta le pouls avec attention, et d'après le diagnostic il écrivit une ordonnance. Je bus la nouvelle médecine en me confiant à Dieu, mais je ne ressentis par son effet aucune différence dans mon état. Après avoir fait un *dogana*[2], je dis : « O mon Dieu, je vais actuellement recouvrer la santé. Oh! veuille m'accorder promptement mon rétablissement. Oh! fais-moi connaître au plus tôt le remède à ma maladie, car tu es sans aucun doute le guérisseur absolu. O Dieu, tes attributs sont au-dessus de toute louange. Je n'ai personne pour me soulager, si ce n'est toi; tu es mon asile dans les deux mondes. Comment pouvoir célébrer tes grandeurs? Qui suis-je pour le faire, et de quoi ma langue est-elle capable? » Voici la prière d'Akbar : « O mon créateur, rends-moi la santé dont tu es le distributeur; mais si tu ne juges pas convenable de m'accorder cette faveur, retire-moi paisiblement du monde. De toutes les façons, ô mon Seigneur, ce qu'il y aura de mieux pour moi c'est l'accomplissement de ton bon plaisir. »

II. AKBAR (le munschi Mirza Muhammad 'Alî), d'Allahâbâd, est auteur d'un vocabulaire de l'argot des thags,

---

[1] Sur ce personnage, voyez plus loin l'article Gauci.

[2] Sorte de prière qui, conformément à l'étymologie de son nom, se compose de deux *rica'* « génuflexions ».

intitulé *Mustalahât thaggui* « Termes techniques des thags », lithographié à Calcutta en 1839, petit in-8° de 197 p.

III. AKBAR (le nabâb MUHAMMAD AKBAR KHAN BAHADUR), de Dehli, jeune frère du nabâb Mustafa Khân Schefta, l'auteur du *Gulschan bé-khâr*, comme lui élève de Mûmim, était vivant à l'époque où son frère écrivait son Tazkira. Ce dernier en fait un grand éloge; il dit qu'il a cultivé la poésie dès son jeune âge, et il cite de lui nombre de vers. Muhcin mentionne le Dîwân de ses poésies et il en donne un gazal.

IV. AKBAR (HAJÎ SCHAH), connu aussi sous le nom de *Bhuchchû Beg*, est un poëte hindoustani qui habitait Dehli. Mashafî nous le représente comme un jeune homme gai, vif et aimable. Il était attaché à l'empereur mogol en qualité de concierge, et Kamâl l'avait connu dans la société de Sulaïman Schikoh. A l'époque où Mashafî fonda, à Schâhjahânâbâd (Dehli), une société littéraire, Akbar fut le premier qui vint lui soumettre ses pièces de vers. Peu de temps après, il s'attacha à Schâh Hâtim [1] qui tenait aussi des réunions poétiques, et retira de la société de ce célèbre écrivain mystique de grands avantages spirituels et littéraires. Il composa ensuite un Dîwân écrit à la manière antique et plein d'allusions et de métaphores obscures ; genre que Mashafî, dont le Tazkira me fait connaître ces particularités, déclare ne pas aimer ; aussi cite-t-il de cet écrivain trois vers seulement, qui forment, du reste, un court gazal que Bénî Nàrâyan a reproduit dans son *Dîwân-i Jahân*.

---

[1] Voyez l'article consacré à cet écrivain, qui, selon Bénî Nàrâyan, était le père de notre poëte.

V. AKBAR (le nabâb MUHAMMAD AKBAR KHAN) est simplement indiqué comme poëte.

VI. AKBAR (MUHAMMAD CACIM) rédige, en collaboration du saïyid calandar Huçaïn, le journal de Madras intitulé *Akhbâr kuratân* « Nouvelles des sphères », qui paraît trois fois par mois ou chaque décade par cahiers de 12 p. sur deux colonnes de 21 lignes, depuis le 7 octobre 1865 [1].

AKBAR 'ALI [2] (le maulawî) est auteur du *Margûb ulculûb* « Ce que les cœurs désirent ». Cet ouvrage offre quarante différentes questions avec leurs réponses sur les principes de la religion musulmane. Il paraît dirigé contre les wahâbis de l'Inde, c'est-à-dire les partisans de Saïyid Ahmad. Il est écrit en dialecte dakhnî et imprimé à Madras en 1848, in-12.

AKBARI [3] (le diwân AMAR-NATH), chef indigène[4] de Lahore, est auteur de poésies hindoustanies et persanes qu'il a publiées dans le *Koh-i nûr* de Lahore, en 1866.

I. AKHGAR [5] (LALA TEK CHAND), secrétaire et trésorier de Mirzâ Khurram-bakht, fils de Jahândâr Schâh, est auteur de poésies hindoustanies mentionnées par Câcim.

II. AKHGAR (MIYAN HAÏDARÎ), d'Etâwa, élève de Kalb Huçaïn Khân Bahâdur Nâdir, est un poëte hindoustanî dont Muhcin cite des vers.

III. AKHGAR (AHMAD NUR KHAN), de Râmpûr, kutwâl de Mhûbâ, des dépendances du Bandelkhand,

---

[1] Voyez mon Discours de 1866.

[2] A. « Le grand 'Ali ».

[3] A. « Akbarien », relatif à Akbar.

[4] Proprement ministre, d'après son titre de « Diwân ».

[5] P. « Étincelle, braise ».

fils de Nûr Muhammad Khân, est auteur d'un Dîwân
dont Muhcin cite des vers dans son Anthologie.

AKHI [1] (le schaïkh GULAM AKHÎ BALGRAMÎ) fut d'abord
attaché au nabâb de Farrukhâbâd, Nâcir Jang Bahâdur,
puis au capitaine Turner Macan, l'éditeur du *Schâh-
nâma*, en qualité de munschî. On lui doit un masnawî
intitulé *Quissa-i Mihr o Mâh* « Histoire de Mihr et de
Mâh [2] ». C'est un roman érotique en vers dont je possède un exemplaire grâce à la généreuse amitié de feu
F. Falconer : il fait partie de la « Chrestomathie hindoustanie » publiée en 1847 pour les élèves de l'École
spéciale des langues orientales, et j'en ai donné l'analyse
dans mon Discours d'ouverture de 1851.

On doit au même écrivain un Dîwân persan qui porte
le titre de *Tuhfat uschschabâb* [3] « Présent à la jeunesse »,
ouvrage dans lequel se trouvent des pièces où l'auteur
n'a employé que des lettres sans points diacritiques.
Dans ces pièces, qu'il a intitulées « Poëmes sans points
diacritiques », il célèbre les louanges de Turner Macan,
son patron.

AKHIR [4] (le schaïkh YAZDAN-BAKHSCH) est un poëte hindoustanî mentionné dans le *Maçarrat afzâ*.

I. AKHTAR [5] (MIRZA AKBAR 'ALÎ), défunt, natif de
Lakhnau, d'une famille de pîr-zâdas de Sirhind, était
fils de 'Abd ullah et petit-fils de Pansad Muni, l'un
des fils du nabâb Camar uddîn Khân. Mashafî dit

---

[1] A. « Mon frère ».

[2] Et non « du soleil et de la lune », comme on pourrait traduire
littéralement.

[3] Ce titre est en même temps le tarîkh de l'ouvrage, lequel indique
1224 de l'hégire (1809 de J.-C.).

[4] A. « Dernier ».

[5] P. « Astre ».

12.

qu'il était de son temps un jeune homme très-aimable et fort éloquent. Il s'est distingué dans la poésie hindoustanie, où il prit d'abord le surnom d'Anjàm. Il excellait aussi dans les arts manuels et tirait habilement des feux d'artifice. Il paraît même qu'il était artificier de son état, et Câcim dit de lui, pour faire un jeu de mots, que « ses vers étaient brillants comme ses artifices ».

Un jour il se rendit à Lakhnau en compagnie de Mirzâ Jânî, qui était récemment revenu de Karbala; or Mirzâ Jânî, qui connaissait depuis longtemps Mîr Muhammad Na'îm Khàn, vint loger dans la maison de ce dernier, et lui ayant fait l'éloge de l'habileté d'Akhtar, il le détermina à se l'attacher. Mashafî résidait aussi auprès du même personnage et il fut par conséquent lié avec Akhtar, qui lui soumettait ses vers. Quelques années se passèrent ainsi : mais ensuite Mashafi, dégoûté des vers et de la poésie, ne voulut plus être le conseiller littéraire d'Akhtar. Alors il s'adressa à Miyân Calandar-bakhsch Jurat, poëte célèbre dont il sera parlé plus loin.

Akhtar avait plus de trente ans en 1793. Mashafî, qui nous l'apprend, cite des vers de ce poëte. Kamâl, qui était aussi lié avec lui, fait l'éloge de son talent poétique, et dit qu'il est auteur d'un Dîwàn composé de cacîdas et de gazals[1], d'où il a tiré plusieurs pages de citations, et entre autres le fameux gazal dont je traduis ici quelques vers.

Lorsque j'ai pris mon calam pour chanter mon bien-aimé (Dieu), j'ai poussé un soupir cadencé dont j'ai fait le premier vers de mon Dîwân.

Comment les œuvres de l'Auteur de l'univers ne seraient-

---

[1] Le docteur A. Sprenger possédait un magnifique exemplaire de ce Dîwàn en un in-folio de 868 pages. « Biblioth. Sprenger. », n° 1632.

elles pas inaccessibles à l'imagination, puisqu'il a fait de la création une sorte de talisman pour la maison des siècles?

Admirez combien il est aimable sous le voile dont il se couvre. Dans tout il est manifeste, et il est néanmoins caché.

Akhtar est à juste titre anéanti par l'éclat de ce soleil dont un seul rayon a rempli d'étonnement les deux mondes.

II. AKHTAR (Abu Mansur Nacir uddîn Hazrat Sultan-i 'alam (Roi du monde) Mirza Muhammad Wajid 'Alî Schah Padschah, sultân fils de sultân), surnommé Zeb Tugra[1], a été roi d'Aoude depuis 1263 (1846-47) jusqu'à l'époque de l'annexion de ce royaume aux possessions anglaises en 1856. Il fut même détenu prisonnier à Calcutta peu de temps après par mesure de précaution, captivité dont il fut délivré le 9 juillet 1859. Il a eu trois fils légitimes, dont un, Mirzâ Muhammad Hamîd 'Alî[2], l'héritier du trône (« the heir apparent »), vint en Angleterre, accompagné de son aïeule la reine douairière[3] et du frère du roi son père, protester contre l'annexion de leur royaume aux possessions anglaises. Il avait dix-huit ans lors du décès à Paris de son aïeule, et il assista à son convoi et à son enterrement le 4 mars 1858. Un de ses deux frères est mort et l'autre est idiot. Toutefois, après l'incarcération du roi à Calcutta, les sipahis mirent sur le trône un enfant de dix ans nommé Birjis-Cadr (« Puissance de Saturne »), fils à ce qu'il paraît de Wâjid 'Alî et d'une Bégam du harem qui n'avait pas le titre de reine, mais qui a déployé une grande énergie à

[1] C'est-à-dire « Celui dont le seing impérial est l'ornement ».

[2] L'*Awadh akhbâr* du 28 décembre 1868 donne un gazal de ce prince, qui, à l'imitation de son père et de ses aïeux, cultive la littérature hindoustanie. Voyez au sujet de ce gazal mis en mukhammas par Miyàn Hunar, mon Discours de 1869.

[3] Morte à Paris en 1858. Voyez mon article à son sujet dans le « Journal des Débats » de cette époque.

la suite de l'annexion. On mentionne aussi un petit-fils de Wâjid 'Alî, le nabâb Mumtaz uddaula, qui recevait du gouvernement anglais une pension de sept cents roupies (1750 fr.) par mois. Il y a eu en outre à plusieurs reprises en Angleterre et en France, notamment en 1866, un prince d'Aoude nommé le nabâb Icbâl uddaula, à qui on donne le titre d' « Héritier du trône des provinces d'Aoude » *Walî 'ahad mamâlik Awadh* [1].

Voici l'arbre généalogique de ce personnage tel qu'il m'a été communiqué par mon ami le saïyid 'Abd ullah :

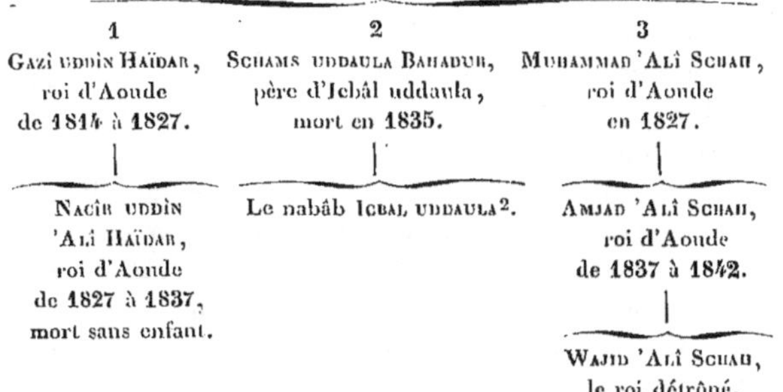

Sarwar mentionne seulement le roi d'Aoude sous le takhallus d'*Akhtar* et dit qu'il est de l'ordre des rois (*az zumra-i salâtîn*). Muhcin le nomme « le Roi des éloquents ». Ce souverain, fils et héritier de S. M. Amjad

[1] Voyez ce que j'en ai dit dans mon Discours de 1866.

[2] Le nabâb Icbâl uddaula est le prince qui aurait pu succéder à Wâjid 'Alî si l'annexion n'avait pas eu lieu; l'usage général dans les maisons princières musulmanes étant d'attribuer la succession à la dignité royale ou vice-royale au membre le plus âgé de la famille.

’Ali Schâh Padschâh, comme beaucoup de rois musulmans, charmait ses loisirs dans le palais de Lakhnau,
sa capitale, qu’on appelle aussi, peut-être de son nom,
Akhtar-nagar « la ville astrale », par la culture des lettres.

Il est auteur de beaucoup d’ouvrages qui ont été imprimés, entre autres de trois Dîwâns, de trois masnawîs,
et d’un Tazkira des poëtes hindoustanis et persans, immense biographie anthologique qui contient, dit-on,
cinq mille notices, mais dont Mr. F. E. Hall n’a pu, malgré son désir, me procurer un exemplaire, l’édition
ayant été détruite lors de l’insurrection. Il mettait lui-
même en musique ses gazals, et il les chantait dans
son *zanâna* « gynécée », qu’on nomme aussi à Lakhnau
paristân « séjour des fées », par allusion aux beautés
qui le peuplaient. C’est là en effet que ce malheureux
roi passait la plus grande partie de son temps avant que
le gouvernement de la Compagnie des Indes l’eût privé
de ses États.

Lorsqu’il n’était encore que prince royal, il avait écrit
une série de poésies qui ont été publiées à Lakhnau par
les soins de Mahdî ’Alî Cubûl à l’imprimerie *Muhammadî*,
qui s’appelle ainsi du nom de son directeur Muhammad
Huçaïn, sous le titre de *Dîwân Faïz-bunyân* [1] « Recueil
dont la grâce de Dieu est le fondement ». Ce Dîwân,
dont je possède un exemplaire, offre une particularité
remarquable qui le distingue des nombreux recueils ainsi
nommés et qui lui donne plus de valeur littéraire : c’est
qu’on y a indiqué en marge les différents mètres principaux et secondaires de la prosodie des langues de l’Orient
musulman qui ont été employées par le poëte et dont quel-

---

[1] Il paraît qu’on désigne aussi ce Dîwân sous le titre de *Zeb Tugra*,
surnom d’Akhtar.

ques-unes sont fort rares. Il forme un in-8° de 221 p.

Le British Museum possède un roman érotique en vers (« Tale of love, a poem ») du même prince, en manuscrit [1].

III. AKHTAR (le câzî Muhammad Sadic Khan), de Hougly, fils du câzî Muhammad La'l, élève de Mirzâ Catîl, et percepteur à Etâwa, est auteur 1° d'un masnawî composé en 1231 (1815-16) et intitulé *Sarâpâ soz* « Tout ardeur », poëme mystique de 650 vers, édité à Lakhnau par le maulawî Karâmat 'Alî, surnommé *Azhar* « lumineux », lequel forme un grand in-8° de 22 p. de 2 vers à la ligne ; 2° d'un Dîwân hindoustanî ; 3° du *Mahâmid Haïdarî* « les Vertus de Haïdar », poëme à la louange du roi d'Aoude Gâzî uddîn Haïdar.

On trouve un gracieux gazal de ce poëte dans le *Sarâpâ sukhan* de Muhcin.

Cet Akhtar est auteur de plusieurs autres ouvrages, mais dont je n'ai pas à parler ici, parce qu'ils sont rédigés en persan [2]. Il était encore vivant en 1854.

'AKIF [3], ami et élève de Saudâ, est compté par Câcim au nombre des poëtes hindoustanis.

AKRAM [4] (le khwâja Muhammad), de Dehli, est un poëte hindoustanî qui excellait surtout à faire des *tarikhs* ou chronogrammes en vers. C'est ce que nous apprend 'Alî Ibrâhîm, qui en cite le vers dont la traduction suit :

Si le dévot spiritualiste venait dans ma pagode, ah ! j'en suis sûr, il croirait se trouver dans la mosquée.

[1] Sur cet infortuné roi, voyez aussi mon Discours d'ouverture du 4 décembre 1856.

[2] Entre autres d'un Tazkira des poëtes persans intitulé *'Aftâb 'âlam tâb* « le Soleil qui éclaire le monde », et d'un Dîwân persan. Sur ces ouvrages, voyez Sprenger, « A Catalogue », p. 599, n° 591.

[3] A. « Attentif » (*'âkif*).

[4] A. « Très-généreux ».

Le poëte veut dire par là que l'homme religieux ésotériquement est aussi bien dans une pagode que dans une mosquée pour prier Dieu; et que s'il en faisait l'essai, il verrait par lui-même qu'il en est ainsi.

A'LA [1] (Mîr 'Alî), de Dehli, fils de Mîr Wilâyat ullah Khân, était un poëte attaché à la maison de Schujâ' uddaula, nabâb d'Aoude et compagnon du prince Mirzâ Muhammad Jahândâr Schâh. 'Alî Ibrâhîm le vit pendant la guerre du nabâb Schujâ' contre les Anglais, et il nous apprend qu'il avait beaucoup de goût pour le luxe et pour les plaisirs de l'amour. Il cite de lui plusieurs gazals et quelques vers détachés. En voici un qui se distingue par son exagération métaphorique :

Ce ne sont pas seulement les fragments brisés de mon cœur qui roulent dans le torrent de mes larmes, mes yeux euxmêmes sont entraînés par le courant, avides qu'ils sont de voir ma bien-aimée.

Je pense que c'est le même poëte que Muhcin nomme A'la (Amîr A'la 'Alî) dans son *Sarâpâ sukhan*.

I. ALAM [2] (Mîr Sahib), de Dehli, fils, selon Mashafî, du khwâja Mîr Dard [3], et selon Schefta neveu de Mîr Dard et fils du khwâja Muhammad Mîr, frère du premier, était un derviche très-versé dans la science du spiritualisme. Il était encore jeune en 1796. Mashafî nous le représente comme fort doux et très-affable, et comme ayant hérité du talent pour la poésie que son père possédait à un degré éminent. Il réussissait surtout dans les quatrains et les matla's. Il

---

[1] A. « Très-élevé ». (Ce mot est écrit par un *alif*, un *'aïn*, un *lâm* et un *yé* prononcé *a*.)

[2] A. « Peine, affliction ».

[3] Voyez l'article consacré à cet écrivain.

demeura quelque temps à Murschidâbâd en 1194 (1780), par suite de l'amitié qui le liait au râjâ Daulat Râm. Lutf nous apprend qu'il vivait à Dehli dans la retraite et l'abnégation en 1215 (1800-1801). Il était encore vivant en 1221 (1806-1807). Il a laissé des poésies hindoustanies dont Mashafî, 'Alî Ibrâhîm et Lutf citent des fragments.

II. ALAM (Muhammad 'Alî) est un poëte élève de Zauc et mentionné par Schefta.

III. ALAM (l'agà Mahdî), de Lakhnau, fils d'Agà Mirzà et élève du nabâb 'Aschûr 'Alî Khân Bahâdur, est auteur d'un Dîwân dont Muhcin cite des vers dans son Anthologie.

'ALAM[1] 'ALI, de Karâya, dans le district de Balya, près de 'Azîmâbâd (Patna), est l'auteur d'une traduction urdue abrégée du roman persan en quinze volumes par Mîr Muhammad Taqui, surnommé Khayâl, d'Ahmad-âbâd en Guzarate, qui vivait sous Muhammad Schâh, ouvrage qui porte le titre de *Bustân ulkhayâl*[2] « le Jardin de l'imagination » (ou plutôt de Khayâl). Ce roman féerique, où le merveilleux joue un grand rôle, jouit de beaucoup de célébrité dans l'Inde. La traduction urdue a été imprimée à Calcutta en 1834 sous le titre de *Zubdat ulkhayâl* « la Crème de l'imagination », et elle forme un volume in-8° de 414 p.[3].

ALHA est un poëte hindoustani, militaire de pro-

---

[1] A. « Le drapeau de 'Ali ». (Ce mot est écrit par un *'aïn*, un *lâm* et un *mîm*.)

[2] Plusieurs autres ouvrages portent le même titre. Voyez l'article Siraj.

[3] Il paraît qu'il y en a plusieurs éditions, car l'exemplaire qui se trouve dans la bibliothèque de l'East-India Office est in-4° et de 1842. Voyez l'article Badn uddin.

fession, qui a donné son nom à une espèce particulière de poëme dont il a été fait mention dans l'Introduction.

I. 'ALI [1] (le maulawî) est le rédacteur du *Jnyândipak* « le Flambeau des connaissances » , journal qui paraissait en 1846 à Calcutta, en hindî, bengalî, persan et anglais.

II. 'ALI (Aschraf ulumara Nawab 'Alî Bahadur), de noble famille, chef (râïs) de Bânda, fils du nabâb Zû'lficâr Bahâdur, qui était un des fils des souverains réels du Décan, appelés *Peschwâ*, élève d'Ismâ'îl Huçaïn Munîr, savait le Coran par cœur et est auteur d'un Dîwân et d'un masnawî intitulé *Mihr o Mâh* [2]. Muhcin en cite des gazals dans son Tazkira.

III. 'ALI (le munschî saïyid Bahadur), père du saïyid 'Abd ullah, éditeur du Coran hindoustanî de 'Abd ulcâdir, est auteur lui-même d'une autre traduction inédite duCoran écrite en hindoustanî. (Voyez l'article I. 'Abd ullah.)

IV. 'ALI (Haçan), du Décan.

On doit à cet écrivain, que feu Charles Stewart nomme « poëte lauréat » dans son Catalogue des livres de Tippû :

1° L'ouvrage intitulé *Bhûk-bal* [3] ou *Kok-schâstar*, volume en vers hindis, imité du sanscrit, dont le titre signifie « Liber coitus, id est modorum diversorum coeundi ». Ces manières, au nombre de trente-quatre, sont décrites scrupuleusement. Les femmes y sont divisées

---

[1] A. « Élevé, noble, etc. ». Ce mot est ici écrit par un *'aïn*, un *lâm* et un *yé* avec *taschdîd*. Ainsi orthographié il est le nom propre du cousin et gendre de Mahomet.

[2] Voyez à l'article Akhi, p. 179, la mention d'un poëme du même titre.

[3] Ces deux mots doivent être plutôt, je pense, *bhog pal* « le moment du plaisir. »

en quatre classes; elles sont nommées, selon celle à laquelle elles appartiennent, *padmani*, *chitrini*, *sankhini* ou *schankini*, et *hastini*. Les hommes sont séparés à leur tour en quatre classes. Ils se distinguent en *ahu* « daim », *scher* « lion », *khar* « âne », et *fil* « éléphant ». On prétend que l'auteur du premier ouvrage de ce genre était un pandit nommé *Kok*, et qu'on a donné son nom à tous les écrits postérieurs sur cette matière [1]. Il y a parmi les manuscrits hindoustanis du Collége de Fort-William un volume intitulé *Kok-schâstar*; j'ignore si c'est le même ouvrage. Il y a aussi parmi les manuscrits de l'East-India Office un ouvrage intitulé *Naskhahi kamir* [2] qui est indiqué comme une traduction hindie du *Kok-schâstar*. Je trouve enfin, parmi les manuscrits mentionnés dans le Catalogue de la riche bibliothèque d'un certain Farzàda Culî, un « Traité sur le kok » en vers hindis, intitulé *Riçâla-i kok-sâr* « Traité de l'essence du kok » ;

2° Le *Mufarrih ulculûb* « Ce qui réjouit les cœurs », titre qu'on a donné aussi à une traduction hindoustanie de l'*Hitu-padéça*, faite d'après une version persane qui est intitulée de la même manière [3]. Le *Mufarrih* d'Haçan 'Alî est, selon Ch. Stewart, une collection de poëmes et d'odes de félicitation en persan et en dakhnî ; mais c'est en réalité une sorte de poétique écrite en persan avec de nombreux exemples en vers hindoustanis. On en conserve un exemplaire à la bibliothèque de l'East-India Office, n° 208, fonds Leyden.

Ces deux ouvrages sont dédiés au sultan Tippû : ils étaient l'un et l'autre dans sa bibliothèque.

[1] Je possède dans ma collection particulière un ouvrage persan sur le même sujet, intitulé *Kok-nâma*.

[2] Faut-il lire *Nuskha-i kâmil* « Copie parfaite » ?

[3] Voyez l'article HEÇAÏN (Bahâdur 'Ali).

V. 'ALI (le maulawi saïyid HAFIZ) est auteur du *Hidâyat ulmuminîn yâ Hidâyat ulmuslimîn* « Guide des croyants ou des musulmans » , ouvrage sur l'imâmat de 'Ali, imprimé à Ludiana en 1803, 70 p.

VI. 'ALI (MÎR HAÇAN), de Lakhnau, fils de Mîr Hâji Schâh, est un musulman distingué et fort instruit qui résida plusieurs années en Angleterre. Il était attaché en qualité de munschi à l'école militaire de la Compagnie des Indes orientales, à Addiscombe, près Croydon. Il retourna ensuite dans l'Inde, et conduisit avec lui une dame anglaise qu'il avait épousée et qui resta à Lakhnau, pendant douze ans, renfermée dans le harem de son mari. Elle revint ensuite en Angleterre, et y publia, en 1832, sous le nom de Madame Mîr Haçan 'Ali, un ouvrage très-intéressant sur l'Inde musulmane [1].

Haçan 'Ali est auteur, outre l'ouvrage de sa femme, auquel il a indirectement coopéré en lui fournissant de précieux renseignements :

1° D'une traduction hindoustanie de l'Évangile de saint Matthieu, dont on conserve l'original à la bibliothèque de l'East-India Office à Londres ;

2° De la traduction en hindoustani d'une portion du célèbre roman de Goldsmith intitulé « the Vicar of Wakefield » , traduction qui a été publiée dans la seconde édition des « Hindustanee Selections » de J. Shakespear, alors collègue de Mîr Haçan, à Croydon ;

3° D'une « Grammaire hindoustanie » , dont le manuscrit original existe à la bibliothèque du Collége de Fort-William à Calcutta [2] ;

---

[1] Il est intitulé « Observations on the Musulmanns of India ». J'en ai donné une notice dans le Journal Asiatique, 11e série, t. IX, p. 539 et suivantes.

[2] Voyez le Catalogue imprimé de cette bibliothèque, n° 606.

4° De la traduction en hindoustani d'une portion de la liturgie de l'Église anglicane. J'ignore si c'est celle qui a été imprimée à Calcutta en 1814, sous le titre de « A compendium of the Book of common prayer ».

VII. 'ALI (MIRZA), de Lakhnau, Mogol d'origine, élève de Sarb Sukh Dîwàna, a été spécialement mentionné dans le Tazkira de Mîr Haçan, ainsi que nous l'apprend Sarwar.

VIII. 'ALI (MIRZA CULI), de Dehli, est auteur d'un Diwân urdû qui a une certaine célébrité et qui est mentionné par Sarwar.

IX. 'ALI (MIRZA MUHAMMAD 'ALî KHAN), fils de Mirzâ Ahmad Beg Khân Tapàn, est un poëte contemporain mentionné par Muhcin, lequel résida d'abord à Lakhnau, où il fut élève de Wazir, puis il alla à Calcutta, où il obtint un emploi. Muhcin en cite des vers. Il mourut en 1276 (1859-1860), ainsi que nous l'apprend un tarikh de Nassâkh.

X. 'ALI (MUHAMMAD) est auteur d'une collection de deux mille trois cent·quatre-vingt dix-sept proverbes hindoustanis rangés par ordre alphabétique, collection dont feu Duncan Forbes possédait un exemplaire manuscrit.

XI. 'ALI (le hakîm MUHAMMAD), défunt, de Lakhnau, fils du hakîm Gulâm Haïdar et élève de Jurat, est compté par Muhcin parmi les poëtes hindoustanis.

XII. 'ALI (MUHAMMAD KHAN 'AZAM UDDAULA), Afgân de nation et habitant de Murschidàbâd [1], est un poëte hindoustanî mentionné par Sarwar.

I. 'ALI [2] (le khwâja 'ABD ULLAH), *alias* Abû Jî, de Lakh-

---

[1] Zakâ dit « de Murâdàbâd ».

[2] A. « Élevé ». Ce mot a le même sens que le nom précédent, mais

nau, fils du khwâja 'Abd ulschakûr Schâkir, est mentionné par Muhcin, qui en cite des vers dans son Tazkira.

II. 'ALI (le schâh Abu'lma'alî), défunt, fils de S. S. Schâh Ajmal, est un poëte qui a écrit en hindoustanî et en persan et dont Muhcin cite des vers dans son Anthologie bibliographique.

III. 'ALI (Mirza) est un poëte qui appartient à la famille impériale de Timûr et qui est élève du schaïkh Ibrâhîm Zauc. Sarwar fait un grand éloge de son talent poétique et cite un grand nombre de ses vers.

'ALI-BAKHSCH [1] (le maulawî), munsif (juge) du zilla' de Mathura, est auteur du *Mauza' ulcawânin-i diwânî* « Exposé des règlements du service civil » (civil regulations), imprimé à Dehli en 1849. On en a publié un abrégé en 1851, intitulé *Khulâça mauza' ulcawânin* « Abrégé du *Mauza' ulcawânin* », etc.

'ALI-HAIDAR [2] (Nacîr uddîn), roi d'Aoude qui a régné de 1242 (1826-27) à 1252 (1836-37), année de sa mort, doit être compté parmi les poëtes hindoustanis. Il est entre autres auteur d'un volume de cacîdas à la louange des imâms, intitulé *Caçâïd 'Ali-Haïdar,* dont il y avait dans la bibliothèque Farab-bakhsch, de Lakhnau, un magnifique manuscrit de 600 p. de trois baïts seulement à la page[3].

'ALI HUÇAIN (le saïyid) est auteur :

1° De l'*Izâlat ulawhâm* « Destruction des appréhen-

---

il n'a cependant pas la même orthographe. On l'écrit en effet par un 'aïn, un *alif*, un *lâm* et un *yé* ('*âlî*).

[1] A. P. « Don de 'Alî » ('*alî*).

[2] A. « 'Alî le lion (de Dieu) ».

[3] Sprenger, « A Catalogue », p. 600.

sions », ouvrage de polémique sur le deuil (*ta'ziya*) de Huçaïn, etc. ; Ludiana, 32 p. ;

2° Du *Sahm sâïb* « la Flèche bien dirigée », autre ouvrage de polémique sur les questions débattues entre les schia' et les sunnis; Ludiana, 55 p.

'ALI-JAH [1], fils de Nizâm uddîn Nazar [2], est compté au nombre des poëtes hindoustanis.

'ALI-JAN [3], appelé familièrement Bahman [4] de Dehli, fils du câzî Buddhan, est un poëte qui a employé son *lacab* [5] de 'Ali-Jân pour takhallus. Il est mentionné par Zukâ et par Sarwar.

Serait-il le même que le munschî 'Ali John (Jân) qui a donné à Allahâbâd une édition revue par lui du *Mirât ulacâlim,* géographie en hindoustanî de miss Bird, d'après l'édition de Pinnock? ouvrage dont il a paru du reste nombre d'éditions, tant en caractères persi-indiens qu'en caractères romains.

I. 'ALI KHAN, de Dehli, est un poëte hindoustanî élève de Mîr Nizâm uddîn Mamnûn, qui est mentionné par le biographe Sarwar.

II. 'ALI KHAN, de Mangalrâm, district d'Isma'îlganj, était l'éditeur d'un journal urdû de Lakhnau à l'époque de l'insurrection de 1857.

'ALI SCHAH (Mîr) est auteur de chants populaires urdus.

'ALIM [6] ('Alîm ullah Schah) est un poëte ancien du

[1] A. P. « De rang élevé ».
[2] Ou selon Sprenger, « A Catalogue », p. 201, du nabâb Nizâm ulmulk Nazar.
[3] A. P. « L'âme de 'Ali ».
[4] Probablement pour brahmane.
[5] Sobriquet ou plutôt titre d'honneur. Voyez mon « Mémoire sur les titres musulmans ».
[6] A. « Savant » (écrit *'alîm* par un *'aïn,* un *lâm,* un *yé* et un *mîm*). On

Décan mentionné par Câim et par Kamâl dans leurs Tazkiras. On lui doit entre autres un Dîwân estimé dont feu Charles d'Ochoa a rapporté de l'Inde un manuscrit in-12 d'une jolie écriture, copié en 1257 (1841-1842). Voici la traduction d'un vers qui en est extrait :

Lorsque mon amie vient auprès de moi, les oreilles ornées de perles, ces perles blanches paraissent être, par l'effet de sa joue vermeille, de rouges rubis.

ALLAH [1] SAHIB (Miyan ou Mîr), fils du khwâja Mîr, est un poëte hindoustanî mentionné par Câcim.

AMAN [2] (le khwâja Badr uddîn Khan), de Dehli, est auteur d'un ouvrage intitulé *Hadâyik ulanzâr* « les Jardins des regards [3] », selon l'*Awadh akhbâr* du 7 et du 28 novembre 1865, et *Hadâyik unnazâïr* « les Jardins des gens distingués », selon le *Koh-i nûr* de Lahore du 2 janvier 1866. Sous Muhammad Schâh, roi de Dehli, Mir Taqui Khayâl, d'Ahmadâbâd en Guzarate, écrivit un livre intitulé *Nazâïr afsâna* « les Choses notables de la fiction [4] », sorte de roman qui est un trésor des sciences philosophiques, astronomiques et historiques, en quinze volumes, dont deux portent le titre spécial de *Tilism ajrâm o ajsâm* « Talisman des corps et des substances », espèce d'encyclopédie entremêlée de citations en vers et d'exemples. Or le khwâja Badr uddîn Khàn, connu sous le nom de Khwâja Amân Khân,

se sert plus ordinairement de la forme *'âlim* (par un *'aïn*, un *alif*, un *lâm* et un *mîm*), qui a le même sens. L'expression *'âlim ullah* signifie « savant en Dieu ».

[1] A. « Dieu ».

[2] A. « Sûreté, protection ».

[3] Ou *Riyâz ulabsâr* « les Jardins des regards », in-8° de 468 pages; Dehli, 1867.

[4] Il paraît que cet ouvrage est aussi nommé *Bustân ulkhayâl*. Voyez à ce sujet l'article Alam 'Alî.

neveu du nabâb Mirzâ Açad ullah Khân Gâlib, a traduit
cette portion en hindoustani urdû de Dehli et l'a publiée
en cette ville en 2218 p. de 29 lig. Son travail, qui est
annoncé dans l'annexe du *Koh-i nûr* du 2 janvier 1866,
doit être continué. Il en a paru deux volumes et l'auteur
s'occupe du troisième.

AMAN 'ALI[1] (le munschî), de Lakhnau, est l'éditeur
du journal urdû de Bombay intitulé *Kaschf ulakhbâr*
« la Manifestation des nouvelles », lequel est hebdomadaire et paraît depuis 1868, le mercredi de chaque
semaine, par cahiers in-fol. de 8 pages.

AMANAT[2] (le saïyid agâ Haçan Muçawi), de Dehli,
fils de Mîr Agâ Rizwi et élève distingué de Miyân
Dilguir, l'auteur de marciyas, habitait Lakhnau et tenait chez lui des réunions littéraires. On lui doit :

1° Un Dîwân urdû dont Sarwar, Schefta et Muhcin
citent des vers nombreux;

2° Un wâçokht de trois cent sept stances, poëme érotique également urdû, imprimé à Lakhnau en 1846,
in-8°, et à Bénarès en 1849[3].

3° Plusieurs marciyas, genre dans lequel il a acquis
de la célébrité. Je possède dans ma collection particulière celui qui est intitulé *Marciya auwal razmiya* « Première complainte sur la guerre », que je dois à l'obligeance du colonel Nassau Lees. J'ignore si c'est le même
qui a été imprimé à Lakhnau sous le titre de *Marciya
Amânat;*

4° L'*Indra sabhâ* « la Cour d'Indra », drame hindi

---

[1] A. « La protection de 'Ali ».

[2] A. « Sûreté, charge, dépôt ».

[3] « The Friend of India », n° de juillet 1850, et le Catalogue de
l'East-India Library, t. II, p. 151.

publié à Agra en 1868, gr. in-8° de 40 p., annoncé dans
l'*Akhbâr subh sâdic* de Madras du 12 avril 1865, et réimprimé à Dehli en 1867 avec le *Chûhé-nâma* « le Livre
des souris » en 28 p. in-8°.

AMANAT RAÉ, qui habitait l'endroit nommé Da-
riba à Dehli, paraît être un autre écrivain distinct du
précédent [1].

I. AMANI [2] (le khwâja Imam-bakhsch), de 'Azîmâbâd
(Patna), vivait sous le gouvernement du nabâb Sirâj uddaula, fils de Haïbat Jang. Il existait encore en l'année
24e du règne de Schâh 'Alam II, qui commença à régner
en 1761, et il habitait sa ville natale. 'Alî Ibrâhîm, à
qui j'emprunte ces détails, ne cite qu'un seul vers de ce
poëte hindoustani.

II. AMANI (Mir), fils du khwâja Burhân uddîn Acimi [3], naquit à Dehli. Il alla habiter Murschidâbâd en
1181 (1767-1768) et il y célébrait avec zèle la fête du
Ta'ziya [4]. Non-seulement il composait des marciyas en
l'honneur du martyr des martyrs (Huçaïn), mais encore
il les chantait lui-même du haut des minarets. On raconte qu'à la suite d'un évanouissement qu'il éprouva
dans une des dix nuits du mois de muharram consacrées
à cette fête, en 1187 [5] (1773-1774), il quitta cette terre
périssable pour aller habiter l'éternel jardin. 'Alî Ibrâhîm cite trois pages de ses vers. J'ai lu aussi un cacîda

---

[1] Sprenger, « A Catalogue », p. 201.

[2] A. P. Adjectif persan dérivé du mot arabe *amân*.

[3] Voyez, dans ce volume, p. 109 et 110, la mention de ce personnage, dont les biographes originaux écrivent le takhallus de différentes manières.

[4] Voyez, sur cette solennité, mon « Mémoire sur la religion musulmane dans l'Inde », p. 30 et suiv.

[5] 1177, selon Schefta.

de ce poëte à la louange d'Açaf uddaula, nabâb d'Aoude, dans un recueil manuscrit de pièces de poésies hindoustanies. Il m'a paru écrit avec élégance et facilité.

III. AMANI (le schaïkh), aussi de Dehli, paraît être néanmoins, s'il faut en croire Scheft̄a, un autre poëte distinct du précédent.

AMAR [1] SINGH est auteur de l'*Amar binod* « Avis empressé d'Amar (sur les maladies) », traité de diagnostic et des remèdes aux maladies, écrit en hindi et traduit du sanscrit. Mirat, 1865, in-8° de 88 p. de 24 lignes [2].

AMBAR-DAS [3] est auteur d'un poëme hindi intitulé *Arsí jhagrá* « la Dispute du miroir », dialogue amoureux entre Krischna et une gopie; publié à Agra en 1868, in-8° de 8 p.

I. AMIN [4] (le khwàja Muhammad Amîn uddîn), de Patna, mais originaire de Cachemire, fut élève de Hulâs Râé Ikhlâs [5]. Il était fils du càzî Wahid uddin Khàn; il était le compagnon du nabâb Muzaffar Jang Mîr Muhammad Raça Khàn et très-lié avec 'Ali Ibrâhîm. Il fut un des hommes les plus distingués de son temps pour la poésie et pour l'éloquence. Il y a en effet plus d'esprit et de jugement dans ses écrits que dans la plupart de ceux de ses compatriotes. Il s'exprimait purement et était plein de bonnes qualités et d'un commerce agréable. Il fut à Dehli le voisin de Mashafî et fréquenta la même société littéraire.

---

[1] 1. « Immortel ».

[2] Cet ouvrage serait-il le même que celui qui porte le titre de *Râm binod*, imprimé à Agra en 1865, 42 p. (J. Long, « Catal. », p. 42)?

[3] 1. « Esclave du firmament ».

[4] A. « Sûr, fidèle ».

[5] *Gulzâr-i Ibrâhîm* et Tazkira de 'Ischquí.

A cette époque il était *dâroga* (surintendant) de
la pharmacie impériale. En 1194 (1784), après avoir
occupé pendant quelques années un emploi auprès de
Mîr Muhammad Rizâ Khân Muzaffar Jang Bahâdur, il
vivait dans le contentement et l'indépendance qui carac-
térisent les vrais spiritualistes. Il mourut avant la rédaction du *Sarâpâ sukhan*. Ses œuvres, qui ne sont pas
nombreuses, ont été réunies en Dîwân. De ce recueil
'Alî Ibrâhîm a extrait dix pages dont il a enrichi son
Anthologie biographique. Il est auteur, je crois, d'un
traité en vers des Principes de la loi musulmane intitulé
Riçâla-i 'acâïd, dont la bibliothèque de la Société Asiatique de Calcutta possède un exemplaire.

II. AMIN (Mîr 'Alî) était fils d'un saïyid qui habita
d'abord Dehli et alla résider ensuite dans le Décan.
Schefta nous fait connaître ce poëte. Ne serait-il pas le
même que Muhammad Amîn, du Décan, qui écrivit sous
le règne d'Aurang-zeb en 1109 (1600-1601) un *Yûçuf
Zalîkhâ*, qui diffère de celui de Jâmî[1] et dont j'ai un
exemplaire manuscrit (que feu mon ami A. Troyer fit
copier pour moi sur l'exemplaire de la bibliothèque du
Collége de Fort-William à Calcutta) de 300 p. petit
in-4°? Dans tous les cas, c'est à ce dernier qu'on doit un
inschà intitulé *Gulschan sa'âdat* « le Jardin du bonheur », dont la Société Asiatique de Paris possède un
manuscrit de 260 p. qu'elle doit à la générosité du regrettable Ariel de Pondichéry et qui paraît avoir été
écrit en 1112 (1700-1701). Ce qu'offre entre autres d'intéressant cet ouvrage, au point de vue de l'hindoustanî,

[1] Dans la bibliothèque du Nizâm d'Haïderâbâd, il existe un *Yûçuf
Zalîkhâ* en dakhnî, probablement le même. On a publié à Calcutta en
1865 une rédaction de cette légende en urdû-bengalî, in-8° de 72 pages.
(J. Long, « Catal. », 1867, p. 21.)

c'est que bien qu'écrit en persan il contient de nombreux dohras hindis.

Les amours légendaires de Joseph, fils de Jacob et de Zalikhà, qui font le sujet de nombreux romans en vers hindoustanis, persans, puschtus, turcs, etc., sont mentionnés dans le Coran, d'après des traditions rabbiniques et notamment d'après le livre apocryphe d'Yaschar (« Livre du juste » ou de la génération d'Adam[1]). Le nom de Zalikhà y est ainsi orthographié (זליכה), et non Zulaïkhà, comme on le prononce ordinairement en persan.

III. AMIN (Muhammad Amîn Ayagni) est auteur d'un masnawî intitulé *Najàt-nàma* « le Livre du salut », écrit d'un style ancien, dont on conservait un exemplaire à la bibliothèque du Top khàna de Laklmau, de 10 pages de quinze baïts à la page[2].

IV. AMIN (Mîr Muhammad), de Bénarès, élève de Mîr Gulàm 'Alî Azàd de Balgram, est mis aussi par Càcim au nombre des poëtes hindoustanis.

V. AMIN (Mirza Muhammad Isma'îl), de Dehli, qui avait d'abord pris le surnom de Wahschat, est mentionné par le même biographe, qui cite un grand nombre de ses vers. Il fut militaire, puis munschî : il était lié avec Zukâ, à qui est emprunté ce dernier détail.

VI. AMIN (Amîn uddîn Khan), fils du câzî Wahid uddîn Khàn et grand-père de l'*amîn* ou principal actuel du *madriça* musulman de Calcutta, mort à Bénarès en 1186 (1772–73)[3], doit aussi être compté parmi les poëtes hindoustanis.

1 Voir la traduction de Drach.
2 Sprenger, « A Catalogue, etc. », p. 600.
3 Sprenger, « A Catalogue », p. 202.

AMIN CHAND (le munschi), natif du Panjâb, collecteur des taxes en cette province, est auteur d'une relation écrite en urdû des voyages de l'honorable R. Cust dans l'Inde en 1850, 1851 et 1852. La première partie de cet ouvrage, intitulé en hindoustani *Safar-nâma* « le Livre du voyage », et en anglais « Travels in the Penjab, etc. », a été publiée à Dehli en 1850, in-8° de 358 p., avec figures et notes[1], et à Lahore en 1859, in-8° de 434 p. Cette première partie roule sur le Panjâb et le Cachemire, le Sind, une partie du Décan, le Kandeisch, le Malwa et le Râjpoutana, contrées que R. Cust a parcourues en 1850. La seconde traite de la Présidence du Bengale et des provinces nord-ouest. Elle a paru, accompagnée de la réimpression de la première partie, sous le titre anglais de « Tour in the Penjab, Bombay, and central India, by a native », in-8° de 434 p. ; Lahore, 1859.

Amîn Chand est aussi auteur du *Hidâyat-nâma patwariyân* « Guide des commis des percepteurs[2]. Il y a de cet ouvrage plusieurs éditions de Lahore en caractères persans, nagaris et gurumukhis, dont une a été donnée par R. Cust.

On doit aussi à Amîn Chand le *Tarîkh-i Hiçâr* « Chronique de Hissar[3] ».

AMIN KHAN (le khwâja), de Murschidâbâd, est un auteur que Sarwar distingue des précédents.

---

[1] « Select. from the Records of Govern., » Agra, 1854, p. 304 et p. 433. Voyez aussi « Agra Government Gazette », n° du 1er juin 1858.

[2] Imdâd 'Alî est auteur d'un ouvrage qui porte le même titre. Celui-ci est peut-être une nouvelle édition du premier. Voyez l'article IMDAD 'Alî.

[3] Ville de la province de Dehli, ancienne capitale de l'Hurrianna. « East-India Gazetteer ».

I. AMIR [1] (le nabâb Muhammad Yar Khan), fils du nabâb Muhammad 'Ali Khân, Rohilla, a écrit en hindouî
aussi bien qu'en urdû [2]. C'était un émir Afgàn de nation,
habitant de Râmpûr, remarquable par ses bonnes qualités. Il fut le premier de son siècle dans la science de la
musique; il jouait surtout parfaitement du *sitâra* [3]. Hakîm Kabîr Sumbulî ayant fait naître en lui le désir de
faire des vers, il voulut prendre des conseils de Mîr Soz
et de Mirzâ Rafi' Saudâ, qui à cette époque étaient à
Farrukhâbâd auprès de Mihrbàn Khân Rind, et se li-
vraient avec distinction à la culture de la poésie hindoustanie. Il leur écrivit pour les engager à venir passer
quelque temps auprès de lui; mais ils ne purent se rendre à son invitation. Il fit alors la même proposition à
Miyân Muhammad Câïm, qui résidait en ce moment à
Baçûli [4]. Ce dernier consentit à ce qu'Amîr désirait. Il
fut son maître et reçut de lui des honoraires de cent
roupies [5] par mois. Amîr attira auprès de lui, de la
même manière, d'autres gens de lettres distingués, tels
que Fidwî de Lahore, Mîr Naîm, Parwâna 'Ali Schâh
de Murâdâbâd, Miyân 'Ischrat Hazàl et Hakîm Kabîr Sàhib. Mashafî, auteur de la biographie d'où
je tire ces détails, fut du nombre des littérateurs
qu'Amîr appela auprès de lui. Il aimait aussi beaucoup
la calligraphie, et employait un homme habile en ce
genre, nommé 'Aquil Khân, à qui il faisait copier ses

---

[1] A. « Prince », nom qu'on donne aux descendants de Mahomet.

[2] Gilchrist, « Grammar of the Hindoostance language », p. 335.

[3] Instrument de musique à cordes. Voyez le *Canoun-i islam*, Append.,
p. 14, et Willard, « A Treatise of the music of Hindoostan », p. 116.

[4] Ville de la province de Dehli, qui était la capitale du Rohilkand,
sous Hâfiz Rahmat Khân.

[5] C'est-à-dire deux cent cinquante francs.

vers sur un album de diverses couleurs. Cet heureux
temps ne dura pas. Zâbit Khân ayant été défait à Sukar-
thal par l'empereur de Dehli (Schâh 'Alam), avec l'aide
des Mahrattes[1], tous ceux qui formaient la réunion littéraire dont nous parlons s'en retirèrent. Mashafî se rendit
alors à Lakhnau, et, un an plus tard, il alla se fixer à
Dehli. Ce fut là qu'il apprit qu'Amîr était mort peu
après la défaite de Hâfiz Rahmat Khân[2], qui eut lieu en
1774.

Voici un gazal extrait des œuvres de cet écrivain :

Ta tyrannie exerce de nouveau ses ravages dans mon âme.
Je dois te le rappeler, que tu veuilles l'entendre ou ne pas
l'entendre.

Je pousse des cris et des gémissements. Mon âme est brisée
par l'attaque de cette beauté. Où est-elle, pour que je réjouisse
mon cœur par sa vue?

Il faut que cette aimable chasseresse m'encourage, moi son
esclave, et non pas, au contraire, que ce soit moi qui excite sa
tendresse.

Ici ta beauté et ta coquetterie se manifestent toujours, et me
rappellent bien le bonheur qui fait ton partage.

De mon cœur s'élève la vapeur de mes soupirs; ils expriment
ce que je ressens.

Si ton œil est si rouge, est-ce par la veille ou par le sang
qui provient du meurtre de tes amants?

Au temps où tu m'as congédié, ô ennemie de mon âme!
quelle n'a pas été la détresse que j'ai supportée!

Mais puisque je suis venu conformément à ton désir, fais de
moi ce que tu voudras. Quelle injure l'homme ne supporte-t-il
pas par désespoir?

Dieu seul connaît celui qui attire les regards de cette belle;

---

[1] Voyez des détails là-dessus dans l'ouvrage intitulé « The Life of
Rahmat Khan », p. 96 et suiv.

[2] Célèbre chef rohilla. Voyez, dans cet ouvrage, l'article consacré à
son fils MUHABBAT.

mais ce narcisse aujourd'hui ne peut lever ses yeux, tant il est faible.

A la demeure d'Amîr viennent pour s'informer de lui des personnes qui lui sont étrangères; leur fera-t-il entendre les gémissements de son cœur?

Dans la liste des livres hindoustanis-urdus de Sirâj uddaula d'Haïderâbâd, liste que je dois à l'obligeance du général J. Stewart, je trouve un volume intitulé *Dîwân-i Amîr Hacc Dihlawî*. L'écrivain dont il s'agit ici paraît être le même que celui dont je viens de parler. Il faudrait seulement supposer qu'il a pris quelquefois le mot *hacc* « vérité » pour surnom poétique. Il peut se faire aussi que Hacc soit un écrivain distinct d'Amîr.

II. AMIR [1] (le nabâb Amîn uddaula Mu'în ulmulk Nacir Jang Bahadur), autrement dit Mirzâ Medhû, Madhû ou Mendhû, fils de Schujâ' uddaula, nabâb d'Aoude, et jeune frère d'Açaf uddaula, aussi nabâb d'Aoude, est compté comme son frère [2] parmi les poëtes hindoustanis. Il avait été *mîr âtasch* ou général d'artillerie de Schâh 'Alam à Dehli avant la révolte de Gulâm Câdir. Il s'y livrait à la culture de la poésie rekhta, et il tenait chez lui des réunions littéraires. Ensuite il se retira à Lakhnau, où il vivait encore en 1221 (1806-1807). On lui doit un Dîwân hindoustani et un Dîwân persan. Il est mentionné par Câcim, Sarwar, Schefta, Muhcin et Karîm ; ce dernier fait l'éloge de son esprit et de ses belles qualités, et cite de lui plusieurs vers.

III. AMIR (Amîr uddaula Nawazisch Khan), de Dehli, appelé aussi Hamid urrahman Khân, mentionné par Sarwar, était élève de Nizâm uddîn : il réunissait chez

---

[1] Il est aussi nommé Amin par quelques biographes.

[2] Voyez, dans ce volume, p. 103 et suivantes, la mention de ce nabâb célèbre.

lui, à Dehli, les poëtes contemporains, et il était poëte
lui-même.

IV. AMIR (le schaïkh AMÎR-BAKHSCH), fils de Huçaïn-
bakhsch de Dehli, occupe des fonctions civiles à Hâtras,
et est auteur de poésies hindoustanies mentionnées par
Bâtin dans son *Gulschan bé-khizân.*

V. AMIR (le schaïkh AMÎR UDDÎN), kutwâl de Marwâr,
est compté par Sarwar parmi les poëtes hindoustanis. Il
faut le distinguer du suivant.

VI. AMIR (le schaïkh [1] AMÎR 'ALÍ) est mentionné par
Sarwar et par Câcim, qui donne beaucoup d'extraits de
ses poésies, mais qui ne nous fait connaître aucune particularité sur lui : il dit seulement qu'il était de Dehli
et qu'il alla habiter le Décan.

VII. AMIR (AMÎR UDDAULA), de Dehli, élève de Schâh
Nâcir, est habile non-seulement en poésie, mais en géomancie ou divination au moyen de figures, ainsi que
nous l'apprend Schefta.

Ce poëte est, je crois, le même que le saïyid Amîr ullah de Dehli (que Sarwar dit être un aimable jeune
homme savant en astronomie), quoiqu'il soit distingué
du précédent par Zukâ.

VIII. AMIR (le schaïkh MUHAMMAD AMÎR) était fils du
schaïkh Guétû et petit-fils du schaïkh Hâbil, tous les
trois de Calcutta. Il est mort dans cette ville en 1848,
âgé de soixante-quinze ans. Il était peintre de portraits,
et il a laissé quatre fils qui suivent la même profession.
Comme écrivain, on lui doit un long roman élégamment écrit en prose entremêlée de vers et intitulé
Haft siyar « les Sept aventures », ouvrage qui roule sur

---

[1] Zukâ dit qu'il était saïyid. Sur la distinction de ces expressions,
voyez mon « Mémoire sur les noms et titres musulmans ».

les aventures romanesques du prince Badr uzzamân, fils
d'Anwar Schâh, roi du Khoraçan. Le héros de l'histoire
est assisté par Hilâl Schâh, roi des génies. Après avoir
éprouvé différentes vicissitudes merveilleuses, sous le
déguisement d'un garçon confiseur, il épouse Badr unniçâ, la plus jeune des quatre filles de Ni'mat Schâh, roi
de Khotan. Ensuite notre héros meurt empoisonné,
mais il recouvre la vie, puis il est avalé par un dragon
et rejeté par lui. Enfin Khwâja Khizr (le prophète
Élie) vient à son secours et le gratifie d'un bonnet invisible, d'une feuille pour lui servir de bateau et d'un
fruit magique. Le prince monte sur la feuille, traverse la
mer, et arrive à la ville de Firdaus [1], dans le Paristân.
Là il se marie avec une belle fée de qualité qui se nomme
Zuhra. Enfin il retourne avec elle dans son pays natal[2].

On voit qu'il n'y a malheureusement pas beaucoup de
variété dans les intrigues des romans orientaux. C'est
toujours à peu près la même marche et ce sont les
mêmes merveilles.

IX. Un autre Muhammad Amir a été en 1850 l'éditeur du journal d'Agra intitulé *Cutb ulakhbâr* « le Pôle
des nouvelles ». Voyez les articles Wazîr Khan et Ahmad
Khan.

X. AMIR, de Lahore, est auteur :

1° Du *Jang-nâma-i Haïdar dar Khaïbar* « Combat de
'Alî à Khaïbar ;

2° Du *Mu'jiza-i Ja'far-i Sâdic* « Miracles de Ja'far le
juste ;

---

1 *Firdaus* « paradis », παράδεισος, mots qui dérivent du sanscrit
paradescha « pays étranger » (c'est-à-dire « inconnu »).

2 Je dois à Mr. F. E. Hall les renseignements que je donne ici sur ce
poëte et sur son roman.

3° Du *Mu'jiza-i 'Aliya* « Miracles de 'Ali » ;

4° Du *'Adâlat-i 'Ali o Sakhâwat-i Imâm Huçaïn* « la Justice de 'Ali et la générosité de Huçaïn » .

XI. AMIR (le munschi AMÎR AHMAD), de Lakhnau, fils du maulawi Karam Ahmad, un des fils de S. S. Schâh Mînâ (que Dieu sanctifie son tombeau!), et élève du munschi Muzaffar 'Ali Acîr, est auteur d'un Diwân dont Muhcin donne plusieurs gazals dans son Anthologie.

AMIR AHMAD (MUHAMMAD) est l'éditeur du *Najm ulakhbâr* « l'Astre des nouvelles » , journal urdû de Mirat paraissant hebdomadairement et qui est reproduit en hindî sous le titre de *Bidya darsch* « Aperçu de la science » , par Pati Râm. Il ne faut pas confondre ce journal avec celui de Surate portant le même titre et qui est édité par Muhammad Manzûr.

AMIR 'ALI (le saïyid) était l'éditeur du journal de Dehli intitulé *Nûr-i maschriquî* « la Lumière orientale » . Ce journal, qui avait été fondé en 1854, avait pour but de répandre l'instruction et les idées philanthropiques parmi les indigènes.

AMIR CHAND est auteur :

1° Du *Lakschmî swayambar* « Mariage de Lakschmi, » ouvrage imprimé ;

2° Du *Rukmini swayambar* « Mariage de Rukmini » ;

3° Du *Draupadî swayambar* « Mariage de Draupadi » ;

4° Du *Subhadra swayambar* « Mariage de Subhadra » [1].

Ne serait-il pas le même qu'*Amrit Râjâ*, brahmane d'Aurangâbâd, auteur des ouvrages suivants écrits en hindoustani :

[1] Ces quatre ouvrages sont mentionnés par Zenker dans sa « Bibliotheca orientalis » .

1° *Dâmâjî panta kî raçad;* « Histoire véritable de Dâmâjî » .

2° *Suka charitra* « Histoire du perroquet » ;

3° *Druva charitra* « Histoire de l'étoile polaire » ;

4° *Sudâma charitra* « Histoire de Sudâma » ;

5° *Draupadî vastrâ harana* « Enlèvement des vêtements de Draupadî [1] » ;

6° *Mârkandéya vara chûrnika* « Choix des meilleurs morceaux du *Markandaya Purâna* » ;

7° *Râma chandra varnan vara* « Excellente peinture de Râma » ;

8° *Sivadâs varn* « Louange de Sivadâs » ;

9° *Ganapati varn* « Louange de Ganescha » ;

10° *Durvâsa yatra* « Pèlerinage lointain » .

AMIR UDDIN [2] (le schaïkh) est l'éditeur d'une édition in-8° du *Bâg o bahâr* publiée en 1851 avec les corrections du maulawî Gulâm Nabî Jân Sâhib et par les soins du munschî 'Abd ulhalim Sâhib.

I. AMJAD [3] (Mîr Huçaïn 'Alî Khan) est un poëte hindoustanî du Décan, mentionné par Schefta dans son Tazkira.

II. AMJAD (le maulawî Muhammad) de Dehli, fils du maulawî Arschad [4] et père du maulawî 'Abd urrahman, avait étudié sous 'Abd urraçûl de Saharanpûr. Il était élève de Nizâm uddin Mu'jiz spécialement pour les sciences humaines, et disciple du maulawî Fakhr uddin Muhammad pour les sciences spirituelles.

---

[1] Ce poëme roule sans doute sur la légende d'après laquelle, au moment où un soldat brutal allait enlever à Draupadî son dernier vêtement, Wischnu l'agrandit, ou, d'après Afsos, lui en substitua un autre et sauva sa pudeur.

[2] A. « Le prince de la religion ».

[3] A. « Louable ».

[4] Auteur d'un commentaire sur le *Mîna bâzâr*. Voyez Sprenger, « A Catalogue », p. 201.

Amjad a formé lui-même beaucoup d'élèves. On lui doit plusieurs opuscules (*riçâla*) tant en hindoustani qu'en persan et en arabe. Karîm uddîn, à qui nous devons ces détails, dit qu'il était mort, et au surplus 'Alî Ibrâhîm dit qu'il était âgé de soixante-dix ans en 1793. Mas'afi en fait un grand éloge et assure que le moindre de ses mérites était son talent poétique.

Voici un gazal d'Amjad, que Béni Nârâyan a donné dans son Anthologie :

Le cœur altéré, l'âme sur les lèvres, je m'en vais de ce monde; informe-toi de mon état, ô échanson, car je vais mourir.

Si tu viens me serrer dans tes bras, les larmes de plaisir que je verserai formeront un torrent dans les flots duquel je me jetterai.

Je ne me lèverai pas même à l'époque de la résurrection, si tes regards ne se tournent pas vers moi.

L'injustice que tu me fais éprouver me jette dans la colère et l'affliction.

Un monde entier a trouvé le salut loin de ton épée sanguinaire; mais, de tous les coupables, je suis resté seul.

Quand tu m'as dit: *Viens, assieds-toi,* je me suis assis. Quand tu m'as dit : *Va-t'en d'ici,* j'ai dit : *Je m'en vais.*

Ah! lorsque Amjad te voit, des larmes de joie tombent de ses yeux.

III. AMJAD 'ALI KHAN (le nabâb), de Fathgarh, est auteur de l'*Afsâna-i ranguin* « Récit coloré » , c'est-à-dire « amusant » , ouvrage urdû sur des sujets variés, imprimé à Agra en 1850.

AMMAN [1] (Mîn), de Dehli, connu, ainsi que le Dr Gilchrist nous l'apprend dans l' « Hindee Manual » , sous le

[1] Karîm le nomme *Amân* « sincérité » , et dit qu'il prit pour takhallus le mot *Amman,* qui est la prononciation vulgaire du premier mot, lequel est arabe.

takhallus de *Lutf*[1], surnom qu'il avait probablement pris
dans ses poésies persanes, était d'une famille très-distin-
guée. Son talent pour la poésie s'éveilla tout naturellement, car il nous apprend quelque part[2] qu'il n'a jamais
été ni l'élève ni le maître de personne. « Je ne suis,
« ajoute-t-il, ni poëte (de profession) ni frère de poëte ;
« mes vers ne sont que des essais. » Il se flatte, néanmoins, de posséder le vrai dialecte urdû, parce qu'il est
né et qu'il a vécu à Dehli, parmi les gens les plus distingués, et que ses parents et ses ancêtres ont été dans
le même cas. Ils furent, en effet, au service des empereurs mogols depuis le règne d'Humayûn. Pour récompenser leur zèle et leur fidélité, ces souverains leur don-
nèrent non-seulement des titres et des dignités, mais des
jâguîr (terres féodales). Lors du bouleversement de l'empire mogol, Surâj Mall, fondateur de la principauté des
Jât, s'empara du jâguîr qui était revenu à Amman, et
Ahmad Khân Durrânî, roi de Caboul, pilla sa maison.
Alors il quitta son pays natal, et il alla vivre pendant
quelques années à 'Azìmâbâd (Patna). Comme il n'y
fut pas très-heureux, il y laissa sa famille et vint à Calcutta dans l'espoir d'y trouver des moyens d'existence.
Il resta quelque temps sans emploi, puis il fut attaché
comme précepteur à un jeune musulman. Enfin, le munschî Mir Bahâdur 'Alî Huçaïnî le présenta au Dr Gilchrist,
et dès lors, grâce à ce généreux protecteur, il fut à l'abri
du besoin, et put même nourrir les dix personnes qui
composaient sa famille[3]. C'était en 1801. Il traduisit
d'abord, du persan en hindoustani, l'intéressant roman

---

[1] A. « Bonté ».
[2] Préface du *Ganj-i khûbî*.
[3] Préface du *Bâg o bahâr*, p. 4.

des *Quatre Derviches* [1], auquel il donna le nouveau titre de *Bág o bahár* « le Jardin et le Printemps ». Cette traduction a été imprimée plusieurs fois à Calcutta[2]; elle a été reproduite à Madras en 1822 et 1840, lithographiée à Cawnpûr en 1832 et 1834, in-8°[3], et plus tard à Dehli et aussi à Mirat, in-8° de 128 p. de 15 lignes. On en a aussi donné une édition en caractères latins (« Asiatic Journal », n.s., t. XXIV, p. 88). Cet ouvrage est du petit nombre des productions hindoustanies qui ont été traduites en anglais. Lewis Ferdinand Smith en a donné une excellente traduction enrichie de notes intéressantes[4]; mais ce volume est extrêmement rare, comme la plupart des ouvrages imprimés dans l'Inde.

L'original persan de ce roman, intitulé *Quissa-i chahár darwesch* « Histoire des quatre derviches », est dû au célèbre poëte de Dehli, Mîr ou Amîr Khusrau, qui a écrit en persan la plupart de ses ouvrages et qui est compté néanmoins à juste titre parmi les poëtes hindoustanis, parce qu'en effet il a aussi écrit dans cette langue, quoique, à l'époque où il l'a fait, peu de poëtes musulmans employassent cet idiome dans leurs écrits. On rapporte que Khusrau récita ce roman pour distraire, pendant une maladie, Nizâm uddin Auliyâ, son maître,

---

[1] Il y a d'autres traductions hindoustanies de cet ouvrage. Outre celle dont je parlerai à l'article 'ATA, il existe, entre autres, un volume hindoustanî, intitulé *Quissa-i châr darwesch*, dans la bibliothèque du vizir du Nizâm, manuscrit qui est probablement écrit en dialecte dakhni, et qui est sans doute une traduction du roman persan.

[2] La seconde édition a été donnée par Gulâm-i Akbar, en 1813. On en avait commencé en 1802 une première édition, qui devait faire partie de l'« Hindee Manual »; mais il n'en a paru que 102 pages.

[3] Catal. Ostell, p. 109.

[4] « The Tale of the Four Durwesh, translated from the oordoo tongue », etc.; Calcutta, 1813, in-4°.

personnage vénéré dans l'Inde à cause de son éminente sainteté, de sa grande charité et de son souverain mépris des choses du monde [1]. D'autres écrivains persans se sont exercés sur cette légende, très-appréciée par William Jones [2].

Après avoir traduit du persan, d'après l'invitation du Dr Gilchrist, l' « Histoire des quatre derviches », Ammau traduisit en 1217 (1802), toujours d'après le désir du même savant, un autre ouvrage persan qui jouit d'une grande célébrité : l'*Akhlâc-i muhcini* [3] de Huçaïn Wâïz Kâschifi, l'auteur de l'*Anwâr-i suhaïli,* ouvrage qui fut imprimé en partie à Calcutta [4], en caractères dévanagaris, sous le titre de *Ganj-i khûbi* « Trésor de bonté », que lui donna notre auteur. Je possède un manuscrit complet de ce dernier ouvrage écrit en caractères persans, lequel a appartenu à Sandford Arnot, spirituel orientaliste écossais, mort en 1831, à la fleur de l'âge. Cette traduction, écrite en un style élégant et facile, dans le véritable langage urdû de la haute société [5], n'est pas tout à fait littérale : elle est quelquefois la paraphrase du texte persan, qui est souvent un peu trop concis. A tout prendre, cette traduction me semble plus élé-

---

[1] Voyez, au sujet de ce personnage, surnommé *Zarrîzar-bakhsch* « donneur d'or », mon « Mémoire sur la religion musulmane dans l'Inde », p. 104 et suivantes.

[2] « Diss. on the musical Modes ». (« Asiat. Res. », t. II, p. 63.)

[3] *Les bons usages* (i buoni costumi). J'ai donné l'analyse de cet ouvrage dans le tome IV, p. 61 et suivantes, de la IIIe série du Journal Asiatique.

[4] In-folio de 44 pages. La portion imprimée ne va que jusqu'à la moitié du quatorzième chapitre, qui roule sur « la fermeté ». L'année de l'édition n'est point indiquée dans l'exemplaire de l'East-India Office, le seul que j'aie vu. Il était annoncé comme étant sous presse en 1804. (« Primitiæ orientales », t. III, p. 31.)

[5] Préface du *Ganj-i khûbî,* p. 5.

gante et plus fleurie que le texte persan. Amman a eu
soin de se rendre intelligible aux lecteurs qui ignorent
l'arabe, en rejetant toutes les citations textuelles du Coran et des *hadîs,* et en se bornant seulement à en donner le sens.

Il est probable qu'Amman, avant de traduire ces deux
ouvrages, avait écrit un Dîwân, et que c'est ainsi que les
professeurs du Collége de Fort-William avaient pu juger
de sa capacité. En effet, feu M. Raumer possédait un
manuscrit où se trouvent plusieurs pièces de poésie de
cet écrivain. J'ignore s'il a écrit d'autres ouvrages.

Sa traduction urdue de l'*Akhlâc-i muhcinî,* intitulée
Ganj-i khûbî, a été éditée à Calcutta par les soins de Gulâm-i Haïdar, de Hougly, en 1846, et elle forme 366 p.
grand in-8°. J'ignore si c'est cette traduction dont on a
donné des fragments à Madras, en 1261 (1845), in-8°,
sous le titre de « *Tahcin akhlâc,* translation of the *Akhlâc
muhcinî* and *Akhlâc jalâlî,* on religious and moral duties ».

La traduction de l'*Akhlâc-i jalâlî* a été aussi imprimée
à Dehli, entre autres en 1830. Je suis étonné que M. V.
Tregear la trouve mauvaise[1] : il aurait dû en faire connaître les défauts.

Le *Bâg o bahâr* est censé la traduction du *Quissa-i
chahâr darwesch* « Histoire des quatre derviches »,
d'Amîr Khusrau de Dehli[2], mais c'est en réalité une
rédaction nouvelle de la même légende, laquelle a été
aussi reproduite en bengalî[3] et dans le dialecte musulman
des Laskars du Bengale, sous son titre original de *Cha-*

---

[1] « Selections from the Records of government ». Agra, 1855, p. 468.

[2] Il y en avait un exemplaire dans la collection de Sir G. Ouseley,
qui fait aujourd'hui partie de la bibliothèque Bodléienne à Oxford.

[3] J. Long, « Descript. Catal. », 1865, p. 95.

hâr darwesch, et imprimée à Calcutta en 1865, in-8" de 400 p. [1].

Duncan Forbes a reproduit la traduction de L. F. Smith. Le capitaine Hollings en a donné une autre traduction à Calcutta, et E. B. Eastwick une nouvelle à Londres en 1852. Quant au texte, on en a publié plusieurs éditions nouvelles dans l'Inde, à Calcutta, à Dehli, à Agra, à Bombay, à Madras et en Angleterre [2].

Le *Bâg o bahâr* n'est pas proprement, ai-je dit, une traduction du persan, mais c'est un remaniement ou une rédaction nouvelle du *Nautarz murassa* de 'Ata Huçaïn Khàn Tahcin, lequel paraît être en effet traduit du persan. Les mots *Bâg o bahâr* forment par la valeur numérique des lettres qui les composent le nombre 1217, qui est l'année de l'hégire dans laquelle cet ouvrage fut rédigé.

Saïyid Ahmad donne à Amman la prééminence sur tous les écrivains hindoustanis en prose [3]. « Il est de fait, dit-il, qu'Amman a écrit en prose avec la même perfection que Mir l'a fait en vers. » Aussi le *Bâg o bahâr* est-il considéré comme tout à fait classique, et c'est sur le texte de cet ouvrage qu'on examine pour l'urdû les officiers de l'armée, tant pour le deuxième que pour le premier degré (*the lower and higher standard*), et le colonel Lees a été chargé d'en publier à Calcutta en 1867 des extraits

---

[1] J. Long, « Catal. », p. 18.

[2] Quelques-unes sous le titre de *Quissa-i châr darwesch* « Histoire des quatre derviches ». L'édition de Calcutta en caractères latins, dont j'ai parlé, a été donnée par de Rosario, l'auteur du Dictionnaire anglais-bengali et hindoustani. Sous ce même titre, ou plutôt sous le simple titre de *Chahâr darwesch*, on a publié à Calcutta une rédaction hindie de la même légende, in-8° de 186 p. (J. Long, « Descriptive Catal. », Calcutta, 1867.)

[3] Voyez le chapitre de l'*Açâr ussanâdid* consacré à la langue urdue.

pour ces deux examens ; pour le premier avec des morceaux du *Baïtâl pachici*, et pour le second avec des morceaux du *Prem sâgar*.

AMMAR-DAS [1], troisième gurû des Sikhs et fondateur lui-même d'une secte sikhe particulière nommée *Bhallah*, est auteur de poésies hindies qui font partie de l'*Adi granth*. On trouve la traduction de quelques-uns de ses vers, remarquables par les beaux sentiments qui y sont exprimés, dans l'« Histoire des Sikhs » de J. D. Cunningham, p. 386. En voici deux sur les satis :

La véritable sati n'est pas celle qui périt dans les flammes, ô Nânak [2]! c'est celle qui meurt de chagrin.

La femme qui aime son mari se voue aux flammes pour ne pas lui survivre. Ah! si ses pensées s'élevaient à Dieu, son affliction serait adoucie.

AMRAO [3] SINGH (Rao) est auteur d'un *Râg mâla* « Recueil de chansons », imprimé à Mirat en 1864.

ANAND [4] est un auteur de chants populaires dont plusieurs ont été mis en lumière par W. Price dans les « Hindee and hindoostanee Selections ». Broughton en a cité un raçàdik, p. 70 de ses « Selections of hindoo Poetry ».

ANAND-DAS est probablement le même auteur. Dans tous les cas, ce dernier est auteur d'un *Bhâgavat* écrit en dialecte urdû dans la trente-deuxième année du règne de Schâh 'Alam, c'est-à-dire en 1793 de l'ère chrétienne. L'éminent professeur feu H. H. Wilson possédait un

---

1. Probablement pour Amar-dâs « serviteur de l'Immortel (Dieu) ».

2. Il semblerait, d'après cette exclamation, pareille à celle qu'on trouve dans les gazals, que ces vers seraient de Nânak.

3. 1. « Le petit Râjà ».

4. 1. Je crois pour *Anand-kand* « Racine de joie », c'est-à-dire « Wischnu ».

exemplaire manuscrit de cet ouvrage écrit en caractères nasta'lîcs. Il comprend les neuf premières sections du *Bhâgavat* inclusivement.

On conserve un *Bhâgavat* en dialecte dakhnî dans la bibliothèque du Nizâm à Haïderâbâd.

ANANDA[1] SARASWATI est auteur des ouvrages hindouis suivants, sur lesquels je n'ai malheureusement pas de renseignements :

1° *Nâtakadîpa* « la Lumière du drame » ;

2° *Nrisinghatâpanî* « la Foi en Wischnu (Nrisingha) » ;

3° *Padmanî* « la Fleur de lotus (nom d'une héroïne célèbre)».

I. ANDOH[2] (Mirza 'Abd ulgafur Beg), de Dehli, était un militaire, Mogol d'origine, à qui on doit des poésies hindoustanies mentionnées par Sarwar.

II. ANDOH (le saïyid 'Alî Huçaïn Khan), défunt, de Dehli, fils de Schams uddaula Bargâh Culî Khân et élève de Mashafî, est mentionné parmi les poëtes hindoustanis par Muhcin, qui en cite des vers dans son Tazkira.

ANGGAD[3], troisième gurû des Sikhs et fondateur d'une secte sikhe particulière nommée *Tihan*. On lui doit des poésies religieuses qui font partie de l'*Adi granth*.

I. ANIS[4] (Amîr uddaula Nawazisch Khan), élève de Nizâm uddîn Mamnûn, était neveu par sa mère de feu Schâh Nawâz Khân, qui sous le règne de Schâh 'Alam était au faîte des honneurs par son poste de premier mi-

---

[1] I. Prononciation sanscrite du mot *Anand*.

[2] P. « Tristesse ».

[3] Ce mot est le nom d'un singe, fils de Bali, lequel joue un rôle dans le Râmâyana.

[4] A. « Compagnon ».

nistre. Anîs occupa aussi ces fonctions, ce qui ne l'empêcha pas de s'adonner avec succès à la culture de la poésie, et il tenait à Dehli des réunions littéraires où les poëtes venaient lire leurs productions, ainsi que nous l'apprennent Schefta et Karîm.

II. ANIS (Hamîd urrahman), nommé aussi Miyân Jân, fils du précédent Amîr uddaula Muhcin ulmulk Schâh Nawâzisch Khân, est aussi un poëte hindoustanî dont Câcim fait un grand éloge et dont il cite un grand nombre de vers.

Serait-il le même que le munschî Miyân Jân, auteur du « Manuel épistolaire » intitulé *Dastûr ulircâm* « Usages à suivre dans la rédaction des lettres » , Allahâbâd, 1859, in-4° de 48 p.

Cet ouvrage n'est pas comme les *Inschâ* une collection de lettres de fantaisie écrites dans le style métaphorique et fleuri qui plaît tant aux Orientaux, mais d'utiles modèles de lettres d'affaires, de pétitions, etc., dans le genre de la collection persane de Ch. Stuart.

I. ANJAM [1] (le nabâb 'Umdat ulmulk Amîr Khan), fils du nabâb Bacâ ullah Khân et neveu du nabâb 'Umdat ulmulk surnommé 'Alam Khân [2], appartenait à une famille qui avait des liens de parenté avec la maison royale des Séfis de Perse. Karîm uddîn a écrit sur la vie privée de ce personnage quatre pages de détails minutieux et dénués d'intérêt, mais qui donnent une idée avantageuse du haut rang qu'il a tenu et du rôle qu'il a joué sous Muhammad Schâh, au temps duquel il vivait. Anjâm fut élève de Mirzâ Bédil. Ses poésies hindoustanies sont estimées, surtout ses mukris ou « logogriphes » , ses

___

[1] P. « Fin, accomplissement » .
[2] Selon Câcim, c'était lui-même qui avait ce surnom.

dohras et ses kabits. Il est aussi célèbre comme écrivain en prose, comme compositeur de musique, et par l'à-propos de ses reparties et sa spirituelle conversation. Il mourut victime d'un assassinat dû à une vengeance particulière, en 1159 (1746).

II. ANJAM (Wazir 'Ali) est un poëte contemporain dont on trouve une pièce de vers dans le n° du 3 janvier 1865 de l'*Awadh akhbâr*.

ANSAB [1] (Mir Abu Talib), de Lakhnau, fils de Mîr Ikrâm 'Ali et élève de Mir Kallû 'Arsch, est auteur d'un Dîwàn dont Muhcin cite des vers dans son Tazkira.

ANSAKH [2] (le saïyid Abu Turab), *alias* Manjhû Sàhib, de Lakhnau, fils [3] du saïyid Ikrâm 'Ali et élève de Mîr Kallû 'Arsch, est un poëte hindoustanî auteur d'un Dîwàn dont Muhcin cite des gazals dans son Anthologie bibliographique.

ANSAR [4] (Muhammad) est un écrivain hindoustanî à qui on doit un ouvrage intitulé *Siromani Mathriyâ*, ce qui semble signifier « le Bijou, ornement de tête de Mathura », c'est-à-dire, je pense, « Krischna ». Cet ouvrage est aussi nommé simplement *Bayâz* « Album », et est probablement le recueil d'une série de vers sur Krischna, la perle de Mathura. Un exemplaire de ce livre est indiqué dans un catalogue manuscrit qui était entre les mains de D. Forbes.

I. ANWAR [5] (Aftab Raé) est un écrivain mentionné par Sarwar et par Zukà. Il avait un emploi dans l'administration publique.

[1] A. « Agréable, habile ».
[2] A. « Abrogateur ».
[3] *Khalaf*, ce qui signifie proprement « relict », comme on dit en anglais.
[4] A. Adj. comp. « Défenseur ».
[5] A. « Lumineux » (*anwar*, par un *alif*, un *noun*, un *wâw* et un *ré*).

II. ANWAR (Gulam 'Ali), de Kalpi[1], province d'Agra, est un autre poëte mentionné par 'Ali Ibrâhîm, qui en cite un vers dont voici la traduction :

Lorsque sur tes lèvres empreintes de missi on vient à cueillir un baiser, on les trouve plus douces que le sucre de Kalpi.

III. ANWAR (le saïyid Mahdî Huçaïn), de Lakhnau, fils de Mir Ahmad 'Ali et élève de Mirzâ Kauçar, est mentionné par Muhcin, qui en cite un gazal.

IV. ANWAR (Muhammad) est le rédacteur du *'Umdat ulakhbâr* « le Pilier des nouvelles », journal hindoustani de Madras qui paraît trois fois par mois par cahiers de 8 p. in-8° sur deux colonnes de 21 lignes à la page, et occasionnellement orné de dessins. Il est imprimé à la typographie que dirige l'éditeur lui-même.

V. ANWAR (Walî-i Muhammad Khan), d'une famille de schaïkhs de Dehli et dont le père et l'aïeul occupaient le poste de président (*dâroga*) de la cour royale de justice, est un poëte contemporain né en 1827. Il a écrit des gazals en hindoustanî et en persan. Sarwar et Karîm en font un grand éloge et en citent nombre de vers.

ANWAR[2]. Ce poëte, mentionné seulement sous son takhallus par Sarwar, est sans doute distinct des autres Anwâr à cause de la différence d'orthographe, à moins que cette différence ne soit due à un *lapsus calami*.

APARVA[3] KRISCHNA BAHADUR (le mahârâja), poëte en titre du dernier roi de Dehli, est auteur d'un masnawî écrit en urdû et présenté à la Société Asiatique

[1] Cette ville est célèbre par ses manufactures de sucre candi et de papier. W. Hamilton, « East-India Gazetteer », t. II, p. 70.

[2] A. Ici ce mot est le pluriel de *nûr* « lumière », étant écrit par un *alif*, un *noun*, un *wâw*, un *alif* et un *ré* (*anwâr*).

[3] I. « Incomparable ».

de Calcutta en novembre 1846. J'ignore s'il faut distinguer ce poëme de celui sur l'« Histoire des conquérants
de l'Inde », dont le quatrième chapitre a paru en 1852,
accompagné d'une traduction anglaise.

On doit aussi à Aparva le *Dîwân kunwar* [1], qu'on dit
être un aperçu de la période védantique hindoue, publié
à Calcutta en 1859.

AQUIDAT [2], de Burhânpûr, est un poëte mentionné
par Sarwar et Zukâ comme contemporain du nabâb
A'zam Khân.

'AQUIL [3] (Râé Singh [4]), du Panjâb, mentionné par
Sarwar, était militaire et s'occupait de poésie hindoustanie. Il aida Câïm dans la rédaction de son Tazkira.

'AQUIL SCHAH, faquir et azâd, était un jeune
poëte qui, se trouvant à Dehli, en passant, vint souvent
chez Mashafî. Il prenait beaucoup de plaisir à entendre la
lecture des vers de ce dernier, et il en récitait aussi à son
tour. Mashafî, dans son *Tazkira-i schu'ara-i hindî*,
cite un gazal de 'Aquil Schâh pour donner une idée de
son talent poétique.

I. ARAM [5] (le maulawî 'Abd ulhafiz) est auteur d'un
tarikh sur la traduction hindoustanie du *Bustân* de Sa'adî
par Maschschâc.

II. ARAM (Gulam 'Alî Khan) est un autre poëte sur
lequel je n'ai pas de renseignements.

III. ARAM (Khaïr ullah), de Sirdhàna, sorte d'aide

<hr>

[1] Ou peut-être *Dîwân kunwar* « Recueil des poésies du prince »
ou « Recueil princier ».

[2] A. « Foi, croyance ».

[3] A. « Spirituel » (*'âquil*).

[4] Sprenger, « A Catal. », p. 203, nomme ce poëte Râé Sukh Râé,
d'après Câïm.

[5] P. « Repos, tranquillité ».

de camp du fils de Samru (Sombre) qui portait le titre
de *Zafar-yâb* « Victorieux » et le takhallus de *Sâhib*[1].
Il mourut, selon Câcim, à la fleur de l'âge[2], avant 1215
(1800-1801), et il a laissé des poésies hindoustanies remarquables. Mannû Lâl en cite dans son *Guldasta* un
vers qui signifie :

Prends un instant de repos (*arâm*) dans la maison d'été
de ces yeux. Pour en respirer l'air frais, il faut écarter le treil-
lis des paupières.

IV. ARAM (Makhan Lal) de la tribu des kâyaths, ma-
thématicien et poëte distingué, est élève d'Inschâ ullah
Khân Inschâ. Schefta cite comme échantillon de son talent un vers dont voici le sens :

O mes bons amis! qui me dites de me séparer de celle que
je chéris, dites-lui plutôt de quitter la société de mes rivaux.

Il est auteur d'un Recueil des règlements civils, « Abstract of civil Regulations », intitulé *Majma' ulcawânin*
et imprimé à Lahore en 1851.

V. ARAM (Raé Prem-nath), fils de Râé San–nâth, est
mis par Câcim, Câïm et Sarwar au nombre des poëtes
hindoustanis. Il était de la caste des kschatriyas, et il
excellait à écrire le *nasta'lic*. Il était habile à tirer des
flèches et dans d'autres arts. Il se distingua aussi dans
la poésie persane et rekhta, et on lui doit un Dîwân de
deux mille vers dans ce dernier idiome.

Arâm avait d'abord habité Dehli, puis il se retira à
Brindaban. Il était encore vivant en 1215 (1800-1801).

I. 'ARIF[3] (Muhammad), d'Akbarâbâd (Agra)[4] et ori-

---

[1] Voyez ce titre.
[2] Du choléra, selon Sprenger.
[3] A. « Contemplatif » (*'ârif*).
[4] De Delhi, selon Mashafi.

ginaire de Cachemire, fut élève de Mazmûn et d'Abrû. Il tenait simplement une boutique de « repriseur de châles » à Dehli, près de la porte de ce nom. Ce fut en cette dernière ville qu'il fut élevé et qu'il passa sa vie. Il était contemporain de Mîr et de Saudâ et faisait des vers hindoustanis avec beaucoup de goût, s'attachant aux expressions nouvelles. Il écrivait aussi quelquefois en persan. Ses poésies hindoustanies ont été réunies en Dîwân, après sa mort, par les soins d'un de ses amis. Mîr et Mashafî, qui l'avaient beaucoup connu, en citent quelques vers. Kamâl nous apprend que de son temps 'Arif habitait Lakhnau. Il mourut peu de temps avant la rédaction du Tazkira de Mashafî.

On le trouve indiqué deux fois dans la liste de Sprenger (« A Catal. », p. 203 et p. 279), une fois sous le nom de 'Arif et l'autre sous celui de *Rafûgar*, qui n'est qu'une qualification indiquant sa profession de « tailleur » ou plutôt de « repriseur de châles ».

II. 'ARIF (Mîr Jamal uddîn), fils de Mîr Badr uddîn Nawâcî Khwâja Bâcit, est un poëte contemporain, défunt, qui habitait Lakhnau et qui est auteur d'un Dîwân. Il a été élève de Haïdar 'Alî Atasch.

III. 'ARIF (Mir 'Arif 'Alî) est un saïyid d'Amroha qui habitait Murâdâbâd à l'époque où Schefta écrivait son Tazkira. On le compte parmi les élèves de Mashafî. Savant rhétoricien, excellent littérateur, habile poëte, il se distingua aussi par son éminente piété. Il renonça entièrement au monde et même à la poésie en 1250 (1834-35) pour se consacrer exclusivement à la prédication, ainsi que nous le fait savoir Karim dans son *Tabacât*.

IV. 'ARIF (le nabâb Zaïn ulabidîn Khan Bahadur), de

Dehli, fils du nabâb Gulâm-i Huçaïn Khàn, petit-fils du
nabâb Faïz ullah Beg, Rustam Jang, neveu et élève du
nabâb Açad ullah Khàn Gâlib, est aussi nommé Mirzâ
Noscha [1]. Lorsqu'il commença à s'occuper de poésie
hindoustanie, il soumettait ses vers à Schâh Naçir, mais
quand Açad ullah vint habiter Dehli, ce fut à ce dernier
qu'il s'adressa. Karim fait un éloge hyperbolique du talent poétique de 'Arif et des productions qui en ont été
le résultat. Il en cite plusieurs pièces de vers qui occupent dix-neuf pages de son *Tabacât*. 'Arif a rédigé un
Diwàn auquel il a donné le titre pompeux de *Matla'-i
mihr-i sa'âdat*, c'est-à-dire « le Lever du soleil du bonheur ». Il se compose de cacidas, de *mucatta'âts*[2], de gazals, de pièces d'éloge [3], de *tarji' band*, de *mukhammas*,
de *muçaddas*, de *mu'aschschâr*[4], etc. D'après ce qui
vient d'être dit, ce Diwàn devrait s'appeler plutôt *Kulliyât* « OEuvres complètes », puisqu'on entend proprement par Diwàn une collection de gazals et qu'on
n'y joint d'autres pièces qu'accessoirement. 'Arif assistait aux réunions littéraires de Karim, et ce dernier donne
dans le *Guldasta-i nâzninân* les pièces de vers qu'il y récita. Le même biographe nous fait savoir que son génie
a consumé son corps, pour ainsi dire, au point qu'il est
sec comme une épine. Cependant sa physionomie est
belle et gracieuse. Il a un talent particulier pour intercaler des proverbes dans ses vers et pour le tarikh.
Voici par exemple un *misra'* qui fixe la date du *Guldasta-i nâznínân* : « Appelez ce livre le bouquet du jar-

[1] Voyez l'article consacré à cet écrivain.
[2] On nomme ainsi de petits poëmes composés de vers très-courts.
[3] *Madhen.*
[4] Sur ces genres de poésies, voyez l'Introduction.

din du Paradis ». Ses gazals se composent tous de soixante à soixante-dix vers et roulent sur des sujets variés et attachants. Il n'avait que trente ans en 1847.

V. 'ARIF (Schah Huçaïn) est un derviche qui habite le lieu réputé saint du *Cadam-i scharif* « la Noble trace du pied (de Mahomet) », près de Dehli ; c'est un homme d'esprit et un poëte habile, mentionné par Sarwar.

VI. 'ARIF de Murschidâbâd est aussi mentionné par Sarwar.

VII. 'ARIF (Mir Jamal uddîn) est un autre poëte distinct des précédents.

ARJUN [1] MAL (le gurû), cinquième chef des Sikhs et quatrième successeur de Nànak [2], est auteur de l'énorme compilation de près de 1300 p. grand in-4° appelée *Adi granth,* qui est un recueil des poésies religieuses de Nànak et de ses successeurs, y compris des poésies de quelques waïschnavas, soit *bhaggats* ou saints, soit simplement *bhâts* ou poëtes. Le tout est écrit en hindi du nord [3], à l'exception de quelques morceaux rédigés en sanscrit [4]. Voici la note détaillée du contenu de l'ouvrage [5] :

1° Le *Jap-ji* ou *Gurû mantr,* c'est-à-dire la prière d'initiation. Elle est due à Nànak et elle consiste en quarante

---

[1] I. Nom du troisième Pandava fils d'Indra et ami de Krischna.

[2] Voir son histoire détaillée dans J. D. Cunningham, « History of the Sikhs ».

[3] Les Indiens trouvent que le dialecte de Nànak offre des provincialismes du pays au sud-est de Lahore, mais que le dialecte d'Arjûn est plus pur.

[4] J. D. Cunningham, « History of the Sikhs », p. 368.

[5] J'en ai déjà parlé assez au long dans mes « Rudiments hindouis », mais je donne ici quelques indications plus précises encore d'après J. D. Cunningham, « History of the Sikhs ».

slokas nommés *pauri*. C'est une espèce de dialogue entre Nânak et son disciple Anggad.

2° *Sodar raïn*[1] *râs* « la Prière du soir des Sikhs ». Nânak en est l'auteur, mais Râm-dâs, Arjûn, et même, dit-on, Gurû Govind, y ont fait des additions.

3° *Kîrit sohîla*[2], autre prière à dire avant de se coucher, due également à Nânak et à laquelle Râm-dâs, Arjûn et même Govind ont fait des additions.

4° La quatrième partie, qui est la plus étendue de l'*Adi granth*, est subdivisée en trente et une sections, dues à des gurûs ou à des bhaggats. En voici les titres :

1. Sirrî râg.	11. Jaït Sirrî.	22. Tokhârî.
2. Majh.	12. Todî.	23. Kedâra.
3. Gaurî.	13. Baïrarî.	24. Bhaïron.
4. Assa.	14. Taïlang.	25. Baçant.
5. Gujrî.	15. Sodhî.	26. Sârang.
6. Déo Gandhârî.	16. Bilâwal.	27. Malhâr.
7. Bihágra.	17. Gaud.	28. Kâura.
8. Wad Hans.	18. Râm Kallî.	29. Kallîyàn.
9. Sorath (ou Sort).	19. Nat Nârâyan.	30. Parbhâtî.
10. Dhanâsrî.	20. Malî Gaura.	31. Jaï Jaïwantî.
	21. Marû.	

Voici actuellement les noms des gurûs auteurs d'une partie des pièces dont la nomenclature précède :

1. Nânak.	4. Râm-dâs.	7. Govind, mais seulement pour des
2. Anggad.	5. Arjûn.	lement pour des
3. Ammar-dâs.	6. Teg Bahâdur.	corrections.

Les waïschnavas, bhaggats ou autres, qui ont aussi contribué au *Granth* sont les suivants :

1. Kabîr.	3. Behnî.	5. Nâm-déo.
2. Trîlochan.	4. Rao-dâs ou Raï-dâs.	6. Dhannu.

---

[1] On nomme *sodar* un genre particulier de vers. *Raïn* signifie « nuit », et *râs* est le nom qu'on donne au récit des jeux de Krischna.

[2] De *kîrit* (pour *kîrti*) « louange », et *sohila*, « chant de réjouissance ».

7. Schaïkh Farîd.	12. Sudhna.	17. Balwand.
8. Jaï-déo.	13. Ramânand.	18. Sutta.
9. Bhîkan.	14. Parmânand.	19. Sundar-dâs.
10. Sen.	15. Sur-dâs.	
11. Pîpâ.	16. Mirâ-bâï.	

5° Le *Bhog* « Jouissance ». C'est la partie complémentaire de l'*Adi granth*. Il contient quelques poésies de Nànak et d'Arjûn (dont quelques-unes en sanscrit, et un poëme d'Arjûn à la louange de la ville d'Amritsir), de Kabir, du schaïkh Farid et d'autres réformateurs, et de plus des poëmes de neuf *bhâts* ou poëtes waïschnavas qui avaient adopté ces nouvelles doctrines. C'est à savoir :

1. Bhikha, disciple d'Ammar-dâs.	4. Jâlap, disciple d'Arjûn.	7. Mathra.
		8. Ball.
2. Kall, disciple de Râm-dâs.	5. Sall, autre disciple d'Arjûn.	9. Kîrit.
3. Kall Suhâr.	6. Nall.	

Ces noms paraissent imaginaires à **J. D.** Cunningham, « History of the Sikhs » ; il fait observer qu'on ne cite que huit de ces poëtes dans le *Gurû bilâs*, et que les noms de ces huit sont tous différents, à l'exception de celui de Ball.

6° *Bhog kâ bânî* « Discours sur la jouissance », c'est-à-dire épilogue ou conclusion définitive du *Granth*. Il ne contient que sept pages, qui comprennent : 1. L'hymne de la première femme ou esclave, *Slok meihl païhla;* 2. L'Avis de Nànak à Mulhâr Râjâ ; 3. Le *Ratan mâla* « le Rosaire des joyaux (du vrai dévot) », de Nànak ; et 4. *Haquicat*, c'est-à-dire « l'Histoire de Sivnab, roi de Ceylan, d'après le *Pothi Prân singhli*, par Bhâi Bhannù, qui vivait du temps de Govind.

I. ARMAN [1] (Mirza Schah 'Alî), frère consanguin [2] de Miyán Ja'far 'Alî Hasrat et élève de Mirzà Calandar-bakhsch Jurat, habitait Lakhnau. Il est du nombre des poëtes hindoustanis qui ont adopté la nouvelle manière d'écrire et qu'on nomme par conséquent « modernes ». Ce sont les romantiques ou les néologues indiens. Kamâl parle avec éloge de la capacité d'Armàn, et il cite de lui plusieurs vers. Sprenger [3] a entendu dire qu'il avait été nommé *nâzir* (inspecteur) à Alwar et qu'il y était mort.

II. ARMAN [4] (le nabâb Mujahid Jang) est un personnage distingué de Haïderábâd, qui s'est occupé avec succès de poésie. Il est élève d'Amîr Açad 'Alî Khàn Tamannà. Càcim en fait l'éloge et en cite plusieurs vers.

'ARSCH [5] (Mîn Haçan 'Askari), de Lakhnau, autrement dit Mîr Kallù 'Arsch, est un poëte hindoustani, fils de Mîr Taquî et élève de Nàcikh. Il est auteur d'un Diwàn dont Muhcin cite plusieurs gazals dans son Anthologie biographique. Il prit d'abord le mot *Zâr* [6] pour takhallus.

ARZANI [7] (Muhammad) est auteur du *Mîzân uttibb* « la Balance de la médecine », qui fait partie des ouvrages urdus achetés par le gouvernement anglais après la prise de Dehli en 1857 (n° 1076 du Catalogue).

A la suite de cet ouvrage on a imprimé le traité intitulé *Carûra-i nabz* « l'Urinoir du pouls », c'est-à-dire par lequel on peut juger du pouls. On sait que l'inspec-

---

1 P. « Désir », etc.
2 Càcim, Sarwar et Schefta disent *fils*.
3 « A Catalogue », p. 204.
4 P. « Attente ».
5 A. « Le trône de Dieu ».
6 P. « Désir », et aussi « lamentation ».
7 P. « Abondance ».

tion des urines joue un grand rôle dans l'ancienne médecine arabe.

I. ARZU [1] (Mirza 'Alî Muhammad), de Lakhnau, fils du mirzâ Abû Ja'far, percepteur d'Auriya dans le zilla' de Cawnpûr, et élève de Rasch , est auteur d'un Dîwân dont Muhcin cite des vers dans son Tazkira.

II. ARZU (Siraj uddîn 'Alî Khan), d'Agra, connu aussi sous le nom de *Khân Sâhib,* est un des poëtes les plus célèbres de l'Hindoustan. Il naquit en 1101 de l'hégire (1689-90), à Gualior, malgré son surnom d'Akbarâbâdî, c'est-à-dire d'Agra. Il était fils du schaïkh Huçâm uddîn Huçâmi ou Huçâm, qui a écrit en vers persans un roman sur la légende de Kâmrûp et de Kâmlata, et il fut élève de Mîr 'Abd ussamad Sukhan. Mîr Taqui dit dans son *Nikât uschschu'arâ* qu'il n'y avait pas eu jusqu'à son temps d'écrivain aussi éloquent et aussi instruit. Il vivait sous Schâh 'Alam II. Fath 'Alî Huçaïni, suivant en cela l'exemple de Mîr, en parle avec beaucoup d'emphase. Il le nomme, entre autres, « la Lampe de l'assemblée du discours », jouant sur son nom de *Sirâj uddîn* [2], qui signifie « la Lampe de la religion ». Lutf nous apprend que dès l'âge de douze ans Arzû faisait des vers, et qu'à vingt-quatre ans il avait lu tous les livres nécessaires à l'instruction. Il avait aussi beaucoup appris dans la société des gens les plus habiles de son siècle. Après avoir acquis les connaissances convenables, il fut promu à un poste important à Gualior, dans le commen-

---

[1] P. « Désir ».

[2] Ce nom était celui du descendant de Timûr qui avant l'insurrection occupait le trône nominal de Dehli. Il ne faut pas l'écrire, avec plusieurs journalistes, *Sûrâj uddîn,* ce qui signifierait « le soleil de la religion », s'il était permis de grouper des mots indiens avec des mots arabes.

cement du règne du sultan Muhammad Farrukh-siyar.
Il alla à Dehli en 1136 de l'hégire (1723-1724), et y
déploya son talent poétique. En l'année 1147 (1734-
1735), le schaïkh Muhammad 'Alî Hazîn [1] vint de la
Perse à Dehli, et chacun s'empressa de connaître cet
homme distingué. Quant à Arzû, il ne partagea pas l'enthousiasme général. Il trouva des défauts dans son Diwân, et en fit même la critique dans un opuscule (*riçâla*)
qu'il intitula *Tanbîh ulgâfilîn* « Avis aux insouciants ».

Arzû était un poëte éminent. Il avait une grande capacité, le génie de l'invention et la facilité de l'élocution,
qualités qui lui valurent de la célébrité dans l'Inde. A
l'époque de là dévastation de Dehli, il se rendit à Lakhnau, d'après le conseil du nabâb Salâr Jang, et il mourut
dans cette ville, en 1169 de l'hégire (1755-1756); mais,
conformément à ses volontés, Salâr Jang envoya son
corps à Dehli, où il fut enterré.

Arzû est auteur d'un Dîwân urdû et d'un Dîwân persan [2]. Ses poésies hindoustanies sont très-estimées et les
biographes originaux en citent des fragments, mais il a
surtout écrit en persan. Le nombre de ses vers en cette
langue s'élève à trente-deux mille. Ses principaux ouvrages persans sont :

1° *Muhit 'uzmâ,* c'est-à-dire « le Grand Océan », traité
de rhétorique ;

2° *'Atiya-i kubarâ* « le Don des grands », traité sur le
Bayân « l'Éloquence », dont j'ai un exemplaire lithographié à Calcutta ;

---

[1] Personnage célèbre par sa sainteté et par sa science, dont F. C. Belfour a publié les Mémoires. Voyez aussi ce que j'en ai dit dans mon
« Mémoire sur la religion musulmane dans l'Inde », p. 112 et suiv.

[2] *Guldasta-i Haïdarî.*

15.

3° *Siràj ullugat* « le Soleil du langage », dictionnaire dans le genre du *Burhân-i câtı'*, écrit en 1147 (1734), et dont feu F. Falconer possédait un exemplaire manuscrit ;

4° *Chirâg-i hidàyat* « la Lampe de la direction », explication de l'*Iskandar-nâma* et des cacîdas de 'Urfi ;

5° *Khyâbân* « Lit de fleurs », commentaire du *Gulistân;*

6° *Tazkira,* ou Biographie des poëtes de l'Inde qui ont écrit en persan. Cet ouvrage est souvent cité dans le *Nikât uschschu'arâ* de Mir. Il est intitulé *Majma' unnafâïs* « Collection des choses précieuses », et il fut rédigé en 1164 (1750-1751).

Mais je ne cite ces traités qu'incidemment, car il n'entre pas dans mon plan de parler des ouvrages persans. Il paraît, du reste, qu'Arzû est aussi auteur du *Garâïb ullugat* « les Merveilles du langage », dictionnaire hindoustanî des mots mystiques, lequel est cité par Breton dans son « Vocabulaire des termes de médecine », p. 65. Plusieurs poëtes hindoustanis célèbres ont été les élèves d'Arzû. Le principal est Mîr Taqui, qui partage avec Haçan et Saudâ la palme de la poésie urdue.

AS'AD [1] (Mirza As'ad-bakht), fils de Mirzâ Ahçanbakht et petit-fils de l'empereur Schâh 'Alam, est compté parmi les poëtes urdus. Sarwar dit qu'il alla habiter le Multan et le Caboul. Il nous apprend qu'il avait dès sa sortie de l'enfance annoncé les plus heureuses dispositions pour la poésie, et qu'en effet il se distingua dans cet art et écrivit des vers élégants et gracieux. Il paraît qu'il vivait encore en 1221 (1806-1807).

---

[1] A. « Heureux » ou plutôt « plus heureux ».

I. 'ASCHIC [1] (le munschî 'Ajaïb Raé) est un Hindou qui occupe une place parmi les écrivains hindoustanis. 'Alî Ibrâhîm, qui avait apparemment demandé sur 'Aschic des renseignements qu'il n'avait pas reçus lorsqu'il rédigea son ouvrage, avait eu soin de laisser après le nom de cet écrivain un espace blanc dans son manuscrit original, espace qu'il espérait remplir plus tard. Son espoir ayant été déçu, les copistes ont eu soin de laisser cet espace blanc [2], et je suis incapable d'y suppléer, n'ayant rien trouvé ailleurs sur ce poëte.

II. 'ASCHIC ('Alî 'Azam Khan), fils du khwâja Mîr Muhammadî Khân et frère du khwâja 'Azim Khân Schorisch et du khwâja Muhtaram Khân Muhtaram, fut élève de 'Ischc [3] et un des disciples spirituels de Schâh Ghacîta. Il abandonna entièrement le monde pour entrer dans la voie de la vie contemplative. 'Alî Ibrâhîm, qui le connaissait personnellement, nous dit qu'à l'époque où il écrivait sa biographie, 'Aschic était mort depuis plusieurs années. Le vers dont la traduction suit est de lui :

Il faut rester nuit et jour avec son amie. Si auprès d'elle on ne trouve pas le repos, où le trouver?

III. 'ASCHIC (Mîr Burhan uddin), disciple du célèbre Mîr Haçan, endossa, comme le précédent, le manteau de la pauvreté spirituelle, et jouit d'une réputation méritée de vertu et de sainteté. Il se distingua non-seule-

[1] A. « Amant » ('âschic).

[2] On trouve assez fréquemment des espaces blancs dans l'ouvrage d'Ibrâhîm; il est fâcheux que l'auteur n'ait pu les remplir. J'éprouve à ce sujet le même regret que les latinistes à l'égard des vers inachevés de Virgile.

[3] Selon 'Ischqui, cité par Sprenger, « A Catal. », p. 205.

ment comme poëte, mais comme peintre. Le gazal mystique dont la traduction suit est de lui :

Si j'étais le jardinier de ce jardin, j'en cueillerais les fleurs, et j'en ferais sortir le rossignol.

O charmant oiseau! approche avec joie de cette rose, considérant comme une proie cet heureux moment; c'est le vœu que je forme pour toi.

Qu'on fasse part de tes plaintes à la rose, j'en jure par son bouton, oui, tu seras réuni à elle.

Si mon cœur était un cerf-volant, il volerait au moyen de la ficelle du chagrin, et finirait par s'élever en toute liberté dans l'atmosphère de l'amour.

Le chasseur peut bien ne pas connaître la valeur des pleurs du rossignol; 'Aschic (l'amant) sait l'apprécier, et il te l'indiquera.

IV. 'ASCHIC (Mirza Mahdî 'Alî Khan), de Dehli, est compté parmi les poëtes hindoustanis. Dans une Anthologie originale, j'ai trouvé de lui un vers dont voici la traduction :

Ce ne sont point des feuilles de rose que tu vois parsemées sur la terre (auprès de ce rosier), ce sont les cœurs des rossignols qui se sont offerts en sacrifice à la plus belle des fleurs.

'Aschic était petit-fils du nabâb 'Ali Mardân Khân. Sarwar, qui en fait un grand éloge, nous apprend qu'il est auteur de près de deux cent mille vers formant trois Diwâns hindoustanis et deux persans. En outre, il a écrit d'autres poëmes en hindoustanî, tels que salâms, marciyas et masnawîs, celui entre autres qui est intitulé *Quissa-i Khâwir Schâh* « Histoire de Khàwîr Schâh », récit intéressant que j'avais attribué par erreur, dans la première édition de cet ouvrage, à Mâh-licâ. Ce dernier masnawî, qui se compose d'environ quatre mille sept cent cinquante vers, est aussi intitulé *Quissa-i Camar-*

tal'at, du nom de l'héroïne du poëme. Il a été écrit à Dehli en 1213 [1] (1798-1799), en bon urdû et non en dakhnî, comme je l'avais cru. Le nabâb dont il est parlé dans la préface est Nacîr Jân, ministre de Schâh 'Alam.

On doit à 'Aschic d'autres masnawîs : un *Yûçuf o Zalîkhâ* [2], un *Majnûn o Laïla,* un *Khusrau o Schirin,* un *Hamluh Haïdari* [3], un poëme à la louange de Lakhnau, etc., le tout en urdû. Il a aussi écrit un Tazkira des poëtes qui assistaient à ses réunions. 'Aschic a tenu en effet chez lui pendant dix ans des réunions littéraires que fréquentait Sarwar. Il mourut deux ans avant la rédaction du Tazkira de ce biographe. Il avait commencé une traduction hindoustanie du *Schâh-nâma,* que la mort l'empêcha de terminer [4].

V. 'ASCHIC (RAM SINGH) est un autre poëte hindoustanî cité plusieurs fois par Mannû Lâl dans sa Rhétorique pratique intitulée *Guldasta-i nischât.* Voici de ce poëte un vers singulier par son originalité :

Ses dents blanches, au milieu du *missî* et du bétel, ne produisent-elles pas l'effet du jasmin qui s'épanouit entre la tulipe et la violette?

Râm Singh 'Aschic était un kschatriya de Dehli qui fut d'abord élève de Gulâm Haçan Tajallî, puis de Schâh

---

[1] D'après le tarîkh qui termine le poëme *Ih bâg-i ma'nî haï* « Ceci est un jardin de pensées ». En effet, les lettres qui composent cette phrase forment en additionnant leur valeur numérique le nombre ci-dessus indiqué.

[2] Je pense que le poëme intitulé *'Ischc-nâma, Yûçuf o Zalîkhâ,* qui fait partie d'un volume imprimé à Bombay en 1847, gr. in-8° (contenant en outre le masnawî de Mîr Haçan et des gazals de Mîr Taqui), est le même ouvrage.

[3] Ou *Haïdariyah* « l'Attaque de Haïdar ». Est-ce celui qui a été imprimé à Calcutta en 1849, in-4°?

[4] Sprenger, « A Catalogue », p. 205.

Naçîr. Il mourut quelque temps avant la rédaction du Tazkira de Sarwar, qui nous apprend qu'il a laissé un Dîwân.

VI. 'ASCHIC (Mîr Yahya) du Décan ou plutôt de Haïderâbâd [1], qu'on nomme aussi *Aschic 'Alî Khân*, est un des poëtes les plus distingués du Décan. Il est, entre autres, auteur d'un marciya sur Huçaïn, dont le biographe Fath 'Alî Huçaïnî cite un fragment. De son côté, Bénî Nârâyan donne de lui un gazal dont voici la traduction :

O mon amie! pourquoi faut-il que ton œil ait rencontré le mien? Le feu de mon amour était éteint, et actuellement tu l'as encore mis à mon cœur, ô mon amie!

Je fais des vœux pour que Dieu consolide notre mutuel amour, quoique, ô mon amie! cet amour m'ait donné un mauvais renom dans le monde.

O mon amie! aussitôt que tu m'as montré ta face, le feu de l'amour a jeté des flammes dans la maison de mon cœur.

Si Dieu lui-même était devant moi, je ne verrais jamais personne autre que toi, ô mon amie!

Après avoir mêlé mon cœur avec le tien, mes yeux avec tes yeux, la séparation d'avec toi peut-elle être supportable?

L'empire des sept climats ne me serait pas même agréable; mendier dans ta rue, c'est au contraire ce que je désire, ô mon amie!

Je n'ai ni repos ni tranquillité; mon esprit s'en est allé, ma raison m'a abandonné, depuis que, ô mon amie! ton regard a touché le cœur de 'Aschic.

VII. 'ASCHIC (le pandit Bhola-nath), fils du pandit Lâla Gopî-nâth, était trésorier du nabâb A'zam uddaula Mîr Muhammad Khân et ami de Zukâ [2]. Il s'est occupé avec distinction de poésie hindoustanie, et on lui doit

[1] Selon Sarwar. V. l'article 'Iscuc (Muhammad 'Ali).
[2] Sprenger, « A Catal. », p. 205.

un Diwân et d'autres ouvrages, ainsi que nous l'apprend Sarwar.

VIII. 'ASCHIC (le schaïkh NABÎ-BAKHSCH), d'Agra, fils de Muhammad Sâlih et élève de Mîr Walî Muhammad Nazir, d'Agra, est un poëte mentionné par Schefta et Muhcin, qui en citent des vers. Il était mort lorsque ce dernier biographe écrivait son Tazkira.

IX. 'ASCHIC (le maulawî JALAL UDDÎN), de Dehli, classé parmi les poëtes anciens, s'est aussi occupé de philosophie et des sciences traditionnelles. Il est mentionné par Câcim et Mashafî.

X. 'ASCHIC (le schaïkh RUKN UDDÎN), connu sous le nom de Mirzà Khatya, naquit à Dehli et se fixa à 'Azîmâbàd. Gurdézî le mentionne dans son Tazkira des poëtes hindoustanis.

XI. 'ASCHIC (MUHAMMAD 'ALÎ), de Murâdâbâd, est né en 1819. A l'âge de dix-neuf ans il fut attaché au tribunal civil, et il occupa ensuite d'autres fonctions. Karim, qui le connaît personnellement, le mentionne comme un des meilleurs poëtes contemporains, et il en cite des vers.

XII. 'ASCHIC (MUHAMMAD KHAN), habitant de Narwar, est un autre poëte distingué mentionné par Sarwar.

XIII. 'ASCHIC (le râjà KALYAN SINGH TAÇAUWUR JANG), fils du râjà Schitâb Râé, gouverneur de Patna, ou plutôt nàzim du soubah du Bihàr, est auteur de poésies hindies et persanes. Il est mentionné par Sarwar et Gurdézî.

XIV. 'ASCHIC (MUHAMMAD RIZA), de Lakhnau, nommé aussi Mirzà Bahchû, fils de Nawâzisch 'Alî Khân Zabt et élève de Mirzà Muhammad Raunac, est mentionné par Muhcin, qui en cite un gazal. Kamâl donne, de son côté, celui dont la traduction suit :

Pourquoi désirerais-je me reposer sous l'arbre du paradis? l'ombre de ce mur me suffit.

Je me contente de cet angle que l'amour me donne, il est pour moi comme une cage d'où je ne puis sortir.

O mon cœur! à quoi bon tous tes soupirs? y a-t-il quelqu'un qui puisse y faire attention?

O mes amis, un dernier jour viendra pour tous, jour que je voudrais n'être ni précédé ni suivi.

Mais quand j'exhalerai le dernier soupir, cette agaçante beauté ne viendra pas même s'enquérir si c'est un effet de l'amour.

Que raconterai-je de plus de l'histoire des chagrins de 'Aschic? C'est un long récit, et je n'ai que la durée d'un soupir pour le faire.

XV. 'ASCHIC (le saïyid Hidayat 'Alî), de Dehli, qu'il quitta pour aller résider à Murschidâbâd, lors de la révolution excitée par Ahmad Schâh Durrânî, était fils de Lutf 'Alî Rizwânî. Il était habile en médecine, science qu'il apprit sous les docteurs Bacâ Khân et Ihçân. Il s'est aussi distingué par ses vers hindoustanis, et il en a laissé un Diwân. Abû'lhaçan l'avait souvent vu à Calcutta. Il était mort lorsque Muhcin écrivait son Tazkira.

XVI. 'ASCHIC (Sa'ad ullah Khan), fils de Sa'ad 'Abd ullah, gouverneur de Gâzipûr, mort en 1191 (1777-78), est un autre poëte hindoustani mentionné par Abû'lhaçan.

XVII. 'ASCHIC (Scher uddaula Muhammad 'Alî Khan). Je ne puis citer que le nom de ce poëte hindoustani.

XVIII. 'ASCHIC (le grand amîr nabâb Mirza Wala-Jah Bahadur), muçawî, appelé aussi familièrement *Choté Sâhib* « le Petit Monsieur », frère germain de Mirzâ 'Alî

Jâh Bahâdur, dont il a été parlé, est mentionné par Muhcin, qui en cite un gazal.

XIX. 'ASCHIC (Sada Sukh) est un autre poëte dont Muhcin cite des vers. Il naquit à Faïzâbâd, et il habitait Lakhnau. Il est fils du nabâb Diler uddaula Mirzâ Muhammad 'Alî Khân Haïdar, dit Agâ Haïdar de Nischapûr, et élève de Mirzâ Sarfarâz 'Alî Câdir. Il est auteur d'un Diwân dont Muhcin cite des gazals dans son Tazkira.

XX. 'ASCHIC (Muschir uddaula Muhammad 'Alî Khan), pèlerin de Karbala, est fils de Rahmat ullah Khân. Il naquit à Faïzâbâd, et il habitait Lakhnau lorsque Muhcin écrivait son Tazkira. Il est élève de Mir Haïdari, le célèbre auteur de marciyas, et on lui doit un Diwân de poésies hindoustanies.

XXI. 'ASCHIC (le schaïkh Muhammad Jan), de Faïzâbâd, habitant de Daboni, dans le pargana de Gorâ, zilla' de Fathpûr, élève du schaïkh Ahmad 'Alî Kâmil, est un poëte hindoustanî mentionné par Muhcin, qui en cite des vers.

'ASCHIQUI[1] (l'agâ Huçaïn Culi Khan), fils de l'agâ 'Alî Khân, est un poëte mogol originaire du Khoraçan et natif de 'Azîmâbâd (Patna). Ses ancétres avaient occupé un rang distingué dans l'empire de Timûr. Quant à lui, il acquit aussi une position honorable par suite de ses liaisons avec les Anglais. Schefta, qui l'avait vu à Sikandarâbâd, nous apprend qu'à l'époque où il écrivait sa biographie cet écrivain demeurait à Lakhnau. 'Aschiquî est auteur d'une Anthologie de vers persans intitulée *Naschtar-i 'ischc*[2] « la Lancette de l'amour ».

---

[1] A. P. « Être *âschic* ou « amant »; l'état d'amant, ou bien l'acte d'être amant.

[2] Voyez à l'article Muhammad Khan un ouvrage portant ce titre.

On lui doit aussi des poésies urdues qui ont été réunies en Dîwân.

I. ASCHK [1] (Muhammad Khalîl 'Alî Khan), de Faïz-âbâd, jeune frère de Farzand 'Alî Mauzûn, est auteur :

1° Du *Quissa-i Amîr Hamza* « Histoire de l'émir Hamza », écrite par lui, en prose hindoustanie, dans l'année 1215 (1800-1801). Cette histoire, est-il dit dans la préface de l'ouvrage de Aschk, fut d'abord écrite en quatorze volumes pour Mahmûd le Gaznévide, par les écrivains les plus éloquents du temps, qui s'unirent pour la rédiger. Ce qui rend, toujours selon Aschk, cette histoire intéressante, c'est qu'elle instruit des usages des différentes nations, et qu'elle fait connaître l'art de combattre et de prendre les villes et les royaumes. Aussi Mahmûd, pour n'avoir besoin des conseils de personne, avait-il soin de s'en faire lire quelque chose chaque jour. Hamza, comme don Quichotte, a un écuyer nommé 'Umr. Les exploits merveilleux, les histoires amusantes, les bons mots enfin de cet autre Sancho Pança, ne sont pas ce qu'il y a de moins intéressant dans l'histoire dont il s'agit. Je possède deux exemplaires manuscrits du premier tome de cet ouvrage [2], l'un

---

[1] P. « Larme ».

[2] Cet ouvrage a été annoncé comme étant sous presse à Calcutta, en 1802, dans les « Essays of students of Fort-William College », et comme publié dans les « Primitiæ orientales », p. 52. On l'a lithographié à Bombay, in-4°, en 1271 (1854-1855). Il se compose de quatre tomes ou *jald* ayant une pagination séparée, faisant en tout 568 pages de 21 lignes à la page, mais formant un seul volume et un tout complet dont les manuscrits qui ont été mentionnés, offrant seulement la première partie ou tome, ne contiennent ainsi qu'un quart de l'imprimé. La première partie ou tome est tout à fait identique dans l'imprimé et dans les manuscrits. Les quatre parties sont subdivisées en quatre-vingt-sept *dâstân* ou histoires. Le volume lithographié a été publié par les soins du câzî Ibrâhîm Palanbadrî, qualifié de *Hazrat*, à

in-folio[1] et l'autre in-4° ; et la bibliothèque du Collége de
Fort-William, à Calcutta, en possède six volumes[2]. L'intention de l'auteur était d'en porter le nombre jusqu'à
vingt-deux, en neuf tomes, mais ils n'ont pas été faits. Le
texte original est dû au mullâ Jalâl Balkhî. Le premier
volume est intitulé *Maulad quissa* « Histoire de la naissance ». Jusqu'au quatrième volume il n'est question que
de l'enfance du héros. Les volumes qui portent le titre de
Hurmuz-nâma[3] sont ceux où il est question de sa jeunesse (puberté). Les livres nommés *Kuchak bâkhtar* « le
Petit Orient », et *Bâlâ bâkhtar* « l'Orient supérieur »,
roulent sur la jeunesse plus avancée ou proprement dite ;
et dans les livres intitulés *Gurûbiya* « occidentaux »,
Schamâliya « boréaux », et *Payin bâkhtar* « l'Orient inférieur », il s'agit de la fin de la jeunesse, ainsi que dans
le *Burj-nâma* « Livre des constellations ». Les livres
qui portent le nom de *Sundulí* traitent du commencement de la vieillesse, et le *Tûraj-nâma*, de la vieillesse
proprement dite ou de l'essence de la vieillesse. Le *La'l-
nâma* « Livre des rubis » est la fin ou le dénoûment de
l'ouvrage.

l'imprimerie du schaïkh Muhammad, fils du schaïkh Ismâ'il Nâdir. Mr. le
chanoine Bertrand a traduit une de ces histoires, celle de *Buzurj-Mihr*,
dans le journal intitulé « l'Orient », en 1867.

[1] Cette copie, qui se compose de 340 pages, a été faite en 1228
(1813) au port de Bahrâïch, sur la rive du Sarjû, par Sirâj uddin,
connu sous le nom de *Munschî Muhammad Salâh*.

[2] Des romans sur le même sujet existent en persan, en arabe, en
malai. Les Malais ont coutume de lire cette histoire et celle de Muhammad Hanif avant de marcher au combat, afin d'animer leur courage par
les nobles exemples qu'elle leur présente. (Jacquet, « Nouveau Journal
Asiatique », t. IX, p. 114.)

[3] Dans la bibliothèque de l'East-India Office, manuscrits de Leyden,
il y a un conte en prose, de 160 pages, qui porte le titre de *Quissa-i
Hurmuz*.

Voici ce qu'on lit dans la « Bibliothèque orientale » de d'Herbelot, au sujet du héros de ce roman historique :

« Hamzah, fils de 'Abd ulmutlab et petit-fils d'Haschem,
« et par conséquent oncle du prophète Mahomet, est
« aussi nommé Abû Omar. Quoiqu'il fût frère de 'Abd
« ullah, père de Mahomet, il était cependant frère de
« lait de son neveu. On dit qu'il se fit musulman dans
« la seconde année de la mission de Mahomet, et que
« son neveu l'ayant reconnu pour un homme de courage
« et de valeur, il lui donna le titre de *Açad ullah* « lion
« de Dieu », et lui mit en main le premier étendard
« qu'il fit faire et que l'on appela *Râyat ulislâm* « l'éten-
« dard de la foi ». Ceci eut lieu en la première année de
« l'hégire. — Il fut tué l'année d'après, qui fut la se-
« conde de l'hégire, à la bataille de Bedr, que Mahomet
« donna aux Coraïschites ; ceux-ci furent défaits, et il
« n'y eut que quatorze musulmans de tués, du nombre
« desquels se trouva Hamza. »

Il existe probablement en hindoustani plusieurs autres ouvrages sur le même sujet. La Bibliothèque de la rue Richelieu possède un manuscrit intitulé « Histoire des guerres d'Amir Hamza [1] », copié par l'orientaliste Ouessant, en 1198 (1783). C'est un volume in-4° de 192 pages, qui contient vingt différentes histoires. On en a publié en 1865 et 1867, à Lakhnau, deux éditions d'une rédaction en vers de 376 p. de 25 lignes. Il y en a aussi une autre rédaction sous le titre d'*Amir Hamza,* en dialecte urdû-bengali, in-4°, Calcutta, 1845 [2].

2° On doit aussi à Aschk un roman en prose sur

---

[1] *Quissa-i jang-i Amîr Hamzah.*
[2] J. Long, « Descript. Catal. », 1867, p. 18.

Rizwân Schâh, personnage qui est le héros de plusieurs poëmes hindoustanis. Il est intitulé *Gulzâr-i Chîn* « le Jardin de la Chine », ou *Quissa-i Rizwân Schâh o Rûh-afzâ* « Histoire de Rizwân Schâh et de Rûh-afzâ ». Rizwân Schâh était le fils du roi de la Chine, et Rûh-afzâ la fille du roi des Génies. La bibliothèque de la Société Royale Asiatique de Londres possède un manuscrit de cet ouvrage, qui a été écrit en 1219 (1804). J'ignore si c'est le même ouvrage dont la bibliothèque de la Société Asiatique de Calcutta possède un bel exemplaire avec des dessins[1]. Un poëme en vers dakhnis, intitulé aussi *Quissa-i Rizwân Schâh,* faisait partie de la collection de Tippû[2].

3° Une traduction de l'*Akbar-nâma*, célèbre ouvrage d'Abû'lfazl. Elle est intitulée *Wâquiât-i Akbarî,* c'est-à-dire « les Faits et gestes d'Akbar ». L'*Ayîn Akbarî,* qui a été traduit par Gladwin et dont la Société Asiatique du Bengale donne en ce moment une édition d'après un bel exemplaire manuscrit qu'elle possède, est proprement la troisième partie de l'*Akbar-nâma*. La première traite des ancêtres d'Akbar, la seconde contient sa vie, et la troisième ses institutions.

4° Le *Muntakhab ulfawâïz* « Abrégé des choses avantageuses *à savoir* », dont il y a aussi un exemplaire à la même bibliothèque, est une traduction du persan de Muhammad Mançûr-i Saïyid Abû Farah Khalil, faite en 1214 (1799-1800) sous les auspices du capitaine Taylor, l'auteur du premier dictionnaire hindoustanî. L'ouvrage de Aschk se compose de trente-quatre cha-

---

[1] « Catalogue of the Asiatic Society's Library », p. 76.
[2] Stewart, « Catalogue of Tippoo's Library », p. 179.

pitres, qui roulent principalement sur les qualités royales, sur la science du gouvernement, l'art de la guerre, la tactique militaire, l'art vétérinaire, etc.

5° La bibliothèque de la Société Royale Asiatique de Londres possède aussi, du même auteur, un ouvrage élémentaire de physique, intitulé *Riçâla-i kâïnât* « Traité des êtres » . Il est divisé en dix chapitres.

Le premier traite de l'air et des animaux qui s'y trouvent ;

Le deuxième, des nuages et de la pluie ;

Le troisième, de la neige, de la grêle, de la rosée, etc. ;

Le quatrième, de l'éclair et du tonnerre ;

Le cinquième, des vents, des saisons, du *sumûm ;*

Le sixième, de l'arc-en-ciel, du halo, etc. ;

Le septième, des étoiles tombantes, des comètes à queue ; etc. ;

Le huitième, des tremblements de terre.

Le neuvième, des sources.

Le dixième, de la partie habitée (quart) de l'univers, de l'hémisphère supérieur et inférieur de la terre.

6° L'*Intikhâb-i sultâniya* « Choix impérial » , petite histoire originale en prose des rois de Dehli, depuis les temps les plus anciens, c'est-à-dire depuis Avang Pal jusqu'à Schâh 'Alam inclusivement. Il forme un volume d'environ 300 p. écrit en 1219 (1804-1805), et dont la bibliothèque de la Société Asiatique de Calcutta possède un exemplaire qui provient du Fort-William.

7° Aschk traduisit le *Tarîkh-i Akbari* « Histoire d'Akbar » en 1224 (1809-1810) du texte persan, rédigé, comme on le sait, par le célèbre Abû'lfazl, fils de Mubârak.

Aschk est de plus auteur de marciyas, de salâms et de gazals : il est élève de son frère et de Kamâl.

II. ASCHK, de Râmpûr, est un poëte hindoustanî, Afgàn de nation, mentionné par Sarwar.

III. ASCHK (le maulawî HADÎ 'ALÎ), de Lakhnau, fils du maulawî Schaïkh Huçaïn 'Ali et élève de Mirzà Muhammad Rizâ Barc, est un pieux musulman, auteur d'un Diwàn dont Muhcin cite plusieurs gazals dans son Tazkira. Il est correcteur de l'imprimerie Muhammadi, des presses de laquelle sont sortis de nombreux ouvrages hindoustanis.

IV. ASCHK (le saïyid 'ALÎ HAÇAN), de Lakhnau, fils du saïyid Agà Mîr Jantî et élève de Schahîd, est un autre poëte hindoustanî mentionné par Muhcin, qui en cite des vers.

I. ASCHKI[1] (MIRZA GULAM-I MUHÎ UDDÎN), prince royal de Dehli, est fils de Mirzà Gulàm-i Haïdar et petit-fils de Schàh 'Alam. En 1261 (1845) il assista à Dehli, chez Karîm uddin, à une réunion poétique et y récita deux gazals. Il avait à cette époque près de quarante ans. Il est élève de Mamnûn, mais à la mort de ce dernier il consulta sur ses productions le muftî Sadr uddin Khàn Azurda. Karîm uddin, dans son *Tabacât-i schu'arâ*, fait un grand éloge de ce poëte royal.

II. ASCHKI (MÎR WAHIS 'ALÎ), fils de Schâh Kalb 'Alî, de Patna, élève de 'Ischquî, est mentionné par ce dernier biographe[2].

I. ASCHNA[3] (MÎR ZAÏN UL'ABIDÎN) était fils du hakim Aslah uddin Khàn, personnage distingué, frère de

---

[1] P. « Larmoyant ».
[2] Sprenger, « A Catalogue », p. 205.
[3] P. « Connaissance, ami », etc.

Awâra et contemporain de Sirâj uddin Arzû. On le désignait dans le monde sous le nom de Mir Nawâb. Fath 'Alî Huçaïni en donne plusieurs vers dans son Tazkira.

Ne serait-il pas le même qu'un poëte derviche nommé Aschnâ et mentionné seulement par 'Alî Ibrâhim, qui en cite un vers insignifiant dans son *Gulzâr?*

II. ASCHNA (Manna[1] Singh), de Dehli, est un kschatriya qui vivait du temps de Muhammad Schâh et qui s'est distingué par ses écrits en urdû et en persan. On lui doit entre autres des khayâls mentionnés par Karim.

III. ASCHNA (le hakîm Mîn 'Alî) était un saïyid de Saharanpûr qui était attaché à la cour du nabâb Najîb uddaula en qualité de médecin et plus tard à celle du nabâb Culî Khân. Il est auteur de poésies hindoustanies et persanes mentionnées par Câcim.

IV. ASCHNA (Mirza Juggan), second fils du câzî Rahmat ullah, est aussi compté par Câcim parmi les poëtes hindoustanis. Zukâ en parle de son côté comme d'un contemporain.

V. ASCHNA (le saïyid Muhammad), de Lakhnau, fils d'Akbar Gafrân-yâb Saïyid Hâfiz Wâris 'Alî Sâhib et élève de Nacîr, est un poëte mort à l'époque de la rédaction du *Sarâpâ sukhan,* qui en contient un long gazal.

ASCHOB[2] (Mîr Imdad 'Alî Khan), de Dehli, est un jeune poëte contemporain, fils de Roschan 'Alî Khân Farog et élève de Mîr Nizâm uddîn Mamnûn, dont il imite le style. Il réussit surtout dans le gazal : l'auteur du *Gulschan-i bé-khâr,* qui le connaît personnellement, cite un grand nombre de ses vers.

---

[1] Sprenger écrit *Mahâ,* « A. Catal. », p. 206.
[2] P. « Tumulte, malheur ».

I et II. ASCHRAF [1] (Muhammad). Je sépare avec le Dr Sprenger [2] en deux personnages distincts les renseignements originaux qu'on trouve sous ce titre :

1° Muhammad Aschraf, des environs de Lakhnau, habile poëte qui résida d'abord à Murschidâbâd et qui était attaché en qualité de munschi à John Bristow : il vivait sous le Grand Mogol Schâh 'Alam II et était contemporain de Najm uddîn Abrû. Zukâ, par erreur sans doute, le dit au contraire contemporain de Walî. Sprenger lui attribue un poëme intitulé selon lui, non pas *Schîr* ou *Scher-nâma* [3], mais *Sar-nâma,* dont j'ignore le sujet.

2° Muhammad Aschraf, fils d'Imâm uddîn, de Kândhélah, dans le district de Saharanpûr, jeune poëte d'une éducation soignée, âgé d'environ trente ans à l'époque où écrivait Schorisch.

III. ASCHRAF (mîr et munschi Aschraf 'Alî), de Dehli, chirurgien-adjoint et professeur de médecine au Medical College School d'Agra, élève de Câcim, a été l'éditeur [4] du *Quirân ussa'daïn* « la Conjonction des deux astres heureux (Jupiter et Vénus) », journal scientifique de Dehli. Il a aussi édité beaucoup d'ouvrages hindoustanis, entre autres un ouvrage sur l'obstétrique (« Handbook of midwifery »); une « Histoire de l'Afganistan » par Moti Lâl, dont une nouvelle édition était sous presse au *Dehli Matba' ul'ulûm* en 1851. Il est lui-même auteur :

[1] A. « Distingué, noble ».

[2] « A Catalogue », p. 206.

[3] Si on lit *Scher-nâma,* ce poëme pourrait bien rouler sur les faits et gestes du célèbre sultan pathan Scher Schâh.

[4] Voyez l'article Ascar 'Alî.

1° De poésies, notamment d'un wâçokht inséré dans le *Majmúa'-i wâçokht*, et de deux tarikhs publiés à la suite du *Gulzâr-i nischât;*

2° Du *Hidâyat ulmubtadí* « Guide du commençant », abécédaire urdû (« Guide to beginners in oordoo »), de 83 p., Bénarès, 1850, et plusieurs autres éditions;

3° Du *Tarîkh-i Kaschmir* « Histoire du Cachemire » (History of Kashmir), traduit du persan de Muhammad 'Azam et lithographié à Dehli en 1849 [1].

Cet Aschraf était directeur du *Matba' ul'ulûm* « Imprimerie des sciences » de Dehli, à la fin de 1851.

IV. ASCHRAF (le hâfiz GULAM ASCHRAF KHAN), de Dehli, savait le Coran par cœur, ainsi que l'indique son titre, lequel lui a servi quelquefois de takhallus, et il se distinguait par son esprit et ses bonnes manières. Il était habile en musique et en calligraphie, surtout en naskhî, écriture spécialement usitée pour l'arabe. Il s'est aussi occupé des sciences théologiques, au point qu'il a écrit une explication [2] du Coran en vers urdus, qui à la vérité n'est pas terminée. Il a aussi écrit des vers persans dans le goût des sofîs, vers où il a pris le takhallus de *Hâfiz*, et il est auteur de beaucoup de khiyâls, de tappas, de tarânas, de thumris. Il a même inventé un instrument de musique nommé *sundâr bîn* [3].

Il s'est distingué surtout dans la poésie urdue, pour laquelle il eut soin de prendre les conseils du hakîm

---

[1] Sprenger parle d'une édition de 1846, de 357 pages de 85 baïts (à la page?), ce qui indiquerait que cette histoire est en vers.

[2] *Tafsir*. Il faut probablement entendre ici par ce mot une traduction.

[3] Mots hindis qui signifient « le beau bîn ». On sait que le bîn ou *vîna* est une sorte de guitare dont la figure et la description se trouvent dans plusieurs ouvrages.

Cudrat ullah Khân Câcim. Plusieurs de ses gazals sont devenus populaires et sont chantés dans les bazars, spécialement dans le *Khânam-bâzâr*, et il les récitait souvent lui-même. Karîm uddin l'a vu se livrer à cet exercice pendant la fête du holî. Il est mort vers l'an 1827.

V. ASCHRAF (le schaïkh Aschraf 'Alî), de Mustafâ-âbâd, ville connue aussi sous le nom de Kasmandî, des dépendances de Lakhnau, fils de Mazhar 'Alî et élève distingué d'Asgar 'Alî Khân Nacim, de Dehli, poëte et calligraphe [1], est auteur d'un Dîwân dont Muhcin donne des extraits.

VI. ASCHRAF (Huçaïn), de Bénarès, élève de Mîr Hâdî 'Alî Békhud, un des intimes de Khâdim Huçaïn Khân, premier magistrat de Cawnpûr, est un poëte hindoustanî mentionné par Muhcin.

VII. ASCHRAF (Aschraf 'Alî) est un poëte contemporain dont on trouve des vers dans le n° du 3 janvier 1865 de l'*Awadh akhbâr*, et à la suite de plusieurs publications urdues.

VIII. ASCHRAF (le maulawî Aschraf Huçaïn), poëte contemporain dont on trouve trois gazals dans le recueil intitulé *Gazliyât* et publié par le bâbû Hari Chandr, à Bénarès, en 1868.

ASCHRAF 'ALI, de Bombay, est un écrivain contemporain dont on a publié dans cette ville en 1867 un livre élémentaire écrit en hindoustanî sur l'éducation, gr. in-16 de 54 p.

1. ASCHRAF KHAN, fils du hakîm Scharif Khân Farog, de Dehli, élève de Muhcin, est mentionné par Schefta. A. Sprenger pense que ce poëte est le même que le hâfiz Gulâm Aschraf, dont il a été parlé plus haut.

---

[1] En écriture grosse (*jalî*) et fine (*khafî*).

II. ASCHRAF KHAN (le munschi) est auteur du *Taschrih uljaráïm* (*Riçâla*) « Traité de l'instruction des crimes » ; Lahore, imprimerie du *Koh-i nûr*.

I. ASCHUFTA [1] (Mirza Riza 'Alî Hakim), fils de Muhammad Schafî Hakim, et jeune frère de Mirzâ Bahjû, surnommé *Zarra,* qui a écrit en persan, et aussi de Mirzâ Razi, est compté parmi les poëtes hindoustanis les plus distingués. Il naquit à Agra, puis il habita Dehli, ensuite Faïzâbâd et surtout Lakhnau, où il mourut et où il fut enterré. Il était un des familiers de Sa'âdat Khàn, fils de Mukarram Khàn. Il alla à Murschidâbàd, en 1208 (1793-1794), pour traiter Mubarâk uddaula, nabàb du Bengale, qui était atteint de la maladie dont il mourut. Son fils et son successeur, Nàcir ulmulk, le prit en affection, en sorte qu'il resta pendant sept ans entiers à son service, et qu'il gagna près d'un làkh de roupies ; ce qui n'empécha pas qu'il ne laissàt des dettes à Murschidâbàd, quand il quitta cette ville pour aller, en 1214 (1799-1800), à Calcutta, où il vivait dans la considération, en 1215 (1800-1801). Mashafi dit que c'était un jeune homme à téte folle et à caractère indépendant. Il ne réussit pas dans la médecine, qu'il avait apprise auprès de son père ; mais il se livra avec plus de succès à la poésie, et fut élève de Mîr Soz, chez qui Kamâl l'avait rencontré, et de Mîr Muhammadî Mâyil. Il consulta aussi sur ses vers Mîr Farzand 'Alî Mazmûn. Il y excella, et ses poëmes sont écrits avec beaucoup de pureté et empreints d'une teinte de mélancolie qui les fait lire avec intérêt. Il tenait chez lui des réunions littéraires. Lutf l'avait particulièrement connu, et c'est à lui que je dois une partie des détails qui précèdent. Il

---

[1] P. « Troublé (par l'amour), malheureux. »

nous apprend qu'Aschufta avait aussi du goût et de
l'aptitude pour la musique et qu'il s'en occupait même
plus que de poésie : il lui reproche d'avoir négligé d'é-
crire un Dîwân. Les poëtes de l'Inde musulmane tiennent en effet à honneur d'en rédiger au moins un. Au-
raient-ils produit de nombreux ouvrages, s'ils n'ont pas
fait de Dîwân, ils sont censés occuper un rang inférieur
aux auteurs de Dîwâns. Lutf et Bénî Nârâyan citent plusieurs gazals de ce poëte; voici la traduction de la plus
courte de ces pièces de vers :

Les soupirs oppressent mon cœur lorsque ta face charmante
me vient en mémoire.

Comment ne serais-je pas frappé, puisque ton œil combat si
malignement?

Tu as porté dans le sein de ton amant malheureux le tortil-
lement des boucles de tes cheveux.

Mon cœur est comme un village désolé. Pourquoi te laisse-
rais-je entrer dans une maison dévastée?

Le cadavre d'Aschufta gît aujourd'hui dans la poussière. Ne
viendras-tu pas le relever?

II. ASCHUFTA (Jur'at uddaula Zaïgam ulmulk Hadî
'Alî Khan Bahadur Caïm Jang), de Lakhnau, fils du na-
bâb Mahdî 'Alî Khân Bahâdur, frère (de père) du nabâb
Muhcin uddaula Bahâdur, élève du schaïkh Aman 'Alî
Sihr, est auteur d'un Dîwân dont Muhcin cite des vers.

III. ASCHUFTA. Les deux poëtes de ce takhallus cités sous les noms de 'Azim uddîn et de Bhorî Khân se réduisent à un seul, et les deux articles qui leur sont consacrés doivent par conséquent se fondre ensemble. On
dit en effet dans les Tazkiras de Câcim et de Sarwar
que 'Azîm uddîn Khân Aschufta était aussi connu sous le
nom de Bhorî Khân. Il était Afgân de nation, et avait
cultivé avec le plus grand succès la poésie, qu'il avait

étudiée sous Màyil. Il assistait aux réunions littéraires de
Mahdi 'Alî Khàn. Il fit aussi du commerce, et enfin il
embrassa la vie ascétique dans l'ordre *Chischtî* et renonça
à la poésie.

Il paraît, d'après Karîm uddîn, qu'il vivait encore en
1221 (1806-1807).

Voici la traduction des premiers vers d'un gazal d'Aschufta cité par Mannû Lâl et qui dut être écrit après sa
conversion :

Nous sommes assis à l'angle de la solitude, après avoir brisé
les liens de l'amour.

Nous sommes assis les genoux serrés : l'amour n'est plus
pour nous que le mirage.

Personne ne nous regarde, nous (derviches) que la fortune
a délaissés.

Lorsque nous nous approchons de quelqu'un, il détourne
dédaigneusement son visage et continue à rester assis.

IV. ASCHUFTA (le saïyid Munauwar 'Alî Khan), fils
du saïyid Nawàz 'Alî Khàn Rizwî, est né à Dehli. Il est
d'une habileté remarquable dans l'art de la médecine,
qu'il a étudiée sous le Dr Gulàm-i Haïdar Khàn, un des
hommes les plus notables et les plus célèbres de Dehli.
Il a aussi cultivé la poésie, et dans cet art il est élève du
nabàb Mustafà Khàn Schefta. Il a pris comme appellation poétique ou *takhallus* le surnom d'*Aschufta* « troublé », convenable en effet, selon Schefta, à son caractère
triste et passionné. En 1846 il remplissait des fonctions
honorables dans la magistrature et il était âgé d'environ
quarante ans. Karîm uddîn vante son esprit distingué,
et lui et Muhcin en citent plusieurs vers.

Le Dr Sprenger croyait qu'il vivait encore (en 1854)
et qu'il résidait à Mirat.

'ASCHUR [1] (le nabâb 'Alî Khan). Je ne puis mentionner que le nom de ce poëte hindoustani, car je manque tout à fait de renseignements sur son compte.

ASFAL [2], autrement dit Nasrânî « le Chrétien », est un poëte hindoustani mentionné dans le *Gulschan békhâr* de Schefta.

I. ASFAR [3] (le maulawî saïyid Amjad 'Alî), pîr-zâda d'Agra, de l'illustre famille du célèbre saint musulman 'Abd ulcâdir Guilâni, était frère aîné du hakim Muhammad 'Alî et successeur spirituel de 'Abd ullah Câdirî, de Bagdad. On lui doit des vers hindoustanis dont Sarwar donne un échantillon.

II. ASFAR (le bâbû ou mir Asfar 'Alî) est un poëte contemporain qui s'occupe d'enseignement. Karîm nous apprend qu'il sait bien le persan, ce qui prouve que la connaissance de cette langue, aujourd'hui le latin de l'Inde musulmane, n'est pas très-commune. Il est auteur d'un Diwân mentionné par Sarwar.

I. ASGAR [4] ('Alî Asgar Khan), nommé aussi Zâfar uddaula nawâb 'Alî Mu'tabar ulmulk Râfi' ulumarâ nawâb Asgar Khân Bahâdur Nâcir Jang, fils de 'Alî Akbar, un des intimes du nabâb Scharaf uddaula Bahâdur, grand vizir du roi d'Aoude, était lui-même vizir du roi de Dehli et élève d'Atasch. Il est auteur d'un Dîwân dont Muhcin cite des gazals. Ses ancétres étaient de Cachemire, mais il naquit et vécut à Dehli. Il est mort en 1276 (1859-1860).

II. ASGAR (Mir Amjad 'Alî), saïyid d'Agra, jeune

---

[1] A. « Dixième ».
[2] A. « Inférieur (aux autres) ».
[3] A. « Jaune », c'est-à-dire « pâle ».
[4] A. « Le plus petit, très-petit ».

frère du hakim Muhammad Mir, a pris aussi le takhallus
d'*Amjad*. Il appartenait à la famille *spirituelle* Cádirî [1],
et il succéda comme chef de cette lignée religieuse
au célèbre sofî Schâh 'Abd ullah, de Bagdad. Il est auteur d'un Diwân urdû qui a été imprimé à Agra, et il a
laissé aussi des poésies persanes, ainsi que nous le font
savoir Câïm et Bâtin.

III. Câcim distingue de ce poëte un autre Asgar qu'il
nomme Mîr Asgar 'Alî et qu'il dit saïyid de Marehra,
près de Dehli, et auteur de deux Dîwâns [2]. Serait-il le
même qu'Asgar 'Alî, l'éditeur en 1851 du journal urdû
intitulé *Quîrân ussa'daïn* « la Conjonction des deux
astres heureux (Jupiter et Vénus) », par allusion à un
poëme célèbre de Khusrau de Dehli? Ce journal scientifique et littéraire de Dehli était dirigé auparavant par
Aschraf 'Alî, et en premier lieu par Dharam Nârâyan
et Moti Lâl.

IV. ASGAR (Raé Kirat Singh), de la caste des kschatriyas, est auteur de poésies hindoustanies fort agréables
mentionnées par Câcim.

ASGAR 'ALI (le hakim) est auteur du *'Ilâj ul gurabâ*
« Traitement des malades pauvres », intitulé aussi
Tashîl uschschifâ « Facilitation de la guérison », traduit
du persan de Gulâm Imâm, publié à Mirat en 1865,
in-8° de 296 p. de 19 lignes, et en 1868 à Cawnpûr,
gr. in-8° de 249 p.

ASGAR HUÇAIN (le saïyid), éditeur du *Majma'
ulbahraïn* « le Confluent des deux mers [3] », journal

---

[1] C'est-à-dire de 'Abd ulcâdir Guîlânî.

[2] Ce poëte est très-probablement le même que Muhein nomme Asgar
('Alî Khân).

[3] Par allusion à divers passages du Coran, XXV, 55; XXVII, 62, etc.

urdû de Ludiana qui paraît depuis 1860, par cahiers de 12 p. in-fol., à l'imprimerie appelée du même nom que ce journal.

'ASKAR [1] 'ALI KHAN est un poëte hindoustani qui naquit à Dehli et vint demeurer au Bengale. Il habitait depuis plusieurs années Murschidâbâd à l'époque où Abû'lhaçan écrivait son Tazkira, c'est-à-dire dans la première moitié du dix-huitième siècle. Ce biographe et aussi Muhcin en citent des vers.

I. 'ASKARI [2] (Haçan Galib 'Ali) était attaché en qualité de munschi au 18e régiment de l'infanterie native du Bengale, et il est entre autres auteur d'un cacîda à la louange de Mr. Frye, colonel de ce régiment [3], poëme dont je possède une copie que je tiens de feu Duncan Forbes, qui l'avait reçue d'un des officiers de ce régiment. Ce poëme fut composé à l'occasion d'une fête donnée par le colonel dont il s'agit.

II. 'ASKARI (Mirza Muhammad 'Askari Beg), de Murschidâbâd, élève de Schâh Cudrat ullah, est signalé comme poëte hindoustani par Sarwar et par Zukâ, qui le dit Mogol et natif de Patna.

I. 'ATA [4] (le munschi 'Ata Huçaïn), magistrat, est un musulman contemporain dont on trouve un quita' à la suite du *Sarosch-i Sukhan*.

II. 'ATA (Muhammad 'Ata ullah), mentionné par Sarwar comme un poëte hindoustani du siècle de Muhammad Schâh, est sans doute celui que Mîr dit avoir vécu sous le règne de 'Alamguir (II). Selon Câcim, 'Atâ était

[1] A. « Armée ».
[2] A. P. « Soldat », de *'askar* « armée », comme *sipâhî* de *sipâh*.
[3] *Dar ta'rîf janâb Karnel Frî Sâhib.*
[4] A. « Don ».

militaire, mais on ajoute qu'il avait un caractère peu
honorable[1]. Dans tous les cas, il a écrit des poésies obscènes, à l'imitation de Zatalli[1], ainsi qu'on le verra à
l'article suivant.

ATAL[2] (Mîr 'Abd uljalal), saïyid distingué, militaire
de profession, natif de Balgram et habitant de Dehli,
descendait d'Abû'lfaraj de Wâcit. Il imita dans ses poésies hindies Ja'far Zatalli, dont toutefois il ne fut pas
élève, car il ne l'avait jamais vu. Il est vrai que Zatalli
avait déjà trouvé, selon Câcim, un rival dans Muhammad
'Atâ ullah, que fréquentait notre poëte. Atal s'est aussi
distingué dans le cacîda arabe et persan, et il y a pris le
takhallus de *Wâcitî,* du surnom de son aïeul. Il mourut
quelque temps avant la rédaction du Tazkira de Sarwar.

Les biographes originaux appellent *zatliyât* les poésies
qui ressemblent à celles de Zatalli, comme celles d'Atal
et de 'Atâ, lesquelles contiennent non-seulement des
mots et des allitérations à double entente, mais des expressions indécentes et de véritables obscénités.

'ATARID[3] (Schîhab-i Saquib) est un poëte contemporain dont on trouve un gazal de dix-huit vers dans
l'*Awadh akhbâr* du 29 janvier 1867.

I. ATASCH[4] (Mirza Gulam Huçaïn), fils de Mirzâ
Karîm ullah Beg, élève de Tapisch, est auteur d'un
« Traité de la prosodie et de la rime ». Il résidait à
Murschidâbâd[5].

II. ATASCH (le khwâja Haïdar 'Alî), de Lakh-

[1] Sprenger, « A Catal. », p. 207.
[2] I. « Immuable », et « hardi, déterminé ».
[3] A. « La planète Mercure ».
[4] P. « Feu ».
[5] Sprenger, « A. Catal. »

nau, fils du khwâja 'Ali-bakhsch Mabrûr, est un célèbre et éminent poëte élève de Mashafî, mort à Lakhnau en 1847 [1]. Les biographes originaux le placent
avec Nâcikh à la tête des poëtes natifs de la capitale actuelle de l'ex-royaume d'Aoude. Il est auteur de deux
Diwâns très-estimés qui ont été imprimés à Lakhnau, le
premier en 1845, de 250 p. in-8°, et le second (*dwim*)
en 1847, de 56 p. seulement, aussi in-8° [2]. La marge est
à la vérité couverte par le texte, comme dans beaucoup
de publications de Lakhnau et de Cawnpûr. Muhcin
cite plusieurs gazals d'Atasch. Il dit qu'il est célèbre dans
tous les pays (de l'Inde) et qu'il exprime de belles pensées avec éloquence.

Les Kulliyâts d'Atasch ont été lithographiés en 1268
(1852) ; ils forment 293 p. et la marge est remplie par
le texte [3], comme c'est le cas pour son Diwân.

ATHIM [4] (le munschi 'ABD ULLAH), musulman converti devenu excellent chrétien, qui occupe le poste de
tahcîldâr (receveur de contributions) de Taran-Taran
dans le zilla' d'Amritsir, et à qui on doit un ouvrage de
philosophie chrétienne intitulé *Arâm-i Athimî* « le Repos
selon Athim », brochure gr. in-8° de 78 p., imprimée à
Lahore en 1866, qui roule principalement sur la différence qui existe entre l'esprit et la matière, et sur ce

[1] Il y a des chronogrammes sur sa mort par Muzaffar 'Ali Acîr,
Fauc et Aschraf (le munschî Aschraf 'Ali).

[2] Cette dernière publication n'est pas la même que le volume intitulé *Bahâristân-i sukhan* « le Jardin du discours » (The Poems of
Nâsikh, Atash and Abad », Lakhnau, 1847), volume que la Société Asiatique du Bengale a acheté, ainsi qu'il est annoncé dans son Journal,
n° VIII, 1852.

[3] Cette édition est mentionnée dans le Catalogue de Williams et
Norgate, juillet 1858, n° 303.

[4] A. « Voyageant en Tihâma (la Mecque) ».

qu'il faut entendre par l'expression « Dieu », avec la
réfutation des opinions athéistes.

AUBASCH [1] (le schaïkh Amîn uzzaman Bijnurî [2]),
schaïkh-zâda de Lakhnau, est un poëte hindoustani qui
paraît jouir d'une certaine réputation. Aubâsch était
jeune en 1793, et Mashafi, qui fut son maître et
qui en fait l'éloge, cite plusieurs de ses vers. Voici la
traduction de quelques-uns :

La beauté qui m'a touché n'accepte pas mon hommage;
le ciel ne change pas à mon gré.

Tout change en ce monde, dans l'ordre religieux et au civil;
mais elle ne veut pas changer son caractère défiant.

Ma vie s'écoule dans une vaine attente, toutefois cependant je ne changerai pas non plus, moi, Aubâsch.

AUÇAF [3]. Dans sa biographie anthologique, Muhcin
mentionne ce poëte urdû et en cite un gazal sur le charme
d'un joli pied.

I. AUJ [4] ('Abd ullah), de Saroth [5], est un poëte hindoustani mentionné par Sarwar.

II. AUJ (Mîr Mahmud Jan), natif de Lakhnau et habitant de Cawnpûr, fils de Jawâd Schâh et élève de Mîr
'Ali Auçat Raschk, est auteur d'un Dîwân dont Muhcin
cite des vers dans son Tazkira.

III. AUJ (Mirza 'Ali Huçaïn) descendait de Mirzâ
'Askarî, l'astronome. Il habitait Lakhnau, et Atasch fut
son maître dans l'art des vers. Il est auteur d'un Dîwân
dont Muhcin donne des échantillons.

[1] P. « Libertin ».

[2] C'est-à-dire de Bijnûr ou Bijnaur, ville de la province de Dehli dont
Aubâsch était apparemment originaire.

[3] A. « Qualités ». *Auçâf* est le pluriel du mot *wasf*.

[4] A. « Élévation ».

[5] Sprenger dit de Sirdhâna, près de Mirat.

IV. AUJ (le maulawî Imam uddin), du casba de Phânî, des dépendances de Lakhnau, élève du nabâb 'Aschûr 'Alî Khân Bahàdur, est un poëte hindoustanî dont Muhcin cite aussi des vers dans son Tazkira.

AULAD [1] (Mîr Aulad 'Alî), des saïyids de Bârh, est un savant musulman auteur de poésies hindoustanies mentionnées par Karim et par Haïdarî, qui le nomme Mîr 'Alî Aulâd dans son *Guldasta*. Ce personnage ne serait-il pas le même qui est actuellement attaché à l'université de Dublin en qualité de professeur d'hindoustanî, de persan et d'arabe, et qui est en effet poëte et fort savant? J'en ai parlé dans mon Discours d'ouverture du cours d'hindoustanî de 1867, p. 28.

AULIYA [2] (Mîr), noble musulman de Mûhan ou Mohaun, ville près de Lakhnau, dans la province d'Aoude. Il habitait depuis longtemps Murschidâbàd, dans le Bengale, à l'époque où 'Alî Ibrâhîm écrivait son *Gulzâr*. Ce fut dans cette dernière ville que ce biographe le connut. Il nous apprend qu'il faisait de fort bons vers hindoustanis et en cite une tirade dans son Tazkira. Muhcin en cite aussi des vers.

AWARA [3] (Mîr Muhammad Kazim), frère germain de Mîr Zaïn ul'âbidîn Aschna et beau-père du jeune frère de Fath 'Alî Huçaïnî, a écrit des vers hindoustanis avec esprit et facilité, s'il faut en croire son allié le biographe. Cet écrivain est probablement le même dont un wâ-

---

[1] A. « Des enfants (de 'Alî) ». *Aulâd* est le pluriel de *walad*, mais il est pris emphatiquement dans l'Inde pour le singulier.

[2] A. « Saint ». Ce mot est proprement le pluriel du mot *walî*, mais il se prend pour le singulier, comme *aulâd* que nous venons de voir pris pour *walad*; *umarâ* (omra) pour *amîr* ou *émir*; *ulamâ* pour *'âlim* « savant, docteur de la loi musulmane », etc.

[3] P. « Vagabond », etc.

çókht fait partie de la collection intitulée *Majmúa'-i wâçokht.*

AWARI [1] (IBN NISCHATI) est un écrivain musulman du Décan, de la secte des *schî'a* ou schiites, qui est auteur :

1° D'un roman féerie en vers dakhnis, intitulé *Phûl-ban* [2]. C'est l'histoire de Taïla Schâh et de la princesse Phûl-ban, qu'on dit traduite d'un ouvrage persan intitulé *Baçâtin* [3]. Cet ouvrage est cité comme une des compositions dakhnies les plus célèbres, par Muhammad Ibrâhîm, dans la préface de sa traduction hindoustanie de l'*Anwâr-i suhaïlî*, p. 11. Il a été écrit, s'il faut en croire C. Stewart [4], en 1059 de l'hégire (1649), et selon un manuscrit qu'en possède l'India Office, en 1066 (1655-1656). Ce manuscrit, orné de beaux dessins, est malheureusement incomplet ; plusieurs feuillets manquent et les autres sont dans un désordre fâcheux, qui en rend l'usage difficile.

Il y a dans la même bibliothèque un autre manuscrit du même poëme avec le nom seul d'Ibn Nischâti, d'environ 130 p. in-8°.

2° On doit au même écrivain un *Tûtí-nâma* [5] « Contes d'un perroquet » , légende favorite des Indiens. C'est un masnawî écrit en 1049 de l'hégire (1639-1640 de J. C.), lequel est une traduction ou pour mieux dire une imitation dakhnie du livre persan de Nakhschabi, dont il y a à Paris un très-bel exemplaire enrichi de dessins curieux

[1] P. « Oisiveté ».

[2] Nom de l'héroïne ; à la lettre, « jardin » ou « forêt de fleurs ».

[3] Serait-ce l'ouvrage persan de ce titre qui roule sur la magie et qui est mentionné dans Hâjî Khalfa, t. II, p. 50, édit. Fluegel?

[4] « Tippoo's Catalogue », p. 180.

[5] Voyez l'article HAÏDARI.

et d'un fini parfait. Cet exemplaire, qui a été rapporté de l'Inde par le général Allard, est entre les mains de M. le baron Feuillet de Conches.

Outre les ouvrages hindoustanis sur le même sujet qui sont dus à Gauwâcî et à Haïdarî, et dont il sera parlé en leur lieu, il en existe plusieurs autres rédigés par différents auteurs. Ceux que je connais sont : 1° un en prose dakhnie, dont feu F. Falconer possédait un exemplaire; 2° un en langue hindouie et en caractères nagaris, dont je possède, dans ma collection particulière, un bel exemplaire petit in-folio.

Il y a aussi à la bibliothèque du Collége de Fort-William un volume hindoustanî intitulé *Muntakhab-i Tûtî-nâma* « Extraits choisis du Tûtî-nâma » . J'ignore de quelle rédaction ces morceaux sont tirés.

Les ouvrages d'Awarî sont dédiés au sultan de Golconde 'Abd ullah Cutb Schâh Gâzî, successeur au trône d'Haïderâbâd, de Muhammad, frère de Culî Cutb Schâh, auteur de poésies hindoustanies très-estimées, dont il sera parlé à l'article de CUTB SCHAH. Ce fut 'Abd ullah qui devint tributaire de l'empereur mogol Schâh Jahân.

Le second ouvrage semble être le même que celui dont il sera parlé à l'article sur GAUWACÎ. Ce dernier écrivain serait-il identique avec celui qui fait le sujet de cet article?

AWLA[1] (MÎR). 'Alî Ibrâhîm dit simplement qu'Awlâ descendait de 'Alî et des saïyids de Bârah[2], et il cite de ce poëte un seul vers insignifiant.

I. 'AYAN[3] (MIRZA HASCHAM 'ALÎ), fils de Kâzim 'Alî

---

[1] A. « Meilleur ».
[2] Ville de la province d'Allahâbâd.
[3] A. « Visible, manifeste ».

Jawàn [1], a suivi les traces de son père et s'est aussi
exercé à la poésie hindoustane. Voici la traduction
d'un gazal de lui cité par Bénî Nârâyan :

Il faut occuper son esprit dans le temps de la jeunesse. Il
faut entrer dans le cercle de ceux qu'anime la résolution.

Il faut savoir supporter à chaque instant les caprices des
belles. Veulent-elles se retirer, il faut savoir se jeter à leurs
pieds pour les apaiser.

Il faut se tenir constamment à l'entrée de la rue de son
amie, et, s'il le faut, se décider à l'indiquer à tous ceux qui la
demanderont...

Un monde entier est dans l'attente, sur le bord des ter-
rasses, lorsqu'elle montre son sourcil pareil au croissant de la
lune qui termine le jeûne du Ramazân.

Mais pourquoi, s'étant mise en colère, me fait-elle sortir de
la rue où elle habite, si ce n'est qu'elle ne veut manifester
son éclatante beauté que devant mes rivaux?

Il est utile que 'Ayân fasse entendre maintenant à tous ce
gazal, dans la réunion des poëtes.

II. 'AYAN (le saïyid GALIB 'ALÎ KHAN), fils du saïyid
'Iwàz Khân , est d'une famille d'*omras* selon Schefta, et
d'après Zukâ et Câcim, cités par Sprenger, d'une famille
de saïyids de Gurdez, ce qui ne détruirait pas la première
assertion. Il a été pendant quelque temps vice-gouver-
neur (*nâïb*) de Lahore sous Mîr Mannù, et il a combattu
contre Ahmad Khân 'Abd 'Alî [2]. On le compte parmi les
poëtes hindoustanis.

III. 'AYAN est le takhallus d'un autre militaire qui a
aussi écrit des vers hindoustanis et que cite Zukâ.

'AYAR UDDIN [3] KHAN est un poëte hindoustanî
mentionné par Câcim.

---

1 Voyez l'article consacré à cet écrivain.
2 C'est-à-dire « serviteur du Très-Haut » (*'àlî*).
3 A. « La pierre de touche (*'ayàr*) de la religion ».

I. AZAD [1] (Mîr Gulam 'Alî Khan) Balgramî, Huçaïnî, Wâcitî, est un poëte hindoustani dont Atsos dit dans son *Arâïsch-i mahfil,* au chapitre sur Aoude, article Balgram : « Mîr Gulâm 'Alî Azâd était sans égal parmi ses contemporains pour la poésie, l'éloquence, les sciences et la vertu. Bien plus, il a excellé dans les vers arabes au-dessus de tous les autres écrivains de l'Inde et en a fait plus qu'aucun d'eux. Ses cacidas prouvent ce que j'avance. Les langues des personnages les plus éloquents parmi les Arabes restent muettes pour le louer, tellement ses louanges dépassent leur portée. Il naquit en 1114 de l'hégire (1702-1703) et mourut en 1202 (1787-1788) [2].

» Son petit-fils, le mufti Mîr Haïdar, était aussi dans notre temps une bénédiction du ciel et l'unique parmi ses contemporains. Il avait une habileté parfaite en arabe et en persan. Il savait écrire dans tous les genres de la prose et était versé dans tous les secrets de la poésie. Il eut pendant plusieurs années la charge de mufti dans le gouvernement de l'honorable Compagnie (de l'Inde), et fut toujours distingué de ses égaux par les chefs du gouvernement anglais. Par hasard, en 1217 (1802-1803), sa famille fit un voyage à Balgram : il voulut l'accompagner jusqu'à Patna ; mais arrivé à Murschidâbâd il fut attaqué par la maladie de la mort ; il ne put parvenir jusqu'à Patna, et il mourut à la première station (après Murschidâbâd). »

Il est auteur 1° du *Khazâna-i 'âmira* « Trésor fertile »,

[1] « Libre, indépendant ».

[2] On trouve des détails longs et intéressants sur la vie d'Azâd dans la notice du *Khazâna-i 'âmira* de N. Bland, t. IX, p. 150 du Journal de la Société Royale Asiatique de Londres.

17.

un des Tazkiras persans les plus précieux et dans la préface duquel on trouve des renseignements sur plus de
vingt autres Tazkiras [1];

2° De deux Dîwâns, un arabe et l'autre persan, outre
ses écrits hindis et urdus [2]. C'est lui qui a donné la première édition du *Mâcir ulumarâ*, par Schâh Nawâz Khân [3];

3° Du *Riçâla-i gazalân-i Hind* « Traité sur les gazals
indiens », ouvrage indiqué dans le Catalogue de Farzâda Cûlî, probablement le Tazkira désigné sous le titre
de *Sarv-i Azâd* dans l'Introduction, p. 47.

4° De poésies hindoustanies dont Mannû Lâl cite des
fragments dans son *Guldasta-i nischât*.

II. AZAD (Mîr Muzaffar 'Alî, ou peut-être Zafar
'Alî) mourut dans le Bengale, c'est-à-dire probablement à Murschidâbâd, où il résidait. 'Ali Ibrâhîm en cite
un joli gazal.

III. AZAD (Muhammad Fazil) est un spirituel et ingénieux écrivain, natif de Haïderâbâd, dans le Décan. Il
s'exprimait avec pureté ; ses poésies ressemblent à celles
de Walî, dont il était contemporain. Il appartenait à
l'ordre des faquîrs nommés *azâd*, et c'est ainsi qu'il prit
ce surnom poétique. Nous devons ces renseignements
à Mîr et à 'Alî Huçaïnî, qui du reste se contentent de
citer un vers de ce poëte; mais on lui doit un ouvrage
intitulé *Zafar-nâma* « Livre de la victoire ». C'est un
masnawi divisé en chapitres, où sont décrites les victoires
sur Yazîd de Muhammad Hanîf ou Ben Hanîfa, fils de

<hr>

[1] Voyez « Lettre à M. Garcin de Tassy sur Mas'oud, par N. Bland »,
Journal Asiatique, 1853.

[2] Morley, « Descriptive Catal. of the historical arabic and persian
manuscripts of the Royal Asiatic Society », p. 101.

[3] Voyez des détails sur cet ouvrage dans N. Bland, » Journal of the
Royal Asiatic Society », t. IX, p. 150.

'Ali et de Hanîfa, sa seconde femme [1]. Ce personnage
refusa plusieurs fois la couronne que les ennemis des
khalifes Ommiades lui offraient. Ben Hanîfa mourut en
l'an 81 de l'hégire, sous le règne de 'Abd ulmalik, quinzième khalife de la race des Ommiades, laissant des enfants qui ne firent pas grand bruit, dit d'Herbelot, après
la mort de leur père. Il est nommé *Ibn ulwâcî,* ce qui
signifie « le Fils de l'héritier ou du successeur légitime
de Mahomet », c'est-à-dire de 'Alî. Un exemplaire du
Zafar-nâma fait partie de la collection Mackenzie [2]. J'ai
aussi trouvé à la bibliothèque de l'East-India Office,
n° 337 des manuscrits de la collection Leyden, un ouvrage sur le même sujet, intitulé *Quissa-i dar Ahwâl-i
Jang-i Muhammad Hanîf* et aussi *Jang-nâma;* mais il est
dû à un autre auteur [3]. Il existe en malai un roman sur
le même sujet qui est intitulé *Hikâyat-i Muhammad Hanîfiya* « Histoire de Muhammad Hanîf ». Ce livre raconte les glorieux combats de ce héros. Les Malais le
lisent pour exciter leur courage [4].

IV. AZAD (Mîr Faquîr ullah), qu'on dit aussi contemporain de Walî et natif de Haïderâbâd, paraît être le
même que le précédent. Il alla à Dehli avec Firâqui
du Décan [5]. Câïm, Kamâl, Sarwar, Schefta et Karim
uddin en font mention comme d'un poëte populaire
et dont les vers sont appris par cœur et souvent récités.

<hr>

[1] On sait que la première femme de 'Alî était Fatime, fille du Prophète, et mère de Haçan et de Huçaïn.

[2] T. II, p. 146.

[3] Voyez l'article SÉWAK.

[4] « Nouveau Journal Asiatique », t. IX, p. 119. Jacquet y donne des
détails curieux sur l'influence excitative de l'*Hikâyat Hamza* (dont il est
aussi parlé dans mon ouvrage) et du *Hikâyat Muhammad Hanîfiya* sur
l'esprit des Malais.

[5] D'après 'Ischqui, cité par Sprenger. Voyez FIRAQUÎ.

V. AZAD (le khwāja Zaïn ulabidîn) est un poëte hindoustanî qui vivait pendant le règne de Muhammad Schâh.
'Alî Ibrâhîm est le seul biographe original qui parle de
cet écrivain, mais il n'en dit que ce qui précède et il se
contente d'en citer un seul vers. L'article même qui lui
est consacré ne se lit que dans l'un des deux manuscrits
que je possède. L'autre contient, en place de cet article,
celui sur Muzaffar 'Alî Azâd, lequel ne se trouve pas
dans le premier.

VI. AZAD (le maulawî Gulam 'Alî), qu'il ne faut pas
confondre, je pense, avec Mir Gulâm 'Alî Azâd Balgramî, est auteur d'un apologue intitulé *Billi-nâma* « le
Livre de la chatte », opuscule dont un chat est le héros.
C'est la fable de la Fontaine intitulée « Le vieux Chat
et la jeune Souris », mais enrichie de citations et de proverbes orientaux. Il a été publié en 1263 (1847) par les
soins du hâjî Muhammad Huçaïn : il forme un in-8° de
20 p.

VII. AZAD (le schaïkh Amîn uddîn), de Bareilly, élève
de Gulâm 'Alî 'Ischrat, est un poëte mentionné par Sarwar.

VIII. AZAD (le schaïkh 'Abd ullah), de Lakhnau,
élève de Muhammad-bakhsch Ustâd, est cité avec éloge
par Sarwar parmi les poëtes hindoustanis.

IX. AZAD (le schaïkh Açad ullah) est un autre poëte
mentionné par Bâtin.

X. AZAD (Mîr Muhammad Amîn uddîn), de Bareilly,
élève de Mir Gulâm 'Alî 'Ischrat, est un poëte hindoustanî qui a acquis de la célébrité. Il est auteur d'un
Dîwân, et Muhcin en cite plusieurs gazals dans son Anthologie bibliographique.

XI. AZAD (Bura Mal) est un Hindou converti, auteur

de l'*Iltijâ-i 'âcî wa tauba-i haqîqî* « Demande du pécheur et vrai repentir », brochure urdue de 30 p. ; Lahore, 1868.

AZADA[1] (ARAM), cité par Mannû Lâl, paraît être le
même que Râm Singh Azâd ou Azâda, mentionné par
Sarwar. Il perdit la vue de bonne heure, ce qui ne l'empêcha pas de se livrer avec succès à la culture de la poésie, car il est auteur de gazals éloquents. Il était derviche
et fréquentait assidûment les réunions littéraires de
Mahdi 'Alî Khân. Il mourut peu de temps avant la rédaction du Tazkira de Sarwar, dans un voyage qu'il fit
à Lahore.

AZAL[2] (MIRZA AGA HAÇAN), de Lakhnau, fils de
Mirzâ 'Abbâs et élève de Mîr Wazîr Sabâ, est auteur
d'un Dîwân dont Muhcin cite des vers dans son Tazkira.

I, II et III. A'ZAM[3] (MUHAMMAD). Il paraît que le poëte
de ce nom, fils d'un parfumeur de Lakhnau, et employé à la cour du nabâb d'Aoude Açaf uddaula, n'est
pas le même que cite Mannû Lâl sous le nom de A'zam
Khân, et Sarwar et Schefta sous celui de A'zam 'Alî
Khân.

Ce dernier était de Dehli, Afgân de nation, et élève
de Schâh Muhammad Nacîr. Il se distingua d'abord
dans la poésie et ensuite s'adonna aux sciences. Il est
probablement le même qu'un Mîr A'zam 'Alî que Zukâ
dit être un jeune homme, élève du même Nacîr. Il habitait Lakhnau, mais il était allé à Dehli[4].

IV. A'ZAM (SCHAH MUHAMMAD), de Sandhélah, d'abord

---

[1] P. *Azâda* est synonyme d'*Azâd*, expliqué plus haut.
[2] A. « Éternité ».
[3] A. « Très-grand (moralement) ».
[4] Sprenger, « A Catalogue », etc., p. 207.

militaire, mena ensuite une vie retirée à Murâdâbâd. Il
est auteur de poésies rekhtas qu'il ne prenait pas la
peine d'écrire, mais qu'il récitait à l'occasion [1].

V. A'ZAM (MIRZA A'ZAM 'ALÎ BEG), défunt, fils de
Mirzâ Aschraf Beg et petit-fils du khalifa 'Abd urrahîm,
élève d'Atasch, est un poëte hindoustanî qui a occupé
des fonctions dans l'administration à Allahâbâd et qui a
été greffier du Sadr dîwânî d'Agra. Il était âgé d'environ
soixante ans quand Schefta écrivait son Tazkira. Muhcin
donne dans son Anthologie plusieurs échantillons de ses
productions poétiques qui ont été réunies en Dîwân.

VI. A'ZAM (le munschî 'Alî) [2], professeur de persan
au collége d'Agra; très-vieux en 1853. On lui doit :

1° Une traduction libre en urdû du *Sikandar-nâma* de
Nizâmî, imprimée à Agra en 1849, in-8°, et dont l'East-
India Library possède un exemplaire;

2° Un masnawî imité de celui de Jalâl uddîn Rûmî.

Cet écrivain est, je pense, le même [3] qu'A'zam 'Alî
Khân, fils du saïyid Calandar 'Alî, que Sarwar et Zukâ
mentionnent comme un vieux poëte de leur temps.

VII. A'ZAM (MIRZA A'ZAM SCHAH), fils de Muhammad Scharaf et petit-fils du khalifa 'Abd ulkarîm, est
un poëte hindoustanî élève d'Atasch, et dont Muhcin
cite des vers dans son Anthologie. Ses ancêtres habitaient le Turquestan, puis ils vinrent à Dehli; mais la
famille d'A'zam habitait Lakhnau avant l'insurrection.

---

[1] Sprenger, « A Catalogue », p. 207.

[2] Il est appelé 'Azîm 'Alî dans les « Selections from the Records of
government ».

[3] Sprenger, « A Catal. », p. 208, divise en effet, mal à propos, je
crois, en deux écrivains ce même personnage. C'est à savoir A'zam
Munschî et A'zam 'Alî.

AZFARI[1] (Muhammad Zahir uddîn Mirza 'Alî-bakht),
prince royal, connu aussi sous le nom de Mirzâ Kalân
Gurgânî, descendait de l'empereur Aurang-zeb. Il vivait
en 1211 (1796-1797). Il alla à Madras, de cette ville à
Calcutta, et il retourna à Dehli, sa résidence habituelle.
Il est auteur d'un Dìwàn dont il existait un exemplaire
à la bibliothèque du *Motî Mahall* de Lakhnau, lequel se
compose de gazals et de quelques rubâ'is[2].

Bénî Nàràyan a transcrit dix pièces des vers de ce poëte.
Voici la traduction de celle qui roule sur le printemps.

Le printemps s'avance avec force et bruit. Nous le voyons
causer du plaisir aux jeunes têtes. Dieu soit notre sauvegarde
contre les insensés!

Le printemps arrive, il vient réveiller le tumulte qui était
assoupi.

Le printemps fait voler sur vous de la poussière, et les enfants se jettent l'un à l'autre des pierres dans le marché. Gare
donc à votre tête!

Libertins, montez promptement le vaisseau de l'ivresse; le
printemps étale dans les jardins une immense quantité de
fleurs.

Et cependant, lorsque ma bien-aimée aux joues de rose me
vient en mémoire, mes yeux n'aperçoivent pas dans les champs
une seule rose, mais seulement des épines.

Azfarî pleure, loin de toi, en récitant cet hémistiche de
Mazhar[3] :

N'es-tu pas là, échanson? — A quelle infidèle le printemps plaît-il?

I. AZHAR[4] (Mîr Gulam-i 'Alî), de Dehli, était un des

----

[1] *Azfar* est un adjectif comparatif de la racine arabe *zafar* « unguibus
vulneravit et vicit, superavit ». Ainsi, *Azfarî*, qui en dérive, peut signifier «longis unguibus præditus (vir) », et par suite « victorieux ».

[2] Voyez Sprenger, « A Catal. », p. 602, et « Bibliotheca Sprengeriana », n° 1684.

[3] Voyez l'article consacré à ce poëte.

[4] A. « Manifeste, célèbre ».

élèves de Mir Schams uddin Faquir[1], et, dit-on, très-fier de son mérite. Après avoir passé quelque temps à Murschidâbâd, en Bengale, comme le climat de cette ville ne convenait pas à sa santé, il alla résider à 'Azimâbâd, dans la province de Dehli. Là il vécut retiré du monde, et y mourut sous le règne de Schâh 'Alam. Il a laissé différentes productions, écrites les unes en persan et les autres en hindoustani, et deux Dîwâns, un rekhta et l'autre persan.

II. AZHAR (Gulam-i Muhî uddîn), aussi de Dehli, est compté parmi les poëtes hindoustanis. Son surnom honorifique signifie « l'esclave de Muhî uddîn », qui est un saint très-célèbre de l'Inde musulmane[2]. Les premiers musulmans n'avaient pas pris de pareils titres; ils ne se reconnaissaient qu' « esclaves de Dieu », et non « esclaves du Prophète, esclaves de 'Alî », etc. C'est surtout dans l'Inde que ces titres nouveaux sont usités.

Azhar fut élève de Gulàm Huçaïn Sarwari et de Mîr Farzand 'Alî Mauzûn, poëtes qui ont écrit en persan. Il exerçait la profession de maître d'école à Dehli, puis il alla à Kalpi. Zukâ et Câcim le disent fils de Sarwarî. Schefta donne un échantillon de ses poésies.

III. AZHAR (le schaïkh Sabir 'Ali) est un poëte hindoustanî élève de Mazhar, lequel est mentionné par Abû'lhaçan.

IV. AZHAR (le schaïkh et maulawi Karamat 'Ali), défunt, natif de Schaïkhpûr, dans le zilla' de Farrukhâbâd, était fils d'Amânat 'Alî et élève du schaïkh Nacir de Dehli. Il est auteur d'un Dîwàn dont Muhçin cite

---

[1] Voyez l'article consacré à ce poëte.

[2] Voyez mon « Mémoire sur la religion musulmane dans l'Inde », p. 46 et suivantes.

plusieurs gazals. De son côté, Karîm uddîn en cite un tarîkh écrit en persan, et en effet Azhar s'est surtout distingué dans ce genre de composition. Ce tarîkh fixe la date du *Façâna-i 'ajâïb* de Surûr à l'année 1259 (1843).

V. AZHAR (le khwâja), de Dehli, était un des familiers du feu nabâb vizir 'Imâd ulmulk. Il avait beaucoup de capacité et il a écrit avec une grande élégance des poésies hindoustanies. Il mourut peu de temps avant la rédaction du Tazkira de Sarwar.

VI. AZHAR (le saïyid 'Alî Huçaïn), qui était inspecteur du tribunal civil (*'adâlat dîwâni*) de Lakhnau, est fils du maulawi Irschâd 'Alî et élève du maulawi Muhammad-bakhsch Schahîd. Il est auteur d'un Dîwân dont Muhcin cite des vers.

I. 'AZIM [1] était un militaire, élève de Mashafî pour la poésie et mentionné par Kamâl, qui nous fait savoir que ce poëte était natif du Guzarate. Sarwar dit qu'il était d'Anolah [2] : comme les biographes précités, il ignorait les autres noms de 'Azîm, et il cite les mêmes vers qu'eux.

Serait-il le même que Schâh Muhammad 'Azîm, nommé aussi Schâh Jhûlan, de Dehli, qu'on dit s'être surtout distingué dans le masnawi et à qui on doit entre autres un *Laïli Majnûn* sur le mètre *mutacârib?*

II. 'AZIM (Mirza Muhammad), était originaire du Tûran, mais natif et habitant de Dehli. Il fut élève de Saudâ et prit aussi des leçons de Hâtim. Sarwar, qui l'avait connu, fait l'éloge de son talent poétique, et il nous apprend qu'il mourut avant 1220 (1806-1807).

[1] A. « Grand » (*'azîm*).
[2] Sprenger écrit *Awnlah*,

De son côté, Câcim cite quinze pages de vers extraits du
Dîwân de cet écrivain. On dit qu'il resta pendant quelques jours à Farrukhâbâd, dans la province d'Agra, revêtu de la robe des calandars ; mais à l'époque où écrivait Mashafî, il avait repris les habits du monde, il était
même militaire, et il habitait Dehli. Il fréquentait beaucoup les réunions littéraires, et Mashafî nous fait savoir
qu'il y prenait sans façon la première place ; car il avait
une haute idée de son mérite poétique et ne faisait cas
de personne, persuadé qu'il était de son incontestable
supériorité. Toutefois, selon Mashafî, il n'a écrit qu'un
ou deux cacîdas empreints de l'énergie poétique ; mais
son Dîwân est dépourvu d'allégories et de métaphores,
et par suite, selon ce biographe, peu digne d'estime.

III. 'AZIM (Mirza Zaïn ulabidîn [1]), de 'Azîmâbâd
(Patna), est un poëte dont les vers ont, selon Sarwar,
beaucoup d'énergie et de couleur.

IV. 'AZIM (le munschî Muhámmad) est le propriétaire
et le rédacteur du *Panjâbî,* journal urdû de Lahore.

I. 'AZIM [2] (Mîr), fils de Mîr Muhammad Rizawî, était
de Dehli, où son grand-père avait fixé sa résidence. Après
la mort de son père il alla demeurer à Murschidâbâd, en
compagnie de son frère aîné Mîr Muhammad Ma'çûm,
d'après le désir du nabâb gouverneur du Bengale. Abû'l-
haçan l'avait connu dans cette dernière ville et avait
pu apprécier son talent poétique.

II. 'AZIM (Muhammad 'Azîm Beg) est un autre poëte
hindoustanî sur qui je n'ai aucun renseignement.

---

[1] Câcim écrit *Zaïn uddîn,* c'est-à-dire « l'ornement de la religion ».

[2] A. Autre orthographe du mot précédent ; mais celui-ci, écrit par
un *aïn,* un *alif,* un *zoé* et un *mîm* (*'âzim*), est un participe présent et
le premier un adjectif verbal.

'AZÎM-BAKHSCH [1], élève du collége d'Agra, a rédigé :

1° Un ouvrage intitulé *Logarism* « Tables des logarithmes », lithographié à Agra ;

2° En collaboration de M. Beale et de Mannû Lâl, le
Hindi syllabus, en hindî (« Syllabus of natural Philosophy »), Agra.

I. 'AZÎZ [2] (Bhikarî Lal), kâyath de caste, demeurait
à Allahâbâd selon le *Maçarrat afzâ.* Il y était en 1196
(1781-1782). Il demeura ensuite à Patna, selon le même
Tazkira. 'Ischqî le nomme Bhikârî-dâs, Sarwar et
Schefta Bakhârî Lâl. 'Azîz fut élève de Mîr Dard. Ses
ancêtres étaient de Jaunpûr, mais il naquit à Dehli. 'Alî
Ibrâhim en cite plusieurs vers. J'ignore si ce poëte est le
même que Bhikhârî [3] Lâl, de Dehli, qui vivait sous le
règne du sultan mogol Ahmad Schâh, fils de Muhammad Schâh.

II. 'AZÎZ (Schah 'Abd ul'azîz) est auteur du *Harba-i
Haïdarî* « les Armes de Haïdar ('Ali) », réfutation, écrite
en urdû, des doctrines des schi'a ; Cawnpûr, 1867,
gr. in-8° de 16 p.

III. 'AZÎZ (Schiv-nath), de Dehli, est, selon Sarwar,
de la tribu des *mahá-jan* ou banquiers, et le même sans
doute que Zukâ nomme Simbhû-nâth et qu'il dit être
négociant à Dehli ; car je pense que le Dr Sprenger en a
fait à tort deux personnages différents. Mannû Lâl en a
cité plusieurs fois des vers dans son *Guldasta.* Je crois
que ce poëte est aussi le même que Schefta signale

---

[1] A. P. « Don du Grand (Dieu) ».

[2] A. « Cher, chéri ».

[3] I. « Mendiant ». Des biographes originaux écrivent, sans doute par
erreur, Baghârî.

comme poëte contemporain et qu'il nomme simplement 'Azìz de Dehli.

IV. 'AZIZ (Schah 'Azìz ullah) est un homme d'esprit et même de génie, qui a écrit des poésies mystiques. Voici la traduction de deux de ses vers :

Je ne crains point la blessure que la dague ou le poignard peuvent me faire, puisque j'ai été anéanti par ton regard agaçant.

En voyant la fraîcheur de ta beauté, je suis devenu, pour l'apprécier, une mine de sel ; et lorsque la flamme de l'absence est parvenue à moi, je me suis éteint par l'effet de mon chagrin.

Je pense que c'est le même écrivain dont Mir, dans sa biographie, parle sous le nom de *'Azìz ullah*, du Décan, et dont il mentionne un gazal où il a dénommé tous les *awliyâ*, c'est-à-dire les saints musulmans. Voici le *macta'* ou dernier vers de ce poëme :

Comment aurais-je pu, moi, pauvre 'Azìz ullah, jeune adolescent, célébrer les vertus des saints, si les pìrs du Décan (qui marchent sur leurs traces) ne m'avaient prêté leur assistance ?

Sprenger le considère comme distinct d'un 'Azìz ullah du Décan cité par Sarwar.

V. 'AZIZ (le munschi Muhammad 'Alì), de Dehli, fils du schaïkh 'Aschûr, est un poëte hindoustanî distingué, descendant du schaïkh Salim Chischti et membre de sa confrérie spirituelle. Il est mentionné par Zukâ et par Schefta.

VI. 'AZIZ (le râjà Yuçuf 'Alî Khan Bahadur), de Lakhnau, capitaine de cavalerie, fils de Gulâm Rizâ Khân, neveu de Sa'id uddaula 'Ali Muhammad Khân Bahâdur et élève du maulawî Muhammad-bakhsch Schahid, est auteur d'un Diwàn dont Muhcin donne des vers.

VII. 'AZIZ (le maulawî 'Aziz ULLAH), fils du mullà Mubàrak et descendant de Wahîd uddin Chillah, a laissé un Dîwân persan et a composé aussi des poésies rekhtas. Il est mentionné par Schorisch.

VIII. 'AZIZ (le mahàràja 'Aziz SINGH) est un poëte hindoustani mentionné par Schefta.

IX. 'AZIZ (le maulawî 'Azîz UDDIN) est un autre poëte hindoustanî mentionné par Muhcin, qui en cite des vers.

X. 'AZIZ (le munschî 'ABD UL'AZIZ), de Calcutta, élève du maulawî 'Azmat ullah Majbûr, est un poëte hindoustanî dont Nassàkh cite un tarîkh à la suite de son *Daftar bé-miçâl*, sur la date de l'impression de cet ouvrage.

XI. 'AZIZ (Mîr 'INAYAT HUÇAÏN) est un poëte contemporain dont on trouve un gazal dans le recueil intitulé *Gazliyât*, publié par le bâbû Hari Chandra.

'AZIZ UDDIN [1] KHAN, secrétaire (*sirischtadâr*) de la direction de l'instruction publique des provinces du Panjâb, est l'éditeur de l'*Amîn ulakhbâr* « le Dépositaire des nouvelles », journal urdû d'Allahâbâd qui paraissait en 1859 et qui était imprimé à la typographie appelée *Amîn ulmu'âtabât* « le Dépositaire des griefs ».

On lui doit aussi l'ouvrage urdû intitulé *Jauhar-i 'acl* « le Joyau de l'intelligence », ouvrage rédigé d'après l'ordre du feu major **Fuller**, directeur de l'instruction publique au Panjâb [2]. Cet ouvrage est un petit roman moral allégorique qu'on dit imité de l'ouvrage anglais intitulé « Evil to good », qui ressemble au « Pilgrim's Progress. » Il est en prose entremêlée de vers.

---

[1] A. « Le chéri de la religion ».

[2] Lahore, 1864, 96 pages gr. in-8° de 17 lignes à la page. Il y en a une édition aussi de Lahore de 1865, in-8° de 94 pages de 17 lignes.

I. 'AZMAT [1] (Mîr 'Azmat ullah Khan), fils de Mir 'Izzat ullah Khân Jazb, est un poëte hindoustani né à Bareilly, qui était allé à Bokhâra et ailleurs, et qui résidait ensuite à Dehli, où il est mort en 1842 [2].

II. 'AZMAT [3] (le schaïkh 'Azmat ullah), d'abord militaire puis professeur, est probablement 'Azmat ullah de Lahore, qui est auteur d'un *Sawârî-nâma* « Livre de la cavalcade », ou « l'Art de monter à cheval », poëme urdû sur l'hippiatrique.

AZURDA [4] (le maulawî et muftî Sadr uddîn Khan) est un poëte hindoustanî fort célèbre et fort estimé, s'il faut en croire l'éloge ridiculement pompeux qu'en fait dans son Tazkira le biographe Schefta, qui consacre en effet à le louer plusieurs pages d'hyperboles outrées pour lesquelles il épuise toutes les ressources des langues arabe et persane. Mais au milieu de ces belles phrases on ne trouve rien de précis sur cet écrivain, si ce n'est qu'il était juge suprême (*sadr ussudûr* ou *sadr-i amîn*) à Dehli.

Karîm uddîn [5] est un peu plus précis. Il dit que le moindre des mérites d'Azurda est d'avoir écrit des poésies non-seulement en urdû, mais, chose bien plus rare dans l'Inde, en arabe. Il avait près de cinquante ans en 1847. Il a formé à Dehli plusieurs élèves distingués. On trouve dans le *Gulschan-i bé-khâr* une page de ses vers.

Il est dit dans la biographie de Saudâ par Schefta qu'Azurda a écrit un petit Tazkira des poëtes urdus; toutefois, Sprenger, qui l'a connu personnellement, n'a pas entendu parler dè cet ouvrage.

[1] A. « Grandeur ».
[2] Sprenger, « A Catalogue », p. 208.
[3] Câcim le nomme *'Ismat* « chasteté ».
[4] P. « Affligé ».
[5] Dans son *Tabacât*.

B

BÂBÂ LAL [1] (le gurû), de la caste des kschatriyas, naquit à Malwa, vers le temps de Jahân-guîr, c'est-à-dire de 1605 à 1628. Il adopta de bonne heure une manière de vivre religieuse, sous la direction de Ghétana Swamî, dont la capacité en ce genre avait été miraculeusement prouvée. Ce dernier ayant sollicité les aumônes de Bâbâ Lâl, en reçut quelques grains de riz cru et du bois pour les faire cuire. Il alluma le bois, mit le feu entre ses jambes, et soutint avec ses pieds le vaisseau dans lequel le grain bouillait. A cette vue, Bâbâ Lâl se prosterna tout de suite devant lui, le reconnaissant pour son gurû, et il en reçut un grain de ce riz cuit. Aussitôt le système de l'univers se développa complétement à son intelligence. Il suivit Chétana à Lahore, d'où ayant été envoyé par son gurû à Dwârikâ, pour se procurer un peu de la terre nommée *gopî chandana* [2], il effectua sa mission en moins d'une heure. Cette rapidité miraculeuse (la distance est de quelques centaines de milles) attestant ses progrès spirituels, il fut envoyé par son gurû pour devenir maître à son tour. Il se fixa à Dhiyânpûr, près de Sirhind. Il y éleva un *math*, c'est-à-dire un couvent et un temple où il initia beaucoup de gens à sa croyance, qui consistait dans l'adoration d'un seul Dieu, sans aucune forme de culte extérieur.

Son système tient le milieu entre la philosophie védanta et celle des sofis. Ses sectateurs se nomment *Bâbâ*

---

[1] P. I. « Le père Lâl (chéri) ».

[2] C'est-à-dire « le sandal des gopies », sorte d'argile blanche qu'on trouve, dit-on, à Dwârikâ, et dont les adorateurs de Wischnu s'enduisent le visage.

Lâl. Parmi ceux qui suivirent les doctrines annoncées par Bàbà Làl, on distingue le prince Dàrà-schikoh, que son esprit libéral rendait digne d'un sort meilleur que celui dont il fut victime. Il appela le sage en sa présence, pour être instruit dans ses dogmes; et le résultat des sept entrevues qu'il eut avec lui a été mis par écrit, sous forme de dialogue entre le prince et le pîr, par deux Indiens lettrés attachés au prince : le premier nommé *Yadu-dâs,* kschatriya; le second, *Raé Chand,* brahmane[1]. Cette entrevue eut lieu en 1649. Leur ouvrage, écrit primitivement en persan sous le titre de *Nâdir unnikât* « les Excellents bons mots », a été reproduit en hindoustanî sous celui de *Riçâla-i açûla o ajûba Dârâ-schikoh o Bàbà Làl* « Traité des demandes et des réponses de Dàrà-schikoh et de Bàbà Làl ». H. H. Wilson a cité de curieux extraits de cet ouvrage dans son « Mémoire sur les sectes hindoues[2] », auquel je dois la plus grande partie de ce qui précède.

Afsos nous apprend dans son *Arâïsch-i mahfil*[3] que « Bàbà Làl s'énonçait avec éloquence et facilité, et em-
« ployait ce talent à développer les principes immuables
« de l'unité de Dieu, et à expliquer les autres attributs
« divins. Aussi accourait-on auprès de lui et éprouvait-
« on un plaisir inouï à l'entendre. Il a laissé un grand
« nombre de vers hindis sur les matières religieuses, vers
« que beaucoup de gens lisent régulièrement, comme
« une tâche journalière. La dévotion à ce saint person-
« nage est très-répandue, tant parmi les gens distingués
« que parmi le peuple. »

[1] Scher 'Alî Afsos, qui dit la même chose, donne à l'auteur de cet ouvrage le nom de *Munschî Chandurban Schâh-jahânî.*
[2] « Asiatic Researches », t. XVII, p. 296 et suivantes.
[3] Page 176.

BABAR (Babar 'Alî[1] Schah), de Dehli, poëte contemporain, élève de Schâh Muhammadî Ismá'il Máyil[2], est mentionné par Câcim et par Sarwar comme auteur de vers urdus. Il tenait chez lui, le 13 et le 29 de chaque mois, une réunion littéraire et musicale, et faisait de petits cadeaux à ceux qui s'y rendaient.

1. BACA[3] (Mir Baca Khan) est un écrivain hindoustanî, auteur d'un Dîwân[4]. Mannû Lâl en cite un vers dont je donne la traduction à cause de son originalité :

Comment la nouvelle lune pourra-t-elle s'ouvrir un passage à travers les étoiles qui semblent les nœuds du firmament? Un seul ongle[5] pourra-t-il défaire ces milliers de nœuds?

Sabhâî cite aussi des vers de Bacâ dans son *Hadâyik ulbalâgat.*

II. BACA (Muhammad Baca ullah) était fils du hâfiz Saïf ullah le calligraphe. Il naquit à Akbarâbâd (Agra); mais étant encore fort jeune, il vint habiter Lakhnau. Il avait une très-belle plume, avantage très-apprécié chez les Orientaux, et il faisait fort bien les vers. Il prit d'abord le surnom poétique de *Gamin*[6], puis, à Dehli, où il fut un des poëtes les plus célèbres de son temps, celui de *Bacâ*, sur l'indication du schaïkh Zuhûr uddin Hâtim, qui le compta parmi ses élèves. Il se fit inscrire aussi au nombre de ceux de Mîr Dard ; mais il s'attacha spécialement à Mirzâ Fakhr Makin. Il était très-lié avec Mashafî,

[1] P. A. « Le lion (ou le tigre) de 'Alî ».
[2] Voyez son article.
[3] A. « Stabilité ».
[4] « Biblioth. Sprenger. », n° 1685.
[5] On trouve souvent, chez les poëtes orientaux, l'ongle comparé au croissant, et *vice versa*. C'est à cause non-seulement de la forme arquée de l'ongle, mais aussi de sa couleur, lorsqu'il est teint de *hinna* ou *menhdî*.
[6] P. « Triste, chagrin ».

qu'il voyait souvent à Dehli. Ce dernier dit qu'à l'époque où il écrivait, Bacâ était un jeune homme aimable, spirituel et content de son sort, comme doivent l'être les personnes foncièrement religieuses. Son esprit pétulant était très-enclin à la satire. Il eut, par suite, quelques altercations avec Mîr, à Dehli, et avec Mirzâ Muhammad Rafî' Saudâ, à Lakhnau. Lutf nous apprend que Bacâ mourut dans un pèlerinage qu'il entreprit en 1206 (1791), pour visiter Karbala et le tombeau de 'Alî, à Najaf.

Bacâ a laissé un Dîwân, que possède la Société Asiatique de Calcutta. Sarwar et Mubcin citent plusieurs pages de ses vers.

Fakhr Makîn, dont il est parlé plus haut, était tellement fier de son mérite, qu'il se considérait comme supérieur à 'Alî Hazîn, célèbre écrivain de l'Inde moderne, qui s'est fait aussi un nom parmi les musulmans par sa sainteté[1], et dont F. G. Belfour a publié les Mémoires. Il avait même osé corriger des vers de ce dernier écrivain. Là-dessus, l'irascible Saudâ, le Juvénal de l'Inde, composa une satire dont voici la traduction :

Une histoire me vient actuellement en mémoire; est-elle vraie ou inventée à plaisir? c'est ce dont je me soucie peu.

Il y avait sous le règne de Schâh Jahân un mullâ qui n'était ni précisément savant ni absolument ignorant.

Il tenait une école où il apprenait à lire aux enfants.

Tout dépourvu de jugement qu'il était, les enfants l'aimaient, mais ne le craignaient guère. L'école était pour eux une salle de jeu.

Un jour, un des écoliers, qui se distinguait par son intelligence, dit à ses camarades : « Mes amis, nous avons fait cent

---

[1] Voyez l'article que je lui ai consacré dans mon « Mémoire sur la religion musulmane dans l'Inde ».

sortes de jeux, et nous en sommes fatigués; mais sachez que j'ai inventé un jeu nouveau, tout à fait particulier.

» — Quel est donc ce jeu, frère? dirent ses camarades; apprends-nous-le.

» — Ce jeu, répondit-il, est celui du roi et des ministres. S'il vous convient, il ne sera pas difficile à jouer: aucun n'est plus divertissant.

» Voici ce dont il s'agit : il faut nous amuser un peu de notre maître, en feignant de le prendre pour notre roi Schâh Jahân.

» — Bravo! dirent les autres écoliers en riant, nous y consentons.

» — Eh bien! dit le malin camarade, voici comment il faut s'y prendre.

» Ceux d'entre nous qu'il fera lire demain matin devront le regarder attentivement; et comme il en demandera la cause, ils lui diront qu'ils admirent la puissance de Dieu qui, dans la nuit, a changé le visage du mullâ, au point qu'il est réellement celui de Schâh Jahân; que la ressemblance est aussi parfaite que celle de deux cheveux, et qu'ils sont, par conséquent, surpris de cette merveille.

» Il faut même s'accorder à exiger qu'il fasse serment, sans hésiter, qu'il n'est pas le roi.

» Par là vous jugerez de son esprit; car, j'en suis sûr, il se laissera reconnaître pour le souverain. »

La petite intrigue que cet enfant avait préparée fut donc agréée par ses camarades, et ils agirent si bien, que le maître finit par dire : « Il est très-possible que je ressemble à Schâh Jahân. »

Il fit plus, il s'imagina que si ce monarque venait à décéder avant lui, ses officiers, ne pouvant supporter la douleur de l'absence, viendraient dans sa maison pour le visiter.

Il pensa même que, puisqu'on le prenait pour Schâh Jahân, il devait imiter ses manières et ses habitudes, et, en conséquence, mal recevoir le personnage qu'on lui enverrait en députation.

Il est inutile de s'étendre davantage là-dessus; les gens de sens comprendront que ceci est l'histoire de quelqu'un (Mirzâ

Fakhr Makin) qui, dans sa propre pensée, est devenu poëte comme le schaïkh (Hazîn), de même que ce maître d'école était devenu Schâh Jahân : mais il est loin d'avoir le talent et l'excellence du schaïkh dont il s'agit; l'égaler est pour lui chose impossible.

BACHA [1] SINGH est auteur d'un *Guitawali* [2] (*Gita-vali* « Romance in songs »), ouvrage hindi cité dans le « General Catalogue » d'Agra et par Zenker dans sa « Bibliotheca orientalis ».

BACIT [3] (Lalah Anand Sarup), *tahcîldâr* (percepteur d'impôts) de Bénarès, est compté parmi les poëtes hindoustanis.

BACIT KHAN est auteur d'un roman urdû intitulé *Gulschan-i Hind* « le Jardin de l'Inde », le même probablement dont il est parlé à l'article sur le saïyid Ahmad 'Alî.

BADR [4], auteur du *Hascht chaman* « les Huit parterres », conte de 94 p. lithographié à Lakhnau [5], est probablement le même que Badr (le saïyid Agâ 'Alî Khân), de Lakhnau, fils de Mir 'Abbâs Schustari et élève du maulawî Muhammad-bakhsch Schahîd, dont Muhcin cite des vers dans son Tazkira.

BADRI LAL [6] (le pandit) est auteur :

1° D'une traduction hindie du premier livre de l'*Hito-padéça* (« Hindi version of the Hitopadesa Book »), imprimée à Mirzâpûr en 1851 pour les classes sanscrites des

---

1 P. « Enfant ».

2 On trouvera l'indication d'un ouvrage du même titre à l'article Tulci-das.

3 A. « Tapissier » (*bâcit*).

4 A. « Pleine lune ».

5 « Biblioth. Sprenger. », nº 1748.

6 I. « Le chéri de Badri (lieu de pèlerinage dans le nord de l'Inde) ».

écoles et colléges de l'Inde par ordre du gouvernement des provinces nord-ouest. Il y en a une édition de Bénarès sous le titre de *Upades darpan* « le Miroir de l'Upades ou Hitopades ». Cette version a ceci de rémarquable qu'on y a conservé autant que possible les mots sanscrits de l'original, afin de faciliter aux Indiens qui désirent s'occuper du sanscrit l'intelligence subséquente du texte original. Elle a été exécutée par les soins de feu le D' James B. Ballantyne, qui était très-habile en sanscrit et en hindi ;

2° Du *Wischnu tarang malli* « Louanges de Wischnu ». Cet ouvrage a été imprimé à Bénarès, à l'imprimerie qui porte le nom de l'auteur (Badri Lâl Press [1]) ;

3° Du *Bâlbodh byâkaran* « Grammaire pour l'intelligence des enfants » (« Introduction to Grammar »), en hindouî ; Mirzâpûr.

J'ai la sixième édition de cet ouvrage, imprimée à Agra en 1858, très-petit in-4° de 26 p.

4° De la traduction hindie de *Robinson Crusoé*, imprimée en caractères nagaris avec gravures sur bois ; Bénarès, 1860, in-12 de 456 p., sous le titre de *Robinson Krûso kâ itihâs* « Histoire de Robinson Crusoé ».

Il y en a une édition en caractères persans, Bénarès, 1862, in-8° de 334 p. ; et une en caractères romains, in-8° de 182 p., 1864.

Il existait déjà, je crois, une traduction de *Robinson* en hindi, et il en existe, dans tous les cas, une en urdû et en caractères persans, imprimée à Mirzâpûr sous le titre de *Râbinson Krûso ki zindagui kâ ahwâl* « Circonstances de la vie de Robinson Crusoé ».

---

[1] « General Catalogue », mentionné par Zenker, « Biblioth. orient. », t. II.

5° De la traduction hindie abrégée (à travers le bengali) des « Mille et une Nuits » sous le titre de *Sahasra ratri sankschep,* « les Mille et une Nuits en abrégé » , en caractères nagaris, in-8° de 84 p. ; Bénarès, 1861.

6° D'un Discours (lecture) en hindî sur l'éducation des femmes dans l'Inde(« On female education in India »), imprimé en caractères dévanagaris à Mirzâpûr. Ne serait-ce pas son ouvrage intitulé *Sîtâ banavâça* « la Résidence de Sîtâ dans la forêt » , mentionné dans les « Transactions » du Benares Institute, 1864-1865, p. 8?

I. BAHADUR [1] (le râjâ BÉNÎ), un des râjâs du Bihâr, est le père de Jaswant Singh Parwâna [2]. Schefta le compte parmi les poëtes hindoustanis, et il donne un échantillon de ses vers.

Serait-ce celui dont on a publié un masnawî [3] à Agra, en 1865?

II. BAHADUR (le râjâ RAM), pandit, frère du râjâ Dayâ-Râm, pandit, est auteur de poésies chantées par les bayadères et mentionnées par Câcim.

III. BAHADUR (MIRZA MU'IZZ UDDIN) est un poëte hindoustanî dont Mannû Lâl cite plusieurs vers dans son *Guldasta.*

BAHADUR 'ALI (MÎR), de Dehli, militaire de profession, est, selon Schorisch, plutôt amateur de poésie que poëte lui-même. Le même biographe dit avoir appris qu'il avait été tué peu de temps avant la rédaction de son Tazkira.

BAHADUR SINGH, de Dehli, écrivain distingué,

---

[1] P. « Brave », titre d'honneur.

[2] Voir son article.

[3] *Masnawî Bahâdur.* Voyez J. Long, « Descript. Catal. », 1867, p. 42.

élève de Hâtim, habitait Bareilly à l'époque de la rédaction du Tazkira de Câcim.

I. BAHAR[1] (le munschî Lala Raé Tek Chand), kschatriya de Dehli, habile en logique et en grammaire, vivait vers le milieu et dans la seconde moitié du siècle dernier. Il était lié d'amitié avec Siráj uddin 'Alî Khân Arzû et Fath 'Alî Huçaïni. Il est auteur d'un grand ouvrage sur la langue persane écrit en persan et intitulé *Bahâr-i 'Ajam* « le Printemps des Persans », par allusion à son nom. C'est un dictionnaire persan très-estimé dont il fit sept différentes copies ou, pour mieux dire, éditions (de 1752 à 1782), qu'il perfectionnait chaque fois qu'il recopiait son ouvrage. A sa mort, le manuscrit autographe de la septième copie était entre les mains d'un de ses élèves nommé Inderman. Il en fit un abrégé qui passa dans l'Inde pour le *Bahâr-i 'Ajam* et qui est considéré comme le meilleur dictionnaire persan existant. C'est celui que Roebuck a consulté pour l'appendice du *Burhân-i câti'*. Toutefois ce n'est que l'ombre de l'ouvrage même. Tek Chand avait étudié avec critique toute la littérature persane, et avait voyagé en Perse afin de bien connaître le persan dans ses différents dialectes. La langue parlée en Perse est assez simple, celle de ses écrivains en prose l'est généralement aussi, et tout dictionnaire est suffisant pour entendre l'une et l'autre. Mais il n'en est pas ainsi des grands poëtes persans, chez lesquels il se rencontre beaucoup de vers qui sont tout à fait inintelligibles et qui ne sont pas toujours transcrits pareillement dans les différents manuscrits. Nous avons peu d'anciens commentaires sur les poëtes persans, et il y a cependant tantôt des allusions obscures qui néan-

[1] P. « Printemps ».

moins se reproduisent souvent, tantôt des termes rares
et inusités ou d'étranges idiotismes. C'est surtout pour
ces expressions, appelées *mustalahât,* que le dictionnaire
de Bahâr est précieux ; l'immense lecture de l'auteur et
ses relations avec les plus savants *persistes* de l'Inde et
de la Perse lui ont permis de recueillir et de résoudre les
difficultés d'un grand nombre de passages des écrivains
classiques [1]. On trouve dans ce dictionnaire, outre les
mots persans, beaucoup de mots arabes, turcs, ou appartenant à d'autres langues, mais entrés dans le persan,
ainsi que bien des expressions techniques, phrases
modernes et métaphores qu'on ne rencontre dans aucun
autre dictionnaire. L'auteur le rédigea en 1182 (1768).
On en a donné à Dehli une édition lithographiée dont le
premier volume, qui se compose de 817 pages de
28 lignes, a été annoncé dans le *Quirân ussa'daïn;* et
une autre édition de 1230 p. de 24 lignes a été annoncée
dans l'*Akhbâr 'âlam* de Mirat, du 5 décembre 1867.

Bahâr est aussi auteur de l'*Ibtâl-i zarûrat* « l'Annula-
tion de l'indigence (lexicographique) » , ouvrage qui a
aussi été lithographié, et de deux autres ouvrages lexico-
graphiques.

Mîr, qui l'avait connu, fait l'éloge de son talent poétique. Il a écrit en hindouî et en hindoustanî, et c'est
pour cette raison qu'il trouve place dans cet ouvrage.
Fath 'Alî Huçaïnî donne dans son Tazkira quatre pages
de ses vers urdus.

II. BAHAR (Mirza 'Alî), de Lakhnau, fils de Mirzâ
Hâjî Beg et élève de Mîr 'Alî Auçat Raschk, est auteur
d'un Dîwân dont Muhcin cite plusieurs gazals. On lui

« Journal Asiat. Soc. Bengal » , 1853, n° 4.

doit aussi le *Maulid scharîf* « la Noble naissance »,
poëme sur la naissance de Mahomet, intitulé aussi *'Arz-i
Bahâr* « l'Offrande de Bahâr », in-8° de 66 p.; Lakhnau, 1284 (1867).

BAHJAT [1] (le maulawî 'Abd ulmajîd), de Dehli, est un
poëte contemporain, élève de Muhammad Bismil, cité
par Sarwar et Zukà, qui a étudié à Dehli et a acquis
beaucoup de connaissances littéraires et scientifiques.

BAHR [2] (le schaïkh Imdad 'Alî), de Lakhnau, fils et
élève distingué du schaïkh Imâm-bakhsch Khân Nàcikh,
est auteur d'un Diwàn de poésies hindoustanies dont
Muhcin donne plusieurs gazals dans son Tazkira. On
trouve aussi un wâçokht du même écrivain dans le *Maj-
mùa'-i wâçokht*. Schefta le nomme Miyàn Bahr.

BAIJU BAWARA [3] ou BAYU BABRA (le nàyak [4]),
est un célèbre musicien du nord de l'Inde, qui vivait il
y a six ou sept cents ans. Il est honoré par les musiciens
et les chanteurs, et on lui doit des chants populaires.
Ràg Sàgar et Nem Chand, dans le *Gul o Sanaubar,* p. 70
de l'édition qu'on en a donnée dans l'Inde, le mentionnent.

BAINI MADHAN est auteur d'un *Bârah màci* [5] « les
Douze mois », poëme imprimé à Agra par les soins du
saïyid Huçaïn 'Alî, en caractères dévanagaris, très-petit
in-12 de 8 p., sans date.

BAINI RAM (le pandit) est auteur du *Sàgar kà Bhu-*

---

[1] A. « Joie ».
[2] A. « Océan, mer ».
[3] I. « Le vent déraisonnable ».
[4] Ce mot, qui est indien, équivaut au persan *sardâr* et signifie « chef ».
On le donne maintenant aux caporaux.
[5] *Baïnî Madhan kî Bârah màcî.*

gol « Géographie du zilla' de Sâgar », en hindî, avec figures et une carte du zilla' en hindî et en urdû. Sâgar, 1856, petit in-4° de 30 p.

BAKHSCH ou ILAHI-BAKHSCH[1] était fils d'une bayadère et d'un père inconnu. Pour lui, il renonça entièrement au monde, et il sortait couvert seulement du manteau (*kamli*) des faquirs et un bâton à la main, ce qui ne l'empêchait pas cependant d'avoir des mœurs dissolues. Il est mort en 1837, à Panipat, où il était né et où il avait vécu. Il faisait fort bien les vers, et a laissé un Dîwân dont Barc[2], son élève, possédait le manuscrit à Panipat.

BAKHSCHI[3] (Huçaïn-bakhsch), d'Agra, marchand drapier de profession, est mentionné comme poëte par Sarwar.

BAKHSCHISCH 'ALI[4] (le saïyid), de Faïzâbâd, est auteur d'une traduction urdue de l'histoire moderne de l'Hindoustan intitulée *Siyar ulmutaakharîn* « Faits et gestes des modernes », ouvrage persan connu et célèbre dont on a donné une traduction anglaise. L'ouvrage de Bakhschisch 'Ali est intitulé *Icbâl-nâma* « le Livre de la fortune ». La bibliothèque de la Société Asiatique de Calcutta en possède un exemplaire qui est cité dans le Catalogue de cette bibliothèque, publié par les soins de feu J. Prinsep. Cette traduction a été imprimée à Dehli, ainsi qu'on l'apprend dans le « Report of public instruction », 1843-1844; append. cxv.

BAKHTAWAR[5] est un faquir hindou à qui on doit

---

[1] A. P. « Don divin ».
[2] Voyez son article.
[3] P. « Don, présent ».
[4] P. A. « Don de 'Ali ».
[5] P. « Fortuné ».

un ouvrage en vers hindîs ou braj-bhâkhâs intitulé *Suni-çâr* « l'Essence du néant[1] », ouvrage où sont exposées les doctrines des *sunyabâdi* (secte de jaïns). Cet ouvrage fut entrepris sous le patronage de Dayâ-Râm, protecteur de cette secte, qui était râjâ de la ville de Hatras, dans la province d'Agra, en 1817, époque où elle fut prise par le marquis d'Hastings.

Le but que s'est proposé l'auteur de ce poëme didactique est de montrer que toutes les notions sur Dieu et sur l'homme sont trompeuses et nulles. Voici de cet ouvrage quelques extraits, que H. H. Wilson a fait connaître au monde savant dans son excellente Esquisse sur les sectes religieuses des Hindous. (« Asiatic Researches », tom. XVII, p. 306 et suiv.) Comme ils sont remarquables malgré leur absurdité, je les cite, quoiqu'ils énoncent des doctrines déplorables qu'on ne saurait trop condamner.

Tout ce que je vois est le vide. Le théisme et l'athéisme, *Màyà* « le visible » et *Brahm* « l'invisible », tout est faux, tout est erreur.

Le globe lui-même et l'œuf de Brahma, les sept îles (*Dwípa*) et les neuf divisions du continent (*Khanda*), le ciel et la terre, le soleil et la lune, Brahma, Wischnu et Siva, Kûrma et Sescha, le *gurú* et son élève, l'individu et l'espèce, le temple et le dieu, l'observance des rites et des cérémonies, la récitation des prières, tout cela est le vide.

Écouter, parler et discuter, tout cela n'est rien, et la substance elle-même n'existe pas.

Que chacun donc médite sur lui-même, et non sur aucun autre; car ce n'est que dans soi qu'on peut trouver autrui.....

De la même manière que je vois mon visage dans un mi-

---

[1] On trouve un manuscrit de cet ouvrage à la bibliothèque de la Société Asiatique de Calcutta, mais il est indiqué à tort comme étant écrit par Dayâ-Râm, de Hatras.

roir, je me vois dans les antres; mais c'est une erreur de croire que ce que je vois n'est pas ma face, mais celle d'un autre.

Tout ce que vous voyez n'est que vous; votre père et votre mère même n'ont pas d'existence réelle. Vous êtes l'enfant et le vieillard, le sage et l'insensé, le mâle et la femelle...

C'est vous qui êtes le tueur et le tué, le roi et le sujet...

Vous êtes le sensuel et l'ascétique, le malade et le robuste, enfin tout ce que vous voyez est vous, de même que les bulles d'eau et les vagues ne sont autre chose que de l'eau.

Lorsque nous avons des songes, nous pensons que ce que nous voyons sont des choses réelles, nous nous éveillons et nous trouvons que c'est faux...

On raconte ses songes à ses voisins; mais quel avantage en retire-t-on? c'est comme si nous vannions de la paille.

Je médite sur la doctrine *Suni* seulement; je ne connais ni la vertu ni le vice.

J'ai vu bien des princes de la terre; ils n'ont rien apporté ni rien emporté.

La bonne réputation de l'homme libéral lui a survécu, et le mépris a couvert l'avare de son ombre.

Bien des êtres existent actuellement, beaucoup ont existé, et un grand nombre existeront encore. Le monde n'est jamais vide. Telles sont les feuilles sur les arbres; de nouvelles se montrent à mesure que les vieilles tombent.

Ne fixe pas ton cœur sur une feuille flétrie, mais cherche l'ombre du vert feuillage. Un cheval de mille roupies n'est bon à rien quand il est mort; mais un bidet vivant vous conduira dans votre route.

N'ayez aucun espoir dans l'homme qui est mort; fiez-vous seulement à celui qui est vivant. Celui qui est mort ne revivra plus...

Un vêtement déchiré ne peut être tissu de nouveau; un pot cassé ne peut être refait. Un homme n'a rien à faire avec le ciel et l'enfer; quand le corps est devenu poussière, quelle est la différence entre un saint et un âne?

La terre, l'eau, le feu et le vent, combinés ensemble, constituent le corps. De ces quatre éléments le monde est composé, et il n'y a rien autre. Cela est Brahmâ, cela est la fourmi ; tout est formé de ces éléments...

Les Hindous et les musulmans sont de la même nature. Ce sont deux feuilles du même arbre. Ceux-ci nomment leurs docteurs *mullâ*, ceux-là les nomment *pandit*. Ce sont deux vases de la même argile ; les uns font le *namâz*, les autres le *pûjâ*. Où est la différence ? je n'en vois aucune. Ils suivent les uns et les autres la doctrine du dualisme (existence de l'esprit et de la matière)... Ne discute pas avec eux, mais sois bien persuadé qu'ils sont identiques. Évite tout vain débat et adhère à la vérité, c'est-à-dire à la doctrine de Dayâ-Râm.

Enfin voici quelques lignes qui sont plus dignes d'un vrai philosophe :

Je ne crains pas de déclarer la vérité. Je ne connais aucune différence entre un sujet et un roi.

Je n'ai besoin ni d'hommage ni de respect, et je n'entretiens société qu'avec les bons.

Je ne désire que ce que je puis facilement obtenir ; mais un palais ou un hallier sont pour moi la même chose.

J'ai renoncé à l'erreur du mien et du tien, et je ne connais ni le gain ni la perte.

Si l'homme pouvait enseigner ces vérités, il détruirait les erreurs d'un million de naissances.

Un tel docteur est aujourd'hui dans le monde, il n'est autre que Dayâ-Râm.

BAKHTAWAR SINGH (Rao) est auteur et éditeur du *Tarîkh-i Badâûn* « Histoire de Badâûn » ; Allahâbâd, 1868, petit in-8° de 84 p., et Bareilly, même année, même format et même nombre de pages.

BAKUT est auteur du livre intitulé *Pothî vansawali* [1] « Livre de généalogie », manuscrit hindi, in-folio de quelques pages, de la collection du colonel Tod.

[1] Il est dit en effet que cet ouvrage est *Bâkutakara*, c'est-à-dire fait par Bâkuta ou Bâkut. Voyez l'article VALLABHA.

BAL GOBIND[1] (le munschi et bàbû), de Mathura, est à la fois l'imprimeur et l'éditeur :

1° Du journal d'Agra intitulé *Urdù akhbàr* « les Nouvelles en urdù », imprimé à la typographie dont il est directeur et qui porte le même nom ;

2° Du journal mensuel littéraire publié aussi à Agra en urdù et intitulé *Tazkira-i Bal Gobind* « Mémorial de Bal Gobind ». Ce journal sort des presses de la même imprimerie, et elle a mis au jour plusieurs ouvrages dont Bal Gobind a été l'éditeur, entre autres du *Barat mahátam* « le Mérite des bonnes œuvres », choix de récits écrits en vers braj-bhàkhàs, empruntés aux livres indiens, et dont la lecture est considérée comme une bonne œuvre. L'ouvrage, rédigé en hindi dans l'intérêt général des Hindous, a été transcrit par le munschi Sundar Làl et imprimé en caractères persans *pour le rendre plus populaire,* selon le rédacteur du *Koh-i nùr* du 20 mars 1866, qui annonce cet ouvrage.

3° On lui doit un *Tacwîm* « Almanach » urdù qu'il publie annuellement à Agra. Celui de 1868 est de 56 p. in-4°.

BAL KRISCHN[2], sastrì, a traduit de l'anglais en hindì, sous le titre de *Bhùgol vidyà* « la Science du globe », un ouvrage de géographie dont la première édition porte le titre de *Bhùgola vrittànt* « Histoire du globe ». La seconde, imprimée à Allahàbàd en 1860, est in-8° et de 44 p. avec figures.

BAL MUKUND[1], de Sikandaràbàd, est un poëte contemporain qui doit être distingué, je crois, d'un poëte

[1]. *Bal* est le nom du frère de Krischna, nommé aussi *Gobind.*

[2] I. « L'enfant Krischna ».

[3] « Wischnu Bal (Ràma) ».

plus ancien portant le même nom et le surnom de
Huzûr, et dont je parlerai sous ce dernier surnom. Bal
Mukund de Sikandarâbâd est auteur d'un masnawî ou
roman en vers intitulé *Lakht-i jigar* « Fragment du
cœur », nom qu'on donne à un enfant chéri. Ce roman
a été imprimé à Indore en 1850.

BALA [1] (RAHM-I RAÇUL), habitant de Nahrarhâ, mais
originaire de Balgram, et descendant de Schâh Barkat,
célèbre par sa sainteté, est auteur de poésies hindoustanies mentionnées par Sarwar.

BALA-BHADRA [2] est auteur du *Bala-Bhadra chintî*
« Histoire de Bala-Bhadra », que cite Ward dans son
ouvrage sur l'histoire, la littérature et la mythologie des
Hindous [3], mais sans donner aucun détail. Toutefois, il
est dit dans l' « Eastern India » de Montg. Martin [4] que
Bala-Bhadra est le père de la tribu des brahmanes *jotisch*,
et qu'il a composé en langue vulgaire divers ouvrages sur
l'astrologie. Il prédit, assure-t-on, avant la naissance du
roi Bhoja, la grande autorité qu'acquerrait ce prince.

BALA GANGADHAR [5], sastrî, naquit à Râjpûr en
1810, devint professeur à Dehli en 1829, et mourut à
Bombay en 1846. Il était habile en hindî, en sanscrit,
en persan et en anglais. On lui doit plusieurs ouvrages
écrits en mahratte, et d'autres écrits en hindî dont voici
les principaux, qui sont indiqués dans le *Kavi charitra* :

1° *Bâla vyâkaran* « Grammaire pour les enfants » ;

2° *Nîti kathâ* « Histoire de bon conseil » (« Fables

---

[1] P. « Élevé, haut ».
[2] I. « Force excellente ».
[3] T. II, p. 480.
[4] T. II, p. 454.
[5] I. « L'enfant Siva ».

in the hindi language »), brochure in-8°; Agra, 1846.
Le même ouvrage a été publié en hindouî, brochure
in-8°; Calcutta, 1843.

3° *Sûr sangrahâ* « Choix des poésies de Sûr-dâs » ;

4° *Bhûgola vidyâ* « la Science du globe (terrestre) » ,
« Selections from Keith on the globe ».

BALDÉO-BAKHSCH [1] (le munschî), inspecteur du
zilla' d'Agra, est auteur :

1° D'un traité sur le télégraphe électrique rédigé en
hindoustanî et intitulé *Riçâla dâk bijlî kâ* « Traité sur
la poste d'éclair » , c'est-à-dire « qui va comme l'éclair » ;
Agra, 1854, in-8° de 80 p.

C'est probablement le même traité qui a été traduit en
hindî et publié à Agra sous le titre de *Dâk bijlî kî kitâb*
« le Livre du télégraphe électrique ».

Il y a un traité sur le télégraphe électrique en urdû et
en hindî, qui paraît différer de celui-ci : c'est celui de
J. D. Beale, professeur adjoint au collége d'Agra, lequel
est intitulé *Bijlî kî dâk kâ mukhtaçar bayân* « Explication abrégée de la télégraphie électrique » ; Agra [2].

2° D'un « Traité sur les fractions décimales » *Riçâla
cuçûr 'aschariyah;* Allahâbâd, 1860, in-8° de 22 p. [3].

3° De la seconde partie du *Misbâh ulmaçâhat* « la
Lampe de l'arpentage » , le *Takhta muçattah kâ hidâyat-
nâma,* « Guide pour l'emploi de la planche du terrassement » , avec figures; Allahâbâd, in-4°, 46 p.

BALDÉO-PRAÇÂD [4] (Lala) est auteur d'un ouvrage

---

[1] I. P. (hybride) « Don du dieu Bal » .

[2] « Government Gazette » du 1er juin 1855.

[3] A l'article Bansidhan et à l'article Baquir 'Alî on trouvera la mention d'ouvrages du même titre.

[4] I. « Don de Baldéva (le dieu Bal) ».

hindî qui est dit traduit du persan et qui a été imprimé
à Agra en 1919 du samwat (1863), à l'imprimerie de
Muhammad Wazîr Khân. C'est une brochure in-8° de
40 p. en caractères dévanagaris, et ornée de nombreux
dessins.

BALDÉO SAHAYI [1] était l'éditeur du journal de Dehli
intitulé *Nûr-i magríbí* « la Lumière occidentale » , qu'on
croyait être en rapport avec l'*Indian Standard* ou le *Dehli
Advertiser*. C'était un journal d'opposition plein de
personnalités et d'attaques indirectes contre les personnes dont les opinions différaient de celles de l'auteur
sous le rapport de la religion. L'insurrection de 1857
en arréta naturellement la publication.

I. BÁLIG [2] (le maulawî Hají Cudrat ullah), disciple
de Fakhr uddîn, saint musulman célèbre, habitait Uldân,
dépendance de Saráwa, dans le Duâb. Il se distingua par
sa piété spiritualiste et par ses connaissances scientifiques. Il fit le pèlerinage de la Mecque et de Médine,
ce qui lui valut le titre de hâjí ou pèlerin. Il est auteur
d'un Dîwân persan et d'un grand nombre de poésies
en hindoustani. Sarwar cite le commencement d'un cacida de cet écrivain dans cette dernière langue.

II. BÁLIG (le munschi Jwala-praçad) est un poëte
contemporain dont l'*Awadh akhbâr* du 3 janvier 1865
donne des vers. Le même munschi est l'éditeur d'un
journal urdû intitulé *Dharm prakâsch* « l'Éclat de la
justice » , journal mensuel de jurisprudence, publié à
Agra, et qui est reproduit en hindî par Srî Krischen
sous le titre de *Pâp mochan* « la Délivrance du mal » .

---

[1] 1. « Secours de Bal », c'est-à-dire « secouru par Bal ».
[2] A. « Éloquent ».

19.

BALIRAM [1] est auteur du *Chit vilâs* « l'Amusement de l'esprit », traité sur la création du monde, où sont décrits les objets et la fin de l'existence humaine, la formation des corps épais et légers, et les moyens d'acquérir le salut [2].

BALWAND [3], *dom* ou *domra* et *chantuni* [4], est auteur de poésies religieuses qu'il chantait devant le gurû Arjûn et qui font partie de la quatrième section de l'*Adi granth*.

BANDAGUI [5] BAHADUR (le nabâb) est auteur entre autres poésies d'un wâçokht publié dans le *Majmú'a-i wâçokht,* recueil des poëmes ainsi nommés.

BANDA MAL [6] (LALA), syndic des droguistes de Dehli, est auteur d'un ouvrage écrit dans le pur dialecte hindoustani de Dehli et intitulé *Quissa mumtâz* « Récit distingué », publié d'après l'invitation du hakîm Ahçan ullah Khân, raïs de Dehli. Le « 'Alîgarh Institute Gazette » du 2 juillet 1869 annonce cet ouvrage avec éloge.

BANERJEA [7] (le Rév. K. M.) est un Hindou con-

---

[1] 1. Balirâm est, je pense, le même mot que Balrâm ou Balarâm, nom du frère aîné de Krischna.

[2] « Mackenzie Collection », t. II, p. 108.

[3] 1. « Puissant, fort ».

[4] Ces mots, qui sont indiens, signifient « musicien », ou plutôt ils désignent les individus qui font partie d'une sorte de caste musulmane de musiciens dont les femmes sont danseuses.

[5] P. « Service ».

[6] 1. *Bandâ* signifie la plante parasite que nous appelons « gui » et qu'on nomme en anglais « mistletoe ». *Mal,* qui est pour *mall* et signifie proprement « boxeur », est souvent mis après les noms propres hindous comme une sorte de titre honorifique.

[7] 1. La véritable orthographe de ce nom et du suivant doit être Bânar Jî. Or *Bânar* signifie « singe », c'est-à-dire « le singe Hanuman »; *Jî* est un titre d'honneur.

verti au christianisme, professeur au « Bishop College »
de Calcutta, à qui on doit un ouvrage hindî intitulé en
anglais « Dialogues of the principal schools of hindu philosophy, embracing a full statement of their prominent
doctrines and a refutation of their errors, with extensive
quotations of original passages never before printed or
translated » .

Cet ouvrage a été traduit de l'hindî en anglais par
F. E. Hall : j'en ai parlé dans le Discours d'ouverture
du cours d'hindoustani du 2 décembre 1861.

BANERJI (le bâbû Piyarî Mohan) a traduit du bengali en hindî la grammaire sanscrite du pandit Ischwar
Chandar (Bîdyâ sâgar) intitulée *Upakramanika*, in-8° de
96 p.; Bénarès, 1867.

BANSIDHAR [1] (le pandit), visiteur général des écoles
des provinces nord-ouest, est un fécond écrivain contemporain urdû et surtout hindî, à qui Mr. H. S. Reid,
lorsqu'il était directeur de l'instruction publique des
provinces nord-ouest, a fait composer ou traduire
nombre d'ouvrages. Voici la liste de ceux qui sont venus
à ma connaissance.

1° Une « Grammaire anglaise » rédigée en hindî dans
l'intérêt des natifs, d'après le *Miftâh ulcawâïd* « la Clef
des règles » de Sadâ-Sukh Lâl, et intitulée *Inglandiyâ
byâkaran* ou *vyâkaran* « Grammaire anglaise » , qui se
compose de trois parties (*parichched*) publiées séparément à Agra en 1855 sous les auspices du *Board* d'instruction des provinces nord-ouest, et dont il y a eu plu-

---

[1] 1. Un des noms de Krischna signifiant « le maître du figuier
indien », par allusion à son usage de jouer de la flûte à l'ombre de cet
arbre.

sieurs éditions [1]. Bansidhar a publié aussi un ouvrage élémentaire sur la grammaire urdue, qu'on trouvera indiqué plus loin.

2° Le *Mirât ussâ'at* « le Miroir de l'heure », traduction urdue du *Samâya prabodh* « la Connaissance de l'aspect (du temps) », écrit en hindi par Schrî Lâl, et imprimé aussi à Agra.

3° Le *Grâm* ou *Grâmya kalpadruna* « l'Arbre des statuts des villages » ou « des villageois », traduit en hindi du *Kitâb-i hâlat-i dihî* « Livre de la condition des villages », en urdû, par Jamâl uddîn Haçan [2]. Il y en a plusieurs éditions; la seconde, d'Allahâbâd, est gr. in-8° de 78 p.

4° Le *Kiçân upades* « Avis aux agriculteurs », en hindî, et le même ouvrage sous le titre analogue de *Pand-nâma-i kischt kârân*, en urdû, ouvrages identiques. Le premier est rédigé par Bansidhar et Mr. H. S. Reid, d'après deux dialogues composés par Roschan 'Ali, tahcildâr de Mahâban, et Motî Lâl, tahcildâr de Mât, dans le district de Mathura. C'est une explication, pour la population agricole, de l'usage et de la nature des registres de possession (« settlement ») et des Mémoires annuels des patwârîs; Allahâbâd, 1860, in-8° de 20 p.

5° Le *Sikschâ patwâriyàn kâ* « Enseignement pour les patwârîs », traduit de l'urdû en hindî. Agra, 1855, in-4° de 77 p.

6° Le *Chhanda dipika* « la Lampe de la poésie », traité

---

[1] Grâce à la générosité de Mr. H. S. Reid, je possède un exemplaire de la troisième édition; Allahâbâd, 1860, in-12; première partie, 36 p.; seconde partie, 78 p.

[2] Voyez son article.

de prosodie hindie; Agra, 1854, in-8° de 34 p.; première édition, tirée à 1,000 exemplaires; troisième édition, a 2,000 exemplaires; Allahâbâd, 1860, in-8° de 39 p.

7° Le *Mâp prabandh* « Manière de mesurer la terre » (A treatise on *khesra*[1] mensuration), traduit en hindi du traité urdû intitulé *Misbâh ulmaçâhat*, et aussi *Riçâla païmâïsch*; Agra, 1853, in-8° de 53 p.

8° *Jiwikâ paripâti* « Économie domestique », traduite de l'urdû en hindi, sous les auspices de Mr. H. S. Reid, du *Dastûr ulma'âsch*[2], lequel est traduit d'un ouvrage anglais élémentaire sur l'économie politique concernant les finances, le commerce, etc., rédigé par John Parks Ledlie, traducteur officiel à Agra et conservateur des livres du gouvernement des provinces nord-ouest, d'après le « Money Matter » de feu S. G. le T. Rév. D' Whateley, archevêque de Dublin. La traduction est excellente : elle a été imprimée d'abord à Agra, puis à Allahâbâd en 1859, in-8° de 70 p.

Il y a sur l'économie politique un ouvrage plus élémentaire destiné aux enfants, intitulé *Dastûr ma'âsch* « l'Usage de la vie », in-4° de 64 p. de 17 lignes.

9° L'*Urdû mârtand* « le Soleil de l'urdû », traduction hindie de l'ouvrage urdû intitulé *Cawâïd ulmubtadi* « les Règles du commençant »; Agra, 1854, in-8° de 104 p.

10° *Bhoj praband sâr* « Choix des proverbes de Bhoj », en sanscrit, avec un commentaire hindi; Allahâbâd,

---

[1] *Khesra* ou plutôt *khasrah* ou *khasrâ* est un mot indien qui signifie proprement le registre contenant le nom des villages avec l'indication des terres qui en dépendent et de leur contenance.

[2] « Agra government Gazette », p. 534. Il y a plusieurs éditions du *Dastûr ulma'âsch* « Usages relatifs à l'existence sociale ». J'en ai une d'Allahâbâd, 1861, in-8° de 100 p.

1859 et 1862, deuxième édition, de 90 p. Il y en a aussi une édition d'Agra de 64 p.

11° Le *Sikschâ manjari* « le Bouquet des préceptes » (en deux parties), reproduction hindie de l'ouvrage urdû intitulé *Ta'lîm unnâfs,* lequel est la traduction des morceaux choisis par H. G. Turner de l'ouvrage de Tod intitulé « Hints on self improvement » ; Allahâbâd, in-8°, en deux parties, la première de 1859, 28 p.; la seconde de 1860, 43 p. Il y en a plusieurs éditions.

12° Le *Mabâdi ulhiçâb* « les Commencements de l'arithmétique », traduction urdue du *Ganit* ou *Rekhâ ganit prakâsch* « le Flambeau des comptes », depuis la règle de trois jusqu'aux racines cubiques [1], en quatre parties.

Bansidhar a rédigé cet ouvrage en collaboration avec Mohan Lâl.

13° Le *Misbâh* ou *Mirât ulmaçâhat* « la Lampe » ou « le Miroir de la levée des plans [2] », en deux parties, traduction urdue du *Kschetr chandrika* « la Lampe des champs », dont il y a nombre d'éditions, une entre autres de l'imprimerie du *Koh-i nûr* de Lahore [3], et plusieurs d'Agra de 1853 à 1859, etc., auxquelles a coopéré Chironji Lâl.

14° Le *Tarîkh-i Hind* « Chronique de l'Inde », en urdû, reproduite avec le Rév. J. J. Moore pour l' « Agra School Book Society » sous le titre de *Bharat warsch kâ vrittânt* ou *Itihâs* « Histoire de l'Inde ». La seconde édition est de Calcutta, 1846, 316 p. in-8°. Il y a aussi

---

[1] Voyez l'article Sennî Lal. Cet ouvrage serait-il le même qu'une arithmétique en vers, portant le même titre, annoncée dans le *Koh-i nûr* de Lahore du 6 mars 1866?

[2] Le titre est différent selon les éditions.

[3] Très-petit in-4° de 92 pages.

celle d'Agra, 1854, et une autre de 1856, tirée à 10,000 exemplaires de 120 p. in-8°.

15° Bansidhar a contribué à la rédaction du *Taslís ullugat* « la Trilogie du langage », vocabulaire urdû, hindî et anglais.

16° On lui doit encore le *Ganj-i suwâlât* « le Trésor des demandes », brochure de 20 p. spécialement préparée, en 1850, pour l'examen des élèves des écoles indigènes sur les livres écrits en urdû qu'ils ont lus dans le cours de leurs études.

17° Le *Hacâïc-i maujâdât* « les Vérités des choses créées », sorte d'abrégé des sciences, traduit en urdû du *Bidyânkur* ou *Vidyânkur* « Éléments de la science », en hindî, de Schrî Lâl, imprimé plusieurs fois à Agra par les soins de Mirzâ Niçâr 'Alî Beg.

18° Le *Daçama lab dipika* « la Lampe des décimales » (Treatise on decimal fractions), en hindî, sous la direction de Mr. H. S. Reid ; Agra, 1854, deuxième édition, in-8° de 22 p.; autre édition à Rurkî, 1860, in-8° de 24 p.

19° Le même ouvrage en urdû, publié avec Mr. Reid sous le titre de *Cuçûr 'aschâriya* [1].

20° Le *Puschp bâtika* « le Jardin des fleurs », traduction hindie du huitième chapitre du *Gulistân,* qui traite des règles de la conduite des rois; Agra, 1853 ; lithographiée à 3,000 exemplaires. S'il faut en croire la seconde édition, d'Allahâbâd, 1860, in-8° de 28 p., l'auteur de cette traduction serait Bihârî Lâl. La traduction urdue porte le titre de *Bâb-i haschtum Gulistân* « Huitième chapitre du *Gulistân* [2] ».

---

[1] Voyez l'article BAQUIR 'ALÎ.
[2] Voyez l'article KARÎM UDDÎN.

21° L'*Ischwarta nidarschan* « Manifestation de la puissance divine, traduction hindie du *Mazhar-i cudrat* « Exposition du pouvoir (divin) », de Dévi-praçâd; Agra, deuxième édition, 1859, in-8° de 34 p.

22° Le *Chitr kâri sâr* « Essence du dessin », c'est-à-dire « Éléments du dessin (Drawing book-diagrams) », traduction hindie illustrée du *Riçâla uçûl-i 'ilm-i naccâschî* « Traité des principes du dessin », en urdû, d'après « Hunter's Madras Journal of art »; en deux parties : la première (deuxième édition), Agra, 1858, in-8° de 20 p.; la seconde (deuxième édition), Allahâbâd, in-8° de 33 p.

23° *Uçûl-i hiçâb (Riçâla)* « Principes d'arithmétique », traduits du *Ganit nidhân*.

24° Bansidhar a traduit de l'urdû en hindi, sous le titre de *Saindford aur Marton kahâni*, le *Quissa Saindford aur Marton*, Agra, 1855, gr. in-8°; première partie, 70 p.; seconde partie, 74 p.

25° Il a traduit en urdû le *Budhi phalodâya* « Manifestation du fruit de la sagesse », de Krischna Datt, sous le titre de *Quissa-i subuddhi kubuddhi*, « Histoire d'un bon homme et d'un mauvais homme », intéressant roman moral. Il y en a eu plusieurs éditions; celle d'Agra, 1858, in-8° de 18 p., a sa couverture ornée d'un dessin représentant le collége d'Agra, fondé en 1829.

26° Bansidhar a aussi traduit sous le titre de *Dharm Singh kâ quissa* « Histoire de Dharm Singh », l'ouvrage hindî intitulé de même *Dharm Singh kâ brittânt* ou *vrittânt*[1]. Agra, 1858, in-8° de 18 p.[2].

---

[1] Voyez l'article sur Cunnoxji, qui est aussi signalé comme traducteur du même ouvrage.

[2] Il y en a plusieurs autres éditions.

27° *Khulâça nizâm-i schamsi* [1] « Aperçu du système solaire », imprimé à Agra aux frais de l'« Agra school Book Society » par les soins du khwâja Ziyâ uddin; nouvelle édition, 1857, très-petit in-4° de 44 p.

Il y a une édition de Lahore du même ouvrage, publiée en 1862 par l'ordre du major Fuller et par les soins du pandit Ajodhya-praçâd, in-8° de 36 p. de 18 lignes, avec figures.

28° *Uçûl 'ilm-i hiçâb* [2] « Principes d'arithmétique », avec une table des logarithmes, traduction de l'hindî, dont il y a plusieurs éditions, une entre autres d'Agra, 1854, de 236 p. gr. in-8°.

29° *Tahrîr-i Uclîdas* « les Éléments d'Euclide », en deux parties : la première est dite avoir été rédigée par Bansidhar avec l'aide de Mohan Lâl; Allahâbâd, 1860, 160 p. in-8°, avec une table des logarithmes; la seconde par Mohan Lâl et Bansidhar *ex æquo;* ibid. et id., 122 p.

30° *Natîja tahrîr Uclîdas* « Résultat des Éléments d'Euclide », traduit de l'hindî, en trois parties in-8°. La première de 108 p., la seconde de 150 p.; Agra, 1854 et 1856. Il y en a plusieurs éditions.

31° *Mirât ussidc (kitâb)* « Miroir de la sagesse », suite de conseils utiles, traduit en urdû du *Sat nirûpan*, écrit en hindî par Krischna Datt; Dehli, 1859; seconde édition, in-8° de 120 p.

32° *Kschetr chandrika* « la Lune des champs », traduction hindie du *Misbâh ulmaçâhat,* en deux parties, ouvrage hindî adapté aux écoles des natifs. Il y en a plu-

---

[1] Voyez un ouvrage du même titre à l'article Scunî Lal.

[2] L'Arithmétique de de Morgan, traduite en urdû, porte le même titre. Voyez l'article Hardéo Sinch.

sieurs éditions, dont la quatrième, de Bénarès, in-4°, tirée à 10,000 exemplaires [1].

33° Bansidhar a rédigé le *Bhûgol* [2] « le Globe terrestre », ou *Bhûgol barnan* « Éloge du globe », en deux parties, ouvrage hindî qui traite spécialement de la géographie de l'Hindoustan (*Bharat khand*); première partie, in-8° de 55 p., Agra, 1860 ; seconde partie, in-8° de 110 p., Agra, 1860; et Mirzâpûr, 1853, in-8° de 164 p.

34° *Rékhâ ganit siddhiphaloday* « Manifestation du vrai fruit de la géométrie (Geometrical exercises) », avec la collaboration du pandit Mohan Lâl [3].

35° *Praciddh charchâvali* « Mémorial des illustrations », en cinq parties, traduit de l'urdû du *Tazkirat ul-maschâhir;* première partie, Agra, 1859, in-8° de 40 p.; seconde partie, Agra, 1859, in-8° de 12 p. avec carte; troisième partie, Allahâbâd, 1860, 127 p.; quatrième partie, Agra, 1860, 130 p.; cinquième partie, Agra, 1851, 70 p.

36° *Inglandiya akscharâvali* « Abécédaire anglais »; Rurkî, 1858, in-12 de 56 p.

37° *Ganit prakâsch* « la Lumière de l'arithmétique »; première partie, septième édition, 1861, Allahâbâd, in-8°. La deuxième, la troisième et la quatrième partie sont dues à Schrî Lâl. La deuxième partie (troisième édition) a été imprimée à Bénarès en 1860, en 55 p.; la troisième (troisième édition), à Agra en 1861, 83 p.; et la quatrième (cinquième édition), à Bénarès, 1860, 71 p.

---

[1] Voyez l'article Schrî Lal.

[2] Voir un ouvrage du même titre à l'article Baçudéva.

[3] Voir à l'article Mohan la mention d'un ouvrage du même titre.

38° *Pind chandrika* « la Lune des corps », qui est, je crois, un traité de mécanique; Agra, 1859, in-8° de 97 p.

39° *Siddhi padârth vijnân* « Connaissance de la vraie mécanique »; Allahâbâd, 1860, in-8° de 101 p.

40° *Pâthak bodhni* « Conseils de morale », en hindî; Agra, 1859, in-8° de 50 p.

41° *Jagat vritânt* « Histoire du monde », abrégé de l'histoire ancienne en hindî (deuxième édition), première partie; Agra, 1860, in-8° de 72 p.

42° *Updes puschpâvali* « Jardin des conseils », traduction hindie du *Guldasta akhlâc* « le Bouquet des bons usages »; Allahâbâd, 1859, in-8° de 67 p.

43° *Jabr o mucâbala* « Algèbre et géométrie », en urdû, avec la collaboration du pandit Motî Lâl; Mirat, 1869, 222 p.

Enfin Bansidhar publie à l'imprimerie d'Agra appelée *Nûr ul'ilm* « l'Éclat de la science », le journal urdû intitulé *Âb-i hayât-i Hind* « l'Eau de la vie de l'Inde », dont la reproduction en hindî est intitulée *Bharat khand Amrit* « l'Ambroisie de l'Inde ».

BAPU[1] DÉVA (le pandit Schrî), sarmâ ou schastrî, professeur de mathématiques au « Sanscrit College » de Bénarès, est auteur des ouvrages suivants :

1° *Bîj ganit* « Éléments d'algèbre », en hindî, publié à Bombay en 1859 et à Bénarès en 1851 (du moins la première partie);

2° *Vyakt ganit abhidhân* « Dictionnaire du calcul évident », ouvrage de mathématiques; Agra, 1856, in-8° de 67 p.;

---

[1] I. Pour *Vapu* « corps ».

3° *Trikonmiti*[1] « Elements of plane Trigonometry »,
petit in-4° de 90 p. avec figures; Bénarès, 1859.

Bapu Déva s'est beaucoup occupé de géographie, et
en 1854 il préparait une géographie générale dont la
partie qui traite de la géographie de l'Inde avait déjà
paru[2]. Elle est intitulée *Bhûgol barnan* « Description du
globe terrestre ». Toutefois, cette première partie ne
traite que de l'Hindoustan; Mirzâpûr, 1853, in-8° de
162 p.[3]. On la préfère à celle que les pandits Sarûp
Nârâyan et Schiv Nârâyan ont rédigée d'après « Murray,
Encyclopedia of geography ».

Il a été publié une géographie plus abrégée sous le
titre de *Bhûgol sâr* « Essence de la géographie ».

BAQUI[4]. Il ne s'agit pas ici du célèbre poëte turc
Bàquî, mais d'un poëte hindoustani dont on trouve
des vers dans le *Sarâpâ sukhan* de Muhcin, sans aucun
détail sur l'auteur.

1. BAQUIR[5] (Mîr Baquir 'Alî Khan), de Samanah,
qui a aussi le titre de *Mukhlis 'Alî Khân* et le takhallus
de *Khurram*[6], était fils d'Amjad 'Ali Khân, parent de
'Alî Wirdî Khân et de Subhân 'Alî Khân Kamboh, et
frère de Mîr Farzand 'Alî. Il résidait à Dehli et à Lakhnau : il a écrit en hindoustani et en persan[7], et il a fait

----

[1] H. S. Reid, « Report on indigenous education »; Agra, 1854,
p. 57.

[2] Voyez aussi l'article Kunj Biharî Lal.

[3] Voyez à l'article Bansidhar la mention d'un ouvrage du même titre.

[4] A. « Restant, demeurant. »

[5] A. « Très-savant ».

[6] P. « Content ».

[7] Il a entre autres écrit en persan une nouvelle intitulée *Schu'ala-i
jân-soz* « la Flamme qui consume l'âme », à la fin de laquelle se trouve
un tarîkh urdû fixant la date du livre à 1264 (1847-48), par Ahmad
(Ahmad 'Ali Khân).

surtout des marciyas. Kamâl, qui avait été son maître, en fait un grand éloge dans son Tazkira, et il cite de lui plusieurs gazals rekhtas. Voici la traduction d'un de ces poëmes :

Je n'aurai eu constamment que des sujets de douleur lorsque je quitterai un jour le monde.

Belle jardinière, ne m'empêche pas de parcourir ton jardin (*gulistân*); car je porte, comme la tulipe[1], la noire empreinte de la brûlure que m'a faite l'amour...

Je t'avais donné mon cœur pour en arracher le chagrin qui l'oppressait; mais j'ignorais que ce serait pour moi une nouvelle source de chagrin.

Sa'adî aurait fait facilement son *Bostân* si je lui avais montré le *gulistân* [2] dont je parle.

Bâquir a entièrement livré son cœur à cette beauté trompeuse, mais il sait bien que c'est comme s'il l'avait jeté dans la poussière.

Mannû Lâl, dans son *Guldasta*, a cité de ce poëte des vers qui se distinguent par l'exagération des métaphores qu'ils contiennent.

BAQUIR est aussi le nom de l'auteur d'un intéressant roman en vers intitulé *Quissa-i Mrigâwati aur Jâminibhâo*, roman qui ressemble assez à celui de *Kâmrûp*. Il est écrit dans un dialecte ancien que l'auteur nomme *hindawî*, mais qui paraît simplement dakhnî. Il se com-

---

[1] Feu mon ami Ét. Quatremère a fait observer avec raison qu'il s'agit, dans les métaphores orientales sur la tulipe, de la tulipe commune, dont les pétales sont rouges avec une tache noire au bas. Quant à cette empreinte noire dont il est souvent question, c'est quelquefois une figure pour la blessure du cœur; mais souvent il s'agit d'une brûlure réelle que se font les amants avec une pièce de monnaie rougie au feu, en témoignage de leur amour passionné.

[2] *Bostân* signifie « lieu d'odeurs », c'est-à-dire *parterre de fleurs*; *gulistân* « lieu de roses », c'est-à-dire *jardin*. Ces deux mots, qui sont les titres de deux ouvrages célèbres de Sa'adi, donnent ici lieu à un jeu de mots.

pose de quatre cents vers divisés en trois chants, et a
pour sujet les aventures de Jàmini-bhâo, fils de Jayatra,
roi de Bénarès, et de la fée Mrigâwati, fille du râjà Rûp-
Rânâ, roi de Kanchanpûr ou Kanchannagar, dans le
Décan [1].

La même légende a été exploitée en persan et en bengali, comme nous l'apprend Bâquir. La rédaction en
vers bengalis est due à un musulman nommé Schaïkh
Faïz-bakhsch et a été publiée en 1849 à Kiderpûr [2]. Il
y en a une autre version par le munschi Cudrat ullah ; et
enfin on en a publié à Calcutta, en 1865, une rédaction
en urdû-bengalî, in-8° de 32 p. [3].

II. BAQUIR (le maulawî Muhammad 'Alî) est depuis
1844 l'éditeur, en collaboration avec Motî Lâl, du *Dehli
urdû akhbâr*, journal que dirigeaient auparavant le
saïyid Huçaïn et Muhammad Haçan Rakhschi. Il paraît
qu'il est aussi le propriétaire, mais non l'éditeur, du
Mazhar ulhacc, autre journal urdû de Dehli, et d'un ouvrage qui porte le même titre et qui traite des différentes
cérémonies musulmanes, avec des citations en arabe,
imprimé à Dehli en 1850.

C'est probablement le même écrivain qui, sous le
nom de maulawî Muhammad 'Alî et le takhallus de

---

[1] *Kânchî* en sanscrit. C'est la ville qu'on nomme aussi Kanchan-
patan.

[2] La véritable étymologie du nom de ce village est, dit-on, *la ville*
(*pûr*) *de Kyd*, c'est-à-dire de James Kyd, fils du général Kyd, fondateur
du Jardin de botanique de la Compagnie des Indes sur les bords de la
rivière (jardin dont j'ai donné la description dans mon article du
« Journal des Savants » sur les « Hindee and hindoostance Selections »
en 1832), et qui a établi les docks au sud de Calcutta. Ce sont les natifs
qui ont altéré ce nom en *Khiderpûr* ou *Khizr-pûr*, c'est-à-dire « la
ville de Khizr ou Élie ».

[3] J. Long, « Descript. Catalogue », 1867, p. 21.

Muhammad, a écrit, sous le titre de *Açâr-i mahschar*
« les Signes de la résurrection », une traduction en vers
rekhtas de l'ouvrage persan en prose sur le jugement
dernier par Rafî' uddin, frère du schaïkh 'Abd ul'azîz de
Dehli.

III. BAQUIR (le nabâb Muhammad Baquir Khan), de
Lakhnau, fils de Zahir uddaula Gulâm Yahyâ Bahádur,
premier ministre du roi Muhammad 'Alî Schâh, est un
poëte hindoustanî élève du khwâja Wazîr.

BAQUIR 'ALI est auteur du *Cuçûr 'aschâriya* « Fractions décimales », imprimé à Mirat en 1864 [1].

I. BARAKAT [2], et par contraction BARKAT (le saïyid
Barkat 'Alî Khan), natif de Khaïrâbâd, dans le
royaume d'Aoude, est auteur de vers fort estimés, la
plupart érotiques, mentionnés par Sarwar, Schefta et
Karîm. Il avait été attaché au général Ochterlony, gouverneur de Dehli, ce qui l'avait fait rechercher par les
personnes les plus distinguées de cette capitale. Il fut
nommé par ce dernier *mukhtâr* « agent » du râjâ de
Patyala. Il est mort à Khaïrâbâd en 1244 (1828-1829).

II. BARAKAT (le muftî Barkat ullah Khan), de Kotâ-
nah, dans le zilla' de Saharanpûr, fils du muftî Cudrat
ullah, a écrit non-seulement des poésies en hindoustanî,
mais aussi en persan. Abù'lhaçan cite quatre pages et
demie des premières.

BARAKAT 'ALI [3] est auteur du *Khazâna-i Barkat* « le
Trésor de Barkat », manuel d'arithmétique; Dehli,
1868, in-8° de 60 p.

[1] Voyez la mention d'un ouvrage identique aux articles Baldéo-
bakhsch et Bansidhar.

[2] A. « Bénédiction, prospérité », etc.

[3] A. « Bénédiction de 'Alî ».

I. BARC [1] (Miyan Schah Ji ou Jiu), de Lakhnau,
était élève de Gulâm-i Hamdanî Mashafî. Béni Nàràyan
en cite un gazal dont voici la traduction :

Il y a des lâkhs de beautés dans le monde; mais que m'importe? Par Dieu! sans toi je n'ai point de repos. Comment
mon cœur flétri s'épanouira-t-il?

Il y a des roses dans le jardin, mais il n'y a pas cette beauté
au corps de rose.

N'est-ce pas par la vapeur de mes soupirs que le nuage
s'enfle ainsi dans l'air? Hélas! il n'y a ici ni échanson, ni vin,
ni coupe.

O Barc! ne te consume pas au souvenir de cette amie; s'il
y a quelque chose de bon, ce n'est pas la fin de cette affaire.

II. BARC (Fath ullah), fils de Mirzâ Muhammad
Rizà, est auteur entre autres poésies d'un wàçokht publié
dans le *Majmü'a-i wàçokht* de Lakhnau et de Dehli. Serait-il le même que le maulawî Fath ullah, auteur d'un
Riçàla dont j'ignore le sujet et qui est indiqué parmi les
productions hindoustanies du *Dâr ulislâm Press* de Dehli?

III. BARC (Lala [2] Bhagavandat), de Lahore, élève de
Nacir, est un poëte contemporain distingué qui vivait
en 1844 et qui est mentionné par Karîm.

IV. BARC (le khwâja Muhammad), Ansàrî [3], de Panipat,
élève de Bakhsch, passait sa journée à la porte du couvent des Calandars. Il manquait d'instruction, mais il
faisait les vers avec facilité et jouait agréablement du
sitàra. Il était aussi dissolu que son maitre, et de plus il
s'adonnait à la boisson du *bang* [4]. Il avait quarante ans

---

1 A. « Éclair ».

2 Le mot *Lâlâ* ou *Lâlah* est un titre qu'on donne aux vaïs et spécialement aux kâyaths.

3 *Ansârî* est un adjectif dérivé du mot arabe *ansâr* « aides », nom
qu'on donne aux Médinois qui aidèrent Mahomet contre les Mecquois.

4 Au sujet de cette boisson, voyez dans mon « Mémoire sur la Religion

en 1827 et il était d'une maigreur extraordinaire. Karîm cite de lui plusieurs vers.

Ne serait-il pas le même que Barc (Parwàna 'Ali Schâh) de Murâdâbâd, élève de Schâd (Yâr Khàn), dont parle Mashafî?

V. BARC (le câzi MUHAMMAD NAJM UDDÌN) est un poëte hindoustani mentionné par Bàtin.

VI. BARC (MIRZA KHUDA-BAKHSCH BAHADUR), prince de la maison royale de Timûr, élève de Nacir, comme un de ses homonymes, est un poëte hindoustani mentionné par Zukà.

VII. BARC (FATH UDDAULA BAKHSCHÎ ULMULK MIRZA MUHAMMAD RIZA KHAN BAHADUR), fils de Mirzâ Kàzim 'Ali Sàlih ou Sulh, est un des élèves les plus estimés de Nàcikh. On lui doit un Diwàn dont Muhcin donne des gazals dans son Tazkira.

VIII. BARC (MIRZA MUHAMMAD RIZA KHAN), fils de Mirzà Kàzim 'Ali Sàlih, élève de Nàcikh, est auteur d'un Diwàn dont Muhcin cite plusieurs gazals.

I. BASCHIR[1] (Mîr BASCHARAT 'ALî SCHAH) est un poëte hindoustani mentionné par Mashafî et par d'autres biographes. De Dehli, où il résidait, il alla à Lakhnau et y fut élève de Nizàm uddìn Mamnûn. Scheftâ nous apprend qu'en chemin, à son retour de Lakhnau à Dehli, Baschîr tomba malade du choléra et mourut en 1204 (1789-1790); selon Càcim, c'est à Murschidâbâd qu'il était allé; et ce fut là qu'il mourut d'après Zukà.

II. BASCHIR (le saïyid MUHAMMAD 'ALî), de Dehli, fils de Càdir-bakhsch, sofi célèbre, était chef de la police

musulmane dans l'Inde », p. 25, une note approuvée par Jacquemont et citée par lui dans ses Lettres.

[1] A. « Évangéliste, porteur de bonnes nouvelles ».

(*dâroga*) à Kol (Koïl[1]), des dépendances de Dehli. Il résida aussi quelque temps à Salaun en Aoude. On le compte parmi les poëtes hindoustanis.

BASCHISCHAR-NATH (le pandit) est le rédacteur du journal hindi-urdû hebdomadaire de Ratlam en Bandelkhand, qui paraît depuis mai 1868 et qui est intitulé *Ratan prakâsch* « l'Éclat des joyaux ». Chaque numéro se compose de quatre feuillets écrits en urdû et accompagnés d'une traduction hindie. L'*Akhbâr-i 'âlam* de Mirat fait l'éloge de sa rédaction pour le fond et pour la forme.

BATIN[2] (le hakîm, mîr et saïyid GULAM-I CUTB UDDÎN), d'Agra, élève du khalîfa Gulzâr 'Alî Acîr, est auteur :

1° De poésies hindoustanies dont Muhcin donne des vers;

Et 2° du *Gulschan bé-khizân* « le Jardin sans automne », qui est une espèce de traduction du *Gulschan bé-khâr*, en mauvais hindoustanî, s'il faut en croire le Dr Sprenger.

La famille de Bâtin était de 'Arab-saräï, à cinq milles sud de Dehli; mais son grand-père s'établit à Agra, où il pratiqua la médecine et mourut en 1259 (1843-1844). Ce fut là que Bâtin naquit et exerça aussi, à ce qu'il paraît, la médecine, ainsi que l'annonce son titre de *hakîm* « docteur ».

Je pense que c'est au même auteur qu'on doit l'ouvrage intitulé *Bayâz-i Bâtinî*, cité comme une anthologie persane dans le Mémoire de N. Bland sur les Tazkiras persans[3].

---

[1] Probablement la ville nommée Coille sur les cartes anglaises; long., 85° 41′; lat., 26° 25′.

[2] A. « Intérieur », adj.

[3] « Journal Roy. Asiat. Soc. », t. IX, p. 273.

BAYAN[1] (AHÇAN ULLAH), élève de Mirzà Jàn Janàn Mazhar, naquit à Agra, mais il habita Dehli. Càcim, Sarwar et Karîm uddîn le nomment Khwâja Ahçan uddîn Khàn, et nous font savoir qu'il était originaire de Cachemire.

Bayân fut initié à la doctrine des sofis par le maulawî Fakhr uddin. Quelque temps avant 1793 il alla dans le Décan, où l'on dit qu'il occupa un emploi honorable dans le gouvernement du nizàm 'Alî Khân, à Haïderàbâd, où il mourut.

A la fin de sa vie il s'occupa de grammaire. On lui doit un masnawî intitulé *Chippak-nàma*[2]. Zukâ, cité par Sprenger, donne à ce masnawî le titre de *Jangnâma*[3], qui est probablement le vrai titre de ce poëme.

Bayân était un poëte éloquent : il est cité pour la beauté de sa figure, pour son honorable conduite, et pour la finesse et la perspicacité de son esprit. Ses vers sont remarquables par la pureté et l'élégance du style. Il est auteur d'un Dîwân dont Lutf, Mashafî et Fath 'Alî Huçaïnî ont donné de nombreux extraits.

Bayân fut aussi le surnom poétique de Mirzà Saïf 'Alî, fils de Schujâ' uddaula, surnom qu'il changea ensuite en celui de *Schigufta*. On trouvera sous ce dernier nom l'article consacré à ce personnage.

BAYAZID[4] **ANSARI** est le fondateur de la secte des *roschanî* ou *jalalî,* c'est-à-dire des « illuminés » ; ces deux mots, le premier persan, le second arabe, signifiant

[1] A. « Éloquence ».

[2] *Chippak* est le nom hindoustanî de l'émouchet.

[3] « Le livre du combat ».

[4] Le mot *Bâyazîd* signifie « père d'Yazid » ; nous en avons fait *Bajazet.*

la même chose. Il naquit, selon l'auteur du *Dabistân*, en 1524, à Jalindar, dans le Panjàb; mais tout ce qu'il est essentiel de dire ici, c'est que l'écrivain que je viens de citer, et Akhún Derwezeh, auteur de l'ouvrage puschtû intitulé *Makhzan-i Afgàní* « Trésor des Afgàns », nous apprennent que Bâyazîd Ansârî, qui est du reste le premier auteur qui ait écrit ses compositions en puschtû, a également écrit en hindî, aussi bien qu'en arabe et en persan. En effet, il a exposé ses doctrines en hindî pour les Hindous, en persan pour les Persans, et en puschtû pour les Afgàns. Il mit au jour à cet effet un ouvrage tétraglotte intitulé *Khaïr ulbayân* « l'Excellente explication », qui est considéré comme révélé. Bâyazîd n'étant cité ici qu'en qualité d'auteur hindoustani, je ne crois pas devoir entrer dans aucun détail ni sur ses actes ni sur ses doctrines; je me contente de renvoyer le lecteur à la notice que le Dr J. Leyden a donnée de ce personnage dans le tome X des « Asiatic Researches ».

BAZZAZ [1] (Huçaïn-bakhsch) est un marchand d'Agra qui s'est occupé de poésie hindoustanie, selon ce que nous apprend Schefta.

BÉBAK [2] (Mîr Najaf 'Alî) est un écrivain hindoustanî distingué. Il était saïyid muçawî, c'est-à-dire un des descendants de Mùçà Karîm, fils de Ja'far, septième imâm. Ses ancétres étaient Arabes d'origine; mais depuis quelques générations ils habitaient Koïl. Bébàk naquit dans cette dernière ville, vint à Dehli à l'âge de neuf ans, et arrivé à l'âge de discrétion il retourna à Koïl. Il étudia la grammaire, le persan, puis la médecine, science pour laquelle il se sentit des dispositions,

1 A. « Mercier ».
2 P. « Hardi, sans crainte ».

en sorte qu'à vingt-deux ans il exerçait l'art d'Avicenne.
Toutefois il avait un goût décidé pour la poésie, et il
faisait circuler de temps en temps dans le public des
pièces de vers de sa composition. Mashafî nous dit les
connaître toutes, parce que Bébâk les lui communiquait.

BÉCAID [1] (le saïyid Fazaïl 'Alî Khan), fils de Muhammad 'Alî Khân, d'abord lieutenant du nabâb 'Umdat
ulmulk Amîr Khân, et ensuite sûbadâr de Thatha (Sind)
sous Muhammad Schâh, a composé, dans le style des
anciens écrivains, un masnawî de cinq cents baïts environ, qui roule sur l'amour qu'il ressentait pour une
jeune bayadère. 'Alî Ibrâhîm en cite un long fragment
dans son *Gulzâr*.

BÉCARAR [2] (le saïyid Kazim Huçaïn), de Dehli, fils
de 'Alî A'zam Khân et cousin du nabâb Saïf uddaula
Râzî Khân Salâbat Jang, est un poëte contemporain,
élève de Nacîr et de Fidwî, mentionné par Sarwar et
par Schorisch.

Câcim donne à Bécarâr le nom de Mîr Mannû.

Zukâ, ainsi que le fait observer Sprenger, consacre,
par erreur, deux articles différents à ce même personnage, qu'il nomme une première fois Mîr Kâzim Huçaïn
Bécarar, de Dehli, et une seconde fois Mirzâ Kâzim Huçaïn Bécarar, de Dehli, l'un et l'autre élèves de Nacîr.

BÉCHARA [3] est un poëte hindoustanî, natif du
Panjâb, selon Sarwar. Voici la traduction du seul vers
de ce poëte que donne Mîr Taquî dans son Tazkira.

Je ne croyais pas avoir à quitter ma bien-aimée, mais Dieu

[1] P. A. « Sans lien (libre) ».
[2] P. A. « Sans repos, troublé ».
[3] P. « Sans remède, désespéré ».

a voulu qu'il en fût ainsi. La patience offre en vain un remède à ma peine, je dois rester Béchâra (sans remède).

BÉDAM [1] (le hàfiz CALANDAR-BAKHSCH), connu aussi sous le nom de Kandâ, naquit à Panipat et y habitait dans la maison des pîr-zâdas. Il savait le Coran par cœur, comme l'indique son titre, et possédait les connaissances musulmanes classiques. Il alla à Dehli et à Lakhnaü pour se perfectionner dans la littérature, et il écrivit ensuite des poésies remarquables en hindoustanî et en persan, dont il forma un Dîwân. Karîm le connaissait et le fréquentait, mais il le trouvait trop fier de son mérite. En effet, selon Bédam, personne n'était aussi savant que lui dans le monde. Dans ses poésies persanes il avait pris le surnom de *Zirak* [2], mais comme il avait écrit des cacidas arabes et qu'il ne pouvait y employer cette appellation persane, il y prit le takhallus de *'Alim* [3]. Dans son enfance il avait d'abord pris le surnom de *Bédam*, sous lequel il continua à être désigné. Il avait environ quarante ans en 1847 et résidait à Panipat.

1. BÉDAR [4] (Mîr MUHAMMAD 'ALÎ, nommé plus ordinairement Mîr MUHAMMADÎ), de Dehli [5], est un poëte hindoustanî très-distingué. Il fut l'ami et l'élève de Murtazâ Culî Khân Firâc [6], et aussi un des amis de Mîr Dard, et le compagnon des littérateurs de Dehli ses contemporains. Il s'était trouvé avec Mir aux réunions des amis de la littérature hindoustanie qui, à cette

---

[1] P. « Sans souffle, privé de respiration ».
[2] « Ingénieux, ayant de la sagacité, de la pénétration ».
[3] A. « Savant » (*'âlim*).
[4] P. « Éveillé ».
[5] Et selon Zukâ, d'Agra.
[6] Selon Mir Haçan, et de Sanà ullah Khân Firâc, selon Sa'âdat Khân Nâcir.

époque, avaient lieu en cette ville. Il s'habillait en partie
à la manière des derviches, et en partie comme les gens
du monde. Il habitait 'Arab-saráï[1]. Bédâr est auteur d'un
Dîwân rekhta ou hindoustanî qui jouit de la plus haute
estime, et dont il y avait deux exemplaires à la Bibliothèque impériale de Dehli. Il a laissé aussi quelques poésies persanes. Son style est très-pur et très-énergique.
Comme il avait beaucoup de confiance en Fakhr uddîn
Sâhib, toutes les fois qu'il sortait de 'Arab-saráï il venait
dans le *madriça* « collége » de Gâzî uddîn Khân pour voir
ce personnage, et Mashafî avait eu quelquefois l'avantage de l'y rencontrer.

Fakhr uddîn fut son maître spirituel, et Bédàr lui succéda dans sa dignité mystique.

Bédâr résidait à Agra en 1793; mais il retourna à
Dehli, où il mourut en 1212 (1797-1798).

Mashafî, qui avait eu son Dîwân entre les mains, en
a donné six pages in-folio dans sa biographie; de son
côté, 'Alî Ibrâhîm en fait connaître cinq. Voici la traduction d'un gazal de cet écrivain :

Si mon amie venait auprès de ma bière, elle réveillerait le
trouble du sommeil du néant.

Le potier peut bien, de la terre, faire à son gré une coupe
ou un vase quelconque; mais c'est à toi que j'abandonne le
soin de la poussière de mon corps...

Qu'est-il donc venu dans ton esprit pour que tu aies rendu
plus captif encore mon cœur déjà captif?

Elle afflige le bouton du cœur, et elle sourit; elle frappe
l'œil du narcisse, et le rend malade.

Par un seul regard enivrant, elle rend ivre d'amour; elle remplit les fonctions de chef de la caravane au milieu des gens ivres.

---

[1] Quartier de Dehli. Voyez la description de cette ville que j'ai traduite de Saïyid Ahmad Khân (Journ. Asiat., 1861).

Pour terminer toutes ses espiégleries, elle a réveillé (Bédâr)
le trouble pour les deux mondes.

A. Sprenger, qui a pu consulter le Tazkira de 'Ischquî, nous fait savoir que ce dernier biographe sépare en
trois personnages différents le poëte dont il s'agit ici;
c'est à savoir :

1° Mîr Muhammad 'Alî ;

2° Mîr Muhammadî ;

3° Miyân Muhammadî.

II. BÉDAR (Gulam Haïdar) est un poëte né à Dehli et
élevé à Lakhnau ; il est mentionné par Zukâ.

III. BÉDAR (le munschi Bé-saman Lal), élève de
Mazhar, est un poëte hindoustanî mort à Patna dans
un âge avancé [1].

I. BÉDIL [2] (Mirza 'Abd ulcadir) était Jagataï d'origine,
mais il naquit dans l'Hindoustan. Écrivain distingué
par son esprit et par l'élégance de sa diction, il est surtout célèbre par des productions persanes qui sont empreintes de ses opinions mystiques ; aussi est-il question de lui dans plusieurs biographies des poëtes persans
de l'Inde. Dans sa jeunesse, il fut d'abord attaché au
prince Muhammad A'zam Schâh ; mais il ne resta que
peu de temps à son service, et il y renonça bientôt pour
se livrer à son goût pour la poésie et à la contemplation.
Il avait une force corporelle telle que peu de ses contemporains l'égalaient. Un jour qu'un tigre, après avoir
tué plusieurs personnes, s'avançait vers le cortége du
prince, Bédil le tua aussi facilement qu'il aurait fait
d'une chèvre.

---

[1] Sprenger, « A Catalogue », p. 602.
[2] P. « Sans cœur », c'est-à-dire privé de son cœur par l'effet de
l'amour.

Dans sa retraite solitaire, il était souvent visité par les grands et les petits. On rapporte que le nabâb Nizâm ulmulk, sûbadâr du Décan, lui écrivit plusieurs fois pour l'engager à aller le trouver, mais que Bédil lui adressa en réponse un vers persan qui signifie :

Pourquoi quitterais-je cet angle paisible pour l'agitation du monde? Non, mes pieds ne marcheront pas loin de cet asile où j'éprouve la plus douce satisfaction.

Ses kulliyâts ou œuvres complètes se composent de près d'un lâkh (cent mille) de baïts ; et toutefois il n'y a pas un seul hémistiche qui soit à la louange des gens du monde. Il mourut à Dehli, en 1137 de l'hégire (1724-1725). 'Alî Ibrâhîm et Lutf citent de lui ces deux vers hindoustanis qu'ils donnent comme célèbres, et qui sont aussi cités par Mîr Taqui. En voici la traduction :

Ne me demandez pas de nouvelles de mon cœur; là où il est, là je suis. Là où est l'effet produit par le grain de l'amitié, là même je suis.

Lorsque l'amour est venu m'appeler sur le seuil de la porte de mon cœur, mon amie, quoique bien étrangère à moi, a dit : Là où est Bédil, là je suis.

II. BÉDIL (le khwâja GULAM HUÇAÏN), élève du hâfiz 'Abd urrahman Khân Ihçân, est un poëte hindoustanî mentionné par Fath 'Alî Huçaïnî.

III. BÉDIL (MUHAMMAD-BAKHSCH ULLAH), du Marhwar, est auteur d'un mukhammas sur un gazal de 'Ali Gauhar, publié dans l'*Awadh akhbâr* du 27 septembre 1868.

I. BÉHOSCH [1] (le munschi MÎR 'ABD URRASCHID), de Schikârpûr, est un poëte contemporain mentionné par Karîm.

____

[1] P. « Sans intelligence (par excès d'amour) ».

II. BÉHOSCH (le schaïkh Dîdar-bakhsch), professeur à Agra et poëte éloquent, est mentionné par Sarwar.

III. BÉHOSCH (le munschi Gur-dayal) est un poëte contemporain dont on trouve un gazal dans le n° du 11 mai 1869 de l'*Awadh akhbâr*.

I. BÉJAN [1] (Schiv Singh), kschatriya de Dehli, était à la fois très-habile en astrologie et très-pauvre, ce qui suppose que la science dont il s'occupait n'est plus aussi estimée dans l'Inde qu'elle l'était autrefois. Il mourut d'une chute qu'il fit d'un toit sur lequel il était monté, peut-être pour observer les astres, en 1218 ou 1219 (1803-1804). Béjân a laissé des vers hindoustanis dont Câcim et Sarwar donnent un échantillon.

II. BÉJAN (le râjâ Zorawar Khan), de Kol (Koïl), est un autre poëte mentionné par Sarwar.

III. BÉJAN ('Aziz Khan), Afgân de nation, ou pour mieux dire Rohilla, est un poëte hindoustanî que Mas-hafî avait connu et dont il cite des vers dans son Tazkira.

BÉKAL [2] (le saïyid 'Abd ulwahhab), de Daulatâbâd [3], fut élève de Mîr 'Abd ulwalî 'Uzlat. 'Ali Ibrâhîm avait eu l'occasion de le voir sous l'administration de Sirâj uddaula, nabâb du Bengale, à Murschidâbâd, où apparemment il résidait, et il en cite quelques vers.

I. BÉKAS [4] (le saïyid Amîr Imam-bakhsch) avait la charge de muezzin de la mosquée cathédrale de Dehli, située près de la porte de la ville nommée *Ajmîri-dar-*

---

[1] P. « Sans vie », c'est-à-dire « renonçant à la vie, vaillant, brave ».

[2] P. I. « Sans repos ».

[3] Ou Déoghir, ville du Décan.

[4] P. « Délaissé », à la lettre « sans personne ».

wâza « la porte d'Ajmîr », ce qui ne l'empêchait pas de s'occuper avec succès de poésie hindoustanie. Il mourut peu de temps avant la rédaction du Tazkira de Câcim.

II. BÉKAS (MIRZA MUHAMMAD), de 'Azîmâbâd (Patna), a fait de jolies pièces de vers. Câcim et Sarwar citent de lui une épigramme sous forme de rubâ'î contre un schaïkh. Comme ses ancêtres étaient Persans, il ne pouvait manquer d'écrire des vers dans la langue savante des musulmans de l'Inde; aussi a-t-il laissé un Dîwân persan très-estimé, cité par Zukâ.

I. BÉKHABAR [1], de Lakhnau, est un poëte élève de Nûr ulislàm Manzar et cité par Zukà.

II. BÉKHABAR (MUHAMMAD BEG), de Khaïrâbâd, Mogol de nation, est un autre poëte hindoustani mentionné par Sarwar.

I. BÉKHUD [2] (LALA NARAYAN-DAS), poëte contemporain, de Dehli, a été d'abord *mutaçaddi* « employé des finances » du gouvernement, puis *amîn* « officier » à la cour des magistrats de Mirat. Il est élève de Hidàyat, et il consultait aussi Firâc et Dard sur ses productions, ce que nous font savoir Schefta et Karim.

Sarwar s'était rencontré avec lui dans les réunions littéraires de Mahdî 'Alî Khàn. Câcim dit qu'il était banquier [3] à Dehli.

Mannû Lâl, dans son *Guldasta*, cite de Békhud un vers que je traduis avec plaisir :

Tandis que l'infidèle est impuissant dans son infidélité,

---

[1] P. A. « Sans nouvelles », c'est-à-dire « ignorant ».
[2] P. « Hors de soi ».
[3] *Mahâ-jan*, ou plutôt « d'une famille de marchands » de Dehli.

l'homme pieux se complaît dans sa piété. Mais que l'infidélité ou que la piété règne, la divinité de Dieu n'en sera pas moins immuable.

II. BÉKHUD (le saïyid et mîr Hadî 'Alî), de Lakhnau, fils du feu saïyid Nàcir 'Alî Sihr et élève très-distingué du khwâja Wazîr, est auteur d'un Dîwân dont Muhcin cite de nombreux gazals dans son Anthologie, et d'un masnawî intitulé *Jalwa-i akhtar-i ruschd* « Manifestation de l'astre de la direction », lequel est probablement un poëme religieux.

III. BÉKHUD (Hidayat 'Alî), de Dehli, fils de Mîr Mahdî, ami du schaïkh Muhammad, *khusch-nawîs* « calligraphe » de Lahore, est mentionné dans le Tazkira de Muhcin, qui cite un échantillon de ses vers.

BÉKHWAB [1] est un poëte hindoustanî dont parle Schefta dans son *Gulschan bé-khâr*.

I. BÉNAWA [2], de Sanâm [3], élève de Hasrat, était un des poëtes du siècle de Muhammad Schâh, et contemporain, par conséquent, d'Arzù et d'Abrû. Mîr Taquî nous apprend, dans sa biographie, qu'un riche joaillier nommé Sab Karan tua une femme du bas peuple qui vendait des souliers, et que cet événement mit en émoi tous les cordonniers, au point qu'ils empêchèrent de faire la prière publique du vendredi à la mosquée cathédrale. Zafar Khân Roschân uddaula, connu sous le nom de *Turra-Yàr*, prit parti pour la femme susdite. Enfin le tumulte fut porté à un tel point qu'un grand combat eut lieu entre les émirs, et que plusieurs individus furent

---

[1] P. « Privé de sommeil (sans sommeil) », c'est-à-dire « réveillé, vif », etc.

[2] P. « Sans provision » (indigent).

[3] Ou Sanâ, selon un manuscrit.

tués de part et d'autre. Zafar Khân fut vaincu, et en outre il éprouva de si grands désagréments à cause de cette affaire, que depuis ce temps-là il ne sortit plus de sa maison.

Bénawâ a consacré un mukhammas au récit de cet événement, et ce poëme est encore cité avec plaisir dans l'Inde. Voici de Bénawâ deux vers que 'Ali Ibrâhîm avait lus dans un album :

Tu présentes l'aspect du plaisir, et moi, celui seulement de l'espérance.

Je suis Bénawâ (« pauvre »), donne-moi la dîme de ta beauté, et puissé-je avoir aussi quelque chose des avantages de ta richesse !

II. BÉNAWA (MACBUL-I SCHAH) renonça au monde dès sa jeunesse pour se livrer exclusivement au culte de Dieu et se fit calandar[1]. Ce fut ainsi qu'il prit le surnom de *Bénawâ*, qui désigne un moine mendiant de cette classe particulière de faquîrs. Il est auteur de poésies hindoustanies pour lesquelles il fut élève de 'Izzat ullah 'Ischc; et pour le marciya, qu'il a spécialement cultivé avec succès, du hâfiz Muhammad Hafiz. Il vivait encore en 1847, ainsi que nous l'apprend Karîm uddîn.

BÉNI NARAYAN[2] était un kschatriya originaire de Dehli, natif de Lahore, fils du mahârâja Sudrischt Nârâyan Râé, petit-fils de Lakschmi Nârâyan et frère de Khem Nârâyan Rind[3]. Il prit, à ce qu'il paraît, pour sur-

[1] Zukâ, cité par Sprenger, dit qu'il était disciple spirituel de Rafi' uddîn de Calcutta, auteur du *Tanbîh ulgâfilîn* (dont il est parlé plus loin), saint personnage qu'il ne faut pas confondre avec le célèbre poëte Rafi' uddîn Saudâ.

[2] I. Le premier de ces mots signifie « les cheveux tressés derrière la tète »; le second est un des noms de Wischnu, c'est-à-dire « Wischnu aux cheveux tressés ».

[3] Voyez l'article consacré à cet écrivain.

nom poétique le mot *Jahân* « monde », qui lui est en effet attribué dans le Catalogue des livres hindoustanis de la Société Asiatique du Bengale. Il est auteur :

1° De l'ouvrage intitulé *Dîwân-i Jahân*[1], qui n'est autre chose qu'une Anthologie ou collection de morceaux choisis tirés des principaux poëtes hindoustanis dont il eut les ouvrages à sa disposition. Dans la préface de cette Anthologie, l'auteur nous apprend qu'il vivait heureux dans l'Hindoustan, lorsque le sort envieux ayant altéré son bonheur, il se vit forcé de se rendre à Calcutta, dans le Bengale. Là, le sort le poursuivant toujours de ses rigueurs, il resta douze ans sans emploi et dans le dénûment le plus fâcheux. Enfin, l'habile et célèbre poëte Haïdar-bakhsch[2] fut touché de son état et le consola. D'un autre côté, il fit connaissance avec le savant indianiste T. Roebuck, qui se l'attacha et le retira, par de bons honoraires, de la situation pénible où il était. Ce fut pour se conformer à son désir qu'il composa, en 1814[3], son Anthologie hindoustanie ou *Dîwân-i Jahân*. Cet ouvrage se compose : 1. d'une invocation et d'une préface en vers ; 2. des extraits de différents poëtes ; 3. de quelques pièces de poésie de l'auteur.

2° On doit aussi à Bénî Nârâyan une « Histoire du roi et du faquîr », *Quissa-i schâh o darwesch,* qui roule sur le même sujet que le poëme persan de Hilâlî portant le même titre. H. H. Wilson en avait un exemplaire manuscrit, in-4°, écrit en caractères nasta'lîc et en dia-

---

[1] Le « Dîwân de Jahân », ou « le Dîwân du monde », ce qui signifie Collection de pièces de poésie des écrivains du monde, c'est-à-dire de l'Inde.

[2] Il est plus connu sous le nom de *Haïdarî.* Voyez, sous ce titre, l'article qui lui est consacré dans cet ouvrage.

[3] « Roebuck's Annals of the College of Fort-William », p. 425.

lecte urdû, comme les autres poésies de l'auteur. Cet ouvrage, le premier qu'ait écrit Béni Nàràyan, est traduit du persan, et il porte aussi le titre de *Chàr* ou *Chahàr gulschan* « les Quatre jardins ». Il en est parlé dans les « Annals of the College of Fort-William », par T. Roebuck, p. 339. Le manuscrit de cet ouvrage enrichissait la bibliothèque du Collége de Fort-William, à Calcutta; il est aujourd'hui dans celle de la Société Asiatique de la même ville. C'est un roman, car on le cite comme une histoire divertissante. Il y a parmi les manuscrits de feu Sir W. Ouseley, aujourd'hui à la bibliothèque Bodléienne à Oxford, un exemplaire du roman en vers de Béni Nàràyan intitulé *Chàr gulschan*, auquel on a ajouté le mot « Darwesch », par allusion au sujet. Il y en avait sous presse en 1846, à Calcutta, une édition que donnait Tafazzul Huçaïn.

3° Outre ces deux ouvrages, Béni Nàràyan est auteur d'une traduction urdue de l'ouvrage théologique persan intitulé *Tanbíh ulgàfilín* « Avis aux insouciants [1] », ouvrage dont l'original est dû à Schâh Rafi' uddin de Calcutta et fut rédigé, ainsi que je l'ai dit ailleurs, à la demande du célèbre réformateur musulman indien Saïyid Ahmad. La traduction de Nàràyan n'est pas imprimée : elle a été écrite en 1245 (1829-1830), et elle se compose, comme l'original, de vingt chapitres, lesquels forment environ 250 p.

4° Béni Nàràyan est aussi auteur d'un recueil d'historiettes (*quissajât*). Il paraît qu'il s'est fait musulman, probablement de la secte de Saïyid Ahmad, dont il a

---

[1] Il en existe deux autres traductions. (Voyez l'article 'Abd ullah). J'ignore quelle est celle dont il s'agit dans le *Ta'lím-nâma* de Machbûl, t. II, p. 99.

traduit un traité. Il s'énonce, en effet, comme un vrai musulman dans la préface de ce dernier ouvrage.

BÉRANG [1] (Dilawar 'Alî Khan) était militaire de profession, contemporain de Saudà, élève et frère germain de Gulâm-i Mustafà Yakrang. Il avait d'abord pris le takhallus de *Hamrang* [2], et c'est sous ce surnom que Sprenger le cite. Il mourut à Dehli. Ses vers sont de la bonne facture classique : on en trouve plusieurs dans les Tazkiras originaux, surtout dans ceux de Mîr et de Haïdari.

BÉ-SABR [3] (le munschî Mukund), vice-munschî du collectorat du zilla' de Sahâranpûr, élève de Mîrzà Açad ullah Khán Gâlib, de Dehli, est auteur d'un long gazal qu'on trouve dans le nº du 12 décembre 1865 de l'*Awadh akhbâr*.

I. BÉTAB [4] (Schah Muhammad 'Alim), d'Allahâbâd, est aussi nommé 'Alim uddîn. Câcim, Schefta et Kamàl disent qu'il était élève de Hâtim et contemporain d'Abrû. Ce dernier ajoute, avec Sarwar, qu'il est du nombre des poëtes qui ont écrit dans l'ancien style, dit *obscur*.

Bétâb était frère du câzî Mustakhar et habile comme lui dans la jurisprudence. Il fut un des poëtes les plus distingués du règne de Schâh 'Alam II. Voici la traduction de trois de ses vers cités par Mashafî :

Son sourcil est pareil au disque de la lune, son éphélide au noir muezzin de Mahomet [5].

---

1 P. « Sans couleur ».

2 P. « Même couleur », par allusion au surnom d'*Yakrang* « une couleur », qu'avait pris son frère.

3 P. A. « Sans patience (impatient) ».

4 P. « Sans force ».

5 Bîlâl, fils de Riâh, qui était Éthiopien. Il y a une comparaison semblable dans Walî, p. 102, ligne 22 de mon édition.

Comment cette amie ne serait-elle pas rebelle, avec cette taille élancée comme la jeune plante?

Bétâb! la poussière des pieds qui s'attache à ce bouton de rose y devient semblable à la poudre rouge de la fête du holî[1].

Schorisch, cité par Sprenger, parle d'un Mîr Muhammad 'Alî Bétâb sur lequel il ne donne aucun détail, et qui semblerait être le même que celui-ci; toutefois Sprenger fait observer avec raison que dans tous les cas il ne peut être identique avec un autre Muhammad 'Alim ou 'Alim uddin Bétâb, qui vivait encore lorsque Sarwar écrivait sa biographie.

II. BÉTAB (Mîr Madan), de Dehli, poëte d'une honorable famille, qui exerçait à Murschidâbâd sous Sirâj uddaula les fonctions de *bakhschî* ou payeur militaire, fut tué dans un combat, selon ce que nous apprennent Schorisch et 'Ischquî, cités par Sprenger.

III. BÉTAB (le schaïkh Khaïr uddîn), d'Agra, est un autre poëte élève de Mujrim, mentionné par Zukâ dans son Tazkira.

IV. BÉTAB (le saïyid Kalb 'Alî), de Patna, fils de Faïz 'Alî et frère de Schâh Kamâl 'Alî Kamâl, s'occupe de poésie urdue, et, d'après 'Ischquî, de la découverte d'un élixir de longue vie.

V. BÉTAB (le schaïkh Walî ullah), professeur à Panipat, père de Najaf (Muhammad 'Alî ou A'lâ), est un poëte hindoustanî mentionné par Zukâ.

VI. BÉTAB (Bahadur Singh), de Bareilly, est aussi compté par Zukâ au nombre des poëtes hindoustanis.

---

[1] On trouvera à l'article Zamîn une pièce de vers sur cette fête, au sujet de laquelle on peut consulter ma « Notice sur les fêtes populaires des Hindous », Journal asiatique, 1832.

VII. BÉTAB (Muhammad Isma'il), de Dehli, est un écrivain hindoustani distingué dont les poésies sont fort agréables, et qui était élève de Miyàn Yakrang. Mir nous apprend qu'il était riche, quoique pauvre (spirituel) ou derviche, et qu'en allant au palais de Ja'far 'Ali Khàn il tomba de cheval, se cassa un bras, et mourut des suites de cet accident, après avoir langui deux ou trois mois.

VIII. BÉTAB (Santokh Raé) est un Hindou qui a cultivé la poésie hindoustanie. Il était contemporain et élève de Muhammad Quiàm uddin 'Ali Càïm. Ibràhim et Mashafi en citent des vers.

IX. BÉTAB ('Abbas 'Ali Khan), fils du nabàb 'Abd ul 'Ali Khàn, petit-fils du nabàb Gulàm Muhammad Khàn et arrière-petit-fils du feu nabàb Faïz ullah Khàn, gouverneur de Ràmpùr, est un poëte dont Schefta parle comme d'un jeune homme accompli qui s'est occupé de littérature avec distinction. Il passa quelque temps à Lakhnau, mais il habitait Dehli à l'époque de la rédaction du *Gulschan bé-khàr*. Il n'avait que vingt-cinq ans en 1847. Il est élève de Mûmin, poëte distingué dont il sera parlé plus loin.

X. BÉTAB (Mirza Kallu Bahadur), prince de Dehli, est mentionné par Sarwar parmi les poëtes hindoustanis.

XI. BÉTAB (Séwak Ram) est un Hindou converti à l'islàmisme qui a cultivé avec succès, selon Càcim, la poésie indienne.

XII. BÉTAB (le nabàb Ahmad-bakhsch Khan), défunt, intime ami de 'Imàd ulmulk Nawàb Gàzi uddin Khàn Wazir, était natif de Dehli et habitait Kandora, dans le zilla' de Kalpi. Il est auteur d'un Diwàn dont Muhcin cite des vers.

XIII. BÉTAB (le pandit Mahtab Raé Anjahaní), de Dehli, est aussi mentionné par Muhcin, qui en cite des vers.

BÉZAR [1] (Huçaïn-bakhsch), d'Agra, est un poëte hindoustani mentionné par Schefta.

BHAGO-DAS [2] est un des disciples immédiats de Kabir, et l'auteur ou le compilateur du petit *Bijak* ou *Vijak* [3], le plus répandu des livres de la secte des kabîr-panthîs. L'autre *Bijak* fut communiqué par Kabir lui-même au râjà de Bénarès. Le *Bijak* de Bhago-dàs est un livre qui fait autorité parmi les kabîr-panthîs en général. Il est écrit en vers harmonieux, mais avec une grande simplicité d'exposition. L'auteur, néanmoins, argumente plus qu'il ne dogmatise, et il attaque plutôt les autres systèmes qu'il n'explique le sien propre. Il est, pour ce dernier objet, tellement obscur, qu'on ne peut guère apprendre dans son livre la doctrine réelle de Kabir; aussi ses sectateurs en interprètent-ils différemment plusieurs passages. Les maîtres, parmi eux, ont un ouvrage concis qui est comme la clef des parties les plus difficiles; mais il n'est entre les mains que d'un petit nombre : et au surplus il n'a pas une grande valeur, car il n'est guère moins obscur que l'original [4].

En voici un court fragment :

Nous devons notre existence à 'Ali et à Râma, et nous devons, par conséquent, montrer une même tendresse à tout ce qui vit.

[1] P. « Dégoûté, fâché », et vulgairement, « malade ».

[2] 1. Probablement pour Bhagwàn-das « serviteur de Dieu ».

[3] Il sera question du grand *Bijak* à l'article Kabir.

[4] C'est au savant Mémoire de Wilson sur les sectes religieuses des Hindous que j'emprunte ces détails et la traduction que je donne ici en français. Voyez « Asiatic Researches », t. XVI, p. 60 et suiv.

A quoi nous sert de nous raser la tête, de nous prosterner, ou de nous plonger dans la rivière?

Pouvez-vous vous nommer pur, si vous versez le sang, et vous enorgueillir de vertus que vous ne déployez jamais?

A quoi bon laver votre bouche, rouler dans vos doigts les grains de votre chapelet, faire l'ablution et vous incliner dans les temples, lorsque, pendant que vous récitez vos prières et que vous allez à la Mecque ou à Médine, la tromperie est dans votre cœur?

Les Hindous jeûnent tous les onze jours; les musulmans, pendant le Ramazân.....

Le Créateur peut-il résider dans des temples, lui qui remplit tout l'univers [1]?

Qui est-ce qui a vu Râma parmi les idoles? qui l'a trouvé à la châsse que les pèlerins vont visiter?....

Ceux qui parlent des mensonges des Ved et des Feb sont ceux qui ne comprennent pas leur essence. Ne vois qu'une chose en tout.....

Tous les hommes et toutes les femmes qui ont pris naissance sont de la même nature que toi.

Celui à qui appartient le monde, et dont 'Ali et Râma sont fils, c'est mon gurû, c'est mon pîr [2].

BHAIRAV-NATH [3], poëte hindî qui florissait en 1700 du saka (1622), et qui composa en 1756 (1678) le *Nàth lîlàmrita* « l'Ambroisie des jeux de Krischna », en vingt-trois sections.

BHAIRAV-PRAÇAD [4], de Bénarès, directeur avec Harbans de la typographie de Bénarès nommée *Matba'*

---

1 Conf. Actes des Apôtres, xvii, 24.

2 'Ali est le patron des musulmans, Râma la divinité favorite des Hindous. Le *gurû* est le guide spirituel des derniers; le *pîr*, des premiers. Avec cette explication, la phrase du texte devient très-intelligible. On sait d'ailleurs que le but de Kabîr, aussi bien que de Nânak, a été de fondre ensemble les religions musulmane et brahmanique.

3 I. « Le seigneur Krischna ».

4 I. « Don de Siva ».

mufid-i Hind « Imprimerie pour l'avantage de l'Inde »,
et rédacteur avec le même Hindou du journal intitulé
Sâïrin-i Hind [1] « les Courriers de l'Inde », lequel paraissait deux fois par mois à Bénarès depuis le 1er septembre
1850 par cahiers de 8 p. petit in-fol., lithographiés
avec soin.

J'ignore si c'est au même Bhaïrav-praçâd qu'est dû
un *Râjnîti* « Devoirs d'un roi envers ses sujets », en
hindoustanî, imprimé à Bombay en 1864, in-16 de
315 p. [2].

BHANJHYA ou BHANJHI [3] (Schah) est un poëte hindoustanî qui vivait sous Muhammad Schâh et qui malheureusement se livrait à l'amour antiphysique. On
ignore s'il était Hindou ou musulman. En effet son nom
est indien, mais son titre de *Schâh* semblerait désigner
un faquîr musulman. Il est mentionné par Zukà et par
Câcim, cités par Sprenger.

BHARTRI ou BHARTRI HARI est un Hindou à qui
on attribue les hymnes [4] braj-bhâkhâs que chantent les
joguis indiens appelés *sâringuî-hâr* « joueurs de *sâringuî* » (parce qu'ils se servent pour accompagner leur
chant d'une sorte de luth nommé sâringuî), qui le
reconnaissent pour fondateur et se nomment aussi *bhartriharis* en conséquence [5].

Serait-il le frère de Bikrmajit (Vicramâditya), qui est

---

[1] A. P. J'ai cru pouvoir traduire librement ces mots par « les Feuilles
volantes de l'Inde » dans l'article que j'ai publié au sujet de ce journal
dans les « Débats » du 16 janvier 1851.

[2] « Catalogue of native Publications in the Bombay Presidency »,
p. 148.

[3] I. Probablement pour *Bhânjâ* « fils de sœur ».

[4] Il en est plutôt le héros, selon M. Fitz-Edward Hall.

[5] « Sketch of the Religious sect of the Hindus ». (« Asiatic Researches », t. XVII, p. 193.)

célèbre par un recueil de sentences publiées par Bohlen ?
Dans ce cas, les hymnes hindouis dont il s'agit ici
auraient une grande antiquité.

Ce qui est plus probable, c'est que l'Hindou Bhartrî
Hari est le même que Bhartarî, auteur de chants populaires publiés par Râg sâgar, et d'un *khiyâl* publié par
I. Robson dans son « Selection of khiyals or Merwari
plays ».

BHATTA[1] JI est auteur d'un ouvrage hindî de médecine intitulé *Bed darpan* « Miroir de la médecine », imprimé à Mirat en 1864.

BHAVANANDA-DAS[2] est un écrivain auquel on doit
une exposition, écrite en hindî, du système de philosophie nommé *Védanta*[3]. Cet ouvrage, qui est rédigé
d'après le sanscrit, se compose de quatorze chapitres, et
il est intitulé *Amritadhâra*, ce qui signifie littéralement
« (Traité) distillant l'ambroisie ». Ceux de nos lecteurs
qui ne connaissent pas le système védanta en trouveront
le développement dans l'« Essai sur la philosophie des
Hindous », par feu Colebrooke, et dans la traduction
que M. Pauthier en a publiée en français. Pour en donner une idée, nous citerons ici ce qu'en dit l'écrivain
hindoustani Afsos, dans son *Arâïsch-i mahfil :*

Le schastar nommé Védanta est l'ouvrage de Vyâçadéva.
Celui qui suit la doctrine de ce livre professe le système de
l'unité : il est tellement imbu de ce principe, que ses yeux ne
sauraient jamais apercevoir qu'un seul et même objet. Selon
lui, la multiplicité des êtres est imaginaire ; il n'en existe réel-

---

[1] I. « Bardè, poëte ».

[2] I. « Serviteur de Bhavânanda ». Ce dernier mot, composé de *bhava*
« monde », et de *ânand* « joie », est un des noms de Krischna.

[3] « Mackenzie Catalogue », t. II, p. 108.

lement qu'un seul; et quoique tout ce qui est dans l'univers
émane de lui, tout n'en est pas moins lui-même. La relation
qui existe entre les objets qui frappent nos sens et l'essence de
cet être unique, est précisément la même que celle du vase
d'argile avec la terre, des vagues avec l'eau, de la lumière
avec le soleil.

BHAWANI [1] est le nom d'un Hindou qui est auteur
d'un *Bârah mâçâ* « les Douze mois », poëme hindi
publié à Fathgarh en 1868, en 8 p. in-16.

Le même ouvrage est aussi, à ce qu'il paraît, intitulé
Râm chandra ki bârah mâci « les Douze mois de Râma » ;
et il a été imprimé sous ce titre à Agra en 1868, en 8 p.
in-16.

BHED [2] (Mir Miran, autrement dit Saïyid Nawazisch
Khan) est compté parmi les écrivains du Décan ;
c'est ce que nous font savoir Mir et Fath 'Alî Huçaïnî.
Ces biographes citent de cet auteur le vers dont la traduction suit :

Hélas! si ce cyprès à la taille élancée venait à passer dans ce
jardin, les tourterelles l'inonderaient d'un déluge de pleurs
(par suite du tendre amour qu'il exciterait en elles).

Bhed était fils de l'ambassadeur persan Saïyid Murtazâ
Khân et frère du nabâb Mu'tamâd Khân. Câïm dit qu'il
ignore s'il a pris pour takhallus le mot *Mîrân* ou tout
autre nom, ce qui suppose qu'il n'a pas pris habituellement le surnom poétique de *Bhed*. Toutefois Sprenger le
mentionne sous ce takhallus et nous fait aussi savoir
que Schorisch le nomme Mîr-i Maïdân ; mais c'est peut-
étre une erreur de son manuscrit.

---

[1] 1. Ou Parvati, femme de Siva.
[2] 1. « Secret ».

BHOG [1] (Gulam-i Nabî), de Balgram, neveu de 'Abd uljalâl Balgramî, est un poëte hindi distingué et un habile musicien mentionné par 'Ischquî. On le dit auteur de deux mille quatre cents *dohras* qui égalent ceux de Bihârî. Un de ces dohras est cité dans l'édition lithographiée dans l'Inde de *Sacî o Panûn*, p. 30.

BHU PATI [2] ou BHU DEV, ou BHU PATI-DAS, de la tribu des kâyaths, est auteur d'un *Bhagavat* en vers hindis intitulé *Srî Bhagavat* [3]. Il y en a un exemplaire dans la bibliothèque de la Société Asiatique de Calcutta, et Ward cite cet ouvrage dans son « Histoire de la littérature et de la mythologie des Hindous ». J'ignore si cette production est la même dont on trouve un exemplaire au British Museum, sous le n° 5620, collection Halhed [4]. Ce dernier est formé de strophes de neuf vers ; il est écrit en caractères persans, et le dialecte hindouï qui y est employé est difficile à comprendre. Il y a aussi un *Bhagavat* en vers hindis à la bibliothèque de l'East-India Office et à celle du King's College de l'université de Cambridge intitulé *Pothî Bhagavat;* mais ce n'est, selon les catalogues, qu'une portion du *Bhagavat Pûrâna* [5], traduite du sanscrit. Le dixième livre, *Daçam iskandh,* qui est l'histoire de Krischna, le même qui a fourni la matière du *Prem sâgar,* a été traduit spéciale-

[1] I. « Jouissance ».
[2] I. « Maître de la terre, roi ».
[3] M. Martin, « Eastern India », t. Ier, p. 483.
[4] N. Bland possédait dans sa collection un bel exemplaire du *Bhagavat* en caractères persans et en strophes de neuf vers comme celui du British Museum.
[5] Le *Bhagavat,* dix-huitième et dernier *Pûrâna,* mais considéré comme apocryphe par certains Hindous, se compose de douze livres.

ment en hindoustanî. Il y en a un exemplaire [1] qu'on trouve indiqué dans le Catalogue de la riche bibliothèque de Farzâda Culî, Catalogue que possédait feu D. Forbes, et un autre existe dans la bibliothèque du Collége de Fort-William; celui-ci est intitulé *Pothî daçam iskandh* [2]. Il y en a dans la même bibliothèque une troisième copie, sous le titre de *Srî Bhagavat daçam iskandh,* et une quatrième, en bhâkhâ, dans celle de l'East-India Office, sous le même titre. On trouve aussi dans la collection Chambers (p. 18, n° 96 du Catalogue) un volume intitulé *Bhâshâ daçama skanda,* in-folio écrit sur des feuilles de papier détachées.

Dans le Catalogue des manuscrits orientaux de Farzâda Culî, il y a l'indication d'un ouvrage qui paraît identique et porte un titre particulier signifiant « la Couronne de la science indiquée par Krischna à Arjuna [3]. » Enfin le P. Paulin de Saint-Barthélemy cite parmi les manuscrits hindoustanis de la collection Borgia [4] un volume intitulé *Arjuna gutta* « le Chant d'Arjuna ». Or ce volume est probablement une version du *Bhagavat gutta,* s'il est réellement hindî, mais je pense qu'il est sanscrit. Il a été traduit en italien par Marcus à Tomba, et cette traduction se trouvait au Musée Borgia.

Il existe en français une traduction du *Bhagavat* sous le titre de *Bhagavadam* faite d'après une version tamoule par Foucher d'Obsonville.

[1] Il est intitulé *Pothî Sî (Srî) Bhagawat daçam iskand* « le dixième livre du Srî Bhagawat ».

[2] On a mis par erreur, dans le catalogue manuscrit que je possède, *Iskandar* au lieu de *iskandh*.

[3] *Ikâwas iskand Sî (Srî) Bhagawat o guiyânmâla ki Krischn ba Arjun irschâd karda.*

[4] « Musœi Borgiani Cod. manuscripti », p. 151.

BIBHISCHAN ou **VIBHISCHANA** [1] est auteur de poésies religieuses qui font partie de la collection des livres des Sikhs, laquelle porte le titre de *Sambu granth* « le Livre de Sambu [2] ».

BIDDHI [3] ou **BIDDHI BRAHMA CHAND NARAYAN** (Seth [4]), inspecteur des écoles de Mathura, est auteur :

1° Du *Alaschi (Alsi) aur déwaliyon kâ updes* « Avis aux prodigues et aux indolents [5] », traduction hindie d'un ouvrage mahratte publié à Pûna (Poonah), où il est traité des maux qui proviennent de la paresse et du désœuvrement. C'est une brochure de 16 p. imprimée d'abord à Sikandara [6], et dont j'ai la seconde édition d'Allahâbâd, 1856, in-8° de 19 p.

2° Du *Sârth siddha* « Correction profitable », traité de l'orthographe sanscrite et de la grâce de cette langue, en hindi ; extrait du *Kalpa vyâkaran* « Grammaire selon le désir », grammaire sanscrite usuelle, avec un commentaire hindi, imprimée à Agra pour les écoles des natifs des provinces nord-ouest [7] ; très-petit in-4° de 23 p., Allahâbâd, 1860. Il y en a plusieurs autres éditions.

3° D'un ouvrage sur la propreté physique et la pureté morale [8], intitulé *Suddhi darpan* « Miroir de la propreté »,

---

[1] I. Nom du frère de Râvana qui joue un grand rôle dans le *Râmâyana*.

[2] I. *Sambu*, qui signifie proprement un coquillage bivalve, est sans doute le nom du compilateur de la collection. Voyez au surplus les « Asiatic Researches », t. XVII, p. 238.

[3] I. « Sagesse ».

[4] Ce mot, qui précède le nom propre, est un titre d'honneur qu'on donne entre autres aux banquiers et aux négociants.

[5] « Dislection to idleness and improvidence ».

[6] Ou à Agra, selon Zenker.

[7] « Agra Government Gazette », 1er juin 1855. « Report on ind. educ. » ; Agra, 1853, p. 60.

[8] « A Treatise commending exterior cleanliness and purity of heart ».

écrit en hindi et imprimé plusieurs fois pour l'usage des écoles des natifs des provinces nord-ouest. J'en ai la troisième édition, Agra, 1859, gr. in-8° de 42 p.

I. BIHARI LAL[1] est un des écrivains hindouis les plus distingués; les Anglais l'ont nommé le Thompson de l'Inde. Il est auteur d'un poëme intitulé *Sât-saï*, qui jouit d'une si grande célébrité que les Hindous en citent sans cesse des fragments, et qu'il a été traduit en vers sanscrits[2] par le pandit Hari-praçàda, sous les auspices de Chet Singh, ràjà de Bénarès. Bihârî faisait les délices de la cour d'Ambher[3] au commencement du dix-septième siècle[4] de notre ère. On raconte qu'ayant été informé que le prince Jaï Sàh[5], qui vivait à cette époque, était infatué de la beauté d'une très-jeune femme qu'il avait épousée, au point de négliger entièrement les affaires de l'État, il fit glisser adroitement sous l'oreiller de ce prince, par un esclave qu'il gagna, un *dohá* propre à le réveiller de sa léthargie. Non-seulement il réussit dans ses vues, mais il fut comblé des faveurs royales. Voici la traduction de ce vers :

Lorsque la fleur s'épanouira, quelle sera la position de l'abeille, puisqu'elle est actuellement captivée par un bouton qui n'a encore ni odeur, ni douceur, ni couleur?

Les poëmes de Bihârî ont été arrangés dans l'ordre

[1] 1. « Chéri de Krischna »; de *Bihârî*, un des noms de Krischna, et du mot hindi *lâl* « chéri ».

[2] « Asiatic Researches », t. VII, p. 224.

[3] Ancienne capitale de la province de Jaïpûr.

[4] Et non du seizième, comme le dit Gilchrist, « Grammar of the hind. language », p. 40.

[5] Il s'agit sans doute ici du rànà d'Ambher ou Jaïpûr, Jaya Singh, nommé aussi Mirzà Ràjà. *Sâh* est l'orthographe indienne de *Schâh*.

qu'ils ont à présent, pour l'usage du prince A'zam Schâh, et cette sorte d'édition se nomme *A'zam Schâhi*[1]. Le *Sât-saï* est une sorte de Dîwân composé de sept cents dohâs dont Krischna jouant avec Râdhâ et les gopies forme le principal sujet.

Il semble, d'après Wilson, que Bihârî Lâl ait pris l'idée de son *Sât-saï* du *Sapta sati* de Govarddhan, ouvrage qui est aussi un recueil de sept cents stances sur des sujets divers (« seven hundred miscellaneous stanzas »). Il paraît[2] que c'est la traduction hindouie de ce dernier ouvrage que Lallû Lâl a publiée à Calcutta, sous le titre de *Sapta satika*[3], qui est aussi le titre qu'on donne à ce poëme[4]. Quoi qu'il en soit, le *Sât-saï* de Bihârî a une très-grande célébrité; il a été publié à Calcutta, en 1809, in-8°, par le pandit Bâbû Râm, et il y en a plusieurs autres éditions. Dans une copie de l'ouvrage sanscrit qui porte le titre de *Sapta satika*, copie qui fait partie de la belle collection de l'East-India Library, on trouve la note suivante de Colebrooke :

« *Sapta sati* (or 700 couplets), by Govardhanacharya, with a commentary by Avanta Pandita. This is said to be the original from which the Sat-sai was translated by Bihari and which has been lately translated back again into sanscrit... I suspect however from the second verse of the preface that this is translated from the pracrit.

---

[1] Colebrooke, « Dissertations » (« Asiatic Researches », t. VII, p. 221, et t. X, p. 443).

[2] Je dis *il paraît* parce que je n'ai jamais vu d'exemplaire de cet ouvrage.

[3] Voyez l'article LALLU LAL.

[4] Au sujet de la mesure de ce poëme, voyez Colebrooke, « Asiatic Researches », t. X, p. 443.

Govardhan however is praised by Jayadeva. He himself praises prior poets v. 30 of the preface of the poem. »

On compte huit différents commentaires connus du *Sât-saï*. On a imprimé à Bénarès en 1864 celui de Kavi Lâl, in-4° de 360 p. [1].

J'en possède deux manuscrits, un en caractères persans, par conséquent d'un usage fort incommode, et l'autre en caractères dévanagaris que je dois à l'obligeance de feu J. Prinsep, mais qui malheureusement fourmille de fautes.

II. BIHARI LAL (le pandit et mûnschî) est un écrivain contemporain qui fut d'abord professeur au Thomason College à Rurkî, puis précepteur du râjâ de Khatérî. On lui doit :

1° L'*Hidâyat-nâma tartîb daftar collectory* « Guide pour la tenue des registres de la perception des impôts », imprimé à Lahore en 1858 par les soins du pandit Sûrâj Bhân, gr. in-8° de 30 p.;

2° Le *Riçâla dar bayân khodâyî mittî* « Traité du terrassement », imprimé à Agra ;

3° Le *Païmâïsch khasrah* « Mesurement des terres », imprimé à Rurkî, et dont il y a plusieurs éditions ;

4° Le *Puschp bâtika* « le Jardin de fleurs », traduction hindie du huitième chapitre du *Gulistân;* Allahâbâd, 1860, in-8° de 28 p.;

5° Le *Uçûl-i 'ilm-i hindaçah* « Principes de géométrie », traduit en urdû de l'ouvrage de Tate ; Rurkî, 44 p.;

6° Le *Riçâla dar bâb-i païmâïsch khutût o sath*, ou simplement *Riçâla païmâïsch khutût o sath* « Traité des lignes et des surfaces », c'est-à-dire de la levée des plans,

---

[1] « Asiatic Researches », t. X, p. 414 et 419.

du terrassement, etc., traduit de l'ouvrage d'Elliot, Agra et Rurki, 1858, in-8° de 68 p. ;

7° La traduction du *Riçâla dar bayân banané sarakon ké* « Traité de la manière de faire les routes (Notes on Road making[1]) », compilé par le capitaine H. Bingham; Rurki, 1861, in-8° de 34 p. avec figures. Le même ouvrage est aussi, je pense, intitulé *Riçâla taïyârî sarak* « Traité de la tenue des routes ».

8° Le *Tarîkh Râjastân* « Annales du Râjasthân », histoire de ce pays, nommé aussi Râjpoutâna, et de ses relations avec le gouvernement anglais, rédigée en urdû d'après le texte anglais d'Aitchison. Toutefois, cet ouvrage a pour traducteur, selon l'*Akhbâr 'âlam* de Mirat du 29 novembre 1866, Lâlâ Jwâlâ-sahâi, et il est intitulé par ce même journal *'Ahd-nâmjat* « Lettres diplomatiques ». Cet ouvrage se compose de deux volumes, le premier concernant la principauté d'Odeypûr, le second les autres États du Râjasthân ou Râjpoutâna.

9° On doit aussi à Bihârî un *Jantrî* « Almanach » hindî pour 1868, de 16 p., imprimé à Maïnpûrî.

BILWA [2] MANGAL est un saint hindou très-célèbre, auteur de chants religieux et du *Mangalâcharan* [3], qui est, je pense, un recueil de poésies. Voici l'article que lui consacre le *Bhakta mâl*.

CHHAPPAÏ.

Bilwa Mangal, beau comme Mangal [4] (la planète Mars), fut la manifestation de la bonté de Krischna.

---

[1] Il y a de plus un « Treatise on Road making », par Hugh Sandaman, « Agra Government Gazette », juin 1855.

[2] I. Bilwa ou Bilw est le nom de l'ægle marmelos.

[3] « Les Règles du bonheur », par allusion au nom de l'auteur.

[4] Le poëte s'exprime ainsi parce que le saint dont il s'agit portait le nom de cette planète.

Il récita des kabits pleins d'une douce ambroisie, et prononça *des paroles* pures. Il plaça sur son cœur, comme une
rangée de colliers, les âmes des gens d'esprit[1].

Qu'arriva-t-il lorsqu'il abandonna sa main à *la disposition
de Hari*? Le dieu la serra contre son cœur.

Bilwa Mangal trouva la pierre chintâmani[2], et chanta d'une
manière admirable les jeux des femmes de Braj.

Bilwa Mangal, beau comme Mangal, fut la manifestation
de la bonté de Krischna.

EXPLICATION.

Le brahmane Bilwa Mangal était un homme de beaucoup
de sens, qui demeurait sur les bords de la Krischna. Sur l'autre
rive résidait une femme nommée Chintâmani. Une fois, pendant que celui-ci se baignait de ce côté, Chintâmani vint se
baigner de l'autre. Elle fit entendre un chant sur un ton si
agréable, que Bilwa Mangal perdit sa fermeté, et que désormais, sous l'empire de cette femme, il renonça à toute retenue
pour se livrer à sa passion.

Un jour qu'il célébrait un srâdh (service funèbre) en l'honneur de son père, la distribution de la nourriture à tous les
indigents qui se présentaient prit beaucoup de temps; aussi
son esprit était-il ailleurs. *Aussitôt qu'il le put* il alla sur le
rivage. Mais à cause des quatre mois de pluie la rivière était
très-grosse et très-haute; et comme c'était le soir, il ne trouva
point de bateau. Il pensa que s'il traversait la rivière à la nage,
il ne pourrait arriver, mais se noierait au milieu; que si au
contraire il se décidait à rester, il mourrait, par suite de la
peine qu'il éprouverait de ne point voir Chintâmani; que
puisque des deux façons il fallait renoncer à la vie, il valait
mieux tenter le premier parti.

Ayant fait cette réflexion, il s'élança dans la rivière, et il

[1] C'est-à-dire, je pense, les personnes animées de l'esprit de Dieu
apprécièrent ses poésies.

[2] C'est le nom d'une pierre merveilleuse qui, ainsi que la lampe
d'Aladin, procure ce qu'on désire. Ici ce mot est mis par allusion à la
femme de ce nom dont il est question plus bas.

passa la moitié de la nuit s'enfonçant et se relevant. Il était
sur le point de mourir, lorsqu'un cadavre passa flottant devant
lui. Il s'en saisit pour s'aider *à échapper à la mort*, le prenant pour un bateau que son amie lui avait envoyé ; et en
effet ce cadavre alla échouer sur l'autre rivage. Bilwa Mangal
étant descendu à terre, ne tarda pas d'arriver à la porte de
Chintâmani. Un serpent boa pendait du toit de la maison.
« Sans doute, dit-il en lui-même, ma bien-aimée, inquiète de
mon retard, aura eu soin de placer cette corde pour moi avant
d'aller se coucher. » Ayant donc saisi cette *prétendue* corde,
il monta sur le toit, puis il fit un tel saut *pour parvenir à la
chambre de Chintâmani* qu'il tomba dans la cour. Le bruit
qu'il fit en tombant réveilla tout le monde, et interrompit le
sommeil de Chintâmani. Craignant que ce ne fussent des
voleurs, elle alluma la lampe ; et elle fut étonnée de voir que
c'était Bilwa Mangal, et très-affligée *de l'accident*. Après
avoir fait baigner son amant, elle le revêtit d'habits secs, et
le fit entrer dans sa chambre. Elle lui demanda comment il
avait pu venir par un tel temps, la rivière étant si haute.
« Vous m'avez envoyé un bateau, lui répondit-il, et j'ai trouvé
une corde suspendue à votre porte. » A ces mots Chintâmani
tressaillit et s'écria : « Quelle fausseté dites-vous là ? » Comme
elle s'avança, elle vit le serpent, et elle pensa que la mention
du bateau devait être aussi peu exacte. Elle dit alors à Bilwa
Mangal : « De même que l'esprit est attaché à mes os et à ma
peau, ainsi doit être l'amour de Krischna ; je vous considére-
rai comme sage *si vous possédez cet amour ;* désormais je vous
reconnais comme vous appartenant à vous-même, et moi
comme maîtresse de moi-même. » Ayant dit ces mots, elle
prit dans sa main le bîn, et se mit à chanter un nouveau pad
sur les jeux des *quatre* coins *de Krischna et des gopies,* en se
séparant *de Bilwa Mangal.* Alors les yeux intelligents de ce
dernier s'ouvrirent, comme l'aurore succède à la nuit. Il ressentit dans son esprit un grand éloignement pour les choses
terrestres. Au matin Chintâmani sortit, et se dirigea d'un
côté ; Bilwa Mangal alla d'un autre côté. Il devint disciple de
Somaguir, et demeura une année entière auprès de lui. Après
avoir lu des livres qui respiraient le goût des beautés toujours

nouvelles *de la Divinité*, il se dirigea vers Brindâban. Étant en chemin, il s'arrêta au bord d'un étang où il demeura, ne levant les yeux sur aucun objet. La ville *de Brindâban* fut remplie de sa renommée.

La femme d'un riche marchand vint se baigner à cet étang ; il fut enchanté de sa beauté, et la suivit.

DOHA.

Il ne resta pas longtemps indifférent ; il se mit à la regarder. Il laissa là son chapelet, son sac, son Bhagawat guîtâ et le *tîka*.

Pour l'un l'or, pour l'autre une femme, pour un troisième l'épée, est préférable.

Il allait demeurer auprès de Hari, lorsqu'au milieu de son chemin un coup de l'amour l'atteignit.

La femme dont il s'agit arriva bientôt à sa maison. Bilwa Mangal resta debout à la porte. Le marchand vint à la maison de son côté, et comme il vit le sâdh debout à sa porte, il dit à sa femme de lui donner l'aumône. Elle lui dit : « Cet homme n'est pas un mendiant ; je connais sa réputation comme pénitent, et je sais qu'il m'a suivie. » A ces mots le marchand fit entrer Bilwa Mangal, le fit asseoir dans son salon, et dit à sa femme de prendre dans un plat de la nourriture, de la préparer, de la donner à manger au sâdh, et de lui rendre tous les services qu'il demanderait. La femme obéit à son mari, et agit conformément à ce qu'il lui avait ordonné. Elle arriva bientôt dans la salle avec un plat de nourriture. Mais Bhagawat changea la pensée de Bilwa Mangal, et il dit à cette femme : « Apportez-moi deux aiguilles. » Ainsi fit-elle. Alors Bilwa Mangal les ayant prises, en perça ses deux yeux en disant : « C'étaient deux mauvais génies que j'avais laissés aller dans le chemin de Brindâban, et qui m'avaient amené ici. » La femme du marchand frappée de crainte à cette vue, alla rapporter à son mari ce qui venait de se passer. Le marchand accourut, tomba aux pieds de Bilwa Mangal, et lui dit : « Ai-je pu occasionner quelque peine au sâdh? Venez, seigneur, ici, et je vous rendrai tous les services qui dépendront de moi. » Le sâdh répondit : « Vous m'avez déjà rendu un grand service. » Alors Bilwa Mangal se mit de nouveau en chemin

22.

pour Brindâban. Sur la route, tantôt il y avait du soleil, tantôt de l'ombre; tantôt il était affamé, tantôt il trouvait de quoi manger. Lorsque les rayons du soleil l'atteignaient, alors le maître (Krischna) le prenait par la main, et le conduisait à l'ombre. Bilwa Mangal ayant reconnu sa douce main, ne voulut plus la quitter.

Après que Bilwa Mangal fut arrivé à Brindâban, le maître lui envoya régulièrement du lait et du riz bouilli par l'entremise d'un inconnu. Sur ces entrefaites Bilwa éprouva le désir de posséder encore la faculté de voir, afin d'avoir l'avantage de contempler la face gracieuse *de Krischna*. Bhagawat, *pour lui complaire*, fit entendre de sa flûte un tel son, qu'il s'introduisit par le chemin de l'oreille de Bilwa Mangal; et alors ce dernier récita de sa bouche le livre nommé *Mangalâcharan*, qui est imbibé de l'ambroisie de l'excellence.

SLOKA SANSCRIT.

Victoire soit à Chintâmani, au gurû Somagnir, au gurû qui m'a instruit, et à Bhagawat, dont la tête est ornée de la couronne de crête de paon!

Victoire et prospérité aux pieds qui sur les bourgeons des feuilles de l'arbre Kalpa, trouvent d'eux-mêmes le goût des jeux!

Après que ses deux yeux se furent ouverts comme des fleurs de lotus, il passa quelques jours à reprendre ses sens. Cependant Chintâmani arriva auprès de lui, et ils se mirent à parler ensemble. En ce même temps le maître lui envoya du lait et du riz bouilli pour sa nourriture. Bilwa Mangal plaça ce objets devant Chintâmani, qu'il prit pour une personne étrangère qui venait lui demander l'hospitalité. Chintâmani dit : « Quel mérite ai-je donc acquis par mes œuvres pour que Hari m'ait envoyée ici, et m'ait conduite de sa propre main afin que j'atteigne ce lieu? »

Le jour se passa dans cette conversation sans que personne vînt auprès d'eux.

Telle est l'histoire de Bilwa Mangal et de Chintâmani.

BIMAR [1] était de Murâdâbâd (Agra), mais il habitait

---

[1] P. « Malade (d'amour) ».

Dehli. Karim, qui écrivait son Tazkira en 1848, en parle comme d'un jeune homme peu habile en poésie et qui avait plutôt, du reste, écrit en persan. Voici toutefois la traduction d'un de ses gazals hindoustanis que nous fait connaître Béni Nârâyan :

Je meurs ivre d'amour pour toi. Ah ! daigne t'informer de mon état ! O mon amie, informe-toi un peu de mon cœur affligé !

Et toi, ô zéphyr du matin, dis à l'agaçante beauté que j'ai vue : Quelqu'un est mourant au pied du seuil de ta demeure, va t'informer de ses nouvelles.

Dieu me délivrera-t-il du feu de ce chagrin, ou bien ressentiras-tu de l'amitié pour moi et t'informeras-tu de moi?

Comment mon cœur oubliera-t-il un instant ton souvenir? Je meurs en recherchant ta face; informe-toi de mon état.

Je n'ai pas la force de me traîner jusqu'à ta rue, je tombe mort à l'extrémité du bazar; ah ! daigne t'informer de moi.

Le médecin, en voyant mon état, s'est écrié : Le malade (Bîmâr) est sauvé (de son amour), apprends-en la nouvelle.

BIN CHAND BINAUR JI (le bâbû) est un Hindou par les soins duquel la seconde et la troisième partie du *Ganit sâr* « Essence des comptes », c'est-à-dire Traité d'arithmétique, ont été publiées à Lahore en 1863, in-8° de 198 et de 150 p. La première partie a été imprimée par les soins du pandit Ajodhya-praçâd.

BINDRABAN ou **BRINDABAN** [1], inspecteur des bureaux de poste à Faïzâbâd, est un kschatriya d'Agra qui est auteur d'un traité intitulé *Bahâr-i Bindrâban* « le Printemps de Bindrâban » sur la philosophie des Hindous. Ce traité, écrit en prose entremêlée de citations de vers d'auteurs hindous et musulmans, a eu deux édi-

___
[1] I. Nom d'une des villes saintes des Hindous.

tions. La seconde, que je possède, est de Lakhnau, 1866, petit in-fol. de 322 p. de 19 lignes.

BIR BAL [1], célèbre ministre d'Akbar, est aussi un poëte hindoui. On lui attribue nombre de vers passés en proverbe. Feu Sir Henry Elliot en cite plusieurs dans son « Supplemental glossary ».

BIRBHAN, qui est reconnu comme le fondateur de la secte hindouie des *sâdhs* [2], c'est-à-dire « purs (puritains) », habitait Brijbacir, près de Nârnaul, dans la province de Dehli. Il reçut en 1714, de Vikramàditya (1658 de Jésus-Christ), une communication miraculeuse de *Sat gurû* « le Directeur pur », nommé aussi *Udaka-dâs* « le Serviteur du Dieu unique », et *Mâlik kâ hukm* « l'Ordre du Seigneur » ou le Verbe de Dieu personnifié.

Les doctrines enseignées par le divin maître de Birbhân furent communiquées aux hommes en *sabda* et en *sâkhi*, c'est-à-dire en stances hindies détachées comme celles de Kabir. Elles sont réunies dans des manuels, et on les lit dans les assemblées religieuses des sâdhs. On a formé de leur substance un traité intitulé *Adi upades*, c'est-à-dire « les Premiers préceptes ». Dans ce traité, toute la doctrine sâdh est réduite en douze commandements ou *hukm*, qui sont répétés sous plusieurs formes, mais dont on reconnaît toujours l'identité. Wilson les a fait connaître dans son excellent « Mémoire sur les sectes hindoues ». Je crois être agréable au lecteur en les reproduisant ici [3] :

---

[1] I. « Le héros Bal ».

[2] Ces sectaires rappellent les *Cathares*, dont le nom est identique de signification et qui avaient des doctrines analogues.

[3] Le texte original se trouve p. 83 et suiv. du manuscrit de la Bibliothèque impériale de Paris du *Satnâmî sâdhmat*, qui lui a été donné par Mr. F. H. Robinson, du « Civil Bengal service ».

1. Ne reconnaissez qu'un Dieu qui vous a créés et qui peut vous anéantir, auquel aucun être n'est supérieur, et que seul, par conséquent, vous devez adorer. Il ne faut donc rendre aucun culte ni à la terre, ni à la pierre, ni au métal, ni au bois, ni aux arbres, ni enfin à aucune chose créée. Il n'y a qu'un Seigneur et le Verbe du Seigneur. Celui qui aime le mensonge et pratique la fausseté, celui qui commet le crime tombe en enfer.

II. Soyez humbles et modestes. Ne placez pas vos affections en ce monde. Attachez-vous fidèlement au symbole de la foi ; évitez d'avoir des rapports avec ceux qui ne sont pas de votre religion ; ne mangez pas le pain de l'étranger.

III. Ne mentez jamais. Ne parlez jamais mal en aucun temps, ni d'aucune chose : de la terre et de l'eau, des arbres et des animaux. Employez votre langue à la louange de Dieu. Ne volez jamais ni richesses, ni terre, ni animaux, ni leur pâture. Respectez la propriété d'autrui, et soyez contents de ce que vous possédez. Ne pensez jamais au mal. Que vos yeux ne se fixent pas sur des objets indécents en fait d'hommes, de femmes, de danses, de spectacles.

IV. N'écoutez pas de mauvais discours, ni rien autre, si ce n'est les louanges du Créateur. N'écoutez ni contes, ni bavardage, ni calomnie, ni musique, ni chant, excepté celui des hymnes.

V. Ne désirez jamais rien, ni pour votre corps, ni en fait de richesses. Ne prenez pas celles d'un autre. Dieu donne toutes choses ; vous recevrez en proportion de votre confiance en lui.

VI. Lorsqu'on vous demande qui vous êtes, déclarez que vous êtes sâdhs ; ne parlez pas des castes ; ne vous engagez pas dans des controverses. Soyez fermes dans votre foi, et ne mettez pas votre espérance dans l'homme.

VII. Portez des vêtements blancs, n'employez ni fard, ni collyre, ni opiat, ni *menhdî ;* ne vous faites aucune marque sur le corps, ni aucun signe distinctif des sectes sur le front ; ne portez ni chapelet, ni rosaire, ni joyaux.

VIII. Ne mangez ni ne buvez jamais aucune substance enivrante, ne mâchez pas de bétel, ne respirez pas de parfums, ne fumez pas de tabac, ne mâchez ni ne sentez de l'opium ;

ne tenez pas vos mains levées; et n'inclinez pas votre tête devant des idoles ou des hommes.

ix. Ne commettez point d'homicide; ne faites violence à personne; ne donnez point de témoignage capable de faire condamner un accusé; ne prenez rien par force.

x. Qu'un homme n'ait qu'une femme, et une femme un seul mari [1]; que la femme obéisse à l'homme.

xi. Ne prenez pas le costume d'un mendiant; ne sollicitez pas d'aumônes, et n'acceptez pas de présents. Ne craignez pas la nécromancie et n'y ayez pas recours. Connaissez avant d'avoir confiance. Les assemblées des gens pieux sont les seuls lieux de pèlerinage. Saluez seulement ceux d'entre eux que vous rencontrerez.

xii. Que les sâdhs ne soient pas superstitieux quant aux jours, aux lunaisons, aux mois, aux cris et aux figures des oiseaux et des quadrupèdes. Qu'ils ne recherchent que la volonté de Dieu.

Nous voyons par ce qui précède que les sâdhs, qu'on peut nommer les unitaires indiens, n'adorent que le Créateur seul. Ils le nomment *Satkâra* « l'Auteur de la vertu », et *Satnâm* « le Vrai Nom ». A cause de cette dernière expression, qu'ils appliquent à la Divinité, on les nomme quelquefois *satnâmi;* mais cette dénomination s'applique spécialement à une autre secte. Leur culte est extrêmement simple. Ils rejettent toute espèce d'idolâtrie. Ils ne vénèrent pas le Gange plus que les autres rivières. Toute espèce d'ornements leur est défendue. Ils ne saluent pas et ne prêtent pas serment [2]. Ils se privent de tous les usages du luxe, tels que tabac, bétel, opium et vin. Ils n'assistent jamais aux spectacles des bayadères [3].

---

[1] Il y a de plus, dans le texte, que l'homme ne doit pas manger les restes d'une femme, mais que le contraire est loisible, conformément à l'usage.

[2] En ceci ils ressemblent aux quakers.

[3] Ces renseignements sont tirés de la Notice sur les sâdhs, par W. H.

Les doctrines des sâdhs dérivent évidemment de celles de Kabîr, de Nânak et d'autres philosophes religieux de l'Inde, avec l'addition de quelques principes du christianisme. Toutefois, quant à leurs notions sur la constitution de l'univers, sur les divinités inférieures et sur le *mukti,* ou délivrance de la vie corporelle, ils pensent, selon Wilson, comme les autres Indiens.

Ils n'ont pas de temples, mais ils s'assemblent, à des époques fixes, dans des maisons ou dans des cours. Leurs réunions ont lieu à la pleine lune. Toute la journée se passe dans des conversations édifiantes. Au soir, ils prennent ensemble un repas fraternel, et ils passent ensuite la nuit en récitant des stances attribuées à Birbhân ou à son maître, et des poëmes de Dâdu, de Nânak et de Kabîr. .

Les villes où il y a le plus de sâdhs sont Dehli, Agra, Jaïpûr, Farrukhâbâd. Ils tiennent alternativement une grande réunion annuelle dans l'une de ces villes.

Les ouvrages hindoustanis sur la religion des sâdhs qui sont parvenus à ma connaissance sont les suivants :

1° *Pothî jnân bânî Sâdh-satnâmî ké panth ki* « le Livre du discours de la connaissance de la secte des Sâdh-satnâmis ». Cet ouvrage est indiqué comme le livre religieux des sâdhs par W. H. Trant, à qui il en fut remis un exemplaire par Bhavânî-dâs, principal personnage de cette secte, à Farrukhâbâd. Cet exemplaire a été donné par ce savant à la Société Royale Asiatique de Londres. C'est un manuscrit in-4°.

2° « An Account on the religion of the Sâdh, in hindoostance » ; manuscrit in-4° de la bibliothèque de la

Trant, « Transactions of the Royal Asiatic Society, » t. 1er, p. 251 et suivantes.

Société Royale Asiatique, donné, comme le premier, par W. H. Trant.

L'histoire de Birbhân et de la secte des sâdhs est développée d'une manière différente de celle que j'ai exposée ici dans un intéressant article du Rév. H. Fisher, publié dans l' « Asiatic Journal », t. VII, p. 72 et suiv.[1].

L'*Adi upades*, joint à d'autres poëmes religieux de la secte, forme une collection nommée à ce qu'il paraît *Satnâmî sâdhmat* « l'Esprit des Sàdh-satnâmîs », et qui est ainsi composée :

1° *Adi upades,* dont il a été parlé;

2° Quatre séries d'avis nommés *chitauni;*

3° Divers poëmes nommés *Bidhi* « Précepte » et *Bâni* « Discours » ;

4° *Adi lîlâ*[2] ;

5° *Aschtang jog* « l'Union *au moyen* des parties du corps » ;

6° *Niçânî* « Signes ou caractères *distinctifs des sâdhs* » ;

7° *Nau niddhi* « les Neuf trésors » ou « Avantages qu'on peut acquérir par la contemplation » ;

8° *Bhekhchitauni* « Avis sur le costume » ;

9° *Râjkhanda* « Division royale » ;

10° *Dunyâ kí chitauni* « Avis sur le monde » ;

11° *Sâdh padbi* « la Voie des sâdhs » ;

12° *Baçant*[3] « Chants de printemps » ;

13° *Hori*[4] « Chants de carnaval » ;

---

[1] Voyez aussi la préface de mes « Rudiments hindouis ».

[2] Le mot *lîlâ* signifie les « jeux de Krischna », et par suite les chants qui les célèbrent.

[3] On donne ce nom à un râg et à une espèce particulière de poëme.

[4] Voyez sur ce chant mon « Mémoire sur les fêtes hindoues ».

14° *Parwati*[1] ;

15° *Arti*[2] ;

16° *Mangal* « Invocations, chants de congratulation » ;

17° *Kabit*[3] ;

18° *Kundariyâ*[4] ;

19° Louange de Mâlak ;

20° *Manascha janm nistârâ* « Règlement de la vie du désir » ;

21° Les douze commandements dont j'ai reproduit la traduction ;

22° Des dohas sur le *Nirbân* « Béatitude finale » ;

23° Enfin le chant intitulé *Barâ pand* « Grande sagesse » ou « Science ».

Ces différents morceaux sont écrits en hindi fort intelligible.

I. BIRISCHTA [5] (Miyan Muscharraf ou Scharaf uddîn), de Dehli, élève de Bhorî Khân 'Azîm uddin Aschufta[6], est compté par Câcim parmi les poëtes hindoustanis.

II. BIRISCHTA (l'âgâ Huçaïn 'Alî), de Lakhnau, élève de Mîr Taquî Mîr, est auteur d'un Diwân persan et d'un Diwân hindoustanî dont Muhcin cite des vers.

1. BISMIL [7] (Mir Jabbar 'Alî), raïs de Chanar-garh,

---

[1] Ragni et poëme particulier.

[2] Tel est le nom qu'on donne à la cérémonie qui consiste à faire circuler une lampe autour d'un individu ou d'une idole.

[3] Sorte de poëme mentionné dans l'Introduction.

[4] La même sorte de poëme qui est nommé plus ordinairement *kundalya*.

[5] P. « Frit, rôti ».

[6] Voyez la rectification que j'ai indiquée dans ce volume, page 247, dernier alinéa.

[7] P. A. « Sacrifié », par allusion à l'usage musulman de prononcer les mots *bism illah* « Au nom de Dieu », en sacrifiant ou tuant un animal.

dans la province d'Allahâbâd, vivait encore, à ce qu'il
parait, lorsque Sarwar écrivait son Tazkira. Il habita
longtemps 'Azîmâbâd (Patna), puis Bénarès, ville nommée par les musulmans Muhammadâbâd, mais plus ordinairement Islàmàbàd[1], où il était chargé d'affaires du
mahàràja Chet Singh. Ce fut dans cette dernière ville
qu'Ibrâhîm le vit en 1196 (1781-1782). Il était très-
doux, plein d'intelligence, très-indépendant de caractère, et il occupe un rang distingué parmi les poëtes
de son temps. Il est auteur d'un Dîwàn, et Ibrâhîm, Lutf
et Muhcin, à qui on doit ces renseignements, citent
plusieurs pages de ses vers.

II. BISMIL (Gada 'Alì[2] Beg) est un écrivain hindoustanî qui vivait à Faïzâbâd dans la dernière moitié du
dix-huitième siècle, et dont 'Alì Ibrâhîm cite plusieurs
vers dans son *Gulzàr*. Il est auteur d'un masnawî qui a
pour titre *Dînwak-nâma* (en suivant la prononciation de
Sprenger), ce qui signifie « le Livre de la fourmi blanche ».

III. BISMIL (le hâfiz Hafîz ullah), professeur à Dehli,
élève de Nacîr, est un poëte hindoustanî mentionné par
Zukâ.

IV. BISMIL (Sìdì[3] Hamîd), fils de Bilâl Muhammad
Khân, de Patna, fut d'abord au service de Munîr
uddaula, puis il résida au Bengale, où il se fit connaître
par ses poésies. C'est à 'Ischqî, cité par Sprenger, que
nous devons ces détails.

V. BISMIL (le pandit Mannu Lal), de la caste des

---

[1] Voyez Hamilton, « East-India Gazetteer », t. II, p. 770.

[2] P. A. « Le mendiant de 'Alì ».

[3] *Sîdî* est la prononciation africaine de *Saïyidî*. On donne le titre de
Sîdî, dans l'Inde, aux musulmans d'origine nègre. Ce poëte l'était sans
doute, d'autant plus que le nom de Bilâl (nom du muezzin de Mahomet, qui était nègre), que portait son père, l'annonce aussi.

kâyaths, d'Aurangâbâd, élève du saïyid Muhammad
'Alî Nazìr, cité par Karìm, qui donne une strophe d'un
de ses poëmes, est à la fois poëte urdû et écrivain hindi.
En cette dernière qualité on lui doit le *Ramâswamédha*,
extrait du *Pâtâla khanda* du *Padma Purâna*, publié
sous les auspices du râjâ Iswarì-praçâd Nârâyan Singh,
d'après un manuscrit de sa bibliothèque; Bénarès, 1925
du samwat (1869), in-4° de 250 p.

VI. BISMIL (le maulawi Muhammadî [1]), nommé aussi
Miyân Sâhib, était un savant musulman versé dans la
littérature arabe, dans les lois, dans les sciences traditionnelles et philosophiques. Il avait étudié les célèbres
commentaires sur le *Fiqh* intitulés *Wicâyah* et *Hidâyah;*
et sur la tradition le *Mischkat* et le *Sahîh* de Bukhârî. Il
était lié avec feu le maulânâ Fakhr uddìn, et le biographe
Câcim avait étudié sous lui. Il est auteur de différents
traités sur la grammaire ou *sarf*, dont un en tableaux
intitulé *Ma'ârij uttasrif* « les Degrés des inflexions gram-
maticales », et il a écrit des vers hindoustanis et persans
qui ont été réunis en deux Diwâns, un urdû et l'autre
persan. On lui doit, en outre, des masnawis, un entre
autres qui porte le nom de son auteur, *Bismil*, et qui
roule sur toutes les questions relatives à la prière obliga-
toire ou *namâz* [2]. Karìm uddìn regrette que la famille de
Bismil n'ait pas apprécié comme elle l'aurait dû celles de
ses productions qui n'avaient pas reçu de publicité, et
qu'elle les ait négligemment vendues.

---

[1] Le même fort probablement que Muhcin nommé Bismil (Muhammadî Beg).

[2] Il s'agit probablement ici de la traduction libre du *Habl matîn* « la
Forte corde », traité sur la prière musulmane traditionnelle, par Sadî-
qui Makhî. Fluegel, « Hajji Khalfa », t. III, p. 13.

Bismil Muhammadî a traduit le *Maschâric ulanwâr*[1], et il a compilé différents traités élémentaires pour un jeune garçon nommé Ilâhî-bakhsch qu'il affectionnait.

VII. BISMIL (Mirza Bhuchchu Beg), de Dehli, était un militaire de race mogole qui avait étudié l'art des vers sous la direction de Saudâ et s'y était distingué lui-même. Il a laissé un Dîwân estimé mentionné par Sarwar et par Zukâ.

VIII. BISMIL ('Alî-yar Khan) est auteur de plusieurs poëmes hindoustanis et persans dont on trouve un exemplaire à l'East-India Library.

On lui doit aussi deux collections de logogriphes et d'énigmes en vers intitulées *Pahélî rekhta*. La première, dédiée à Açaf uddaula, se compose d'environ cinq cents pièces, et la seconde d'environ trois cents. On les conservait l'une et l'autre dans la bibliothèque du Top khâna de Lakhnau.

IX. BISMIL (le pandit Sundar Lal Anjahanî), fils du bakhschî Tikâ Râm, originaire du Cachemire et natif de Lakhnau, élève d'Imâm-bakhsch Nâcikh, archiviste de Cawnpûr, est auteur d'un Dîwân dont Muhcin cite des gazals dans son Tazkira.

X. BISMIL (Muhammad 'Abd ulhakîm), de Dehli, fils du hakim Pîr-bakhsch, neveu (fils de frère) du maulawî Imâm-bakhsch Sahbâî, est mis au nombre des poëtes hindoustanis par Muhcin, qui donne un échantillon de ses vers.

---

[1] Il est probablement question ici de l'ouvrage intitulé *Maschâric ulanwâr 'ala sihâh ilaçâr* « les Orients des lumières sur les vraies traditions », par Yahsabî; commentaire sur les traditions extraordinaires contenues dans les grands corps de traditions nommés *Sihâh*, c'est-à-dire le *Mawattâ*, le *Bukhârî* et le *Muslim*. Voyez Fluegel, « Hajji Khalfa », t. V, p. 546.

XI. BISMIL (Muḥammad Beg, *alias* Mirza Ilah-yar Beg), de Lakhnau, fils et élève de Mirzâ Muhammad Amîn Beg Tâhir, est auteur d'un Dîwân dont Muhcin cite des gazals dans son Tazkira.

BISWA-NATH[1] SINGH (le râjà) est auteur de chants populaires hindis et d'un *Tika* « Commentaire » sur les poésies de Kabîr.

BODHALÉ BHAVA est un poëte hindî qui florissait à Dhâman, où sont encore ses descendants, en 1600 du sâka (1678), et qui composa des poésies religieuses. On lui doit entre autres :

1° Le *Bhakti vijaya* « le Triomphe de la dévotion » ;

2° Le *Bhakta lilâmrita* « le Passe-temps des dévots ».

BRAHMAN (Data Ram[2]) est un brahmane hindou qui a écrit en urdû des poésies estimées, où il a pris pour takhallus le nom de sa caste. Mannû Lâl en cite plusieurs gazals dans son ouvrage sur la rhétorique. Voici la traduction d'une de ces pièces :

Si tu souris de tes lèvres gracieuses, les fleurs s'épanouissent dans le parterre ; si tu lèves le voile qui couvre ta face, la rose développe ses pétales.

Lorsque cette beauté qui fait honte au printemps s'attache à mon cou, mon corps tressaille sous mon vêtement.

Le printemps est arrivé. Viens te promener dans ce champ et tu pourras voir les oiseaux prendre leurs ébats, les forêts s'émailler de fleurs.

Ici, la rose ouvre son calice ; là, le rossignol fait entendre son ramage ; plus loin, la tulipe et le jasmin s'épanouissent.....

Si quelqu'un désire aujourd'hui se promener dans les jardins et les champs, qu'il sache bien qu'il y a, outre la noire cicatrice de la tulipe, celle du cœur de Brahman, qui s'est ouverte comme le bouton d'une fleur.

---

[1] I. « Le Seigneur de l'univers (Wischnu) ».

[2] I. « Râma le généreux ».

BRAHMANAND [1] (le swâmi) est auteur de *Siva lilâm-ritam* « l'Ambroisie des jeux de Siva », dont la Société Asiatique de Calcutta possède un exemplaire et dont le sujet est probablement religieux.

BRAJBACI-DAS [2] est auteur du *Braj-vilâs* « les Plaisirs de Braj », poëme sur la vie et les jeux de Krischna pendant sa résidence à Braj et à Brindaban, jusqu'à son départ pour Mathura et au meurtre de Kans. Ce poëme, qui est écrit en bhâkhâ, est indiqué comme étant imprimé dans le Catalogue de la collection Mackenzie [3]. Dans tous les cas, il y en a une édition lithographiée à Agra, avec figures, en un in-4° de 212 p. ; et il a été publié en caractères persans à Lakhnau en 1923 du samwat (1866), in-8° de 778 p.

BRIND [4] ou VRINDA (Sri Kavi) est auteur d'une collection de proverbes en vers (dohas) hindis intitulée *Sata sati* ou *Sat-saï* « les Sept cents dohas [5] » . Cet ouvrage a été d'abord imprimé à Agra, comme livre classique, par le Rév. J. J. Moore, puis réimprimé à Bombay en 1911 du samwat (1855), in-12 de 102 pages.

BULAQUI [6] (le saïyid), du Décan, est auteur d'un masnawi sur l'ascension de Mahomet au ciel, intitulé *Mi'râj-nâma* « le Livre de l'ascension ». J'en possède un exemplaire en caractères naskhis qui fait partie d'un recueil de treize différents masnawis et de quelques

---

[1] 1. « La joie de Brahma ».

[2] 1. « Le serviteur de Krischna (l'habitant de Braj) ».

[3] T. II, p. 116. Voyez aussi « Asiatic Researches », t. XVI, p. 94.

[4] I. « Accumulation ».

[5] Il y en a sept cent cinq.

[6] A. P. Adjectif dérivé de *bulâc*, nom de l'anneau que les femmes portent au nez en Orient.

gazals formant un épais volume tout copié par un certain
Schaïkh Ahmad, fils de Muhammad Ibrâhim *Guïû*[1], qui
a placé des vers de sa façon à la suite de ce poëme. Le
Mi'râj-nâma a été copié en 1219 (1804-1805). Sprenger
nous fait savoir qu'il y en avait plusieurs exemplaires à
Lakhnau avant la dernière insurrection.

BUNYAD[2], de Lakhnau, élève de Mashafi, est compté
par Sarwar au nombre des poëtes hindoustanis.

BUTA-MAL[3] (LALA), rédacteur du *Sarkârî akhbâr*
« les Nouvelles du gouvernement », journal urdû de
Lahore, est aussi le continuateur du *Zubdat ulhiçâb*[4]
« Quintessence de l'arithmétique », dont il a donné la
seconde et la troisième partie à Lahore en 1863, de
196 p. et 136 p. in-8°.

C

CABIL[5] (MÎRZA 'ALÎ-BAKHT), prince de la maison royale
de Dehli, élève de Zauc, est cité par Karim parmi les
poëtes hindoustanis dont il fait mention dans son
Tazkira.

I. CACIM[6] (le saïyid ABUL'CACIM), de Dehli, est connu
aussi sous le surnom de *Cádirî*, qui fait allusion à la corporation religieuse à laquelle il appartenait, corporation
qui a pour fondateur le célèbre spiritualiste 'Abd ulcâdir

---

[1] C'est-à-dire « le chanteur ».

[2] P. « Base, fondement ».

[3] I. *Bûtâ* signifie « force, pouvoir »; et *mal* ou plutôt *mall* est un titre
d'honneur expliqué plus haut.

[4] Voyez l'article AJODHYA-PRAÇÂD.

[5] A. « Capable » (*câbil*).

[6] A. « Distributeur ».

Guilâni. Quant à son titre d'Abû'lcâcim, il le prit, ainsi qu'il nous l'apprend lui-même, par dévotion pour Mahomet, qui s'appelait Abû'lcâcim, c'est-à-dire le *Père de Câcim*, enfant qui mourut en bas âge [1].

Câcim appartenait à la secte orthodoxe de Hanîfa. Il fut disciple spirituel du maulâna Fakhr uddîn et élève littéraire du khwàja Ahmad Khân [2]. Il se livra à l'étude de la médecine sous la direction du hakîm Muhammad Scharîf Khân. Quant à la poésie, il en avait eu le goût dès son enfance, et ce fut Hidâyat ullah Khân Hidâyat qui l'initia aux mystères de cet art.

A l'époque de la rédaction de son Tazkira, Câcim avait déjà écrit environ huit mille vers qu'il avait réunis en Dîwân ; en outre, un masnawî de près de trois mille cinq cents vers, intitulé *Quissa-i mi'râj* « Histoire de l'ascension (de Mahomet) », et un autre masnawî du mètre du *Bostàn* et de près de cinq mille deux cents vers, sur les *miracles* d'Abd ulcàdir surnommé *Gaus-i samdâni* « l'Aide de l'Éternel ». On trouve trente pages de ses vers dans son propre Tazkira.

Ce fut en 1221 (1806-1807) qu'il rédigea sa Biographie des poëtes hindoustanis, à laquelle il donna le nom de *Majmû'a-i nagz* « Charmante collection », titre qui offre le chronogramme de 1221 (1806-1807), date de son travail. Cet ouvrage est écrit en persan et en style très-recherché, rempli de rimes et d'allitérations : il y a en tête une longue préface pompeusement écrite sur la poésie, et des notices sur environ huit cents écrivains.

---

[1] Mahomet avait eu quatre garçons, tous morts en bas âge : Câcim en était l'aîné.

[2] Il sera question plus loin de Mîr Ahmad Khân Fârig, qui paraît être un élève du même personnage.

Kamâl, Sarwar, Schefta et Karîm font un grand éloge
de Câcim; ils louent son talent littéraire et sa piété. S'il
faut en croire Karîm uddin, il mourut en 1830, âgé de
cent neuf ans. Dans tous les cas, il demeurait à Calcutta
en 1814. Bénî Nârâyan, qui le connaissait particulièrement, nous fait savoir qu'il était allié à la famille
impériale de Dehli, et il cite quatre de ses gazals [1]. Voici
la traduction d'une de ces pièces qui appartient au genre
mystico-érotique, que les musulmans ont cultivé avec
tant de succès :

Si tu as prêté l'oreille à l'oiseau qui gémit dans le bosquet,
tu pourras alors seulement apprécier la facture de mes vers.

Lorsque cette beauté qui excite la jalousie du soleil m'a touché, les fils de la toile qui me couvre se sont changés en autant de rayons.

Le véritable amant peut-il se laisser jamais resserrer dans le
manteau des pratiques extérieures? L'insensé fait-il attention
à la nudité de son corps?

Comment peut-on dire que je ne verrai pas ta noble stature
et ta forme élégante? n'aperçois-je pas dans le jardin le cyprès
et le lis?

L'or le plus pur ne saurait m'attacher..... La couleur de ton
corps est plus agréable encore.

La pureté de ton essence peut se comparer à celle de la fleur
nommée *séoti* [2]. Le monde peut-il s'en faire une idée?

Et ces boucles de cheveux en désordre sur ta face n'offrent-
elles pas à Câcim l'apparence des nuages obscurs qui entourent la blanche lune?

Cet écrivain serait-il le même que Mîr nomme Câcim

---

[1] Trois dans le corps de son Anthologie et un dans l'appendice.

[2] Afsos, dans son *Arâïsch-i mahfil* « Statistique et Histoire de l'Hindoustan », dit que cette fleur (variété de la *rosa glandulifera*) est une
des plus remarquables de l'Inde. Il en compare les étamines à l'écriture
déliée que trace son calam pour en décrire la beauté.

Mirzâ dans sa Biographie, et dont il ne cite qu'un seul vers?

II. CACIM (le hakîm CADR ou CUDRAT ULLAH KHAN) est un médecin musulman qui s'est beaucoup occupé de poésie. On lui doit un Diwân dont Mannù Lâl cite plusieurs vers. Voici la traduction de deux baïts qui terminent un de ses gazals :

Tu n'as pas permis à mes lèvres amoureuses d'exprimer leurs désirs, ou plutôt c'est l'abattement où je suis plongé qui ne leur a pas permis de se mouvoir.

La bien-aimée de Câcim ne viendra-t-elle pas éteindre de son souffle le feu de la blessure du cœur de son amant? Lui permettra-t-elle du moins d'approcher d'elle?

III. CACIM (le saïyid CACIM 'ALÎ KHAN), fils de 'Ata Huçaïn Khân Tahcin [1], auteur du *Nau tarz-i murassa'* ou *Murassa' racam*, était un poëte distingué et un habile musicien. Il avait occupé le poste de percepteur de village pour le gouvernement anglais, mais il résidait à Lakhnau à l'époque de la rédaction du *Gulschan békhâr*.

IV. CACIM (Mîr CACIM 'ALÎ KHAN), de Bareilly, est distingué probablement à tort du précédent par le biographe Schefta.

CACIM 'ALI est auteur d'un poëme urdû intitulé *Haïrat afzâ (quissa)* « Histoire qui excite l'étonnement », in-8° de 24 p., 1862.

CACIM DAKHNI, c'est-à-dire du Décan, est un poëte distingué, élève de 'Uzlat. Voici la traduction de quelques-uns de ses vers, cités par Fath 'Alî Huçaïni :

L'ambre, qui a la propriété d'attirer la paille, a perdu (de dépit) sa belle nuance en voyant ton visage couleur d'or.

---

[1] Voyez son article.

Je t'ai livré mon âme comme une guirlande de *maulsarî*[1], et tu ne m'as pas même donné une tresse de ces fleurs.

C'en est fait, tes gentilles agaceries me font mourir.

Ah! du moins, viens demain planter du *nâzbo*[2] sur ma tombe, puisque les feuilles recoquillées de ce végétal rappellent les boucles musquées de tes cheveux.

CACIR[3] (Mirza Babar 'Alî Beg[4]), de Dehli et habitant de Lakhnau, fils de Mirzâ Rustam 'Alî Beg de Samarcande et beau-frère de Zafar-yâb Khân, fut élève d'abord de Sanâ ullah Khân Firâc, puis de Mashafî. Il était militaire de profession, mais il s'était originairement occupé de commerce. Il vint à Murschidâbâd, puis à Patna, et de là à Calcutta; ensuite il retourna à Dehli.

Câcir a laissé un Dîwân de poésies hindoustanies dont Mannû Lâl donne un échantillon dans son *Guldasta* et dont Muhcin cite plusieurs gazals dans son Anthologie.

I. CADIR[5] (Mîr 'Abd ulcadir), de Dehli selon 'Alî Ibrâhîm, et de Haïderâbâd selon Kamâl, qui s'était trouvé avec lui dans une réunion littéraire à Râmpûr, est un poëte urdû qui à l'âge de cinquante ans renonça au monde et entra dans la voie de la contemplation.

Ne serait-il pas le même que celui que Fath 'Alî Huçaïnî nomme le saïyid Khalîl Câdir ou Câdirî, lequel habitait le Décan à l'époque où ce biographe écrivait, et dont les productions sont remarquables par la facilité avec laquelle elles sont rédigées[6]?

[1] *Mimusops elengi.*
[2] *Ocimum pilosum.*
[3] A. « Court », c'est-à-dire « petit ».
[4] Sarwar le nomme Mirzâ Amîr 'Alî Beg.
[5] A. « Puissant ».
[6] Toutefois Kamâl sépare ce poëte du premier, et il en cite un gazal.

II. CADIR (Mîr Cadir 'Alî) est un autre poëte hindoustani.

III. CADIR (Mirza Sarfaraz 'Alî), de Lakhnau, fils de Mirzâ Henga, *dàroga* (intendant) de Mîr 'Alî, l'auteur de marciyas, et élève de Tâlib 'Ali Khàn Aïschî, mit en circulation un Dîwàn dont Muhcin cite des vers.

IV. CADIR (le maulawî 'Abd ulcadir), d'Allahàbàd, fils du saïyid Karâmat 'Ali, nous est connu par Muhcin, qui en cite des vers dans son Tazkira.

CADIR-BAKHSCH[1] a présidé à la publication du *Mufîd 'àm* « l'Utile à tout le monde », traité des différentes ères, des poids et des mesures en usage dans l'Inde, en urdû, in-8° de 40 p.; Lakhnau, 1276 (1859). On lui doit le *Mukhtaçar uttajwîd* « Abrégé de la bonne manière (de lire le Coran) »; Dehli, 1868, gr. in-8° de 32 p.

CADIR-HUÇAIN, de Pondichéry, est un musulman qui a traduit du persan en hindoustani des Anecdotes dont j'ai un manuscrit in-4° de 15 f., écrit en 1826.

CADIR-YAR[2] est auteur du *Quissa-i Pûran Bhagat*, conte en vers panjâbis qu'il a reproduit en urdû, in-8° de 20 p.; Lahore, 1863.

CADIRI[3] (Schah Muhammad) est auteur d'un masnawî considérable intitulé *Khazâna-i 'ibâdat*, c'est-à-dire « le Trésor de la dévotion », traité développé sur la religion musulmane dans le genre du *Muhammadiyeh* de Muhammad Chélébî, publié par Mirzâ A. Kasem Beg, à Kasan, en 1261 (1845). Cet ouvrage, qui est très-estimé par les musulmans du Décan, a été composé en 1199

---

[1] A. P. « Don du Puissant (Dieu) ».

[2] A. P. « L'ami du Puissant (Dieu) ».

[3] A. *Câdirî*, adjectif dérivé de *câdir* « puissant », etc.

(1784), et Mr. E. Sicé, de Pondichéry, a bien voulu m'en gratifier d'un manuscrit.

I. CADR [1] ou CADAR (Muhammad) était un poëte licencieux, mais habile et renommé, qui vivait sous le règne de Muhammad Schâh. Il avait secoué le joug salutaire de la religion et vivait dans le libertinage le plus effréné, s'adonnant même à l'amour antiphysique, s'il faut en croire les biographes originaux.

II. Un poëte du même nom est auteur d'une rédaction hindie de la légende de *Laïlâ o Majnûn*, publiée à Agra en 1868, in-16 de 16 p.

CAIÇAR [2] (Mirza Muhammad Khurschaïd-Cadr), de la famille royale de Dehli, fils de feu Mirzâ Muhammad-Cadr Bahâdur, qui était petit-fils de Jahândâr Schâh, est compté au nombre des poëtes hindoustanis. Il a appris l'art des vers de Gauhar 'Alî Muschir, auteur de marciyas; toutefois il en a écrit fort peu, car il s'est surtout occupé d'histoire. On trouve cependant de lui un wâçokht intitulé *Wâçokht Caïçar*, qui est publié dans la collection de wâçokhts imprimée à Dehli en 1849. On trouve aussi un gazal de cet écrivain dans le Tazkira de Muhcin.

CAIL [3] (le saïyid 'Alî), de Patna, fils de Mir Fazl 'Alî, autrement dit Mir Mathan, alla demeurer à Lakhnau à cause de sa parenté avec le schaïkh Fath 'Alî, dâroga de la nabâbe Cudciyah Mahal. Après avoir séjourné quelque temps à Lakhnau, Câïl alla résider à Cawnpûr. Il mourut pendant un pèlerinage qu'il fit à Karbala. Mir

[1] A. « Valeur, quantité, et destin ».

[2] A. L. « César ».

[3] A. « Parlant ». Il prit peut-être ce surnom parce qu'il parlait, dit-on, très-haut.

'Ali Auçat Raschk fut son maître, et il a laissé un Dîwân dont Muhcin donne des vers.

CAIM [1] (le schaïkh Quiyam-uddîn 'Ali), autrement dit Schaïkh Muhammad Câïm, naquit dans la ville de Chandpûr ou Naddyâ; mais il résidait ordinairement à Dehli, parce qu'il y occupait les fonctions de gouverneur de l'arsenal. Il eut de bonne heure du goût pour la poésie, et devint célèbre par la fertilité de son imagination et l'élégance de son style. Il se distingua parmi les littérateurs de son temps par son jugement sain et la droiture de son esprit. 'Ali Ibrâhîm et Lutf rapportent qu'il commença à s'exercer à la poésie hindoustanie sous Mîr Dard, en qui il eut toujours beaucoup de confiance, et que plus tard il fut un des élèves de Mîr Muhammad Rafî' Saudâ. Mîr l'avait connu. Mashafî eut occasion de le voir à Cuttarah, chez le nabâb Muhammad Yâr Khân [2], qui à cette époque accordait, dans l'Inde, aux gens de lettres une protection éclairée, et s'occupait lui-même de poésie. Câïm et Mashafî se lièrent ensemble à cause de l'uniformité de leurs goûts; mais lorsque la prospérité de Cuttarah fut détruite et qu'eut lieu l'installation de Faïz ullah Khân comme souverain de Râmpûr, Câïm alla résider auprès du fils du nabâb Muhammad Yâr Khân, qui l'employa dans diverses opérations militaires.

Ses gazals ont été réunis en un Dîwân qui est très-estimé. Il a en outre composé une grande quantité de cacîdas et de masnawîs [3], et un Tazkira intitulé *Makhzan*

---

[1] A. « Debout, fixé, attentif, persévérant ».

[2] Voyez l'article sur ce personnage sous son surnom poétique d'*Amîr*.

[3] Lutf nous apprend que ses meilleures poésies sont ses gazals et ses masnawîs.

nikât [1] « le Trésor des bons mots » ou *Nikât uschschu'arâ*
« Bons mots des poëtes », comme celui de Mîr; et selon
Mashafî, *Tabacât uschschu'arâ* « les Rangées » ou « classes »
des poëtes », titre adopté aussi par d'autres biographes.
Ce Tazkira est cité par Muhcin et par Mashafi à l'article
sur Kalîm.

Kamâl, qui a été son élève et qui lui consacre un long
article, le nomme Miyân Schâh Quiyâm uddîn. Il le
donne comme un des écrivains les plus distingués de son
siècle et comme n'étant égalé que par Saudà. Il cite
beaucoup de pièces extraites de son Dîwân, entre autres
plusieurs contes, satires et autres poëmes intéressants
sous le rapport ethnographique. Il reconnaît que pour
rédiger son Tazkira il a mis à contribution celui de Câïm.

Ce Tazkira est divisé en trois parties, *tabacât* « classes »;
c'est à savoir : les poëtes anciens, les poëtes intermé-
diaires, et enfin les modernes, au nombre en tout de cent
dix; il a été écrit en 1166 (1752-1753); et bien qu'il ait
été rédigé trois ans plus tard que ceux de Mîr et de
Fath 'Alî Gurdézî, Câïm ne dit pas qu'il ait connu ces
ouvrages, et il se flatte d'avoir rédigé le premier Tazkira
des poëtes hindoustanis. La sincérité de cette assertion
est néanmoins contredite par le Dr Sprenger [2], qui a ob-
servé que les extraits que Câïm donne des poëtes hindoustanis sont souvent les mêmes que ceux de Gurdézî.

Le *Makhzan nikât* est rédigé en persan, et c'est là
qu'on trouve la première mention de Sa'adi parmi les
poëtes hindoustanis [3].

[1] Ce titre donne le chronogramme de la date de l'ouvrage. Le poëte
Akram a fait sur ce tarikh une pièce de vers.

[2] « A Catalogue », etc., p. 179.

[3] Voyez mon article sur « Sa'adî considéré comme auteur de *poésies
hindoustanies* », dans le Journal Asiatique, 1843; et « Mas'oud », etc.,
Journal Asiatique, 1853.

Schefta dit que les meilleures poésies de Càïm sont ses quita's et ses rubà'is. Du reste il ne partage pas l'enthousiasme de Kamàl, et il considère comme une *folie* d'égaler ce poëte à *Saudà* « folie ».

Càïm alla de bonne heure à Dehli, où il obtint un emploi du sultan : il mourut entre 1207 et 1210 (1792-1795).

Il y a plusieurs exemplaires du Diwân de Càïm à Lakhnau et à Calcutta, lesquels sont décrits par le Dr Sprenger dans son Catalogue des manuscrits des bibliothèques du roi d'Aoude, p. 631 et 632.

'Alî Ibrâhîm dit que Càïm vivait dans les environs de son pays natal, en 1194 de l'hégire (1780). Mashafi, qui écrivait sa biographie en 1793-1794, avait ouï dire qu'il était mort à Râmpûr. Effectivement, on trouve dans un exemplaire des Kulliyâts de Jurat, qui fait partie de ma collection, un tarîkh qui fixe la mort de cet écrivain à l'an de l'hégire 1207 (1792-1793 de J. C.)[1].

Mashafi a cité dans son Tazkira près de dix pages des vers de Càïm, Mir près de quatre pages, et Bénî Nârâyan un mukhammas tout entier. Voici la traduction de deux de ses masnawîs, le premier cité par 'Alî Ibrâhim, et le second, qui est beaucoup plus long, par Kamâl.

L'HIVER DANS L'INDE.

L'hiver est tellement rigoureux cette année, qu'au matin le soleil lui-même tremble de froid ; bien plus, on dirait qu'il n'y a plus de soleil dans le ciel, et que le firmament cache ce réchaud dans son sein.

La couche d'écume verdâtre qui en ce temps surmonte

---

[1] Lutf dit qu'il mourut en 1210 de l'hégire, c'est-à-dire trois ans plus tard.

l'eau des étangs, a l'apparence d'une couverture de Cachemire.

On passe la journée à se réchauffer aux rayons du soleil, et à la nuit on s'enveloppe dans un chaud tapis.

Le ciel est toujours revêtu de son manteau de satin; c'est la voie lactée qui apparaît sous le costume du pandit.

Le *bayla*[1] vient se reposer au bord de la rivière, et s'envole ensuite à tire-d'aile.

Dans le chemin il est tombé de la neige tellement blanche, qu'il ressemble au cardeur lorsqu'il est recouvert de flocons de coton.

Du ciel sort un bruit sourd; un vent froid et violent se fait sentir; il secoue fortement les arbres.

Jour et nuit, grands et petits ont les mains engourdies par le froid; mais les plus riches s'enveloppent tout à fait de coton, comme la poire ou le raisin qu'on veut conserver.

Allez-vous chez les confiseurs et regardez-vous leur étalage, vous n'y verrez que de la neige.

Si le lecteur trouve *froid* ce tableau du *froid*, Câïm espère qu'en égard à la saison qu'il décrit on l'excusera.

MASNAWÎ-I 'ISCHQUIYA-I DARWESCH [2].

Il y avait dans le Panjâb un derviche qui habitait au bord d'un chemin une cellule en un endroit extrêmement agréable; on eût dit que des perles de la plus belle eau, réduites en poussière, en formaient la terre. Il y avait dans un angle un bosquet qu'on aurait pris pour le jardin de Rizwân [3] : les arbres de ce lieu étaient tellement beaux que le Tûbâ [4] lui-

---

[1] *Ardea torra* et *putea*. Buch.

[2] C'est-à-dire « Poëme érotique sur un derviche ». Ce conte en vers ressemble beaucoup à celui de Mir Taqui intitulé *Schu'ala-i 'ische* « la Flamme de l'amour ». Il y a beaucoup de poëmes hindoustanis sur des sujets semblables; on en lit un entre autres dans la collection des œuvres de Mir, outre celui que je viens de mentionner, lequel roule sur un amant et une maîtresse qui s'aimèrent sans se l'être jamais dit et qui périrent ensemble sur un bûcher.

[3] C'est-à-dire « pour le paradis », dont Rizwân est le gardien.

[4] Arbre du paradis.

même ne les égalait pas. Leurs branches et leurs fleurs naissantes étaient serrées l'une contre l'autre comme de tendres amis. L'ombre agréable dont on jouissait sous leur feuillage semblait entraîner l'âme par le pan de la robe. Les voyageurs qui passaient par là oubliaient leur propre pays, *tant ils trouvaient ce lieu agréable...*

Le destin voulut qu'une procession nuptiale vînt à passer par ce chemin. En voyant cet endroit si frais et si pittoresque, tous ceux qui formaient cette procession, hommes et femmes, descendirent de leurs montures; la fiancée mit aussi pied à terre; elle voulait respirer l'air frais[1] dont elle était privée dans son palanquin, où elle souffrait beaucoup de la chaleur, et dont elle écartait le rideau avec ses doigts de pistache[2] qui d'un seul coup auraient pu sacrifier tous les hommes. Lorsque le solitaire vit ce délicieux visage, il ressentit une vive agitation; le regard de cette belle fut *pour lui* comme la flèche lancée par un Tartare, qui perce le cœur de part en part. Ils avaient à peine passé quelques instants ensemble, qu'heureux et contents ils s'étaient fait mille promesses, et mille fois s'étaient juré fidélité. Cependant le jour était sur son déclin, et il fallait se remettre en route; mais les deux amants voulaient rester réunis... Que le chemin de l'amour serait agréable, s'il ne s'y rencontrait pas l'épine de la séparation!... La fortune a-t-elle fait rire quelqu'un, sans qu'au milieu de ses joies elle lui ait fait répandre des larmes de sang?

Quoi qu'il en soit, tandis que cette belle, dont le cœur était blessé, allait se remettre en marche, le derviche, dont le cœur était également blessé, se roulait dans le feu *de l'amour*. Ni l'un ni l'autre ne pouvait parler; ils étaient ensemble, et gardaient un silence significatif. Cependant on souleva le palanquin de la fiancée, et la caravane quitta la station. La belle se mit donc en route, tandis que l'amant resta dans sa cellule;

[1] A la lettre, « elle voulait manger de l'air ».

[2] La peau qui recouvre la coquille de la pistache est rouge, et ressemble assez aux doigts teints de menhdi ou hinna. L'auteur veut dire que leur beauté était telle, qu'elle aurait décidé les hommes à s'offrir en sacrifice pour celle dont ils embellissaient le corps.

ils étaient tristes l'un et l'autre, et des larmes secrètes mouillaient leurs yeux. Le faquir disait : « Cruelle fortune ! pourquoi ai-je donné si facilement mon cœur ? En le livrant à cette tyrannique beauté, je dois l'abandonner comme l'animal demi-mort. Quel tort ai-je en envers elle, que tout à coup elle m'a fait froidement cent piqûres fâcheuses, et qu'à chaque instant une nouvelle épine s'enfonce dans mon cœur ? Elle m'a précipité dans le malheur que je redoutais. Le feu du chagrin a tellement envahi mon cœur, que l'enfer lui-même ne saurait en supporter l'effet. Je suis comme un oiseau qui a l'aile brisée, et qui gît tristement dans la plaine. J'ai le gosier altéré dans le désert des soupirs, tandis que mes larmes abondantes y forment un torrent d'eau, comme lorsqu'on voit dans un endroit sec l'apparence d'un étang [1].

Quand le palanquin de la femme qui avait attiré son attention eut disparu loin de ses regards, il s'arrêta méditant profondément pendant quelques instants ; puis après être monté sur un arbre, il porta ses regards jusqu'où ils purent atteindre : comme il n'aperçut pas l'objet de son amour, ce jour lui parut aussi obscur que la nuit. Dans son émotion il tomba, et après un long évanouissement son âme l'abandonna. On poussa des soupirs et des gémissements ; ce fut un deuil général ; on n'entendait que des cris perçants et de touchantes lamentations. Les cœurs endurèrent mille peines à cause de ce malheureux, et les yeux et les cils furent mouillés de larmes ; puis, conformément au rite accoutumé, on l'enterra à cet endroit même.

O échanson de la taverne de l'amour ! sers-moi deux ou trois coupes de vin, pour m'exciter à continuer mon récit douloureux. On ne saurait comprendre combien est funeste le mal brûlant de l'amour ; ce n'est pas l'amant seul qui se lamente, la personne aimée a elle-même le cœur serré par le chagrin. Là où tu verras un rossignol désolé, tu trouveras une rose le vêtement déchiré ; là où gisent des papillons les ailes brûlées, là même languissent des bougies demi-éteintes [2].

---

[1] Par l'effet du mirage.

[2] On trouve sur les sympathies de l'amour des idées analogues dans

Pendant que le malheureux derviche perdait la vie en cet endroit, à la même heure, au même instant, la jeune femme passionnée dont nous avons parlé avait la tête troublée : on aurait dit qu'elle était instruite de ce qui se passait. Lorsque l'amour se manifeste, une montagne est pour lui comme une fiole fragile ; le plus petit miracle de l'amour, c'est qu'un cœur qui aime connaît l'état du cœur *qui répond à son affection.* Ce fut ainsi que cette femme intelligente comprit *par sympathie* ce qui était arrivé à son bien-aimé. Ces deux amants étaient séparés à l'extérieur; mais réellement ils ne faisaient qu'un ; ils étaient comme une figure qui se réfléchit dans deux miroirs. Ce qui arriva à l'amant eut aussi lieu pour la maîtresse...

L'intention de cette Laîlâ était, pour s'arracher à cet état pénible de séparation, de se faire ouvrir une veine *sous prétexte d'une saignée.* La lancette du chirurgien qui arriva pour exécuter cette opération était plus aiguë et plus piquante que les cils des tyranniques beautés qui font couler le sang de leurs adorateurs. De son côté la belle fermait les yeux et s'arrachait les cheveux; comme elle voulait aider puissamment à l'opération, on aurait pu faire sortir du sang de la pierre la plus dure. En prenant dans sa main ce bras charmant, dont il n'était pas mahram [1], le docteur fut sur le point de perdre la raison...

Celui dont l'horoscope est mauvais a beau trouver le humâ, cet oiseau d'heureux augure sera pour lui pareil au hibou; et s'il a des perles, elles se changeront en eau, comme la grêle lorsqu'elle fond. De même si un prodigue acquiert de l'or, cet or devient dans ses mains de la cire.

Lorsque l'aimable voyageuse fut arrivée à la maison *de son mari*, chacun se présenta devant elle, chacun jeta sur elle des perles en forme de sacrifice, *comme on le pratique à l'égard des nouvelles mariées*, à tel point que la cour de la maison en fut remplie...... Tous lui témoignaient de l'affection, tous lui

le poëme de « Joseph et Zalikhâ » de Jâmî, p. 86 de l'édition de Rosenzweig.

[1] C'est-à-dire le bras d'une femme qui n'était unie avec lui par aucun lien qui pût le rendre *mahram* (admis licitement dans le harem).

adressaient avec joie les félicitations *de circonstance*. Seule elle était en proie au chagrin et à la tristesse, et elle ne cessait de faire entendre des cris et des gémissements : tantôt elle était troublée comme les boucles de ses cheveux en désordre; tantôt elle était languissante comme le narcisse. Cette femme malheureuse, au lieu de mettre du fard rouge sur son visage, l'ornait de son sang.

Toutes les personnes de la maison voyaient son état, mais n'en connaissaient pas la cause; selon leur intelligence, jeunes et vieux devisaient sur sa conduite. Constamment agitée comme le poisson sur la terre sèche, tantôt elle faisait voler la poussière comme fait le vent, tantôt elle déchirait sa robe comme la rose son calice. Dans sa douleur elle arrachait ses cheveux; elle gémissait sur son malheureux amour... Lorsque cette douleur se fut beaucoup prolongée, tous eurent la même idée; ils pensèrent qu'il fallait la ramener en sa maison.

O échanson ! toi dont la coupe *qui circule* figure la révolution du monde, par quelle tyrannie ne veux-tu pas me donner de vin? J'ai les lèvres aussi altérées que le roseau avec lequel j'écris; donne-moi donc de ce vin qui doit prêter de l'énergie à mon livre.

Un vieillard fut alors chargé d'écrire *au père de la jeune femme* une lettre sur ce qui se passait, et il la conçut en ces termes [1] : « Votre fille est en proie à une chaleur et à une fièvre dont on ne peut comprendre la cause; c'est au point qu'elle a perdu la dignité qui répandait sur sa personne l'éclat de l'eau. Elle qui n'a pas encore vu l'automne des fleurs de roses nouvellement écloses, est néanmoins comme une vieille branche, qui à chaque instant laisse tomber ses feuilles. Dieu seul sait quel malheur lui est arrivé, et ce que la main de la destinée a accompli en elle; les médecins désespérés ne connaissent pas sa maladie. Peut-être, habituée qu'elle était à demeurer avec ses parents, ne peut-elle supporter la privation de leur société. Il convient donc d'envoyer quelqu'un qui la ramène d'ici en sa maison. »

[1] Je supprime les compliments orientaux qui commencent cette lettre. J'ai fait çà et là beaucoup d'autres coupures, que j'ai généralement indiquées par des points.

On confia cette lettre à un messager, en lui donnant les indications nécessaires... Lorsque ce dernier fut arrivé à sa destination, vieillards et enfants, tous lui demandèrent des nouvelles. Après avoir dit des choses qui brisaient le cœur, il finit par leur remettre la lettre ; sa lecture les jeta dans la consternation. C'était le soir; et quoique ce jour-là fût celui de la nouvelle lune de l'ïd, il devint pour eux plus amer que la nuit du deuil. Tous étaient dans un état extraordinaire; ils ne voyaient autre chose à faire que de compter les étoiles. A la fin l'aurore se montra pour connaître cet état fâcheux, et déchira son collet par l'effet de la douleur; le soleil levant teignit de couleur de sang le vêtement de la nature qui était couleur de rose. Lorsque la noirceur de la nuit fut dissipée, quelques femmes se mirent en route pour aller prendre la belle affligée. Après avoir parcouru la distance qui les séparait d'elle, ces femmes à stature de cyprès, ces buissons de roses, arrivèrent fatiguées. On les fit asseoir, et on leur offrit à manger. De leur côté elles s'informèrent de l'état de la malade : elles demandèrent si on pouvait y porter remède ; si ceux à qui on avait montré cette jeune femme avaient déterminé sa maladie. On fit le récit complet de la marche des choses; chacun frappait des mains en soupirant, mais personne ne pouvait comprendre le fond de l'affaire. A la fin le départ ayant été fixé pour le lendemain matin, on songea à se reposer.

O fortune contraire! comment as-tu pu souiller de poussière ce visage de lune? Il ne reste plus aujourd'hui de trace des beaux jours écoulés. Quelle plante verdoyante a levé la tête sans que tu l'aies renversée sur la terre? Tu n'as pas laissé la perle la plus pure sans la briser avec la pierre de l'injure; c'est par ton influence que le rossignol soupire, c'est à cause de toi que la rose est malheureuse; dans un instant tu jettes au vent l'âme de Schîrîn, et le sang de Farhâd retombe sur sa tête : ainsi agis-tu sans cesse. Que d'injustices ont eu lieu dans cette circonstance ! D'abord tu as frappé le derviche au moyen de cette rose, et aujourd'hui tu veux t'occuper de cette charmante fleur...

Lorsque le soleil éclaira la nuit, et que des quatre points cardinaux le bruit du jour s'éleva, la jeune femme quitta sa couche. Or il y avait auprès d'elle une vieille nourrice qu'on aurait prise pour l'aïeule de la mère du genre humain... Ce fut à cette femme que l'on confia la jeune fiancée...

Dans leur route elles eurent encore à traverser l'endroit charmant *où avait péri le derviche,* et qui semblait être le chaton de l'anneau du monde. La verdure s'y déployait au milieu des roses, comme un paon qui dans son orgueil déploie les plumes de sa queue. Ce lieu invitait au repos le voyageur, comme le fait pour l'enfant le sein de sa mère. Notre belle voulut s'y arrêter, et elle se fit descendre dans la chaumière *qu'avait habitée son amant...* La vieille nourrice l'y laissa seule, pour qu'elle pût se livrer sans contrainte à la violence de son chagrin...

O échanson de la taverne de l'amour! remplis encore ma coupe à pleins bords; les instants de vie *qui nous sont donnés* sont un butin; profitons-en; l'espace de la vie est bien court. Hélas! le flambeau du banquet de l'existence est sous le pan de la robe du vent [1]; Dieu seul sait la couleur qu'aura le temps pour nous. Je t'en adjure, remplis ma coupe, et rafraîchis le jardin de mon cœur.

Heureux est l'effet de l'attraction de l'amour, attraction qui se fait sentir à la fois dans deux cœurs. Laïlâ attire Majnûn comme l'ambre gris la paille. L'union de deux êtres qui s'aiment est semblable à celle de l'eau et de l'argile; le cœur attire le cœur comme l'aimant le fer.

Lorsque la belle *dont nous parlons* fut arrivée dans la chaumière *que nous venons d'indiquer,* au lieu du derviche elle trouva un tombeau. Aussi l'aiguillon du chagrin, qui était concentré dans son esprit, devint-il pareil à la piqûre du scorpion, qui détermine de violentes lamentations. La pudeur lui commandait de se taire; mais cent soupirs brûlants s'élevaient dans son cœur, et mille gémissements étouffés arrivaient du cœur aux lèvres. De ses cils ne tombaient pas seulement quelques gouttes d'eau, mais un déluge de larmes coulait de ses yeux. Elle voulait retenir l'expression de sa douleur; mais peut-il y avoir à la fois amour et modération? A la fin l'étin-

____
[1] C'est-à-dire, est sans cesse exposé à être éteint.

celle du chagrin grandit, et une chaleur violente se fit sentir.
Cependant les ténèbres se répandirent dans le monde depuis
la lune jusqu'au Poisson [1]; alors la belle affligée se précipita
vers le tombeau de son amant; ses amies eurent beau la retenir, elle s'échappa de leurs mains comme l'eau. Cette rose
était en ce moment semblable à la brochette de kabâba sur la
braise; et de même qu'on la tourne, elle se roulait en proie
à l'attraction de l'amour. Il s'éleva de son cœur une telle
vapeur, qu'elle empêchait de voir... Bref, dans un instant le
tombeau du derviche reçut dans ses flancs cet être charmant,
et le fit disparaître comme Jonas, lorsqu'il entra dans le ventre
d'un grand poisson.

O échanson! la coupe de vin que tu passes à la ronde représente la révolution du ciel; actuellement, au lieu d'un flacon
de vin apporte-moi plutôt une fiole d'eau de rose. Tout ce qui
est composé d'argile et d'eau est destiné à périr; le roi dans
son palais, comme le derviche dans sa cellule.

Quelque temps après un grand monceau de terre s'offrait
aux regards; il n'y avait ni fente ni crevasse par où on pût
apercevoir l'intérieur; on creusa, et on mit à découvert ce
qu'il cachait. On trouva les deux amants si étroitement em-
brassés, qu'on aurait dit qu'ils ne formaient qu'un seul être...
Les parents de la fiancée étaient accourus; ils furent étonnés
de cet événement. On laissa là les deux cadavres sans les dépla-
cer, et on construisit un monument au-dessus de l'endroit où
ils gisaient.

Conformément aux rites du deuil, tous étaient là, esclaves
de la douleur : les uns déchiraient leurs vêtements, les autres
jetaient de la terre sur leur tête; l'œil souillé de sang de l'un
était mouillé par des larmes, tandis que l'autre se frappait la
poitrine ou la tête. Les belles dont la bouche était *serrée*
(petite) comme le bouton de rose, avaient aussi le cœur *serré*
par le chagrin. Les fleurs étaient décolorées; le cyprès avait
l'apparence de la tristesse... A la fin on parvint à calmer l'affliction de toutes ces personnes. Ainsi que cela se pratique

---

[1] Jeu de mots entre *mâh* « lune » et *mâhî* « poisson », c'est-à-dire
ici, le Poisson du zodiaque, ou le poisson fabuleux sur lequel la
Terre est censée reposer.

ordinairement, on leur dit : « Vous poussez en vain des milliers de soupirs et de gémissements ; cet événement est fort simple ; son seul remède c'est la patience ; les choses se sont ainsi passées depuis le commencement du monde ; aussi cette sentence [1] d'un contemplatif est-elle bien vraie : « Que tu » vives cent années ou un jour, il faut tout de même quitter » cette maison [2] qui séduit ton cœur. » Ne crois pas que ce que tu vois doive durer toujours ; nous sommes tous dans la main du destin.... des choses anciennes il n'est actuellement demeuré que le souvenir. Qu'est devenue Schîrîn ? qu'est devenu Farhâd ? O vous qui dédaignez avec insouciance de précieux instants, voyez la rose inexorablement tombée au fond du limon y pourrir dans l'inutilité. On ne doit se laisser abattre par rien ; mais quoi que nous fassions, nous n'en périrons pas moins. Pourquoi donc se livrer à ces démonstrations de deuil, tandis que votre propre état est digne de gémissements et de regrets ?

Bon gré, mal gré, on enleva de là le bagage du chagrin, et on le serra avec le cordon de la patience ; puis chacun retourna chez soi.

O toi qui médites sur le sens des choses extérieures, vois dans cet amour temporel une image de l'amour spirituel... En nous se réfléchit, comme dans un miroir, l'éternelle beauté ; si elle détournait de nous son visage, que serions-nous, si ce n'est un peu de poussière ? Détruisons radicalement l'orgueil qui nous domine, et nous ne trouverons de démontré que l'existence de Dieu. Les êtres que nous admirons sont comme des gouttes introuvables dans l'Océan ; ils sont tellement perdus dans l'essence divine, qu'il est difficile de les en séparer. Que dirai-je de plus, et quelles histoires rappellerai-je pour faire comprendre ces doctrines ?

Mais c'est assez, ô Câïm ! que le silence soit actuellement ton partage ; souviens-toi qu'un long discours, quelque beau qu'il soit, peut ennuyer à la fin.

II. CAIM (le schaïkh Câïm 'Alî), d'Etâwa, prit d'abord

[1] Elle est en persan dans le texte.
[2] C'est-à-dire, le monde.

le takhallus d'*Ummedwâr* [1], apparemment dans des poésies persanes par lesquelles il commença à écrire; puis il prit le takhallus de *Càïm*, quand, cédant à la mode, il écrivit dans la langue indienne usuelle (hindi) des poésies qui ont assuré sa popularité. Il alla à Farrukhâbàd pour voir Saudà, qui était le Longfellow du temps. Sarwar et Zukà le mentionnent.

I. CAIS [2] (Mirza Ahmad 'Ali Beg), autrement dit Madàr [3] Beg, était père de Mirzà Muràd 'Ali Beg, fils de Dàûd Beg, lequel était un riche marchand, et petit-fils de Mirzà 'Aquil Beg, gardien du tombeau de l'imàm 'Ali Muça Rizà. La patrie de ses ancêtres était Maschhad [4], mais il naquit à Lakhnau et passa sa jeunesse à Faïzàbàd. Caïs avait beaucoup de goût pour la poésie hindoustanie et il y réussissait. Il soumettait ses productions à Ja'far 'Ali Hasrat. Mashafi, qui nous donne ces détails, cite une page et demie des vers de cet écrivain. Schefta nous apprend qu'il mourut à Lakhnau.

II. CAIS (le schaïkh Kazim 'Ali), du village de Jagor dans le pargàna de Nawàb-ganj, des dépendances de Lakhnau, fils du schaïkh Wahdat 'Ali et élève de Mir 'Ali Auçat Raschk, est auteur d'un Diwàn.

III. CAIS (le hakim Baquir 'Ali), de Lakhnau, fils du schaïkh Càcim 'Ali et élève de Mir Wazîr Sabà, est un poète hindoustani dont Muhcin cite des vers.

IV. CAIS (le nabàb Hadì 'Ali Khan), de Lakhnau, fils de Samsàm uddaula Mirzà Hàjû Bahàdur Nischàpûri, est aussi mentionné par Muhcin, qui en donne un gazal comme échantillon de ses poésies.

[1] P. « Espérant ».
[2] A. Nom de l'amant de Laïlà, surnommé *Majnûn* « insensé ».
[3] Ou Madàrà, selon Sarwar.
[4] Ville du Khoraçan, où se trouve le tombeau de l'imàm Rizà.

I. CALAC [1] (Miyan 'Abd ulwalî Schah), de Mandrâs [2], est un poëte hindoustanî mentionné par Karim, qui quitta fort jeune son pays pour s'instruire et alla à Haïderâbâd. Il y resta neuf ans et y apprit la science des sofîs et la langue persane du saïyid 'Alî Schâh, d'Aurangâbâd. Il alla à Dehli au mois d'octobre 1845, et ce fut là que Karim le vit : il avait alors trente ans. Il se distingua dans cette ville par son talent poétique, mais aussi par ses intrigues, qui le firent mettre en prison en 1847.

II. CALAC, de Dehli, est un autre poëte mentionné par Sarwar, le même probablement que celui que Zukâ dit être fils du nabâb Calandar 'Alî Khân Bahâdur, et qui était un jeune homme à l'époque de la rédaction de son Tazkira. Il est auteur d'un wâçokht imprimé sous le titre de *Wâçokht Calac-nâma* « Livre du wâçokht de Calac » [3], et de vers cités par Muhcin.

III. CALAC (Aftab uddaula Khwaja Açad Bahadur), fils du khwâja Bahâdur Huçaïn Firâc, petit-fils du khwâja Mirzâ Khân Atkî, élève distingué et neveu (fils de sœur) du khwâja Wazîr, est auteur d'un Dîwân dont Muhcin cite plusieurs gazals dans son Anthologie. Il vivait dans l'intimité de l'avant-dernier roi de Dehli; mais il habitait Lakhnau à l'époque de la rédaction du *Sarâpâ sukhan*.

IV. CALAC (Mîr Amjad 'Alî), fils de Muhammad 'Alî, natif de Lakhnau et habitant de Kandora, jaguîr du nabâb Amîr ulmulk, des dépendances du district de

---

[1] A. « Agitation ».

[2] Il s'agit probablement ici de Madras, ville que les natifs nomment aussi Mandrâj.

[3] « Catalogue Williams et Norgate », juillet 1858.

Kalpi, élève de Fakhr ulmulk Nawâb Mir Mamnû Bétâb,
est auteur d'un Dîwân dont Muhcin cite des gazals. Il a
formé beaucoup d'élèves qui ont été maîtres à leur tour.

V. GALAC (le hakîm MAULA-BAKHSCH), de Mirat, est
un poëte contemporain estimé.

VI. GALAC (le khwâja Açad) est auteur, entre autres
poésies, d'un wâçokht publié dans le *Majmûa'-i wâçokht*
de Fidâ 'Alî 'Aïsch, dont il sera parlé dans la liste des
ouvrages indiqués en appendice.

I. CALANDAR [1] (LALA BUDH SINGH), poëte hindoustani distingué, était un Hindou qui devint amoureux
d'une bayadère musulmane, se fit musulman, puis faquîr
de l'ordre des Calandars, dont il prit le nom pour takhallus. Il paraît que lorsqu'il eut embrassé la religion
musulmane il prit le lacab musulman de *Yâr Muhammad*
« l'Ami de Mahomet », au lieu de son nom païen de
Budh ou *Budha*. Alors il alla à Murschidâbâd et fut employé par Schahâmat Jang.

Sarwar, Câïm et Kamâl le nomment Schâh Calandar ;
ils disent qu'il était élève de Jân Jânân Mazhar, et ils en
citent plusieurs vers. 'Alî Ibrâhîm en cite aussi, et Béni
Nârâyan en donne un gazal [2] dont je joins ici la traduction :

O mon cœur ! tu gémis en vain sur ton infortune. Ce que
le calam du destin a écrit arrive inévitablement.

A la fin il faut se décider à voyager dans le royaume de la
mort.

Réveille-toi donc du sommeil de l'insouciance ; pourquoi
dors-tu négligemment ?

N'est-il pas nécessaire que l'acacia lui-même porte son

---

[1] P. Sorte de faquîr musulman.

[2] W. Price a publié cette pièce dans ses « Hindee and hindoostanee
Select. », t. II, p. 398.

fruit? En effet, celui qui sème doit recueillir le produit de sa semence.

Ne reste pas dans l'inaction ; les jours de la vie sont comme une proie.

Pourquoi perds-tu tes moments dans les jeux et les plaisirs ?

Et toi, Calandar, ne laisse pas prendre ton cœur dans les replis du chagrin ; crains le filet des épreuves de l'amour.

II. CALANDAR (Schah Gulam Calandar), de Mukhrah, près de Monghir, est un autre poëte hindoustani.

III. CALANDAR (Calandar-bakhsch), descendant de l'imâm Abú Hanîfa, et natif du district de Sahâranpûr, a écrit un Dîwân volumineux mentionné par 'Ischc.

CALANDAR HUÇAIN (le saïyid), corédacteur avec Muhammad Akbar de l'*Akhbâr kurtân* [1] « Nouvelles des sphères », journal hindoustani de Madras qui paraît trois fois par mois par cahiers de 12 p. sur deux colonnes in-fol. de 21 lignes à la page, depuis le 7 octobre 1865.

I. CAMAR [2] (Camar uddîn Ahmad), de Lakhnau, fils de Roschan 'Alî et élève du khwâja Wazîr, est un poëte hindoustani dont Muhcin cite plusieurs gazals.

II. CAMAR (Mirza Camar-tali'), fils puîné de Mirzâ Ézid-bakhsch Bahâdur, connu sous le nom de Mirzà Nîlî et élève de Hâfiz Ihçân, est auteur d'un Dîwân mentionné par Schefta.

III. CAMAR (le hakîm Camar uddîn 'Alî Khan), défunt, est un autre poëte hindoustani sur lequel je n'ai pas de renseignements.

IV. CAMAR (le munschi Camar uddîn Gulab Khan),

---

[1] Pour *kuratân*, pluriel du mot arabe *kurat* « sphère ». Voyez au sujet de ce journal mon Discours de 1866.

[2] A. « Lune ».

natif de Lakhnau, fils de Mirzâ Huçaïn et habitant de Bénarès, est un poëte hindoustanî contemporain mentionné par Muhcin. Il est l'éditeur :

1° Du journal urdû publié à Agra sous le titre de *Açad ulakhbâr* « le Lion des nouvelles ». Ce journal, qui paraît une fois par semaine, sort des presses de l'imprimerie appelée de son nom *Matba' Açad ulakhbâr*, laquelle est dirigée par Camar. Il roule surtout sur des matières religieuses (musulmanes), sur les traditions, les biographies des prophètes et des saints, et il se compose en partie d'extraits d'anciens auteurs musulmans ;

2° D'un autre journal qui ne paraît que deux fois par mois sous le titre de *Maar uschschu'arâ* « l'Excitation des poëtes », et qui est un recueil des productions poétiques des auteurs urdus anciens et modernes ;

3° On lui doit aussi *Muntakhabât-i Gulistân* « Extraits choisis du *Gulistân* », texte et traduction, publiés sous la direction de Mr. H. S. Reid, à l'usage des écoles des natifs ; Agra, 1854, in-8° de 112 p.

Il y en a une édition de 1857 très-améliorée.

4° *Muntakhabât-i Bostân* « Morceaux choisis du *Bostân* » ; Agra, 1854, in-8° de 214 p. La première édition de ces deux ouvrages a été tirée à 2,000 exemplaires. La traduction hindoustanie est exacte et éloquente, et l'édition en est faite avec soin.

5° *Muntakhabât Dastûr ussibiyân* « Extraits du Manuel des enfants », en persan et en urdû, publié sous la direction de Mr. H. S. Reid, à l'usage des écoles des natifs ; Agra, 1855, in-8° de 83 p. Première édition tirée à 2,000 exemplaires ; édition de 1859 tirée à cinq mille. Cet ouvrage n'est autre chose qu'un *Inschâ*, comme les suivants :

6° *Muntakhabât Inschâ-é Khalîfa* « Morceaux choisis du Manuel épistolaire de Khalîfa », en persan et en urdû, en regard; Agra, 1855, in-8° de 120 p.

7° *Inschâ-é Khirad afroz* « Manuel épistolaire qui éclaire l'intelligence ». Ceci est un Inschâ original, imprimé à Agra, dont la seconde édition, de 1854, in-8° de 64 p., est tirée à 3,000 exemplaires, et la troisième, de 1858, à 10,000.

8° *Muntakhab Anwâr-i suhaïlî* « Morceaux choisis de l'*Anwâr-i suhaïlî* », c'est-à-dire le huitième et le onzième chapitre, traduction urdue avec le texte persan en regard.

9° *Gulistân kâ athwân bâb* « Huitième chapitre du *Gulistân* », traduit en urdû avec le texte persan en regard, in-8° de 59 p.; Allahâbâd, 1859. Les deux premiers chapitres, traduits j'ignore par qui, avaient été imprimés à Bareilly en 1851.

10° *Muntakhabât ruca'ât 'Alamguîri* « Morceaux choisis des lettres de 'Alamguîr », en urdû et en persan, publiés par le Board d'instruction publique des provinces nordouest; Agra, 1855, in-8° de 48 p.

11° *Muntakhabât Abû'lfazl* « Choix (des trois *daftar* «cahiers») d'Abû'lfazl », en persan et en urdû, à savoir : 1. Dix lettres d'Akbar aux rois de l'Irân et du Tûran ; 2. Lettres et pétitions d'amîrs à Akbar ; 3. Extraits d'albums et de livres, et enfin de son Inschâ; Agra, 1856, gr. in-8° de 368 p., et Lahore, 1861, petit in-4° de 285 p. de 21 lignes.

On doit aussi à Camar des ouvrages persans que je ne cite que pour mémoire. Ces ouvrages sont :

Le *Quissa-i Schamsâbâd*,

Le *Quissa-i Sâdic Khân* (traduction du *Quissa-i Sûrâj-pûr*),

Le *Muntakhabât Akhlâc-i jalâlî*, morceaux choisis de cet ouvrage ;

Enfin une traduction interlinéaire des *Macâmât Harîrî*, avec des gloses marginales du maulawî Schams uddîn Muhammad.

V. CAMAR (Raschîd uddaula Nacir ulmulk Ja'far 'Alî Khan Bahadur), connu familièrement sous le nom de *Choté Agâ* « le petit âgâ » et sous le surnom de *Rustam-Jang*, de Lakhnau, fils légitime de Muzaffar uddaula Zafar ulmulk Muhammad Zakî 'Alî Khân Bahâdur, Gâlib-Jang, petit-fils par sa mère du Grand Mogol Muhammad Schâh, s'est occupé de poésie sous la direction du maulawî Muhammad-bakhsch Schahîd ; et on lui doit un Dîwân dont Muhcin a cité des vers dans son Anthologie.

VI. CAMAR (Mirza Baquir Huçaïn), de Lakhnau, est un autre poëte hindoustanî dont Muhcin cite aussi des vers.

VII. CAMAR (Iftikhar uddaula, Amîn ulmulk Mirza Camar uddîn Khan Bahadur Saulat Jang), défunt, nommé familièrement *Mirzâ Hâjî* « le prince pèlerin », de Lakhnau, fils du munschi Mirzâ Ja'far[1] qui fut le maître pour l'hindoustani de W. B. Bayley, résidant à Lakhnau, et élève de Mirzâ Câtil, poëte distingué lui-même, est auteur d'un Dîwân hindoustanî dont Muhcin cite plusieurs gazals, et d'un autre Dîwân persan. Il fut pendant quelque temps le premier lieutenant de Mirzâ Gâzî

---

[1] Sarwar le nomme Mirzâ Muhammad Taquî Hawas, poëte distingué, un des notables de Lakhnau.

uddîn Haïdar, padischah d'Aoude, qui avait pris pour
takhallus le nom de *Camar*.

VIII. CAMAR (le schaïkh JA'FAR 'ALÎ), de Lakhnau,
élève d'Asgar 'Alî Khân Nacîm, de Dehli, est mentionné
par Muhcin, qui en donne des vers.

CAMAR 'ALÎ est auteur d'un traité de médecine populaire pour le traitement des diverses maladies, intitulé
Zubdat ulhikmat « l'Essence de la sagesse », dont une
édition de 48 p. de 23 lignes a été annoncée dans
l'*Akhbâr-i 'âlam* de Mirat, du 22 août 1867, et une
autre, apparemment, de 52 p., Lakhnau, 1866, annoncée dans le « Trübner's Literary Record », n° 44.

CANI'[1], petit-fils du nabâb Nàzir Khân, a écrit des
poésies urdues et persanes.

I. CARAR[2] (le schaïkh JAN-I MUHAMMAD). Ce poëte,
élève de Schâh Malûl et qui habitait Lakhnau, était un
des officiers du nabâb d'Aoude. Schefta et Kamâl en
citent des gazals.

II. CARAR (MÎR HUÇAÏN 'ALÎ), de Dehli, saïyid de
descendance authentique, est mentionné par Câcim et
par Sarwar comme un jeune homme qui doit être compté
parmi les poëtes hindoustanis. Il est élève de Mîr Nacîr
uddîn Ranj.

III. CARAR (BANDA-I 'ALÎ KHAN), de Lakhnau, fils de
Muhammad 'Alî Khân, neveu (fils de frère) de Tafazzul
Huçaïn Khân, beau-frère de Fath uddaula Mirzà Muhammad Rizà Khân Barc et élève de Mîr Kallû Arsch,
est un poëte hindoustanî mentionné par Muhcin, qui en
cite des vers.

---

[1] A. « Satisfait » (*câni'*).
[2] A. « Repos » (*carâr*).

IV. CARAR (Mîr Muhammad Haçan), de Lakhnau, fils de Mîr M'açùm 'Alî et élève de Mirzâ 'Alî Bahàr, est un poëte hindoustanî dont Muhcin donne plusieurs pièces de vers dans son Anthologie bibliographique.

I. CARIN[1], originaire de Cachemire et natif de Lakhnau, est un poëte hindoustanî élève de Hasrat et mentionné par Schefta.

II. CARIN (le schaïkh Ilahî-bakhsch) est un poëte contemporain dont on trouve deux gazals dans le recueil d'un concours poétique publié à Bénarès, en 1868, par le bâbû Harî Chandar sous le titre de *Gazliyat*.

CASD[2] (Haçan Mirza), du Décan, employé auprès du nizâm de Haïderâbâd, est mis par Bâtin au nombre des poëtes hindoustanis.

CATIL[3] (Mirza Muhammad Haçan), connu sous le nom de *Mirzâ Catîl*, mentionné par Sarwar parmi les poëtes hindoustanis, est natif du Panjâb et habite Lakhnau. Il s'est converti de l'hindouisme à la religion musulmane. Il écrit fort élégamment en persan et s'est distingué dans l'*Inschâ*. Il s'est beaucoup occupé de la poétique et a écrit aussi des poésies hindoustanies. On a de Catil entre autres une Grammaire urdue qu'il a rédigée en collaboration avec Mîr Inschâ Allah Khân. Elle est intitulée *Daryâ-é lutâfat* « Océan de grâce », et elle a été imprimée à Murschidâbâd en 1848.

CATIL[4] (le saïyid 'Alî Khan) est un autre poëte hindoustanî sur le compte duquel je manque de détails.

---

[1] A. « Égal, ami » (*carîn*).

[2] A. « But ».

[3] A. « Tué, massacré » (*catîl*), adjectif verbal du verbe arabe *catal*, ayant le sens passif.

[4] A. « Assassin » (*câtil*), participe présent ou adjectif verbal du même verbe, ayant le sens actif.

CAYIL [1], kschatriya de Dehli, est un Hindou qui a embrassé l'islamisme et qui résidait à Lakhnau. Il est un des Indiens contemporains les plus habiles en persan, mais on lui doit aussi des poésies urdues mentionnées par Zukà, et c'est à ce titre que je lui donne place ici.

CAZI [2] ('ABD ULFATTAH), saïyid du sarkàr de Sambhal, est un poëte hindoustani qui a surtout écrit en persan et qui est l'objet d'une satire de Quiyàm uddìn Càïm. Càzi vivait encore lorsque Càcim écrivait son Tazkira.

CHAGGAN [3] LAL (le pandit), qu'on qualifie du titre d'astrologue, est auteur d'un *Pachang* « Almanach » pour l'année du samwat 1925 (1847) qui a été publié à Agra sous les auspices de l' « Association de la vérité ».

Il y a plusieurs autres almanachs indiens qui portent ce titre, un entre autres publié à Indore en 1849 et divisé en cinq parties fort développées.

CHAMAN [4] LAL (le munschi) est l'éditeur, avec le pandit Ischrî Sahàï, du journal urdû de Mirat intitulé *Jàm-i jahàn numà* [5] « la Coupe qui montre le monde », par allusion à la célèbre coupe de Jamsched au fond de laquelle ce prince, disait-on, voyait tout ce qui se passait dans le monde.

Ce journal, qui a commencé de paraître en 1851 et qui est imprimé à la typographie appelée de son nom *Matba' Jàm-i jahàn numà*, se compose par chaque numéro de trois feuilles comprenant des extraits du « Go-

[1] A. « Consentant, confessant, soumis ».
[2] A. « Juge ».
[3] I. Ce mot signifie « le pli d'un vêtement ».
[4] P. « Jardin ».
[5] Il ne faut pas confondre ce journal avec celui de Calcutta du même titre.

vernment Gazette », les décisions du tribunal suprême
des provinces nord-ouest (*sudder deewany adawlat N.
W. P.*) et les nouvelles courantes du jour. Dans une
feuille supplémentaire on donne la traduction persane
du *Mahâbhârata* de Faïzî, comme une sorte de prime
aux abonnés.

Je pense que cet écrivain est le même que le médecin
Chaman Lâl, qui fut tué à la prise de Dehli le 11 mai
1857.

CHAMPA[1], dame de la maison du nabâb Huçaïn
uddaula, est mise par Càcim au nombre des femmes
poëtes de l'Inde moderne.

CHAND[2] ou KABI CHAND et CHANDAR BHATT
(CHANDRA BHATTA[3]) est un très-célèbre historien et poëte
hindouî, auteur du *Prithwi-râjâ charitra* « Histoire de
Prithwi-râjâ », dernier roi hindou de Dehli. Cette chronique, écrite en vers, d'après l'usage de l'Inde, contient
l'histoire du Râjpoutâna, et surtout celle du temps de
Chand, histoire où cet écrivain joue un rôle assez important. C'est assurément une des plus anciennes productions hindies[4]. Chand était le poëte de Pithaura ou
Prithwî-râjâ, qu'il a célébré lui et plusieurs familles râj-
poutes. Il vivait par conséquent à la fin du douzième
siècle. La Société Asiatique de Londres a dans sa bibliothèque un manuscrit de cet ouvrage qui lui a été donné
par le major Caufield, et il y en avait un exemplaire
parmi les manuscrits de Mackenzie[5]. Un savant russe,

---

[1] I. *Michelia champaka*.
[2] I. « Lune ».
[3] C'est-à-dire « le barde Chandra ».
[4] W. Price, « Hindee and Hindoostanee Selections », préface, p. 8.
[5] « Mackenzie Collection », t. II, p. 115.

Robert Lenz, en avait traduit une portion qu'il devait
publier en 1836, à son retour à Saint-Pétersbourg; mais
la mort prématurée de ce jeune savant a privé les orientalistes de cet intéressant travail. Le manuscrit de la
Société Royale Asiatique porte un titre persan qui signifie « Histoire de Prithû-râj, en langue pingal (c'est-à-
dire en vers indiens), par le poëte Chand Bardâi ».
James Tod a tiré un grand parti de ce poëme pour son
« Histoire du Râjasthân [1] ». Il en avait même traduit
une grande partie; mais la mort l'a empêché de terminer ce travail et de le publier. Il avait seulement fait
imprimer la traduction d'un épisode remarquable de ce
poëme historique sous le titre de « The Vow of Sangopta », c'est-à-dire « le Vœu de Sangopta »; mais il
n'en avait donné des exemplaires qu'à quelques amis
seulement. On a réimprimé cette traduction dans le
tome XXV, nouvelle série, de l'« Asiatic Journal ».
Voici, du reste, ce qu'il dit du poëme de cet écrivain [2] :

« L'ouvrage de Chand est une histoire universelle de
« la période dans laquelle il a écrit. Dans les soixante-
« neuf livres comprenant cent mille stances relatives aux
« exploits de Prithi-râj, chaque noble famille du Râja-
« sthân trouve quelque mention de ses ancêtres. En con-
« séquence on conserve cet ouvrage dans les archives
« de toutes les tribus qui ont des prétentions au nom de
« Râjpout..... Les guerres de Prithi-râj, ses alliances, ses
« tributaires nombreux et puissants, leurs résidences et
« leurs généalogies, rendent les écrits de Chand inap-

---

[1] Voyez l'article de S. de Sacy dans le « Journal des Savants »,
1831, p. 7, et 1832, p. 420.
[2] « Annals and antiquities of Rajasthan », t. Ier, p. 254.

« préciables pour l'histoire et la géographie, aussi bien
« que pour la mythologie, les usages, etc..... »

On désigne aussi son ouvrage sous le titre de *Prithu-
râj râjâçu* « le Grand sacrifice de Prithwi-râjâ » .

Ward, dans son « Histoire de la littérature et de la
mythologie des Hindous », t. II, p. 482, cite cet ouvrage comme étant écrit dans le dialecte hindi de
Canoje.

Je pense que c'est le même ouvrage qui est désigné
dans le Journal de la Société Asiatique de Calcutta [1]
sous le titre de *Prithivi-râjâ*, *baça* (bhasha), et dans le
Catalogue des livres de la même Société, sous celui de
« Prithi, or the exploits of Prithu-raja, the first monarch
of Biana [2] » .

Quoi qu'il en soit, la portion qu'on en trouve dans la
bibliothèque de la Société Asiatique de Calcutta est intitulée *Prithi-râj Râçan Padmawati khand.*

A ce qui est dit plus haut et dans la Préface de mes
« Rudiments hindouis » , je dois ajouter que ce poëme
se compose de soixante chants et qu'il est cité avec éloge
dans l'*Ayeen Akbery*. Le colonel Tod en avait d'abord
donné quelques extraits dans le t. Ier des « Transactions » de la Société Royale Asiatique de Londres, et
c'est à lui aussi, je pense, qu'on doit la note qui parut
en 1828 dans le Journal Asiatique de Paris. Ce poëme
est consacré à raconter la lutte opiniâtre du râjâ hindou
contre les musulmans envahisseurs de l'Inde. Il donne
des détails circonstanciés et tout à fait inconnus d'ailleurs sur les divers princes du nord de l'Inde contemporains de Prithi-râj. En un mot, c'est le tableau com-

____

[1] 1835, p. 55.
[2] Ville de la province d'Agra.

plet de l'Inde au douzième siècle. Malheureusement ces
manuscrits, qui sont fort rares et fort chers dans l'Inde,
offrent des variantes très-considérables. Mr. F. S.
Growse a fait connaître en détail, dans le « Journal of
the Asiatic Society of Bengal », n° CL, nouv. série, le
contenu du manuscrit de Bénarès et en a traduit le premier chant.

Mr. S. W. Fallon a rencontré un jour à Ajmîr un con-
ducteur de chameaux qui lui a répété de longs passages
de Chand qu'il savait par cœur et qu'il avait appris pour
les avoir entendu réciter à d'autres Indiens, car il ne
savait pas lire. Ainsi le récit des faits d'armes dont le
Râjwâra a été le théâtre vit encore dans la mémoire
du peuple; car voilà un homme illettré et dans une
humble situation qui récite les vers du célèbre poëme
râjpout avec toute la passion d'un sentiment naturel, et
cependant avec une diction cultivée.

Bien que les poëmes de Chand soient écrits en hindouî ou en hindi archaïque, on y trouve néanmoins un
certain nombre de mots persans et arabes qui y ont pénétré; tels sont les mots *âtasch* « feu », *ma'rûf* « connu »,
schitâb « hâte », *sardâr* « chef », *koh* « montagne », etc.

On avait dit que le poëme national des Râjpouts avait
été publié quelque part dans l'Inde [1]; mais ce qui est
plus certain, c'est qu'il va l'être, et que ce *desideratum* de
la littérature hindouie va enfin être comblé par le savant
Mr. Beames [2]. Nous faisons des vœux pour qu'il mène à
bonne fin cette honorable entreprise et qu'il couronne
son œuvre par la traduction complète de ce poëme, si

[1] « Journal Roy. Asiatic Society, 1851 », n° d'août, p. 192.
[2] Voyez les détails que je donne à ce sujet dans mon Discours d'ouverture de 1868, p. 49 et suiv.

important sous le rapport historique et philologique.

On doit à Kabi Chand un autre ouvrage intitulé *Jaya Chandra-prakâça* « Histoire de Jaya Chandra ». Il est écrit, comme le premier, dans le dialecte de Canoje, et il est également cité par Ward. Feu Sir H. Elliot pensait que le *Jaya Chandra-prakâscha* de Chand n'était pas un ouvrage à part, mais simplement le *Canoubj* ou *Cannauj khand* du *Prithivi-râjâ charitra,* lequel *Khand* a été traduit par Tod dans l'« Asiatic Journal » sous le titre de « The Vow of Sungopta ».

CHANDA BAI [1], célèbre reine d'Haïderâbâd, auteur d'un Diwân dont on conserve un exemplaire à la bibliothèque de l'East-India Office. Cet exemplaire fut offert en cadeau (*nazar*), par cette femme extraordinaire, au capitaine Malcolm, au milieu d'une danse dans laquelle elle remplissait le principal rôle, le 1ᵉʳ octobre 1799 [2]. Voici un gazal de Chandâ Bâï qui rappelle l'ode célèbre de Sappho, traduite par Boileau :

Après avoir abreuvé mon cœur à la coupe d'un œil charmant, j'erre à l'aventure, hors de moi-même, comme celui que trouble l'ivresse.

Tes regards brûlants dévorent tout ; ta face, qui a l'éclat de la flamme, a consumé mon cœur.

Je me conforme à ton désir en t'offrant pour mon *nazar* ma tête ; mais néanmoins ton cœur n'est point sans voile pour moi.

Comme mes yeux sont fixés sur ton visage, mon âme est agitée, mon cœur bat violemment.

[1] I. « Madame Lune ». *Chandâ* est synonyme de *Chand* ou *Chandar.*

[2] Ces détails sont tirés d'une note écrite en anglais dans l'exemplaire du Dîwân de Chandâ qui appartient à la bibliothèque de l'East-India Office. Cette note est peut-être du docteur Leyden, à qui ce manuscrit avait appartenu avant de faire partie de cette bibliothèque.

Tout ce que Chandâ désire, c'est que, dans les deux mondes, tu places son cœur à côté du tien !

Cette reine avait le titre d'honneur de *Mâh licâ* « Visage de lune », et *Chandâ* était son takhallus. Elle fut célèbre par sa beauté, et aussi comme poëte, musicienne et danseuse : elle n'avait pas sa pareille en ces trois différents genres de talent. Kamâl se loue beaucoup de l'accueil qu'elle lui fit à Haïderâbâd : il en fait un pompeux éloge et il cite plusieurs de ses gazals.

Son Dîwân, ainsi que nous l'apprend Zukà, a été revu par Scher Muhammad Khân Imâm.

CHANDAR-NATH ou **CHAND-NATH** (le bâbú) a été l'éditeur (en 1866) du *Sirkârí akhbâr* « Nouvelles du gouvernement » , journal officiel de Lahore.

C'est aussi à lui qu'on doit :

1° La publication faite par l'ordre de feu le major Fuller, directeur de l'instruction publique en Panjâb, du *Hacâïc ulmaujûdât* « les Vérités concernant les créatures » ; Lahore, 1865, in-8° de 92 p. de 17 lignes. Cet opuscule est une sorte de traité d'histoire naturelle par demandes et par réponses à l'usage des écoles. Il est accompagné de dessins explicatifs.

2° Le *Tahrír Uclídas* « Déduction des éléments d'Euclide » , en deux parties ; Lahore, 1865, in-8°.

CHANDRIKA-PRAÇAD [1] est auteur du *Silk-i muçalçal* « la Filière bien suivie » , ouvrage urdû composé de mots à double entente dans le genre des discours en vers ou en prose qui font l'admiration des Arabes dans les « Séances » de Harîrî ; grand in-8° de 32 p. publié à Lakhnau en 1281 (1864) et mentionné comme « an elegant essay » .

[1] 1. « Don de la lune ».

CHANG DÉVA[1] se livra à l'étude de toutes les sciences et de tous les arts, et il est mentionné parmi les écrivains hindis dans le *Kavi charitr*[2].

CHATHA[3]. Tel est le nom d'un poëte urdû distingué qui était employé auprès du nabâb Hiçâm uddaula et dont les vers ont la facture de ceux d'Imâm-bakhsch Békas.

CHATRA-DAS[4], successeur de Dulhà Ràm dans la présidence spirituelle des ràmsanéhis, est auteur, ainsi qu'il a été dit à l'article DULHA RAM, d'un millier de sabds qu'il ne voulut pas, dit-on, qu'on transcrivit.

CHATRI[5] SINGH est auteur d'un abrégé du *Mahâbhârata* en hindi intitulé *Vijaï muktâwali* « le Collier de perles des victoires », publié en un in-8° de 224 p.; Agra, 1869.

CHATUR BHUJ[6] ou plutôt CHATUR BHUJ-DAS[7], *misr*[8], est auteur :

1° D'un roman en vers hindouis intitulé *Mâdhû Mâlati kathâ* « Histoire de Màdhû (Mâdhava) et de Màlati », personnages dont les amours sont célébrées dans une pièce intéressante du théâtre hindou. Je pense que c'est le même ouvrage dont il y a un manuscrit en caractères

[1] I. « Le beau dieu ».

[2] Voyez l'article KÉÇAVA-DAS, nommé aussi « Chang Kéçava-dâs ».

[3] Ce nom paraît écrit avec un *ta* dit cérébral, mais d'une manière peu lisible, dans les biographies originales de Càcim, de Sarwar et de Karîm, où il se trouve mentionné. Si on le lit comme je l'ai écrit, il signifie « sixième »; si on lit au contraire *chatâ* (avec un *ta* cérébral), ce qui vaudrait mieux, il signifierait « éclat, splendeur ».

[4] I. « Serviteur du sage ».

[5] I. Peut-être pour *kschatriy* (kschatriya).

[6] I. « Quatre bras », un des noms de Wischnu.

[7] I. « Serviteur de Wischnu ».

[8] *Misr* est un titre d'honneur qui signifie proprement *éléphant*; il est analogue à *singh* « lion ».

kaïthînagaris à la bibliothèque de Leyde, manuscrit qui provient de la bibliothèque de Wilmet[1]. Ce sont le même héros et la même héroïne qui, sous les noms de « Manohar et de Madmalat », ont été célébrés dans d'autres romans en vers, entre autres par Nusratî, célèbre poëte dakhnî mentionné plus loin.

2° De la version braj-bhâkhà du dixième livre du *Bhagavat* de Vyâçadéva, qui roule sur l'histoire de Krischna. Chatur Bhuj la rédigea en dohas et en chaupâïs. C'est la quintessence (*sâra*) de cette histoire qui forme le *Prem sâgar*[2], dans lequel on a conservé nombre de tirades originales.

I. CHAUGAN[3] (Babar 'Alî Schah), de Dehli, est mentionné par Zukâ dans son Tazkira des poëtes hindoustanis. Schefta le confond avec Jaulân. Dans tous les cas, il est mort vers 1835.

II. CHAUGAN, du Décan, est un bon poëte du midi de l'Inde mentionné par Zukâ.

I. CHINTAMAN ou CHINTAMANI[4] est auteur d'un ouvrage sur le calcul ou l'arithmétique, écrit en braj-bhâkhâ, et dont on trouve un manuscrit (n° 66) en caractères nasta'lics dans la bibliothèque de l'Université de Cambridge sous le titre de *Bikat*[5].

II. CHINTAMAN (le pandit) est auteur du *Mukhtaçar bayân jagrâfiyâ-é Hind* « Abrégé de l'explication de la géographie de l'Inde », écrit en urdû et publié à Cawnpûr en 1867, petit in-8° de 20 p.

---

[1] « Catal. codicum or. Biblioth. Ac. reg. sc. Leyd. », p. 281, 1862.
[2] Voyez *Prem sâgar*, p. 1, et l'article Lallu-jî Lal.
[3] P. « Mail » (*chaugân*).
[4] I. Nom d'une pierre fabuleuse déjà mentionnée.
[5] Serait-ce le mot *ganit* « arithmétique », négligemment écrit?

CHIRAG [1] (Siraj Sanî [2]), d'abord connu dans le monde
sous le nom de Rahmàn Yâr Khàn, avait beaucoup de
crédit à la cour du défunt nabàb Mîr Nizàm 'Alî Khàn
(souverain du Décan), dont il était l'intendant général.
« Mais depuis dix à douze ans, dit Kamàl, il était entré
à Haïderàbàd dans l'ordre des faquîrs, sous la bannière
de Siràj auwal, et ayant repoussé du pied ce monde
périssable, il ne s'occupa plus que de la contemplation
de Dieu. » Toutefois, à l'imitation de son chef spirituel,
il s'occupait de temps en temps de poésie. Il était très-lié
avec Kamàl, qui était son confrère dans la vie spirituelle
et qui en cite un bon nombre de vers.

CHIRAG SCHAH, de Multàn, est auteur, en collaboration du saïyid Hàkim Schàh, du *Dastûr ul'amal umû-
ràt-i muta'allica-i schàdi o gamî* « Règles à observer au
sujet du mariage et du deuil », en urdû; Lahore, 1868,
in-8° de 16 p.

CHIRKIN [3] (le schaïkh Baquir 'Alî), du casba de
Ruwawlî, des dépendances de Lakhnau, est un poëte
hindoustanî qui a pris le surnom de *Chirkîn*, à cause des
poésies ordurières dont il est auteur. Il s'est ainsi fait
justice à lui-même. Karîm uddîn, qui en cite deux vers,
ne connaissait sur lui aucune autre particularité à pouvoir indiquer.

Son Diwân a été publié à Lahore, et Muhcin en cite
des gazals dans son Tazkira.

---

[1] P. *Chiràg*, en persan, comme *Siràj*, en arabe, qui offre la même
consonnance, signifie « lampe, flambeau ».

[2] *Siràj sânî* signifie Siràj II, comme *Siràj auwal*, qu'on voit plus bas,
signifie Siràj Ier. Dans les deux cas, *Siràj* est par abréviation pour
Siràj uddîn « la Lampe de la religion ».

[3] P. « Fumier, ordure ».

CHIRONJI [1] LAL (le munschi), attaché à l'inspection des écoles des natifs, est auteur :

1° D'un Inschà urdû (*urdû inschâ*) intitulé « *Chironji Lâl inschâ* », in-8°, publié plusieurs fois, entre autres à Agra en 1851, en 1858 (in-8° de 36 p.), et en 1861. Cet ouvrage consiste en des modèles de lettres, pétitions, billets, etc. Mr. H. S. Reid, lorsqu'il était visiteur général des écoles des natifs, appréciant l'utilité de ce recueil, y souscrivit pour le distribuer aux élèves des écoles.

2° De la traduction de l'hindî en urdû de *Dharm Singh kâ vrittant*, sous le titre de *Dharm Singh kâ quissa* « Histoire de Dharm Singh », titre qui est la reproduction du premier. Cet ouvrage a été imprimé plusieurs fois, notamment à Agra en 1851 et à Lahore en 1865, in-8° de 8 p. de 20 lignes.

3° Du *Quissa-i Surâjpûr* ou *Surâj kî kahânî* « Histoire de Surâjpûr », imprimé à Agra en 1850, in-8° de 18 p.[2]. Il y en a plusieurs éditions, une entre autres de Lahore, 1860, in-8° de 13 p. Ne serait-ce pas le même ouvrage qui a été intitulé *Suraj Puran* dans le « Descriptive Catalogue » du Rév. J. Long de 1867, p. 37, et qui a été imprimé à Mirat en 1865?

4° Chironjî est encore auteur du *Khiyâlât ussanâi'* « Considérations sur les merveilles (de la nature) », c'est-à-dire petit Traité d'histoire naturelle en urdû; Agra, 1853, in-8° de 52 p.

5° On lui doit aussi le *Schâri' utta'lim* « le Chemin de

[1] 1. Nom de la noix du piyâl (*Buchanania latifolia* ou *chironjî sapida*).
[2] Le même ouvrage a été traduit en persan par Camar uddin sous le titre de *Quissa-i Sâdic Khân* et de *Quissa Schams âbâd* (« Agra Government Gazette » du 1er juin 1855).

l'instruction » (Teacher's Manual, Advice to persian [1]
teachers). Cet ouvrage a été reproduit en hindî sous le
titre de *Schâlâ paddhati*. (Voyez l'article Sœuî Lal.)

6° Et le *Nuskha ganj-i tâli'* « Recette du trésor du
bonheur », série d'avis utiles; Agra, 1860, in-8° de
64 p.

7° Il a contribué à la rédaction du *Taslîs ullugat* « le
Trio linguistique », vocabulaire hindî et anglais qui a
été composé par Mr. H. S. Reid avec son aide et celui
du pandit Bansidhar, ainsi qu'on peut le voir à l'article
sur ce dernier écrivain. Le *Taslîs* est divisé en trois parties ou tomes. La première contient les mots arabes et
persans communément employés en urdû; elle est imprimée à Allahâbâd, en 1860, in-8° de 214 p. La seconde
contient les mots proprement hindis usités en urdû,
130 p., imprimée aussi à Allahâbâd en 1860, in-8°. La
troisième offre la réunion des deux premières parties en
un seul vocabulaire alphabétique; Bénarès, 1860, 288 p.

8° Il a coopéré à la traduction du « Hints on self improvement », en deux parties, abrégé, d'après les articles
du Rév. John Todd dans le « Weekly Visitor », par H. Carn
Tucker, et traduits en urdû par feu Charles C. Fink. Il y
en a plusieurs éditions. Celle que j'ai dans ma collection
a été imprimée à Agra en 1847, in-8° de 208 p., et elle
est intitulée *Hidâyaten dar bâb-i ta'lîm-i nafs* « Indications au sujet de l'instruction de l'esprit ». Le même
ouvrage, intitulé *Riçâla ta'lîm unnafs* et simplement
Ta'lîm unnafs « Enseignement de l'esprit », a été imprimé en deux parties à Allahâbâd en 1859, in-8°, et
antérieurement.

---

[1] Ici le mot *persian* s'applique aux professeurs qui enseignent l'urdû
et le persan.

9° Il a été le collaborateur du pandit Bansidhar dans la rédaction du *Hacâïc ulmaujûdât* « Vérités des choses créées » ;

10° Et dans la traduction de l'hindî du *Mirât ulmaçâhat* « Miroir de l'arpentage », appelé aussi *Misbâh ulmaçâhat* (article BALDÉO-BAKHSCH).

CHISCHTI [1] (le maulawî NUR AHMAD) est auteur d'un ouvrage intitulé *Tahquicât-i Chischti* « la Certitude de Chischti », qui est annoncé à plusieurs reprises dans le *Koh-i nûr* de Lahore comme une sorte d'encyclopédie relative au Panjâb, publiée par ordre du gouvernement anglais. On y passe en revue les monuments de l'Inde, l'histoire du Panjâb, etc., etc.

CHITRA GUPT [2] (JAGAN-NATH) est auteur du *Padma (pothî)*, appelé aussi, je crois, *Padma purâna* « le Livre du lotus », en urdû, in-8° de 21 p. ; Lakhnau, 1863.

CHOKA-MÉLA est un écrivain hindî natif de Pandharpûr, qui vivait sous le règne de Siwajî. On lui doit un *abhang* en l'honneur de Vithoba et un livre fort spirituel pour la récréation des dévots.

CHUNNA LAL (le pandit) est auteur d'un glossaire des mots obscurs employés dans l' « Histoire de l'Inde » de Siva-praçâd, intitulé, d'après le titre de cet ouvrage, *Itihâs Timir nâçak prakâsch* « Éclaircissement du *Timir nâçak* » ; Mirat, 1867, in-8° de 92 p.

I. CUBUL ou CABUL [3] ('ABD ULGANI BEG) est un poëte appelé, quoique natif de Cachemire, « Lakhnawî »,

---

[1] Surnom du célèbre faquir Mu'in uddin, qu'ont pris ses sectateurs. Au sujet de ce célèbre personnage, voyez mon « Mémoire sur la Religion musulmane dans l'Inde », p. 59.

[2] I. « L'être invisible qui tient compte des actions des hommes ».

[3] A. « Acceptation ».

c'est-à-dire de Lakhnau, parce qu'il y habitait. Il en
est surtout fait mention dans les Tazkiras persans, parce
qu'il a principalement écrit en persan. Il est même un
des poëtes persans les plus célèbres de l'Inde. Toutefois
on lui doit aussi des vers hindoustanis dont 'Ali Ibrâhim
donne un échantillon.

11. CUBUL (le Jam'dâr MACBUL MIRZA MAHDI 'ALÎ
KHAN) était dâroga du Top khâna de Lakhnau, et jouis-
sait de l'amitié particulière de S. M. le Roi du monde[1].
Il était fils du maulawî Muhammad Mirzâ, petit-fils de
S. S. Mâlik Uschtur (que Dieu soit satisfait de lui!),
lequel était habile en jurisprudence et en administration
des finances. Élève de Nâcikh, Cubûl est auteur d'un
Dîwân dont Muhcin cite des gazals dans son Anthologie

CUBUL MUHAMMAD[2] est auteur d'un masnawî intitulé Sihr-i halâl « la Magie permise », c'est-à-dire
« l'Éloquence », poëme qui n'est composé que de mots
formés de lettres sans points diacritiques et qui a
été lithographié à Lakhnau en 1264 (1847-1848) au
Macîhâï matba' en 32 p. On a imprimé à la marge le
Gul o Sanaubar, conte hindoustanî dont il a été et sera
parlé ailleurs.

1. CUDRAT[3] (SCHAH CUDRAT ULLAH), de Dehli, est un
des écrivains hindoustanis les plus éloquents. Il était
schaïkh et derviche de la lignée spirituelle de 'Abd
ul'azîz Schakarbâr[4], et descendait de Fakhr uddîn

[1] C'est-à-dire « d'Aoude ». C'est Muhcin qui parle.

[2] A. P. « L'acceptation de Mahomet », c'est-à-dire « celui qu'il
agrée ». Sprenger le dit auteur du Haft culzum ou « les Sept mers »,
dictionnaire persan publié sous le nom du roi d'Aoude Gâzî uddîn
Haïdar.

[3] A. « Puissance, pouvoir ».

[4] Mîr dit « petit-fils ».

Zâhid, saint musulman. Il était père[1] de Mîr Schams uddîn Faquir, auteur du *Hadâyic ulbalâgat,* et élève de Mirzâ Jân Janân Mazhar ; il mourut à Murschidâbâd en 1205 (1790-1791). Ses vers persans, qui s'élèvent à vingt mille, réunis en Dîwân, ont la facture de ceux de Mirzâ Bédil. 'Ische dit qu'à la fin de sa vie Cudrat employa le takhallus de *Teg* « épée » [2].

Ses vers sont de la bonne manière antique, et remarquables par la pureté de style avec laquelle ils sont écrits. Cudrat fut aussi distingué parmi ses compatriotes par ses bonnes qualités, surtout par sa fidélité dans l'amitié et par sa franchise. Il était lié avec les notabilités littéraires de son temps. Il demeurait près de 'Azîmâbâd au temps où écrivait Mashafî. Peu de temps avant l'époque où 'Alî Ibrâhîm traçait sa biographie, il vint de Dehli à Murschidâbâd et y fixa sa résidence. Ses vers hindoustanis, qu'il a écrits sur tous les mètres, ont été réunis en un Dîwân[3]. Lutf cite de lui beaucoup de gazals, et Mannû Lâl un long mukhammas. Voici de cet excellent poëte un court gazal cité par Bénî Nârâyan :

Mes amis! le jardin s'est échappé de ma possession, hélas! ô soir de malheur! puisque ma patrie m'échappe.

Après avoir livré mon cœur par l'effet d'un coup d'œil piquant, j'ai fui comme le daim, lorsqu'il s'échappe des mains du chasseur.

Aujourd'hui encore, de la racine de chaque cheveu de tes amants, des sources de sang s'échappent sous le linceul qui couvre leur corps.

Cudrat, pourquoi écrirais-je la peine de la nuit de l'absence? L'âme est séparée du corps, le corps s'échappe de l'âme.

---

[1] Et non neveu et élève, comme le dit Sarwar, suivi par Sprenger.

[2] Ou peut-être *Tattabbu'* « exploration », comme le présume Sprenger.

[3] Lutf nous apprend qu'on a aussi de lui des vers persans.

II. CUDRAT (le maulawi CUDRAT ULLAH), de Dehli, nommé Schaïkh Cudrat ullah par Câcim et Sarwar, était habile dans la langue arabe et dans la médecine, et on lui doit des poésies hindoustanies. Il demeurait à Dehli, où Mashafî l'avait vu pendant son séjour dans cette ville. Il était l'élève et l'ami de Sanâ ullah Khân Firâc, et selon Câcim, de Muhammad 'Acif. Il est mort en 1834.

III. Mashafî nous fait connaître un autre maulawi Cudrat ullah CUDRAT, auteur d'un *Tazkira-i hindí* ou Biographie des écrivains hindoustanis, et qui en 1793-1794 résidait à Râmpûr. Il est plus connu sous le takhallus de *Schauc.* (Voyez ce nom.)

IV. CUDRAT (SCHAH CUDRAT ULLAH), de l'endroit nommé Déki, neveu (fils de frère) de Mîr Schams uddin Faquîr, qui était un des fils de S. S. Schâh 'Abd ul'aziz Schakarbâr, est auteur d'un Dîwân dont Muhcin cite des vers. Il était mort lors de la rédaction du *Sarâpâ sukhan.*

V. CUDRAT (le munschî MUHAMMAD CUDRAT ULLAH KHAN), de Bénarès, surintendant du Bhopal, est auteur :

1° De prières *munâjât;*

2° D'un Dîwân ;

3° D'un ouvrage intitulé *Gulzâr* « Jardin » ;

4° D'un autre ouvrage intitulé *Izhâr* « Manifestation » ;

5° Du *Mâjarâ-é Cudrat* « Aventures de Cudrat » ;

6° Du *Tamâschâ-é Cudrat* « la Manifestation de la puissance divine », par allusion au nom de l'auteur ; le rédacteur de l'*Awadh akhbâr* du 31 octobre 1865 dit que Firdauci resta trente ans à écrire le *Schâh-nâma* en persan, tandis que Cudrat n'est resté que deux ans à écrire « la Grande bataille », *Muhâraba-i 'azím,* c'est-à-dire la grande insurrection de 1857 ; vol. de 262 p. de 27 lignes.

Cet ouvrage, rédigé d'après les documents publiés par les journaux officiels de l'Inde, est plus connu sous le titre de *Bagâwat-i Hind* « la Trahison de l'Inde ».

7° Le même numéro de l'*Awadh akhbâr* annonce de cet auteur une « Histoire de Rome » *Tarîkh-i Rûm*, traduite de l'arabe en urdû[1]. Serait-ce la même que l'« History of Rome » traduite de Goldsmith?

8° Deux masnawis intitulés *Salsala-i nazm* « Chaîne poétique », à la louange du roi d'Aoude dépossédé, Muhammad Wâjid 'Alî ; le premier porte le titre spécial de *Caïçar Schâh Awadh* « le César, roi d'Aoude » ; et l'autre celui de *Masnawî Sultân-i 'âlam* « Poëme sur le sultan du monde ».

9° Quatre autres ouvrages en vers à la louange de la feue princesse Sikandar Bégam[2], souveraine de Bhopal, petit État de la province de Malwa dont Cudrat est un des principaux fonctionnaires, sous les titres de *Aïna-i Sikandarî, Rizwân Sikandarî, Nau Bihâr Sikandarî, Mirât Sikandarî,* imprimés dans l'Inde et mentionnés dans l'*Awadh akhbâr* du 14 février 1867.

Cudrat est en outre auteur, nous dit le journaliste indien, de onze différents ouvrages tant en vers qu'en prose, et il possède en propre des imprimeries à Bénarès, à Bhopal et à Agra.

CUDS[3] (le saïyid MUHAMMAD RIZA), natif de Faïzâbâd et habitant de Lakhnau, fils du saïyid 'Alî Mirzâ, gendre du nabâb Nâcir uddaula Saïyid Açad 'Alî Khân Bahâdur

---

[1] On pourrait sans doute traduire *Rûm* par « Grèce », mais l'Histoire de Grèce est intitulée *Tarîkh-i Yûnân*.

[2] Voyez au sujet de cette princesse mon Discours de 1868, p. 61.

[3] A. « Sainteté ».

Schamscher Jang, élève du schaïkh Imâm-bakhsch
Nâcikh, est auteur d'un Dîwân dont Muhcin cite des
vers dans son Anthologie.

CUDSI [1] (le saïyid MUHAMMAD AKBAR), autrement dit
Schâh Muhammad, fils de Schâh 'Alî Ja'far et petit-fils
par sa mère de S. S. Schâh Ajmal (sur qui soit la miséricorde de Dieu!), naquit à Allahâbâd, mais alla résider
à Lakhnau, où il soumit ses vers au khwâja Haïdar 'Alî.
Il est auteur d'un Dîwân dont Muhcin cite des vers dans
son Anthologie.

CULI CUTB [2] SCHAH ou simplement CUTB SCHAH
et même CUTB, roi de Golconde, fondateur de Haïderâbâd, qui régna de 1581 à 1586, était fils d'Ibrâhîm
Cutb Schâh. Son frère Muhammad lui succéda, et 'Abd
ullah Cutb Schâh succéda à celui-ci en 1611. Ce dernier
protégea et encouragea la poésie hindoustanie, qu'il
cultiva lui-même comme Culi Cutb, à qui on doit de
nombreux vers dakhnis réunis sous le titre de *Kulliyât*.
L'exemplaire qui de la bibliothèque de Tippû a passé à
celle de l'East-India Office est un énorme et beau volume de 336 p. de masnawîs de quatorze vers à la page;
de cent pages de cacîdas, de tarjî' band, de marciyas, etc.; de 860 p. de gazals, enfin de 12 p. de rubâ'is.
Cet exemplaire, qui porte le n° 21, fut écrit pour le successeur de l'auteur en 1022 (1613-1614).

I. CURBAN [3] (Mîr Jîwan). C'est en effet ainsi, à ce
qu'il paraît, qu'il faut écrire le nom de ce poëte, et non
Jiyûn. Il était élève de Saudà, poëte par goût et militaire
de profession. Il fut tué en se battant contre les Anglais

[1] A. « Saint », et nom de l'ange Gabriel.
[2] T. A. P. « Esclave de Cutb (uddin) ».
[3] A. « Sacrifice ».

à Faïzâbâd, après avoir vendu chèrement sa vie. 'Alî Ibrâhim cite de lui deux vers dont voici la traduction :

Sa robe, qui était étroitement serrée, s'est ouverte comme le bouton de rose lorsqu'il se déploie avec grâce.

Le zéphyr est-il venu murmurer quelque chose à l'oreille de cette fleur ?

Son cœur serait-il par hasard disposé à aimer ce rossignol qui de son bec a déchiré ses pétales?

II. CURBAN (Mîr Curban 'Alî), de 'Azîmâbâd, fils de Mîr Muhammad Câcim Khân et élève de Cudrat, était habile non-seulement en poésie, mais en musique. Il occupait à 'Azîmâbâd un poste de cent roupies par mois auprès du *nâzim* « gouverneur », ainsi que nous le fait savoir Sarwar.

III. CURBAN (Mîr Muhammadî), de Dehli, fils de Mîr Kallû ou Galû Haquîr, était, à l'époque où écrivait Câcim, un jeune poëte, militaire de profession, au service de Zafar-yâb Khân. Il est élève de Sanâ ullah Firâc pour la poésie, et il s'est distingué dans le gazal. Il lisait souvent, à la satisfaction générale, des pièces de vers de sa composition dans les réunions littéraires que tenait Mahdî 'Alî Khân. Câcim cite un grand nombre de ses vers.

CURBAN 'ALI[1], appelé aussi Kâbir 'Alî[2], est auteur du *Tuhfat ulmûminin* « Cadeau aux croyants », sorte de catéchisme en urdû, in-8° de 34 p. ; Lakhnau, 1868.

CUTB SCHAH ('Abd ullah), roi de Golconde, qui régna de 1611 à 1672, est, je pense, auteur d'un masnawî sur Mahomet qui porte son nom et qui fut com-

---

[1] A. « Sacrifice de 'Alî », c'est-à-dire « celui qui se sacrifierait pour 'Alî ».

[2] « Le Grand 'Alî ».

posé en douze jours de l'année 1018 (1608-1609),
poëme dont on trouve un manuscrit de 120 p. gr. in-8°
à l'East-India Library, divisé en *hikâyat* et copié en
1134 (1720-1721) à Haïderâbâd par Hâjî Muhammad
Rizâ, fils de Murâd Beg et petit-fils de Muhammad
Karîm, du Mazendérân.

J'ignore si l'ouvrage imprimé à Lahore sous le titre
de *Majmû'a-i Cutb* « Collection de Cutb » est de ce personnage.

I. CUTB UDDIN[1] (le maulawî et nabâb Muhammad),
du zilla' de Rahtak et habitant de Dehli, est auteur :

1° Du *Ma'dan uljawâhir* « la Mine des pierreries », imprimé à Dehli en 1843, in-8°. C'est une collection de
cent *hadis* et de cent maximes attribuées à Locman ;

2° Du *Tuhfat uzzaujîn* « le Cadeau aux femmes »,
c'est-à-dire l'instruction religieuse qu'un mari doit donner à sa femme ;

3° Du *'Arûs ulmûminîn* « l'Épouse des croyants »,
brochure urdue en faveur du mariage des veuves musulmanes, imprimé à Dehli, in-8°, en 1849 ;

4° Du *Mazhar jamâl* « Manifestation de la beauté »,
c'est-à-dire « Extraits choisis du *Ricâc* » ;

5° Du *Mazhar hacc* ou *Mazâhir hacc* « Manifestations
de la vérité », c'est-à-dire « Traduction du *Mischkât*[2] ».
Le *Mazâhir ulhacc* a été publié à Mirat en urdû, en
quatre volumes, en 1865[3]. Une nouvelle édition en a
été annoncée dans l'*Awadh akhbâr* du 20 janvier 1869 ;

____

[1] A. « Pivot de la religion ».

[2] Le *Ricâc* et le *Mischkât* sont des livres arabes sur les traditions de
Mahomet, traduits en urdû, avec un commentaire, et imprimés à Dehli en
1849.

[3] J. Long, « Descriptive Catalogue », 1867, p. 33; et p. 39, où on le
dit publié en 2,000 pages, sans mentionner le nombre des volumes.

6° Du *Zafar jalîl* « la Glorieuse victoire », traduction du *Hisn-i hacin* « la Forteresse inexpugnable », autre célèbre recueil de traditions musulmanes, publié à Cawn-pûr en 1852 ;

7° Du *Miftâh ussalât* « la Clef de la prière » ;

8° De l'*Ahkâm ul'idaïn* « Préceptes pour les deux grandes fêtes musulmanes (*'id fitr* et *'id curbân*[1]) ;

9° Du *Hâdi unnâzirîn* « le Guide des observateurs (des choses spirituelles) » ; Lakhnau, 16 p.

CUWAT[2] (Mirza Ahmad 'Alî), fils légitime de Jurat, fut héritier en quelque chose du talent de son père. Kamâl fait un grand éloge de ses qualités morales et de ses facultés intellectuelles, et il en cite plusieurs pièces de vers.

D

DABIR[3] (Mirza Salamat 'Alî), de Lakhnau, est un célèbre poëte contemporain, auteur de marciyas, et connu dans l'Inde par ses mots spirituels. Il est fils de Mirzâ Gulâm Huçaïn, un des officiers de Mirzâ Agâ Jân, et il a étudié la poésie sous Mir Muzaffar Huçaïn Zamîr, auteur aussi de marciyas et dont il est le meilleur élève. Je possède un bel exemplaire de quatre marciyas de Dabîr, exemplaire qui m'a été donné par le savant arabisant Nassau Lees.

DAÇA BHAI BAHMAN-JI[4] (Dosabhai Bomanjee), de

---

[1] Voir mon « Mémoire sur la Religion musulmane dans l'Inde », p. 69 et 70.

[2] A. « Force ».

[3] P. « Rédacteur ».

[4] I. *Daçâ* signifie « état, condition », *Bhâî* « frère », *Bahman* (pour *Brahman*) « brâhmane », et *Jî* est un titre d'honneur.

Bombay, a publié en 1848 une édition en caractères
persans du *Sakuntalá nátak* de Kâzim 'Ali Jawân, d'après
l'édition de Gilchrist en caractères latins, intitulée « Hindee Roman orthoepigraphical ultimatum [1] » .

Il y a une traduction hindie du même drame publiée
à Bénarès en 1864, in-8° de 104 p.

DAÇA BHAI SURAB[2] JI (le munschi) est auteur d'un
ouvrage écrit en hindoustani sur « la Cour d'Indra »,
lequel est mentionné dans le « Catalogue of native publications in the Bombay Presidency », 1867, p. 124. Il
a été publié à Bombay en 1865, in-8° de 79 p.

DACI[3] est auteur d'une rédaction en prose hindie de
la légende de Nal, intitulée *Nal praçang* « Histoire de
Nal » ; Bénarès, 1861, in-4° de 38 p. de 28 lig.

DADU[4], fondateur de la secte des dâdû-panthis, qui
est une ramification de celle des râmânandis, et par conséquent comprise dans les schismes des waïschnavas,
était élève d'un des principaux propagateurs kabîr-panthis et le cinquième dans leur lignée spirituelle après
Râmânand ou Kabîr, savoir : Kamâl, Jamâl, Bimâl,
Buddhan et Dâdû.

Dâdû était de la caste des cardeurs de laine. Il naquit
à Ahmadâbâd ; mais dans sa douzième année il alla à
Sambher en Ajmîr, de là à Kalyânpûr, puis à Naraïna,
ville située à quatre kos de Sambher et à vingt de
Jaïpûr. Il avait alors trente-sept ans. Ce fut là qu'averti

---

[1] « Journal of the Bombay Branch Roy. Asiatic Society », january
1861. J'ai un exemplaire de cet ouvrage, in-8° d'une centaine de pages.

[2] P. Pour *Suhrâb*, nom du fils de Rustam.

[3] I. « Servante » (*dâci*).

[4] L'auteur du *Dabistân* le nomme Dâdû Darwesch (le derviche Dâdû).
Voir t. II, p. 233, de la traduction d'A. Troyer.

par une voix du ciel de se vouer à la vie religieuse,
il se retira au mont *Bahérana,* à cinq kos de Naraïna,
où après quelque temps il disparut sans qu'on pût trouver de lui aucune trace. Ses sectateurs croient qu'il fut
absorbé dans la Divinité. Ceci arriva, dit-on, vers l'année 1600, à la fin du règne d'Akbar, ou au commencement de celui de Jahânguîr. On conserve encore à Naraïna, qui est le lieu principal du culte dâdû-panthî, le
lit de Dâdû et la collection des textes que ses partisans
vénèrent. Un petit édifice, sur la montagne, marque le
lieu de la disparition de ce législateur.

Les doctrines de sa secte sont contenues dans différents livres, en bhàkhà, où il paraît que beaucoup de
passages des écrits de Kabir ont été insérés. Dans tous
les cas, ces divers écrits ont entre eux une grande
ressemblance [1].

Ward[2] cite de cet écrivain le *Dâdûkî vânî* « le Discours de Dâdû », ouvrage qui est écrit dans le dialecte
de Jaïpûr. Le lieutenant G. R. Siddons, neveu de
Wilson, avait entrepris de traduire le traité de cet
auteur sâdh intitulé *Dâdû-panthî grantha* « Livre des
disciples de Dâdû » ; et Wilson lui-même avait eu l'intention de s'occuper de ce travail. Siddons a donné,
dans le numéro de juin 1837 du Journal de la Société
Asiatique de Calcutta, le texte et la traduction du chapitre sur la foi de cet important ouvrage, qui, selon
J. Prinsep, offre un bon spécimen de *kharî bolî* (pur

---

[1] Ceci est extrait du « Journal de la Société Asiatique » de Calcutta,
n° de juin 1837. On y trouve, *loc. cit.*, des détails sur la secte des dâdû-
panthîs, ainsi que dans le Mémoire de H. H. Wilson, « Asiatic Researches », t. XVII, p. 302 et suiv.

[2] « History, etc., of the Hindoos », t. II, p. 481.

hindoustani) de l'Inde centrale. En voici quelques extraits :

Que la foi en Dieu caractérise toutes vos pensées, vos paroles, vos actions. Celui qui sert Dieu ne place sa confiance en rien autre.

Si le souvenir de Dieu était dans vos cœurs, vous seriez capables d'accomplir des choses qui sans cela seraient impraticables; mais ils sont en bien petit nombre ceux qui recherchent la voie qui conduit à Dieu...

O insensés! Dieu n'est pas loin de vous; il en est proche. Vous êtes ignorants, mais il connaît toutes choses, et il distribue ses dons à son gré...

Prenez telle nourriture et tel vêtement qu'il plaira à Dieu de vous départir. Vous n'avez besoin de rien autre. Contentez-vous du morceau de pain que Dieu vous accorde...

Méditez sur la nature de vos corps, qui ressemblent à des vases de terre, et mettez en dehors toute chose qui ne se rapporte pas à Dieu.

Tout ce qui est la volonté de Dieu arrivera assurément; en conséquence, ne détruisez pas votre vie par l'anxiété, mais attendez.

Quel espoir peuvent avoir ceux qui abandonnent Dieu, quand même ils parcourraient toute la terre? O insensés! les hommes justes, qui ont médité sur ce sujet, vous disent d'abandonner tout, excepté Dieu, puisque tout est affliction.

Crois en la vérité, fixe ton cœur en Dieu, et humilie-toi, comme si tu étais mort...

Pour ceux qui aiment Dieu, toutes les choses sont réellement douces; jamais ils ne les trouveront amères, quand même elles seraient pleines de poison; bien au contraire, ils les acceptent comme si c'était de l'ambroisie. Si on supporte l'adversité pour Dieu, c'est bien; mais il est inutile de faire du mal au corps...

L'esprit qui n'a pas la foi est léger et volage, parce que n'étant fixé par aucune certitude, il change d'une chose à l'autre...

Ne condamnez rien de ce que le Créateur a fait. Ceux-là sont ses saints serviteurs qui sont satisfaits de lui...

Dâdû dit : Dieu est mon gain, il est ma nourriture et mon soutien. Par sa substance spirituelle tous mes membres ont été nourris. Il est mon gouverneur, mon corps et mon âme. Dieu prend soin de ses créatures, comme une mère de son enfant... O Dieu! tu es la vérité; accorde-moi le contentement, l'amour, la dévotion et la foi. Ton serviteur Dâdû te demande la vraie patience, et vient se consacrer à toi.

I. DAG [1] (Mîr Mahdi [2]), de Dehli, mais habitant de Lakhnau, fils et élève de Mîr Soz, se distingua comme son père dans la poésie hindoustanie. Il avait d'abord pris pour takhallus le mot *Ah* [3]; mais il choisit ensuite celui de *Dâg,* qui lui est resté. Mashafî nous le représente comme un jeune homme fort doux et d'une heureuse physionomie. Il fut violemment épris d'une femme, et, dans l'impossibilité de la posséder, il tomba dans un état de langueur qui le conduisit aux portes du tombeau. Il allait rendre l'âme, lorsqu'il reçut une lettre de sa bien-aimée; mais il était trop tard. Il eut encore néan-moins la force d'écrire sur cette lettre un vers dont voici la traduction :

Un souffle animait encore mes membres au moment où j'ai reçu ta lettre; que t'écrirai-je, quand tu me prives de mon existence qui aurait pu être si heureuse?

Mashafî, qui nous donne ces détails dans son Tazkira, cite de cet écrivain un rubâ'î hindoustanî où Dàg parle de sa passion. Le voici rendu en français :

Cette passion n'est pas bonne, elle est mauvaise; elle ab-sorbe mon esprit, c'est un amour dangereux.

[1] P. « Marque, blessure », et aussi « blessé ».
[2] Bâtin le nomme Mîr Muhammadî.
[3] « Soupir ».

Quand je suis loin d'elle, puis-je m'empêcher de pousser des soupirs? Disons la vérité : une telle affection est dangereuse.

II. DAG, de Haïderàbàd, élève de Faïz, est un autre poëte hindoustani mentionné dans le *Gulschan békhizân*.

DAIM [1] ('Alî) est un poëte hindoustani qui habitait Calcutta avant l'époque où écrivait Béni Nàràyan, qui en cite onze pièces de vers composées avec goût. Voici une de ces pièces, qui est charmante dans l'original :

" O messager! va donner à mon amie de mes nouvelles; si tu ne la trouves pas, dis-le aux gens de sa famille.

Mon cœur est maintenant agité du désir de la voir ; dis l'état véritable de ce cœur à ma maîtresse.

Si cette beauté sémillante n'agrée pas mes paroles, ô messager! il faut, en pleurant, les dire à un autre, dans un tête-à-tête.

Je suis malade d'amour, ta face est mon remède; va dans le jardin le dire au narcisse.

O messager! la fiole de mon cœur n'a pas plus de valeur qu'un atome, il est nécessaire de le dire à mon acheteur.

Prends mon message et porte-le à mon amie; il faut lui dire quelque chose en colère, et quelque chose avec amitié.

Mon cœur a reçu une blessure comme la tulipe; va dans les jardins le dire au parterre de fleurs.

Dàïm, tu fais en vain, en pleurant, connaître à chacun ton état. Il faut le dire à une rose et non à une épine.

DALIL [2] (le munschî Ghàcî Khan) est un poëte contemporain dont on trouve un masnawî dans le n° du 12 juin 1866 de l'*Awadh akhbâr*.

---

[1] A. « Éternel ».
[2] A. « Preuve, démonstration ».

DAMA[1] JI PANT[2] est un écrivain hindi mentionné dans le *Kavi charîtr*. Il naquit dans le district de Dandarpûr, en 1600 du salivahana (1678), du temps du roi Sivâjî. Dâmâ Jî est auteur de plusieurs ouvrages dont on ne donne pas les titres.

DAN[3] SINGH JIU[4] est un poëte hindouî dont le colonel Broughton cite un raçàdik dans son « Popular poetry of the Hindoos ».

1. DANA[5] (le schaïkh Fazl-ı 'Alî Khan), de Dehli, connu sous le nom de *Schâh Dânâ,* était de la famille religieuse de Schâh Burhân uddîn et du nombre des disciples de Miyân Mazmûn de Schâhjahànàbâd ou Dehli. Il resta longtemps occupé d'affaires temporelles, et fut attaché à la cour du sultan de Dehli et à celle du nabâb Sirâj uddaula, gouverneur du Bengale ; mais en 1194 de l'hégire (1780 de J. C.) il renonça aux occupations séculières et embrassa la pauvreté spirituelle. Il est auteur d'un Diwân qui paraît perdu, mais qui est mentionné dans le *'Ayâr uschschu'arâ,* et de poésies hindoustanies mystiques où il s'est attaché à employer des expressions nouvelles. Mîr raconte que Dânâ vint assister, un jour, à la réunion littéraire qui se tenait chez lui le 15 de chaque mois, réunion qui coïncidait cette fois avec la fête du holi. Son costume était tellement étrange que Rafı' Saudâ, qui était un des assistants, dit en le voyant : « O mes amis! voici quelqu'un déguisé en ours[6]. »

---

[1] 1. « Corde, ficelle ».

[2] *Pant* ou *panth,* qui signifie « chemin », indique aussi un chemin spirituel, un ordre religieux. Ce mot, après les noms propres, paraît indiquer l'affiliation à un ordre de ce genre.

[3] I. « Don » (*dân*).

[4] *Jiû* est le même titre d'honneur que *Jî,* autrement orthographié.

[5] P. « Sage, savant ».

[6] Il faut savoir, à ce propos, que pendant les jours de la fête du

Cette plaisanterie égaya beaucoup l'assemblée. Du reste,
Mîr dit que Dânâ, qu'il voyait quelquefois, était un
homme excentrique. Il en cite un petit nombre de vers.
'Alî Ibrâhîm fait de lui des citations plus étendues,
parce que Dânâ ayant su qu'il travaillait à une biographie des poëtes hindoustanis, avait eu soin de lui envoyer quelques pièces de vers afin qu'il pût les placer
dans son ouvrage.

II. DANA (Roschan Lal), de Lakhnau, fils de Mahtâb
Râé, de la tribu des kâyaths, élève du nabâb 'Aschûr
'Alî Khân Bahâdur, est un autre poëte hindoustani dont
Muhcin cite des vers.

DARA [1] (le schâh-zâda Mirza Dara-bakht Bahadur),
connu sous le nom poétique de *Dârâ*, était petit-fils
d'Akbar II et fils du dernier sultan de Dehli, Bahâdur
Schâh [2], dont il devait être le successeur. On le considère
comme un des poëtes contemporains les plus distingués.
Câcim et Sarwar, qui en font un pompeux éloge, n'en
citent cependant que quelques vers; mais Karîm uddîn,
dans son *Guldasta-i naznînân*, en donne deux gazals, et
Muhcin, qui nous apprend qu'il était mort quand il écrivait son Tazkira, en donne aussi des vers.

I. DARD [3] (le khwâja Mir Muhammad ou Miyan Sahib),
de Dehli, un des poëtes spiritualistes les plus distingués
et les plus célèbres, était fils du khwâja Muhammad
Nâcir [4], aussi de Dehli, grand saint musulman. Il fut sur-

holî, qui est le carnaval de l'Inde, les gens du peuple et les enfants se
déguisent, pour s'amuser, en ours, en singe, en cheval, en chameau.
Voyez ma « Notice des fêtes populaires des Hindous », p. 38 et suiv.

 1 P. « Darius ».

 2 Voyez son article sous le nom de Zafar, qui est son takhallus.

 3 P. « Peine, douleur ».

 4 Mashafî le donne comme fils de Schâh Gulschan.

nommé *Andalîb* « rossignol [1] » et distingué lui-même
pour sa sainteté. Dard était élève de Schâh Gulschan [2],
auteur du livre intitulé *Nâla-i andalîb* « les Gémissements du rossignol ». Mîr, qui fut son disciple, s'exprime
à son sujet en termes hyperboliques. De son côté, 'Alî
Ibrâhîm dit ce qui suit sur son compte :

Pour louer convenablement le caractère de ce soleil qui
éclaire le monde, de ce descendant du prophète élevé [3], je dois
dire que lorsque Schâhjahânâbâd (Dehli), qui était le lieu de
réunion des notabilités en tout genre du quart habité de l'univers, et la demeure des gens les plus distingués par leurs qualités et par leur naissance; lors, dis-je, que par suite de
nombreux malheurs et d'accidents successifs cette ville tourna
sa face vers la destruction, et que chacun, tant d'entre les
grands que d'entre les petits, tant des derviches assis dans
l'angle de la pauvreté que des gens puissants et riches, que
chacun, dis-je, ne pouvant supporter cet état déplorable, ne
vit rien de mieux que de quitter cette ville infortunée, cet
homme d'illustre naissance (Dard) supporta patiemment les
malheurs qui étaient tombés sur sa patrie, il se résigna à ces
événements fâcheux, sans jamais abandonner sa ville natale.
Il vécut là, retiré du monde, et ne s'éloigna pas seulement à
un farsang de Dehli. Si le célèbre Farid [4], surnommé *Schakar
ganj* « trésor de sucre », eût pu voir cette montagne de patience, il aurait avec ses dents mordu son doigt, comme s'il
eût été une canne à sucre, par l'effet de l'étonnement que lui
aurait inspiré la véritable pauvreté spirituelle de Dard. Et si
le saïyid Huçaïn Jang Sawâr [5] eût existé dans ce temps, il au-

---

[1] Il ne faut pas le confondre avec le saïyid Muhammad Nâcir Ranj
dont il s'agit à l'article Manzux (Nâcir Jân).

[2] Selon Kârîm, Schâh Gulschan était le père de Dard; selon les
autres biographes, il est le même que le schaïkh Sa'ad ullah.

[3] Le titre de *mîr* annonce en effet que Dard descendait de Mahomet.
Voyez mon « Mémoire sur les particularités de la religion musulmane
dans l'Inde », p. 20.

[4] Voyez, sur ce saint musulman, le même Mémoire, p. 100.

[5] Autre saint musulman.

rait mis sur ses épaules la livrée de son service. Bref, ce grand
personnage s'occupait à écrire des vers hindoustanis, non pas
pour acquérir de la réputation et de la célébrité, mais pour
faire jeter des flammes au feu presque éteint des cœurs des
gens attristés. Le coursier rapide de son calam n'ayant pas
montré d'incapacité à parer d'ornements sa diction, et le
burâc[1] léger de son roseau n'étant pas resté en arrière dans
l'emplacement des discours élevés, le papier où il a écrit ses
productions devint semblable au pétale de la rose, et le bruit
de la langue de son roseau devint pareil au son du bec des
rossignols.

Son Diwàn[2] n'est pas très-étendu, mais les pièces
qui le composent sont généralement très-agréables, et se
distinguent de la plupart des compositions de ce genre
en ce que le poëte y aborde tour à tour toutes les questions de spiritualisme. Pour expliquer ces matières abs-
truses, il a écrit lui-même un commentaire à ses vers. A
l'époque où 'Alî Ibrâhîm écrivait, en 1196 (1781-1782),
ce célèbre personnage était encore à Dehli considéré
comme le guide des spiritualistes. Il a écrit aussi un
Diwàn de gazals et quelques rubâ'îs en persan. 'Alî Ibrâhîm cite dans sa biographie quarante pages in-folio de ses
vers hindoustanis qui sont effectivement très-remar-
quables. Son style, fort éloquent, est clair et intelligible.

Le Diwàn[3] de Dard a été imprimé à Dehli en 1847;
il forme 141 p. Cette édition a été faite, à la demande
du Dr Sprenger, aux frais de la Société de traduction et
par les soins du maulawî Imâm-bakhsch Sabhâyî, qui a
indiqué le mètre de chaque poëme.

---

[1] Monture de Mahomet, dans son ascension.

[2] J'en ai un exemplaire dans ma collection particulière. Il y en a un
autre dans la bibliothèque du Collége de Fort-William, à Calcutta, et
il y en a dans d'autres bibliothèques.

[3] *Dîwân-i Dard*, urdû, composé de gazals, rubâ'is, etc.

Dard a écrit cinq traités, outre celui sur le sufisme intitulé *Riçâla-i wâridât*[1], savoir : *Hurmat guinâ* « D'gnité du chant », *Dard-i dil* « Douleur du cœur », *Nâla-i Dard* « Plainte de Dard », *Ah-i sard* « Long soupir », *Waqui'ât-i Dard* « Événements de Dard ».

Mashafi dit que Dard fut militaire sous le règne de Muhammad Schâh ; qu'il quitta ensuite le monde et s'assit sur le tapis des derviches ; qu'il fut l'unique de son temps pour la science et la vertu, et ne mit jamais les pieds hors de Dehli. Il appartenait à la lignée religieuse des *naesch-band*[2]. Il paraît qu'il en était le chef spirituel, car Mîr rapporte qu'il témoigna le désir de l'avoir pour successeur comme président de ces serviteurs de Dieu ; ce qui eut lieu conformément à sa volonté.

Il était très-habile en musique : le second jour de chaque mois il réunissait des musiciens près du tombeau de son père, et les habitants de la ville de toutes les classes venaient assister au concert qu'ils y donnaient.

Il était tellement plongé dans la pauvreté spirituelle et dans l'insouciance des choses du monde, que l'empereur étant un jour venu le visiter en personne, Dard ne tarda pas à s'excuser et à se retirer.

Mashafî dit qu'à l'époque où il traçait sa biographie, il y avait un an que ce saint personnage avait trouvé le remède à l'absence, s'étant réuni au grand médecin qu'il honorait avec tant d'ardeur. Lutf se sert d'une autre allégorie pour exprimer le même événement. Selon lui,

---

[1] « Traité sur les choses accidentelles », c'est-à-dire sur ce qui n'est pas Dieu et qui n'est que néant, selon les sofis ; car, d'après eux, Dieu est l'être seul et unique.

[2] Voyez le *Canûn-i Islâm* du feu docteur Herklotts, p. 200.

« ce rossignol du jardin de la liberté étant sorti du filet
« de l'existence, alla habiter le champ du néant[1]. »
Pour parler sans figure, il mourut en 1209 de l'hégire
(1793-1794). D'autres biographes donnent pour la date
de son décès les années 1196 (1781-1782), 1199 (1784-
1785), et 1201 (1786-1787).

Voici la traduction de quelques vers mystiques de cet
illustre écrivain :

Je suis venu regarder çà et là dans le monde, et tu t'es pré-
sentée à ma vue là où j'ai regardé.

Les corps sont devenus sans vie là où tu as regardé de tous
tes yeux.

En te regardant j'ai fait entendre des plaintes et des gémissements autant que je l'ai pu.

Que dis-je? je suis mort de cent manières, mais j'ai vu que
tes lèvres n'ont pas, comme celles du Messie, le pouvoir de
rendre à la vie.

Le caractère de l'amant doit être plein de fermeté ; Dard en
a vu de ses propres yeux des exemples frappants.

II. DARD (Mîr Karam ullah Khan), de Dehli, était
frère utérin d'Amîr Khân Anjâm et neveu (fils de sœur)
du nabâb 'Umd ulmulk Amîr Khân. C'était un militaire
très-courageux et qui était doué d'une grande facilité de
parler et d'écrire. Il fut tué sous le règne d'Ahmad

---

[1] Cette expression, qu'on trouve souvent chez les poëtes musulmans,
donnerait à penser qu'ils sont matérialistes, tandis qu'ils donnent dans
l'excès contraire, puisqu'ils appartiennent pour la plupart à la secte des
sofis, qui considèrent la matière comme apparente et non réelle. Il est
donc à propos d'expliquer ce qu'ils entendent ici par le « néant ». C'est
la non-existence, la cessation de l'existence visible, de l'existence telle
qu'elle est pour nous, mais non pas de cette existence spirituelle et
cependant réelle que Mahomet a proclamée dans le Coran lorsqu'il
a dit : « Ne croyez pas que ceux qui ont succombé dans le combat
soient morts; au contraire, ils vivent, et reçoivent leur nourriture des
mains du Tout-Puissant. » Sur. III, vers. 162.

Schâh, fils de Muhammad Schâh, dans une bataille contre les Mahrattes. Mîr avait eu occasion de le voir. Les biographes originaux citent plusieurs vers de cet écrivain : ils portent l'empreinte de la mélancolie. Câïm nous apprend que ce poëte était neveu du nabâb Amîr Khân Anjâm et petit-fils du nabâb Açâlat Khân. Il fut d'abord élève de Schâh Wali ullah Ischtyâc. Voici la traduction d'un vers de Karam ullah :

Si cette idole cesse d'être récalcitrante envers moi, je ferai le pûjâ en son honneur, bien que ce soit apostasier.

1. DARDMAND [1] (Muhammad Faquîh Sahib) était originaire du Décan; il y naquit même, mais il fut élevé à Dehli. Il eut pour maître dans l'art de la poésie Mirzâ Jân Jânân Mazhar. Il passa quelque temps à 'Azîmâbâd (Patna), auprès du nabâb Gulâm-i Huçaïn Khân, fils du nabâb A'zam Khân, et dans la société de Kâzim Kok, dans une heureuse aisance. Ensuite il alla dans le Décan, puis il retourna à Dehli, et de Dehli à Murschidâbâd, d'après le désir du nabâb Nawâzisch Muhammad Khân Schahâmat Jang, neveu (fils de frère) du nabâb Alî Wardî Khân Mahâbat Jang [2] ; et il se fixa dans cette ville, où il fut attaché au gouvernement et où il mourut en l'année de l'hégire 1176 (1762-1763) [3]. Il se distingua par son talent poétique, par son amabilité et la douceur de son caractère. Il fut connu de 'Alî Ibrâhîm, qui nous apprend ces particularités. Mîr l'avait vu une fois seulement, et il n'entre à son sujet dans aucun détail.

[1] P. « Triste », etc.

[2] Vice-roi du Bengale qui gouverna de 1740 à 1756.

[3] Dans mon manuscrit le plus ancien du *Gulzâr-i Ibrâhîm*, il y a « en 1166 (1752-1753) »; mais dans l'autre et dans Lutf on trouve la date que je donne ici.

Dardmand est auteur d'un Dîwân hindoustani[1], composé de gazals et de rubâ'is. Il est aussi auteur d'un *Sâqui-nâma*[2], dont on conserve un exemplaire à la bibliothèque du Fort-William, à Calcutta, et qui a beaucoup de réputation. Mîr cite encore de lui les masnawîs intitulés *Caçamiya*[3], *Fakhriya*[4] et *Ischtiyâc*[5]. De ce dernier il donne un vers seulement dont je joins ici la traduction :

Ce vin et ce jardin ne subsisteront pas toujours, mais la blessure produite par le désir de l'union avec toi demeurera éternellement.

II. DARDMAND (Karîm ullah Khan), parent de 'Umdat ulmulk, vivait sous le règne de Schâh 'Alam, époque de la renaissance des lettres hindoustanies, et il cultiva avec succès la poésie nationale. Il parait évident que ce poëte est le même que Mîr Karam ullah Khân Dard dont il vient d'être parlé.

DAREG[6] (Mîr Zaïn ul'abidîn), saïyid de Dehli, élève de Naçîr, est un poëte hindoustani mentionné par Sarwar.

DARWESCH[7] (Mîr Schah 'Ali) est un poëte hindoustani contemporain, élève de Mamnûn, fils d'un faquîr, faquîr lui-même, et qui à cause de cette circonstance a pris le takhallus de *Darwesch*. Il est mentionné par Schefta.

---

[1] Il a aussi écrit un Dîwân en persan.
[2] C'est-à-dire « le Livre de l'échanson ». Ces poëmes sont des espèces de chansons à boire.
[3] A. « Poëme relatif au serment ».
[4] A. « Vanterie ».
[5] A. « Passion, amour ».
[6] P. « Tristesse » et « soupir ».
[7] P. « Pauvre (*derviche* ou *faquîr*) ».

DARYA[1] (le pandit Ratan-natu), de Lakhnau, fils du
pandit Amar-nâth Schu'la, qui était ministre de Subhàn
'Alî Khân Kamboh et élève de Mîr 'Alî Auçat Raschk ,
est un poëte hindoustani dont Muhcin cite des vers dans
son Anthologie.

DARYA-DAS[2] était un tailleur musulman qui trouva
une nouvelle route (*panth*) du ciel, c'est-à-dire qui fut le
fondateur d'une nouvelle secte ou d'une réforme dans le
genre de celle de Kabîr. Ceux qui en font partie n'ont
ni temples, ni images, ni formules de prières. Ils se privent des liqueurs spiritueuses et de la nourriture ani-
male, parce qu'ils considèrent les êtres vivants comme
faisant partie de la Divinité, qu'ils nomment *Satya sukrit*
« la Vérité bien formée ». Ils nient l'existence des déo-
tas. Ils rejettent les sacrifices sanglants et les holocaustes,
mais ils offrent à Dieu des fruits, du sucre, du lait et
d'autres productions naturelles, en les plaçant sur la
terre. Ils méprisent la *science sanscrite*, rejettent l'autorité des Védas, des Purânas et aussi du Coran, et ils
disent que tout ce qu'il est nécessaire de savoir se trouve
contenu dans dix-huit livres composés par Daryâ-dàs en
hindi. Buchanan vit ces volumes, mais il ne put obtenir
qu'on les lui cédât[3].

I. DAUD[4] BEG (Mirza) est un poëte hindoustani
estimé qui vivait sous Muhammad Schâh. Il fut élève de
'Uzlat et de Miyân Arzû, maître du célèbre Mîr Taquî.
Ce dernier et 'Alî Ibrâhîm citent Dâûd dans leurs biographies.

[1] P. « Rivière » et « mer, océan ».
[2] P. J. « Serviteur de la rivière (par excellence) », c'est-à-dire, je
pense, « du Gange ».
[3] Montg. Martin, « Eastern India », t. I, p. 500.
[4] A. « David ».

11. DAUD, de Dehli, est, selon Schorisch, un autre poëte distinct du précédent.

DAWAR-DAD[1] KHAN est auteur d'un dictionnaire hindoustani-persan dont j'ai un exemplaire manuscrit grand in-folio transcrit en 1797 par Gulâm Gaus.

DAYA[2] RAM est auteur du *Dàya-vilàs* « les Plaisirs de la clémence » ou « de Dàya », ouvrage hindi dont la Société Asiatique de Calcutta possède un exemplaire manuscrit. Cet ouvrage est peut-être le même dont on trouve un exemplaire en caractères nasta'lics à la bibliothèque de l'université de Cambridge, n° 52, sous le titre de *Bhagawat*.

Dàya est probablement le même écrivain à qui on doit des chants (*songs*) et des ballades célèbres hindoustanies, guzaraties et mahraties, formant une collection de cent trente-cinq livres manuscrits qu'il a laissée à son disciple Ràm Chand Bhài, chanteur très-distingué, et qui traitent de tous les sujets qui intéressent les natifs. Parmi ces poésies il y a, en effet, des chants religieux, élégiaques, érotiques ; quelques-uns offrent la description de villes et de pays indiens, d'autres l'histoire traditionnelle des souverains hindous et des divinités mythologiques. Les chants religieux sont, dit-on, aussi sublimes en idées qu'éloquents de langage et riches en images poétiques.

DÉBI-DAS ou DÉVI-DAS[3] est un écrivain hindi très-religieux mentionné dans le *Kavi charitr*. Il est auteur des ouvrages suivants :

[1] P. « Don du Souverain (par excellence) », c'est-à-dire « de Dieu ».

[2] I. « Clémence, bonté, bienveillance ».

[3] I. « Serviteur de la déesse (par excellence) », c'est-à-dire « de Durgà ».

1° *Vyenk déça stotra* « Éloges de Wischnu », en cent huit sections;

2° *Karunâmrita* « l'Ambroisie de la compassion », ouvrage ascétique;

3° *Sant mâlikâ* « la Guirlande des saints », titre analogue à celui du *Bhakta mâl*, qui signifie la même chose;

4° *Ukti yukti raskaumudi* « les Rayons lunaires du goût dans les métaphores du discours », publié dans le *Kavi bachan sudhâ* du bâbû Hari Chandar[1], de Bénarès.

DÉBI-DIN[2] est auteur du *Bhugol zilla' Itâwa* « Géographie du district d'Etawa » en hindi; Etawa, 1868, gr. in-8° de 28 p.

DÉVA-DATT[3] (le râjâ) est auteur :

1° Du *Nakha-sikha*[4],

2° Du *Aschta-yâmâ*[5], livres hindis mentionnés par Ward dans son ouvrage sur l'histoire, la littérature et la mythologie des Hindous, t. II, p. 480. Le second a été publié dans le *Kavi bachan sudhâ* du bâbû Hari Chandar de Bénarès.

DÉVI-DAYAL[6] est auteur d'un poëme hindi sur le culte de Siva, intitulé simplement *Dévi krit* « Composé par Dévî ». Le texte est accompagné d'un commentaire urdû qui donne l'explication des mots difficiles; et le tout forme un volume de 136 p., imprimé à Lakhnau.

---

[1] Voir son article.

[2] I. « Humble envers la déesse (Durgâ) ».

[3] I. « Deodatus ».

[4] 1. Touffe de cheveux du sommet de la tête et ongle de l'orteil (tête et pied).

[5] Ou *Ascht jâm*, c'est-à-dire les huit *pahâr* ou divisions du jour.

[6] A. « Affectueux envers la déesse (Durgâ) ».

DHANA [1] ou DHANA BHAGAT [2] est un Hindou célèbre par sa sainteté et auteur d'hymnes en hindi [3]. Nàràyan-dâs, dans son *Bhakta mâl*, raconte que Dhanà était tellement absorbé dans la contemplation qu'un jour il avala une pierre croyant prendre de la nourriture. Pour le récompenser de sa dévotion, Wischnu le remplaça, sous une forme humaine, dans la garde des bœufs et des vaches. Un jour ce dieu lui dit qu'il fallait qu'il fût disciple de Râmânand, et alors une voix céleste apprit à ce dernier que Dhanà allait arriver et qu'il devait prononcer tout de suite le *mantra* sacramentel à son oreille. En effet, Dhanà arriva à Bénarès, il fut disciple de Râmânand; et, à son retour chez lui, Wischnu le serra contre sa poitrine.

Ses poésies religieuses font partie de la quatrième section de l'*Adi granth*.

DHARMA-DAS [4] fut un des douze disciples de Kabir. On lui doit un ouvrage intitulé *Amar mâl* « Guirlande immortelle », dans lequel il a donné le récit de ses controverses avec d'autres sectaires hindous.

DHURU [5] est auteur de poésies sacrées qui font partie du *Sambhu granth* des Sikhs. .

I. DIDAR [6] est un poëte dakhni à qui on doit un masnawi qui a pour sujet les amours de Mâh Munawar, le fils du marchand [7], et de Schamschàd Bânû, la fille de

---

[1] I. « Droit (adj.) ».
[2] « Saint Dhanâ ».
[3] « Asiatic Researches », t. XVII, p. 238.
[4] I. « Serviteur de la religion ».
[5] I. « Pôle ».
[6] P. « Vue » (*dîdâr*).
[7] *Saudâgar bacha.*

l'Européen[1]. Il est intitulé *Quissa-i Mâh Munawar o Schamschâd Bânû* « Histoire de Mâh Munawar et de Schamschâd Bânû ». J'en possède dans ma collection particulière un manuscrit qui ne me semble pas complet. Il se compose de 22 pages petit in-fol.

II. DIDAR ('Alî Schah) est un poëte mentionné par Sarwar; il ne paraît pas être le même que le précédent.

DIDAR HAÇAN est un saint personnage musulman à qui on donne le titre de maulânâ et de murschid-nâ (« notre directeur »), et qui est entre autres auteur d'un *tappâ* cité p. 26 du *Hîr Ranjhâ*.

I. DIL[2] (Schah Fatḥ Muhammad), contemporain de Schâh Abrû et petit-fils de Muhammad Gaus de Gwalior, a laissé des poésies hindoustanies dont 'Alî Ibrâhîm donne un échantillon. Il était natif d'Agra, mais il résidait à Faïzâbâd, où il exerçait la profession de médecin, ainsi que nous l'apprend 'Ischqui.

II. DIL (le schaïkh Muhammad 'Abid), défunt, natif de 'Azîmâbâd (Patna), était le frère aîné de Muhammad Roschan Joschisch et fils comme lui de Jaswant Nâgar[3]. 'Alî Ibrâhîm nous représente ces deux frères comme des écrivains distingués, graves, d'un caractère égal et pleins de bonnes qualités. Les poésies de Dil ont été réunies en un Dîwân qui se compose d'environ deux mille vers. Il en envoya lui-même à Ibrâhîm, avec qui il était lié, des morceaux choisis, pour qu'il pût en faire usage dans sa biographie. 'Alî Ibrâhîm donne en effet cinq ou six pages de ces vers, qu'il compare, pour faire allusion au

---

[1] *Dukhtar-i franguî.*

[2] P. « Cœur » et « esprit ».

[3] Sprenger prononce Nâkir. Au reste le mot *nâgar* est le nom d'une tribu de brahmanes du Guzarate nommés *Gurjar.*

27.

nom du poëte, à un ongle qui déchire le cœur. Voici de
cet auteur un gazal cité par Béni Nàràyan :

Je remplis de gémissements tous les jours de ma vie; sans
toi, je suis à l'agonie; puis-je vivre sans toi? ou plutôt ne
dois-je pas mourir?

Chacun plongé dans le chagrin se frappe la tête et la poitrine, tandis que pour soulager mon cœur, j'appuie ma tête
sur mes genoux.

O mes amies! vous voulez donc me troubler par votre absence; mais quoi! les idoles animées ne craignent pas même
Dieu?

Elle n'a pas voulu quitter un instant l'oubli qu'elle
fait de moi, celle pour qui je quitte à chaque instant le
monde.

Je fais serment de te célébrer désormais dans mes vers, toi
dont le souvenir est sans cesse devant moi.

Oui, ce Dil (cœur) est agité par l'effet de tes boucles de cheveux en désordre.

Dil mourut à Patna. Il a laissé un « Traité sur la métrique hindoustanie » intitulé *'Arûz ulhindî*. Des biographes originaux l'ont confondu avec son frère Josch
ou Joschisch et l'ont appelé de ce dernier nom [1].

Il paraît, d'après le nom de Dil et celui de son père,
que ce dernier était Hindou et que Joschisch était musulman. Il arrive souvent, en effet, que des Hindous
renoncent à l'idolàtrie et embrassent l'islamisme. Ràm
Mohan Ràé ne s'était pas fait précisément musulman,
il était simplement monothéiste, juif, ou chrétien uni-
taire, n'importe; mais il parlait avec le plus grand respect
de Mahomet, et faisait le plus grand cas du Coran
comme ouvrage religieux. Il m'a semblé, dans les conversations que j'ai eues avec lui, qu'il ne mettait aucune

____

[1] Voyez l'article Josch, et Sprenger, « A Catalogue », p. 220 et 245.

différence entre Jésus-Christ et Mahomet, et qu'il les considérait comme deux prophètes suscités par l'Éternel.

III. DIL (le nabâb 'IMAD ULMULK), petit-fils de Nizâm ulmulk, joint à son titre de poëte, selon Schorisch qui le mentionne, les plus belles qualités.

IV. DIL (MADHU RAM), de Farrukhâbâd, de la tribu des banyans nommés Agarwâlà, est un poëte hindoustanî mentionné par 'Ischqui.

V. DIL (MIR MAHDÎ) est un autre poëte dont je ne puis citer que le nom.

VI. DIL (ZORAWAR KHAN), de Kol (Coel)[1], est un Hindou de la tribu des kschatriyas, qui s'est fait musulman et qu'on a appelé Afgân. Il est auteur d'un Diwân et de plusieurs masnawîs. Il est mentionné par Câcim, Schefta, Karim, et par Muhcin, qui nous apprend qu'il était mort à l'époque de la rédaction de son Tazkira.

VII. DIL (AZAD KHAN) se fit aussi musulman d'Hindou qu'il était; et Karim, jouant sur son nom, dit qu'il fut ainsi réellement azâd, c'est-à-dire « exempt (du feu de l'enfer) ». Ne serait-il pas le même que le précédent?

VIII. DIL (le maulawî SCHAMS UDDÎN), de Dehli, mentionné par Schefta et Karim, est plus célèbre encore par sa piété spiritualiste que par ses vers urdus. Il est mort en 1250 (1834-1835).

IX. DIL (GULAM-I MUSTAFA KHAN), de Dehli, fils de Gulâm-i Muhî uddin Khân, est un poëte distingué par sa grande capacité, mais qui vivait, s'il faut en croire Câcim, dans la dissipation. Il mourut avant la rédaction du Tazkira de Sarwar.

---

[1] Il est dit dans les textes originaux que ce poëte habite le pays (balda) ou le sirkâr (district) de Kol.

X. DIL (le pandit Dévi ou Débi-praçad [1]), de Patna et de la tribu des kâyaths, est un ancien élève de l'école de Bareilly. Il a habité Murschidâbâd et a été inspecteur des écoles du zilla' de Farrukhâbâd. Il est auteur :

1° D'un traité d'algèbre en urdû intitulé *Jabr o mucâbala*, traduit de Hall, in-8° ; Bareilly, 1848 ;

2° D'un abrégé de l'histoire de l'Inde (« Compendium [2] of Indian History »), aussi en urdû, imprimé également à Bareilly en 1849, in-8°, et intitulé *Khulâça tawârikh-i Hind* (« Outlines of the History of India »), ou simplement *Tawârikh-i Hind* « Chroniques de l'Inde ». Il y en a plusieurs éditions d'Agra, une entre autres de 1858, in-8° de 104 p. ;

3° Du *Mazhar-i cudrat* « Manifestation de la puissance (de Dieu) » ; traité rédigé en urdû sur le Créateur et la créature, et sur la théologie naturelle [3] d'après Paley, « Natural theology », Agra. Le même ouvrage a été reproduit en hindî sous le titre de *Ischwarta nidarschan*, traduction du titre urdû ;

4° Du *Riçâla uçûl-i maçâhat* (« Treatise on mensuration of planes and solids, compiled chiefly from Buket's works »), Allahâbâd, 1860 ; gr. in-8° de 174 p. ;

5° Du *Tarîkh-i Farrukhâbâd* « Histoire du district de Farrukhâbâd » ; Allahâbâd, 1859, in-8° de 24 p. ;

6° Du *Taschrîh ulhurâf* « la Dissection des lettres de l'alphabet », sorte d'abécédaire urdû ; Cawnpûr, 1850 ; Allahâbâd, 1860.

---

[1] I. « Don de la déesse (Durgâ) ». Sarwar consacre, par erreur sans doute, deux différents articles à cet écrivain, que Sprenger nomme Bénî.

[2] Ou « Abstract, etc. » ; H. S. Reid, « Report » ; Agra, 1853, p. 161.

[3] « Agra Government Gazette », n° du 1er juin 1855.

7° Du « Polyglot grammar and exercises in persian, english, arabic, *hindi, oordoo* and bengali » ;

8° Du « Polyglot moonshee or Vocabulary, exercises and pleasant stories, in english, persian, *oordoo*, etc. ;

9° De l'*Arjang-i Chîn* « la Galerie de peinture de Chine », calligraphie urdue et persane ; Cawnpûr, 1868, gr. in-8° de 26 p. ;

10° Du *Majma' ulfawâïd* « Réunion des utilités », sorte d'encyclopédie en prose urdue d'après les ouvrages anglais [1] ;

11° Du *Tarîkh-i Panjâb* « Histoire du Panjâb », imprimé à Dehli ;

12° Du *Majmû'a-i ta'zîrât-i Hind* « Recueil des châtiments dans l'Inde », annoncé dans le n° du 2 avril 1869 de l'*Akhbâr* scientifique d'Aligarh ;

13° On doit aussi à cet écrivain des poésies en urdû, et c'est pour cette raison qu'il a pris le takhallus de *Dil*, dont il y a fait usage.

DILBAR[2], autrement dite *Chhotî Bégam* « la Petite Dame », est une femme auteur dont Karîm uddîn cite des vers et qu'il loue en ces termes dans sa prose rimée :

« C'est une belle personne agréable à l'âme, tout à fait charmante, aimable de manières, dont l'haleine, qui rappelle le souffle du Messie, chasse le chagrin. Son visage est brillant comme le soleil et doux comme la lune, son corps blanc comme l'argent. On dirait que son menton est de cristal. Son port est majestueux, sa démarche gracieuse, sa parole délicieuse. Que dirai-je encore? On

---

[1] Il y a un autre ouvrage qui porte ce titre. Voir l'article RAJA RAM.

[2] P. « Maîtresse » ; à la lettre « celle qui enlève (*bar*) le cœur (*dil*) ». Sprenger la nomme *Dilar*.

ne peut pas plus décrire la distinction de sa beauté que sa remarquable éloquence. »

DILER [1] (Schah), de 'Azìmâbâd, jeune homme pieux et studieux qui a écrit des vers hindoustanis mentionnés par Schefta.

DILGUIR [2] (Miyan Changui Lal), de la tribu des kâyaths, est un poëte bien connu dans l'Inde et surtout célèbre par ses marciyas. Il avait d'abord pris pour takhallus le nom de *Bédam* [3], mais « ayant eu le bonheur de se convertir à l'islamisme [4] », il jeta à la rivière le Diwân qu'il avait écrit avant sa conversion, et il ne composa plus que des marciyas ou complaintes sur les grands martyrs musulmans 'Alî, Haçan et Huçaïn. Il fut d'abord élève de Khânî, puis de Nâcikh.

Ce poëte est sans doute le même auquel Schefta donne les noms de Mîr Himâyat ullah Khân, qu'il avait apparemment pris quand il se fit musulman, et qu'il dit fils de 'Alam Khân, qui occupait un rang honorable dans la magistrature. Il nous apprend qu'il s'occupa d'astronomie, d'astrologie et de géomancie. Il était bon poëte, et il excella dans le marciya, ainsi que nous venons de le voir. Il avait tenu des réunions littéraires auxquelles assistait notre biographe.

DILKHUSCH [5] (le kunwar [6] Bahadur Singh), de Dehli, est un Hindou de la tribu des kschatriyas qui est cité

---

[1] P. « Courageux ».

[2] P. « Affligé », à la lettre « pris (*guîr*) de cœur (*dil*) ».

[3] P. « Sans souffle ». Il y a un autre poëte du même surnom.

[4] C'est Muhcin, musulman, qui parle ; car c'est à lui que nous devons ces détails.

[5] P. « Content ».

[6] Ce mot est le synonyme indien du persan *schâh-zâda* et signifie, comme ce mot, « prince ».

parmi les poëtes hindous contemporains. Il était petit-
fils du râjà Khuschhâl Râé, poëte lui-même, sur lequel on
trouvera plus loin un article. Ce fut à l'école de Schâh
Câïm qu'il se forma dans l'art d'écrire. Il a laissé des
poésies hindoustanies et persanes, mais elles n'ont pas le
mérite de celles de son aïeul. Il est mentionné par
Sarwar et par Zukâ.

DILSOZ [1] (Khaïratî Khan). Schefta et Câcim nous
apprennent que ce poëte était simple tailleur, Afgàn de
nation, disciple de Schâh Nacîr de Dehli et élève de Sanâ
ullah Khàn Firâc. Il habitait le village de Tapal, près
d'Aligarh, où il était tailleur de Zafar-yâr Khân, qui en
avait fait son ami, et c'est avec ce dernier qu'il avait pris
du goût pour la poésie indienne. Il s'était d'abord
adonné à la boisson ; mais il avait ensuite réformé sur ce
point ses mauvaises habitudes. Il mourut à Faïzâbâd.

Mannû Lâl cite un grand nombre de ses vers dans son
Guldasta. Voici la traduction de quelques-uns :

Si cette fière beauté montée sur un élégant palanquin prenait la peine de regarder autour d'elle, elle verrait son malheureux amant qui la suit à pied et sans bagage.

Ses dents blanches, teintes de noir missi, brillent comme
au milieu de la nuit obscure les blancs boutons de la tubé-
reuse.

Lorsqu'elle se baigne après avoir frotté ses mains du rouge
hinna, on croirait voir du feu dans l'eau...

I. DIRAKSCHAN [2] (Mirza Manga Beg) vivait sous le
règne de Schâh 'Alam II. Il mourut à Faïzâbâd, peu de
temps avant la rédaction du *Gulzâr-i Ibrâhîm*. Voici la
traduction d'un de ses vers :

[1] P. « Passionné ».
[2] P. « Brillant ».

O mes amis! dans cette nuit de l'absence, j'ai dit adieu à la vie; j'expirerai au matin, comme s'éteint la bougie après la veillée.

II. DIRAKSCHAN (le saïyid 'Alî Khan), de Lakhnau, fils de Mîr Mugal et élève du munschî Muzaffar 'Alî Acîr, est auteur d'un Dîwàn dont Muhcin, dans son Anthologie bibliographique, cite un long gazal sur la fine taille (*kamar*) d'une femme.

DIWAN[1] CHAND (le munschî et *hakîm*) a été d'abord l'éditeur du journal hindoustanî de Sialkot intitulé *Akhbâr chaschma-i faïz* « Nouvelles de la source de l'abondance », lequel paraissait depuis le mois de juin 1853; puis du *Khurschaïd-i 'àlam* « le Soleil du monde », et de l'*Akhbâr-i Panjàb* « Nouvelles du Panjàb »; et enfin, depuis le 9 décembre 1865, du *Khaïr khwâh-i Panjàb* « l'Ami du Panjàb », journal qui remplace, je crois, les précédents, et qui paraît à Sialkot bi-mensuellement, par cahiers de quatre feuilles ou seize pages[2].

I. DIWANA[3] (Guru-bakhsch Raé), de Dehli et habitant de Murschidâbâd, est un poëte hindoustanî mentionné par Schorisch.

II. DIWANA (Mirza Muhammad 'Alî Khan), de Bénarès, employé du gouvernement anglais, père de Junûn (Mîrzà Najaf 'Alî Khàn), a cultivé, ainsi que son fils, mentionné plus loin, la poésie hindoustanie. Ils sont mentionnés l'un et l'autre par Schefta.

III. DIWANA (Raé Sahb Sukh Singh), de Lakhnau, était parent du ràjà Mahà Nâràyan. Il fut le maître de

----

[1] A. « Ministre ». Le mot *dîwân* a dans l'Inde cette signification et est ainsi synonyme de *wazîr*.

[2] Voir mon Discours de 1866, p. 4.

[3] P. « Fou, insensé ».

Hasrat, de Haïrat et d'autres poëtes urdus. On lui doit à lui-même des vers en hindoustanî, mais surtout en persan, idiome dans lequel il a écrit dix mille vers réunis en deux Dîwâns. Il mourut en 1204 (1789-1790). Les biographes originaux citent de ce poëte plusieurs vers rekhtas.

I. DOST [1] (le schaïkh GULAM MUHAMMAD), de Patna, est nommé Saïyid Gulâm 'Alî par Abû'lhaçan, et Khalifa Gulàm Ahmad, du Bihâr, par Muhcin. 'Ischqî nous apprend qu'il a traduit le *Bahâr-i dânisch* en vers rekhtas, sous le titre de *Izhâr-i dânisch* « la Manifestation de la sagesse ».

Il y a plusieurs autres versions hindoustanies de ces contes persans célèbres par leur hostilité au beau sexe, une entre autres dans le patois hindoustanî des marins musulmans du Bengale, que le Rév. J. Long appelle *musulman* ou *urdu-bangali*.

'Alî Ibrâhîm, avec qui Dost avait fait connaissance à Murschidàbâd et à qui il communiqua une centaine de vers de sa composition, en cite quelques-uns, les deux suivants par exemple :

Elle est sortie sans voile de derrière le rideau du harem.
Ce jour-là le ciel était couvert de nuages, on crut que le soleil se montrait sur l'horizon.

Sarwar mentionne deux poëtes de ce takhallus à ajouter à celui-ci ; savoir :

II. DOST, de Farrukhâbâd, et

III. DOST (DOST-I MUHAMMAD), de Sikandarâbâd, élève de Mu'jiz pour la poésie hindoustanie, et auteur d'un

[1] P. « Ami ».

Diwân persan, était devenu aveugle dans son enfance à la suite d'une maladie, et avait appris le Coran par cœur.

DULHA-RAM [1] se fit râmsanéhi en 1776, et mourut en 1824. Il fut le troisième chef spirituel de sa secte. Il a laissé dix mille *sabd* [2] et environ quatre mille *sakhi*, ou poëmes à la louange de personnages éminents par leurs vertus, non-seulement dans sa propre secte, mais parmi les Hindous, dont plusieurs auteurs de poésies hindies, les musulmans et autres. Les poëmes dont il s'agit sont apparemment dans le genre du *Majmü'a-i 'âschiqûin*, ouvrage dont il a été parlé à l'article ADHAM. Ces sortes de livres rentrent tout à fait dans le système libéral des sofis musulmans, qui mettent sur la même ligne Jésus-Christ et Mahomet, Buddha et Zoroastre, Krischna et 'Alî, la sainte Vierge Marie et Fatime, etc. L'Europe a vu, il y a quelques années, un vrai spiritualiste hindou de cette trempe, le mahârâja Râm Mohan Râé, qui allait aussi volontiers à la messe des catholiques qu'au sermon des protestants et aux assemblées philosophico-religieuses du *Brahma sabhâ* qu'il avait établies.

Le successeur de Dûlhâ-Râm fut Chatra-dâs; il s'assit sur le *gâddi* [3] en 1824 et mourut en 1831. Il composa, dit-on, mille sabd; mais il ne voulut pas permettre qu'on les écrivît. Nârâyan-dâs lui succéda, et il était en 1855 le quatrième chef spirituel de cette secte, dont les doctrines ont été exposées dans le n° de février 1835 du « Journal de la Société Asiatique » de Calcutta, par le capitaine Westmacott.

---

[1] I. « Râma le fiancé ».

[2] Sorte d'hymne des nânak-panthîs, etc.

[3] Ce mot est, dans l'Inde, synonyme de *masnad*. Ces deux expressions indiquent le trône d'un souverain ou du chef d'une secte, etc.

DULHAN BÉGAM[1], autrement dite Jání[2] Bégam Jan Bahu Bégam et Nawab Bahu Bégam, c'est-à-dire « Madame la femme du nabâb[3] (Açaf uddaula, souverain d'Aoude) », cultiva, comme son mari, la poésie hindoustanie avec beaucoup de succès. Elle était fille du nabâb Camar uddin Khàn Intizâm uddaula et petite-fille du célèbre nabâb vizir 'Itimâd uddaula. Karîm fait un grand éloge de la piété de cette princesse, qui malgré l'éclat de son rang passait la nuit en prière et à lire dévotement le Coran. Elle est aussi mentionnée par Schefta.

Voici la traduction de quelques-uns de ses vers :

Je suis la parure du jardin du monde, mais comme la tulipe je porte dans mon sein une blessure dont les traces sont profondes.

Le sang mêlé d'eau qui s'y forme vient aboutir à mes yeux, d'où il s'écoule en larmes abondantes.

La vie quitte doucement mon cœur, comme une caravane qui se met en marche dans l'obscurité.

Voici un vers qu'elle improvisa pour répondre à son eunuque Hamdam, qui lui demandait des nouvelles de sa santé :

O Hamdam, pourquoi me demandes-tu des nouvelles de ce corps affligé?

A chacune de mes veines est appliquée la lancette du chagrin, sans que je sache ni comment ni pourquoi.

DUNGAR[4] SINGH est un célèbre auteur de khiyàls, sorte de ballade ou plutôt de petit drame très-apprécié

---

[1] I. P. « Madame la nouvelle mariée ».

[2] *Jání* paraît être le surnom poétique de Dulhan Bégam. Il signifie « cordial » et « ami, amie (maîtresse) ».

[3] P. I. P. *Nawâb Bahû Bégam*. On donnait le même nom à la femme de Schujâ' uddaula.

[4] I. « Montagne ».

en Râjasthan. **M. J. Robson**[1] a publié un des khiyâls de ce poëte qui roule sur les exploits de Schékawrit Thâkur, considéré comme un héros par ses compatriotes, et qui, mis en prison par les Anglais à Agra, en fut tiré d'une manière romanesque.

DWARIKA-DAS[2] est auteur d'un ouvrage en vers urdus sur le mariage de Mahadéo ou Siva avec Gaurâ Parwati, lequel est intitulé *Pothî Gaurâ mangal* « le Livre de réjouissance (mariage) de Gaurâ ou Pârwatî ». Cet ouvrage a été imprimé à Agra, et il paraît qu'on en a publié un abrégé, car la bibliothèque de l'East-India Office à Londres possède un volume imprimé en 1849, in-8°, et intitulé *Khulâça Gaurâ mangal* « Essence du *Gaurâ mangal* »; mais c'est peut-être le même ouvrage indiqué sous deux titres différents.

E

EKANATH SWAMI est un brahmane du rite du Rig-véda qui a acquis une si grande célébrité qu'on le nomme « le divin » (*Bhagavat*).

Il naquit vers l'époque de Jnân-déva et de Nâm-déva (ou Déo); il florissait en l'an 1495 du saka (1417), et il mourut en 1546 (1468).

Son père se nommait Sûryâjî, sa mère Rukminî et son aïeul Chakrapânî.

On lui doit des poésies de différents genres et les ouvrages suivants :

1 « Selection of khiyals or Marwari Plays ».
2 I. « Le serviteur de Dwarika », la ville de Krischna.

1° Un commentaire sur le *Chatur sloki Bhagavat;*

2" *Rukmini swayambar* « le Mariage de Rukmini » ;·

3° *Siva lilâmrita* « le Passe-temps de Siva » ;

4° *Râma guïïâ* « le Chant de Râma » ;

5° *Ananda lahari* « l'Onde de la béatitude » ;

6° *Ekanâthi Râmâyana* « Un *Râmâyana* rédigé par lui-même » ;

7° *Hastâ malakâ tîkâ* « Commentaire du *Hastâ malakâ* de Sankarâchârya » ;

8° *Bhâvârta Râmâyana* « Commentaire sur le *Râmâyana* » de Valmiki.

9° *Swâtma sukh* « le Bonheur intérieur » .

F

FACIH [1] (Mirza Ja'far 'Alî) Lakhnawi ou de Lakhnau, fils de Mîrân Hâdî Lakhnawî, qui habitait la Mecque, et élève de Nâcikh, est surtout auteur de marciyas. On lui doit toutefois un masnawî intitulé *Nân o namak* « le Pain et le sel », fait à l'imitation du poëme mystique de Bahâ uddîn Amalî, connu sous le surnom poétique de *Bahâi*. Ce masnawî, intitulé *Nân o halwâ* « le Pain et les confitures [2] », est considéré comme une introduction au célèbre masnawî de Jalâl uddîn Rûmî. L'ouvrage de Facih a été lithographié à l'imprimerie Muhammadî de Lakhnau, en 1846, par les soins de Mirzâ 'Alî qui en a été l'éditeur. Il forme un volume in-8° de 35 p. de trente-quatre vers à la page.

Facîh était mort lors de la rédaction du *Sarâpâ sukhan,*

---

[1] A. « Éloquent ».
[2] Voyez l'article INSCHA.

où on trouve de ses vers. Il est mentionné par Schefta
et par 'Ischquî.

FAHIM [1] (le pandit SUNDAR LAL), fils du pandit Badri-
nâth, est né à Lakhnau et habite Cawnpûr. Il est élève
du saïyid Ismâ'îl Huçaïn Munir, et on lui doit des poésies dont Muhcin cite des vers.

1. FAIYAZ [2] (Mîn WALÎ) est auteur du *Rauza-i
schuhadá* « le Jardin des martyrs », long poëme en
dakhnî, qui roule comme les marciyas sur Haçan, Huçaïn et les autres martyrs de Karbala. Il est divisé en
dix *majlis* qui équivalent à des chants. Ce poëme est
une imitation de celui d'Huçaïn Wäïz Kâschifî sur le
même sujet [3]. Il y en a un exemplaire à la bibliothèque
de la Société Royale Asiatique de Londres, qui se compose d'environ 350 pages in-8°. Il y en a un autre
exemplaire [4] à la bibliothèque de l'East-India Office,
en marge du n° 1332, qui est un *Râmáyana*. Il a été
écrit en 1158 de l'hégire (1745).

Plusieurs poëmes urdus portant le même titre existent
dans d'autres bibliothèques, un, entre autres, dans celle
de l'East-India Office, qui a été écrit à Palcot, dans le
Bihâr, en 1217 (1802-1803). Il y a aussi un ouvrage
dakhnî portant le même titre et sur le même sujet, ouvrage dont il sera parlé à l'article SÉWA, et un quatrième
qui est cité dans le *Canoun-i islam* [5] et qui porte le titre
de *Rauzat ul'atr* « le Jardin de parfum »; ce dernier est
en vers hindis.

---

[1] A. « Intelligent ».

[2] A. « Généreux » (*faïyâz*).

[3] Voyez ma notice de l'*Akhlâc-i muhcinî*, par Kâschifî, dans le
tome IV de la 3ᵉ série du Journal asiatique.

[4] Il commence par ces mots : *Karûn nâm kon bismillah son âgâz.*

[5] Traduction du docteur Herklotts, p. 163.

II. FAIYAZ ('Abd urrazzac Beg), de Haïderâbâd, est un autre poëte hindoustanî mentionné par Sarwar.

FAIYAZ ULHACC [1] est auteur d'un *Quiâmat-nâma* « Livre de la résurrection », traité musulman de la résurrection et du jugement, in-8° de 16 p.; Dehli, 1868.

I. FAIZ [2] (Mîr Faïz 'Alî), de Dehli, fils et élève de Mîr Taquî, hérita du goût de son père pour la poésie, et ses vers se ressentent en quelque chose du talent remarquable de Mîr. Il était à Lakhnau en 1196 (1781–1782), auprès d'Açaf uddaula, d'où, à la demande d'Ibrâhîm, il envoya à ce dernier à Bénarès quelques vers à insérer dans son *Gulzâr*. Bénî Nârâyan en cite aussi un gazal.

Voici au surplus la traduction de quelques vers de ce poëte :

O échanson! je veux boire à la coupe que ta main fait passer à la ronde; mais pourquoi est-elle vide? Crois-tu donc que j'aie perdu le sentiment?...

Ne me demandez pas des nouvelles du choc que l'amour a fait subir à mon cœur; ce choc est si violent que j'en ai perdu la parole...

J'ai dit à tous ce que je savais : ton cœur et son désir m'est connu.

Elle se retire non sans être atteinte de la maladie de l'amour. Hélas! y a-t-il quelqu'un qui en connaisse le traitement?

II. FAIZ (Zafar-yab uddaula Mîr Ihçan 'Alî Khan Bahadur), de Lakhnau, fils du saïyid Muhammad Taquî

---

[1] A. « Généreux en vérité ».

[2] Ce mot, qui est un substantif arabe, s'écrit par un *fé*, un *yé* avec *fatha*, et un *zâd*; il signifie « abondance, grâce » (*faïz*).

Khân, lequel était fils de Mîr Zaïn ul'âbidîn Khân, le compagnon de Miyân Almâs, et élève d'Atasch, est auteur d'un Dîwân dont Muhcin cite des vers.

III. FAIZ (Krupa Kriscun), pandit, de Lakhnau, natif de Cachemire, mentionné par Schefta, est, je pense, l'auteur du *Ma'dan-i faïz* « la Mine de l'abondance », par allusion à son nom, opuscule imprimé à Lakhnau en 64 p.[1].

IV. FAIZ (Mirza 'Alî Riza Khan) est un poëte de Lakhnau mentionné par Sarwar.

V. FAIZ (le maulawi Mîr Hafiz Schams uddîn Khan), de Haïderâbâd, a écrit des poésies hindoustanies et persanes citées par Bâtin. Il a formé dans Rajâ[2] un élève distingué.

VI. FAIZ[3] (Mîr Munî uddîn) était fils du saïyid Fakhr uddîn et petit-fils de Zaïn ul'âbidîn, de la tribu des saïyids Huçaïnî[4], ou descendants de Mahomet par Huçaïn. Sa famille était originaire de Samarcande; mais elle vint se fixer à Dehli, dans l'ancienne ville, et plusieurs de ses membres occupèrent des fonctions honorables pendant onze à douze générations.

Après la ruine de Dehli, les gens distingués ayant quitté cette malheureuse ville, Faïz, avec plusieurs de ses parents, se retira à Gâzîpûr, du zilla' de Bénarès. Ce fut là qu'il fit connaissance avec le Dr Gilchrist. Ce dernier

---

[1] « Biblioth. Spreng. », n° 1690.

[2] Voir son article.

[3] Karîm, qui par erreur a consacré deux articles à Faïz, de Dehli, nomme celui-ci une première fois *Fâîz* (*fé, alif, yé, zé*), p. 159, et une seconde fois *Faïz* (*fé, yé, zâd*), p. 204, selon la véritable orthographe.

[4] Sprenger dit *Haçanî*, c'est-à-dire descendant de Mahomet par Haçan.

le conduisit avec lui à Calcutta et l'attacha au Collége de
Fort-William, sous Mîr Bahàdur 'Ali, qui était munschî
en chef pour l'hindoustani.Ce fut à l'instigation du
Dr Gilchrist que Faïz traduisit en vers, en 1218 (1803),
le *Pand-nâma* de 'Attàr[1] sous le titre de *Chaschma-i faïz*[2]
« la Source de l'abondance », lequel a été imprimé à
Dehli en 1845. Il paraît qu'on en a donné en 1279 (1862-
1863) une nouvelle édition. Le dernier mot de ce titre
fait allusion au surnom poétique de l'écrivain. Le
Dr Gilchrist en avait le manuscrit original, possédé ensuite par feu F. Falconer, qui voulut bien me le commu-
niquer et que j'ai acheté après son décès. C'est ce manuscrit qui m'a fourni les renseignements que je donne
ici. Par la comparaison que j'ai faite d'un chapitre de
cette traduction avec le texte persan, je me suis assuré
qu'elle est à la fois exacte et élégante; elle me semble
même préférable à l'original. Elle est précédée d'une
vie de 'Attàr qui renferme des détails intéressants que ne
donne pas Daulat Schàh, dont la notice a été traduite
par S. de Sacy en tête de sa version française du *Pand-
nâma* dont il s'agit. Entre autres il y est parlé de la
visite que 'Attàr dans sa vieillesse reçut à Nischàpûr de
Jalàl uddîn Rûmî, auteur du *Masnawî*, visite dans
laquelle 'Attàr donna à Rûmî son *Asrâr-nâma*[3] « Livre
des secrets », ouvrage qui inspira, dit-on, à Rûmî le
goût de la pauvreté spirituelle. Faïz nous apprend aussi

---

[1] Nassâkh en a donné une nouvelle traduction. Voyez son article.

[2] Il y a un traité urdû d'arithmétique et d'algèbre écrit par un Faïz
et intitulé en conséquence, par allusion à son nom, *Ma'dan ulfaïz* « la
Mine de l'abondance »; in-8°, Dehli, 1849.

[3] Cet ouvrage n'est pas mentionné dans la liste que S. de Sacy a
donnée des productions de 'Attar. Voyez le *Pand-nâma*, p. 61 de la
préface.

28.

que 'Attâr mourut à l'âge de cent quatorze ans et que son tombeau est situé à Nischàpûr. J'en ai donné l'inscription tumulaire dans la préface de ma traduction du *Mantic uttaïr*.

Faïz est probablement l'auteur de l'Inschà qui porte son nom (*Inschâ-i Faïz*) et qui a été imprimé à Cawnpûr en 1850.

VII. FAIZ (Karîm-bakhsch), natif d'Utarwali, des dépendances d'Aligarh, fils du schaïkh Fath 'Ali, élève distingué de Hidàyat 'Alî Acîr, est un poëte hindoustani qui était greffier du tribunal de Mirat. Muhcin, qui le mentionne, en cite des vers dans son Tazkira.

FAIZ[1] (Sadr uddîn Muhammad), fils de Zabardast Khân, est un musulman de l'Inde qui a écrit en hindoustanî un Dîwàn composé de gazals, de cacîdas et de six masnawîs où il décrit un *panghat*, escalier pour descendre à une rivière; une *joguin*, c'est-à-dire la femme d'un *joguî*; une jardinière; une *gujrî*, c'est-à-dire la femme d'un *gûjar* (caste de ràjpoutes); une marchande de *bang*[2]; enfin, d'une épître ou *ruc'a*.

Voici la traduction de l'avant-dernière de ces pièces, qui est surtout curieuse sous le rapport ethnographique:

LA MARCHANDE DE BANG DU TOMBEAU DE CUTB[3].

J'ai vu cette sémillante marchande de bang, gentille comme une houri. Son visage était plus parfait que celui des femmes de la cour d'Indra; sa beauté surpassait celle des péris. Comme

---

[1] Ce mot, écrit par un *fé*, un *alif*, un *yé* et un *zé*, est arabe et signifie « celui qui obtient ce qu'il désire, qui en jouit ».

[2] Liqueur faite avec des feuilles de chanvre. Voyez la « Chrestomathie arabe » de Silvestre de Sacy, t. I, p. 209 et suiv.

[3] Au sujet de ce saint personnage, voyez mon « Mémoire sur la religion musulmane dans l'Inde », p. 89.

elle savait que l'angle de son œil causait le malheur, elle s'en
servait pour charmer les cœurs. Ses sourcils étaient plus longs
que l'épée indienne : ils attaquaient tous les cœurs. Cette
femme charmante, qui occupait une place élevée dans le pays
de la beauté, était assise sur la grande place du marché. Ses
deux lèvres, dont les lignes du missî relevaient l'éclat, ressemblaient au rouge rubis; sa taille était aussi fine que ses
longs cheveux. Ses joues brillantes et lisses étaient préférables
à la rose. Ses deux yeux, agaçants comme ceux du khanjan [1],
excitaient la jalousie de la gazelle; ils séduisaient en effet le
cœur, dont ils arrachaient la patience. Son nez était plus
agréable que le bouton de rose, sa bouche plus gracieuse que
le bec de la bergeronnette; ses dents étaient des perles de la
plus belle eau... Ses deux tresses de cheveux, qui descendaient
sur sa poitrine, ressemblaient à deux noirs serpents qui trou-
blaient l'esprit. Aucune femme n'était plus adroite à dérober
les cœurs. Elle était aussi belle que Radhika, et elle savait se
draper admirablement. En la voyant on perdait le sentiment.
Sur son corps étaient toujours les ornements convenables. Son
dopotta de brocart brillait à la lumière; sa robe de mousseline à fleurs enserrait à la fois son corps et les cœurs des
amants, qui disaient en voyant cette belle figure : « Tout pé-
rira, hors sa face [2]. » Le ghunghrû ornait sa cheville; son
talon ressemblait à une orange [3]. Elle portait un collier à
double rang et une guirlande de fleurs; elle avait au pouce
droit une bague dont le chaton était un petit miroir...

Elle vendait du bang, de la bière et du vin, et en même
temps elle jetait les amants dans le mépris et l'infamie.
« Venez, disait-elle, remplir vos coupes; éloignez de votre
esprit toute appréhension. » Ces agaceries lui réussissaient.
Elle gagnait les cœurs par une œillade; mais, quoique aimée
par plusieurs, elle n'aimait personne. Il n'y avait pas de
pudeur dans son regard; l'or était son seul but.

[1] C'est le *wagtail* ou hoche-queue.

[2] Cette expression est employée dans le Coran, xxviii, 88, en parlant
de Dieu. Ici c'est une impiété que tolère l'exagération orientale.

[3] A cause du hinna ou menhdi dont sont teints les pieds.

Par hasard j'eus à passer par ce chemin, et je m'arrêtai en cet endroit pour admirer les différents spectacles qu'on y montrait. Pendant ce temps cette houri s'écriait : « La journée d'hier a été bonne, celle d'aujourd'hui le sera pareillement. » En montrant les liqueurs qu'elle débitait, elle disait : « Ceci est la clef de la porte de la joie. » C'était une étonnante réunion, une foule extraordinaire. La beauté de cette femme produisait une séduction générale. Pendant qu'elle vendait de la bière et du vin, le violon et la guitare résonnaient. Des militaires et des habitués des marchés formaient des groupes; les libertins étaient aux aguets, debout comme des bougies; les jongleurs faisaient résonner leurs anneaux comme des tambours; des individus rôdaient devant les échoppes comme les chiens devant les boutiques des bouchers; d'autres préparaient leur pilau; chacun enfin s'occupait de son affaire. On voyait là des Afgâns du Caboul, solides comme des montagnes. Les gens du bas peuple conversaient ensemble avec vanité; ils glorifiaient l'homme vil pour se vanter eux-mêmes, et abaissaient l'homme distingué. Ils finissaient par se donner des coups de poing et de pied, car tel est leur usage.

La belle marchande fuyait ces groupes, composés de divs et d'animaux de proie, assurée qu'elle n'avait rien de bon à gagner avec ces sortes de gens. En effet, après en être venus de la conversation aux coups, ils tirèrent les uns contre les autres des sabres et des épées. Un d'eux, *furieux contre cette femme, qui évitait ses importunités*, s'élança sur elle, et lui donna un coup d'épée à la tête. Un second la saisit par le milieu du corps, et lui enfonça son couteau dans la poitrine. Il plongea ainsi cette pleine lune dans le décroissement de la mort. Un tumulte affreux suivit cet événement tragique. On voyait des gens animés des plus mauvaises dispositions. Une véritable émeute eut alors lieu. Plusieurs furent victimes de ce désordre, et perdirent la vie d'une manière cruelle.

O Faïz! tiens-toi éloigné du banquet des gens vils; reste réuni jour et nuit avec les bons.

Un autre FAIZ, dont le nom est orthographié différemment [1], est auteur d'un *Quissa-i Rizwân Schâh* « Histoire de Rizwàn Schâh », poëme en vers dakhnis écrit en 1094 (1682-1683), le même, je pense, que j'ai mentionné à l'article Ascnk et qui appartient aujour-d'hui à la Société Asiatique de Calcutta, n° 124 du Catalogue. Il forme 280 p. de neuf baïts à la page [2].

FAIZ-I MACIH [3], musulman converti au christianisme, et à qui on doit le *Das hukm* « les Dix commandements », en vers urdus [4]. Il était fils d'un riche propriétaire de Murâdâbâd qui bien qu'Hindou envoya son fils auprès d'un maître musulman célèbre pour qu'il apprit le persan et l'arabe, langues savantes dont la connaissance paraissait pouvoir lui être utile, et détermina en effet le roi d'Aoude à l'employer. Toutefois les leçons que le jeune homme reçut lui ouvrirent à demi les yeux à la lumière ; il se fit musulman et prit le nom de *Faïz-i Muhammad* « la Grâce de Mahomet » ; mais il ne tarda pas à se convaincre que la doctrine musulmane n'était pas complète, qu'il y manquait quelque chose de plus précis sur la rédemption et l'expiation. Il voulut alors lire les livres chrétiens et en connaître les doctrines, dans l'espoir d'y trouver la solution des difficultés que l'islamisme ne pouvait résoudre. Il s'adressa d'abord à un prêtre catholique ; mais les idées musulmanes dont il était imbu contre toute espèce d'image lui ayant fait considérer avec répugnance une statue de la sainte Vierge et des gravures qu'il trouva chez ce prêtre, il se

---

[1] Ce nom, qui est aussi arabe, est écrit par *fé*, *alif*, *yé*, *zâd*, et il signifie « abondant, excellent ».

[2] Sprenger, p. 606.

[3] A. « La grâce du Christ ».

[4] In-12 de 12 p. ; Calcutta, 1822.

décida à se mettre en rapport avec un missionnaire de l'Église anglicane, et fut baptisé sous le nom de *Faïz-i Macîh*[1].

FAIZ ULHUSN[2] est auteur du *Tuhfa faqvîr* « le Présent du faquir », ouvrage qui fait partie des livres urdus achetés par le gouvernement anglais après la prise de Dehli[3].

FAIZ ULKARIM[4] (le maulawî), de Calcutta, écrivain hindoustanî contemporain à qui on doit entre autres le *Quissa Haçan*, « Histoire de la mort d'Haçan », fils aîné de 'Alî, arrangée en drame, lequel a été joué plusieurs fois à Calcutta, ainsi que me l'apprend Mr. A. Grote, président de la Société Asiatique du Bengale. Je possède dans ma collection particulière un exemplaire manuscrit de ce drame dont je suis redevable à l'obligeance du même savant.

FAIZ ULLAH[5] (Muhammad) a revu entre autres ouvrages :

1° La traduction en vers du *Bahâr dânisch*, par Tapisch, avec la collaboration de Mîr Scher 'Alî Afsos; c'est cette révision qui a été publiée plusieurs fois à Calcutta, et en 1864 à Agra.

2° Le masnawî sur la légende de *Kâmrûp* par Zaïgam.

3° Il a donné à Calcutta, en 1847, une édition du *Khirad afroz*, grand in-4° de 366 p.

FAIZI[6] est un ancien poëte hindoustanî mentionné par Câcim, le même, je crois, que Sarwar nomme Faïz.

---

1 Heber, « Journey », t. II, p. 10 et suiv.
2 A. « La grâce de la beauté ».
3 N° 1071 du Catalogue qui en a été publié.
4 A. « La grâce du Généreux », c'est-à-dire « de Dieu ».
5 A. « La grâce de Dieu ».
6 A. P. « Libéral ».

I. FAKHR[1] (Miyan Fakhr uddîn ou Mîr Fakhr 'Ali[2]), fils d'Aschraf 'Ali Khân Figân, d'origine noble et Afgân de nation, qui a écrit un Tazkira des poëtes persans[3], était élève de Saudâ et résidait à Lakhnau en 1782. Il vivait encore lorsque Bâtin écrivait sa biographie. Il paraît qu'il avait pris outre le takhallus de *Fakhr* celui de *Mâhir*[4], ce qui a induit en erreur sur son compte les biographes originaux. Il obtint par l'entremise de Saudâ, dont il était copiste, une pension mensuelle de soixante roupies (150 fr.) du nabâb Schujâ' uddaula.

II et III. FAKHR (Mirza Fakhr uddîn Huçaïn Khan) n'est pas, je pense, le même que le précédent, car celui-ci, outre la différence de ses titres et prénoms, est indiqué comme habitant de Dehli, et l'autre de Lakhnau. C'est Sarwar qui mentionne ce dernier, qu'il faut, dans tous les cas, distinguer du poëte ancien et fécond que Câcim nomme Fa'zî.

IV. FAKHR (Mîr Fakhr uddîn), de Lakhnau, fils du saïyid Mîr Muhammad 'Ali et élève du khwâja Wazîr, est un poëte hindoustani dont Muhcin cite plusieurs gazals dans son Tazkira.

FAKHR UDDIN[5] (le munschi), de Bénarès, est auteur du *Mazhar ul'ajâïb* « l'Exhibition des merveilles », traité de médecine en urdû, imprimé à Agra en 1849, in-8°.

FAKHRI[6], est un poëte hindoustani qu'il faut distin-

---

[1] A. « Gloire ».
[2] Selon Câïm.
[3] Voyez son article.
[4] A. « Habile, adroit ».
[5] A. « La gloire de la religion ».
[6] A. P. « Glorieux ».

guer de Fakhr (uddìn) que je viens de mentionner, et
qui est aussi nommé Mâhir. Mîr, qui en parle, en cite un
vers, et on trouve sur lui des articles dans l'Abrégé des
biographies de Câïm et de Mîr par Kamâl, qui le dit
élève de Walî et en parle comme d'un poëte fécond.

FALAK[1] (Mîr Bahadur 'Alî), autrement dit Mîrân
Sâhib, de Lakhnau, fils de Mir Akbar 'Ali et élève de
Fath uddaula Muhammad Rizâ Khàn Barc, s'est occupé
comme son père de poésie hindoustanie, et Muhcin cite
plusieurs de ses gazals dans son Anthologie.

FANA[2] (le schaïkh Babar), de Lakhnau, célèbre
lanceur de javelot (*phakaït*), fils du schaïkh Tàhir, s'est
aussi occupé de poésie hindoustanie, et Muhcin en cite
des vers dans son Anthologie.

I. FAQUIR[3] (Mîr Schams uddìn), fils de Schàh Cudrat
ullah de Dehli, était selon Sarwar de la famille des Béni
'Abbàs. Il était très-habile dans la poétique, et il est auteur de plusieurs *Riçàla* ou « traités », tous écrits à ce
qu'il paraît en persan. Le principal est l'excellent traité
de rhétorique intitulé *Hadâyic ulbalâgat* « les Jardins de
l'éloquence », dont le maulawî Imâm-bakhsch a donné
une imitation en urdû, et que j'ai fait connaître en français sous le titre de « Rhétorique des nations musulmanes ». Il est aussi auteur d'un poëme sur les miracles
des douze imâms, intitulé *Mu'jizât aïmma-i isnà 'aschar*
« Miracles des douze imâms », d'après le *Labb ussiyar*
d'Abû Tàlib (cité par Sprenger). Il mourut en 1181
(1767-1768). Il était allé peu de temps auparavant visiter la Mecque et Médine, et ce fut au retour de son

---

[1] A. « Ciel, firmament ».

[2] A. « Mort, décès ».

[3] A. « Pauvre », surtout « pauvre spirituel » ou « volontaire ».

pèlerinage, dit Lutf, « que la moisson de la vie de cet
érudit, qui connaissait l'océan de l'élocution, périt dans
le tourbillon de la mort, et que ce capitaine de la barque
de l'éloquence la vit devenir le jouet des vents contraires
et être submergée dans la mer profonde de la miséricorde
divine ».

Il paraît, d'après l'article du Dr Sprenger sur Azhar
(Gulàm 'Ali), que Faquîr avait le takhallus de *Maftûn*[1].
Dans tous les cas, il est auteur de poésies urdues, et
il trouve naturellement sa place dans cet ouvrage.

II. FAQUIR (Mir Faquir ullah) est un des principaux poëtes hindoustanis du règne de Schâh 'Alam. Il a
surtout écrit des kabits et des dohras en hindoui et aussi
des gazals en rekhta[2]. Je crois qu'il faut le distinguer
d'un autre poëte plus moderne nommé aussi Mir Faquîr
ullah et très-lié avec Sarwar.

III. FAQUIR (Muhammad Khan Bahadur) est auteur
d'une traduction de l'*Anwàr-i suhaïlî* intitulée *Bostân-i
hikmat* « le Jardin de la sagesse[3] ». Ce travail, dans
lequel il fut aidé par Mîr Haçan, a été lithographié à
Lakhnau en 1261 (1845). Les mots difficiles du texte
sont expliqués en marge. On y a omis les deux chapitres
sur Buzurjmihr et Barzuych, ce qui réduit à quatorze le
nombre des chapitres de l'ouvrage. Le traducteur se
plaint dans la préface de la prolixité et d'autres défauts
de l'original, ce qui l'a empêché de s'astreindre à une
traduction littérale. Il se donne comme élève de Nàcikh et condisciple de Khwàjà, de Wazîr et de Miyân
Farrûkh. Je n'ai pas eu cet ouvrage entre les mains,

---

1 « A Catalogue », p. 208.
2 Ceci est emprunté au *Tabacât* de Karîm.
3 « Catalogue de Williams et Norgate », juillet 1858.

II. FARAH (Farah-bakhsch[1]), courtisane d'Azkâth[2], est auteur de poésies hindoustanies mentionnées par Schefta.

FARD[3] (le maulawî Wahid uddin Khan), *alias* Maulawî Khudà-bakhsch Khàn, de la tribu afgàne des Yûçufzaï, natif de Darbhangà, dans le sûba du Bihàr, et demeurant à Cawnpûr, fils de Muhcin Khàn et élève de Mashafi, est un poëte hindoustanî qui était instituteur et qui a formé de nombreux élèves, dont les principaux sont 'Alî Khàn Gam, Bàbû Khàn, le préparateur de turbans, etc. On lui doit un Dîwàn de poésies dont un gazal est devenu populaire dans l'Inde, précisément, à ce qu'il paraît, parce que ses rimes offrent toutes des mots obscènes (*kûch*).

FARHAD[4] (Mir Babar 'Alî[5]), de Faïzàbàd, élève de Mîr Haçan, l'auteur du *Sihr ulbayàn*, est compté par Sarwar et par Zukà parmi les poëtes hindoustanis.

1. FARHAT[6] (le schaïkh Farhat ullah), défunt, était fils du schaïkh Açad ullah et petit-fils du càzi Mazhar, successeur (spirituel) de Mirzà Schàh Badi' uddin, connu sous le nom de Schàh Madàr[7] et originaire du *Mâ-warâ-*

---

[1] A. P. Composé hybride qui signifie « donneuse de joie (fille de joie) ».

[2] « Ville, ajoute Schefta, de l'orient de l'Inde ».

[3] A. « Unique, seul ».

[4] P. Nom de l'amant de Schîrin.

[5] Zukâ le nomme *Scher 'Alî*, expression persane, synonyme de l'autre qui est arabe et qui signifie, comme celle-là, « lion de 'Alî ».

[6] A. « Joie ».

[7] Voyez l'article consacré à ce personnage dans mon « Mémoire sur la religion musulmane dans l'Inde », p. 54 et suiv. Il existe un ordre de religieux nommé *madâriâh* « madariens ». Ils ont à leur tête un supérieur qui est censé être le successeur de Schàh Madàr.

unnahr ; mais il naquit à Farrukhàbàd[1], fut élevé à Dehli,
et alla résider ensuite à Murschidàbàd, où il fut attaché
à Bahádur 'Alì Khân, agent du gouvernement du Bengale, et où il mourut.

Sprenger distingue un autre Farhat ullah cité par
Sarwar, et que je considère comme identique au premier,
car il est dit simplement de celui-ci qu'il avait du mérite
et que bien des poëtes lui soumettaient ses vers pour
qu'il les corrigeât. Dans tous les cas, le premier serait
mort à Patna vers 1778, selon Schorisch, et non à Murschidâbâd.

Farhat a été élève de Siràj uddin 'Alì Khàn 'Arzû : il
a laissé un grand nombre de vers hindoustanis, et il est
auteur d'un Dîwàn dont 'Alì Ibràhim, qui était très-lié
avec lui, a cité plus de huit pages. Ses vers sont mystiques, et en effet l'amour de Dieu l'occupait entièrement.

II. FARHAT (Mìr Farhat 'Alì), saïyid, militaire de
profession, était encore plein de vie à Lakhnau, où il
s'était retiré, lorsque Kamâl écrivait sa Biographie. Ce
dernier, qui cite de Farhat deux pièces de vers, le
donne comme élève de Jur'at. Sarwar, au contraire, dit
qu'il était élève du hakim Mìr 'Izzat ullah 'Ische, et il
fait l'éloge de son talent poétique.

III. FARHAT (Mìr Amìr 'Alì), cité par Câcim, était
militaire, habitant de Lakhnau, et élève de 'Ische comme
le précédent, et sans doute le même, malgré la différence du *lacab* et quoique Sprenger les sépare en deux
individus différents.

IV. FARHAT, de 'Azìmàbàd, est un poëte mentionné
par Muhcin, qui en cite un gazal.

---

[1] Muhcin dit qu'il naquit à Makkhanpûr, mais qu'il résidait ordinairement à Dehli.

V. FARHAT (le pandit KIDAR-NATH), appelé familièrement Mathan-praçàd, fils de Bastî Ràm, dakhni (méridional) et élève d'Amânat, est un poëte hindoustani
dont Muhcin cite des vers dans son Anthologie.

VI. FARHAT (le munschi SCHANKAR DAYAL) est un
écrivain hindoustani contemporain très-distingué, professeur à l'école des missions américaines de Huçaïnâbâd
à Lakhnau; il est auteur :

1° D'un masnawî urdû, dont j'ai un exemplaire, intitulé *Schiv Purân* ou *Siva Purâna* « le Purâna de Siva[1] »,
avec illustrations; Dehli, 1865, 48 p. in-8° de 27 lignes
composées chacune de deux vers. Il y en a une édition
de Lakhnau, gr. in-8°, aussi sur quatre colonnes, de
48 p., de 1862.

2° De la traduction du *Prem sâgar* en vers urdus, imprimée à Lakhnau à la grande imprimerie de Nawal
Kischor, gr. in-8° de 56 p. de deux vers chacune, avec
de nombreuses illustrations;

3° D'une imitation en vers urdus du *Râmâyana* de
Tulcî, gr. in-8° de 164 p. de 25 lignes de deux vers chacune, avec de nombreuses illustrations; Cawnpûr, 1866.

4° De pièces de vers détachées, une entre autres publiée dans l'*Awadh akhbâr* du 1er septembre 1868,
laquelle offre la description de l'Inde en cinquante et un
vers; et une autre de trente et un vers sur la géographie
particulière de la province d'Aoude, publiée dans l'*Akhbâr sarischta-i ta'lîm Awadh*, du 1er septembre 1869.

FARID-BAKHSCH[2], de Bannat, a coopéré, avec le

---

[1] Il est bon de faire observer que Siva est le patron de Farhat, car
Sankara ou *Schankar* est un de ses noms, et *Schankar dayâl* signifie
« don de Siva ».

[2] P. « Don de Farid (uddîn) ».

major Sunderland, à la traduction en hindoustani d'une histoire des rois d'Angleterre qui porte le titre anglais de « Trifling sketches of the Lives of english Kings [1] », et le titre hindoustani de *Tarikh-i pâdschâhân-i Inglistân* « Histoire des rois d'Angleterre », publiée à Dehli en 1860 en un gr. in-8° de 164 p.

I. FARID UDDIN [2] (le schaïkh) est un pîr ou saint musulman cité parmi les auteurs hindis, dont on trouve des poésies dans le *Granth* des sikhs [3]. C'est sans doute le personnage dont j'ai parlé dans mon « Mémoire sur la religion musulmane dans l'Inde », p. 92 et suiv.

II. FARID UDDIN (Muhammad) est auteur d'un ouvrage urdû sur les miracles de Mahomet, intitulé *Siyânat ul'awâm* [4] « la Sauvegarde de tout le monde », et imprimé en 1851 à la typographie du saïyid Huçaïn nommée *Dehli oordoo akhbar Press*.

I. FARIG [5] est le nom d'un poëte hindou, natif de Dehli, qui fut élève de Miyân Hâtim et ami de Fakhr uddîn Jauhar. Ses poésies hindoustanies sont célèbres; il avait surtout un talent particulier pour commencer ses poëmes [6]. 'Alî Ibrâhîm, le seul des biographes originaux qui parle de cet écrivain, n'en cite qu'un seul vers.

Ce Fârig doit être Lâlah Mukund Singh, kschatriya hindou, mais musulman au fond du cœur, dont parle Schefta. Il occupait des fonctions à Dehli; puis il alla à

---

[1] In-8°, lithographiée à Calcutta en 1838.

[2] A. « La perle (unique) de la religion ».

[3] « Asiatic Researches », XVII, 238; « History of the Sikhs », p. 370.

[4] Dans ce titre, qui est arabe, le premier mot est écrit par un *sâd*.

[5] A. « Libre de soins ».

[6] On nomme *matla'*, et au pluriel *matla'ât*, le premier vers des gazals dont les deux hémistiches doivent rimer ensemble. On trouve souvent à la suite des Diwâns des matla' détachés.

Bareilly. Il était élève de Miyân Hâtim et ami de Fakhr uddîn Jauhar. Il a laissé un Dîwân qui a de la célébrité et dont le Dr Sprenger avait un exemplaire (n° 1689 du Catalogue.)

II. FARIG (Mîr Aḥmad Khan), de Mahinpûr, province de Dehli, fils et élève d'A'zam uddaula Mîr Muhammad Khân Sarwar, est l'objet des éloges de Schefta, qui l'avait connu, et qui cite quelques vers extraits de ses productions.

III. FARIG (Farig Schah), natif de Bareilly et habitant de Schikârpûr, est auteur de poésies mystiques célèbres. Ce poëte renonça au monde dès sa jeunesse, embrassa la vie des faquirs, et acquit une grande réputation de sainteté. Karîm le distingue [1], mal à propos, je pense, de Miyân Fârig Schâh, auquel il a consacré un article particulier et qui est auteur d'un Dîwân de gazals dont le Dr Sprenger avait un exemplaire dans sa précieuse bibliothèque[2]. On distingue de ses homonymes un quatrième Fârig sur lequel les biographes originaux ne donnent aucun détail et qu'il faut joindre probablement à celui qui est l'objet de cet article.

IV. FARIG, prince royal de Dehli, élève d'Abû Zafar Bahâdur, le dernier roi mogol, est aussi cité comme poëte.

FARKHUND[3] 'ALI est auteur du *Quissa-i Bahrâm-*

---

[1] Ce personnage semble aussi se confondre avec Fârig de Dehli, qui est mentionné plus haut, quoique Karîm leur consacre à chacun des trois un article différent.

[2] Toutefois le même Dr Sprenger, dans la Notice des manuscrits hindoustanis des bibliothèques du roi d'Aoude, mentionne ce Dîwân sous le titre de « The Diwan of Farigh Schah Farigh », 200 p. de douze vers à la page.

[3] P. « Heureux ». L'orthographe régulière du mot persan est *farkhunda*.

Gor « Histoire (romanesque) de Bahrâm-Gor », célèbre roi de Perse, surnommé *Gor* « âne sauvage » , à cause de sa passion excessive pour la chasse; Dehli, 1868, in-8° de 36 p.

I. FAROG [1] (Mîr 'Alî Akbar) fut disciple de Schams uddîn Faquir [2]. Il était habile en médecine et en astronomie, et il écrivait aussi des poésies en hindoustani et même en persan. 'Alî Ibrâhîm cite de lui les vers dont la traduction suit :

En voyant la beauté de ce bras d'argent, j'ai perdu mon libre arbitre.

La cloche de la caravane cesse de sonner durant la nuit, mais les soupirs de mon cœur n'éprouvent pas d'interruption.

Mes gémissements sont tels durant la nuit, que mon voisin m'a crié à travers la muraille : « C'est assez ».

Quoique tes yeux langoureux semblent annoncer l'ivresse, ils ont assez d'énergie pour prendre le cœur de ceux dont le vin n'a pas troublé le cerveau.

II. FAROG (Mîr Roschan 'Alî Khan), de Dehli, élève de Mamnún, est fils d'Akbâr 'Alî Khân et père de Mîr Imdâd 'Alî Aschob, poëte comme son père. Il est le même, je pense, qui remplit les fonctions de *tahcîldâr* « percepteur » du district de Mathura, et qui a rédigé, en collaboration du pandit Mohan Lâl, le *Pand-nâma-i kaschtkârân* « Avis aux propriétaires et cultivateurs ».

III. FAROG (Mîr Sana uddîn Huçaïn Khan), de Haïderâbâd, est un autre poëte mentionné par Câcim.

IV. FAROG (le khwâja Gulam Mustafa), de Lakhnau, fils du khwâja Muhammad Yahya et élève de Mîr Wazîr

[1] P. « Splendeur, etc. ». Le père d'Aschraf Khân se nommait le hakîm Scharaf Khân Farog. Voyez l'article Aschraf.

[2] Voyez l'article consacré à cet écrivain.

Subâ, est auteur d'un Dîwân dont Muhcin cite des gazals dans son Tazkira.

V. FAROG ('INAYAT 'ALÎ KHAN), natif de Patna et habitant de Cawnpûr, fils de Câdir 'Alî Khân et fils adoptif de la princesse Alû Sâhiba Cudciyah Mahal, élève d'Ahmad 'Alî Kâmil, est un poëte hindoustani dont Muhcin cite des vers.

VI. FAROG (le schâh-zâda MIRZA MUHAMMAD 'UMR SULTAN), fils de Mirzâ Câdir-bakhsch Sâbir de Dehli, est un poëte hindoustani mentionné aussi par Muhcin.

FARRUKH[1] (KARAMAT ULLAH KHAN), de Lakhnau, fils de Hafîz ullah Khân et élève distingué de Nâcikh, est auteur d'un Dîwân dont Muhcin cite des vers.

FARUQUI[2] (FAQUÎR AHMAD) est un écrivain hindoustani à qui on doit un *Bayâz* « Album » composé de pièces de poésie sur différents sujets. Il y en a un exemplaire à la bibliothèque de la Société Asiatique de Calcutta. Il paraît que ce *Bayâz* est aussi intitulé *Tuhfa a'zam* « le Grand cadeau », vers masnawîs, imprimé à Madras en 1846, in-8°, et mentionné par Zenker, « Biblioth. orientalis ».

I. FARYAD[3] (LALA SAHIB RAÉ ANJAHANÎ), fils de Lâla Sendhimal[4], de la tribu des kâyaths, habitait Lakhnau en 1196 (1780-1781). Il fut un des élèves de Mîr Muhammadî Soz. Il avait d'abord pris pour takhallus le mot

---

[1] P. « Heureux, etc. ».

[2] A. Nom patronymique dérivé de *Fârûc*, qui est le surnom d'Omar. Ce dernier mot signifie « celui qui distingue le juste de l'injuste, le musulman de l'infidèle », d'après le sens de la racine arabe « separavit, distinxit ».

[3] P. « Plainte, etc. ».

[4] Ou Sindah Lâl, selon Karîm.

Curbân[1], qu'il changea ensuite en celui de *Faryâd*. C'est un poëte hindoustani distingué, mentionné par Muhcin.

II. FARYAD (Mirza Mugal Beg), défunt, fils de Mirzâ 'Alî Taquî Beg, de Lakhnau, élève pour le marciya de Miyân Afsurda, et pour le gazal du schaïkh Imâm-bakhsch Nâcikh, a laissé deux Dîwâns dont l'un se compose de gazals de trois vers seulement. Il était architecte du zilla' d'Allahâbâd. Muhcin en cite des vers.

FARZAND-I AHMAD[2], saguir[3], est un écrivain contemporain à qui on doit :

1° Le *Gulban manzûm* « Roserie versifiée », c'est-à-dire recueil de vers choisis pris dans des Dîwâns estimés ; Patna, 1868 ;

2° Le *Khulâça Faïz-i saguîr* « Abrégé du *Faïz-i saguîr*[4] », règles pour les genres masculin et féminin, table des mots d'après la prononciation et l'étymologie ; Patna, 1868.

FARZAND 'ALI[5] (le saïyid) est auteur du *Ischrâcât 'arschiya* « Splendeurs célestes », recueil de cacidas et autres poëmes à la louange des imâms ; Ludiana, 114 p.

FASSAD[6], barbier et chirurgien de Dehli, élève pour la poésie de Miyân Nâcir, est mentionné par Zukâ parmi les écrivains hindoustanis.

I. FATH[7] (Mirza Fath 'Alî Khan Bahadur), fils du

---

[1] A. « Sacrifice ». Voyez les articles sur d'autres poëtes de ce nom.
[2] P. A. « Fils d'Ahmad ».
[3] A. « Petit », c'est-à-dire « jeune » ou « le plus jeune ».
[4] « La petite abondance », par allusion au surnom de l'auteur.
[5] P. A. « Fils de 'Alî ».
[6] A. « Chirurgien », ou plutôt « saigneur. »
[7] A. « Victoire ».

nabâb Faïz ullah Khàn et officier de Muhammad Schâh,
a cultivé avec succès la poésie hindoustanie.

II. FATH (Mîa Fath 'Alî) est un autre poëte mentionné par Cäïm, le même, je pense, que le suivant.

III. FATH (Fath 'Alî), fils de Pîr 'Alî Schaïkh
Ansârî, est auteur d'un recueil d'anecdotes en vers masnawîs, divisé en cinq livres nommés *Chaman* « Parterres »,
lequel a été imprimé en 1847 à l'imprimerie Mustafâï de
Lakhnau, en un gr. in-8° de 36 p. en lignes de deux
vers. Il contient des légendes de saints musulmans, des
avis moraux, des bons mots, et des notices sur les poëtes
éminents appelés *Kabischwar* « princes des poëtes ».

FATH ULLAH[1] (Amîr) Schirâzî, c'est-à-dire de la
ville de Schirâz, soit qu'il en fût originaire, soit qu'il y
fût né, est un des auteurs de la traduction des « Nouvelles Tables astronomiques » d'Ulug Beg, du persan
en hindouî. Cette traduction fut exécutée par l'ordre de
l'illustre empereur mogol Akbar. Fath ullah y travailla
avec Kischan ou Krischna Jaïcî, Gangâdhar, Mahaïs et
Mahânand. Abû'lfazl y travailla aussi, ainsi qu'il nous
l'apprend lui-même dans l'*Ayîn-i Akbarî*[2].

FATH ULMULK[3] (Mirza Muhammad Sultan Schah
Bahadur) est auteur de différentes poésies qui ont été
éditées en lithographie à Dehli par les soins d'Aschraf
'Alî en 1265 (1849-1850). Elles se composent d'un
masnawî intitulé *Façâna-i 'uschschâc* « Histoire des
amants », et de plusieurs autres petits poëmes, entre
autres d'un long muçallas, in-32 de 58 p.

---

[1] A. « Victoire de Dieu ».
[2] Tome 1er, p. 102 de la traduction anglaise.
[3] A. « La conquête du pays ».

FATIR[1] (Pîr-bakhsch Khan), surnommé Hamid ud-daula Culi Khân Bahâdur, de Lakhnau, frère de lait de Muhammad 'Alî Schâh et élève de Muhammad Haçan Muznib, le célèbre auteur de marciyas, a écrit des poésies hindoustanies dont Muhcin donne un échantillon dans son Tazkira.

FAUC[2] (Mîr Walad Haçan), fils de Mîr Maulad 'Alî, natif de Farrukhâbâd et habitant de Lakhnau, est un poëte hindoustani élève de Mîr Wazîr Sabâ et auteur d'un Diwân dont Muhcin cite des gazals.

I. FAZA[3] (Gobind-praçad), de Lakhnau, kàyath, fils de Débî-praçâd et élève du munschî Mendû Lâl Zâr, est auteur d'un Diwân dont Muhcin donne des extraits dans son Tazkira.

II. FAZA (Mirza Muhammad Ja'far), de Lakhnau, fils de Mirzà Banda Haçan, élève du maulawî Muhammad-bakhsch Schahid, est un poëte hindoustani dont Muhcin cite des vers.

FAZAIL 'ALI[4] KHAN est compté par l'auteur du *Maçarrat afzâ* au nombre des poëtes hindoustanis.

FAZIL[5] (Muhammad), de Haïderâbâd, élève de Faïz, est un autre poëte hindoustani mentionné aussi par Bâtin.

FAZIL 'ALI est auteur du *Chitrâwati (Pothî)* « Livre sur Chitrâwati[6] », dont il y a un exemplaire à la bibliothèque du King's College de l'université de Cambridge[7].

---

[1] A. « Jeûneur ».
[2] A. « Supériorité, excellence ».
[3] A. « Espace, place » (*fazâ*, par un *zâd*).
[4] A. « Les bienfaits (*fazâïl*) de 'Alî ».
[5] A. « Vertueux » (*fâzil*).
[6] Nom de l'héroïne de l'ouvrage.
[7] « Catalogue of orient. manusc. by Ed. H. Palmer ». (Journal Roy. Asiat. Soc., vol. III, part. I, N. S.)

.FAZIL KHAN est auteur du *Riçâla saum o tarîc-i saïyâm* « Traité du jeûne et de la conduite que doit tenir le jeûneur », accompagné d'un commentaire hindoustani (*scharh hindî*). Cet ouvrage de Fàzil Khân fait partie des livres urdus achetés par le gouvernement anglais après la prise de Dehli (n° 1118 du Catalogue).

FAZIL SCHAH, de Dehli, ami de Bâtin et mort peu de temps avant la rédaction de son *Gulschan bé-khizân,* y est mentionné parmi les poëtes hindoustanis.

FAZL [1] (Mîr Fazl-i Maula [2] Khan), saïyid de Lakhnau, Arabe d'origine, est un poëte contemporain dont Sarwar et Schefta font un grand éloge. Il alla à Dehli, où il récita un cacida de sa composition à la louange d'Akbar Schâh, roi de Dehli, et reçut de ce prince le titre de l'*unique du siècle,* le *meilleur des poëtes* [3]. Il alla ensuite à Calcutta, puis il quitta cette ville pour Murschidâbâd, où il acquit aussi de la célébrité. Fazl a peu écrit, mais les poésies dont il est auteur font honneur à son goût et à son talent. Il est mort vers 1822.

FAZL-I 'ALI [4] est auteur du *Mufîd ul'ajsâm* « l'Utilité des corps », c'est-à-dire « Ce qui est utile au corps », ouvrage de médecine publié d'abord à Lakhnau en 1264 (1847-1848), in-8° de 78 p. [5], puis à Lahore en 1867, in-8° de 80 p.

FAZL-I 'AZIM [6] (le munschî Muhammad), sirischtadâr

---

[1] A. « Bonté, bienveillance, etc. ».

[2] Le mot arabe *maulâ* (vulgairement *mollah*) est une expression qui équivaut à celle de « docteur ».

[3] *Afzal uschschu'arâ,* par allusion à son nom.

[4] A. « Bonté de 'Ali ».

[5] « Biblioth. Spreng. », n°ˢ 19, 20.

[6] A. « Bonté du Grand (Dieu) ».

du zilla' de Mirat, est auteur du *Mufid-i 'âm* « l'Utile au
vulgaire [1] », ouvrage élémentaire pour les enfants, dans
le genre du *Khâlic bârî* et du *Niçâb ussibiyân.* Il est
annoncé dans l'*Akhbâr-i 'âlam* de Mirat du 22 mars
1866, qui lui donne la préférence sur les deux autres
ouvrages [2].

I. FAZLI [3] (Schah Afzal uddîn Khan), du Décan, que
quelques biographes nomment soit Fazl uddîn, soit Fazl
'Alî, est, entre autres ouvrages, auteur d'un masnawî
qui se compose de cinq cents vers et paraît être intitulé
Sarâpâ, mot persan qui signifie à la lettre « de la tête
aux pieds », à cause de la description qu'il y donne *in
extenso* d'un prince du Décan. Quelques biographes parlent avec éloge du talent de Fazli; mais Mîr trouve son
style obscur.

II. FAZLI (Fazl-i 'Alî) vivait sous le règne de Muhammad Schâh. Il est auteur d'un ouvrage urdû en
prose entremêlée de vers, écrit à la manière des anciens,
et intitulé *Dah majlis* [4], « les Dix séances », et plus
spécialement *Karbala kathâ* « l'Histoire de Karbala »,
c'est-à-dire l'Histoire tragique de Huçaïn et de ses
parents morts à Karbala. Il rédigea cet ouvrage en 1145
(1732-1733), à l'âge de vingt et un ans [5], pour la mère
du nabâb Scharaf 'Alî Khân, qui chaque année célébrait

---

[1] In-8° de 36 pages.

[2] Voyez à l'article Kali Raé un ouvrage du même titre.

[3] A. P. « Exubérance, abondance, » etc.

[4] C'est apparemment cet ouvrage qu'on trouve manuscrit à la bibliothèque de Fort-William, et non le *Gul-i magfirat* de Haïdarî. Sur ce
dernier ouvrage, qui est une traduction plus récente du *Rauzat uschschuhadâ,* voyez l'article Haïdarî.

[5] L'auteur l'améliora ensuite et lui donna sa forme définitive en 1161
(1748).

pieusement dans son palais, sans ostentation, la com-
mémoration du martyre de Huçaïn, et qui exprima à
l'auteur le désir d'avoir une traduction urdue du *Rauzat
uschschuhadâ*, où est raconté ce douloureux événement,
mais qui, rédigé en persan, n'est pas intelligible à
la généralité des musulmans indiens et surtout aux
femmes. Ce traité, bien qu'il soit intitulé « les Dix
séances », se compose cependant de douze chapitres et
d'un épilogue. Karîm, qui donne ces détails, fait observer
que le *Dah majlis* n'a pas la perfection des ouvrages
plus modernes, dont le style est plus pur et plus soigné,
mais c'est, dit-il, la première traduction qu'on ait faite
du persan en hindoustani, tandis qu'aujourd'hui (1847)
il y en a des centaines. Le Dr Sprenger avait un manuscrit du *Dah majlis*[1]; et il a été imprimé à Dehli en 1850.

Fazlî était schiite; il a fait, outre l'ouvrage dont il
vient d'être parlé, beaucoup de marciyas, de mancabas
et de madhs[2] sur les imâms.

I. FIDA[3] (Mirza Fida Huçaïn[4] Khan), de Lakhnau,
était fils d'Acâ Mirzâ et petit-fils du nabâb Hâtim Khân.
Il était incomparable dans l'art de la géomancie; il
connaissait la médecine et d'autres sciences. C'était en
1793-1794 un jeune homme intéressant qui avait alors
une vingtaine d'années et qui s'occupait beaucoup de
poésie hindoustanie. Il consulta d'abord sur ses vers
Camar uddin Minnat et son fils Mamnûn; plus tard il
lut aussi ses gazals à Mashafî, qui était son voisin. Ce

----

[1] « Bibliotheca Sprengeriana », p. 12, n° 173.

[2] On donne ce nom à des pièces d'éloge à peu près pareilles aux mancabas. Voyez l'Introduction, p. 32.

[3] A. « Sacrifice », au figuré.

[4] Selon le *Maçarrat afzâ*, il se nommait 'Ali.

biographe trouve qu'ils sont empreints du génie poétique, et il en cite cinq pages entières dans son Tazkira.

Fidâ était Mogol de nation, c'est-à-dire d'origine persane, et on le nommait familièrement Acâ Huçaïn Khân, par allusion au nom de son père. Il est auteur d'un Dîwân.

II. FIDA (Mîr 'Abd ussamad) est un poëte urdû dont Mannû Lâl cite un vers qui signifie :

Fidâ est d'avis qu'il faut passer sa vie ou à dormir ou derrière le rideau de l'insouciance.

Fidâ était de Farîdâbâd [1]. Il a écrit un Dîwân urdû et un autre persan. Il vivait encore quand Câcim, qui lui consacre un long article, rédigeait sa biographie. Il était militaire de profession, selon ce que nous apprend . Sarwar.

III. FIDA (le saïyid et mîr Imam uddîn), de Dehli [2], fut élève, selon 'Ischquî, de Hidâyat et de Murtazâ Culî Khân Firâc. C'était un homme pauvre , mais très-indépendant de caractère. Sous le gouvernement du nabâb 'Alî Wirdi Khân Mahâbat Jang , il vint de Dehli dans le Bengale et s'y fixa. Bénî Nârâyan cite dans son *Dîwân-i Jahân* une pièce de vers de cet écrivain ; mais elle me paraît trop surchargée de métaphores exagérées. Il était très-âgé quand Karîm écrivait son Tazkira , et il résidait à Lakhnau.

J'ignore auquel des deux Fidâ que je viens de citer se rapporte un article du Tazkira de Fath 'Alî, sur un poëte nommé Fidâ (sans autre nom), dont ce biographe

---

[1] Et selon Schefta, de Dehli ; mais il y a sans doute ici quelque confusion entre 'Abd ussamad Fidâ de Farîdâbâd, et Imâm uddîn Fidâ.

[2] Et selon Karîm, de Farîdâbâd. Voyez la note précédente.

donne un quita' qui ne fait pas partie des citations des
autres biographes originaux.

IV. FIDA (le saïyid MUHAMMAD 'ALÎ FIDA SCHAH), de
Lohârî, dans le district de Sahâranpûr, fut d'abord militaire; mais la crainte des jugements de Dieu le fit renoncer à la Babel du monde pour se jeter dans la voie
de la contemplation. De là lui vient apparemment son
surnom de Schâh [1]. Il alla à Dehli, mais il n'y séjourna
pas. Il quitta cette ville vers 1834, et Schefta pense qu'il
était mort à l'époque de la rédaction de son Tazkira. On
doit à Fidà des poésies remarquables.

V. FIDA (le maulawî MUHAMMAD ISMA'ÎL), de Cachemire, autrement dit 'Aquîdat Mahmûd Khân [2] Fidà, occupait les fonctions de grand juge (*sadr ussudúr*) à Dehli.
C'était un homme fort savant, qui n'a pas dédaigné
d'écrire des poésies dans la langue usuelle de l'Inde,
ainsi que nous l'apprend Sarwar.

VI. FIDA (le pandit LAKSCHMÎ [3] RAM), de Dehli, élève
de Saudâ, occupa à Lakhnau un poste dans l'administration de Schujâ' uddaula, nabâb d'Aoude, puis il
fut envoyé à Bareilly. Câcim lui a donné place parmi les
poëtes hindoustanis auxquels il a consacré des articles
dans son Tazkira.

VII. FIDA (le pandit DAYA RAM), natif de Cachemire
et habitant de Dehli, fréquentait les réunions littéraires,
nous dit Bâtin, et y lisait ses vers. Ne serait-il pas le
même que le pandit Lakschmî Râm Fidâ, cité ci-
dessus ?

[1] J'ai donné dans mon « Mémoire sur la religion musulmane dans
l'Inde », p. 22, et dans mon Discours du 2 décembre 1861, p. 7, des
éclaircissements sur ce titre, civil et religieux à la fois.

[2] Et selon Zukà, 'Afiyat Khân.

[3] Le manuscrit porte *Lachchhî*, probablement par erreur.

VIII. FIDA (Gulam 'Alî Khan) est un autre poëte mentionné par Sarwar.

IX. FIDA (le schaïkh Fida Huçaïn), fils du schaïkh
Karîm ullah, est un poëte hindoustanî natif du village de
Dabiyâï, district de *Buland-Schahr*. Il est l'élève le plus
distingué de Mustafà Khàn Schefta, et on lui doit un
Diwân dont Muhcin cite des gazals.

X. FIDA ('Alî), munschî, est auteur du *Ischtyâc-i
'ischc* « le Désir de l'amour », recueil de poésies érotiques, imprimé à Agra en 1850.

XI. FIDA (Mirza Fida 'Alî Beg), élève de Mirzà Fidwî,
est un autre poëte cité par Schorisch.

XII. FIDA (Fida Huçaïn) paraît être un autre poëte
distinct des précédents.

I. FIDWI[1] (Muhammad 'Alî), de Dehli, est aussi connu
sous le nom de Mirzà Bahchû. Schefta nous apprend
qu'il fut secrétaire du sultan Ahmad Schàh et célèbre
comme poëte et aussi comme musicien. Il passa quelque
temps à Murschidâbâd, et en 1194 (1780) il résidait à
'Azîmâbâd (de là vient que Kamâl le nomme *'Azîm-
âbâdî*) auprès de Schâh Ghacita[2], personnage qui l'in-
struisait dans les sciences spirituelles et temporelles. Ce
fut dans cette dernière ville qu'il mourut. 'Alî Ibrâhîm
le connaissait, et Fidwi lui remit quelques vers choisis
parmi ses poésies pour qu'il en enrichît son recueil. De
son côté, Bénî Nârâyan cite de ce poëte un muçaddas[3]
que Mannû Lâl a reproduit. Ses vers sont très-estimés
par les natifs, sous le rapport surtout de l'élocution.

---

[1] A. « Dévoué ».

[2] C'est ainsi qu'il faut lire ce mot, quoiqu'il soit lisiblement écrit
Gahtya dans le texte. C'est le surnom de 'Ische (Rukn uddìn). Voyez
l'article consacré à ce personnage.

[3] Sur ce genre de poëme, voyez l'Introduction, p. 34.

II. FIDWI (Mirza 'Azìm Beg), mentionné par Mashafî, est sans doute le même poëte que Sarwar et Scheftа
nomment Fidâi, mot qui appartient à la même racine
que Fidwi et qui a un sens à peu près pareil. En effet,
Schefta donne à ce poëte les mêmes noms de Mirzâ 'Azìm
Beg, et il dit qu'il était négociant.

III. FIDWI (Muhammad Muhcin), fils de Gulâm-i Huçaïn selon Kamâl, est appelé Schâh Muhcin par Câcim,
et Mìr Muhcin par Sarwar. Il était saïyid de la race de
Huçaïn. Il naquit à Lahore, mais il alla habiter Dehli
fort jeune encore et il y fut élève d'Abrû et de Mazmûn.
Sarwar le distingue de Schâh Mìr Muhammad Muhcin
Fidwî, élève de Mîr Hâjî, poëte dont il cite beaucoup de
vers. Fidwi était plus musicien encore que poëte, et il
était aussi astronome. Il alla à Dehli dans la première
année du règne de Farrukhsiyar (1712). Il mourut à
l'âge de soixante ans, environ trente ans avant le temps
où Câcim écrivait sa biographie, c'est-à-dire vers 1776.

Fidwi a écrit dans le style ancien des poëtes hindoustanis, style que les Indiens eux-mêmes trouvent obscur.
Ses ancêtres étaient derviches, et il embrassa aussi cet
état. Mashafî, qui l'avait connu, nous dit qu'en effet il
ne voulut jamais occuper aucun emploi. Voici la traduction d'un court gazal de ce poëte, cité par Bénî
Nârâyan :

Mon cœur est agité soir et matin ; ô Dieu ! quelle en est la
cause ?

Quoique ma belle ne cite pas avec éloge le nom de son
amant, toutefois ce nom est sur la bouche de chacun.

Mon corps a été vide de l'âme, il restera dans un abattement complet.

Quand est-ce que ton esclave pourra se jeter dans tes bras ?

Sans cet espoir, il ne se dévouera pas à ton service.

Hélas! Fidwî ne trouvera pas un tel ami; mais qu'il s'y attache si l'occasion se présente.

IV. FIDWI, de Lahore, fut élève de Sâbir (Sâbir 'Alî Schâh). On dit qu'il était fils d'un *baccâl*[1], et qu'il s'était converti à l'islamisme. On dit aussi qu'il fut esclave d'un individu nommé Mirzâï, qui le fit élever convenablement, et que plus tard il quitta son pays et alla à Farrukhâbâd, où il eut des discussions littéraires avec Saudâ. Ce satirique hindoustanî par excellence écrivit contre lui un mukhammas intitulé *Dar hujâ-i Fidwî Lahorî* « Satire de Fidwî de Lahore », poëme qui fait partie de ses kulliyats. Il paraît que Fidwî se fit des ennemis par ses grandes prétentions. D'ailleurs il était, dit-on, querelleur, et se livrait à l'amour antiphysique. De retour à Lahore, il rédigea un roman en vers hindoustanis intitulé *Yûçuf Zalîkhâ* « Joseph et Zalîkhâ »; mais Mir Fath 'Alî ayant entendu la lecture de ce poëme, écrivit, pour le critiquer, un poëme intitulé *Quissa-i bûm o baccâl* « Histoire du hibou et du baccâl », attribué mal à propos à Saudâ. J'ignore si le poëme de Fidwî mérite la critique ou l'éloge, car je ne le connais pas. Selon Mashafî, ce fut d'après l'ordre du nabâb Zâbita Khân, dont il avait été pendant quelque temps le compagnon, qu'il écrivit en hindoustani le masnawî de *Zalîkhâ*, qui, selon Mashafî, resta inachevé, mais dont les gens du peuple récitent sans cesse des fragments[2].

Fidwî était habile dans le quita' du mètre *tawil* et dans

---

[1] A. « Fruitier ».

[2] Parmi les manuscrits de la bibliothèque du vizir du Nizâm, il y a un volume intitulé *Yûçuf Zalîkhâ* qui est écrit en dialecte urdû, c'est-à-dire en hindoustanî du nord. Cet ouvrage est probablement une copie du poëme de Fidwî.

le gazal sur tous les mètres. Mashafî donne deux pages
des vers de ce poëte, qui a écrit en urdû et aussi dans le
dialecte particulier au Panjâb qu'on nomme *panjâbî.*

Fidwi fut attaché à la maison de Muhammad Yàr
Khân. C'était là que Miyân Muhammad Câim, Mashafî et
d'autres littérateurs se trouvaient habituellement avec
lui. En effet, ils tenaient dans la maison de ce personnage des réunions littéraires qui, à cause du caractère du
nabâb susdit, cessèrent bientôt d'avoir lieu. Après la
défaite de Zâbita Khân par les Mahrattes à Sukartâl[1],
Fidwi mourut de mort naturelle dans la ville de Murâdâbâd. Il avait alors plus de cinquante ans.

Selon Câcim et Schefta, ce poëte se nommait Mirzâ
Fidâi Beg; il était Mogol et de la secte des schiites, mais
non fils d'un *baccâl,* comme le dit Mashafî. Il avait
voyagé en Perse dans sa jeunesse et il était resté quatre
ans à Ispahan; enfin, après avoir quitté le service de
Zâbita Khân, il avait obtenu un poste à la cour de Lakhnau. 'Ische ajoute qu'il mourut assassiné à Bareilly.

V. FIDWI (le saïyid et mir Fazl 'Alî), de Dehli, résida
quelque temps à l'orient de l'Inde, c'est-à-dire en Bengale, et mourut à Murschidâbâd. Il est auteur d'un
Diwân dont la bibliothèque de la Société Asiatique de
Calcutta possède un exemplaire écrit en 1228 (1813) et
qui porte le n° 125. Ce manuscrit se compose de 557 p.
de onze baïts à la page, qui comprennent une courte
préface en vers, des gazals et des poëmes variés[2].

VI. FIDWI (Saman Lal), kàyath de Dehli, mentionné
comme poëte par Zukà, était fils de Mûlchand Munschi[3].

---

[1] Ville de la province de Dehli.
[2] A. Sprenger, « A Catalogue », p. 607.
[3] Voyez l'article consacré à cet écrivain.

VII. FIDWI (Faïz ullah Beg), défunt, élève de Sàbir 'Alî Schâh Sàbir, était natif de Lahore; mais il alla se fixer à Farrukhâbâd, où se tenaient des réunions de poëtes, et où, selon Muhcin, il ne réussit pas à cause de sa suffisance, et fut l'objet des critiques des élèves de Saudâ.

VIII. FIDWI (Mirza Achchi) est un poëte qui a été le maître de 'Acî (Karam 'Alî).

I. FIGAN [1] (Aschraf 'Alî Khan), de Dehli, autrement dit Zarâïf ulmulk Koka [2] Khân Bahâdur [3], fils de Mirzâ 'Alî Khân Zankanah et frère de lait (koka) de l'empereur mogol Ahmad Schâh, est un des écrivains hindoustanis anciens les plus distingués. Il était très-aimable; sa conversation était piquante et spirituelle. Il avait beaucoup de goût pour les jeux de mots, et passait les jours et les nuits à s'en occuper. Il fut élève de Nadîm, selon Mashafî, et ainsi qu'il le dit lui-même dans ce vers :

Quoique Fîgân soit en ce moment le disciple de Nadîm, vous le verrez dans deux jours maître à son tour.

Cependant les biographes Mîr, qui l'avait beaucoup connu, Zukâ et Muhcin, disent que Quizil-bâsch Khân Ummed fut son maître.

De Dehli il alla trouver son oncle (paternel), Muhammad Irâj Khân, à Murschidâbâd, puis il revint à Dehli. Quelques années après il alla à 'Azîmâbâd en compagnie du mahârâja Schitâb Râć, et y fixa sa résidence.

Fîgân était un des principaux officiers de la cour impériale. Après la ruine de Schâhjahânâbâd, il alla dans

---

[1] P. « Lamentation ».

[2] C'est-à-dire « frère de lait, fils de la nourrice ». Muhcin écrit Kokî.

[3] Sarwar le nomme Kokiltosh Khân.

la partie de l'Hindoustan à l'est de Dehli[1], et par l'entremise de Mîr Na'im, son condisciple, il fut admis à la cour de Schujâ' uddaula, nabâb d'**Aoude**, et devint un de ses familiers.

Sprenger dit que Figân était instituteur dans la maison royale de Dehli, et que c'est pour cette raison qu'on le nomme Zarif (ou Zarâif) ulmulk Kokil Khân.

Figân mourut, selon Kamâl, en 1196 (1781-1782), à Patna, et il y fut enterré.

Figân est auteur d'un Dîwân éloquent dont les vers sont écrits avec beaucoup de pureté de langage. 'Ali Ibrâhîm, qui l'avait connu, cite dans sa biographie douze pages de vers choisis dans ce recueil, et Mashafî six. Parmi ces extraits il y a deux satires. Ce Dîwân, dont il y avait à la bibliothèque du Top khâna un exemplaire de 200 p. de dix-huit baïts à la page, se compose de gazals et de quelques cacîdas.

II. **FIGAN** (Mîr Schams uddîn) est un poëte hindoustani qui habitait Dehli. Béni Nârâyan en cite le gazal suivant :

Le sommeil me couvre du rideau de l'insouciance et vient auprès de moi, ayant vu pleurer mes yeux humides.

Depuis que les épines de mes cils ont été les gardiennes de mes yeux, le sommeil ne trouve pas moyen de s'y introduire.

Mon amie ayant entendu, à la nuit, mes plaintes et mes soupirs, a témoigné son étonnement de ce que le sommeil n'est pas venu à mes yeux.

Mais quelqu'un n'ira-t-il pas lui dire, de ma part, qu'il n'y a rien en cela d'étonnant?

Lorsqu'elle aura lu ce *misra'* de Figân, elle dira au messager : Voici les yeux dont la vue éloigne le sommeil.

---

[1] C'est-à-dire en Aoude.

I. FIGAR [1] (Mîr Huçaïn), de Dehli, est un poëte urdû contemporain mentionné par Schefta. Son aïeul Mîr Faquîr ullah, connu sous le takhallus de *Faquîr*, était lui-même un poëte distingué du siècle de Schâh 'Alam, et il est l'objet d'un autre article de cet ouvrage. Figâr fut élève de Mirzâ Açad ullah Khân Gâlib, dont je parle aussi. Il est auteur d'un Dîwân rekhta que m'avait signalé feu F. Boutros, principal du collége de Dehli, et dont Sarwar cite un grand nombre de vers.

II. FIGAR (Mirza Cutb 'Alî Beg), de Dehli, était de la secte des imâmiens. Sarwar, qui le connaissait, cite de lui plusieurs vers. Il était mort avant la rédaction du Tazkira de Câcim, qui en cite aussi beaucoup de vers, mais qui le traite de plagiaire.

III. FIGAR (le pandit Daya Sankar), conservateur des archives du gouvernement du mahârâja de Balrâmpûr, est un écrivain contemporain à qui on doit entre autres un mukhammas [2] publié dans le n° du 19 juillet 1866 de l'*Akhbâr-i 'âlam* de Mirat.

FIKR [3] (Mîr Ahmad 'Alî), de Lakhnau, est un poëte hindoustanî dont parle Sarwar.

I. FIRAC [4] (le hakîm Sana ullah Khan) était neveu (fils de frère) de Hidâyat Khân. Mashafî, qui était très-lié avec lui, le représente comme un jeune homme fort doux, très-spirituel, ayant de l'imagination et s'énonçant avec facilité. Il fut pour la poésie un des élèves du khwâja Mîr Dard, et en outre il eut soin de se former par la lecture des meilleurs ouvrages urdus. Il s'occupa

---

[1] P. « Blessé », et par suite, « amoureux ».
[2] Sur ce genre de poëme, voyez l'Introduction, p. 34.
[3] A. « Pensée ».
[4] A. « Séparation ».

aussi de médecine et acquit un grand renom dans cet art, qu'il exerça avec succès à la fin du siècle dernier.

Ce poëte célèbre, Afgàn de nation et natif de Dehli, avait été élève non-seulement de Dard, mais de Saudà, et il forma lui-même bien des élèves. Il mourut quelques années avant la rédaction du *Gulschan bé-khâr*. Kamâl donne plusieurs gazals tirés de son Dîwân, qui est écrit dans un style élégant et pur; il les tenait d'Afâc et de Schuhrat, élèves l'un et l'autre de Firâc et qui s'étaient retirés de Dehli à Haïderâbâd. Câcim cite vingt pages des vers de Firâc, et Bénî Nàrâyan en donne un mukhammas. Il a écrit dans le style ancien, ainsi que nous l'apprend Sarwar, qui, de son côté, a inséré dans son Anthologie plus de dix pages des productions poétiques de Firâc.

II. FIRAC (Mîn MURTAZA 'ALî KHAN), de Dehli, fut d'abord attaché à l'arsenal de l'Inde sous le règne de Muhammad Schâh; mais il fut mis en prison par le râjâ Schitâb Râé pour irrégularité dans ses comptes, et il y mourut, selon ce que nous apprend Zukâ. D'après Mashafî, au contraire, il fut attaché à la cour du nabâb de Murschidâbâd, Muhammad 'Alî Khân Mahâbat Jang, et mourut dans cette ville, où il avait fixé sa résidence.

Firâc est compté parmi les poëtes de l'Inde, et il a laissé un Dîwân hindoustanî; toutefois il a beaucoup écrit en persan. Il était lié avec Saudà et connu de 'Alî Ibrâhîm, qui en cite quelques vers.

III. FIRAC (MIRZA KAïCUBAD BEG ou KAïCUBAD JANG BAHADUR), omra de Haïderâbâd et poëte dakhnî, est mentionné par Sarwar.

IV. FIRAC (le khwâja BAHADUR HUçAïN), de Lakhnau,

fils du khwâja Mirzà Jàn [1] Atki et élève de Nàcikh, est auteur d'un Diwân dont Muhcin donne des gazals dans son Anthologie.

I. FIRAQUI [2] (le kunwar PREM KISCHOR), fils du kunwar Anand Kischor et petit-fils du râjâ Jugal Kischor, habitait Murschidâbâd et avait visité Lakhnau, Bénarès et Calcutta. Il était élève d'Aram, et il a cultivé avec succès la poésie urdue et la poésie persane [3]; il a aussi écrit des dohrâs et des kabits hindis. Câcim fait un grand éloge de ses qualités morales et intellectuelles.

II. FIRAQUI, autre poëte du même takhallus, natif du Décan et contemporain de Walî et d'Azâd, est mentionné par Câcim, qui en cite quelques vers.

FIROZ [4] SCHAH, qui a résisté aux Anglais, est fils de Mirzâ Nâzim et d'Abadî Bégam, femme de ce dernier. Mirzâ Nâzim était petit-fils de Schâh 'Alam; Abadi Bégam était fille de Mirzâ Mangû, cousin d'Akbar Schâh, roi de Dehli, auquel succéda Bahâdur Schâh, le dernier Mogol. Mirzâ Nâzim mourut, et sa veuve, célèbre par son esprit et par sa beauté, épousa Mirzâ Élibakhsch, homme fort instruit, qui éleva Firoz Schâh. En 1855, la Bégam et son fils allèrent visiter la Mecque, et ils étaient de retour à Bombay lorsque l'insurrection de 1857 éclata. Ils quittèrent alors Bombay, et après s'être réunis aux insurgés de Mhow, ils se rendirent à Gwalior. Firoz Schâh se trouvait avec l'armée des insurgés qui fut mise en déroute à Agra le 10 octobre. Sa mère se sépara de lui à Dholpûr, alla à Dehli, et elle a

[1] Ou Khân.
[2] A. P. « Séparé (de sa bien-aimée) ».
[3] Il a laissé plusieurs Diwâns en persan.
[4] P. Proprement *Faroz* ou *Furoz* « splendeur, éclat ».

demeuré depuis lors près de la châsse de Nizâm uddîn, à sept milles de Dehli. Après la défaite d'Agra, Firoz Schâh retourna à Gwalior, et, à la tête du contingent insurgé de cette ville, il marcha sur Kalpî, puis sur Cawnpûr, Lakhnau, Rohilkand, etc. Il a fini par se réfugier en Kandahar et de là en Perse, d'où il est allé en pèlerinage à la Mecque et où il est resté faquir [1].

Firoz Schâh est un prince d'un caractère réservé, et il est passionné pour la littérature (hindoustanie) [2].

FITRAT [3] (Mirza Muhammad), de Lakhnau, a été le collaborateur du Rév. Henry Martyn dans la traduction hindoustanie du *Nouveau Testament,* publiée sous le titre de *Injîl* « Évangile », traduction dont il a été donné plusieurs éditions, savoir : celle de Sérampore, en caractères persans, imprimée en 1814 ; celle de Calcutta, imprimée en caractères dévanagaris, en 1817 ; celle en caractères persans, imprimée à Londres en 1819, celle qui était sous presse à Calcutta en 1837, etc.

Fitrat a revu la cinquième édition de la Grammaire hindoustanie de G. Hadley, dans laquelle se trouvent entre autres des descriptions des usages et des coutumes du Bengale.

Serait-il le même dont Muhcin donne des vers dans son Anthologie et Kamâl un gazal dans son Tazkira, et que Bâtin nomme Hakîm Anîs ou Anîcî [4]? Celui-ci, dans tous les cas, porte le titre de Khiradmand Khân [5] : il est

---

[1] Voyez l'article Zafar, nom poétique du dernier Mogol.

[2] New Times (Allen's « Ind. Mail », april 27, 1859).

[3] A. « Sagesse », etc.

[4] Sprenger pense que ce mot peut avoir été employé, par erreur, pour signifier *chrétien;* car il paraît que ce musulman l'était devenu.

[5] P. « Le sage Khân ».

de Jaïpûr, et à l'époque de la rédaction du *Gulschan bé-khizân* il résidait à Bhartpûr.

FUÇUN[1] (MIRZA MANJILÎ[2]), prince de la famille impériale mogole, qui habitait le château royal de Dehli, assistait aux réunions littéraires de Karîm et y récitait des gazals de sa composition, fort bien tournés et en vers très-éloquents.

I. FURCAT[3] ('ATA ULLAH KHAN), de Dehli, est un poëte hindoustanî, neveu de Muhammad Ya'cûb Khân, connu sous le nom de Miyân Gallû. Son père occupait un poste auprès du sultan de Dehli, et lui-même voyagea à l'ouest et au midi sous les auspices du sultan : il se retira ensuite à Kalpî. Câcim cite un bon nombre de ses vers.

II. FURCAT (le pandit DÉBÎ-PRAÇAD), *alias* KHUSCHADA, originaire de Cachemire et habitant de Lakhnau, élève d'Amânat, est un poëte hindoustanî dont Muhcin cite des vers dans son Tazkira.

FURCATI[4], prince de la famille royale de Dehli, élève du dernier sultan mogol Abû Zafar Sirâj uddîn, est mentionné par Sarwar parmi les poëtes hindoustanis.

FURSAT[5] (MIRZA 'ALF[6] BEG) était d'Allahâbâd. Son aïeul vint de la Perse dans l'Hindoustan et y fixa sa résidence. A l'époque où écrivait 'Alî Ibrâhîm, Fursât, qui fut d'abord élève de Mirzâ Mahzûn et ensuite de Junûn, n'avait pas son égal comme poëte à Allahâbâd.

---

[1] A. « Enchantement ».

[2] Le texte de Karîm d'où ceci est tiré porte *Manjhlî;* mais il faut lire peut-être *Majhlî* ou *Machhlî* « poisson ».

[3] A. « Séparation ».

[4] A. P. « Éloigné ».

[5] A. « Occasion ».

[6] *Alf* « mille », et non *Alif* ni *Alaf.*

Fursât mourut à Lakhnau avant 1814. Il a laissé des poésies hindoustanies estimées. Béni Nârâyan en cite dans son Anthologie un gazal érotique très-harmonieux en hindoustanî, mais assez difficile à rendre en français parce que chaque vers se termine par deux mots pareils, la rime se reportant au mot précédent.

Kamâl cite de ce poëte un gazal que lui avait communiqué le khwâja 'Abbâs, qu'il qualifie de philosophe.

FUTAWAT[1] (Mirza Gulam Haïdar), de Dehli, est mentionné par Zukà parmi les poëtes hindoustanis.

G

I. GAFIL[2] (Raé Bakhtawar Singh), kâyath de Murâdâbâd, est un poëte urdû, bien qu'Hindou, qui a cultivé non-seulement la poésie, mais les mathématiques et l'art épistolaire. Gâfil est mentionné par Sarwar et par Schefta.

II. GAFIL (Mirza Mugal), de Lakhnau, est un écrivain hindoustanî dont Kamâl cite cinq gazals et un tarîkh sur la mort d'Açaf uddaula, arrivée en 1212 de l'hégire (1797-1798).

III. GAFIL (Mir Ahmad[3] 'Ali), saïyid du Bengale, natif de Bénarès, mais originaire du Décan, est élève de Schâh Cudrat ullah Cudrat, de Murschidâbâd, où il résidait, et on lui doit d'attachantes poésies érotiques dont Sarwar cite quelques fragments.

IV. GAFIL (le schaïkh Muhammad Maç'ud Khan), du

[1] A. « Générosité ».
[2] A. « Négligent », etc.
[3] Des biographes le nomment *Muhammad*.

sirkar de Moham[1], des dépendances de Dehli, est un
habile poëte urdû qui mourut peu de temps avant la
rédaction du Tazkira de Sarwar, et dont ce biographe
fait l'éloge.

V. GAFIL (LALA MUNAUWAR KHAN), de Lakhnau,
Afgân de nation, élève de Miyân Hamdanî Mashafî, est
un poëte hindoustanî auteur d'un Dîwân dont Sarwar
et Muhcin citent des vers. Il remplissait les fonctions
d'agent (*dâroga*) de la maison de Faquir Muhammad
Khân, capitaine de cavalerie (*riçâla-dâr*).

VI. GAFIL (LALA SUNDAR LAL), fils de Bakhschi Sultân
Singh et frère de Schâïr, est compté par Zukâ au nombre
des poëtes hindoustanis. Il est réputé pour la quantité
de vers qu'il sait par cœur.

Serait-il le même que Sundar Lâl, éditeur avec Haçan
du journal hindoustanî de Lahore qui porte le titre de
Daryâ-é nûr « l'Océan de lumière », lequel donne son
nom à l'imprimerie dont il sort et qui est dirigée par le
même savant?

GAFUR-BAKHSCH[2] est auteur d'un poëme urdû intitulé *Mactûl-i 'ischc* « la Victime de l'amour »; Cawnpûr,
1868, petit in-8° de 16 p.

GAHTALA[3] (MUHAMMAD A'ZAM) est rédacteur du journal hindoustanî de Madras intitulé *Schams ulakhbâr* « le
Soleil des nouvelles », et publié par Saïyid Abd ussattâr
Sanîn[4], tous les dix jours, par cahiers de 12 p. petit
in-folio.

---

[1] Ou Mohamm, près de Panipat.
[2] A. P. « Don du Clément (Dieu) ».
[3] I. « Nuageux ».
[4] Voyez son article.

I. GAIRAT [1]. Ce poëte est un des élèves de Miyân Calandar-bakhsch Jurat. Mashafi et Bénî Nârâyan citent de lui un gazal dont voici la traduction :

Ou tu trouveras quelque moyen de venir auprès de moi, ou tu me donneras un rendez-vous quelque part.

Mon âme est dans mes yeux (pour te contempler) ; daigne donc maintenant me montrer ta face.

Puisque j'ai quitté volontairement la vie, comme le papillon (qui vient se brûler à la bougie), dorénavant ne me tourmente pas.

Gaïrat crie après toi mille fois ; prends-le sous ta protection.

II. GAIRAT, de Lakhnau, est un poëte élève de Jurat, différent du précédent, et qui est mentionné par Câcim et par Sarwar.

III. GAIRAT (Kalb 'Ali) est un poëte hindoustani mentionné dans le *Maçarrat afzâ*.

IV. GAIRAT, du Décan, est placé par Câcim au nombre des poëtes hindoustanis.

GAJ - RAJ [2] est un écrivain hindouî sur lequel je n'ai pu recueillir aucun renseignement.

I. GALIB [3] (le nabâb Saïyid ulmulk Açad ullah Mirza Khan Bahadur Imam Jang), de Dehli, vint à Murschid-âbâd sous le gouvernement du nabâb Mahâbat Jang, et y fixa sa résidence. Il se distingua par sa générosité et ses autres qualités honorables. Il avait aussi des talents poé-tiques, et il a laissé un bon nombre de vers hindoustanis et persans. Il paraît que 'Alî Ibrâhim avait été atta-ché à son service (apparemment comme secrétaire). Bénî

---

[1] A. « Honneur, jalousie », etc.
[2] I. « Le roi des éléphants ».
[3] A. « Vainqueur ».

Nârâyan cite trois gazals de cet écrivain [1]. En voici un :

Ma vue s'est troublée en te contemplant; comment saurais-je distinguer des mortelles les célestes houris?

Celui qui, après avoir quitté ta rue, est allé du côté du jardin, saura la différence qu'il y a entre le zéphyr du matin et l'air embaumé qui entoure ta demeure.

Si on n'a jamais connu la délicatesse des fibres de la rose, pourra-t-on distinguer la finesse de ta charmante taille?

La folie de l'amour exerce tellement ses ravages dans le monde, qu'il n'y a plus de distinction entre le dommage et l'utilité.

Lorsque j'aperçois mes rivaux s'asseoir à côté de mon amie, mes sens se troublent et mes regards incertains ne distinguent plus rien.

Puisque les gens à vues élevées ne prisent pas plus la pierre philosophale que la vile poussière, comment sauraient-ils distinguer la valeur de l'argent et de l'or?

Gâlib est coupable aux yeux de son amie; quelle autre qu'elle sait faire la distinction entre ses défauts et ses bonnes qualités?

II. GALIB (Najm uddaula, Dabir ulmulk [2], Açad ullah Khan Bahadur), de Dehli, connu sous le nom de Mirzâ Noschâ [3], fils de 'Abd ullah Beg Khân de Samarcande, et d'une famille turque distinguée qui descendait de Gustasp [4], naquit à Agra en 1212 (1797-1798), mais il résidait à Dehli à l'époque où Schefta écrivait son Tazkira, et il était poëte lauréat du dernier Mogol. Schefta, qui est généralement sobre de métaphores,

---

[1] Il le nomme Tâlib Jang, fils de Niyâz Beg Khân, habitant de Dehli. On le nomme aussi Quiyâm Jang, comme on le verra à l'article suivant.

[2] Ces titres pompeux signifient « l'astre de l'état, l'expéditeur des affaires de l'empire ».

[3] Ce mot est persan et signifie « heureux ».

[4] C'est-à-dire de Darius, fils d'Hystaspe.

accumule à son sujet les hyperboles les plus outrées, et le considère comme rival des meilleurs poëtes de Schiraz et d'Ispahan ; Karim, qui est presque aussi exagéré, le préfère aux poëtes arabes Mutanabbî et Ka'b et aux poëtes persans Anwârî et Khacânî.

Gâlib fut élève de Mirzâ 'Abd ulcâdir Bédil, dont il imita d'abord le style avant d'en avoir un qui lui fût propre. On lui doit un Dîwân de vers hindoustanis, dont il publia un choix (*intikhâb*) à Dehli, en 1863, gr. in-8° de 146 p. et de 1790 vers, sous le titre de *Dîwân Mîr Noschâ;* à Agra (selon l'*Akhbâr-i 'âlam* de Mirat du 25 juillet 1867); à Lakhnau en 1864, sous celui de *Dîwân-i Gâlib,* de 104 p. de 21 lignes; et à Cawnpûr, en 1863, en un in-8° de 104 p. Il a surtout cultivé la poésie persane, et il a fait un Dîwân persan d'environ dix mille vers qui a été imprimé par les soins du munschî Nûr uddin en 1847. On a même donné à l'imprimerie de Nawal Kischor, de Lakhnau, une édition complète (*kulliyât*) de ses œuvres persanes, qui se composent de masnawîs, de gazals dits sans pareils, de cacîdas qui égalent ceux de 'Urfî.

Karîm uddin cite six pages de vers urdus de ce poëte. Nous voyons qu'il y prend le takhallus d'*Açad* « lion », et c'est sous ce nom que Sarwar et Karîm uddin le citent dans leurs Tazkiras. En effet le poëte dont il s'agit, conformément à un usage qui a été suivi par quelques écrivains indiens, a pris un takhallus différent selon qu'il a écrit en persan ou en hindoustanî. Or, comme il avait commencé d'écrire en persan, avant de le faire en urdû, pour suivre la mode, il a été d'abord indiqué sous le nom d'*Açad*, puis sous celui de *Gâlib*. Sarwar, au surplus, lui reproche de s'être attaché dans ses vers rekhtas

à habiller à l'indienne les expressions persanes, de sorte
que ses vers hindoustanis sont en réalité plus persans
qu'hindoustanis.

Sprenger distingue, comme je le fais, cet Açad ullah
Khân Galib (Mirzâ Noschà), dont il parle d'après Schefta,
du nabâb Açad ullah Khân Galib, de Dehli, surnommé
Saïyid ulmulk, Quiyâm Jang ou Tâlib Jang[1], dont il a
été fait mention plus haut.

Açad ullah Gâlib est mort en 1285 (1869), à l'âge,
par conséquent, de soixante-treize ans[2]. Il a formé de
nombreux élèves, dont plusieurs lui survivent. Un des
plus distingués est Rânâ (Muhammad Mardân 'Ali).

C'était une bonne fortune pour les journaux hindoustanis quand ils pouvaient obtenir de Gâlib une pièce de
vers. J'en ai remarqué une dans l'*Akhbâr-i subh sâdic* de
Madras du 12 avril 1865 dont les vers se terminent par
le mot *paon* « pied ».

Feu le major Fuller m'avait signalé un ouvrage de Gâlib
intitulé *Dirafsch kâwînânî* « l'Étendard des critiques[3] »,
sorte de traité philologique et critique sur certains mots
difficiles ou douteux mal expliqués dans le *Burhân-i
câti'* « la Preuve décisive ». Cet ouvrage est le même

---

[1] Il y a évidemment de la confusion parmi ces surnoms dans les biographies originales. On trouvera plus loin un autre Galib (Mukarram
uddaula), appelé aussi Tâlib Jang par un biographe.

[2] On trouve un tarîkh sur la mort de cet écrivain dans le *Sirkârî
akhbâr* de Lahore, du 10 mars 1869, par le munschi Wazîr Singh,
professeur au collége de Dehli; un autre par son petit-fils le mirzâ
Khudâ-dâd Beg Schauc, dans l'*Awadh akhbâr* du 23 février; et un troisième par le munschi Auçâf 'Ali, un de ses élèves, dans le numéro du
4 mai du même journal.

[3] Ce titre fait allusion au nom du drapeau de Faridûn, ou plutôt
de Kâwah, qui leva l'étendard de la révolte contre le tyran usurpateur
Zuhâk.

qui porte le titre, sous lequel il est plus connu, de *Câti'
burhân* « Ce qui détruit la preuve », par allusion au
titre de l'ouvrage critiqué : il a été imprimé à Lakhnau
en 1278 (1861), en un petit in-fol. de 98 p.

Voici, avec quelques coupures, la notice nécrologique
consacrée à ce personnage dans l'*Awadh akhbâr* du
16 mars 1869.

Tous les écrivains qui ont été célèbres parmi leurs compatriotes dans le temps de la prospérité de Dehli ont disparu;
un seul était resté et lui aussi vient d'être enlevé, et ainsi la
liste de ces gens distingués est aujourd'hui close. Je veux
parler du lion [1] des cannes à sucre de l'éloquence, du rossignol
du beau langage persan, d'Açad ullah Khân Gâlib, plus connu
sous le nom de Mirzâ Noschâ, qui a quitté ce monde périssable pour aller habiter le monde éternel, mais dont le nom
restera néanmoins toujours sur la terre.

Il n'y a personne dans l'Inde sachant lire et écrire qui ne
connaisse les productions de cet écrivain et qui ne les considère comme parfaites. Or l'histoire d'un tel personnage n'est
pas dépourvue d'utilité, et nous allons la donner en abrégé
d'après ce que Gâlib a écrit de lui-même dans un ouvrage
persan.

« L'arbre généalogique de ma famille, dit-il en commençant,
remonte à Afracyâb, roi du Turquestan. Lorsque la lampe
du sultanat d'Afracyâb fut éteinte par la fortune des Kaya-
niens (Achéménides), les membres de l'ancienne famille royale
se dispersèrent dans les jangles et les montagnes. Toutefois le
noiré d'une bonne lame d'épée ne s'efface pas; ainsi par leurs
talents militaires ils purent avoir des moyens d'existence.
Après quelques centaines d'années la fortune s'inclina de
nouveau vers eux et la couronne fut le prix de leur épée, car
ils fondèrent la maison des Seljoukides. Toutefois l'inclinai-
son de la fortune détourna encore d'eux son visage. Alors les
membres de notre famille allèrent habiter Samarcande avec

[1] Ceci est dit par allusion au titre honorifique d'Açad ullah « le lion
de Dieu » que portait l'auteur.

les autres scharifs. Puis, il y a environ cent vingt-cinq ans,
mon aïeul vint dans l'Hindoustan, et, tant à cause de sa naissance que de sa capacité, il obtint le gouvernement du pargâna de Bahsû. Mon père périt sur le champ de bataille et me
laissa en bas âge. »

Notre auteur était né en 1212 (1797-98), et il reçut sa première éducation auprès de son oncle paternel, qui était gouverneur du pargâna de Songson, mais qui mourut bientôt aussi,
et dont le jaguîr revint à l'État. Les grands parents de Gâlib
avaient laissé à Agra des propriétés qui valaient plusieurs
lâkhs de roupies, et cependant, par l'effet des révolutions du
ciel, Gâlib était privé de ressources. A la fin, après des peines
de mille sortes, il obtint du gouvernement une pension de
soixante roupies (150 francs) par mois en qualité d'amîr, car
c'était le temps du sultanat. Son intelligence fut très-dévelop-
pée dès son enfance; mais il n'acquit pas la science comme on
le fait ordinairement. Tout ce qu'il lisait et écrivait n'était
que pour son propre plaisir et non pour accomplir des devoirs.
Comme son esprit était très-poétique et avait beaucoup de distinction, il se tourna vers le persan, et le fait est qu'il fit parvenir son genre d'écrire à un véritable degré de perfection.
Ses khayâls surtout sont extrêmement éloquents et spirituels.

La langue urdue est en réalité la langue de notre pays, et il
n'y a pas à y contredire, d'autant plus que l'usage du persan
est actuellement proscrit. Toutefois Gâlib en maintint pour lui-
même l'usage; et néanmoins le gouvernement, par considération pour son mérite éminent et pour sa naissance, lui accorda jusqu'à sa mort une pension et le traita avec honneur
et respect. Beaucoup de râjâs et de nabâbs faisaient aussi le
plus grand cas de cet homme illustre.

Ses productions sont nombreuses. Les principales sont au
nombre de sept.

1° Un Dîwân persan d'environ dix mille vers;

2° *Mihr nîmroz* « le Soleil du midi », histoire en prose de
la maison de Timûr, depuis le commencement jusqu'à la fin
du règne d'Humâyun, écrite dans le style de l'*Ayîn Akbarî*.
Bien que ce travail soit abrégé, cependant il est vrai de dire
que c'est une création originale;

3° *Dast-bo* « l'Odeur de la main », mémoires dans lesquels l'auteur a raconté tout ce qu'il a fait pendant cinquante-sept années de sa vie et où il a pris à tâche de n'employer aucun mot arabe, selon la méthode du *Daçâtîr;*

4° *Panj âhang* « les Cinq manières », c'est à savoir quelques lettres, quelques préfaces et épilogues en prose, l'explication de certaines expressions techniques ou familières; quelques règles de la langue persane, etc. Cette collection est en réalité fort utile et agréable à lire;

5° *Câtî' burhân* « la Décisive (preuve) contre le *Burhân* (preuve) », titre inversé du célèbre dictionnaire persan *Burhân câtî'* « la Preuve décisive ». Cet ouvrage, auquel Gâlib donna ensuite, après y avoir fait quelques modifications, le titre de *Dirafsch kâwînânî*, a pour but de relever les fautes de l'auteur du *Burhân câtî'*. Toutefois quelques personnes ne l'ont pas approuvé par fanatisme;

6° Un *Dîwân rekhta* (c'est-à-dire hindoustani ou urdû), qui n'est pas très-étendu; mais, selon le proverbe arabe : « Le meilleur discours est celui qui est à la fois le plus court et le plus substantiel »;

7° Les directeurs de l'imprimerie appelée *Akmal matâbi'* « la Plus parfaite des typographies », ont réuni tous les *ruca'* (lettres ou billets) urdus de Gâlib et les ont imprimés sous le titre de *Urdû-é mu'alla* « l'Urdû sublime [1] »; mais cet ouvrage, qui sera très-utile dans la pratique, n'a pas encore paru.

Gâlib est en outre auteur de plusieurs petits masnawîs et de beaucoup d'opuscules (*riçâla*) qu'il serait trop long d'indiquer. Jusqu'au dernier moment de son existence, aucune parole de cet esprit vif et aimable ne fut dépourvue de charme. Ses bons mots sont employés par les gens de goût dans la conversation, comme du sel pour les mets.

Sa naissance ayant eu lieu en 1212 (1797-98) et sa mort en 1285 (1869), il a vécu par conséquent soixante-treize ans, et il a joui jusqu'au dernier moment de toutes ses facultés, si ce

---

[1] Par allusion au marché du camp de Dehli appelé *urdû-é mu'alla* « le grand camp » où, dit-on, l'hindoustani, appelé de là urdû, fut d'abord parlé.

n'est cependant de l'ouïe, car on était obligé d'écrire ce qu'on avait à lui dire.

A la suite de cette notice, l'*Awadh akhbâr* reproduit les nombreux tarikhs urdus et persans qui ont été publiés sur la date du décès de Gâlib, parmi lesquels j'en distingue un de dix-neuf vers par Sâlik (Mirzâ Curbân 'Alî Beg Khân).

Dans le numéro suivant de l'*Awadh akhbâr*, celui du 23 mars, on trouve encore au sujet de Gâlib l'article dont voici la traduction :

PROPOSITION D'UN MONUMENT A LA MÉMOIRE DE GALIB.

Rien n'est plus vrai que de considérer l'éminent défunt comme le sceau des poëtes de l'Inde, et de voir en lui, pour ainsi dire, la fin de la vraie poésie. Pour un tel maître, dont le talent avait fasciné l'Hindoustan, il faut qu'il reste un monument qui perpétue son nom célèbre. Ceux qui sont le plus dignes d'y participer, ce sont ses élèves. C'est pour cela que je leur propose de s'en occuper promptement et de bon cœur, en élèves dévoués. Selon mon humble jugement, il faut qu'un comité spécial de personnes de Dehli se réunisse et s'accorde afin de prendre une résolution définitive. Puis, qu'on fasse connaître le devis de la dépense que nécessiterait ce monument, et qu'on ouvre une souscription pour en couvrir les frais. Quant à moi, je propose un monument purement littéraire, c'est-à-dire un volume composé d'abord d'une Notice historique en urdû et en persan, où toutes les circonstances de la vie de Gâlib qui auraient quelque intérêt seraient exactement relatées ; puis on réunirait les vers et la prose que chacun de ses élèves ferait en son honneur, les *tarîkhs* et les *marciyas* (épicèdes) que ses élèves auraient écrits à l'occasion de sa mort, et on accompagnerait cette collection d'une courte notice sur chacun de ses élèves. L'ouvrage se composerait de deux parties, une en urdû et l'autre en persan ; mais tous les morceaux en vers ou en prose qui le composeraient ne devraient être que des seuls élèves de

Gâlib. Si cependant quelques autres personnes, par affection ou par dévouement, envoyaient au comité des pièces à l'éloge du défunt, on pourrait les insérer à la fin du volume, qui devra être orné du portrait de Gâlib, et offrir la liste complète de ses élèves. On enverrait à chacun d'eux, et à tous les souscripteurs, un exemplaire de l'ouvrage, et le reste serait vendu.

En admettant ma proposition, les élèves de Gâlib donneront à leur maître éminent un témoignage public de leur reconnaissance, et ce grand monument littéraire restera comme souvenir de Gâlib, avec les Dìwâns de ses poésies.

Toutefois, si, au lieu de ce que j'indique, le comité fait connaître un meilleur mode de perpétuer le souvenir de l'illustre poëte que l'Inde a perdu, ce sera pour le mieux.

Muhammad Mardan 'Alî Ra'na,
élève de Gâlib.

III. GALIB, du Décan, est un poëte hindoustanî contemporain du célèbre Walî; il est mentionné par Karim.

IV. GALIB (le nabâb Mirza Amìn-i 'Alî Khan Bahadur), de Lakhnau, cité par Schefta, est auteur d'une Histoire romanesque de Hamza, oncle de Mahomet, intitulée *Quissa-i Amir Hamza*, traduite du persan en urdû et récemment imprimée à Calcutta. Il y a plusieurs autres rédactions hindoustanies de cette histoire ou plutôt de ce roman, une entre autres imprimée à Bombay, en quatre volumes et quatre-vingt-huit narrations, intitulée *Dastân Amir Hamza*, petit in-fol., 1271 (1854-1855); une dans l'espèce de patois particulier aux marins musulmans du Bengale[1]; et une autre intitulée *Tilism schâyân* « l'Agréable talisman », de 276 p. de 25 lignes, annoncée dans l'*Akhbâr-i 'âlam* de Mirat du 22 novembre 1866.

[1] Voyez J. Long, « Catalogue of bengali works », p. 75.

J'ai moi-même dans ma collection particulière deux manuscrits hindoustanis sur le même sujet [1].

V. GALIB (MUKARRAM UDDAULA BAHADUR BEG KHAN), de Dehli [2], fils de Niyâz Beg Khân Badakhschâhi, c'est-à-dire du Badakhschan ou Tûran, lequel était un des principaux officiers de Zu'lficâr uddaula Bahâdur, s'est livré avec distinction à la culture de la poésie persane sous Mauzûn, et hindoustanie sous Hidàyat et Firâc [3]. Il était employé auprès de Schâh 'Alam ; il tenait des réunions littéraires à Dehli avant l'époque où Gulàm Càdir arracha les yeux à ce souverain, et il y invitait tous les poëtes de la ville. Après la séance poétique, il donnait un bal de bayadères.

Gàlib était habile en toutes sortes d'arts, spécialement en alchimie. Sarwar, qui l'avait beaucoup connu, en fait l'éloge, et cite un grand nombre de ses vers. Il mourut en 1218 (1803-1804).

VI. GALIB (LALA MOHAN LAL), kâyath d'Agra, a écrit des poésies rekhtas et persanes. Il est mentionné par Zukà.

Cet auteur est sans doute le même que le pandit Mohan Làl, auteur du *Bij ganit* « Éléments d'algèbre », traduit de l'anglais en hindi et imprimé à Agra.

VII. GALIB (ANWAR 'ALÌ), l'intime ami du nabâb Jahjar, est mentionné comme poëte hindoustani par Muhcin, qui donne un échantillon de ses vers.

GALIB 'ALI KHAN, petit-fils de Dûndi Khân, chef afgàn, s'est à la fois distingué par sa bravoure et aussi

---

[1] Voyez l'article ASCHK.

[2] 'Ischqî le nomme aussi Gâlib Jang, et Zukà, Tàlib Jang, fils de Gàlib Jang.

[3] Voyez les articles consacrés à ces écrivains.

par son talent poétique, selon Karîm, qui le met au nombre des écrivains hindoustanis.

I. GAM[1] (Mîr Muhammad Aslam), frère de Mîr A'bbù Sâhib, de Murschidâbâd, est un poëte mentionné par Gâïm, Mîr et Schorisch.

Bénî Nâràyan cite de ce poëte la pièce suivante :

On n'entend ici que mes gémissements et ceux du rossignol, ô Dieu! ô Dieu! J'ai affaire à un cœur dur, à une cruelle infidèle, ô Dieu! ô Dieu!

Pourquoi as-tu ainsi fasciné mon cœur insouciant? Quelle faute a-t-il donc faite? ô Dieu! ô Dieu!

Laisse aller ce cœur insensé, ne le jette pas dans les liens. Tes boucles de cheveux sont pour mes pieds des chaînes suffisantes, ô Dieu! ô Dieu!

Tu te montres à moi d'un air rude et couverte d'un vêtement rouge; aurais-tu l'intention d'immoler quelqu'un à ta colère? ô Dieu! ô Dieu!

La douleur accompagne dans mon cœur le souvenir de cette infidèle; sont-ce les atteintes d'une flèche, ou simplement celles de la pointe de ses cils? ô Dieu! ô Dieu!

Au lieu d'une juste considération pour mon amour, je ne reçois de toi que des injures et des coups, ô Dieu! ô Dieu!

Je crois même que si je mourais à cause de toi, tu en plaisanterais encore. Ah! mon destin est affreux, ô Dieu! ô Dieu!

II. GAM ('Alî Khan), de Cawnpûr, cavalier royal, fils de 'Abd ullah Khân et élève du maulawî Khudàbakhsch Fard, est un poëte dont Muhcin cite des vers dans son Anthologie.

GAMANI LAL, Hindou de la caste des kâyaths, habitant de Rahtag, est auteur d'une rédaction du *Bhakta mâl*, écrite en 1898 du samwat (1842 de J. C.) et qui

---

[1] A. « Chagrin », subst.

est mentionnée dans l'*Akhbâr-i 'âlam* de Mirat du 21 mars 1867.

I. GAMGUIN[1] (Mîr Saïyid 'Alî), troisième fils de Mîr Saïyid Muhammad et neveu de Schâh Nizâm uddin Ahmad Càdirî Açaf Jàh, qui avait gouverné la province de Dehli du temps des Mahrattes, est un poëte contemporain, élève de Ranguîn. Schefta, qui le mentionne, le dit auteur d'un Dîwân. Kamâl parle aussi de Gamguîn et en cite un gazal qu'il se procura dans une réunion littéraire à Allahâbàd, chez le poëte Schâh Ajmal. De son côté, Sarwar en cite un grand nombre de vers.

II. GAMGUIN (Mîr 'Abd ullah), fils de Mîr Huçaïn Taskîn, est un poëte hindoustanî mentionné par Bâtin.

GAMKHWAR[2] est un saïyid de Dehli, militaire de profession, et élève de Gulâm Huçaïn Schikéba pour la poésie hindoustanie, qu'il a cultivée, ainsi que nous l'apprend Sarwar.

GANCHIN est une femme poëte mentionnée par 'Ischqî.

GANDA[3] MAL est un Hindou apparemment converti, auteur d'un traité religieux (chrétien) intitulé *Gumgaschta farzand* « le Fils perdu » ; Lahore, 1869, in-16 de 16 p.

GANESCH ou GANESCHI LAL[4] (le hakîm et râé) est l'éditeur :

1° Du journal d'Agra intitulé *'Aftâb 'âlamtâb* « le Soleil qui éclaire le monde », dont le titre en lettres entrelacées entoure un soleil. Ce journal, qui est rédigé en

---

[1] P. « Triste, affligé, chagrin, etc. ».
[2] P. A. « Affligé », à la lettre « mangeur de chagrin ».
[3] I. « Puant ».
[4] I. « Le chéri de Ganescha ».

urdû, paraît depuis longtemps par cahiers hebdoma-
daires petit in-fol. de 16 p. Il est reproduit en hindî
sous le titre de *Surâj prakâsch* « l'Éclat du soleil ».
Chaque numéro commence par un programme en vers
(masnawi) sur la manière dont le journal est conduit,
sur les matières qui y sont traitées, le prix de l'abonne-
ment, etc.

2° et 3° Il est aussi l'éditeur de deux autres journaux
urdus de Mirat, savoir : l'*Akhbâr jalwa-i Tûr* « Nouvelles de l'éclat du mont Sinaï », format in-folio, et le
Muir Gazette, de format in-4°, imprimés l'un et l'autre à
la typographie appelée *Sultân ulmatâbi'* « le Roi des imprimeries [1] ».

4° Enfin il a édité, en collaboration de Méwa Râm,
le *Kalpadrum* « l'Arbre éternel », récit écrit en urdû de
l'origine des kâyaths, d'après les Pûranas ; Agra, 1868,
in-8° de 40 p.

GANGA [2] KAVI a écrit sur la rhétorique en 1555, et
il est cité parmi les auteurs hindis les plus estimés par
W. Price dans la préface du « Hindee and hindoostanee
Selections ».

GANGADHAR [3] a été un des collaborateurs d'Abû'l-
fazl et d'autres savants dans la traduction hindouie des
« Nouvelles tables astronomiques » écrites en persan par
Ulug Beg, traduction exécutée par l'ordre du grand Akbar.

GANGAPATI [4] est auteur de l'ouvrage intitulé *Vij-
nyân vilás* « les Divertissements de la science », écrit en

---

[1] Voir mon Discours de 1869.

[2] I. « Le Gange (Dieu) » (*Gangâ*).

[3] I. « Porte-Gange », nom de Siva.

[4] 1. « L'époux du Gange », nom qu'on donne à Santam, incarnation
de Varuna, qui fut roi d'Hastinapûr et qui devint le mari de Gangâ,
dont il eut Bhischma, l'aïeul des Pandavas.

1775 du samwat (1719 de J. C.). C'est un traité sur les différentes doctrines philosophiques des Hindous; on y recommande le système du *Védanta* et la vie mystique. L'ouvrage est écrit sous la forme d'un dialogue entre un *gurû* et un *sikhya* ou un précepteur et son élève. Un exemplaire de cet ouvrage faisait partie de la collection Mackenzie. (Voyez t. II, p. 109.)

GANGA-PRAÇAD[1] est auteur :

1° D'un traité écrit en urdû contre les abus des dépenses excessives qu'on fait dans l'Inde à l'occasion des mariages. Cet ouvrage, intitulé *Nucsanât fuzûl kharch-i schâdi* « Inconvénients de l'excès de dépenses pour les noces », a été imprimé à Mirat en 1864.

2° D'un ouvrage intitulé *Ma'zirat 'azmín* « Apologie des intentions », sur un sujet aussi de science sociale, imprimé également à Mirat en 1864.

3° D'un autre contenant des avis; imprimé à Mirat en 1864.

4° Il est l'éditeur du *Ganjína 'ulûm* « Magasin des sciences », journal mensuel de Murâdâbâd, rédigé en urdû et imprimé à la typographie appelée *Khurschaïd Hind* « le Soleil de l'Inde ».

5° Il rédige avec Muhammad Ismâ'il le *'Aligarh Institute Gazette,* journal urdû, avec quelques parties en anglais, publié hebdomadairement à 'Aligarh.

6° Et avec Jugal Kischor, le *Rûédâd Association Murâd-âbâd* « Actes de la Société (littéraire) de Murâdâbâd », rédigés en urdû, et paraissant par cahiers in-8° à Murâdâbâd, le même, je pense, que le *Rûédâd Committí* « Programme du Comité », sur les usages et les pratiques de l'Hindoustan.

[1] 1. « Don du Gange ».

1. GANI[1] (le schaïkh 'Abd ulganî), natif de Sahâran-pûr et habitant de Cawnpûr, fils du schaïkh 'Abd ussamad et élève de Hâdî 'Alî Aschk, est un éloquent poëte rekhta mentionné par Sarwar et par Muhcin, qui en citent des vers.

II. GANI (Mir 'Abd ulganî), de Schikohâbâd, dans la province d'Agra, est un autre poëte, saïyid de naissance, mort de consomption à la fleur de l'âge, ainsi que nous l'apprend le même Sarwar.

III. GANI (Ganî Ahmad), natif de Jajmûn, des dépendances de Cawnpûr, fils d'Abû Muhammad 'Aïsch, parent de Muhcin 'Abbâs 'Alî 'Aschic Jagmûî et élève de Mir 'Alî Auçat Raschk, est auteur de l'ouvrage (*riçála*) intitulé *Saulat ulzaïgam* « la Fureur du lion ».

IV. GANI (Mirza 'Abbas), de Lakhnau, fils de Mirzâ Haçan et élève de Mirzâ Muhammad Haçan Schaïda, est un poëte hindoustanî dont Muhcin cite des vers.

GANNA ou KANNA BÉGAM[2]. Cette princesse, épouse de 'Imâd ulmulk[3], s'est acquis un nom dans la poésie hindoustanie. Son maître fut Mîr Camar uddîn Minnat[4], dont 'Imâd faisait beaucoup de cas à cause de son talent poétique et qu'il recevait volontiers chez lui. D'après l'ordre de 'Imâd et en sa présence, il enseigna la rhétorique à Gannâ. Elle profita de ses leçons et se distingua presque à l'égal de son maître par ses gazals d'une bonne

---

[1] A. « Riche, indépendant ».

[2] I. « Canne à sucre ». Le biographe Ranj parle de Ganna Bégam sous le takhallus de *Schokh* « agaçante ».

[3] Ou Gâzî uddîn Khân Bahâdur, comme W. Jones le nomme. Il était vizir de l'empereur mogol Ahmad Schâh, qu'il déposa et qu'il priva de la vue, en 1753, pour donner la couronne à 'Alam-Guîr II, lequel il fit ensuite assassiner, en 1756, pour élever sur le trône Schâh Jahân II, qui fut lui-même détrôné en 1760.

[4] Voyez son article.

facture et d'un style élégant. Elle prenait quelquefois pour takhallus le mot *minnat* « faveur », nom de son maître; de là vient que, selon Mashafi, on lui a attribué un gazal célèbre de Minnat, celui précisément que Jones a donné sous le nom de *Gannâ* dans la dissertation sur l'orthographe des mots orientaux qui est en tête du tome 1er des « Asiatic Researches ». Voici la traduction de ce gazal revue et corrigée :

Mon ennemi lui [1] parle avec dissimulation. Mon espoir est trompé, je ne reçois que des nouvelles désespérées.

Hélas! faut-il que la surface unie de mon sein soit devenue semblable au plumage d'un perroquet, par l'effet des marques de brûlure qui l'ont cicatrisée pendant la triste absence de mon bien-aimé!

Depuis longtemps, ô hinnâ, ton cœur a été plein de sang comme le mien. De qui désires-tu baiser les pieds (en y appliquant ta teinture)?

Au lieu d'éprouver la douleur, chaque blessure de ton sabre suce avec ses lèvres la douceur dont il est rempli.

Peu importe qu'on jette sur moi, Minnat, le soupçon de l'amour. Oui, il est vrai que j'aime passionnément la société de mon bien-aimé.

Mashafi cite d'autres vers de Gannâ qui répondent à la réputation de cette femme distinguée.

Quelques biographes disent que Gannâ a pris pour

---

[1] Au lieu de *ham sé*, comme on lit dans les « Asiatic Researches », Mashafi met *us sé*, ce qui vaut mieux. Au surplus, Jones, qui ne s'était occupé d'hindoustani que dans les derniers temps de sa vie, a fait ici un contre-sens, en traduisant *parle de moi* « speaks of me ». Cela tient à ce qu'en hindoustani les verbes qui signifient « dire, parler, demander, interroger, promettre », etc., se construisent avec l'ablatif, et non pas avec le datif. On dit ainsi « parler avec quelqu'un, demander avec quelqu'un », pour signifier « parler à quelqu'un, demander à quelqu'un ». On dit de même en sanscrit « promettre en quelqu'un », avec le locatif pour le datif.

takhallus le nom de *Manzar* « visage », mais Karîm n'admet pas ce fait.

Gannâ était fille de 'Alî Culî Khân, surnommé *Schasch anguschtï* « à six doigts ». On dit qu'elle était aussi remarquable par sa beauté que par la distinction de son esprit, qu'elle déployait surtout dans l'à-propos de ses reparties. Elle avait non-seulement de l'esprit, mais beaucoup d'instruction et une capacité peu commune. Elle consultait Mîr Soz sur ses poésies et même le célèbre Saudâ. Elle était morte lorsque Câcim écrivait son Tazkira.

GANPAT [1] RAO MOROBA PITALEY a publié en hindoustani le « Bombay university matriculation examination papers », 25 p. in-12; Bombay, 1868.

I. GARIB [2] (Muhammad Aman), selon Mîr, et Muhammad Zamân Garîb, selon Fath 'Alî Huçaïnî, est un poëte hindoustani dont les vers ne sont pas dépourvus de mérite. Il bégayait; c'est pourquoi, outre son surnom poétique de *Garîb,* on lui donna aussi celui de *Alkan* [3]. Mîr l'avait vu souvent dans les jardins de Mugalpûra, et il le nommait le « libertin des jardins ». Les malheurs du temps le forcèrent d'aller dans le Bengale deux ans environ avant l'époque où Mîr écrivait sa biographie, et ce fut là qu'il mourut. Il est sans doute l'auteur du *Nawâ-é Garîb* « les Gémissements de Garîb », imprimé à Lakhnau.

II. GARIB (le schaïkh Nacîr uddîn Ahmad), originaire de Cachemire et natif de Dehli, est un éloquent écrivain

---

[1] I. Probablement pour « Ganpati (Ganes) ».
[2] A. « Étranger, malheureux ».
[3] A. « Bégayeur ».

à qui on doit un Dîwân persan, outre de nombreuses poésies hindoustanies mentionnées par Schefta.

III. GARIB, de Murâdâbâd, est un ancien poëte cité par Câcim et par Sarwar.

IV. GARIB (Mîr ulwalî) est un autre ancien poëte dont parlent Câcim et Sarwar.

V. GARIB (Lala Mal), kâyath, habitant d'Ajrâda ou Ijrâra[1], fils de Khûb Chand et neveu du dîwân ou ministre du nabâb Zâbita Khân, est un poëte contemporain qui a une certaine célébrité. Il habita d'abord Dehli, avant de résider à la ville que nous venons de citer. Il est mentionné par Schefta et par Zukâ.

VI. GARIB, du Décan, est auteur entre autres poésies d'un cacîda contre les gens du monde, *Dar schikâyat abnâ-é zamâna,* et de beaucoup de gazals.

VII. GARIB (Mîr Taquî), de Dehli, était un des compagnons du nabâb 'Alî-jâh Mîr Muhammad Câcim Khân. Sarwar, qui le compte, avec d'autres biographes, au nombre des poëtes hindoustanis, le nomme Mîr Muhammad Taquî.

GARIB KALLU, contemporain d'Abrû, est mentionné par 'Ischquî parmi les poëtes hindoustanis.

GARIC[2] est un poëte hindoustani mentionné par Bâtin[3].

I. GARM[4] (Mirza Haïdar 'Alî Beg), fils de Niyâz 'Alî Beg, est un poëte hindoustanî distingué qui habitait Dehli. Il était passionné pour la poésie, et consultait sur

---

[1] La première leçon est de Sarwar, la seconde de Zukâ, et Sprenger lit *Bahâdur-garh.*

[2] A. « Noyé ».

[3] Sprenger, « Oude Libraries », t. I, p. 229.

[4] P. « Chaud, passionné ».

ses vers Mashafî, qui l'affectionnait beaucoup et qui rend
hommage à son mérite. Kamâl dit qu'il était de Lakhnau, où il l'avait connu et où il vivait encore en 1805 :
il alla ensuite à Haïderâbâd, dans le Décan, où il mourut.
Ce biographe cite, des productions de ce poëte, deux
pièces de vers dont il avait pris copie. Muhcin en cite
aussi des vers, et Béni Nàràyan, dans son *Diwân-i Jahân*,
une ode ou gazal que je crois devoir donner ici en français :

Mon cœur est brûlé; et, par l'ardeur de mes paroles, mes
lèvres sont sèches et des épines sont sur ma langue.

O mon Dieu! quel est ce regard qui m'a pénétré comme
une épée, en sorte que je suis à tel point dégoûté de la vie?

Ne me demande pas l'histoire des amis qui sont partis; je
suis moi-même en peine, ô mon voisin! de savoir où ils sont.

Je vois le soleil et la lune errer; l'amour de qui les agite-t-il,
en sorte qu'ils vont ainsi de porte en porte?

Les meurtrissures brûlantes du sein sont les roses du pal-
mier de l'amour, et les larmes sanglantes des yeux en sont les
fruits.

Garm! quel objet à visage de flamme t'a fait pleurer de
chagrin, au point que tes larmes sont dispersées çà et là
comme des étincelles?

II. GARM (Muhammad Muzaffar Khan), de Râmpûr,
fils de Muhammad Khàn et élève de Muhammad Ibràhîm Zauc, est un écrivain hindoustani contemporain à
qui on doit un Diwân et plusieurs autres ouvrages,
entre autres un poëme masnawî intitulé *Lâla dâg* « la
Blessure de la tulipe », à la louange de Muhammad 'Abd
ullah Khàn, habitant de Râmpûr, et de Làla Bihârî Lâl,
habitant de Sakat, imprimé lithographiquement à Mirat
en 1264 (1847-1848). Wajàhat 'Alì, dans le n° du
8 août 1867 de l'*Akhbâr-i 'âlam* de Mirat, en fait le

plus grand éloge et en reproduit un tarikh très-original de vingt-cinq vers en l'honneur du nabâb de Râmpûr, Muhammad Kalb 'Ali Khân.

GAUCI[1] (Muhammad Gaus), fils de Maulà Cutb uddin[2], cazî de Haïderâbâd, est auteur de poésies en dialecte dakhni. Caïm et Kamâl disent qu'il était célèbre par l'étendue et la variété de ses connaissances. Il mourut à la Mecque.

GAUHAR[3] (Kanz uddaula Khurschaïd 'Ali Khan Bahadur), de Lakhnau, fils de Majd uddaula et petit-fils de Zafar uddaula Fath 'Ali Khân, trésorier royal, a écrit des vers hindoustanis dont Muhcin donne un échantillon dans son Tazkira.

GAUHARI[4] était de Badâun, et c'est ainsi qu'on le nomme Badâuni. Kamâl le met au nombre des poëtes anciens. Mashafi en cite deux vers seulement.

GAURI-DATT[5] (le pandit) est l'éditeur, sinon l'auteur, d'un conte écrit en urdû et intitulé *Tin dêwon kâ quissa* « l'Histoire des trois divs », publié à Mirat en 32 p. in-8°, 1867.

GAURI SCHANKAR[6] (le munschi) a été éditeur, après le munschi Jamna-praçâd, du journal mensuel de médecine de Lahore, intitulé *Bahr-i hikmat* « l'Océan de la sagesse ».

---

[1] A. P. « Plongé ». Adjectif relatif de *gaus* « plongement », sorte de titre mystique des musulmans qui sont à la tête de la hiérarchie spiritualiste.

[2] Il est fait mention des connaissances médicales de ce personnage dans un article précédent sur Akbar ('Ali Khân).

[3] P. « Perle, pierre précieuse ».

[4] A. P. Adjectif dérivé de *gauhar* « perle, diamant », etc.

[5] I. « Don de Gauri (Durgâ) ».

[6] I. Noms réunis de Parvati et de Siva.

GAUS[1] est un auteur hindoustani contemporain à qui on doit les ouvrages suivants imprimés dans l'Inde ; c'est à savoir :

1° *Façâna-i Gaus* « le Roman de Gaus » ;

2° *Sikandar-nâma* « Histoire d'Alexandre », intitulée aussi *Bâb-i anwâr* « la Porte des lumières ».

1. GAUWAS[2] ou GAUWACI[3] (le maulânà) est un poëte hindoustani dont Mîr cite seulement le nom et un vers dont voici la traduction :

Celui qui sèmera la graine de l'absence de l'objet aimé dans le champ de son cœur, n'y verra jamais fleurir la rose de l'espérance.

C'est-à-dire que dans la séparation de l'objet aimé, on ne peut se flatter d'avoir aucune jouissance.

On doit à ce poëte un *Tûti-nâma* « Contes d'un perroquet », en vers dakhnis, masnawi dont la bibliothèque de la Société Asiatique de Calcutta possède un exemplaire. J'ai de cet ouvrage dans ma collection particulière un autre exemplaire qui paraît ancien ; il est écrit en beaux caractères nasta'lics, et il se compose de près de 400 pages grand in-8°. Après l'invocation ordinaire à Dieu et les louanges de Mahomet, on trouve un chapitre de plus de quatre pages qui contient l'éloge du sultan de Golconde 'Abd ullah Cutb Schâh, sous le règne duquel l'ouvrage a été écrit. Puis vient le chapitre d'usage sur le motif de la composition du livre ; ensuite l'histoire commence ; enfin viennent les contes, dont plusieurs

---

[1] A. Ce substantif et l'adjectif *gaucî* sont employés dans le sens de « ascète ». Voyez une note précédente à l'article Gaucî.

[2] A. « Plongeur (dans l'océan du spiritualisme) ».

[3] A. P. « Action de plonger ».

diffèrent des autres rédactions. L'ouvrage se termine par un wàçokht, sorte d'ode pindarique.

II. GAUWAS est un autre poëte ancien de Dehli qu'il ne faut pas confondre avec le précédent et qui est mentionné dans le *Maçarrat afzâ* et dans le *'Umdat ulmuntakhaba*.

GAZANFAR[1] ('Ali Khan), défunt, de Lakhnau, nommé aussi Miyàn Khillù ou Kallù[2], était fils de Gulàm Huçaïn Khân Karorâ[3]. Ses ancêtres étaient dans l'origine des kschatriyas et ils occupaient un rang élevé dans le monde. Kamâl avait connu Gazanfar à Lakhnau, qui était son pays natal, et il se lia avec lui. Gazanfar était plein d'esprit ; il fut un des élèves les plus distingués de Jurat, et se fit un nom dans la poésie hindoustanie. Il est auteur d'un Dìwàn dont Bénì Nàràyan et Muhcin citent des gazals.

GAZI[4] (le nabâb Gazi uddìn Khan), du Décan, est mentionné par Schefta et par Abû'lhaçan comme auteur de poésies rekhtas.

GENDAN LAL (le munschî) est auteur d'un roman urdû intitulé *Gauhar-i schab chiràg* « le Diamant qui éclaire la nuit » ; Bareilly, 1868, in-fol. de 24 p.

I. GHACI[5] (Mìr), habitant de Mugalpûra, est signalé comme poëte hindoustani par Mîr Taqui qui le connaissait. Il a affecté de ne pas insérer son takhallus dans le dernier vers de ses gazals, contrairement à l'usage des

---

[1] A. « Lion », et par suite « brave, héros ».

[2] Selon Sprenger.

[3] « Percepteur d'impôts ».

[4] A. « Combattant (contre les infidèles), héros, vainqueur » (*gâzî*).

[5] I. « Herbacé », adjectif dérivé de *ghâs* (grass) « herbe ».

autres poëtes hindoustanis. Les biographes originaux ne citent qu'un échantillon des poésies de Ghâci.

II. GHACI RAM (le pandit) est auteur des ouvrages suivants :

1° *Bhûgol dîpika* « la Lampe de la mappemonde », traduction de l'anglais en hindi; Bénarès, 1860, in-4° de 48 p.

2° *Sankschep Inglistân itihâs* « Abrégé de l'histoire d'Angleterre », avec carte et gravures sur bois; très-petit in-4° de 95 p.; Agra, 1860.

GHAN-SYAM[1] RAÉ (le pandit) est auteur de la traduction de l'urdû en hindi du *Dâk bijlî kâ prakâsch* « Traité du télégraphe électrique (poste d'éclair) »; Allahâbâd, 1860, gr. in-8° de 92 p. avec figures.

GOBIND[2] KAVI est auteur du *Karnâ bharan* « Plénitude de tendresse », et du *Bhâschâ bhû bhúschan* « l'Ornement de la terre, en hindi », avec notes marginales, célèbres traités de rhétorique imprimés à Bénarès en 1866, in-4° de 22 p. de 22 lignes.

GOBIND RAGHU-NATH THATTI (le bâbû) est l'éditeur des deux journaux qui sont imprimés à la typographie de Bénarès appelée *Matba' Benares akhbâr* (« Benares Akhbar Press »), du nom du principal journal qu'il y publie sous le titre de *Benares akhbâr* « les Nouvelles de Bénarès », lequel est rédigé en hindi et en caractères dévanagaris. Il est, dit-on, subventionné par le râjâ du Népal, dont la femme a résidé à Bénarès. L'éditeur donne dans chaque numéro du journal des traductions d'ouvrages sanscrits de jurisprudence.

Gobind Raghu-nâth publie aussi à la même typogra-

---

[1] 1. « Nuage noir », un des noms de Krischna.
[2] 1. Autre nom de Krischna.

phie le « Benares Gazette », rédigé en urdû, qui paraît
le lundi, par cahiers in-4° de 8 p. sur deux colonnes.
Dans ces deux journaux, il défend avec zèle la religion
hindoue contre les attaques des missionnaires chrétiens,
et il s'élève contre les écoles que ces derniers ont établies
à Bénarès. Ces journaux sont bien exécutés typographi-
quement.

Depuis mai 1854, ce bâbû a aussi succédé à Kacî-dàs
Mitr dans la rédaction du journal urdû intitulé *Aftâb-i
Hind* « le Soleil de l'Inde ».

De plus, il a publié en 1850, à la typographie dont
nous avons parlé :

1° Une « Histoire des Sikhs » en hindi, sous le titre
de *Vichitra nâtaka* « Drame varié », qui a été traduite
par le capitaine G. M. Siddons [1];

2° Un ouvrage intitulé *Saranyanîti* « Conseils aux
pauvres » ;

3° Un autre qui porte le titre de *Samudr* « Océan »,
ou *Samudrik* « Chiromancie », l'ouvrage étant en effet
sur ce sujet (« A hindee work on palmistry »);

4° Le *Jugt* ou *Yukt Râmâyan*, en vers hindis; c'est-à-
dire « Appendice du *Râmâyana* », probablement la traduction du *Yoga vâcischtha* [2];

5° Un *Hâtim Tayî* (« The Adventures of Hatim »), en
vers hindis, et plusieurs autres ouvrages.

GOKUL [3] CHAND (le bâbû), fils de Srî Râghu-nâth,
est éditeur des ouvrages suivants, tous imprimés à Bénarès en 1868 :

---

[1] Voyez « Journal Asiatic Society of Bengal », 1850, p. 563.

[2] Le même ouvrage, ou du moins un ouvrage portant le même titre,
est indiqué comme ayant pour auteur le bâbû Janki-praçâd.

[3] I. Nom de la ville où Krischna naquit.

1° *Jugal Kischor vilâs* « les Divertissements du jeune (Krischna) en compagnie (de Râdhâ) », récit poétique des jeux de Krischna et de Râdhâ, in-8° de 50 p.;

2° *Padma bharan* « la Satisfaction de Lakschmî », par Padmâkar, in-8° de 44 p.;

3° *Hacyârnau nâtak* « l'Océan du rire, drame », in-8° de 52 p.;

4° *Bhartrihari tînon satak* « les Trois centaines (de dohâs) de Bhartrihari », c'est à savoir le *Nîti manjari* « le Bouquet des conseils », le *Sringar manjari* « le Bouquet d'amour », le *Baïraguya manjari* « le Bouquet de la pénitence », in-8° de 56 p.;

5° *Upavan rahacya* « Folâtrerie à la campagne », poëme hindi, in-8° de 24 p.;

6° *Schat ritu barnan* « Description des six saisons », par le poëte (kabi) Séna-pati [1], in-8° de 16 p.;

7° *Râghu-nâth satak* « les Centaines de Râghu-nâth », recueil de dohâs hindis réunis par Râghu-nâth, in-8°, 30 p.

Voici les noms des auteurs auxquels ces dohâs sont empruntés :

Prem Sakhi.	Hanuman.	Praçann.
Râm Gulâm.	Padmâkar.	Kâschî-Râm.
Râghu-nâth.	Ras-rûp.	Vanschî.
Gokul-nâth.	Dâs.	Srî-pati.
Sardâr.	Prem.	Sambhu.
Râm-nâth.	Râm.	Déva.
Ganesch.	Bénî.	Séna-pati.
Sankar.	Chintâmani.	
Mani-déo.	Mamârakh.	

1. GOKUL-NATH [2] JI (Srî Goçaïn), célèbre Hindou, fils de Vithal-nâth Ji, petit-fils de Vallabha et père de

[1] Voyez son article.

[2] I. « Seigneur de Gokul », un des noms de Krischna.

Gopi-nâth, est auteur des ouvrages suivants, écrits en braj-bhâkhâ :

1° *Vachnâmrit* « Ambroisie des préceptes », sorte de commentaire du *Paschti mârga* « Chemin de la jouissance », ou Doctrine de Vallabha, dont on trouve des extraits dans l'« History of the sect of Maharajas », p. 82 et suiv.

2° *Raçabhâvana* « la Foi de l'amour », traité relatif à la doctrine de Vallabha et dont on trouve aussi un extrait dans l'« History of the sect of Maharajas », p. 80 et suiv.;

3° *Jugal Kischor vilâs* « les Divertissements du jeune (Krischna) en compagnie (de Râdhâ) », indiqué à l'article GOKUL CHAND.

4° *Saras rang* « l'Excellent goût (couleur) ».

5° On lui doit aussi une notice sur deux cent cinquante-deux sectateurs de son père Vithal-nâth Jî, surnommé Srî Goçâïn Jî Mahârâj, écrit dont on trouve un extrait dans l'ouvrage précité, p. 92 et suiv.;

II. GOKUL-NATH, de Kacî (Bénarès), fils du poëte Râghu-nâth, aussi de Bénarès, est auteur du *Mahâbhârata darpana* « Miroir du *Mahâbhârata* », et du *Harivansa darpana* « Miroir du *Harivansa* », traduction du *Mahâbhârata* et du *Harivansa* en bhâschâ ou hindouî, qu'il fit par l'ordre de Srî uddita Nârâyan, râjâ de Bénarès. Cette traduction se distingue par son exactitude et par son élégance; elle est seulement un peu abrégée, dans ce sens surtout qu'on a négligé de traduire les accumulations de synonymes et d'épithètes si fréquentes dans l'original et les vers de remplissage. Elle a, du reste, le défaut commun aux traductions du sanscrit et du persan en hindoustanî, c'est qu'il y a trop de mots et

d'expressions empruntés à la langue originale de l'ouvrage. Elle est tout en vers, mais de différentes mesures.

Cet ouvrage, un des plus importants qui aient été
imprimés en hindouî, a été édité par les soins de
Lakschmî Nàràyan en quatre volumes grand in-4°. Il a
paru à Calcutta en 1751 du samwat (ère de Salivahana),
qui correspond à l'année 1829 de J. C. Ces quatre volumes comprennent les dix-huit *parb* « livres » ou parties
du *Mahâbhârata*[1], et le *Harivansa*. On sait que le *Mahâbhârata* donne des détails curieux sur les dissensions des
princes Pandavas et Kauravas, qui étaient cousins par
la naissance et compétiteurs les uns des autres pour le
trône d'Hastinapûr. Les derniers triomphèrent d'abord,
et forcèrent les premiers à se cacher pendant quelque
temps, jusqu'à ce qu'ils eussent contracté une alliance
avec un puissant prince du Panjâb, et qu'une portion du
royaume leur fût accordée. Plus tard, les Pandavas perdirent cette portion au jeu de dés, et ils furent encore
réduits en exil, d'où ils sortirent pour soutenir leurs
droits par les armes. Tous les princes de l'Inde prirent
le parti des uns ou des autres des parents rivaux; une
série de combats eurent lieu à Kurukschétra, aujourd'hui
Thaniçar; enfin ils se terminèrent par la mort de Duryo-
dhana et des autres princes Kauravas, et par l'élévation
de Yudhischtira, l'aîné des frères Pandavas, à la souve-
raineté suprême de l'Inde[2].

Le *Harivansa* contient l'histoire de Krischna; il a été

---

[1] D. Forbes (n° 257 de son Catalogue) avait un manuscrit de la
dixième partie, intitulée *Schaupotika parva*, de 96 pages in-folio, 14 lig.
à la page.

[2] On trouve dans l'ouvrage de M. Eichhoff, intitulé « Poésie héroïque des Indiens », p. 20, une analyse du *Mahâbhârata*, dont je ne
donne ici qu'une simple idée.

traduit du sanscrit en français par feu A. Langlois, et publié sous les auspices du Comité des traductions orientales de la Grande-Bretagne et de l'Irlande.

Il y a d'autres traductions hindoustanies du *Mahábhárata*. Celles qui sont parvenues à ma connaissance sont : 1° *Kitâb-i Mahâbhârata* « Livre du Mahâbhârata », dont une portion faisait partie de la bibliothèque de Farzâda Culi ; 2° la rédaction dont sir W. Ouseley avait aussi une portion seulement[1] ; 3° il y a, de plus, parmi les manuscrits du même sir William, un volume qui contient une portion du *Mahâbhârata* en sanscrit et en hindoustanî ; 4° au nombre des manuscrits hindoustanis du prince de Borgia, décrits par Paulin de Saint-Barthélemy, il y a une portion du *Mahâbhârata* intitulée *Bâlaka*[2] *Purâna* « la Légende de l'enfant (Krischna) ». Le manuscrit original est accompagné d'une traduction en italien par le P. Marcus à Tumba.

Dans les « Proceedings of the vern. Transl. Soc. », p. 16 et 32, on a annoncé qu'un abrégé du *Mahâbhârata* devait être imprimé à Dehli sous le titre anglais de « Abstract of the Mahabharata ». H. Fauche en avait entrepris une traduction complète dont il a paru neuf volumes.

Outre la traduction persane du *Mahâbhârata* attribuée à Abû'lfazl, ministre d'Akbar[3], il y en a une autre plus

---

[1] Ce manuscrit est classé sous le n° **623** de son Catalogue. On y lit : « Some portions of the Mahabharata, in nagari and persian characters, with a list of hundred and twenty four rajahs who have reigned in Hindostan, in-folio. Prefixed are some pages containing a curious extract from a french manuscript of M. Gentil. »

[2] On a imprimé par erreur *Bâlaga* dans l'ouvrage d'où je tire ces renseignements, « Musæi Borgiani Velitris codices manuscripti », etc., page 134.

[3] Sur cette traduction, voyez dans le Journal asiatique, t. VII, p. 110, un intéressant article de feu Schulz.

récente, par Naquib Khân ben Abd ullatif, faite par
l'ordre et dans le palais du nabâb Maḥaldar Khân Naza[1],
en 1197 de l'hégire (1782-1783); et ce qu'il est essentiel de faire connaître, c'est que Naquib rédigea son
travail d'après l'interprétation verbale que plusieurs
brahmanes lui donnaient en hindoustani du texte sanscrit. C'est ce qu'il dit lui-même à la fin de son ouvrage[2].

Parmi les manuscrits persans de la Société Asiatique
de Calcutta, on trouve une troisième traduction persane
du *Mahâbhârata,* c'est celle de Bapâs.

I. GOPA MUI[3] (le maulawî Schaïkh Ahmad 'Alî) est
le traducteur en urdû du *Kar-nâma-i Haïdari,* écrit originairement en persan par Gulâm Muhammad, un des
fils du sultan Tippû, le même qui visita l'Angleterre en
1854, accompagné de son fils Firoz Schâh. C'est l'histoire
des guerres de Haïdar 'Alî, suivie d'un abrégé de la vie
de Tippû et intitulée en anglais « History of Haïdar
Ali Khan Bahadur, father of Tippoo sultan, a sketch of
whose life is appended ». La traduction urdue est intitulée *Khulâça kitâb Hamlât-i Haïdari*[4] « Abrégé de l'ouvrage intitulé *Hamlât-i Haïdari* « les Attaques (ou les

<hr>

[1] « Straker's Catalogue », p. 40, nº 262.

[2] Voyez page 75 de la traduction que le major D. Price a donnée de
la version persane de la dernière section du *Mahâbhârata* (« The last
days of Krischna »), dans le tome Ier des « Miscellaneous Translations », publié par le Comité des traductions orientales de la Grande-
Bretagne et de l'Irlande.

[3] I. P. « Celui dont les cheveux sont parés d'un ornement nommé
gop ou *gopa* ».

[4] Il semblerait d'après ce titre que la traduction urdue ne serait
qu'un abrégé du texte persan. Au surplus, le titre de *Hamlât-i Haïdarî*
est commun à plusieurs ouvrages, et il peut s'appliquer aussi bien à 'Alî
qu'aux autres personnages nommés Haïdar après lui. Le « General
Catalogue » cite un *Hamlât Haïdari,* abrégé hindoustani du *Kar-nâma-i
Haïdarî,* imprimé à Calcutta en 1849.

Guerres) de Haïdar ». Le premier de ces ouvrages a été imprimé en 1846 à Russapuglat[1], qui est un faubourg d'Agra; et le second au même endroit en 1849, tous les deux gr. in-4°. Toutefois on a annoncé le texte hindoustanî, accompagné d'une traduction anglaise, comme ayant été imprimé à Calcutta en 1848, aussi in-4°.

J'ai dans ma collection particulière un *Haïdar-nâma* traduit du persan[2] par un anonyme, à la demande du capitaine Thomas Little. C'est un manuscrit in-folio de 193 p. qui provient de la bibliothèque de Duncan Forbes et qui a été écrit en 1805.

II. GOPA MUI (le maulânâ Abu'ala Muhammad Khaïr uddîn) est auteur du *Riyâz ulazhâr* « le Jardin des fleurs », ou *Dwâzda majlis* « les Douze séances », récit urdû en douze chapitres, reproduit de l'arabe, de la naissance de Mahomet, d'après le Coran et les hadîs, lithographié à Lakhnau à la typographie de Nawal Kischor, éditeur de l'*Awadh akhbâr*. Le titre de *Dwâzda majlis* fait allusion à ce que les musulmans dévots se réunissent pieusement les douze premiers jours de *rabî' ulawal* et lisent un chapitre de cet ouvrage.

GOPAL[3], élève de l'école centrale d'Agra, est auteur du *Sikschâ schâturddh*, Recueil de maximes morales en quarante *dohâs* ou distiques hindis, imprimé à Agra.

GOPAL CHANDRA (le bâbû), descendant d'une grande famille hindoue, naquit en janvier 1834 et mourut en mai 1861. Dans ce court espace de temps, il put néanmoins composer ou compiler de nombreux ouvrages

---

[1] C'est là qu'est décédée en 1851 la mère de Gulâm Muhammad, veuve de Tippû, à l'âge de quatre-vingt-dix-sept ans.

[2] En hindî, selon le manuscrit, c'est-à-dire en dakhnî.

[3] I. « Vacher », un des noms de Krischna.

dont m'a fourni la liste son digne fils, le bâbû Hari Chandra, qui en a déjà publié une partie, et qui se propose d'en compléter la publication.

Dès l'âge de douze ans il traduisit le *Râmâyana* de Valmiki et le *Garg sanhita* du sanscrit en kabits hindis[1].

Voici la liste des autres ouvrages hindis qu'il a écrits, et dont les dix premiers roulent sur les *awâtârs* « incarnations » de Wischnu :

Matsya kathâmrit « l'Ambroisie de l'incarnation du poisson » ;

Kachha kathâmrit « l'Ambroisie de l'incarnation de la tortue » ;

Bârâh kathâmrit « l'Ambroisie de l'incarnation du sanglier » ;

Nrisingh kathâmrit « l'Ambroisie de l'incarnation de l'homme-lion » ;

Bâman kathâmrit « l'Ambroisie de l'incarnation du nain » ;

Parsu Râm kathâmrit « l'Ambroisie de l'incarnation de Paraçu Râma » ;

Râm kathâmrit « l'Ambroisie de l'incarnation de Râma Chandra » ;

Bal Râm kathâmrit « l'Ambroisie de l'incarnation de Bal-Râma » ;

Budh kathâmrit « l'Ambroisie de l'incarnation de Buddha » ;

Kalki kathâmrit « l'Ambroisie de l'incarnation de Kalki » ;

Narâçandh badh mahâ kavya « Grand poëme sur le meurtre de Narâçandh » ;

---

[1] Voir au surplus ce que j'ai dit de cet Hindou distingué dans mon *Discours d'ouverture* de 1868, p. 48, 49.

Rasratnâkar « l'Océan du goût » ;

Vichitr vilâs « Plaisirs variés » ;

Bhârtí bhuschan « l'Ornement du discours » ;

Nahusch ou *Nahukh nâtak* « le Drame du roi Nahusch » ;

Bhâkhâ niti « Conseils en hindouî » ;

Ekâdaci katha; dohé, chaupâï men « Histoire du onzième jour de la quinzaine lunaire, en dohâs et en chaupâïs » ;

Ekâdaci katha kîrttan men « Récit de l'histoire du onzième » ;

Anékartha « les Différents sens » ;

Bhâkhâ vyâkaran « Grammaire hindouie » ;

Jog lîlâ « Actes de pénitence[1] » ;

Bhagavad gunânuvâd kîrttan « Récit des louanges de Bhagavat » ;

Horî ke kîrtton dhomrî « Chant à la louange du holi[2] » .

GOPI CHAND[3] (le râjâ) est auteur de chants populaires hindis publiés par Râg-sâgar; et d'un khiyâl publié par J. Robson dans son « Selection of khiyals or Marwari plays » .

GOPI JAN BALLABH[4] est auteur du *Nahusch nâtak* « le Drame de Nahusch », publié par le bâbû Hari Chandra dans son *Kabi bachan sudha*, n° 7 , et attribué à son père Gopâl Chandra dans la liste de ses ouvrages.

GOPI-NATH[5] (le *kavi*), fils de Schri Goçâïn Gokulnâth Ji[6] et petit-fils de Râghu-nâth, est auteur d'une

---

[1] C'est un poëme religieux qui a été publié à Agra en 1919 du samwat (1863), en 10 pages in-8°.

[2] Petit poëme de vingt-trois vers publié par le fils de l'auteur en caractères dévanagaris.

[3] I. « La lune des gopies », nom de Krischna.

[4] I. « Le berger, homme des gopies », c'est-à-dire Krischna.

[5] I. « Le seigneur des gopies », c'est-à-dire Krischna.

[6] Voyez son article.

partie des pièces de vers qui forment la version hindouie du *Mahâbhârata* et du *Harivansa*[1], intitulée *Mahâbhârata darpan* « le Miroir du *Mahâbhârata* », et *Harivansa darpan* « le Miroir du *Harivansa* ».

Le tome Ier est entièrement de Gokul-nâth, à l'exception de deux pièces; mais les autres volumes sont en grande partie dus à Gopi-nâth et à Mani-déo, son élève. Ainsi Gokul-nâth a plutôt commencé l'ouvrage et les autres l'ont terminé.

GORA KUMBHAR[2] est un écrivain hindî mentionné dans le *Kavi charitr*, et qui vivait à Pandarpûr du temps de Nàm-déo.

GOVIND[3] SINGH ou GOBIND SWAMI, mort en 1708, dixième gurû des sikhs, est auteur du livre intitulé en conséquence *Daswen pâdschâh kâ*[4] *granth* ou *Daçama pâdschâh kî granth*, ce qui signifie « le Livre du dixième roi », c'est-à-dire de Govind Singh et aussi de ses prédécesseurs (comme il a été dit dans le Journal de la Société Asiatique de Calcutta, 1838, p. 711). Cet énorme volume, car il a plus de mille pages in-4°, est écrit en vers hindouis de différents mètres, mais, comme l'*Adi granth,* en caractères *panjâbî* ou *gurûmukhî.* Des seize livres dont se compose le *Daswen pâdschâh kî granth,* six ont été, du moins en partie, rédigés par Govind : les autres sont dus, dit-on, à quatre secrétaires de Govind, dont on nomme seulement Schâm et Râm[5].

---

[1] Il est indiqué comme tel dans le Catalogue des livres sanscrits de la Société Asiatique du Bengale.

[2] I. « Le beau porteur d'eau », c'est-à-dire Krischna.

[3] I. « Vacher », nom de Krischna.

[4] On dit vulgairement *kâ,* ainsi que l'a mis Cunningham, « History of the Sikhs », p. 372, mais c'est un solécisme, *granth* étant féminin.

[5] Dans le Catalogue de la vente de Ch. Stewart, p. 102, cet ouvrage est indiqué en deux volumes.

Je ferai observer en passant qu'il paraît que la secte des sikhs tend à s'éteindre depuis la conquête du Panjâb par les Anglais. Les Panjâbis négligent l'initiation à laquelle ils étaient soumis, et ils restent de simples Hindous brahmaniques comme les autres Indiens. Les plus zélés seulement continuent à se distinguer de la masse commune en tenant extérieurement et intérieurement à leur réforme.

Voici l'indication sommaire de la composition du *Daswen pâdschâh ki granth* :

1° Le *Jap Ji*, comme dans l'*Adi granth*;

2° Le *Akâl stut* « Louanges de l'Immortel », qu'on doit lire le matin ;

3° Le *Vichitr nâtak* « le Drame varié ». C'est l'histoire légendaire de la famille de Govind, de sa mission réformatrice et de ses guerres avec les chefs de l'Himâlaya et le Grand Mogol[1] ;

4° Le *Chandi charitr* « Histoire de la déesse Chandî » qui anéantit huit daïtyas dont on cite les noms[2]. Cette partie est traduite du sanscrit ;

5° Une autre rédaction du *Chandi charitr;*

6° *Chandi ki vâr*, supplément à la légende de Chandî ;

7° *Guiyân prabodh* « l'Excellence de la sagesse », louanges de Dieu, avec des allusions aux rois anciens, selon le *Mahâbhârata;*

8° *Chaupâyân chaubis awâtârân kiyân* « Quatrains sur les vingt-quatre awâtârs », par Schâm[3] ;

---

[1] On en trouve l'analyse détaillée dans « l'Histoire des Sikhs » de Cunningham, p. 388 et suiv.

[2] Cunningham, « History of the Sikhs », p. 373, donne ces noms.

[3] Outre les dix awâtârs brahmaniques, les sikhs en comptent quatorze autres intercalés entre le neuvième et le dixième, dont un est celui d'Ardant-déo, le plus grand saint des sikhs, fondateur de la corpora-

9° *Mahdi Mîr*. Il est ici question du douzième imâm des schiites, Mahdi, qui a disparu de la terre, mais qui est encore vivant et qui reviendra au dernier jour. On sait que les sikhs et les autres sectaires hindous modernes ont fait quelques concessions aux musulmans pour les attirer dans leurs rangs. Quelques-unes de ces sectes sont même tout à fait mixtes, surtout celle des kabîr-panthîs;

10° *Brahma ki awâtâr* « Incarnations de Brahma », récit de ces incarnations, suivi de l'histoire de huit râjâs des temps anciens [1];

11° *Rudr ki awâtâr* « Incarnations de Siva »;

12° *Sastr nâm mâla* « Vocabulaire des armes ». Ce livre est intéressant sous le rapport ethnographique;

13° *Sri mukh wâk Savaïya batis* « la Voix du gurû (Govind), en trente-deux vers ». Ces vers sont dirigés contre les Védas, les Purânas et le Coran.

14° *Hazâra sabd* « les Mille vers (du mètre nommé) *sabd* », par Govind, à la louange de Dieu et des divinités secondaires:

15° *Istri charitr* « Récits sur les femmes », c'est-à-dire quatre cent quatre anecdotes sur le caractère et les qualités des femmes, par Schâm. C'est un roman analogue à celui des « Dix vizirs »;

16° *Hikâyât* « Historiettes ». Ce sont douze récits écrits en persan, mais en caractères gurûmukhîs comme le reste du livre. Ces historiettes ont été écrites par Govind et adressées par lui à Aurang-zeb par l'entremise de Dayâ Singh et de quatre autres sikhs.

tion des saranguis. Voyez au surplus Cunningham, « Hist. of the Sikhs »,. p. 374.

[1] Voyez-en le détail dans Cunningham, loc. cit.

On attribue aussi à Govind deux lettres intitulées
l'une *Râhat-nâma* « Lettre de règle », l'autre *Tankhwâh-
nâma* « Lettre d'amende ». Ce sont des avis censés
être donnés en réponse à des questions qui avaient été
posées. On en trouve des extraits intéressants dans
l' « Histoire des Sikhs » de Cunningham, p. 394 et suiv.

I. GOYA [1] (Huçam uddaula Nawab Faquir Muhammad
Khan Bahadur Sohanarsingh), colonel de cavalerie (*riçâla-
dâr*) de la tribu des Afrîdi, de la nation des Afgâns, fils
de Buland Khân, natif de Kolbâr et habitant de Lakhnau, élève de Nâcikh (Schaïkh Imâm-bakhsch), selon
Sarwar et Schefta, et selon Muhcin, du khwâja Wazîr,
fut à la fois protecteur des gens de lettres et poëte lui-
même. On dit qu'il était quelquefois atteint de mutisme[2]. Il est mort vers 1845.

Il réunit en 1245 (1829-1830) ses poésies en un
Dîwân qui se compose de trois cacîdas à la louange de
'Alî et des nabâbs d'Aoude Nacir uddîn Haïdar et Gâzi
uddîn Haïdar, de gazals, de tarjî' band, de marciyas,
de rubâ'is, etc. Il y en avait un manuscrit à la bibliothèque du Top khâna de Lakhnau. On l'a imprimé à
Cawnpûr en 1864, en 228 p., et il l'avait été auparavant à Karrachi, en 1859, 226 p. in-4°.

II. GOYA (le schaïkh Hayat ullah [3]), de Farrukhâbâd, employé au service de la Compagnie des Indes,
est auteur de poésies urdues mentionnées par Sarwar et
par Schefta.

III. GOYA (le schaïkh Wilayat 'Alî), fils du schaïkh

[1] P. « Parleur ».

[2] « The Punjab educational Magazine », n° 7, juillet 1865.

[3] Le *Gulschan bé-khizân*, cité par Sprenger, le nomme *Hidâyat
ullah*.

Imàm-bakhsch , est un poëte hindoustanî habitant de
Lakhnau, élève de Calandar-bakhsch Jurat. Il est au-
teur d'un Diwân dont Muhcin cite un gazal dans son
Anthologie.

GUDAZ[1] est un poëte hindoustanî, militaire de profession, qui fut élève de Hasrat. Il est mentionné par
Abû'lhaçan et par 'Ischqui.

I. GUIRAMI[2] (Mirza), fils de 'Abd ulganî Beg Cubûl,
de Cachemire, mourut vers la fin du règne de Muhammad Schâh, selon ce que nous apprend Caïm dans son
Makhzan nikât.

Il écrivit d'abord en persan ; mais comme il vit
que le goût pour la poésie rekhta prévalait généralement,
il se mit à écrire des vers hindoustanis. Mîr Taquî, qui
était son contemporain, n'en dit pas autre chose dans
sa biographie. Il se contente de renvoyer le lecteur au
Tazkira de Khàn Sâhib, c'est-à-dire de Siráj uddin 'Alî
Khàn Sâhib Arzû[3], que Mîr reconnaissait comme son
maître dans l'art d'écrire.

II. GUIRAMI (Mir Ghacî), ami de Muhammad Taquî,
cultiva comme lui la poésie hindoustanie. Il est mentionné par Sarwar.

GUIRDAB[4] (Ram Charan) est un poëte hindoustanî
dont Muhcin cite des vers dans son Anthologie.

GUIRDHAR ou GUIRIDHAR[1] LAL ou JIU[5] (le ma-

---

[1] P. « Liquéfaction ».

[2] P. « Cher, précieux ».

[3] Voyez son article.

[4] P. Tourbillon ».

[5] I. « Celui qui soutient la montagne ». Ce mot, qui est un des noms
de Krischna, est écrit *Guiridharo* par Ward, d'après la prononciation
bengalie, dans « View on the Hindoos », t. II, p. 481.

[6] Autre orthographe du titre honorifique *Jî.*

hârâja) était un brahmane réputé saint, mentionné comme tel dans le *Bhakta mâl,* et qui vivait au commencement du dix-septième siècle [1]. Il est auteur de chants populaires en l'honneur de Râdhâ et de Krischna, entre autres de kabits, de dohâs, et d'un kundaliya, écrit dans le dialecte de Bhagalkhand, qui m'a été communiqué par feu Mr. J. Raumer et dont je donne ici la traduction :

Mon amant est allé à la recherche de l'or (*sonâ*); il a laissé en s'en allant le pays vide (*sânâ*) de sa présence.

Il a trouvé de l'or et il n'est pas revenu; mes cheveux ont blanchi, et à force de pleurer j'ai perdu ma beauté.

Je suis assise dans ma maison, affligée, laissant toute retenue (par suite de mon affliction), et il n'est pas revenu.

Le poëte Guirdhar a dit : Sans moutarde et sans sel tout est fade. Lorsque la jeunesse a passé, pourquoi apporter de l'or?

Il faut partir : je ne puis rester ici à attendre. Partir vaut vingt fois mieux.

Un tel lit, de tels ornements et mon bétel! Ah! qui est-ce qui tressera les cheveux de ma tête?

Broughton a donné de ce poëte un autre chant populaire [2], et moi-même un *pad* d'après le texte de W. Price, dans ma « Notice des chants populaires des Hindous », au chapitre des « Chants des gopies ».

Guiridhar Lâl est aussi auteur d'un *Sri Bhagavat* [3] qui a été traduit de l'original en urdû et imprimé à Lahore en 584 p. Il est aussi auteur du meilleur commentaire hindî du *Bhagavat,* ouvrage dont le bâbû Hari Chandra a annoncé une édition; et de celui sur le *Râg* de Sûr-dâs, dont la première partie vient d'être publiée

[1] Gilchrist, « Hindoostance Grammar », p. 335.

[2] « Popular Poetry of the Hindoos », p. 84.

[3] Sur l'incarnation de Râm Chand, d'après une note originale que j'ai sous les yeux.

par le même bâbû sous le titre de *Sûr satak* « les Cent
(*râg*) de Sûr (dâs) », in-8° de 89 p.; Bénarès, 1869. On
lui doit aussi l'*Amrâg bâg* publié dans le *Kavi bachan
sudha*, n° 8 ; et on lui attribue le *Krischna Baldéva* dans la
liste des ouvrages publiés en Panjâb en 1868 [1], où peut-
être par erreur on a mis Guirdhar pour Guirdhar-dâs.
Dans tous les cas, il ne s'agit que d'un petit poëme de
8 p. in-16.

GUIRDHAR-DAS [2] est auteur :

1° D'un kabit de huit vers à la louange de Krischna,
composé de quatre noms qualificatifs du dieu, lesquels
lus verticalement forment aussi un *anuschtubh* [3], un
dohâ, un *sorath* et un *mallika*. Dans cette pièce, qui a
été imprimée à Calcutta, ces mots sont distingués les
uns des autres par une couleur différente.

2° D'un poëme sur Bal Râm intitulé *Bal Râm kathâmrit* « l'Ambroisie de l'histoire de Bal Râm », lequel a
été retravaillé par le bâbû Gopal Chandra et publié en
1914 (1868) par son fils le bâbû Hari Chandra, en un
volume oblong de 257 p.

GUIRIFTAR [4] (Mirza Sanguin [5] Beg), de Dehli, fils de
Rahîm Yâr Khân, d'origine mogole, est un poëte hindoustanî élève de Hâtim et mentionné par Sarwar.

I. GUIRIYAN [6] (Mîr 'Ali Amjad), de Dehli, fils de Mir
'Ali Akbar, fut élève de Schâh Cudrat ullah, connu sous
le nom de *Cudrat*, et de Mir Ziyâ uddin, connu sous

---

[1] Numéro 171 du premier semestre.
[2] I. « Serviteur de Guirdhar (Krischna) ».
[3] On nomme ainsi, et aussi *udidha-brindh*, un poëme de quatre vers
de huit syllabes, faisant en tout trente-deux syllabes.
[4] P. « Pris (épris) d'amour ».
[5] Sprenger écrit *Sanguî*.
[6] P. « Pleureur ».

celui de *Ziyà*. On le compte parmi les poëtes hindoustanis. 'Alî Ibrâhim et Mannû Lâl citent plusieurs vers de lui dans leurs ouvrages.

II. GUIRIYAN (Mîr Muhammad 'Alî), de Lakhnau. Il y a quelque confusion chez les biographes originaux sur ce dernier personnage. Les uns le confondent avec le précédent Amjad 'Alî Guiriyàn ; les autres écrivent son nom *Guirân*.

III. GUIRIYAN (Mîr Huçam uddîn 'Alî), connu sous le nom de Mîr Bhuchchû, est un poëte hindoustanî à qui on doit aussi des marciyas et des salàms persans. Sarwar, qui était très-lié avec lui, cite plusieurs pages extraites de ses poésies hindoustanies, et il nous apprend qu'il était élève d'Imâm-bakhsch Nâcikh. Selon Zukà, il quitta Dehli pour aller résider à Murschidâbàd, et il y mourut.

Il est le même, je pense, que le saïyid Huçâm 'Alî, fils de Sa'âdat 'Alî, élève de Karâmat ullah Farrukh[1], auteur du *Kulliyât-i caçâïd-i Huçâm*, poëmes la plupart à la louange des imàms, lithographié à Lakhnau en 215 p.[2].

IV. GUIRIYAN (le ràjà Bhawani Singh Bahadur), nommé aussi usuellement Ràjà Kunwar, fils de Schihàb Râé Mumtàz ulmulk, frère de 'Aschic et élève de Miyàn Fidwi, se fit connaître par des poésies urdues. Il avait été *dîwân* « ministre » du dernier sultan de Dehli. Il est mort à Calcutta.

V. GUIRIYAN (Gulam Muhi uddîn Khan), de Jhanjànah, fils du maulawî Saïyid, est mis aussi par Sarwar au nombre des poëtes hindoustanis.

VI. GUIRIYAN (le saïyid Muhammad Huçaïn), de

---

[1] Il est vivant, aussi bien que son élève.
[2] Catalogue de la « Biblioth. Sprenger. », n° 1696.

Lakhnau, fils du saïyid Huçaïn 'Alî Sozàn et petit-fils de Mîr Akbar 'Alî Barkat, a suivi son père et son aïeul dans la carrière poétique, et Muhcin en cite des vers.

GUIYAS [1] (le saïyid MUHAMMAD) est auteur du *Sabil-i najàt* « le Chemin du salut », ouvrage qui fait partie des livres urdus achetés par le gouvernement anglais après la prise de Dehli en 1857.

GULAB SCHANKAR est l'éditeur d'un journal hindî de Bareilly, hebdomadaire, intitulé *Tatwa bodhni patrika* « Feuille de l'essence de la sagesse ».

I. GULAM [2]. Dans la biographie de Kamàl il est question de deux poëtes différents du nom de Gulàm. Du premier, Kamàl cite deux gazals qu'il se procura à Ràmpûr, et il dit que le second est un ancien poëte de Dehli.

II. Ce dernier est probablement le même que Sarwar nomme le *ràjà* et Càcim le *kunwar* Gopal-nàth Gulàm. Celui-ci était le second fils du ràjà Ràm-nàth Zarra, frère du ràjà Schankar-nàth et élève de Firàc. Il prit pour takhallus le mot *Gulàm*, par allusion à sa position vis-à-vis du sultân Schàh 'Alam, dont il était un des officiers. Il est mort depuis longtemps.

GULAM AHMAD [3] (le cazî) est auteur d'un ouvrage urdû de jurisprudence intitulé *Ahkàm unniçà* « les Commandements (de la loi) sur les femmes », dont on conserve deux exemplaires dans la bibliothèque de la Société Asiatique du Bengale.

GULAM AKBAR [4] (le munschî), qui était, du temps

---

[1] A. « Secours, assistance ». Ce mot est écrit par un *yaïn*, un *yé*, un *alif* et un *sé* (quatrième lettre de l'alphabet arabe).

[2] A. « Jeune garçon, esclave ».

[3] A. « Esclave d'Ahmad ».

[4] A. « Serviteur du Très-Haut ».

de Gilchrist, munschî en chef (*sirischtadâr*) du départe-
ment hindoustanî, et plus tard professeur au Bishop
College, est cité par le fondateur de l'étude de l'hindoustanî, dans sa nouvelle édition (de 1806) du
« Hindee story Feller », t. II, p. v, comme un de ceux
qui lui ont fourni le plus d'ouvrages historiques. « Quoique natif du Bengale, il a acquis, dit le docteur, une
connaissance si parfaite de la grammaire hindoustanie,
qu'il corrige souvent les compositions des meilleurs
poëtes et écrivains des provinces du nord. Ces corrections, dont les auteurs eux-mêmes reconnaissent la justesse, sont surtout utiles pour imprimer leurs ouvrages. »

Il a entre autres coopéré à la traduction du *Khirad
afroz,* ainsi qu'on l'a vu à l'article AHMAD (Hâfiz uddîn).

GULAM 'ALI[1] SAHIB (Mîr), munschî, employé du
gouvernement de Tippû[2], est auteur :

1° Du *Sultân-nâma* « Livre du sultan », c'est-à-dire
Histoire de Tippû, qu'il qualifie de martyr. Cette histoire, écrite en 1226 (1811-1812), m'est connue par
une copie de 388 p. in-4° écrite en 1854 pour Mr. Paul
de Gavardie, alors conseiller à la cour royale de Pondichéry, aujourd'hui conseiller à la cour impériale de Pau,
qui me l'a obligeamment communiquée.

2° Du *Khulâça-i tawârîkh-i siyar mutaakhkhirîn* « Selections from a persian History of the muhamedan
Rulers of India and of the rise and progress of the British power in Bengal », en caractères romains; roy. in-8°
de 274 p.; Madras, 1860.

Dans son ardeur pour les caractères romains, Gulâm

[1] A. « Esclave de 'Ali ».
[2] *Mulâzim sarkâr Khudâ-dâd* « employé du *gouvernement donné par
Dieu* ». Tel est le nom que donnait Tippû à son empire.

’Ali attribue à Mahomet l’invention de l’écriture arabe, qu’il modifia, selon lui, de l’écriture hébraïque, pour distinguer les musulmans des autres peuples par leur écriture même. Il veut prouver par cet argument, qui ne fait pas honneur à son érudition, qu’on peut donc adopter pour l’hindoustani, qui n’est pas seulement parlé par les musulmans mais par les Hindous, de nouveaux caractères en rapport avec le progrès des lumières.

L’ouvrage de Gulàm ’Ali paraît être un abrégé du *Siyar ulmutaakhkhirin* « Faits et gestes des modernes », ouvrage hindoustani écrit en excellent style narratif par un noble musulman qui a connu Clive, Warren Hastings, etc. C’est une Histoire de l’Inde depuis Timûr jusqu’à Akbar Schâh II, du déclin de la puissance mogole et de la naissance du pouvoir de l’Angleterre. Je ne connais pas cet ouvrage, et je n’en parle que d’après une note de feu F. Boutros, de Dehli.

On doit aussi à Gulàm ’Ali :

3° « English and hindustani Phraseology, english and dakhni, under the direction of Ch. Philip Brown », in-8° de 236 p.; Madras, 1855.

GULAM HAÇAN [1] (Mir) est auteur du *Hadicah hindi* « le Jardin indien », ouvrage qui fait partie des livres urdus achetés par le gouvernement anglais après la prise de Dehli en 1857 (n° 1118 du Catalogue).

GULAM HAIDAR [2] (le maulawi), de Hougly, est un musulman fort instruit attaché au Collége de Fort-William en qualité d’archiviste (*recorder*). Il a publié :

1° Une nouvelle édition des poésies choisies de Saudâ (*Intikhâb-i kulliyât-i Saudâ*), Calcutta, 1847, in-4°, édi-

---

[1] A. « Esclave de Haçan ».
[2] A. « Esclave de Haïdar », c’est-à-dire de ’Ali.

tion où se trouvent quelques cacidas et gazals de plus
que dans la première édition de 1810.

2° Une seconde édition lithographiée de la traduction
hindoustanie du *Tuhfat ikhwân ussafâ* d'Ikrâm 'Ali,
traduction qu'il a enrichie d'une préface pleine de détails
intéressants sur l'original et sur la traduction ; Calcutta,
1846. Gulâm Haïdar a publié la même année et dans la
même ville une édition de l'original arabe.

3° Le *Jâmi' ulakhlâc*, traduction de l'*Akhlâc-i jalâli*,
dont il sera question ailleurs dans cet ouvrage, notamment à l'article Schaïda.

4° Le *Ganj-i khhibi*, c'est-à-dire la traduction de l'*Akhlâc-i muhcini*, dont il a été parlé à l'article Amman ;

5° Il a édité l'« Histoire des rois de Perse » *Quissa-i
khusrawân-i 'Ajam*, par Mûl Chand [1], de Lakhnau. Ce
dernier ouvrage n'est autre chose que l'abrégé en vers
du *Schâh-nâma* de Firdauci, dont il sera parlé à l'article
Munschî, qui est le nom poétique ou *takhallus* de Mûl
Chand ;

6° Il a enfin donné une nouvelle édition du *Gul-i
Bakâwali* « la Rose de Bakâwali », dont j'ai publié la
traduction française sous le titre de « la Doctrine de
l'amour ».

GULAM HUÇAIN [2] (le saïyid) est un poëte contemporain, élève de Gâlib (Açad ullah), dont on trouve des
vers dans l'*Awadh akhbâr*, notamment dans le numéro
du 9 mars 1869, au sujet de la mort de son maître,
quinze sur une même rime, dont chaque hémistiche est
rédigé de façon qu'il contient le chronogramme du
décès de Gâlib d'après le calendrier chrétien, c'est-à-

---

[1] Et non Mû Karnand, comme a écrit Mannô Lâl.
[2] A. « Esclave de Huçaïn ».

dire 1869, et le second d'après celui de l'hégire, c'est-à-dire 1285.

GULAM HUÇAIN KHAN était fils de Héminat Khàn et petit-fils de Fath ullah Khàn. On désigne quelquefois simplement ce poëte sous le takhallus de *Huçaïn*. Schefta, qui l'avait connu à Calcutta, dit qu'il était natif de Dehli, où il occupait une position élevée (selon Abû'l-fath, qui lui a consacré dans son Tazkira un long article), et qu'il avait d'abord pris le surnom poétique de *'Azíz*. Feu W. Ouseley, dans ses « Oriental collections », t. Ier, p. 203, cite la première strophe d'un mukhammas de ce poëte.

Il faut peut-être distinguer le *Jalwa-náma* [1] de Huçaïn, sur le mariage de Tippû, d'un masnawî du même titre formant un petit volume de quelques pages seulement qui se trouve à la bibliothèque de la Société Asiatique du Bengale à Calcutta, et qui est attribué à Gulâm Huçaïn Lohânî [2].

GULAM IMAM [3] KHAN (le maulawî 'Abbas), défunt, de son vivant *peschkâr* du « Sudder Court », est auteur d'un ouvrage en vers urdus intitulé *Maulad-i scharif* [4], lequel est un masnawî sur la naissance et les miracles de Mahomet, entremêlé de *hadís* et d'anecdotes en prose. Cet ouvrage, composé en 1251 (1835-1836), a été lithographié à Lakhnau en 1267 (1850-1851) en un volume

---

[1] A. « Livre de la manifestation »,

[2] Nom d'une tribu de Pathans.

[3] A. « Esclave de l'imâm ».

[4] « La Noble naissance ». Je mentionne d'autres ouvrages sur le même sujet et portant le même titre à l'article Haïyar. Seulement les uns sont intitulés *Milad* ou *Maulad*, ce qui est plus exact, et les autres *Maulûd*, qui signifie plutôt un « chant funèbre ».

in-12 de 48 p. [1]. On en a publié une autre édition en
1851 à Agra, à la typographie nommée *Maṭba' câdirî*,
et une à Lakhnau en 1864, gr. in-8° de 58 p. J'ai un
exemplaire de cette dernière édition, qui a été publiée
avec les corrections du maulawî Mahdî Haçan et par les
soins du khwâja Muhammad Aschraf 'Alî, à l'imprimerie
appelée *Samar Hind* « Fruit de l'Inde ». Cette édition
est augmentée de plusieurs pièces de vers sur différents
sujets se rapportant à Mahomet [2].

GULAM MAULA [3] est auteur d'un ouvrage intitulé
Jawâhir manzûma « Perles poétiques [4] », c'est-à-dire la
traduction en vers hindoustanis de la première partie
d'un recueil de poésies anglaises, publié à Allahâbâd
pour les écoles des provinces nord-ouest, sous le titre de
« Reading in english Poetry » et qui contient quinze
différents morceaux choisis. L'ouvrage hindoustanî, imprimé aussi à Allahâbâd en 1864, se compose du même
nombre de pièces et forme une brochure in-8° de 22 p.
de 17 lignes, avec des notes et explications marginales traduites aussi de l'anglais. Les vers de la collection, conformément à l'indication qui en est donnée,
sont du *bahr khafîf* irrégulier, et composés des pieds

---

[1] Une autre édition, je pense, du même ouvrage, a été publiée à
Lakhnau sous le titre de *Maulad-nâma* « Livre de la naissance », en 1864,
in-4°.

[2] Jusqu'ici on n'avait pas entendu dire qu'il y eût un portrait authentique de Mahomet ; mais voici que le nabâb de Râmpûr, cette ville que
les Indiens nomment « le Séjour de la joie » *Dâr ussarûr*, vient d'en
acheter un, qu'on dit véritable, pour la somme de 10,000 roupies
(25,500 fr.) ; et il l'a placé respectueusement dans un lieu convenable
pour l'exposer aux regards du public. « Trübner's Or. Record », janvier
1869.

[3] A. « Esclave du maître ».

[4] Il a été imprimé à Dehli en 1850 un ouvrage du même titre qu'on
dit être un poëme sur la religion musulmane, en urdû.

fâ'ilâtun, mafâ'ilun, fâ'ilun. J'en dois un exemplaire à Mr. Kempson, directeur de l'instruction publique dans les provinces nord-ouest.

GULAM MUHAMMAD [1] (le munschî) est auteur du « Colloquial dialogues in hindustani », imprimé à Bombay en 1858, in-8° [2]. Je pense que c'est le même qui avait d'abord servi dans un régiment de cavalerie irrégulière, qui ensuite accompagna le capitaine Todd dans sa mission à Hérat en 1839, et enfin qui après avoir été munschî du capitaine Edw. Connolly, tué dans le Kohistan du Caboul, a reçu en 1859 du gouvernement anglais une pension mensuelle de vingt-cinq roupies (75 fr.).

GULAM MUHAMMAD PARBATI est un des deux éditeurs du *Koh-i nûr* [3], journal hindoustanî de Lahore. Il a soigné en outre l'édition du *Ganj-i suâlât canûn-i dîwânî* « Trésor des demandes relatives à la perception des impôts », donnée en 1848 par l'honorable Robert Cust à Lahore, à l'imprimerie du *Koh-i nûr*.

J'ignore si cet écrivain est le même que Gulâm Muhammad, éditeur du *Jalwa-i Tûr* « l'Éclat du Sinaï », journal hebdomadaire urdû, qui paraît à la typographie appelée *Sultân ulmatâbi'* « le Roi des imprimeries », et du *Muïr Gazette,* autre journal rédigé aussi en urdû, à la même typographie, et également hebdomadaire.

GULAM NABI [4] (le nâïb), *sirischtadâr* (archiviste ou greffier) dans le corps de la magistrature de Sahâranpûr,

---

[1] A. « Esclave de Mahomet ».

[2] Il y en a une édition de Londres, 1859, in-12, suivie d'un abrégé de Grammaire hindoustanie.

[3] « La Montagne de lumière », par allusion au célèbre diamant de ce nom.

[4] A. « Esclave du prophète ».

est auteur d'un recueil choisi des jugements des causes
criminelles sous le titre de *Hasr ulifâdat* « Abrégé
d'utilité », ou *Khulâça ahkâmât-i faujdârî* « Choix des
jugements criminels ». Il les a extraits de la Gazette
d'Agra depuis son apparition jusqu'en 1848. Cet ouvrage, qui a été imprimé à Mirat en 1849 [1], est analogue à celui de feu W. Morley, « A Digest of Indian
cases ».

Notre auteur est probablement le même que le munschi Gulàm Nabî, raïs de Mirat, auteur du *Tajrîba-i
malakh* « le Fléau des sauterelles », et *tahcîldâr* de Rahtak en 1863, année de l'impression de la susdite brochure à Mirat, par les soins de Wajâhat 'Alî, l'éditeur de
l'*Akhbâr-i 'âlam,* petit in-8° de 54 p. de 11 lignes.

Le sujet de l'écrit sur les sauterelles avait été mis au
concours par le gouvernement. L'essai de Gulàm Nabî a
obtenu le prix, et c'est ainsi qu'il a eu les honneurs de
l'impression. Il a été réimprimé à Lakhnau en 1865,
aussi in-8°, et avec le même nombre de pages. Il traite
de l'histoire naturelle des sauterelles et des moyens de
destruction à employer contre cet insecte.

GULAM NACIR UDDIN [2] (le faquir) est l'éditeur du
journal hebdomadaire urdû de Multàn fondé en juin
1853 sous le titre de *Schuâ' schams* « les Rayons du
soleil ».

GULAM NAJAF [3] est auteur du *Nacihatân nabï* « les
Avis du prophète » (« Muhammad's death-bed instructions »); Calcutta, 1863, in-8° de 84 p.

---

[1] « Friend of India », n° du 27 juin 1850.

[2] A. « Esclave de Nacir uddin », c'est-à-dire de Nacir uddin Tûcî,
le grand spiritualiste musulman.

[3] A. « Esclave de Najaf », ville où se trouve le tombeau de 'Alî.

GULAM SARWAR[1] (le mufti) est auteur d'un ouvrage urdû intitulé *Guldasta-i karâmât* « Bouquet (c'est-à-dire recueil) des miracles (de Muhî uddîn Guilânî) »; Lahore, 1867, 172 p. in-8°.

I. GULAMI[2] (Schah Gulam-Muhammad), de Dehli, est un poëte hindoustanî qui prit pour takhallus le mot *Gulâmî*, tiré de la première partie de son nom honorifique. Il a écrit dans le style ancien : il était très-lié avec Schâh Hâtim (Zahîr uddîn), son contemporain, et il allait souvent en compagnie de ce dernier dans la cellule de Schâh Taslîm, de Dehli. Mashafî, qui nous donne ces détails, ne cite qu'un seul vers de cet écrivain.

II. GULAMI, écrivain contemporain, est indiqué dans l'Anthologie de Muhcin comme éditeur du *Harkara-i akhbâr Dehli* « Messager des nouvelles de Dehli », journal qui existait, à ce qu'il paraît, avant l'insurrection de 1857.

I. GULSCHAN[3] (Amir Singh), kschatriya de Dehli, est un poëte hindoustanî mentionné par Sarwar.

II. GULSCHAN (Schah), ou Miyân Gulschan Sâhib, a été le maître de Walî, ainsi qu'il est dit à l'article de ce dernier poëte.

GUMAN[4] (Nazar 'Alî Khan), de Dehli[5], était un des amis et des élèves d'Aschraf 'Alî Khân Figân. Il habitait

---

[1] A. P. « Esclave de Sarwar », c'est-à-dire du saint personnage de ce nom, sur lequel on trouvera des renseignements dans mon « Mémoire sur la religion musulmane dans l'Inde », seconde édition,' p. 86 et suivantes.

[2] P. « Esclavage ».

[3] P. « Parterre ».

[4] P. « Doute ».

[5] Sarwar et Schefta font deux personnes de ce même individu, une première avec les surnoms indiqués dans cet article, et une seconde désignée sous le takhallus seulement et comme élève de Figân.

Agra et Faïzâbâd à l'époque où écrivait 'Alî Ibrâhim.
On a de lui des poésies érotiques estimées, dont Muhcin
cite un fragment.

GURBAT[1], de Murâdâbâd, est compté par Sarwar au
nombre des poëtes hindoustanis.

GUR-DAS[2] BHALLAH (Bhaï), écrivain sikh à qui on
doit de beaux vers sur la mission de Nànak. On trouve la
traduction de quelques-uns de ces vers dans l'« Essai sur les
Sikhs » de Malcolm, p. 150 et suiv., et dans l' « Histoire
des Sikhs » de Cunningham, p. 50 et suiv., et p. 386
et suiv.

Dans ces vers, Gur-dâs représente Nânak comme le
successeur de Vyàça et de Mahomet et comme destiné à
rétablir dans le monde la pureté et la sainteté, et
même l'unité de croyance, au milieu des religions et des
sectes diverses qui sont en dispute et en hostilité;
spécialement la fusion entre l'hindouisme et le mahométisme.

GURDÉZI[3] (Fath 'Alî Khan Huçaïnî), est auteur
d'un Tazkira, ou Biographie des poëtes hindoustanis du
nord et du midi, dont Tippû possédait dans sa bibliothèque un manuscrit qui passa dans celle du Collége
de Fort-William; c'est sur ce manuscrit que feu mon
ami le capitaine Troyer voulut bien faire copier l'exemplaire que je possède. Il y en a aussi des exemplaires
à l'East-India Office et dans la collection qu'avait réunie
Sir G. Ouseley. Je pense que c'est le même ouvrage

---

[1] A. « Pauvreté, etc. ».

[2] I. Gur-dâs est pour Gûru-dâs « le serviteur du gurû ». Bhâi
Gur-dàs signifie « le frère Gur-dâs ».

[3] P. Adjectif dérivé de Gurdez, ville natale de l'auteur. Voyez l' « East-
India Gazetteer » de Thornton, sur la ville de Gurdez ou Gurdaïz, t. 1er.
p. 215.

dont le ministre du Nizâm possède une copie dans sa bibliothèque, sous le titre de *Tazkira-i Fath 'Alî Khân*.

Le Tazkira de Gurdézî est rangé par ordre alphabétique : il se compose, comme celui de Mîr, d'environ cent articles. Plusieurs roulent sur des poëtes dont Mashafî, 'Alî Ibrâhîm et Bénî Nârâyan n'ont point parlé. Au surplus, je ne cite ici Fath 'Alî Huçaïnî que parce que je suppose qu'il a écrit lui-même des vers hindoustanis ; car le traité dont je viens de parler est rédigé en langue persane.

Comme ce Tazkira se trouvait dans la bibliothèque de Tippû, il a été nécessairement écrit antérieurement à cette époque. Or ce fut à Dehli que Gurdézî rédigea sa Biographie des poëtes urdus en 1165 (1751-1752), puisqu'il est dit d'après lui, à l'article Anjam, que ce dernier mourut en 1159 (1746) et six ans avant l'époque où il écrivit sa biographie. Elle a donc été écrite trois ans avant celle de Câïm, laquelle, d'après le chronogramme qui en forme le titre (*Makhzan-i nikât*), ne l'a été qu'en 1168 (1754-1755).

Fath 'Alî se flatte d'être plus impartial que ses devanciers, qui ont souvent critiqué, selon lui par envie, les poëtes dont ils ont parlé.

Zukà nous apprend que Gurdézî était schaïkh et sofî[1]. Il vivait encore, à ce qu'il paraît, en 1806, car Câcim, qui a écrit sa Biographie cette année-là, en parle comme d'un auteur hindoustanî vivant.

GURU-DAS, professeur à l'école de Tanda, est auteur du *Dalîl ulhiçâb* « le Guide de l'arithmétique » : Hoschiyârpûr, 1869, in-8° de 248 p.

---

[1] Sprenger, « A Catalogue », etc., p. 215.

GUSTAKH [1] (MIRZA 'ALÎ BEG), de Lakhnau, est mentionné dans la Biographie des poëtes hindoustanis de Schefta.

GUWAIYA [2] (MUHAMMAD KHAN) est auteur d'un Dîwân urdû imprimé à Cawnpûr en 1274 (1856), en un in-8° de 228 p.

GUZARATI [3] DARWESCH (SCHAH 'ALÎ) est auteur :

1° D'un ouvrage intitulé *Dhorâ* ou *Dhoré*[4], qui est une collection de poëmes hindis sur le *taçauwuf* « spiritualisme ».

2° D'un volume qui porte le titre de *Sundar Singâr*[5], « le Bel ornement ». Ce dernier volume est aussi, selon C. Stewart[6], une collection de poëmes hindoustanis sur différents sujets; mais je pense que c'est plutôt une sorte de *Kok schastâr*, comme un ouvrage hindi portant le même titre et dont il sera parlé à l'article SUNDARA-DAS. Il peut se faire aussi que ce soit un roman et que *Sundar Singâr* soit le nom du héros, car il y a dans le Catalogue des manuscrits de Sir W. Ouseley, n° 613, un volume intitulé *Quissa-i Sundar Singâr* « Histoire de Sundar Singâr ».

Il y a dans la bibliothèque de l'East-India Office un manuscrit du *Sundar Singâr* écrit dans le dialecte d'Antarbad, c'est-à-dire dans le pur bhâkhâ, et je vois dans le Catalogue de Sir W. Ouseley, sous le n° 622[7], un vo-

---

[1] P. « Hardi ».

[2] P. « Éloquent ».

[3] P. Ou mieux *Gujarâtî* ou *Gujrâtî* « habitant du Guzarate ».

[4] *Dhoré* est le pluriel de *dhorâ* ou *dohrâ*, mot hindi qui est synonyme de *baït* « vers ».

[5] Stewart a écrit mal à propos *Sindur Sikâr* dans son « Catalogue of the Library of Tippoo », p. 180.

[6] *Ibidem.*

[7] Fonds Leyden, n° XXX.

lume portant le même titre et indiqué comme écrit en
nagari et dans un bhâkhâ ou dialecte hindawi. Or ces
deux derniers volumes, qui paraissent deux exemplaires
du même ouvrage, sont nécessairement différents de
celui de Schâh Guzarâtî, qui doit avoir écrit en dialecte
dakhnî, s'il est né dans le Guzarate, ainsi que son nom
paraît l'indiquer.

GWAL[1] KAVI est auteur du *Jamunâ lahari* « l'Ondulation de la Jamunâ », publié à la suite du *Gangâ lahari*
« l'Ondulation du Gange », de Padmâkar; Bénarès,
1865, in-8° de 36 p. de 20 lignes.

H

I. HABIB[2], Murâdâbâdî, c'est-à-dire de Murâdâbâd,
est mentionné par Schefta parmi les poëtes hindoustanis. On lui doit entre autres un masnawî qui a obtenu
les honneurs de l'impression in-8° à Lakhnau, en 1846
et 1849. Il est intitulé *Asrâr-i muhabbat* « les Secrets de
l'amitié », et il a pour objet l'éloge de l'ex-roi d'Aoude.
Muhcin appelle Habîb poëte du temps ancien, pour dire
apparemment qu'il a écrit dans l'ancien style; mais il
fait savoir qu'il n'a trouvé aucun renseignement sur lui
dans les Tazkiras qu'il a connus, et il n'en fait qu'une
courte citation.

II. HABIB, de Haïderâbâd, élève de 'Uzlat, est
nommé par les uns Habîb ullah, et par les autres Muhammad Habîb et même Hacîb, d'où le Dr Sprenger est

---

[1] 1. « Vacher », probablement employé ici comme nom de Krischna
[2] A. « Ami ».

porté à croire qu'il est le même que Hacib, dont il sera parlé plus loin.

HABIB HUÇAIN (le saïyid), de Dehli, *wakîl* « suppléant » du *munsif* « juge » de 'Itimâdpûr, est un écrivain contemporain qui a surtout résidé à Bareilly et qui soumettait ses vers à Zafar-yâb Khân Râcikh. .

HABIB ULLAH [1] est un poëte mentionné par 'Alî Ibrâhîm, qui en donne un vers dont voici le sens :

Mon cœur est *en désordre* par l'effet de tes cheveux *en désordre*. Je voudrais, pour répéter ces mots, avoir cent langues, comme le peigne qui démêle l'une après l'autre les noires boucles de ta chevelure.

HABIB ULLAH BEG, de Dehli, aujourd'hui défunt, est un autre poëte mentionné par Muhcin, qui donne un échantillon de ses poésies.

I. HAÇAN [2] (le khwâja), de Dehli, fils du khwâjâ Ibrâhîm, fils de Gaïyas uddîn, fils de Muhammad Scharîf, fils d'Ibrâhîm, connu sous le nom de *Khwâja Kumhâr* [3] *Maudûdî* et de *Haçan*, était des Saïd Huçaïnî, c'est-à-dire descendants de Huçaïn, et ses pères étaient originaires des montagnes qui sont près de Schâhjahânâbâd (Dehli).

Quelques années avant l'époque où 'Alî Ibrâhîm écrivait, Haçan alla résider à Lakhnau, et fut mis au nombre des officiers du nabâb Sarfarâz uddaula Haçan Rizâ Khân Bahâdur. Il avait résidé auparavant à

---

[1] A. « L'ami de Dieu », nom qu'on donne à Mahomet.

[2] A. Nom du fils aîné de 'Alî.

[3] « Le sieur potier ». Je suis ici la version d'Ibrâhîm ; mais Mashafî dit qu'il était fils du khwâja Ibrâhîm, petit-fils du khwâja Kumhârî et descendant du khwâja Mabdûd (Maudûd) Chischtî. Schefta, Muhcin et Kamâl le donnent aussi comme petit-fils de Kumhârî.

Bareilly, puis à Faïzâbâd. J'ignore l'époque de sa naissance et celle de sa mort. 'Alî Ibrâhîm nous apprend seulement qu'il vivait en 1196 (1781-1782). Il s'occupait avec distinction de la géométrie et de la musique, sciences sur lesquelles il a laissé des ouvrages. Il cultivait aussi l'astronomie, et s'adonnait surtout à l'étude du *taçauwuf* « spiritualisme ». Mashafî dit que c'était un derviche de la secte des sofis. Il a mis en vers hindoustanis, sous forme d'histoires et de narrations, la plupart des doctrines du spiritualisme, spécialement celle de l'unité de l'existence, en les appuyant de preuves et d'arguments. Il a écrit un Dîwân estimé dont les biographes originaux citent des fragments. Quand il commença à s'occuper de poésie, il consulta sur ses vers Miyân Ja'far 'Alî Hasrat, et aussi Calandar-bakhsch Jurat, avec qui il était très-lié. Il était d'un caractère vif et aimable; il aimait les spectacles, et s'occupait même de magie, de talismans et d'enchantements. Il fut amoureux d'une musicienne nommée Bakhschi[1], et il a placé dans le dernier vers de tous ses gazals le nom de cette femme chérie[2]. Muhcin nous apprend toutefois que cet amour était platonique, et qu'en définitive c'était Dieu qu'il adorait dans cette femme. Ses vers sont peut-être à double entente.

II. HAÇAN (Mîr Gulam-i), ou simplement Mîr Haçan, de Dehli, un des poëtes hindoustanis les plus célèbres, était fils de Mîr Gulâm-i Huçaïn Zâhik, et petit-fils de Mîr Imâm-i Harwî, c'est-à-dire de Hérat. En effet, la patrie de ses ancêtres était la ville de Hérat, et leur tribu

---

[1] Ce mot semble être *Tajeî* dans la Biographie de Lutf.

[2] Sprenger, « A Catalogue », p. 233 et 608, donne sur Bakhschi quelques détails sans importance.

celle des Sa'id. Par suite des vicissitudes du temps, ils quittèrent ce pays et vinrent se fixer à Dehli, dans l'ancienne ville. Ce fut là que notre poëte vint au monde et qu'il arriva à l'âge de raison. On dit que son grand-père paternel avait fait le pèlerinage de la Mecque et était un homme vertueux; mais son père ne lui ressemblait point. Toutefois il se livra un peu à l'étude, et s'occupa surtout de la langue persane, pour laquelle il avait beaucoup de goût; il fit même des vers en cette langue. L'auteur de la notice hindoustanie que je traduis ici[1] a lu quelques cacîdas remarquables de ce personnage; mais comme il aimait à plaisanter, il avait renoncé à faire des gazals, pièces ordinairement mystiques et par conséquent graves. Il était très-jovial et railleur, ainsi que l'indique son surnom poétique de *Zâhik*, mot arabe signifiant en effet « rieur »; mais à l'extérieur il inspirait la confiance et était orthodoxe. Il mettait souvent un turban vert, à la manière des Arabes, et portait un large vêtement. Sa barbe n'était pas très-longue, il se rasait le dessous des lèvres; sa taille était moyenne; il était basané.

Quant à Haçan, dont j'ai à parler, il se faisait raser; mais son vêtement était pareil à celui de son père, tandis qu'il arrangeait son turban comme les anciens natifs de l'Hindoustan. Il était grand et brun; il avait le caractère gai et était facétieux, mais il ne tenait jamais de discours futiles ni obscènes; en outre, il était doux et affable, très-aimable et fort instruit; personne n'eut jamais à se plaindre de cet homme distingué. Dès son jeune âge il se sentit des dispositions pour la poésie, et fut animé du désir de les exploiter. Il eut l'avantage de

---

[1] Vie de Haçan, en tête de l'édition du *Sihr ulbayân*, p. 4 et suiv.

jouir de la société du khwâja Mîr Dard [1], ce qui le con-
firma dans sa résolution. Il passa son enfance à Dehli.
Après la destruction du sultanat, forcé de quitter cette
ville, il se retira avec son père dans le royaume d'Aoude,
et se fixa à Faïzâbâd [2], puis à Lakhnau, où il acquit une
grande célébrité. Il fut attaché au nabâb Salar Jang Bahâdur et à Mirzâ Nawâzisch 'Alî Khân Bahâdur Safdar
Jang, fils aîné du nabâb susdit, qui aimait les vers et les
poëtes; en sorte que ce prince avait fait de Haçan son
compagnon et son ami. Haçan ne connaissait pas du
tout l'arabe, mais il savait le persan, et faisait même quelquefois des vers isolés et des quatrains en cette langue.
Toutefois c'est surtout comme poëte hindoustanî qu'il
était incomparable. Il consultait sur ses vers Ziyâ uddîn, connu sous le takhallus de *Ziyâ* [3], lequel était,
dans ce temps, un des plus habiles écrivains de l'Inde
musulmane. Il a marché dans la même voie que Dard,
Saudâ et Mîr, et son style a un degré remarquable de
pureté et de délicatesse. Son langage est élégant et fleuri.
Il excellait dans le gazal, le rubâ'î, le masnawî et le
marciya (élégie). Le genre de poëme dans lequel il réussissait le moins, c'est le cacîda. Il a parfaitement
décrit tout ce qui concerne la coquetterie; aussi dit-on
que ses vers font le charme des Indiennes dans les
zanâna « gynécées ». A la fin du mois de zihijja 1200
de l'hégire, Haçan fut atteint de la maladie dont il mourut; et dans les dix premiers jours de muharram 1201

---

[1] Poëte hindoustanî très-célèbre, natif de Dehli. Voyez son article.

[2] Mashafî dit que le hasard ayant conduit Haçan, à l'âge de douze
ans, dans les contrées à l'orient de Dehli, il passa le restant de sa vie à
Faïzâbâd et à Lakhnau.

[3] Voyez l'article consacré à cet écrivain.

(octobre 1786)[1], il quitta ce monde périssable pour le monde éternel, à l'âge de plus de cinquante ans, et fut enseveli à Lakhnau, où il était mort, derrière le jardin de Mirzâ Câcim 'Alî Khân. Il laissa quatre fils, encore vivants en 1803 ; trois étaient poëtes, et demeuraient à Faïzâbâd : Mîr Mustahçan, surnommé *Khalîc*, et Mîr Muhcin, connu sous le takhallus de *Muhcin*, employés auprès de Mirzâ Taquî, gendre de Bahû Sâhib, mère d'Açaf uddaula, et Mîr Haçan, surnommé *Khulc*, qui était avec Darab 'Alî Khân l'inspecteur. Celui-ci et Khalîc ont écrit chacun un Dîwân[2]. Leurs vers ont quelque ressemblance avec ceux de leur père. Khalîc consultait Miyân Mashafî, poëte hindoustanî distingué, à qui on doit la biographie urdue que je cite souvent.

Haçan est auteur :

1º D'un Dîwân qui se compose de près de huit mille vers dans les différents mètres usités en hindoustanî ;

2º D'un Tazkira ou Biographie des écrivains urdus qui se sont fait connaître par leurs productions, ouvrage écrit en style poétique nommé *rekhta ;*

3º D'un masnawî sur les amours de Bénazîr et de Badr-i Munîr, poëme intitulé *Sihr ulbayán* « la Magie de l'éloquence », et bien digne en effet de porter ce nom. On a dit de cette composition[3] que chacun de ses hémistiches est sans égal, *bé nazîr,* et que chaque vers est comme une lune resplendissante, *badr-i munîr.* Ce

---

[1] Mashafî donne un quatrain de sa composition sur le *tarîkh* « date » de la mort de Haçan. Quant à Lutf, il fixe l'époque de sa mort à l'an 1205 de l'hégire. Il est bon de remarquer, en passant, que Lutf n'est pas souvent d'accord, pour les dates, avec les autres biographes.

[2] Voyez les articles qui concernent ces trois poëtes.

[3] Pour faire allusion au nom du héros et de l'héroïne de ce poëme. Voyez la préface du *Nasr-i Bénazîr* p. 3.

poëme a été publié à Calcutta dès 1805 [1], et on en a donné une imitation en prose sous le titre de *Nasr-i Bénazîr* « Prose de Bénazîr », ouvrage dont il sera parlé à l'article Huçaïnî (Bahâdur 'Alî).

Le *Sihr ulbayân* est le principal ouvrage de Haçan. On y trouve des détails ethnographiques fort curieux sur la parure des femmes, sur les danses des bayadères et sur les cérémonies du mariage des musulmans. Cette dernière description confirme tout à fait le récit de C. Mackenzie (« Transactions of the Royal Asiatic Society », tome III, p. 160) et celui de madame Mir Haçan 'Alî (« Observations on the musulmauns of India », tome I, p. 350 et suiv.). Le sujet de ce poëme n'a aucun rapport avec l'histoire du prince Bénazîr qu'on lit dans l'édition des « Mille et une Nuits » de feu Gauthier d'Arc.

On a donné différentes éditions du *Sihr ulbayân*, une entre autres à Dehli en 1850 sous le titre de *Badr Munir* [2], nom de l'héroïne; une autre à Mirat, aussi en 1850, sous le titre de *Masnawi Mir Haçan*, et une en caractères dévanagaris à Agra en 1863, in-8°.

4° De deux autres masnawis signalés par Muhcin parmi les ouvrages de Haçan, un desquels est sans doute le *Gulzâr-i Irâm* « le Jardin d'Irâm », dont je possède un joli manuscrit et dont je donne plus loin des extraits.

Kamâl, l'auteur du *Majma' ulintikhâb*, avait vu souvent Haçan à Lakhnau chez le nabâb Salâr Jang. Il en cite dans sa Biographie plusieurs poëmes, entre autres un *tarkib band*, un *mukhammas* et deux *masnawis* mal-

---

[1] Petit in-folio de 166 pages.

[2] Le *Sihr ulbayân* est indiqué sous ce titre dans le Catalogue des livres du palais impérial de Dehli.

heureusement intraduisibles à cause de leur obscénité. Et c'est Haçan, l'auteur de la belle prière que j'ai publiée à la suite de mon édition du texte des « Aventures de Kamrûp », qui a écrit de pareilles choses. On trouve souvent ainsi dans l'islamisme la piété alliée au libertinage le plus éhonté.

Saudâ a écrit plusieurs satires en mukhammas sur Zâhik, père de Haçan. On les trouve dans le Tazkira de Kamâl.

On conservait à la bibliothèque du *Moti Mahall* de Lakhnau un bel exemplaire du Dîwân de ce poëte. Il se compose de 468 pages, comprenant des caçîdas, des gazals et d'autres poëmes [1].

Haçan avait été lié avec Mashafî, qui cite dans sa biographie quelques pages de ses vers. Lorsque Ibrâhîm travaillait à son *Gulzâr*, en 1196 (1781-1782), Haçan lui envoya, de Lakhnau à Bénarès, des fragments de ses poésies, fragments dont Ibrâhîm a enrichi son Anthologie bibliographique. Il a écrit, entre autres, un masnawî pour critiquer Lakhnau et louer Faïzâbâd [2], poëme dont je donne ici la traduction. De son côté, Bénî Nârâyan publie quelques gazals de ce poëte éminent, et un wâçokht [3] que Mannû Lâl a reproduit dans son *Guldasta*.

On distingue deux autres Mîr Haçan : le premier ami de 'Ischqui, et le second Mîr Haçan Schah, de Dehli, fils du saïyid Muhammad de Bokhara, ami de Zukâ.

---

[1] Sprenger, « A Catalogue », etc., p. 609.

[2] *Masnawî dar t'arîf Faïzâbâd o hujû Lakhnau.*

[3] Ode érotique passionnée, qui se compose de strophes ayant chacune des rimes particulières répétées à chaque hémistiche. Les strophes sont terminées par un vers persan d'une rime différente.

Voici la satire sur Lakhnau, et l'éloge de Faïzâbâd [1].

Ce que je vois n'est pas Lakhnau; c'est le malheur qui cherche un vain prétexte pour s'appesantir sur le monde.

Comme cette ville est construite sur un lieu montagneux, les rues sont ici des montées, là des descentes. On dirait que la maison de l'un est au ciel, en l'air, tandis que la chaumière de l'autre est sous terre. La population de cette ville est tellement compacte, qu'un nouvel habitant ne pourrait trouver à y respirer. Les rues, couvertes d'une terre noire, ont une humidité aussi désagréable que celle qui trempe les aisselles de l'Abyssin. Comment, en habitant cette ville, jouirait-on d'agréables loisirs, puisque toutes les maisons y sont aussi tristes que le cœur des malheureux? On y est resserré comme les graines de sésame quand on en extrait l'huile...

Il y a mille rues tortueuses semblables aux cheveux embrouillés qui entourent une belle figure. Ceux qui s'y mettent à l'ombre ont leur respiration arrêtée au point que leur vie s'échappe. Quand on se perd dans la nuit à Lakhnau, on a beau, pour retrouver son logis, frapper avec le pied l'une après l'autre les portes de toutes les maisons, on ne saurait retrouver la sienne jusqu'à ce que le soleil éclaire la ville. Lakhnau est comparable à Kûfa, que les dissidents (*schïy'a*) trouvent belle, tandis qu'en réalité elle est fort laide. Lorsque la Gumtî, qui baigne les murs de Lakhnau, est grossie par les pluies, elle envahit toutes les maisons. Peut-on alors traverser *les rues*, à moins d'être monté sur le dos d'un autre homme? Il vaut mieux rester renfermé, et enveloppé de son manteau regarder ce spectacle. Quant à moi, je me suis enfui de là, à mesure que j'en ai détaché mon cœur, et je me suis dirigé vers Faïzâbâd.

Là j'ai trouvé une ville admirablement florissante; j'ai vu que tous les habitants sont contents, et qu'ils ont le cœur épanoui comme la rose. Le marché est large et ses divisions sont droites comme les lignes d'un album rayé. Il y a deux rangées

---

[1] Une description plus développée de ces deux villes se lit dans le poëme du même auteur intitulé *Gulzâr-i Iram*, poëme dont on trouve plus loin quelques fragments.

d'arbres tellement bien alignées, qu'on n'en a jamais vu ailleurs de pareilles; puis il y a un kiosque à trois portes qu'on dirait trois amis réunis. Ici vous voyez des joailliers, là des merciers; ici des changeurs, là des orfèvres.

Les pièces d'or et d'argent pleuvent *de toutes parts;* elles sont rangées sur des tablettes comme des bouquets de narcisse[1].

Les gâteaux nommés *firnî* et *fâlúda* ressemblent à la lune et aux étoiles réunies. Le sorbet dont on les accompagne est comme lorsque dans la nuit l'éclat des astres se déploie. Voyez la crème épaissie du lait *qu'on trouve dans ce bazar, elle est si excellente que* le halwâ[2] lui-même y dépenserait son argent. Les boutiques où l'on vend cette dernière friandise sont élevées; tout autour il y a des lampes brillantes.

On trouve aussi étalés des gâteaux sucrés nommés *andarçâ* et *golî;* ils sont si nombreux, qu'on dirait qu'il en pleut du ciel. Mais jusqu'à quand décrirai-je toutes ces sucreries? je m'aperçois que mon calam a déjà la langue liée[3].

Des milliers de bayadères et de courtisanes viennent se promener *en ce lieu,* sûres d'y trouver de quoi fixer leur cœur. L'éclat de leur robe, qu'elles ont soin de montrer en marchant, est tel, que l'éclair en ressent de la jalousie. Le perroquet perd aussi l'esprit en voyant l'émeraude qui orne leurs oreilles. Leur visage est rayonnant, et la sueur qui le couvre le rend semblable à la fleur *ornée par l'émail* de la rosée.

Il y en a qui ont pour vêtement une robe *de dentelle* à réseaux ouverte autour du cou et jusqu'à la poitrine[4]. Au moyen de ce réseau séducteur elles opèrent leur chasse, et sont satisfaites de leur opération. Bref, les voyageurs qui

[1] Ce vers est répété plus loin, et il est cité par Afsos dans sa description de Calcutta. Plusieurs vers du *Gulzâr-i Iram* sont cités çà et là par le même écrivain.

[2] Gâteau fait avec de la farine, du beurre et du sucre.

[3] C'est-à-dire : le bec de mon calam, collé par les sucreries dont je parle, est forcé de s'arrêter. La même métaphore se trouve dans les extraits d'Afsos et plus loin.

[4] Dans l'Inde, les femmes se contentent souvent, dans leur intérieur, de se couvrir d'un sârî, pièce de mousseline légère qui rappelle le *vestis vitrea* des dames romaines.

viennent en ce lieu n'en sortent pas sans y avoir laissé leur âme.

Voici actuellement des extraits du *Gulzâr-i Irâm :*

LE BAZAR DE FAÏZABAD.

Gracieux échanson [1], lève-toi, ne te livre pas au sommeil ; car je veux arrêter mon calam pour décrire *en détail* ce lieu.

Ici il y a un gros marchand, là un mercier, quelque part un changeur, ailleurs un orfèvre. Il n'y a que perles et que rubis.

Partout on voit pleuvoir les pièces d'or (*aschrafis*) et d'argent (roupies); elles sont placées sur les tables comme des bouquets de narcisse.

Quelque part sont étalées des étoffes d'or et des dentelles d'argent qui brillent comme l'éclair. Ailleurs il y a des melons d'eau; plus loin des melons muscats. Là se tiennent debout des jardiniers ayant à la main des guirlandes de fleurs qui parfument l'âme.

D'un autre côté on fait cuire des gâteaux et des biscuits sucrés. On entend le craquement des cannes à sucre qu'on brise pour en retirer le suc... Les marchands sont assis dans leurs boutiques pleines de marchandises, devant leur comptoir. Tous annoncent à haute voix ce qu'ils vendent. Un d'eux dit : « Admirez cette marinade de limons. » Un autre : « Voyez cette quantité de piments. » Celui-ci tient en sa main du gingembre sec, celui-là un électuaire... On trouve du riz et de la viande cuite, du kabâb [2] et du kabâba [3]. Il y a aussi la médecine des cinq sels, et la potion digestive nommée *pâjan.* Il y a du pain au lait et du pain à l'eau que les acheteurs se disputent...

Les boutiques des confiseurs se distinguent par leur éclat : il est tel qu'il éclipse celui des rayons du soleil. Ce qu'on y vend ressemble à la lune et aux étoiles...

[1] Les poëtes musulmans invoquent l'échanson, comme nos poëtes la muse.

[2] Viande coupée par morceaux, et dont on fait des brochettes, ou qu'on mange avec le riz en pilau.

[3] *Piper cubeba ;* jeu de mots.

Ceux qui aiment à lécher la neige en trouvent aussi à acheter... Les amandes à la rose fournissent le sirop de la vie.
Cette friandise adoucit à la fois l'esprit et le corps. C'est un
Abyssin qui vend ces sucreries, qui sont ainsi, comme l'eau
de la vie, *entourées de ténèbres*. Mais je ne puis continuer à
vanter ces douceurs ; car la langue de mon calam s'arrête.

On trouve du café tout préparé et aussi du café en grains et
de la noix d'arèc... Cette abondance de toutes choses fait oublier
le souvenir des générosités de Hâtim. En effet, quelque marchandise que vous désiriez vous la trouvez dans ce bazar. Il y a
des passementeries de tout genre, des étoffes d'or et d'argent,
des franges de toute espèce. Dans les boutiques des cordonniers vous voyez des souliers qui ressemblent au croissant de
la lune et qui ont des étoiles pour ornement. Chez les miroitiers la vue est attirée et le cœur est fixé. La figure de chacun
s'y réfléchit distinctement et est répétée mille fois...

Il y a encore des marchands de perroquets grands et petits,
et on trouve des divertissements de tout genre. L'un joue de
la flûte, l'autre fait danser un esclave... Celui-ci a des livres
ornés de dessins ou des recueils d'images représentant de
bonnes et de mauvaises choses, et dont il fait l'exhibition aux
passants. Ailleurs on voit danser des Cachemiriennes ou
d'autres troupes de danseuses. Des oiseaux, colombes, rossignols, maïnas, prennent aussi leurs ébats. De belles bayadères
déploient leur habileté ; on leur jette en récompense des pièces
de monnaie, comme au Nau-roz. Il y a aussi des conteurs et
des narrateurs, et des lecteurs du commentaire du Coran par
Baïdâwi. Chacun est libre de placer où il lui plaît sa préférence. C'est une image du paradis ; car on n'y fait de mal à
personne et on n'a rien à démêler avec qui que ce soit.

LE JARDIN.

Je puis le contempler, ce jardin vermeil, image de celui du
ciel. Si j'en voulais décrire l'agréable température, mon calam
devrait prendre des plumes et des ailes [1]. Les herbages et les
fruits y sont aussi innombrables qu'en Perse... Si je voulais
les mentionner, ma langue s'arrêterait frappée de mutisme.

____

[1] C'est-à-dire mon discours devrait s'élever à la hauteur du sujet.

Des femmes, comme autant de tulipes, se promènent gracieusement dans ce jardin. O échanson! donne-moi au plus tôt une coupe de vin, quoique déjà la vue de ces belles tulipes m'ait jeté dans l'ivresse. On aperçoit aussi mille fleurs de tulipes là où la vue peut s'étendre. Dans ces admirables tulipes se reflète la rougeur du firmament. En ce même lieu les femmes sont réunies. Ces fées dorment à l'ombre des arbres. On aimerait voltiger autour d'elles, comme le papillon autour de la bougie. La vue des roses est aussi attrayante, leurs pétales tombent sur mes pieds. Leur belle apparence réduit le buis au silence.

Parmi les belles promeneuses dont je parle, il y en a qui sont couvertes d'étoffes moirées, d'autres de mousseline légère et d'étoffes de soie brodées. Il y en a qui se distinguent par leur agaçante coquetterie ou par leurs nombreux ornements de métal enrichis de diamants. On en voit qui ont des robes de plusieurs couleurs et une ceinture de brocart. A ces vêtements, rouges ou verts, s'adaptent des bordures d'argent ou d'or. Elles ont un dopatta[1] moiré, et un voile qui retombe des deux côtés sur leurs épaules. Leurs pieds sont ornés de grands anneaux où viennent se prendre les cœurs des amants. Leur robe, dont elles montrent l'éclat en marchant, excite le dépit de l'éclair lui-même[2]. Leurs chemises, ouvertes du cou à la poitrine, sont des filets *pour les amants*. Les boutons qui les attachent sont au cou ce que le soleil est à l'aurore... Le peigne retient les tresses de cheveux entourées de rubans tissus d'or. Le corset serre gracieusement la portion du corps qu'il couvre. Les boucles ornent l'oreille comme le halo la lune. Il y a aussi la parure des bracelets enrichis de diamants, des pendants d'oreilles ornés de perles. Il y a celle du menhdi et des ghûnghûrûs[3], et des pantalons rouges qui siéent si bien à

---

[1] Quoique d'après son étymologie ce mot signifie une pièce d'étoffe composée de deux lés, toutefois il se prend généralement pour tout châle qu'on porte autour du cou. Voyez à ce sujet une note dans les « Aventures de Kâmrûp », p. 250.

[2] A la lettre, « l'éclair se frotte les mains *du dépit qu'il éprouve d'être surpassé dans son éclat.* »

[3] En arabe *khalkhâl*. On nomme ainsi les anneaux dont les femmes

ces corps de rose... L'incarnat des lèvres est rehaussé par les
lignes du missî, comme la rougeur du ciel par un noir
nuage... O le charmant ornement de cou que celui qu'on
nomme *haïkal!* quelle grâce il donne aux mouvements de
celle qui le porte! Et ces cheveux si propres et si lisses qu'embellit l'ornement de métal nommé *chând*[1]!...

Je remarquai une de ces femmes que sa beauté me fit distinguer; sur ses épaules flottait un dopatta de Bénarès, et sa
toilette était complète. Une chaîne d'or entourait son cou
comme une cravate; au lobe de son oreille était une émeraude dont la belle couleur verte faisait perdre *de dépit* l'esprit au perroquet... Une jolie amulette de Daryâyî[2] serrait son
bras; sa robe était de mousseline; son corset était semé
d'étoiles... Ses cheveux étaient ornés de perles, c'était la lune
dans l'obscurité des nuages... Elle avait frotté son corps du
parfum d'Argajâ; à son front elle avait appliqué du sandal.
Elle portait à la main un chapelet d'ambre gris... Ses brillantes boucles d'oreilles étaient à son brun visage comme la
clarté à une obscure maison.

Bref, toutes ces figures de lune et ces corps de rose vont çà et
là dans ce jardin. Si tu les observes, tu en verras une occupée
à se mettre son do-schâla[3], une autre à arranger une guirlande de champa. Une troisième place une rose à son oreille,
une quatrième un bouquet à son corset. Par ces actes gracieux
elles brisent le cœur des rossignols[4]... Celle-ci applique à son
front la marque de sa caste; celle-là se promène en faisant du

s'ornent les pieds. Ils sont creux, et contiennent dans l'intérieur de
petits morceaux de métal qui résonnent lorsque les femmes marchent,
et surtout quand elles dansent.

[1] A la lettre, « lune ». C'est une sorte de petit plateau que les
femmes mettent sur leur tête. On en voit la figure dans le *Canoun-i
islâm* d'Herklotts.

[2] Sur ce saint célèbre, voyez mon « Mémoire sur la religion musulmane dans l'Inde », p. 87.

[3] Ou double châle.

[4] C'est-à-dire des hommes. La femme est comparée à la rose, et
l'homme au rossignol, par allusion aux amours du rossignol et de la
rose.

bruit avec les grelots de ses pieds. Une d'elles lance une balle
à sa compagne; une autre, assise, touche de sa main la joue de
sa voisine. On en voit s'agiter pour saisir un papillon et gagner ainsi le cœur d'un amant; on en voit courir çà et là
coquettement et tomber avec adresse... On en voit se promener
timidement la main sur les hanches avec une compagne, tandis que d'autres se livrent au plaisir de la boisson et font circuler
parmi elles le flacon enivrant... Il y en a dont les regards sont
passionnés et expriment le plus énergique amour... Celle-ci
arrive en palanquin et dit à ses porteurs de la descendre.
Lorsqu'elle soulève le rideau qui la couvre, les papillons,
croyant voir le flambeau débarrassé de sa lanterne, se préci-
pitent sur elle. Le rossignol croit voir sa rose chérie, et se
laisse facilement prendre et mettre en cage. Les perroquets
accourent; ils parlent et chantent de mille manières...

III. HAÇAN (Mir Muhammad), de Dehli, élève de
Saudâ, assistait aux réunions littéraires de Mîr. Les
biographes originaux le distinguent d'un autre Mîr Muhammad Haçan; toutefois, 'Ali Ibrâhim pense que ces
deux personnages ne sont peut-être qu'un seul et même
individu.

Outre l'article consacré à Mîr Haçan dans la Biographie de Mîr Taqui, on y trouve un autre article sur un
poëte auquel ce biographe ne donne que le nom de Haçan
et dont il cite un seul vers.

Il me semble qu'il y a dans les biographies originales
quelque confusion relativement à ces personnages..

IV. HAÇAN (le hâfiz Abu'lhaçan), fils du maulawi
Ilâhî-bakhsch Nischât et père du maulawi Mîr ulhaçan,
est un écrivain urdû contemporain qui habite Kândalah,
d'où lui vient le surnom de *Kândhlawî*. On lui doit
plusieurs traités (*riçâla*) et deux masnawîs.

Un de ces poëmes, intitulé *Gulzâr-i Ibrâhîm*, n'a aucun
rapport avec la biographie qui porte ce titre, mais roule

sur l'histoire mystique du célèbre sofi Ibrâhim Adham.
L'autre porte le titre de *Bahr-i haquîcat* « l'Océan de la
certitude [1] ». Haçan avait environ soixante-dix ans en
1849, selon ce que nous apprend Sarwar.

V. HAÇAN (Mîr Gulam Haçan), de Patna, élève de
Bhuchû et de 'Ischquî, a surtout composé des marciyas.
Il est mort en 1206 (1791-1792), ainsi que nous l'ap-
prend 'Ischquî, son maître. Il est probablement le même
dont on trouve la mention dans le *Majma' ulintikhâb* de
Kamâl.

VI. HAÇAN (Mirza Muhammad Haçan [2]), fils du nabâb
Saïf uddaula Saïyid Razi Khân, est un agréable poëte
hindoustani, mentionné par Schefta [3].

VII. HAÇAN (le maulawi Haçan 'Alî Khan), de Cachemire, professeur de persan au collége de Dehli, a traduit en urdû :

1° Le *Canûn-i mâl,* dont l'original anglais est dû à
Mr. F. Boutros [4];

2° Le *Gulistân* de Sa'adi, traduction dont il a été donné
plusieurs éditions;

3° Les Mille et une Nuits;

4° Le *Kurra-i 'arzi* « le Globe terrestre », traité de
géographie;

5° Le *Mîzân uttibb* « la Balance de la médecine »,
traduction urdue de l'ouvrage sur la médecine écrit en
persan par Muhammad Akbar et imprimé en 1853 à

---

[1] Le même probablement qui a été imprimé à Mîrat sous le titre de
Bahr ulhaquîcat et qui est une série de contes ou plutôt d'anecdotes.

[2] On le nomme simplement aussi Mirzâ Haçan, et même Bâtin
l'appelle Mirzâ Ahçan.

[3] Voyez Wahschat.

[4] Ou *Uçûl canûn-i mâl* « Principles of public revenue with an
abstract of the revenue laws »; Dehli, 1845, in-8° de 252 pages.

Dehli au *Matba' ulislàm*, aussi bien que les autres traductions de Haçan.

Haçan 'Alî Khàn était âgé d'environ quarante ans en
1847.

VIII. HAÇAN (le saïyid Najab uddîn ou Mubid uddîn)
a été le premier éditeur du *Daryâ-é nûr* « l'Océan de la
lumière », journal urdû de Lahore qui paraissait tous les
dimanches et qui fut ensuite rédigé par Sundar Lâl,
mais qui, après un brillant début, a dû cesser de
paraître.

IX. HAÇAN (Jamal uddîn), député collecteur de
Maïnpûrî, est auteur du *Halât-i dihât (kitâb)* « Situation
des villages », c'est-à-dire Règles et usages relativement
aux *zamîndârîs* et aux *pattidârîs* des villages. Cet ouvrage
a été imprimé à Agra en 1850, et il a été reproduit en
hindî, sous le titre analogue de *Grâmya kalpa druma*,
par Bansidhar. Il y en a plusieurs éditions : celle de
1856 est un grand in-8° de 88 p.

X. HAÇAN (le hâfiz Muhammad). On trouve de ce poëte
hindoustani un cacîda sur Mahomet à la suite de l'édition du *Maulid-nâma* de Gulàm Imàm, de Lakhnau,
1281 (1864).

XI. HAÇAN (Ictidar uddaula Mahdî 'Alî Khan Bahadur Zaïgam Jang), de Lakhnau, fils de Mirzâ Imâm uddîn Haïdar, et élève de Sa'âdat Khàn Nâcir, est un poëte
hindoustani dont Muhcin cite des vers dans son
Tazkira.

XII. HAÇAN (le nabâb Mirza Huçaïn), fils de l'agà
Haïdar Nischapûrî et élève de Muhammad-bakhsch, est
un poëte hindoustani dont Muhcin cite aussi des vers.

XIII. HAÇAN (le saïyid Muhammad), de Lakhnau, fils
de Mîr Huçaïn, lequel était fils de Mîr Yahyâ et élève du

khwàja Wazir, est auteur d'un Dîwàn dont Muhcin cite des gazals.

XIV. HAÇAN (Ahmad), du village de Mohan, des dépendances de Lakhnau, fils de Sa'âdat 'Ali, élève de Raschk, et qui était encore étudiant quandMuhein écrivait, s'était déjà fait connaître par des poésies dont une pièce figure dans le *Sarâpâ sukhan*.

I. HAÇAN 'ALI KHAN, Kirmâni, est auteur d'un poëme historique sur les victoires de Tippû dans le Carnatic, sur ses guerres avec le nizâm 'Ali Khân, avec les Mahrattes, etc. Cet ouvrage est intitulé *Fath-nâma Tippû Sultân* « le Livre de la victoire du Sultân Tippû ». Il y en a un exemplaire dans l'East-India Office Library, n° 149 de la collection Leyden. Il est du genre de composition poétique qu'on nomme masnawî. Il a été traduit en anglais sous le titre de « History of the reign of Tippu Sultan », par le colonel W. Mills; Londres, 1844, in-8°.

II. HAÇAN 'ALI KHAN (Muhammad) était en 1844 professeur au collége des natifs de Dehli, et il a contribué à la traduction de l'arabe en urdû du Choix des « Contes des Mille et une Nuits », publiée dans cette ville à cette époque[1].

HAÇAN RIZWI[2] (Mîr), de Lakhnau, est auteur de l'*Anfâs unnafâïs* « les Haleines des excellences », abrégé du dictionnaire urdû du maulawî Auhad uddîn Ahmad, intitulé *Nafâïs ullugât*. Ce vocabulaire est écrit en persan comme celui d'Ahmad : il a été imprimé à Lakhnau en 1845, in-8° de 220 p.

---

[1] Voyez à ce sujet l'article Sadîd uddîn.

[2] A. P. Adjectif dérivé de Rizâ, nom du huitième imâm : 'Ali Rizâ.

Cet abrégé a été reproduit sous le titre de *Muntakhab unnafâïs* par le maulawi Mahbûb 'Alî. (Voyez ce nom.)

HACIB [1] est un poëte hindoustani qui naquit et fut élevé à Haïderâbâd, et qui fut le maître de Mir 'Abd ulwalî 'Uzlat dans l'art d'écrire. Fath 'Alî Huçaïni cite dans son Tazkira deux vers de Hacib, et Mîr Taqui un troisième tiré d'un album de son maître Arzû.

HACIN [2] (Muhammad Huçaïn 'Alî Khan Bahadur), de Lakhnau, eunuque en chef du palais impérial et conseiller du dernier roi de Dehli, est auteur d'un Dîwân dont Muhcin donne des extraits.

I. HADI [3] (Mir Muhammad Jauwad), de Dehli, saïyid de généalogie sûre, est un poëte hindoustani dont le schaïkh Farhat, d'après le témoignage de 'Alî Ibrâhîm, ne faisait pas grand cas. Mashafi paraît, au contraire, apprécier ses talents. Il dit qu'il fut d'abord attaché au nabâb 'Imâd ulmulk, mais qu'il quitta bientôt la vie du monde et entra dans la voie de la résignation spirituelle. Il fréquenta les réunions littéraires de Mashafi pendant tout le temps que ce dernier habita Dehli, et ce biographe donne trois pages de ses vers.

Mir Hâdî était *kotwal* [4] du bazar militaire sous Gazi uddîn Haïdar Khân. Sarwar, qui en fait un grand éloge, nous apprend qu'il mourut en 1215 (1800-1801), et qu'il a laissé un Dîwân, un traité (*riçâla*) en vers rekhtas sur la prosodie et la rime (*dar 'ilm-i 'arûz o cawâfî*), et plusieurs autres ouvrages ; c'est à savoir, selon Zukâ,

----

[1] A. « Estimable ».

[2] A. « Fortifié, solide » (*hacîn*, par un *sâd*).

[3] A. « Directeur, guide ». On le nomme aussi Mir Jauwâd 'Ali Khân Hâdî, et simplement Mîr Hâdî.

[4] Ce mot signifie proprement « chef de la police ».

des Traités sur la grammaire, la jurisprudence, etc.,
également en vers hindoustanis; enfin un petit Dîwân
qui ne se compose que de lettres avec des points diacritiques, et un autre qui ne se compose au contraire que
de lettres sans points.

II. HADI, de Dehli, a laissé un Dîwàn de sept cents
vers. Sprenger le distingue du précédent, mais j'ignore
s'il est fondé à le faire.

III. HADI, du Décan, est un autre poëte hindoustanî
mentionné par Sarwar.

HADI HUÇAIN KHAN (le saïyid) est auteur :

1° Du *Jam' ulcawânîn* « Recueil de règlements », imprimé à Rawalpindî ;

2° Du *Hadiya-i Hâdî* « le Présent de Hâdî », imprimé
à Lahore et annoncé dans le *Koh-i núr* du 6 mars 1866,
mais dont j'ignore le sujet.

I. HAFIZ [1] (Muhammad Aschraf), habile musicien et
bon poëte, s'est aussi et surtout distingué par sa haute
piété [2].

II. HAFIZ (Schuja' uddîn) est l'auteur du *Kaschf ul-
khulâça* « Exposition de l'abrégé », dont il y a un exemplaire à la bibliothèque du ministre du Nizâm à Haïderâbâd. Cet ouvrage, qui est en vers, divisé par chapitres,
et qui traite des articles de la foi musulmane les plus
nécessaires à connaître, a été lithographié en 1839 à
Calcutta en vingt-trois pages in-8° très-serrées, corrigé et
édité par le munschî Tamîz uddîn Arzânî. Il se compose

---

[1] A. « Reteneur » (*hâfiz*). Ce surnom, qu'on donne à ceux qui savent le
Coran par cœur, est devenu populaire en Europe même, parce qu'il sert
à désigner un poëte persan très-célèbre.

[2] Schefta le nomme Gulâm Aschraf. Son véritable nom est peut-être
Gulâm Muhammad Aschraf.

de deux parties, dont je n'ai que la première dans ma collection particulière.

III. HAFIZ (Khaïr ullah), de Dehli, est un autre poëte hindoustani mentionné par Bâtin.

IV. HAFIZ (Sadr ulislam Khan Bahadur) est le traducteur en hindoustanî du « Norton's Duties of a justice of the peace ».

V. HAFIZ (Nizam uddîn) est auteur du *Bist riçâla* « Vingt traités », à la louange de Mahomet; Lahore, 1867, 64 p.

I. HAFIZ[1] (Muhammad), originaire du Cachemire, naquit à Dehli. Il avait un talent particulier pour faire et réciter des marciyas. Il avait étudié à fond le célèbre masnawî mystique de Jalâl uddin Rûmî, et il le récitait admirablement. Ses poésies rekhtas se distinguent par une facture particulière qui ne manque pas de charme. Hafiz avait consulté tour à tour, au commencement de sa carrière littéraire, Firâc et Câcim sur ses productions. Sarwar nous apprend qu'il mourut en 1250 (1834-1835).

II. HAFIZ, de Haïderâbâd, cité aussi par Sarwar, est auteur d'un Dîwân dont il existait entre autres un exemplaire dans la bibliothèque du râjâ Chandû Lál de la même ville.

J'ignore si c'est le même écrivain que celui dont parle Mîr dans sa biographie à l'article sur 'Ajîz.

HAFIZ AHMAD KHAN est directeur de l'imprimerie de Jaïpûr appelée *Khâwir nûr* « l'Occident de la lumière », et éditeur du journal urdû qui s'y publie sous le titre de *Naïyîr Râjastân* « le Soleil du Râjasthân » et qui est

---

[1] A. « Gardien » (*hafîz*), pris aussi comme synonyme de *Hâfiz* qui précède.

rédigé par Muhammad Salîm ullah. Ce journal, qui paraissait d'abord hebdomadairement par cahiers de 8 p. in-folio sur deux colonnes, paraît depuis 1866 de la même manière, mais par cahiers de 12 p.[1].

I. HAIDAR[2] (GULAM-I HAÏDAR) est un poëte hindoustanî mentionné seulement dans le *Gulzâr-i Ibrâhîm*. Dans un des deux manuscrits que je possède de cette biographie, il est nommé *Haïdarî*, c'est-à-dire Haïdarien. Ibrâhîm en cite un vers intraduisible à cause des métaphores exagérées dont il est rempli. Serait-il le même que Gulâm-i 'Alî Haïdarî?

II. HAIDAR (MÎR HAÏDAR SCHAH), Dakhnî, ou du Décan, est aussi nommé *Haïdar marciya-go* « Diseur de marciyas », parce qu'il est en effet auteur de marciyas célèbres dont la collection forme un volume. Le Dr Sprenger possédait un magnifique exemplaire de cet ouvrage. Ce poëte était aussi bon guerrier qu'habile écrivain. Il se rendit de Dehli au Bengale pendant le gouvernement du nabâb Schujâ' uddîn Muhammad Khân Schujâ' uddaula, et fut attaché au nabâb 'Ala uddaula Sarâfrâz Khân, fils du nabâb susdit. Il a imité les anciens dans ses vers, et il les récitait si bien qu'on se réunissait en foule pour l'entendre. Il s'occupa à mettre en mukhammas le Dîwân de Walî, du Décan, et y intercala des gazals de Hâfiz. Il excellait dans le genre nommé *jhûlanâ* ou *jhûlnâ*. Il vécut près de cent ans, et mourut à Hougly, dans le Bengale, pendant le règne d'Ahmad Schâh, fils de Muhammad Schâh.

Il est, je pense, auteur du masnawî dakhnî intitulé *Quissa-i Chandar badan o Muhaïyar*, dont on conservait

---

[1] Voyez mon Discours de 1866, p. 5.
[2] A. « Lion », surnom de 'Alî.

un exemplaire à la bibliothèque du râjâ Chandû Lâl[1] d'Haïderâbâd, et dont j'ai aussi un exemplaire dans ma collection particulière, écrit en caractères naskhîs. Cette copie fait partie d'un recueil qui contient plusieurs masnawis; elle est intitulée *Haïdar,* apparemment par métaphore, dans la liste des pièces dont se compose la collection de ce volume.

III. HAIDAR (Mîr Haïdar 'Alî Khan), originaire de Lahore et natif de Peschawar, où il demeura, était un des descendants du grand spiritualiste Schaïkh 'Abd ulcâdir Guilâni, dont j'ai parlé dans mon « Mémoire sur la religion musulmane dans l'Inde ». Câcim en fait un grand éloge, et il cite un grand nombre de ses vers aussi bien que Muhcin, qui nous fait savoir que Haïdar était mort lors de la rédaction du *Sarâpâ sukhan.*

IV. HAIDAR (Huçam uddîn) est auteur d'un Dîwân dont on trouvait un exemplaire dans la bibliothèque du palais de Dehli.

V. HAIDAR (le saïyid Kamal uddîn), de Lakhnau, est le traducteur d'un « Traité sur l'aimant » *Riçâla-i magnatis*[2], traduit du « Library of useful knowledge », et d'un autre sur les instruments de mathématiques intitulé *Riçâla alât-i riyâzî,* lequel paraît différer d'un ouvrage du même titre traduit de l'anglais de Simson. Ces deux ouvrages ont été imprimés à Dehli et sont fort estimés.

On doit au même auteur la traduction de « Paley's natural Theology », qu'il a faite sous la direction du colonel Wilcox, alors directeur de l'observatoire de Lakhnau, mais que Mr. V. Treguar traite de détes-

---

[1] Voyez son article sous le nom de Schadan.

[2] C'est peut-être le même ouvrage que Zenker (« Biblioth. orient. », t. II, p. 351) intitule alors par erreur « A Treatise on magnetism ».

table[1]. Il l'a intitulée *Khayâlât ussanâ'ï* « Notions des objets créés », et il y en a plusieurs éditions, dont une de Lakhnau, 1848, in-8°.

VI. HAIDAR (Mirza Haïdar Beg), d'Allahâbâd, est cité parmi les poëtes hindoustanis dans les Tazkiras de Câcim, de Sarwar et de Muhcin.

VII. HAIDAR (Mîr Haïdar 'Alî), natif de Dehli et habitant de Farrukhâbâd, était militaire de profession et poëte par goût. Il est mentionné par Câcim.

VIII. HAIDAR (Haïdar-bakhsch), de Jaunpûr, fils de Nûr ulhacc, est un musulman instruit, auteur, entre autres ouvrages, d'un *Sâquî-nâma* à la louange de 'Alî, ainsi que nous l'apprend Schorisch ; et, je crois, du *Tarîkh-i Nâdirî* « Chronique de Nâdir », traduction de l'histoire de Nâdir Schâh, écrite en persan, citée dans le « General Catalogue ».

Ne serait-il pas le même que Haïdarî (Haïdar-bakhsch) dont il va être question?

IX. HAIDAR (Mîr Murad 'Alî) est un autre poëte hindoustanî sur lequel je ne puis fournir aucun renseignement.

X. HAIDAR (l'amîr fils d'amîr, le nabâb Diler uddaula Muhammad 'Alî Khan Bahadur, Firoz Jang), fils du nabâb Açad uddaula Rustam ulmûlk Mirzâ Muhammad Taquî Khân Bahâdur-fi'l-jang Taracquî, naquit à Faïzâbâd et résidait à Lakhnau. Toutefois ses ancêtres étaient de Nischâpûr. Il fut élève distingué de Fath uddaula Mirzâ Muhammad Rizâ Khân Barc, et on lui doit un Dîwân dont Muhcin cite des vers.

HAIDAR JANG[2] BAHADUR est auteur d'un ouvrage

---

[1] « Selections from the Records of Government »; Agra, 1855, p. 443.
[2] A. P. « Combat de 'Alî ».

élémentaire sur l'hindoustanî intitulé « Key to hindustani, easy method of acquiring hindustani », in-12, Madden, Londres, 1861.

I. HAIDARI [1] (le schaïkh Gulam-i 'Alî), de Dehli, nommé aussi Schaïkh Jum'ah, est un poëte hindoustanî de la nouvelle école, auquel 'Alî Ibrâhîm consacre un article dans son Tazkira et dont il cite quelques vers. Il avait exercé les fonctions de médecin à Huçaïnâbâd, ainsi que nous l'apprend 'Ischqui.

A cause des troubles et des changements politiques qui eurent lieu à Dehli, Haïdarî quitta sa patrie et alla se fixer à Patna, où il acquit de la réputation comme poëte.

II. HAIDARI (le munschî Mîr ou Saïyid Muhammad Haïdar-bakhsch) est un des écrivains hindoustanis modernes les plus féconds. Haïdarî dit, dans la préface du *Totâ kahânî,* qu'il avait reçu son instruction littéraire de 'Alî Ibrâhîm Khân, auteur du *Gulzâr-i Ibrâhîm,* qui était défunt à cette époque (1801), et son instruction religieuse du maulawî Gulâm-i Huçaïn, de Gâzîpûr. Haïdarî avait été attaché au Collége de Fort-William. Sprenger a su par le maulawî Gulâm Haïdar qu'il est mort en 1828. Bénî Nârâyan, qui écrivait en 1814, nous apprend, dans son Anthologie, qu'il était très-lié avec lui. Il en cite un mukhammas et onze gazals [2], dont un est remarquable par les singulières allitérations qu'on y trouve à chaque vers ; on conçoit qu'il est par là même intraduisible. En voici un autre très-court, qui n'offre pas le même inconvénient pour être traduit en français :

---

[1] A. « Haïdarien », c'est-à-dire sectateur de 'Alî, etc.
[2] Dix dans le corps de l'ouvrage et un dans l'appendice.

La rose a cru te ressembler, mais le zéphyr lui a donné un soufflet au point de rendre rouge son visage.

Lorsque je lui ai demandé un chaste baiser, alors, fronçant le sourcil, elle m'a dit avec colère : *Ne parle pas.*

Ton souffle, comme celui du Messie, m'a donné la vie, mais à la fin mon âme quitte mon corps...

Moi, Haïdarî, je n'ai pas vu de maîtresse aussi charmante qu'elle; Dieu l'a rendue sans pareille dans notre siècle.

Outre de nombreuses poésies, on doit à Haïdarî les ouvrages suivants :

1° Le *Totâ kahânî* « Contes du perroquet », traduction urdue du roman persan intitulé *Tûtî-nâma* « le Livre du perroquet[1] ». Ce roman, écrit d'abord dans un style obscur et difficile par Ziyâ uddîn Nakhschabî, a été reproduit dans un langage simple et sans prétention, et d'une manière un peu abrégée, par Muhammad Câdirî. C'est ce dernier texte qui a servi de base au travail d'Haïdarî; mais sa rédaction est plus élégante que celle qu'il a suivie : elle est en prose entremêlée de vers. L'original de cet ouvrage est, du reste, sanscrit; on le nomme *Suka saptati* « les Soixante et dix Contes du perroquet[2] ».

Haïdarî écrivit le *Totâ kahânî* en 1215 de l'hégire (1801 de J. C.). Il a été imprimé plusieurs fois à Calcutta, in-4° et in-8°; l'édition de 1252 (1836-1837) a été publiée par les soins de Muhammad Faïz ullah. On en

---

[1] Cet ouvrage a été traduit en anglais et de l'anglais en français, sous le titre de « Contes d'un perroquet », par madame Marie d'Heures. M. Trébutien, le traducteur d'une suite des « Mille et une Nuits », en a aussi donné un choix.

[2] Il a paru sur cette légende célèbre une savante et intéressante étude par M. W. Pertsch, bibliothécaire à Gotha, dans le quatrième cahier du tome XXI du « Journal de la Société orientale allemande ».

avait commencé une édition en 1802 pour l'« Hindee Manual », mais il n'en a paru que quatre pages.

Il y a d'autres traductions hindoustanies de cet ouvrage. Celle qu'on conservait en manuscrit au Collége de Fort-William[1] est sans doute une copie ou peut-être l'original de l'imprimé ; mais il y en a une autre, probablement différente, dans la bibliothèque du Nizàm : elle est intitulée, comme en persan, *Tùtì-nàma*. Il y a aussi un *Tùtì-nàma* en urdù à la bibliothèque royale de Berlin.

On a publié une traduction urdue du *Tùtì-nàma* à Dehli en 1845, in-8°, sous le titre de *Hikâyat sukh ba sukh* « Histoire du bonheur sur bonheur[2] », et une rédaction de cette légende sous le titre de *Totâ itihâs* « Histoire du perroquet », dans le dialecte urdû des Laskars, en 130 p.[3]. Le texte hindoustanî a été publié à Londres par D. Forbes, accompagné d'un vocabulaire. Il y en a une édition de Bénarès, 1851, qui porte le titre de *Suka bahattari* « les Soixante-douze (histoires) du perroquet », avec des citations sanscrites, lithographiée in-8° oblong.

2° Une traduction hindoustanie en prose, entremélée de quelques vers, du roman persan de *Hâtim Taï,* dont le même orientaliste Duncan Forbes a donné une traduction anglaise. Elle a pour titre *Arâïsch-i mahfil* « l'Ornement de l'assemblée ». Ce travail, exécuté en 1216 de l'hégire (1801 de J. C.), dans la quarante-troi-

---

[1] *Quissa-i Tùtî* « Histoire du perroquet ». Un ouvrage portant ce dernier titre a été rédigé par Hasrat. Voyez l'article consacré à cet écrivain.

[2] A moins que le mot *sukh* ne soit pour *suk* « perroquet ».

[3] J. Long, « Descriptive Catalogue of bengali books », p. 95.

sième année du règne de Schâh 'Alam, a été publié[1]
in-folio à Calcutta, en 1803, par le munschi Cudrat
ullah. Ce n'est point une traduction servile, c'est plutôt
une imitation. Les Orientaux ont trop d'imagination
pour être de simples traducteurs. En général, tous les
ouvrages hindoustanis qu'on dit traduits du persan peuvent être considérés comme des ouvrages originaux sur
un sujet déjà traité. Ainsi, le *Hâtim Taï* de Haïdarî est
un roman différent de l'ouvrage persan, quoique sur le
même sujet.

Parmi les éditions de cet ouvrage je dois citer celle
qui a paru à Calcutta en 1809 par les soins du maulawî
Hamdanî de Dehli, et qui a été imprimée à la Typographie Cachemirienne (« Kashmiri Press ») en un in-folio
de 214 p.; celle qui a été publiée avec les corrections du
hâfiz Ikrâm Ahmad Zaïgam, du Sûfî Aman ullah, etc., par
'Abd ussalâm, en 1271 (1854-1855), à Calcutta, à l'imprimerie appelée *Arâïsch-bakhsch,* in-8° de 368 p.; et une
édition lithographiée à Lakhnau, citée dans le Catalogue
Sprenger, n° 1747, et dont je possède un exemplaire.
Cette édition est un grand in-8° de 128 p. de 25 lignes :
elle a été lithographiée en 1271 (1854-1855).

Le *Hâtim Taï* est une légende exploitée par différents
écrivains hindoustanis : il y en a même une rédaction
dans l'espèce de patois hindoustanî des Laskars, ainsi
qu'en bengalî[2].

Le vizir du Nizâm possède une histoire de Hâtim Taï
en hindoustanî, intitulée *Quissa-i Hâtim.* J'ignore si c'est
celle dont je parle ici.

---

[1] Je doute qu'on ait achevé l'impression de cet ouvrage. L'exemplaire
que j'en possède ne va que jusqu'à la page 56.

[2] J. Long, « Descriptive Catalogue », p. 77.

3° Le *Gul-i magfirat* « la Rose du pardon », ouvrage en vers et en prose sur les principaux martyrs musulmans, depuis Mahomet jusqu'à Huçaïn. Cet ouvrage est proprement une traduction du *Rauzat uschschuadâ*, autrement dit *Gulschan-i schahîdân* « le Jardin des martyrs ». Il fut exécuté en 1227 de l'hégire (1812); Haïdarî le fit d'après le désir du maulawî Saïyid Huçaïn 'Alî Jaunpûrî. Il est parlé dans cet ouvrage de Mahomet, de Fatime, de 'Alî, de son fils Haçan; ensuite de Muslim, de ses fils, de Hurr, martyr de Karbala, de Cacim, fils de Haçan, de 'Abbas 'Alî le porte-drapeau, de 'Alî Akbar et de 'Alî Asgar, enfin de Huçaïn. Les chapitres additionnels roulent sur ce dernier. Cet ouvrage est aussi désigné sous le titre de *Dah majlis* « les Dix séances [1] », bien qu'il en ait néanmoins douze et quatre chapitres additionnels. Il y en a un exemplaire sous ce titre parmi les ouvrages achetés par le gouvernement anglais après la prise de Dehli en 1857 (n° 1085 du Catalogue).

Il a paru une traduction française du *Gul-i magfirat* sous le titre de « Séances de Haïdarî ». On doit ce travail au savant érudit Mr. l'abbé Bertrand, qui s'est occupé avec distinction d'hindoustanî et des principales langues asiatiques.

4° Le *Gulzâr-i dânisch* « le Jardin de la science », traduction en prose du *Bahâr dânisch* « le Jardin de la science », de 'Inâyat ullah.

J'ignore si c'est cette même traduction qui a été publiée à Calcutta en 1845 sous le titre de *Tarjuma Bahâr dânisch*.

---

[1] Il y a un manuscrit ainsi intitulé dans la bibliothèque du Collége de Fort-William, à Calcutta, mais c'est probablement l'ouvrage de Fazli. (Voyez p. 457.)

5° Le *Tarîkh-i Nâdirî* « l'Histoire de Nâdir Schâh », traduction du persan de Mirzâ Muhammad Mahdî, la même que Sir W. Jones a publiée d'abord en français, puis en anglais.

Cette histoire, le plus considérable et le plus important des ouvrages de Haïdarî, fut rédigée en 1224 (1809-1810) : j'en possède un exemplaire que feu James Prinsep voulut bien faire copier pour moi sur celui de la Société Asiatique de Calcutta. Je pense que c'est la même traduction dont cette Société devait donner une édition en urdû et en persan. Il y a en hindoustanî une autre histoire abrégée de Nâdir Schâh qui a une grande réputation parmi les musulmans de Pondichéry, et dont je possède un exemplaire que je dois à Mr. E. Sicé.

6° Je pense que c'est le même Haïdar-bakhsch qui a rédigé en hindoustanî un abrégé du *Schâh-nâma,* ouvrage dont on conserve un exemplaire manuscrit dans la bibliothèque du Collége de Fort-William, qui fait actuellement partie de celle de la Société Asiatique de Calcutta.

7° Un masnawî intitulé *Haft païkar* « les Sept images », roman qui roule apparemment sur le même sujet que l'ouvrage célèbre de Nizâmî qui porte le même titre. Il y a aussi un exemplaire de ce dernier ouvrage à la bibliothèque de la Société Asiatique de Calcutta[1].

[1] Voyez « Annals of the College of Fort-William », p. 339, et Sprenger, « A Catalogue », p. 612. Le héros de ce roman est Bahrâm-gûr, fils d'Yezdegerd, roi de Perse, de la dynastie des Sassanides, lequel, après avoir signalé son règne par de grandes conquêtes et des actions d'une bravoure surprenante, finit misérablement sa vie dans un fossé où son ardeur pour la chasse l'avait précipité. Gulândâm, l'héroïne du livre, était une princesse indienne. Voir l'article Tad'î.

8° Le *Guldasta-i Haïdari* « le Bouquet de Haïdari »,
dont D. Forbes possédait un exemplaire qui avait appartenu au célèbre Dr Gilchrist et qui a passé dans ma
bibliothèque. Il contient cent *hikâyât* pour la plupart
historiques, un Dîwân et un Tazkira des poëtes hindoustanis.

Cet ouvrage avait été annoncé dans les « Primitiæ
orientales », t. III, p. 41, comme ayant été imprimé à
Calcutta.

III. HAIDARI (Mirza 'Alî Huçaïn) est l'éditeur du
journal urdû d'Agra intitulé *Akhbâr Haïdari* « les Nouvelles de Haïdarî », et qui paraissait en 1859.

I. HAIF [1] (Mîr Chirag 'Alî), de Jaunpûr, mais que
Kamâl avait vu à Lakhnau et qui habita aussi Bénarès,
car Afsos, son ami et son maître littéraire, en parle dans
l'*Arâïsch-i mahfil,* à l'article sur Bénarès, se distinguait,
dit Mashafi, par son esprit et par sa modestie. Béni Nârâyan cite de Haïf un gazal érotique très-gracieux.

II. HAIF (Motî Lal), fils de Lâla Batsen, de la tribu
des kâyaths [2], et élève de Mir Soz, résidait à Lakhnau en 1196 de l'hégire (1781-1782). 'Alî Ibrâhîm en
cite plusieurs vers qui annoncent du talent pour la
poésie.

III. HAIF (le schaïkh Muhammad Hajî), défunt, élève
de Mir Muhammadî Bédâr, est mentionné par Muhcin,
qui en cite des vers.

I. HAIRAN [3] (Mîr Haïdar 'Alî), de Dehli, fut du

---

[1] A. « Méchanceté, oppression ». La première lettre du mot original
est un *hé,* sixième lettre de l'alphabet arabe.

[2] Il ne faut pas oublier que cette tribu d'Hindous, de la caste des
sudras, s'occupe surtout de choses intellectuelles.

[3] A. « Étonné ».

nombre des élèves de Râé Lâla Sarb-sukh Diwâna. C'est
un écrivain hindoustanî dont les vers sont tellement appréciés qu'on les cite comme des proverbes. Il était militaire; il se distinguait par son esprit et par l'éloquence
de son langage. A l'époque où 'Alî Ibrâhîm écrivait sa
biographie, c'est-à-dire en 1781-1782, Haïrân résidait à
Lakhnau, où Mashafî, qui écrivait en 1793, l'avait vu.
Bénî Nârâyan nous apprend qu'il y mourut. Le même
biographe nous fait connaître de lui un élégant gazal.

Un autre biographe dit qu'il habita d'abord Khaïrâbâd, qu'il alla ensuite dans les contrées orientales de
l'Inde, et enfin à Lakhnau, auprès du râjâ Tek Râé ;
qu'en 1215 (1800-1801) il commandait un corps de cavalerie et qu'il mourut d'une blessure qu'il avait reçue à
un œil.

II. HAIRAN (le hâfiz Baca ullah), fils du hâfiz Ibrâhîm
Khân, habile calligraphe, résidait à Dehli, et il était
non-seulement calligraphe comme son père, mais aussi
poëte. Mannû Lâl en cite des vers dans son *Guldasta,* un
entre autres dont voici la traduction :

Il n'est pas nécessaire de traiter avec cérémonie Haïrân
après sa mort. Il ne demande sur ses os qu'une poignée de
terre.

III. HAIRAN (Lala Jagnath), élève de Nacim de
Dehli, est auteur entre autres d'un wâçokht publié dans
le *Majmûa' wâçokht.*

IV. HAÏRAN (Mîr Mannu), de Patna, mort à l'âge de
trente ans, est auteur d'un Diwân hindoustanî. Il est
surtout connu par ses marciyas, qui ont de la célébrité
et dans lesquels il a pris le surnom de *Mazlûm.* Il est
mentionné par Schorisch et par Muhcin.

V. HAIRAN (Mirza 'Alî Huçaïn) est un poëte contemporain dont on trouve des gazals dans le nº du 12
janvier 1869 de l'*Awadh akhbâr*.

I. HAIRAT [1] (Mir Murad 'Alî) naquit à Murâdâbâd.
Il était négociant (*tâjir*). Kamâl l'avait connu à Lakhnau, où il était venu. Schefta nous apprend qu'il mourut dans un voyage qu'il fit au Kohistân pour affaires de
commerce.

Voici la traduction d'un des vers de Haïrat :

J'ai voulu me séparer un instant de la caravane; mais on
m'a laissé dans le désert, soit que le son de la cloche du
départ n'ait pas été assez fort, soit que mon oreille ne l'ait pas
entendu.

Ce vers rappelle naturellement cet autre baït du *Gulistân* de Sa'adî, qui a un charme particulier dans l'original et dans la traduction urdue d'Afsos :

Il est agréable de dormir au bord de la route, à l'ombre d'un
acacia, le jour du départ de la caravane; mais il faut être
décidé à renoncer à la vie [2].

II. HAIRAT (Gulam Fakhr uddîn [3] Khan), petit-fils du
nabâb Mu'în ulmulk Mîr Mannû, fils du vizir nabâb
'Itimâd uddaula Camar uddîn Khân, demeurait près de
Kalpi, et il y cultivait la poésie hindoustanie et persane.

III. HAIRAT (le pandit Ajodhya-praçad [4]), de Cachemire, résida quelque temps à Lakhnau, et y fut élève
de Jurat. Il est auteur d'un Dîwân peu étendu et de quel-

---

[1] A. « Étonnement ». J'ai réuni ici ce que j'avais dit sur cet écrivain, page 112 de la première édition, à ce qui y est dit, page 120, de Hasrat, dont le nom mal écrit a donné lieu au dédoublement fautif.

[2] Ch. II, hikâyat 12.

[3] Et selon Zukâ, *Muhí uddîn*.

[4] I. « Faveur ou don d'Ajodhya ou Ayodhya (Aoude) », nom
donné à Râma.

ques masnawis. Il était habile en musique aussi bien qu'en
poésie. Il est mort en 1834 à Dehli, où il était allé demeurer, à l'âge de trente-cinq ans. On lui doit un vocabulaire hindoustanî, persan et arabe, intitulé *Khulâça
nafâïs* « Choix d'utilités », petit in-folio de 84 p. imprimé à Cawnpûr.

IV. HAIRAT (le khwâja KALLAN), de Dehli, est un
autre poëte qui habitait Patna.

V. HAIRAT (le schaïkh RAHM 'ALÎ), de Patna, fils du
schaïkh Gulâm Muhammad, était un homme sans éducation et ivrogne, mais compté néanmoins au nombre
des poëtes urdus. Il était mort lorsque 'Ischquî écrivait
son Tazkira.

VI. HAIRAT (MÎR MUHAMMAD HUÇAÏN) est un autre
poëte distinct des précédents.

VII. HAIRAT (MÎR SAÏDAN), neveu de 'Alî Culî Khân,
était *nâïb* [1] du Bihâr et ami de Schorisch.

VIII. HAIRAT (JA'FAR 'ALÎ), est un poëte hindoustanî
dont Mannû Lâl cite des vers dans sa « Rhétorique pratique », intitulée *Guldasta-i nischât*. Voici la traduction
d'un de ses vers :

Crains ce soupir brûlant qui s'échappe de mon cœur. Quoiqu'il ne produise en ce moment aucun effet sur toi, il pourra
devenir aussi poignant qu'une flèche aiguë.

I. HAIYAT [2] (le hâfiz MUHAMMAD), poëte du siècle de
Muhammad Schâh et scharîf distingué de l'Hindoustan,
était Jagataï d'origine par son père, et par sa mère

---

[1] Comme ce mot a plusieurs significations, expliquées dans le « Glossary of judicial ad revenue terms » de H. H. Wilson, je le laisse à dessein
ici sans traduction.

[2] A. « Vie ». Sprenger le nomme *Hayâ*.

Saïyid Rizwi [1]. Sarwar nous apprend que Haïyât renonça
au monde et se fit derviche. Il se distinguait par ses manières nobles et par sa bonne éducation. Il faisait volontiers des vers hindoustanis, et il est auteur de nombreuses
pièces de poésie gracieuses et éloquentes; mais il n'a pas
fait de Dîwân. Il alla visiter par dévotion, à deux reprises, les deux villes de l'Arabie consacrées par l'islamisme, et il mourut dans son dernier pèlerinage.

11. HAÏYAT (Muhammad), défunt, que les biographes
originaux nomment Haïyat Khan, est auteur d'une
« Histoire de l'Afgânistan et des tribus afgânes » écrite
en urdû et publiée à Lahore en 1867, gr. in-4° de 700 p.,
sous le titre de *Haïyât-i Afgânî* « la Vie des Afgâns »,
par allusion à son nom [2]. Le père de notre auteur périt
en 1848, dans la guerre contre les sikhs, et ses terres
furent dévastées par ces derniers à cause de sa fidélité
au gouvernement anglais. En 1857, Muhammad Haïyât
Khân était aide de camp du général Nicholson, et quand
ce dernier fut tué, il l'emporta hors des rangs à travers
les balles. Il fut désigné à Sir R. Napier pour être son
aide de camp indigène dans la guerre d'Abyssinie. Il fut
ensuite adjoint au commissariat de Katra. En novembre
1868 [3], dans une séance de la Société pour la diffusion
des connaissances (*Anjuman ischâ'at 'ulûm*), tenue à
Lahore, on lui remit la médaille que la Compagnie lui
avait décernée pour ses actes recommandables et ses
services exceptionnels relatifs à l'avantage général et
à cette société en particulier [4].

[1] C'est-à-dire des saïyids qui descendent de 'Alî Rizâ, huitième imâm,
ainsi que je l'ai dit plus haut.
[2] Sur cet ouvrage, voyez mon Discours de 1868, p. 47 et 48.
[3] « Homeward Mail » du 13 janvier 1868.
[4] *Awadh akhbâr* du 24 novembre 1868.

HAIYAT 'ALI[1] (le saïyid), de Schikohâbâd, auteur
du *Riçâla maulûd-i scharif* « Traité de la noble naissance (de Mahomet) » , imprimé à Agra en 1850, est, je
pense, le même écrivain à qui on doit le *'Aschra-i mubâ-
schara* « les Dix instructions » , ouvrage qui se compose
de dix petits traités ou *riçâla* en vers sur les dogmes de
la religion (*'acâïd*) et de la jurisprudence musulmane
(*fiqh*) ; Madras, 1844, in-8°. Dans ce dernier ouvrage,
il est indiqué sous le nom de Maulawî Saïyid Haïyât
Sâhib.

HAJI WALI[2] est auteur du *Pirtam-nâma,* ouvrage
dont il existait un manuscrit dans la bibliothèque du râjâ
Chandû Lâl Mahârâja Bahâdur, de Haïderâbâd. Le mot
pirtam est dakhnî[3] et signifie « monde » . Ce titre semblerait donc indiquer un ouvrage sur le monde, mais
probablement mystique plutôt que géographique.

HAJJAM[4] (INAYAT ULLAH) naquit dans le village de
Sahâranpûr[5]. Il résida longtemps à Dehli, où il exerça
le métier de barbier, mais d'une manière distinguée, et
non pas en parcourant les marchés comme ses con-
frères[6]. Il écrivait avec goût, et ses poésies sont, dit
Mashafî dans sa biographie, pleines de pensées plus déli-

---

[1] A. « La vie de 'Alì » .

[2] A. « Walì le pèlerin » .

[3] Cependant cet ouvrage est cité comme étant urdû dans la liste que
M. Stewart, qui était résident anglais à Haïderâbâd, avait eu la bonté
de m'envoyer.

[4] A. « Barbier et chirurgien » , à la lettre « poseur de ventouses » .
Ce poëte s'appelait aussi *Galû* ou *Kallû Hajjâm,* comme qui dirait *barbier de cou,* ou de menton (et non *de tête*). C'est sous ce dernier nom
que Mannû Lâl l'a cité, et c'est ainsi que je lui avais consacré fautive-
ment deux articles dans la première édition de cet ouvrage.

[5] Ville et district de la province de Dehli.

[6] Dans tout l'Orient il y a des barbiers ambulants.

cates qu'un cheveu. Il obtint le suffrage de toutes les sociétés littéraires de Dehli, et y fut souvent couvert d'applaudissements. Dans le *macta'*, ou dernier vers de chacun de ses gazals, il vante la nécessité de son état d'une manière fort spirituelle, faite pour charmer les auditeurs ou les lecteurs. Chacun l'aimait à Dehli, grands et petits.

Hajjâm était flatté d'être élève de Mirzâ Rafi' Saudâ. Une autre chose encore dont il se faisait gloire, c'était d'être entré dans la famille spirituelle nommée *Chischti*[1], et d'y avoir été admis par le maulawî Fakhr uddin Sâhib. Pendant la vie de ce saint personnage, il le rasait et lui teignait la barbe le mardi et le vendredi. C'est depuis l'époque où il connut ce vertueux musulman que Hajjâm endossa la robe et le turban des faquîrs. A cause de cela on le nommait *Schâh Ji*[2] dans son quartier. Il assistait fréquemment aux réunions pieuses des contemplatifs de son ordre, et restait habituellement dans leur société.

Kamâl nous apprend qu'il fréquentait Câïm et d'autres poëtes distingués auprès desquels il apprit l'art d'écrire. Sprenger nous fait savoir, d'après Câcim, qu'il avait aussi pris le takhallus de *Parwarisch*[3].

Mashafî le connaissait depuis longtemps à l'époque où il écrivait sa Biographie. Hajjâm avait alors environ trente-cinq ans, et il y avait six ans qu'il était à Dehli, où il mourut âgé de quatre-vingt-six ans,

---

[1] Voyez mon « Mémoire sur la religion musulmane dans l'Inde », page 22.

[2] C'est-à-dire « Seigneur schâh » ou roi. Voyez, sur cette dénomination, le Mémoire que je viens de citer, p. 21, et mon Discours du 2 décembre 1861, p. 7.

[3] P. « Éducation ».

en 1203 (1788-1789). Voici la traduction de quelques
vers de ce poëte :

Je me propose de demander un jour à tes yeux pourquoi
ils ne vivifient pas ceux qu'ils ont rendus malades.

Mais n'allons pas dans la rue de cette agaçante beauté;
attendons le jour où ses armes redoutables seront affaiblies.

Il vaut mieux être barbier comme moi que d'être cette
jeune bayadère dont tout le mérite consiste dans la fraîcheur
des joues, fraîcheur que le temps détruit si promptement...

Malgré l'ordre qu'elle me donne avec dédain de me retirer,
je reste dans le chemin où elle doit passer, dans l'espoir que
son palefroi, comme le chameau de Laïlâ, fasse un faux pas
et me donne le temps de l'approcher...

I. HAKIM [1] (MUHAMMAD ASCHRAF [2] KHAN), de Dehli,
fils de Muhammad Scharif Khân, surnommé *Zar-bakhsch*[3]
et médecin comme son père, prit d'abord le surnom
poétique de *Niçâr*, puis celui de *Hakîm*. Il était, dit
Mashafî, aux réunions duquel il assistait à Dehli, spirituel et aimable, mais passionné et malheureux par
suite de son caractère sensible. Il fit avec ce dernier le
voyage de Lakhnau. Il était habile dans l'histoire, la
médecine et la musique. Il était pour la poésie élève de
Mîr Dard. Ses poésies roulent principalement sur
l'amour. Hakîm était au surplus aussi recommandable
par sa science que par ses qualités personnelles, et il
était mort avant la rédaction du *Gulschan bé-khâr*, où il
est mentionné avec éloge. Son souverain l'avait surnommé, à cause de ses cures merveilleuses, *Macîh uzzamân* « le Messie du temps ».

[1] A. « Sage et médecin ».

[2] Il est aussi nommé *Muhammad Panâh*, « celui dont Mahomet est le
refuge ».

[3] Un manuscrit porte *Lakh-bakhsch*.

II. HAKIM (Nihal uddin), natif du village de Kakori, des dépendances de Lakhnau, était greffier du tribunal d'Agra. Il est mentionné comme poëte par Bâtin et par Muhcin, qui donnent un échantillon de ses vers.

III. HAKIM (Mîr Muhammad 'Ali), fils du hakîm Mîr Ahmad 'Ali, est un poëte, habitant de Lakhnau, dont Muhcin cite des vers nombreux. Il était élève de Muhammad Rizâ Barc.

IV. HAKIM (Muhammad Ibrahîm), de Lakhnau, fils du hakîm Ya'cûb et élève d'Asgar 'Ali Khân Nacim de Dehli, est un poëte hindoustani dont on trouve des vers dans le *Sarâpâ sukhan*.

HAKIM [1] SCHAH (le saïyid), de Lahore, est auteur, en collaboration de Chirâg Schâh, du *Dastûr ul'amal umûrât-i muta'allica-i schâdî o gami* « Règles à observer au sujet du mariage et du deuil », en urdû; Lahore, 1868, in-8° de 16 p.

HALDHAR-DAS [2] est auteur du poëme intitulé *Sudamâ charitra* « Histoire de Sudamâ », neveu de Krischna, écrite en stances hindouies, dites braj-bhâkhâ, dans le dialecte du *Râmâyana* de Tulcî. Il en existe une édition en caractères dévanagaris imprimée en 1890 du samwat (1812 de J. C.), in-8° de 62 p., sans indication de lieu, mais probablement publiée à Calcutta [3]. Il est parlé de cet ouvrage dans Montgom. Martin, « Eastern India », t. I, p. 485.

[1] Ici le mot *Hâkim* est écrit par un *alif* après le *hé* et sans *yé* après le *kaf*; mais il a le même sens que le précédent.

[2] I. « Serviteur de Haldhar ». Par ce mot, qui signifie « porte-soc de charrue », on désigne Bal-Râm, frère de Krischna, dont c'est le surnom.

[3] J'en possède un exemplaire dans ma collection particulière. Ce même ouvrage hindi est mentionné dans le « Descript. Catal. » du Rév. J. Long; Calcutta, 1867.

Un ouvrage portant le même titre est attribué à Nand-
dâs : j'ignore si c'est le même.

HALI [1] (Mîr Muhibb 'Alî Khan), de Murschidâbâd,
est compté parmi les poëtes hindoustanis par les biographes Sarwar et Schefta.

I. HAMDAM [2] (Mîr Mahfuz 'Alî), défunt, fils de Mîr
Muhammad Haïyât Hasrat, habitait Murschidâbâd à
l'époque où écrivait 'Alî Ibrâhîm, et c'est ainsi qu'il le
nomme Murschidâbâdî, c'est-à-dire de Murschidâbâd.
Ce fut dans cette ville qu'il put consulter Cudrat et d'autres poëtes distingués qui y résidaient. Ses poésies sont
estimées de ses compatriotes : elles sont réunies en un
Dîwân dont il existait entre autres un manuscrit dans la
bibliothèque du premier ministre du Nizâm d'Haïderâbâd. Muhcin en cite des vers dans son Anthologie.

II. HAMDAM (Raé Gulab Chand) est un poëte hindou, de la sous-caste des kâyaths, qui habitait Haïderâbâd, du Décan, où il remplissait les fonctions d'agent
du ministre du nabâb Schams ulumarâ Bahâdur, second
de nom. Kamâl fait son éloge et dit qu'il est auteur d'un
Dîwân hindoustanî. Il ajoute qu'il était élève de Haçan
uddîn Khân, plus connu sous le nom de *Bayân,* dont il
a été question plus haut, et qu'il était allé de l'Hindoustan à Haïderâbâd, où Kamâl l'avait rencontré fréquemment dans des réunions littéraires.

Voici la traduction d'un des gazals que Kamâl cite de
ce poëte dans son Anthologie bibliographique :

O Farhâd, tu es pour les amants un modèle d'honneur;
tu as eu en effet la hardiesse de sculpter une montagne.

[1] A. « Actuel » (*hâlî*).
[2] P. « Compagnon ».

Oh ! il y avait pour toi dans l'amour, ô Farhâd, le risque
de perdre la vie; mais pouvais-tu éprouver cette crainte à
l'avance?

Le trouble de l'amour pénétrait dans l'habitation de son
cœur; Farhâd était l'architecte de la maison des peines de
l'amour.

Parwîz au contraire fut habile dans son amour pour Schîrîn. Ta poitrine, ô Farhâd, fut le bouclier de son épée.

Telle était la condition de Khusrau (Parwîz), mais non
l'effet de ses qualités. O Farhâd! le tranchant de ton ciseau
toucha ta tête.

La saison de l'amour a été chaude pour moi dans ce siècle;
que sont Majnûn et Farhâd comparés à moi?

Les plaisirs dont Hamdam est témoin lui sont amers sans
son amie; c'est ainsi que soir et matin Farhâd était livré à la
tristesse par suite de son amour malheureux pour Schîrîn.

III. HAMDAM ('ABD ULLAH ou 'IBAD ULLAH KHAN), habitant de Rampûr, fils du nabâb Fath 'Alî Khân, un des
chefs de Kutterah, est un poëte urdû cité par Schefta.

HAMID [1] (MÎR) vivait à Lakhnau à l'époque où écrivait Ibrâhîm, et il était au nombre des disciples spirituels
de Mîr Nacîr, qui remplaça le défunt khwâja Bâcit.
Hâmid était plein de bonnes qualités, faisait profession
d'indépendance religieuse, et était passionné pour la
poésie hindoustanie, dans laquelle il obtint des succès.

HAMID 'ALI [2] (MIRZA MUHAMMAD), appelé prince hé-
réditaire d'Aoude, fils en effet de S. M. Wâjid 'Alî
Schâh [3], le même que j'ai vu et avec qui je me suis entre-

---

[1] A. « Louant ». Participe présent du verbe *hamad* « louer (Dieu) ».

[2] A. « Celui qui loue 'Alî ». Sur ce prince, voyez mon Discours de
1865, p. 35.

[3] L'*Awadh akhbâr* l'appelle par exagération orientale « Roi du
monde ». J'en ai parlé dans ce volume sous son nom poétique d'*Akhtar*,
et dans mon Discours de 1856, p. 1 et 2.

tenu à Paris, à l'occasion du décès et des obsèques de
son aïeule la reine douairière d'Aoude, cultive la littérature, à l'imitation de son père et de ses ancêtres, et
doit être compté parmi les poëtes hindoustanis.

Voici comme échantillon de ses productions poétiques
la traduction d'un gazal fort joli dans l'original, que je
trouve dans l'*Awadh akhbâr* du 29 décembre 1868 et
qui a été mis en mukhammas par Miyân Hunar Sâhib.

Dans *deux gharîs* [1], la lumière de la lune perdra sa force,
et dans *deux gharîs* la blessure de mon cœur reprendra la
sienne.

Des cris et des pleurs auront lieu sur mon cadavre, mais
dans *deux gharîs* il n'en sera plus question.

Le moment qui doit me séparer de mon amie est très-
proche, car, hélas! l'aurore paraîtra dans *deux gharîs*.

J'apprends qu'elle ceint ses reins pour se préparer à un
massacre général (des cœurs), et qu'ainsi dans *deux gharîs* le
monde sera sens dessus dessous.

Hélas! en attendant elle adresse la parole à un autre, puis,
dans *deux gharîs*, les flèches de ses regards tomberont encore
sur moi.

Mon cœur réduit en eau s'est comme écoulé avec l'eau de
mes larmes, mais dans *deux gharîs* ce sera le sang de mon
cœur que répandront mes yeux.

Ah! je suis sûr qu'elle ne pourra s'empêcher de venir à
moi, et que mes soupirs produiront leur effet dans *deux
gharîs*.

Comment pourrai-je croire à ta parole, puisque depuis deux
années tu me dis : « Dans *deux gharîs*. »

Hélas! on ne me trouvera plus vivant, si on vient me voir
dans *deux gharîs*.

Ne t'inquiète pas, ô mon cœur! voilà qu'elle est disposée à
s'unir à moi : elle va arriver dans *deux gharîs*.

---

[1] Espace de vingt-quatre minutes, auquel sont subdivisées les huit
parties (*pahar*) du jour et de la nuit.

Viens donc fendre mon cœur avec l'épée de ton œillade. Il est prêt à y servir de bouclier, dans *deux gharís*.

Sans doute elle viendra me voir dans mon agonie, si elle n'a pas de mes nouvelles dans *deux gharís*.

Mais quand elle quittera mes côtés pour retourner à sa maison, alors, dans *deux gharís*, mon cœur retombera dans l'affliction.

Lorsque l'automne arrive, il administre à sa façon le jardin ; alors dans *deux gharís* y trouvera-t-on seulement une plume du rossignol?

Si dans *deux gharís* elle vient s'y promener avec l'idée qui lui sourit de m'assassiner, j'aurai à bien tenir mon cœur de mes deux mains.

Qui est-ce qui peut songer en agonie à un trône et à une couronne, lorsque dans *deux gharís* on sera étendu de la tête aux pieds dans la poussière du tombeau?

Il y a quantité d'histoires d'amants assassinés par les dédains de leurs maîtresses, et qui dans *deux gharís* ont pu ensuite en jouir.

Lorsque la nuit est finie et qu'elles se lèvent pour se retirer d'auprès d'eux, ceux-ci ont à supporter dans *deux gharís* la blessure que l'aurore en se montrant fait alors à leur cœur.

Comment avoir la certitude que tu accompliras ta promesse? Dis-moi au juste si ce sera dans deux ans ou dans *deux gharís*.

Mon cœur pourra-t-il jamais t'oublier dans ton absence? Mais la peine qu'il endurera me tuera dans *deux gharís*.

HAMID BARI [1] est un poëte ancien mentionné par Sarwar.

HAMID HUÇAIN [2] (le saïyid) est auteur d'un ouvrage de controverse sur les *schi'as*, intitulé *Isticsâr ulifhâm* « Abrégé de l'*Ifhâm* « enseignement » , ou *Jawâb muntahâ ulkalâm* « Réponse au *Muntahâ ulkalâm* « la Conclusion du discours » ; Ludiana, 1863 ; 1122 p.

---

[1] A. « Celui qui loue Dieu ».
[2] A. « Celui qui loue Huçaïn ».

HAMID UDDIN [1] (le saïyid), Bihârî, c'est-à-dire du Bihâr, est auteur d'un ouvrage en prose intitulé *Khwân-i ni'mat* « la Table de la faveur (céleste) » dont la bibliothèque de la Société Asiatique du Bengale possède un exemplaire.

HAMIR MAL (SETH) est auteur d'un exposé de la religion des jaïns intitulé *Pothi jaïn matti* « Livre de la sagesse des jaïns », rédigé en hindî et imprimé à Agra en 1850.

I. HAMRANG [2] (Mîr 'Azîz UDDÎN), saïyid d'Aurangâbâd, est mentionné par Câcim comme un derviche studieux affilié aux confréries *Câdiriyah* et *Nacschbandiyah*, lequel soumettait ses vers au maulawî Gulâm-i Kibriyâî Khalîl, de Murschidâbâd, homme recommandable, attaché aux doctrines des sofis et auteur de poésies mystiques écrites en persan. On doit à Hamrang trois Dîwâns, dont un en urdû, duquel notre biographe cite un échantillon d'une page. Il les écrivit en 1208 (1793-1794), d'après l'indication et les conseils de son maître.

II. Ne serait-il pas le même écrivain à qui on doit un poëme sur les devoirs religieux, intitulé *Dûdh daliyâ* « Le lait et le grain concassé », imprimé à Madras en 1849, in-8°? Ici l'auteur se nomme, à la vérité, 'Azîz ullah Schâh Hamrang.

III. HAMRANG (DILAWAR 'ALÎ KHAN), frère de Mustafâ Khân Yakrang, est aussi compté par Sarwar parmi les poëtes hindoustanis.

I. HAMZAH [3] (le schaïkh 'ALÎ), maître d'école à

[1] A. « Celui qui mérite d'être loué quant à la religion ».

[2] P. « Même couleur, pareil ».

[3] A. Nom de l'oncle de Mahomet. (Ici le *h* est la sixième lettre de l'alphabet arabe).

Etâwa, est mentionné par Sarwar comme poëte hindoustanî.

II. HAMZAH[1] (Schah), derviche, natif de Dehli et
habitant de Patna, où il a plusieurs adeptes, est compté
par Schefta parmi les poëtes hindoustanis.

HANSAWI[2] ('Abd ulwaci') est auteur d'une grammaire persane, rédigée en urdû et imprimée à Lahore.

HANUMAN-DAS[3] (le bâbû), dâroga de Chanâr, zila'
de Mirzâpûr, est entre autres auteur d'un Tárîkh urdû
sur la mort du munschi Ganesch-praçâd de Madras, lequel fait partie du *Majmu'a-i tárîkh inticál* « Réunion des
chronogrammes du décès (de Ganesch-praçâd) », publié à Lakhnau en 1866, in-fol. de 8 p.

HAQUICAT[4] (le saïyid et mîr Schah Huçaïn Khan),
père de Muhcin, l'auteur du *Sarâpâ sukhan,* fils du saïyid
et mîr 'Arab Schâh, fut élève de Jurat. Ses ancêtres
étaient de Khûst, près de Balkh. Il naquit à Dehli, mais
selon Schefta à Bareilly. A l'âge de discrétion il alla à
Lakhnau, où il résida dès lors. Ce fut, disons-nous, sous
Jurat qu'il étudia l'art de la poésie, et il écrivait souvent
les vers de son maître, qui étant aveugle ne pouvait le
faire lui-même. Imâm-bakhsch Khân, du Cachemire,
qui s'occupait d'une Anthologie, demanda à Jurat de lui
procurer quelqu'un qui pût le seconder dans ses travaux.
Jurat lui procura Haquîcat, et rendit ainsi service à
l'un et à l'autre ; mais Imâm-bakhsch l'employa à transcrire un tazkira qu'il avait copié en partie d'un ouvrage

----

1 A. Nom d'un signe orthographique. (Ici le *h* est l'avant-dernière
lettre de l'alphabet arabe).

2 I. De Hansi, près de Dehli.

3 I. « Le serviteur d'Hanuman », le célèbre singe général de Râma.

4 A. « Vérité, récit vrai ».

pareil de Mashafî. Selon le dire de ce dernier, Imâm-
bakhsch lui avait emprunté des cahiers du brouillon du
tazkira dont il s'occupait à la même époque, et il y prit
tout à son aise les fragments qui lui plurent et que Mashafî avait eu beaucoup de peine à recueillir. Ce dernier
se plaint amèrement de cet abus de confiance à l'article
consacré à Haquîcat, et il donne à ce sujet un quita'
(quatrain) hindoustanî que termine un vers du célèbre
poëte persan Nizamî. Voici la traduction de cette petite
pièce :

Tout le monde sait que le tazkira de Mashafî est depuis
longtemps célèbre. Eh bien, le tazkira que *Haquîcat* (vérité)
a écrit, il l'a en *vérité* pillé de Mashafî. Peu importe, du
reste; quand même tu allumerais cent lampes aussi brillantes que la lune, elles ne seraient pour le soleil qu'une tache
noire.

On doit à cet écrivain hindoustanî :

1° Un ouvrage en prose entremêlée de vers, et intitulé
Jazb-i 'ische « l'Attraction de l'amour », qui roule sur un
événement dont il fut témoin et qui se passa en 1204
(1789-1790) à Simarî, village situé à la distance d'un
pargana de Bindrâban. Mir Huçaïn en écrivit la relation
en 1211 (1796-1797), et son ouvrage se trouve parmi les
manuscrits du Collége de Fort-William, qui appartiennent aujourd'hui à la Société Asiatique de Calcutta. La
troisième copie [1] de cet ouvrage, copie que je possède
dans ma collection particulière, fut faite par l'auteur
lui-même, en 1212 (1797-1798), pendant qu'il était au
camp de Fathgarh, attaché, probablement en qualité
de munschî, au docteur Henderson. Cette copie était

---

[1] Dans cette troisième copie il est question d'une quatrième faite
pour un capitaine Austin.

destinée à être offerte en cadeau à Mr. Robert Francis.

Après les louanges du Créateur, l'éloge de Mahomet, et une citation des premiers vers du charmant poëme de Mîr intitulé *Schua'la-i 'ische*[1], l'auteur entre en matière.

Outre cet ouvrage, on doit à Haquîcat :

2° Une Histoire de Bahrâm-gûr en vers rekhtas, intitulée *Hascht gulzâr* « les Huit parterres ». Ce masnawi, composé en 1225 (1810-1811), a été lithographié à Cawnpûr au *Mustafâï Press* en 1268 (1851-1852), et il forme 108 p. de quatre colonnes[2].

3° Le fils de Haquîcat nous apprend qu'il est auteur de huit différents ouvrages, outre son Dîwân dont Muhcin cite des vers.

Voici les titres de trois de ces livres :

4° *Takhta ul'Ajam* « Tableau de la Perse » ;

5° *Khazînat ulamsâl* « le Trésor des proverbes » ;

6° *Sanamgarh chîn* « la Pagode chinoise ».

Haquîcat avait accompagné à Chînapatan (Madras) un Anglais en qualité de munschi, et ce fut en cette ville qu'il mourut et qu'il fut enterré.

I. HAQUIR[3] (Mîr Imam uddîn), de Dehli, connu aussi sous le nom de Mîr Galû ou Kallû, est un poëte aimable et spirituel, maître d'école de profession. Il est le père de Mîr Muhammadî Curbân. Câcim en fait un grand éloge et en cite quarante-cinq vers. On lui doit surtout des marciyas, des rubâ'is, etc.

II. HAQUIR (le munschi Nabi-bakhsch), fils de Huçaïnbakhsch Bakhschî, de Dehli, où ses ancêtres, qui étaient

---

[1] Voyez-en la traduction à l'article Mîr (Muhammad Taquî).

[2] Dans la « Bibliotheca Sprengeriana », n° 1691, l'auteur de cet ouvrage est appelé Haquîquî.

[3] A. « Pauvre », mis souvent en allitération avec *faquîr*, qui a le même sens.

originaires du Panjâb, s'établirent il y a près d'un siècle,
était *sirischtadär* « greffier » à la cour de justice de Kol
(Coel) lorsque Bâtin écrivait son Tazkira.

III. HAQUIR (Schîv Sahay), de Mirat, poëte musicien qui gagnait sa vie en faisant des vers à l'occasion
des mariages et dans d'autres circonstances solennelles.
Il soumettait ses productions à Roschan Schâh Roschan,
de Dehli. Zukâ, qui le connaissait, a donné ces renseignements, que j'emprunte à Sprenger.

HARBANS[1] LAL (le munschî), de Bénarès, publia
en cette ville, au mois d'août 1849, le premier numéro
d'un journal scientifique et littéraire intitulé *Mirât
ul'ulûm* « le Miroir des sciences » , journal que le manque
d'encouragement le força de discontinuer[2]. Il y a traité
entre autres choses de la culture des grains particulière
à l'Inde et du système anglais d'agriculture[3]. Ce journal devait paraître mensuellement; mais il n'en a été
publié que trois numéros, et il a cessé de paraître dès le
mois de novembre de la même année.

Harbans a soigné l'édition du *Débî charitr saroj* « le
Lotus de l'histoire de Durgâ », par Chitpâl Mâdhaw Singh.

Je trouve mentionné un écrivain nommé Harivansa
qui est peut-être le même que le précédent.

Le 1er septembre 1850, il entreprit, en compagnie
de Bhaïrav-praçâd, un nouveau journal scientifique et
littéraire, mais de plus politique, qui paraissait à Bénarès deux fois par mois, par numéros de 8 p. petit in-fol.
lithographiées. Ce journal, qui a continué de paraître, est

---

[1] 1. De la race de Siva.

[2] « The Friend of India », n° du 4 juillet 1850.

[3] On trouve dans le Catalogue de la Bibliothèque de l'East-India
Office cette indication : « *Mirat ululoom*, in 3 parts 8°; Benares, 1849. »

intitulé *Sâirîn-i Hind* « les Voyageurs, ou plutôt, les Courriers de l'Inde », titre que j'ai cru devoir rendre par « les Feuilles volantes de l'Inde » dans l'article que j'ai consacré à cette publication le 16 janvier 1851 dans le « Journal des Débats ». Il est imprimé à la typographie nommée *Matba' mufîd-i Hind* « Imprimerie pour l'avantage de l'Inde », laquelle est dirigée par ses rédacteurs.

HAR CHAND GHOS est auteur d'une traduction du « More de Venise » de Shakespeare. J'ignore si c'est la même qui a été annoncée dans un journal de New-York sous le titre de *More Bahâdur*.

HAR CHAND [1] KISCHOR, de Dehli, fils du kunwar Prem [2] Kischor Firâquî et petit-fils du râjâ Jugal Kischor, fréquentait les assemblées littéraires et y lisait des vers de sa composition, ainsi que nous l'apprend Sarwar.

HAR CHAND RAÉ est auteur du *Gulzâr bé-khâr* « le Jardin sans épine », recueil de poésies urdues, gr. in-8° de 14 p. de quatre colonnes; Lakhnau, 1866.

HAR-DAS [3] SINGH est l'éditeur d'un journal hebdomadaire de Bareilly intitulé *Aïna Hind* « le Miroir de l'Inde ».

HARDÉO [4] SINGH (le bâbû), fils de Baçantî Râm et petit-fils de Baçantî Dhar Sahû, était en 1847 bibliothécaire du Collége des natifs de Dehli et âgé d'environ vingt-huit ans à cette époque. Il est auteur :

---

[1] I. *Har* est un des noms de Siva, et *Chand* « lune » est un titre d'honneur.

[2] On lit Râm dans mon manuscrit du '*Umdat ulmuntakhaba.*

[3] I. « Serviteur de Siva ».

[4] I. « Le dieu Siva ».

1.° D'un Manuel de la levée des plans [1] dont il y a plusieurs éditions d'après Crooker, Lesbit et Hutton, intitulé *Riçâla-i 'ilm païmâyisch* « Traité de la science du mesurement », en deux parties, travail dans lequel il a été aidé par le maulânâ Câdir 'Alî et qui a été imprimé;

2° De la traduction urdue des Éléments d'arithmétique (« Principles of arithmetic ») de De Morgan. Cet ouvrage, pour lequel il a été aidé par Aschraf 'Alî [2], autre professeur du Collége de Dehli, et par Ajodhya-praçàd, est intitulé *Riçâla uçûl-i hiçâb* [3]. C'est, je pense, le même ouvrage qui est donné dans le rapport de H. S. Reid sur l'éducation indigène, Agra, 1854, p. 55, comme la reproduction urdue de l'ouvrage hindî de Mohan Lâl intitulé *Ganit nidhân* « Trésor d'arithmétique », version des « Principes d'arithmétique » de Tate, d'après la méthode de Pestalozzi.

Karîm fait un grand éloge tant des qualités morales que de la capacité intellectuelle de Hardéo, et dit qu'il est très-actif et fort laborieux.

I. HAR GOVIND [4] (le munschî), *tahçîldâr* de Bâuda, est auteur du *Dastûr ul'amal patwariyân* « Manuel des patwaris », en hindî; Allahâbâd, 1860, in-8° de 70 p.

II. HAR GOVIND (UMED LAL) est le compilateur d'une collection de poëmes hindis religieux chrétiens par différents auteurs, publiés sous le titre de *Kirtanâwali* « Rangée de louanges ». Il y en a une première édition d'Ahmadâbâd, 1859, in-8° de 19 p. Je ne connais pas

---

[1] « Manual of land surveying », ou « Practical land surveying by the theodolite ».

[2] Voyez l'article SCHARAFAT.

[3] De Morgan's Arithmetic translated from english into urdoo; Dehli, 1847.

[4] 1. « Siva et Krischna ».

la seconde; mais la troisième est aussi d'Ahmadâbâd,
1867, avec les mêmes poëmes en guzarati, in-8° de
117 p.

HAR NARAYAN[1] est un poëte contemporain dont on
trouve un gazal hindoustani dans le *Koh-i nûr* de Lahore du 13 mars 1866. On lui doit un ouvrage intitulé
Anand sindh « l'Océan du plaisir », traduction hindie en
caractères persans du onzième chapitre du *Bhagawat*,
in-8° de 278 p.; Dehli, 1868.

HAR RAÉ JI[2], disciple de Vallabha, a écrit en braj-
bhâkhâ :

1° Un ouvrage sur les soixante-sept péchés, leurs ex-
piations et leurs conséquences, conformément à la doctrine de son maître. On en trouve quelques extraits dans
l'« History of the sect of the maharajas », p. 82.

2° Un commentaire (*tîkâ*) sur l'ouvrage intitulé *Pu-
schti pravâha maryâda* « la Dignité du courant généalogique », dont on trouve aussi un extrait dans le même
ouvrage, p. 86.

HARI[3] (le bâbû) est un Hindou converti qui a pris à
son baptême le prénom de *John*. Il est auteur du *'Içâyi
muçâfir kâ ahwâl* « Aventures du voyageur chrétien »,
traduction hindie de l'ouvrage de Mrs. Sherwood intitulé « Indian Pilgrims », qui n'est autre que le « Bu-
nyan's Pilgrim's Progress » adapté à l'Inde. Cet ouvrage
a été imprimé en caractères persans à Allahâbâd, en
1847, à la typographie des missions presbytériennes,
sous le titre de *Saïr-i tâlibunnajât* « le Voyage du cher-

---

[1] 1. « Siva » (et) « Wischnu ».

[2] 2. Le nom de cet auteur est aussi orthographié Hari Râya Ji; mais
l'orthographe que j'ai adoptée me paraît être la véritable.

[3] 3. 1. « Wischnu ».

cheur du salut » , in-12 de 360 p., sous la direction du
Rév. Jos. Warden. Le même ouvrage a été imprimé
aussi à Mirzâpûr en caractères latins, je crois en 1857.
Il y en a deux éditions de Bénarès, publiées par le Rév.
Mr. Buyers.

On a publié en caractères latins une traduction abrégée du « Pilgrim's Progress » par feu le Rév. Mr. Bow-
ley, connu par plusieurs autres publications utiles. Il
existait déjà d'autres traductions du même livre, dont
une en hindouî, sous le titre de *'Içâyi muçâfir* « le Chrétien voyageur ». Il y en a une en hindoustanî qui porte
aussi ce dernier titre et qui a été publiée à Ludiana en
1861, 180 p. in-12.

Il existait depuis longtemps en français une traduction
de cet ouvrage sous le titre de « Voyage du chrétien » ;
mais on en a donné une nouvelle il y a quelques années, et on l'a fait suivre de son pendant « Christiana et
ses enfants ».

HARI-BAKHSCH [1] (le munschî) est auteur d'une rédaction du *Bhakta mâl* en braj-bhâkhâ et en caractères
dévanagaris, qui était sous presse en 1867 à la typographie du *Manba' ul'ulûm* « Source des sciences », à Sah-
nah, zila' de Gûrgâwn. Cet ouvrage formera 900 pages,
selon que nous l'apprenons dans l'*Akhbâr-i 'âlam* de
Mirat du 21 mars 1867.

HARI CHANDAR ou HARIS CHANDRA (le bâbû), de
Bénarès, fils de Gopal Chandra, est l'éditeur du *Hari bachan sudhâ* « le Nectar des discours des poëtes », recueil
mensuel pour la publication des poëmes hindis célèbres,
inédits jusqu'ici, et dont le premier cahier a paru en août

---

[1] 1. P. « Don de Wischnu ».

1867. Ces numéros mensuels, qui se composent chacun
de 16 p. gr. in-8°, formeront ensuite des volumes. Ceux
que j'ai reçus contiennent un poëme entier, l'*Aschta
jâm* ou *Aschta yâma* « les Huit *pahars* (divisions du
jour) », par Srî Déva-datt; et une partie de deux autres
poëmes, le premier intitulé *Bhârti bhuschan* « l'Ornement du discours », de Gopal Chandra, père de l'auteur, et le second *Ukt yukti ras-kaumudi* « les Rayons
lunaires du goût dans les métaphores du discours » ;

Le *Bal Râm kathâmrit* « l'Ambroisie de l'incarnation
de Bal-Râma » ;

Le *Ratnâwali nâtika* « le Drame de Ratnâwali » ;

Le *Nahusch nâtak* « le Drame de Nahusch » , de Gopi-
jan Ballbho, retravaillé par Gopal Chandra;

L'*Amrâg bâg* de Guirdhar-dâs, qui semble être une
suite du *Bal kathâmrit* de Gopal Chandra;

Le *Prem ratan* « le Joyau d'amour », par le bâbû
Ratan Kunwar;

Le *Pâwas kabita sangrah* « Poëmes hindis sur la saison
des pluies » , etc.

Le bâbû a publié sous le titre de *Gazliyât* douze gazals urdus d'un concours poétique tenu chez lui à Bénarès, 1868, in-8° de 16 p. de 13 lignes; un joli « Forget
me not » pour 1869, formé de morceaux choisis traduits
en vers hindis; le *Kârtik karm bidh* « le Rituel du mois
de kartik » , en hindî ; Bénarès, 1868, in-8° de 31 p.

Serait-il le même que le pandit Hari Chand, auteur du
Taschrih ussazâ « Dissection des punitions » , c'est-à-dire
tableau abrégé des peines corporelles auxquelles on est
exposé dans l'Inde, d'après le code pénal, les règlements
de police, etc., ouvrage annoncé dans l'*Awadh akhbâr*
du 29 octobre 1867.

HARI-DAS [1] est un poëte hindouî dont W. Price cite un pad dans les chants populaires de ses « Hindee and hindoostanee selections ».

HARI HARA [2] est un écrivain hindou dont je ne puis citer que le nom.

HARI LAL [3] (le pandit) est auteur d'une « Histoire d'Angleterre » écrite en hindî et intitulée *Inglistân ká itihâs;* Agra, 1860, in-8° de 196 p.

HARI-NATH [4] JI est auteur du *Pothi Schâh Muhammad Schâhi* « Histoire de Muhammad Schâh », dont il y a une copie manuscrite au British Museum sous le numéro 6651 E, Add. mss.

HARIF [5] (le khwâja MUKARRAM KHAN), de Dehli, fils du khwâja Muhammadî Khân, qui avait un emploi dans l'administration du Bengale, est mort à la fleur de l'âge, après s'être fait connaître par quelques poésies hindoustanies. Il est mentionné par Schorisch.

HARIWA [6] est un poëte hindî dont W. Price cite un pad dans la collection des chants populaires de ses « Hindee and hindoostanee selections ».

HARSUKH [7] RAÉ (le munschî) est le propriétaire et l'éditeur du journal intitulé *Koh-i nûr* « la Montagne de lumière », par allusion au célèbre diamant de ce nom qui appartient aujourd'hui à la reine d'Angleterre. Ce journal urdû de Lahore jouit d'une grande popularité.

[1] I. « Serviteur de Hari », c'est-à-dire « de Wischnu ».
[2] I. « Wischnu et Siva ».
[3] I. « Le chéri de Hari (Wischnu) ».
[4] I. « Le seigneur Hari (Wischnu) ».
[5] A. « Rival ».
[6] I. Ou « Hariwân » c'est-à-dire « Indra ».
[7] I. « Le bonheur de Siva ».

Il paraît tous les dimanches par cahiers de seize pages sur deux colonnes petit in-folio avec des suppléments (*zamîma*) de temps en temps, et il est imprimé à la typographie de son nom, *Matba' Koh-i nûr*, laquelle est dirigée par le même Harsukh. Cette imprimerie avait été établie dans l'origine sous le patronage du conseil d'administration (« Board of administration ») du Panjâb, et elle est encore actuellement soutenue par ce conseil, qui y fait imprimer quelquefois des livres officiels à son usage.

Le *Koh-i nûr* contient des extraits du « Government Gazette » d'Agra et les nouvelles courantes. Il est publié sous les auspices et le patronage du gouvernement anglais. Les numéros que j'ai eus sous les yeux me paraissent très-intéressants : on y trouve assez fréquemment des vers urdus.

Ce journal était d'abord publié par Surâj Bhân ; actuellement il est édité par les soins du munschî Jamnapraçâd, chef de la typographie où il s'imprime.

On doit à Harsukh un *Jantri* ou almanach urdû pour 1869.

HARWI[1] (le maulâ DARWESCH) est auteur d'un cacîda sur le pays d'Açâm cité dans l' « Histoire d'Açâm » écrite en hindoustani par Huçaïnî. Les vers reproduits par Huçaïnî sont en hindoustani., ce qui paraît prouver que le poëme est aussi écrit en cette langue.

HARYA[2] (HAR-SAHAY), brahmane de Sikandarâbâd, poëte contemporain et bon médecin, est mentionné par Sarwar.

[1] A. « Habitant de Hérat ».

[2] I. *Harya* paraît être un adjectif dérivé de *Hari*, un des noms de Wischnu.

I. HASCHAM [1] (le hakim Baquir 'Alî), de Lakhnau, fils du hakim Mirzâ Ahmad et élève d'Imâm-bakhsch Nàcikh, est un poëte hindoustanî auteur d'un Dîwân dont Muhcin cite des vers et qui a été publié à Lakhnau.

II. HASCHAM (Hari Schankar-praçad) est auteur d'un Dîwân imprimé à Bénarès, in-8° de 38 p.

1. HASCHIM [2] est un poëte du Décan, à en juger par un vers que Mîr donne de lui. En effet, Kamâl le dit expressément et le nomme poëte ancien. Voici la traduction du vers singulier qu'on en cite :

J'ai vu sans voile les belles voleuses de cœurs du Décan et de l'Hindoustan. J'ai même pu découvrir sur leur visage, blanc comme la lune, les poils de leurs légères moustaches comparables à l'écriture déliée d'un habile copiste.

II. HASCHIM (Hajî Muhammad) est l'éditeur d'un journal hebdomadaire musulman, hostile au christianisme, qui paraît à Dehli par cahiers gr. in-8° de 8 p., sous le titre de *Khaïr ulmawâ'iz* « le Meilleur des avis ». Il est aussi auteur d'une défense du mahométisme écrite en hindoustanî, laquelle a été réfutée aussi en hindoustanî par le Rév. J. Wilson sous le titre anglais de « Refutation of Muhamedanism, in reply to hajji Muhammad Haschim » ; deuxième édition, Bombay, 1834, in-8° de 126 p. et in-12.

III. HASCHIM (le khwâja Muhammad) est l'éditeur et le rédacteur du journal hindoustanî de Sohnah, district de Gûrgâwn, intitulé *Kâr-nâma-i Hind* « Annales de l'Inde », qui paraît depuis le mois de septembre 1866 [3].

---

[1] A. « Train, cortége », etc.

[2] A. « Généreux », nom propre du père de 'Abd ulmutallib, père de 'Abbâs, oncle de Mahomet.

[3] Voyez mon Discours de 1866, p. 8.

I. HASCHIMI [1] (Mir) est un des élèves de Saudâ. Il
a formé dans l'Inde une sorte d'école appelée l'école moderne, ou le nouveau style, par opposition à celui des
écrivains hindoustanis qui l'ont précédé. Mashafî, qui
l'avait vu à Lakhnau, dit qu'à l'époque où il écrivait son
Tazkira (en 1793-1794), Hâschimî avait probablement
plus de soixante ans. On cite de lui, dans les biographies originales, des vers fort éloquents.

Hâschimî est auteur d'un Dîwân dont le major M. S.
Ottley possède un exemplaire copié en 1196 (1781).

II. HASCHIMI, de Dehli, est un poëte contemporain
distinct des précédents, mentionné par Sarwar et par
Schefta.

I. HASCHMAT [2] (Mir Muhammad 'Alî Khan), de Cachemire, ami, et selon quelques-uns, maître de Mîr
'Abd ulhaïyî Tâbân, fut célèbre par son talent poétique
et par son courage. Il accompagna à Murâdâbâd Cutb
uddîn Khân, qui faisait la guerre aux fils de Muhammad
'Alî Khân Rohilla, et il mourut en brave dans cette
campagne. Il excellait dans la poésie hindoustanie. 'Alî
Ibrâhîm, à qui j'emprunte ces détails, n'en donne que
deux vers, les mêmes qui sont cités dans la biographie
de Mîr. Ce dernier dit que Haschmat était élève de Ganî
Beg Cubûl [3], et qu'il aimait à soutenir des discussions en

[1] A. « Haschémite », descendant de 'Abd ulmutallib, père de 'Abbâs.
Voyez la « Chrestomathie arabe » de Silvestre de Sacy, deuxième édi-
tion, t. I, p. 36. Câcim et Sarwar appellent cet auteur Mîr Hâschim 'Alî
Hâschimî, et Schefta le nomme Mîr Muhammad Hâschim. Sprenger
distingue Hâschim (Hâschim 'Alî) de Mîr Hâschimî et de Hâschimî de
Dehli.

[2] A. « Honneur », nom d'action de la racine arabe *hascham*, de
laquelle dérive, à la huitième forme, le participe passé *muhtascham*
« honoré », etc.

[3] Voyez l'article consacré à cet écrivain.

vers avec d'autres gens de lettres, discussions dans lesquelles il trouvait toujours des reparties heureuses. Haschmat a laissé un Dîwân dont Muhcin donne un échantillon. Il alla à Murâdâbâd en 1158 (1745-1746), et ce fut là qu'il fut tué dans un combat. Il était de Cachemire, et il a eu entre autres pour élève Muhtascham 'Alî Khân, qui prit aussi le takhallus de *Haschmat* et dont la mention suit.

II. HASCHMAT (le mir ou saïyid Muhtascham 'Alî Khan), de Dehli, était originaire du Badakhschân. Il prit pour surnom poétique le mot *haschmat,* emprunté à la même racine arabe que son nom honorifique. Il était fils de Mîr Bâqui et frère cadet de Mîr Wilâyat[1] ullah Khân. Il descendait réellement de Mahomet. Il était militaire, et se distinguait par la finesse de son esprit et par sa fertile imagination. Il était, du reste, très-bon et très-doux. On le considère comme un des meilleurs écrivains hindoustanis de Dehli. Outre les poésies hindoustanies qu'il a laissées, il a fait aussi beaucoup de vers persans qui ont été réunis en Dîwân et qui sont pleins de pensées neuves heureusement exprimées. Il paraît qu'il est aussi auteur d'un Dîwân hindoustanî. Il quitta Dehli et alla habiter Mugalpûra[2], où il vivait dans la retraite. Il avait connu Mîr, et il lui témoignait beaucoup d'amitié. Il mourut en 1166 (1752-1753), sous le règne de Muhammad Schâh.

III. HASCHMAT (Mirza Fakir uddîn) est un prince

[1] Poëte distingué dont il sera question plus loin.

[2] Il s'agit peut-être simplement ici du faubourg de Dehli qui porte ce nom, peut-être aussi d'un village près d'Hougly dans le Bengale, ville ou village dont Afsos parle en ces termes dans sa description de cette province : « Dans l'origine, dit-il, les Anglais avaient leur comptoir à Hougly, contigu à Golghat et près de Mugalpûra. »

de la maison de Timûr qui est auteur de poésies urdues.
Il récita des fragments de ses poésies dans une réunion
littéraire qui se tint chez Karîm le 10 scha'ban 1261
(23 août 1845), fragments que ce biographe nous fait
connaître en partie. Haschmat avait à cette époque
environ quarante ans.

1. HASRAT [1] (MIRZA JA'FAR 'ALÎ), natif de Dehli, fils
de Mirzâ Abû'lkhaïr, pharmacien à Lakhnau, devant
la porte d'Akbar, était professeur de littérature et poëte
très-distingué. Il est appelé indifféremment par les biographes originaux Mîr et Miyân. On lui doit un Dîwân,
des gazals détachés et beaucoup de cacîdas, et on le considère comme un des meilleurs poëtes de Lakhnau. La
plupart des jeunes poëtes qui habitaient cette ville du
temps que 'Alî Ibrâhîm écrivait sa Biographie, furent les
élèves de Hasrat. Mashafî le vit à Lakhnau, dans des
réunions littéraires, et il dit de lui, dans son Tazkira,
que c'était un jeune homme aimable, doux et spirituel.
Il fut quelque temps employé chez Mirzâ Jahândâr
Schâh. A la mort de son père il quitta le service de ce
grand personnage, et tint lui-même sa boutique de pharmacien. Mais tout à coup il renonça au monde, endossa
le froc des derviches et se retira dans l'angle de la solitude, ce qui n'empêcha pas que les poëtes de ce pays ne
le reconnussent toujours pour leur maître. Il consultait
lui-même sur ses vers Râé Sarb-sukh Dîwâna. Lutf nous
apprend qu'il habitait Dehlî, apparemment en dernier
lieu, et qu'il mourut en 1210 de l'hégire (1795-1796),
ou, comme il le dit, qu'il ferma la boutique de l'existence pour aller dans le bazar de la mort. Toutefois on

1 A. « Soupir », etc.

trouve dans les kulliyâts de Jurat, qui fut son élève, un
tarikh qui fixe sa mort à l'année de l'hégire 1206 (1791-
1792 de J. C.).

Ce fut quatre ans avant sa mort qu'il entra dans la
vie contemplative et qu'il vécut dans la retraite la plus
absolue. Selon Kamâl, il a laissé non pas un Diwân,
mais deux Dîwâns, outre des rubâ'îs, des masnawîs, des
mukhammas, etc.; et ce biographe n'a pas cité moins
de quatre-vingt-douze pages des poésies de Hasrat, entre
autres la seconde pièce de son Dîwân.

Dans le magnifique exemplaire des œuvres de Hasrat
de la bibliothèque de Farah-bakhsch de Lakhnau se
trouvait en effet un premier Dîwân qui se compose :

1° De gazals, qui occupent 246 p. de 13 baïts à la
page;

2° De rubâ'îs et de mukhammas, 80 p. de 10 baïts;

3° De cacîdas en l'honneur des imâms, d'Açaf uddaula, etc. ,36 p.;

4° De tarjî'-band, etc., 52 p.;

5° D'un sâquî-nàma, et

6° D'une satire (masnawî) contre un médecin, 20 p.

Puis vient le second Dîwân, qui contient deux cents
pages de gazals et soixante-deux pages de rubâ'îs, et
enfin un masnawî d'environ cent soixante pages intitulé
Tûti-nâma, lequel est un poëme ou plutôt un roman en
vers sur les amours de Totâ Râm et de Schakar-pârâ,
ouvrage différent de la légende des « Contes d'un perroquet[1] ».

Bénî Nârâyan en çite cinq gazals et un long mukham-

---

[1] Sprenger, « A Catalogue », p. 608, et « Biblioth. Sprengeriana »,
n° 109.

mas. Je me contenterai de donner la traduction d'un gazal :

Ne touche pas mon pouls, ô divin médecin! si ta main s'applique sur la mienne, je suis mort. Hélas! telle est ma manière d'être : si tu me touches, je suis mort.

Je vivrai tant que je resterai en désaccord avec mon amie; mais souvenez-vous, ô mes compagnons, que lorsque le papillon s'est réuni avec la bougie, il est mort.

Enlevez-moi de sa rue, et vous verrez aussi qu'éloigné d'elle je suis mort.

Pour nous tous, harassés, l'hôtellerie est-elle proche? O triste sort! le malheureux voyageur s'est épuisé de fatigue, et il est mort.

Ma vie affligée et agitée est venue à la nuit sur mes lèvres. Aujourd'hui le poids du chagrin s'est fait sentir dans mon cœur, et je suis mort.

Si le messager ne vient pas me donner les nouvelles que j'attends, qu'il sache que j'ai compris, et que je suis mort.

Va, crois-en Hasrat, n'attache ton cœur à personne. Pour lui, il est allé se prendre dans le dangereux filet de l'amour, et il y est mort.

II. HASRAT (Mîr Muhammad Haïyat), de Dehli[1], est un poëte hindoustanî connu aussi sous le nom de *Haïbat Culi Khân*[2]. Il fut attaché pendant quelque temps au nabâb Schaukat Jang, fils du nabâb Saulat Jang, gouverneur de Pûraya, dans le Bengale, et au nabâb Sirâj uddaula, vice-roi du Bengale; puis, en 1195 (1780-1781), il fut un des officiers du nabâb Mubârak uddaula Mîr Mubârak 'Alî Khân, gouverneur du Bengale. Il mourut en 1215 de l'hégire (1800-1801 de J. C.). Il se distinguait par la justesse et la finesse de son esprit, et par ses promptes reparties et ses à-propos. Il

[1] Selon Lutf, il était de 'Azimâbâd ou Patna.
[2] Ou Tartîb 'Alî Khân, selon Muhcin.

fut un des élèves de Muhammad Bâquir Hazîn et de Mirzâ Jân-Jânân Mazhar. Son Dîwân se compose de près de deux mille vers. 'Ali Ibrâhîm, avec qui il était lié, en cite dans son *Gulzâr* un bon nombre que Hasrat avait choisis lui-même pour être placés dans cette biographie anthologique.

III. HASRAT (MIYAN RAÇUL-BAKHSCH), de Badâûn, est un poëte hindoustanî mentionné par Zukâ, qui dit seulement qu'en 1240 (1824-1825) il alla de Calcutta à Dehli.

IV. HASRAT (KHAÏR UDDÎN MUHAMMAD), d'Allahâbâd, est un autre poëte dont Abû'lhaçan donne neuf pages de poésies dans son Tazkira, ainsi que me l'avait fait savoir feu N. Bland.

V. HASRAT (ZANGUÎ RAM), de Dehli, mais qui résidait à Farrukhâbâd, est un Hindou qui a écrit en urdû, et dont Schefta cite un vers que d'autres biographes attribuent à Ja'far 'Alî Hasrat. On lui doit un Dîwân, écrit, je pense, en persan, et critiqué par Karîm. Ce dernier nous apprend que Hasrat était pauvre et qu'il mourut vers 1827.

I. HATIF [1] (MIRZA MUHAMMAD), mentionné par Zukâ parmi les poëtes hindoustanis de Dehli, y assistait aux réunions littéraires de Firâc, et était attaché au tombeau du sofî Mîr Jahân. Il vivait, dit Ibrâhîm, à la manière des derviches, et avait des entrevues littéraires avec le fils du râjâ Râm-nâth. Kamâl nous apprend que plus tard il habitait Lakhnau, et Mashafî, à l'époque où il écrivait son Tazkira, avait entendu dire qu'il était mort à Dehli.

---

[1] A. « Ange, voix du ciel ».

II. HATIF ou HATIFI, du Décan, est un poëte contemporain de Walî, mentionné par Câcim, et dont Mîr Taquî cite un vers dont voici la traduction :

La beauté de tes yeux et des boucles de tes cheveux a voué le monde entier à l'infidélité. Que sont devenues la foi et la piété? Où est l'abstinence, où est la dévotion?

1. HATIM [1] (le schaïkh Zuhur uddîn), autrement appelé Schah Hatim [2], natif de Dehli, est un des auteurs hindoustanis les plus célèbres. On dit que la date de sa naissance se tire de la valeur numérique des lettres du mot *zuhúr;* ce mot donne en effet l'année 1111 de l'hégire, qui correspond aux années de J. C. 1699-1700. Il était militaire et des anciens Mirzâ de l'Hindoustan. Mashafî rapporte qu'il a entendu dire que dans la seconde année du règne de Muhammad Schâh en 1132 (1719-1720), le Dîwân de Walî étant parvenu à Dehli, et ses gazals ayant été retenus par cœur et répétés par les grands et les petits, Hâtim fut piqué d'émulation et se mit à faire dans sa langue maternelle des vers qui atteignirent un haut degré de perfection. Il assista souvent aux réunions littéraires que Mashafî tenait à Dehli, et là comme partout il fut considéré, pendant toute sa vie, comme le premier poëte de son temps, et ceux qui s'occupaient de poésie le reconnaissaient comme leur maître. Lui-même il écrivit sur deux ou trois feuilles, en forme de table, les noms de ceux qui

---

[1] A. « Généreux », nom propre d'un Arabe célèbre par ses libéralités.

[2] Cet écrivain est le même que Mîr et Fath 'Alî Huçaïnî nomment *Muhammad Hâtim,* qu'ils disent natif de Dehli, et dont ils citent un bon nombre de vers; mais, selon Mashafî, ce dernier doit être distingué de *Schâh Hâtim.*

avaient étudié sous lui l'art des vers, et les mit en tête
de son premier Dîwân, afin que l'on connût le nombre
de ses disciples. Parmi ces noms se trouve celui de
Mirzâ Rafî Saudâ, qui est considéré comme le poëte
hindoustani le plus distingué du nord de l'Inde.
Hâtim parvint à près de cent ans (lunaires); il mourut
à Dehli de 1791 à 1792.

Hâtim a écrit deux Dîwâns[1], un très-obscur, à la
manière antique et à l'imitation de Walî, en tête de
chaque gazal duquel il a indiqué le mètre; et un autre
selon le goût nouveau[2], c'est-à-dire celui de Saudâ et de
Mîr. 'Alî Ibrâhim cite de lui quatre pages de vers qu'il
dit avoir choisis parmi ses productions. De son côté
Bénî Nârâyan en donne un gazal dont voici la traduction :

Je sacrifierai ma vie à l'heure, que dis-je? à l'instant où ma
bien-aimée viendra dans mon logis.

Les beautés du monde ayant vu ta face dans l'assemblée,
sont restées silencieuses et stupéfaites, au point qu'on dirait
que ce sont des statues ou des automates.

Le sommeil du repos ne viendra-t-il point à moi sur le lit du
chagrin, dont les coussins de velours ont été foulés par tes
pieds délicats?...

Est-ce pour le bétel de tes lèvres, le missi de ta bouche, le
collyre de tes yeux, que mon âme doit s'offrir en holocauste?

Chère amie, l'âme de Hâtim vient à chaque instant s'offrir
en sacrifice pour ta démarche, ta forme, ta grâce, tes boucles
de cheveux tortillées.

Ce fut, ainsi que je l'ai dit plus haut, la lecture du

---

[1] Il sera parlé à l'article ZAKÎ d'un poëme sur la pipe, poëme dont
Hâtim est auteur.

[2] Dans la bibliothèque du vizir du Nizâm il y a un volume intitulé *Dîwân-i Hâtim*. J'ignore si on n'y trouve qu'un seul des deux
Dîwâns cités ici, ou s'ils y sont tous les deux.

Dîwân de Walî, dont on a même dit métaphoriquement
que Hâtim fut élève, qui l'engagea lui et ses amis Nâjî,
Mazmûn et Abrû, à s'appliquer à la poésie rekhta. Le
goût pour la poésie de la langue usuelle se répandit bientôt, et Hâtim compta jusqu'à quarante-cinq élèves. Auparavant les poëtes musulmans de l'Inde écrivaient peu
en urdù, mais plutôt en persan. Les premières productions de Hâtim et toutes celles de cette sorte de renaissance furent écrites dans un style obscur et recherché.
Le premier Dîwân de Hâtim avait ces défauts, mais il
en fit un choix[1]. Il y en avait au *Motí Mahall* de Lakhnau le manuscrit autographe, écrit en 1179 (1765-
1766). Il contient, outre la préface, 212 p. de gazals de
13 baïts à la page, et 76 p. de poëmes divers.

Voici un extrait de la préface de cet ouvrage, d'après
le texte original publié par le Dr Sprenger[2] :

Ce derviche aux pieds poudreux qui glane des épis dans la
moisson des gens éloquents, sans rien connaître dans le
monde, qui, avec l'apparence d'un homme nécessiteux, est
néanmoins *Hâtim* (généreux), ce faquir, dis-je, a dépensé,
depuis l'année 1129 (1716-1717) jusqu'à l'année 1169 (1755-
1756), c'est-à-dire dans l'espace de quarante ans, l'argent
comptant de sa vie à l'art des vers, et il n'est pas encore
cependant capable de l'enseigner. Dans la poésie persane il
a suivi Mirzâ Sàïb, et dans le *rekhta* il reconnaît pour maître
Walî, le premier qui ait écrit un Dîwân hindoustanî.

Quant au pauvre (*Hâtim*), il est auteur d'un ancien Dîwân
qui a eu de la célébrité dans l'Inde avant le temps de Nâdir
Schâh. Depuis qu'il (*Hâtim*) a écrit ce Dîwân jusqu'à ce jour,

---

[1] Sous le titre de *Dîwân-zâda* « le produit (enfant) du Dîwân », son
premier Dîwân se compose, dit-on, de quatre mille vers et le second de
cinq mille. Dans ce cas, le second offre sans doute, outre quelques
pièces du premier, beaucoup de nouveaux morceaux.

[2] « A Catalogue », p. 611.

qui est la troisième année du règne de 'Azîz uddîn 'Alamguîr II
Pâdschâh, tout ce qui, frais et sec, est venu sur la langue
de ce chétif poëte sans langue (c'est-à-dire sans éloquence),
et ce qui faisait partie de l'ancien Dîwân, tout cela il l'a réuni
en *Kulliyât*. Puis il a pris deux ou trois gazals de chaque
radif [1], et de chaque gazal deux ou trois vers, les premières
stances des mancabas et des marciyas, quelques mukhammas
et quelques masnawîs de l'ancien Dîwân, et il en a fait un
Dîwân abrégé qu'il a nommé *Dîwân-zâda* « petit Dîwân » (à
la lettre, « fils de Dîwân, produit de Dîwân »); il a divisé les
gazals en trois classes : 1° les gazals écrits d'inspiration; 2° les
gazals commandés, c'est-à-dire écrits d'après un thème donné;
3° les gazals en réponse, c'est-à-dire imités d'autres, afin
d'adopter une classification simple et claire... Quoique le
persan soit bien compris, très-usité et employé dans la conversation des princes et des gens éloquents, toutefois il (*Hâtim*)
a adopté de préférence et il a choisi (pour écrire ce Dîwân) la
langue de toutes les provinces (de l'Inde), c'est-à-dire l'hindouî, qu'on appelle bhâkhâ [2] parce qu'elle est comprise à la
fois par le vulgaire et agréable aux gens distingués...

Parmi les œuvres de ce poëte on trouve un morceau
en prose rimée intitulé « Recette pour désopiler la rate » ;
c'est une liste de différentes choses qui doivent former
un électuaire contre la tristesse. Kamâl donne dans son
Tazkira cette pièce, curieuse par son originalité, et qui
rappelle des morceaux analogues de Harîrî. Malheureusement je ne puis la traduire, par les mêmes raisons
qui m'ont fait renoncer plusieurs fois à rendre en français d'intéressants poëmes à cause de la licence des
expressions.

[1] On entend par l'expression de *radif* un ou plusieurs mots qu'on
met après la rime à la fin des vers, et par extension ce mot paraît signifier ici la rime elle-même.

[2] Ceci n'est pas tout à fait exact, car le dialecte dans lequel Hâtim a
écrit est l'*urdû*; l'*hindouî* ou *hindî*, dit aussi *bhâkhâ* (langage usuel), est
plutôt le dialecte des Hindous.

A la fin de sa vie, Hâtim renonça entièrement au
monde pour s'adonner à la piété, et il se fit derviche. Sa
cellule était proche de la porte du palais royal, et beaucoup de personnes allaient prendre ses conseils spirituels.

II. HATIM (le saïyid Hatim 'Alî Khan), de Jaunpûr,
est un autre poëte hindoustanî, élève de Miyân Mazmûn,
et mentionné par 'Ischqui.

III. HATIM (Mirza Hatim 'Alî Beg) est auteur d'un
cacîda et d'autres pièces de vers urdus publiés dans
l'*Awadh akhbâr* du 12 janvier 1869.

I. HAWAS[1] (le nabâb Mirza Muhammad Taquî Khan),
de Lakhnau, fils du nabâb Mirzâ 'Alî Khàn, petit-fils
par son père du nabâb Ishâc Khàn, et gendre de Bahû
Sahib, mère d'Açaf uddaula[2], est un littérateur hindoustanî distingué qui fut élève de Mashafî et qui habitait
encore Lakhnau en 1814, où il est mort plus tard. Il
est très-admiré dans l'Inde pour la pureté et l'élégance
de son style. On lui doit plusieurs poëmes, et entre
autres un roman en vers hindoustanis sur l'histoire des
amours de Majnûn et de Laïlâ, intitulé *Quissa-i Majnûn
o Laïlâ*, légende pleine d'intérêt que plusieurs poëtes
musulmans ont exploitée, particulièrement Jâmî, dont
de Chézy a traduit en français le charmant poëme. On
conserve un manuscrit de cet ouvrage dans la bibliothèque du roi d'Aoude.

Hawas est auteur d'un Dîwân qui se compose de cacîdas, de gazals et de rubâ'îs, formant environ deux
cent cinquante pages, dont il y avait un exemplaire au

---

[1] A. « Désir, ambition », etc. Schefta a écrit par erreur le nom de
ce poëte *Hosch*.

[2] Voyez l'article Khalic.

Motî Mahall de Lakhnau[1]. Selon Muhcin, les gazals de ce Dîwàn contiennent tous une allusion à Laïlâ et à Majnûn.

Ce même poëte se trouve mentionné sous trois autres noms dans les Tazkiras originaux :

1° Sous celui de *Raçâ* (*ré, sîn, alif*) par Sarwar : « Mirzà Taquî Khàn Raçâ, dit-il, est un prince de la famille du nabâb d'Aoude Açaf uddaula, auteur d'un *Majnûn o Laïlâ* et d'autres poésies fort agréables. »

2° Sous celui de *Razî* (*ré, zé, yé*) : « Mirzà Razî Khân, dit Schefta, est un astronome distingué qui appartient à la classe des omras et qui est parent du nabâb d'Aoude. Il est très-habile en arabe et en persan, et il s'est fait remarquer dans la poésie hindoustanie. On lui doit entre autres un masnawî sur Laïlâ et Majnûn et un tarikh sur le Tazkira de Sarwar. »

3° Enfin Hawas paraît être désigné aussi sous le nom de *Rizâ* (*ré, zé, alif*). Il semble en effet être à la fois celui dont il sera question plus loin sous le nom de Saïyid Rizâ Khân, et celui que Sprenger signale, d'après Zukâ, sous le nom de Schaïkh 'Alî Rizâ de Lakhnau[2].

Le *Majnûn o Laïlâ* de Hawas[3] a été lithographié à Lakhnau en 1846. Il forme un grand in-8° de 79 p. dont la marge est couverte par le texte.

Il y en a une autre édition de Lakhnau, aussi de 36 p. pareilles.

C'est probablement le même poëme qui, sous le titre de *Laïlî Majnûn,* a été imprimé à Dehli en 1845 en 128 p.

1 Sprenger, « A Catalogue », p. 612.
2 Voyez l'article RIZA ('Alî).
3 Sprenger nous fait savoir qu'il y avait aussi au *Motî Mahall* une ancienne rédaction en hindi du *Majnûn o Laïlâ.*

Béni Nârâyan cite dans son Anthologie onze gazals de cet écrivain. Voici la traduction d'une de ces pièces :

Quoique j'eusse ressenti la crainte de l'absence, dans l'union même avec mon amie, toutefois mon cœur sans repos éprouvait quelque tranquillité.

Du chemin que parcourait Caïs (Majnûn) s'élevait un tourbillon de poussière, et l'agitation de son cœur se manifestait même dans cette poussière.

Pendant toute sa vie il fut troublé par l'effervescence de son amour farouche, et il fut même agité dans le repos du tombeau.

Non-seulement les pierres étaient rougies par les blessures qu'il se faisait en marchant, mais son sang teignait encore la pointe de chaque épine.

Bien qu'aujourd'hui mon oreiller soit une pierre, et mon lit la terre, je n'ai été en aucun temps (à l'imitation de Majnûn) dans les bras de ma bien-aimée.

Je craignais ses caprices, et pour cela je n'osais m'avancer dans son amitié.

Mes larmes coulent avec une telle abondance qu'on n'en vit jamais de pareille dans les pluies du printemps.

Comme j'avais toujours en mon cœur l'image de mon amie, l'espérance me donnait un avant-goût de l'union.

Ne vantez pas le temps de ceux qui nous ont précédés; dans ce temps-là il y avait précisément le même chagrin et la même douleur que nous ressentons.

Le cœur de Hawas est à présent le séjour du chagrin par l'effet de ton départ; mais quoi! la joie a-t-elle jamais passé dans cette contrée?

II. HAWAS (Gulam Mustafa), de Dehli selon Sarwar, et de Farrukhâbâd selon Karîm, est un poëte hindoustanî élève de Nacîr.

HAYA[1] (Mirza Rahim uddîn), fils de Mirzâ Karîm uddîn Raçâ, est né à Dehli vers 1807. Après avoir d'abord

____

[1] A. « Modestie, honte ».

soumis ses poésies à son père, il consulta ensuite Miyân Nacîr; enfin il fut aussi élève de Miyân Zauc. Il est auteur d'excellents vers. Parmi les membres de la famille impériale nul n'a écrit d'une manière aussi piquante et aussi figurée, et plusieurs d'entre eux ont eu recours à ses conseils. Il quitta Dehli et alla habiter Bénarès. Il assista aux réunions littéraires des pays qu'il parcourut et y forma des élèves. Il revint ensuite à Dehli, et il y habitait en 1847 le palais impérial. Il est auteur d'un Dîwân dont Karim cite une douzaine de vers.

HAZIK [1] est auteur d'un ouvrage intitulé *Sarâfrâz-nâma* « Livre éminent », dont j'ignore le sujet.

I. HAZIN [2] est un poëte urdú dont Mashafî dit seulement qu'il vécut sous Muhammad Schâh. Il en cite ensuite trois vers qu'il avait entendu réciter et dont voici la traduction :

Je n'ai aucun avantage à aimer cette infidèle; je ne puis pas même atteindre à ses pieds.

Le jardin a été tellement dévasté par le vent de l'automne, que si je voulais me brûler pour perdre la vie, je ne trouverais pas même de broussailles.

Comment en ce temps la rose ne déchirerait-elle pas son collet, puisque le printemps se retire? O Hazîn! les soupirs ne sont pas suffisants.

II. HAZIN (Abu'lkhaïr), de Dehli, est un poëte urdû à qui on doit ce joli gazal cité par Bénî Nârâyan :

C'est à la rose qu'il faut demander ce que c'est que la beauté, au rossignol qu'il faut demander des nouvelles de l'agitation des amants.

C'est au nard qu'il faut demander quelle est la nature de ces boucles qui font sur moi une impression si profonde.

[1] A. « Ingénieux (*clever*) ».
[2] A. « Triste ».

Le sourire des belles est agréable aux buveurs; il faut demander au vin ce que c'est que le délire qui en résulte.

Les habitants du Cachemire et d'Ispahân jouissent toujours de la vie; mais il faut demander au Caboul ce que c'est que les plaisirs de l'Inde.

On nomme *Hazîn* (triste) Abû'lkhaïr, et cependant il est *Saudâ* (folie); il faut demander aux boucles de cheveux de son amie le remède à cette maladie.

III. HAZIN (le schaïkh Muhamhad 'Ali) est un personnage célèbre par sa science et par sa piété; il naquit à Ispahân en 1692, et alla habiter l'Hindoustân sous le règne de Muhammad Schâh. Il mourut à Bénarès en 1766-1767. J'en ai parlé dans mon « Mémoire sur la religion musulmane dans l'Inde », p. 104 et suiv. Il est auteur de plusieurs ouvrages rédigés en persan, entre autres d'intéressants mémoires qui ont été traduits en anglais par M. Belfour, d'un *Sâquí-nâma*, de contes, et de plusieurs Dîwâns dont la réunion forme un gros volume in-4°.

Il a aussi laissé des vers hindoustanis; Mannû Lâl en cite quelques-uns dans son *Guldasta-i nischât;* mais Mr. F. E. Hall pense qu'ils sont d'un autre Hazin.

IV. HAZIN (Mîr Muhammad Baquîr), de Dehli, élève de Mazhar, après avoir pris le takhallus de *Hazin*, peut-être dans ses poésies persanes, prit ensuite celui de *Zuhûr*. Il était d'Agra, selon Câïm, mais il avait habité Patna et Jahânguirâbâd. D'après 'Ischquî[1], il mourut sous Ahmad Schâh avant 1193 (1779); et selon 'Ali Ibrâhîm, qui était très-lié avec lui, ce fut à Patna qu'il mourut.

Il est auteur de cacîdas dont les biographes citent

____
[1] Sprenger, « A Catalogue », p. 182.

beaucoup de vers, d'un *Sâquî-nâma* [1] et d'un Dîwân.

Sprenger réunit dans le même article Mîr Bâquir Hazîn et le schaïkh Muhammad 'Alî Hazîn dont je viens de parler, et sur qui Silvestre de Sacy a donné en 1833 un article dans le Journal des Savants.

V. HAZIN (Mîr Khujasta-bakht Hazîn Bahadur), que Càcim nomme *Sâhib 'âlam o 'âlamiyân*, c'est-à-diré « Maître du monde et de ses habitants », titre qu'on ne donne qu'aux rois, et parce qu'il était en effet prince royal de la maison de Dehli, a cultivé avec succès la poésie. On lui doit nombre de vers détachés et de petits poëmes, ainsi que nous l'apprend Karîm.

VI. HAZIN (Mîr Bahadur 'Alî), fils de Mîr Najaf 'Alî de Dehli, l'intime ami (avant 1857) de l'héritier présomptif du trône mogol, était petit-fils de Mîr 'Alî-bakhsch Khân, calligraphe distingué, véritable saïyid, neveu (fils de frère) du nabâb Mîr Jumla, et qui avait reçu le titre de *mustaquîm uddaula* « soutien de l'empire ». Quant à Hazîn, il s'est distingué dans la poésie, art dans lequel il est élève de Zaïn ul'âbidîn Khân 'Arif, ami de Karîm. En 1847 il s'occupait, selon Karîm, à former un Dîwân de ses poésies fugitives. Il n'avait alors que trente-cinq ans. Toutefois Sprenger dit qu'il était vivant en 1853, à Dehli, et qu'il avait environ soixante ans; c'est-à-dire qu'il paraissait les avoir, les Orientaux ayant généralement l'air plus âgés qu'ils ne le sont en réalité.

HAZIR [2] (Muhammad Schah) est un poëte hindoustani mentionné par Kamâl.

HEMAT [3] PANT était un brahmane de l'école des

---

[1] Schorish ne le confond-il pas avec Zuhûrî, qui est auteur d'un *Sâquî-nâma*, mais écrit probablement en persan?

[2] A. « Présent », c'est-à-dire « non absent ».

[3] 1. « Hiver ».

Yajür-védas, qui habitait Daulatâbâd ou Déoghir dans le Décan, et qui mourut en 1200 de l'ère saka (1278 de J. C.). On lui doit un ouvrage hindî intitulé *Lékhan paddhati* « Traité d'écriture », mentionné dans le *Kavi charitr.*

HENGA ou HINGA [1] KHAN, traducteur d'une partie de l'*Anwâr-i suhaïlî* [2] et cité dans la préface originale d'une autre traduction du même ouvrage dont il sera parlé à l'article MAHDÎ, est le même, je pense, que Mîr Hengâ de Dehli, poëte hindoustanî mentionné par 'Alî Ibrâhîm, qui en donne un rubâ'î reproduit par Muhcin. Ce dernier biographe nous fait savoir que cet écrivain fut tué à la suite d'une intrigue amoureuse. Il dit aussi incidemment que Mirzâ Sarfarâz 'Alî Câdir est fils de Mirzâ Hengâ, chanteur (et probablement auteur) de marciyas. Ces trois personnages n'en formeraient-ils qu'un seul?

I. HIDAYAT [3] (MIYAN ou SCHAÏKH HIDAYAT ULLAH), de Dehli, prit pour takhallus le mot *Hidâyat*, qui est la première partie de son nom honorifique. Il fut l'ami, le disciple et l'admirateur du khwâja Mîr Dard. Il a écrit entre autres un poëme masnawî très-estimé sur la *Description de Bénarès.* Il est aussi auteur d'un Dîwân hindoustanî qui jouit d'une grande estime. Mashafî fait l'éloge de ses qualités morales et intellectuelles, et dit que ses vers sont très-éloquents. Mîr, qui l'avait connu, loue beaucoup aussi la noblesse de son caractère : il nous

---

[1] I. « Herse ».

[2] A cette occasion je n'oublierai pas de citer une version urdue du même ouvrage écrite en 1251 (1835-1836) et lithographiée à Lakhnau en 1254 (1838-1839), de 526 p. Voyez « Bibliotheca Sprengeriana », no 1753.

[3] A. « Direction ».

apprend qu'il était très-modeste, quoiqu'il fût doué
d'un grand talent poétique. On le considère en effet
comme un des meilleurs poëtes urdus de l'ancienne
école. Il vivait encore en 1793-1794 ; mais il avait plus
de soixante ans. 'Alî Ibrâhîm cite dans sa biographie
sept pages de ses vers.

Ce poëte célèbre était Afgân de nation : Kamâl le
nomme Hidâyat ullah Khân. Il était oncle de feu Sanâ
ullah Khân Firâc. Il mourut en 1215 (1800-1801)
selon Schefta, et en 1219 (1804-1805) selon Sarwar.
Câcim en fait un grand éloge et cite trente-quatre pages
de ses vers. Muhcin en cite aussi et l'appelle « poëte du
temps passé ».

La plupart des poëtes de Dehli de son temps ont été
ses élèves. Son Dîwân se compose d'environ neuf mille
vers. On lui doit en outre plusieurs masnawîs et un
traité (riçâla) intitulé *Chirâg hidâyat* « la Lampe de la
direction », par allusion à son nom.

II. HIDAYAT (Mîr Hidayat ullah), fils de Mîr 'Alîm
ullah, avait le titre de nawâb Hidâyat 'Alî Khân, et il
était le pro-gouverneur du Bihâr pour Haïbat Jang. Il
affectionnait la littérature nationale et protégeait ceux
qui la cultivaient. Très-instruit lui-même, il a laissé des
poésies hindoustanies. Il est enterré à Huçaïnâbâd, selon
ce que nous apprend Schorisch.

I. HIDAYAT 'ALI, d'Agra, élève de Walî Muhammad
Nazîr, envoya des vers de sa façon à Zukâ pour qu'il les
insérât dans son Tazkira. Ne serait-il pas le même que
Hidâyat 'Alî mentionné par 'Alî Ibrâhîm, qui dit simplement qu'il était contemporain du schaïkh Farbat?

II. HIDAYAT 'ALI (le maulawî) est auteur d'une traduction interlinéaire urdue d'un abrégé du célèbre ou-

vrage arabe sur les devoirs traditionnels religieux, intitulé *Bulûg ulmarâm* « l'Obtention du désir », par Schihâb uddîn Abû'lfazl Ahmad d'Ascalon. Ce résumé, intitulé *Muntakhab-i Bulûg ulmarâm* « Abrégé du *Bulûg ulmarâm* », a été imprimé à Calcutta en 1848, in-8°. Je suppose que cet écrivain est le même que Hidâyat 'Alî d'Islâmâbâd, l'éditeur d'une édition du *Gul ba sanaubar* de Nem Chand, revue par le munschî 'Abd ulhalîm et publiée à Calcutta en 1847, petit in-8° de 164 p.

I. HIJR [1] (Mirza Asgar Huçaïn), fils du hakîm Mirzâ 'Alî Huçaïn Khân, petit-fils par sa mère de l'agâ Mirzâ Chukladâr (gouverneur) de Lakhnau, et élève du khwâja Wazir, est un poëte hindoustanî dont Muhcin cite plusieurs gazals dans son Anthologie bibliographique.

II. HIJR (le maulawî Gulam Imam Khan), de Haïderâbâd, du Décan, autre poëte hindoustanî, fils de Muhammad Mutahauwir Khân, *Mulk* de takhallus, a écrit en 1270 (1853-1854), sous le règne du nabâb Nizâm ulmulk Fath Jang Mîr Farkhunda 'Alî Khân, souverain de Haïderâbâd, et sous le vizirat du nabâb Ictidâr ulmulk Muhammad Raschîd uddîn Khân Bahâdur, fils du nabâb Muhammad Fakhr uddîn Khân, l'histoire abrégée des souverains de l'Inde et du Décan, celle de la formation et de la chute des établissements des Français, celle des sûbas (provinces) acquis soit par convention, soit par les armes des chefs indigènes, d'après les ouvrages anciens et nouveaux, en langue hindie courante, c'est-à-dire en urdû. Il a intitulé cette histoire, d'après le nom du vizir, *Raschîd uddîn Khânî* [2]. Elle se

---

[1] A. « Fuite (hégire) ».

[2] Petit in-folio de 789 pages de 17 lignes, Haïderâbâd, 1282 (1865-1866). Voyez mon Discours de 1866, p. 16 et 17.

composc d'une introduction, de trois livres, et de suppléments.

I. HILAL [1] (MIRZA MUHAMMAD), fils de Mirzà Hàjî, est
auteur, entre autres ouvrages, d'un wâçokht publié dans
le *Majmû'a-i wâçokht* « Collection de wàçokhts », lithographié à Lakhnau au « Huçaïnî Press » en 1263 (1846-
1847), et à Dehli en 1849.

II. HILAL (AMîR 'ALî KHAN), de Lakhnau, fils de
Turâb Khàn et élève distingué de Mîr 'Alì Auçat Raschk,
est auteur d'un Dîwân dont chaque gazal se termine
par un vers qui offre un chronogramme. On lui doit aussi
un masnawî intitulé *Mucaffa o murdif* « Composition
cadencée et rimée » . Il tenait chez lui des réunions littéraires, conformément à l'usage de beaucoup de poëtes
hindoustanis. Muhcin cite dans son Tazkira plusieurs
gazals de cet écrivain.

HILM [2] (le schâh-zàda MIRZA MUHAMMAD SA'îD UDDîN
BAHADUR), appelé aussi MIRZA FAïYAZ, de Bénarès, fils de
Mirzâ Muhammad Riyàz uddîn, *alias* Mirzâ Muhammad
Jân, et petit-fils de Mirzâ Khurram-bakht Bahâdur, le-
quel était fils du prince (mirzà) Jahândâr Schâh, héritier
présomptif (dans son temps) de S. M. Schâh 'Alam Pâ-
dischâh de Dehli, descendant de l'amîr Timûr Gurkân,
le possesseur de la conjonction des planètes heureuses
(Jupiter et Vénus), élève de Mîr Nawâb, est auteur d'un
Dîwân dont Muhcin donne un gazal dans son Tazkira.

HIMAYAT [3], de Haïderâbâd, est un poëte hindoustanî mentionné par le biographe Câcim et connu principalement par des cacîdas.

---

[1] A. « Le croissant de la lune ».
[2] A. « Douceur, amabilité ».
[3] A. « Défense, protection ».

I. HIMMAT [1] ('Alî Khan), poëte très-estimé, qui habitait Haïderâbâd et qui a écrit dans le style ancien. Il est auteur d'un Dîwân ; il a surtout écrit des marciyas et des salâms sur les imâms. Les pièces qu'on lui doit en ce genre sont très-célèbres dans la ville de Haïderâbâd, où il occupait un emploi honorable. Kamâl, qui l'avait beaucoup connu, cite de lui plusieurs gazals dans son Anthologie.

II. HIMMAT (Ahmad), mentionné par Câcim et par Sarwar parmi les poëtes hindoustanis, s'occupait de l'éducation des enfants dans la ville de Râmpûr.

HINDU [2] (Kokal Chand), de Lahore, frère de Mihr Chand Mihr, réside à Farrukhâbâd et écrit des poésies rekhtas et persanes, d'après ce que nous apprend 'Ischquî.

HINNA [3] ('Abd ulkarîm Khan), de Lakhnau, fils de Sarwar Khân et élève de Mîr Wazîr Sabâ, est auteur d'un Dîwân dont Muhcin donne plusieurs gazals dans son Anthologie bibliographique.

HIRA [4] CHAND KHAN JI (kavi), de Bombay, est auteur ou éditeur :

1° Du *Braj-bhâkhâ kavya sangrah* « Collection de poésies braj-bhâkhâ », en deux parties publiées séparément in-8° à Bombay, en 1863 et 1864 ; la première de 54 p., la seconde de 120 p. La première partie contient les deux *Koscha* ou Vocabulaires de Nand-dâs, intitulés *Nâm manjarî* ou *Nâm mâla*, et *Anékartha manjarî*, autre *Nâm mâla* « Chapelet de mots ». La seconde par-

---

[1] A. « Ambition ».

[2] A. P. « Indien ».

[3] A. Nom de la poudre rouge produit des feuilles du *lawsonia incrmis*, nommé *menhdî* en hindoustanî.

[4] I. « Diamant ».

tie se compose du *Sundar singar,* du célèbre poëte Sundar, et du *Hirâ singar* « l'Ornement du diamant » ou « de Hirâ », poëme dont il est lui-même l'auteur [1].

2° Le *Srî pingala darscha* « Miroir de la prosodie », en braj-bhâkhâ, in-8° de 342 p.; Bombay, 1865.

3° Il a édité en 1865 une traduction hindie, in-folio oblong illustré de 526 feuillets, du poëme philosophique souvent attribué à Valmiki, l'auteur du *Râmâyana,* et intitulé *Yoga Vacischta* [2] « Vacischta sur l'*yoga* (union à Dieu) ».

L'*Yoga* représente tout à fait le *taçauwuf,* c'est-à-dire le système des sofis musulmans, ou plutôt leur *ma'rifat* « contemplation [3] ». C'est Râma conversant avec Vacischta, Viswamitr et d'autres sages, et discutant sur la réalité de l'existence matérielle, sur le mérite des bonnes œuvres, de la dévotion, etc.

Cet immense ouvrage est divisé en six principales parties ou chapitres, ayant pour titres et roulant sur les sujets suivants :

1. *Vaïraga* « la Pénitence »;
2. *Mumukschu* « le Sage sans passion »;
3. *Utpatti* « la Naissance »;
4. *Sthiti* « la Conduite selon le devoir »;
5. *Upaçama* « la Patience »;
6. *Nirwâna* « la Béatitude », subdivisé lui-même en deux parties.

---

[1] « Catalogue of native publicat. in the Bombay Presidency », 1869, p. 226.

[2] Il paraît qu'il y a d'autres traductions de cet ouvrage, une entre autres de trente-six sections, laquelle est mentionnée dans « Mackenzie's Collection », t. II, p. 109.

[3] Sur cette doctrine, voyez mon Mémoire intitulé « la Poésie philosophique et religieuse chez les Persans ».

HIRAMAN [1] est auteur de chants populaires dont on trouve un échantillon dans Broughton, « Popular Poetry of the Hindoos », p. 77.

HIZBAR HUÇAIN [2] (le saïyid), de Cawnpûr, écrivain contemporain, est auteur d'une traduction de la trentième des *Si-pârah* « les Trente divisions du Coran » en vers urdus, et il se propose de continuer ce travail s'il reçoit des encouragements qui le lui permettent. Dans le numéro du 14 septembre de l'*Awadh akhbár* on en trouve comme spécimen les surates 1ro, cviii[e] et cxii[e], qui me paraissent aussi bien rendues qu'elles peuvent l'être dans une traduction en vers.

I. HOSCH [3] (Mîr Schams uddîn), de Lakhnau, élève de Mîr Soz, est un poëte hindoustanî mentionné par Sarwar, Kamâl et Mashafî, qui en cite un court gazal.

II. HOSCH (le nabâb Mirza Taquî Khan Bahadur), de Lakhnau, défunt, fils du nabâb Mirzâ 'Alî Jàn, petit-fils du nabâb Salâr Jang et élève de Mashafî, est auteur d'un Dîwân dont Muhcin donne des extraits dans son Anthologie.

HOSCHDAR [4] est un poëte hindoustanî à qui on doit des marciyas dont la collection manuscrite, sous le titre de *Marciyahâ-é Hoschdâr*, se trouvait dans la bibliothèque du Top khâna de Lakhnau, en 17 p. de 9 baïts (vers).

HOSCHYAR [5] (le munschî Kéwal Ram), de Dehli, nommé aussi Hosch, est entre autres auteur du *Jâmi' ul-*

---

[1] I. « Perroquet ».
[2] A. « Le lion de Huçaïn ».
[3] P. « Intelligence, jugement ».
[4] P. « Intelligent », proprement « possesseur d'intelligence ».
[5] P. « Intelligent », proprement « possesseur d'intelligence ».

hiçâb « Collection de comptes », ouvrage d'arithmétique rédigé en urdû et publié à Dehli. Il est habile en persan et auteur de vers écrits en cette langue, qu'il enseignait à Dehli.

HUBB [1] (le câzî et mîr AHMAD 'ALÎ), était de Farid-âbâd, petite ville à douze kos de Dehli, où ses parents exerçaient des fonctions judiciaires. Il perdit son père et son grand-père à treize ans et à six mois de distance ; mais le râjà Bahâdur Singh Bahâdur se chargea de lui faire donner une éducation soignée. Après avoir terminé ses études classiques orientales, il s'exerça à la poésie sous 'Izzat ullah 'Ischc. Sarwar le donne cependant comme élève de Cudrat ullah Khân Câcim. Il est mort quelques années avant la rédaction du *Tabacât* de Karîm.

I. HUÇAIN [2] (le munschi SAÏYID GULAM HUÇAÏN), de Dehli, fils du saïyid 'Abd ullah, est un poëte hindoustani qui prit d'abord le takhallus de *'Azîz*. Il résidait à Mirat, puis à Calcutta.

Ne serait-il pas le même que le saïyid Huçaïn, propriétaire et éditeur du journal hindoustani de Dehli intitulé *Dehli urdû akhbár* et imprimé à la typographie qu'il dirige et qui se nomme, d'après le titre de ce journal, *Dehli oordoo akhbar Press?* Cette publication périodique n'offre guère que la reproduction des nouvelles des autres journaux et notamment du « Dehli Gazette ». L'éditeur donne aux pauvres les bénéfices de son journal.

II. HUÇAIN (le nabâb GULAM HUÇAÏN KHAN), de la na-

---

[1] A. « Amour ». Les ouvrages que j'ai sous les yeux portent, probablement par erreur, *Haçab*, mot arabe qui signifie « noblesse d'extraction, valeur, etc. »

[2] A. « Nom du second fils de 'Ali qui périt cruellement à Karbala.

tion des Afgâns, un des habitants les plus notables de
Schâhjahânpûr, fils du nabâb Muhammad Scher-dâd
Khân, est un poëte dont les biographes originaux louent
les qualités morales et intellectuelles. Bien qu'ils le
classent parmi les poëtes rekhtas, il a écrit plutôt en
persan. Sarwar et Muhcin citent plusieurs pages de ses
vers hindoustanis.

III. HUÇAIN (Ahçan uddaula Muhammad 'Alì Khan)
est un poëte mentionné par Muhcin.

IV. HUÇAIN (le hakîm Taçadduc Huçaïn), appelé familièrement Nawâb Mirzâ, est entre autres auteur d'un
wâçokht publié dans la collection des poëmes de ce titre
publiée à Dehli en 1849, et du *Bahâr-i 'ische* « le Printemps de l'amour », masnawî de 67 p., lithographié à
Cawnpûr en 1268 (1851-1852).

V. HUÇAIN (le saïyid) est l'éditeur des « Hindoostanee Selections [1] » compilées par ordre du « Military
examiners Committee », et imprimées à Madras en 1849
en deux volumes in-8°. Le premier contient une fable
intitulée *Cáz o hudhud* « le Canard et la huppe », de
47 p., et les « Aventures des quatre derviches », en
228 p., de la même rédaction que celle du *Bâg o bahâr*,
sauf quelques coupures. Le second volume offre 1° la
reproduction en 64 p. des deux tiers du *Gul-i Bakâwalî*
d'après la rédaction de Nihâl Chand, dont j'ai donné la
traduction en français. Huçaïn s'arrête au mariage de
Tâj ulmulûk et de Bakâwalî, où devrait en effet finir le
récit, le reste étant un hors-d'œuvre tout à fait hindou;
2° l'*Ikhwân ussafâ*, reproduit intégralement en 157 p.,

---

[1] Il ne faut pas confondre cet ouvrage avec les « Hindustanee selections and dialogues », imprimés à Calcutta en 1864, in-4°.

d'après la version d'Ikrâm 'Alî, dont j'ai aussi donné
une traduction sous le titre de « les Animaux », et que
Dowson et Platts ont traduit en anglais plus récemment;
3° Trente-six *hikâyat* « Anecdotes du *Gulistân* », d'après
la version de Scher 'Alî Afsos. Le tout se termine
par un tarîkh de l'auteur sur la complétion de sa tâche
et du hakim Mîr Ahmad Huçaïn Maçarrat sur le même
sujet.

I. HUÇAIN 'ALI (le saïyid) était avant l'insurrection
un des professeurs du collége des natifs de Dehli. Il est
auteur d'une traduction urdue des « Mille et une Nuits »
imprimée à Dehli en 1845.

II. HUÇAIN 'ALI, de Râmpûr, est un poëte hindoustanî qui habitait Murschidâbâd, à l'époque de la rédaction du Tazkira de Sarwar, au commencement du siècle.

HUÇAIN 'ALI KHAN, de Mirzâpûr, est un poëte
qui doit être distingué des précédents et qui est aussi
mentionné par Sarwar.

HUÇAIN-BAKHSCH [1] KHAN, de Maxalâwar, est un
poëte hindoustanî père du schaïkh Amîr-bakhsch, connu
comme poëte sous le takhallus d'*Amïr*. On lui doit un
Jang-nâma « Livre du combat » dont le sujet n'est pas
indiqué.

I. HUÇAINI [2] (Mîr Bahadur 'Alî), qui était professeur
en chef (mîr munschi) au Collége de Fort-William, au
commencement du siècle, est un écrivain hindoustanî
très-estimé.

---

[1] A. P. « Donné par Huçaïn ».

[2] A. « Huçaïnien », descendant de Huçaïn, de la classe des saïyids de
Huçaïn. Il paraît que le takhallus de cet écrivain est aussi *Mîr*, car
Afsos, dans l'épilogue de sa traduction du *Gulistân*, t. II, p. 241, le
nomme *Mîr Bahâdur 'Alî Mîr*.

Il est auteur :

1° D'une imitation du *Sihr ulbayân*, masnawî du célèbre Haçan sur l'histoire de Bénazîr et de Badr-i munîr,
laquelle a été imprimée à Calcutta en 1217 de l'hégire
(1802), par les soins du Dʳ Gilchrist, après avoir été revue par Mîr Scher 'Alî Afsos. Cet ouvrage est intitulé
Nasr-i Bénazîr « Prose de Bénazîr », c'est-à-dire « l'histoire de Bénazîr en prose », entremêlée toutefois de
vers [1]. On en avait commencé une édition à Calcutta
en 1802, édition qui devait faire partie du « Hindee
Manual »; mais il n'en a paru que 48 pages. La
seconde édition a vu le jour à Calcutta en 1803, in-4°.
N. Lees en a donné une édition revue et corrigée; Calcutta, 1862, in-8°.

2° D'un *Riçâla* ou Traité sur la grammaire hindoustanie intitulé *Cawâ'id-i hindî* ou *Cawâ'id-i urdû* [2] « Règles
de la langue hindoustanie », prétendu abrégé de la
Grammaire de Gilchrist; car il a été imprimé à Calcutta [3]
sous le titre de *Gilchrist urdû Riçâla* (Gilchrist oordoo
Risalu) « Traité de Gilchrist sur la langue urdue », puis
lithographié sous le titre de *Riçâla-i Gilchrist*. Afsos en

---

[1] J'ai dans ma collection particulière une histoire manuscrite en
prose de Bénazîr, dont la rédaction est différente. C'est un in-8° de 130
à 140 pages.

[2] Ce titre seul indique bien qu'il ne s'agit, dans cet ouvrage, que de
l'hindoustanî du nord. Muhammad Hamid, grammairien distingué, qui
habite Madras, a témoigné par la voie du journal hindoustanî qui se
publiait dans cette ville sous le titre de *Mîrath ulakhbâr*, le désir de rédiger une grammaire hindoustanie pour le dialecte du Décan, celle de
Stewart (« Introduction to the study of the Hindoostanee language as
spoken in the Carnatic ») étant trop concise et d'ailleurs épuisée depuis
longtemps. J'ignore si le gouvernement local a encouragé ce travail et
s'il a été fait.

[3] Aux frais du « Calcutta school book Society », en 1820, in-8°, tiré
à deux mille exemplaires. Il y en a d'autres éditions de Calcutta et d'Agra.

a donné un extrait en tête de sa traduction du *Gulistân*
en hindoustanî [1].

Il existe nombre de grammaires urdues, soit en hindoustanî, soit en persan, qui sont mentionnées ailleurs.
D. Forbes en avait une (« A Treatise on urdu Grammar ») dont l'auteur est inconnu (n° 94 du Catalogue
de ses manuscrits).

3° De la traduction en urdû de l'*Hitopadéça*, sous le
titre de *Akhlâc-i Hindî* [2] « les Bonnes mœurs indiennes »,
qu'il rédigea en 1217 (1802), d'après une version persane faite par ordre de Schâh Nâcir uddin, nabâb du
Bihâr, et intitulée *Mufarrih ulculûb* [3]. Des exemplaires
manuscrits de la version de Huçaïnî portent le même
titre, qui signifie « Ce qui réjouit les cœurs ». On en
trouve effectivement dans les riches bibliothèques de
l'East-India Office, du British Museum et ailleurs. La
traduction hindoustanie a été imprimée à Calcutta en
1803, réimprimée à Madras et lithographiée en partie
à Londres, en 1828, par feu S. Arnot. Il y en a une
belle édition lithographiée à Bombay en 1835, in-4° de
342 p., et Syed Abdoollah en a donné une avec notes
explicatives [4]. On trouve un extrait de cette traduction

[1] Voyez l'analyse que j'en ai donnée dans le numéro de janvier 1838
du « Journal Asiatique ».

[2] « Indian Ethics, a Hindoostanee Translation of the Hitopadesa
or Salutary Counsel, under the superintendence of Dr Gilchrist », in-4°,
Calcutta, 1803.

[3] Dans « Straker's Catalogue », 1836, n° 297, il est dit que cette
traduction persane fut faite sur l'hindoustanî par Tâj ulméliki.

Sous ce même titre de *Mufarrih ulculûb*, les missionnaires de Mirzâpûr ont publié un recueil d'histoires (« Tales and narrations ») en urdû,
reproduit en hindî sous le titre synonyme de *Manoranja kâ vrittant*.

[4] « *Akhlâc-i hindi*, or Indian Ethics, translated into urdu by Mir
Bahadur Ali, edited with an introd. and notes by Syed Abdoollah, gr.
in-8° de 240 p.; Londres, 1868.

dans les « Hindee and Hindoostanee Selections » de
Tarini Charan Mitr et W. Price, de Calcutta.

Il y a plusieurs autres traductions hindoustanies de
cet ouvrage. D. Forbes possédait un exemplaire manuscrit d'une traduction tout à fait différente de celle de
Bahàdur 'Ali. Cette traduction est très-littérale et paraît
avoir été rédigée dans le Bengale. Malheureusement il
n'y a pas de nom d'auteur. C'est un in-8° de 254 pages.

On avait annoncé comme étant sous presse à Calcutta,
en 1803[1], une version de l'*Hitopadéça* en pur hindouî.
J'ignore si c'est la même dont la Société Asiatique de
Calcutta possède un bel exemplaire. Elle est indiquée
dans le « Journal de la Société Asiatique » du Bengale[2]
sous ce titre : « Hitopadesi, with a Hindee Translation
made by a pundit of the raja of Bhartpur ». J'ai aussi
dans ma collection particulière un exemplaire manuscrit
de l'*Hitopadéça* en sanscrit, accompagné d'une traduction hindouie, sloka par sloka. C'est un petit in-folio
très-bien écrit, en caractères dévanagaris.

4° Huçaïni est aussi auteur d'une traduction de l'Histoire d'Assam, intitulée *Tarjuma-i tarikh-i Aschâm*[3],
travail qu'il rédigea en 1805, d'après l'invitation du savant indianiste H. T. Colebrooke. L'original de cette
intéressante histoire a été écrit sous le règne d'Aurang-
zeb par Wali Ahmad Schihâb uddîn Tâlisch. Cette
traduction est le plus important des ouvrages de Huçaïni. J'en ai un manuscrit que je dois à la généreuse
obligeance de feu J. Prinsep, secrétaire de la Société

---

[1] « Primitiæ Orientales », t. III, p. 53.

[2] Année 1835, p. 55.

[3] L'original est intitulé *Tarîkh-i mulk-i 'Aschâm* « Histoire du
royaume d'Assam ». Il est écrit en persan et dû, je crois, à Macîh uddîn.

Asiatique du Bengale. Il a été copié sur le manuscrit de
la Société Asiatique, lequel provient de la bibliothèque
du Collége de Fort-William. Wilson en a donné une
analyse dans le « Calcutta Magazine », et Th. Pavie une
traduction complète en français.

Huçaïnî a coopéré aux ouvrages suivants :

1° A l' « Oriental Fabulist », traduction hindoustanie, etc., des Fables d'Ésope et autres auteurs, publiée
par le Dr Gilchrist;

2° A une traduction du Coran en hindoustanî. Parmi
les autres collaborateurs de cette version, on compte
entre autres Kâzim 'Ali Jawân.

Huçaïnî est le père du saïyid 'Abd ullah[1], éditeur du
Coran hindoustanî de 'Abd ulcâdir, imprimé à Calcutta
en 1829.

II. HUÇAINI (le hakim Mîn Huçaïn) était un savant
littérateur et un poëte habile. Il avait attiré l'attention
d'une danseuse célèbre nommée Bahchû, distinguée
d'entre ses compagnes par sa beauté et par son talent;
mais comme il était très-religieux et qu'il appartenait
même à l'ordre de Muhammad Fakhr uddîn dont il était
disciple, il ne se laissa pas entraîner à l'amour mondain.
Huçaïnî avait aussi le mérite d'être calligraphe, tant
pour l'écriture *nasta'lîc*, qui est la plus usitée dans l'Inde
pour les manuscrits, que pour le *schikasta*, qui est l'écriture cursive, et le *schafi'a*, qui est une écriture plus fine.
Il était aussi bon musicien, et dans cet art il avait été
élève de Naurạng le *kalawant*. Enfin il s'était occupé
avec succès de médecine : il était mort avant l'époque de
la rédaction du Tazkira de Câcim.

[1] Voyez l'article consacré à ce savant musulman.

III. HUÇAINI (le munschi), appelé familièrement par les Anglais « Master (Mr.) Huçaïnî », était avant l'insurrection professeur au Collége des natifs de Dehli. Il pouvait avoir à cette époque une quarantaine d'années, et il se distinguait par sa science et sa haute intelligence. Il est auteur de plusieurs traductions estimées de l'anglais en urdù dont voici la liste :

1° *Tarîkh-i Mugaliya* [1] « Histoire des Mogols », en collaboration avec Nùr Muhammad, laquelle a été imprimée plusieurs fois à Dehli et dont il y avait un exemplaire à la bibliothèque du palais impérial.

2° *Tarîkh-i Irân* « Histoire de Perse » (History of Persia), traduite du « Modern Traveller » de Couder, ou, selon les « Selections from the Records », Agra, 1855, p. 436, de l' « Edinburg Cabinet Library », imprimé à Dehli en 1845, in-8° de 253 p., aux frais du « Vernacular Translation Society ».

3° Histoire du Bengale (« History of Bengal »), traduite de l'anglais avec la collaboration de Nùr Muhammad.

4° *Schar'-i scharif* « la Noble loi (mahométane) [2] », traduction de l'ouvrage sur la religion musulmane de Sir William Mac Naghten.

5° *Canùn-i faujdàri Muhammadi* « Muhammedan criminal law of jurisprudence » ; Dehli, 1845, traduit du même Mac Naghten.

---

[1] Je pense que c'est le même ouvrage qui est aussi intitulé *Tarîkh-i Hindustân* « A History of India from ancient times to the present date », in-8° de plus de 700 p.; Dehli, 1845; lequel, selon les « Proceedings of the Vernacular Translation Society », serait une Histoire de l'Inde depuis Timûr jusqu'à Schâh 'Alam, d'après l'« Edinburgh Cabinet Library ».

[2] « Principles of Muhammedan law », in-8°, Dehli, 1845. Il y en a deux éditions.

6° *Cawânîn Muhammadî wirâçat kâ* « Principles of Muhammedan law of inheritance », du même, imprimé aussi à Dehli. C'est un traité sur les héritages, matière fort embrouillée, sur laquelle il existe de nombreux traités originaux.

7° *Khulâça canûn-i diwânî kâ* ou *Khulâça-i cawânîn-i diwânî* [1].

8° *Khulâça-i canûn-i faujdârî* [2], ou simplement *Canûn-i faujdârî,* comme on l'a indiqué dans le « Catalogue des livres imprimés à la typographie du *Matba' ul'ulûm* de Dehli » . Cet ouvrage a été traduit de celui de Skipwith par Huçaïnî, sous la direction de Mr. Ch. Grant, collecteur et magistrat de Dehli. C'est, je pense, le même ouvrage qui a été publié en 1851 à l'imprimerie d'Agra appelée *Matba' masdar unnawâdir,* sous le titre de *Cawânîn-i faujdârî* « Abstract of the criminal Regulations », *oordoo* [3].

9° *Cawâ'id-i Huçaïnî* (ou *Farsi*), grammaire persane en urdû, in-12, Calcutta, 1865.

Pour se délasser du travail assidu auquel Huçaïnî se livre, Karîm nous apprend qu'il élève des colombes et des rossignols, oiseaux qu'il aime beaucoup.

IV. HUÇAINI (le maulawî Huçaïn 'Alî), de Karnaul, est un poëte hindoustani dont Muhcin cite des vers dans son Anthologie.

---

[1] « Prinsep's Abstract of civil law », Dehli, 1845, in-4° de 175 p., le même, je pense, qui est indiqué dans la liste de Mr. J. Dowson sous le titre de « Prinsep's Abstract of the Bengal Regulations ».

[2] « Assistant magistrate's Guide, or Abstract of the Anglo-Indian criminal law, with an Appendice continued to 1842 », Dehli. La première édition a été publiée par F. Boutros, mais il y en a une autre intitulée : « Skipwith's Assistant magistrate's Guide, with useful modifications ».

[3] « Friend of India », février 1853.

I. HUÇAM [1] (le nabâb Huçam uddaula Hafiz ulmulk Muhammad Taquî 'Alî Khan Bahadur Schamscher Jang), de Lakhnau, fils du nabâb Mahdi 'Ali Khân, qui était gendre de Mirzâ Gâzî uddin Haïdar, gendre à son tour du roi d'Aoude Amjad 'Ali Schâh, et élève du schaïkh Amân 'Ali Sahar, est auteur d'un *kulliyât* de cacîdas (*Kulliyât-i caçâïd*) imprimé à Lahore, et d'autres poésies dont Muhcin donne des extraits dans son Tazkira.

II. HUÇAM (Chaudharî [2] Huçam uddîn 'Ali), fils de Chaudhari Sa'âdat 'Ali, habitant de Salîmpûr, dans le pargana de Goçâïn-ganj, des dépendances de Lakhnau, et élève de Karâmat 'Ali Khân Farrukh, est auteur de cacîdas, d'un Dîwân rekhta, dont Muhcin cite des vers, et en outre d'un Dîwân persan. Huçâm mourut pendant un pèlerinage qu'il fit à Karbala.

HUKM [3] CHAND (le munschî), *tahcîldâr* (percepteur) d'Amritsir et « extra-assistant commissioner », est auteur :

1° D'un petit traité écrit en hindoustani et intitulé *Dastûr ul'amal, infiçâl-i mucaddamât-i sarsari muhakkama mâl*, etc., c'est-à-dire « Code des usages du gouvernement pour les menues affaires relatives aux finances, d'après les décisions juridiques », publié par les soins de l'honorable Robert Cust, d'Amritsir ; Lakhnau, 1859, in-8° de 24 pages ;

2° D'un autre *Dastûr ul'amal,* c'est-à-dire « les Usages des *patwârîs* (administrateurs des terres), in-8° de 89 p.; Lahore, 1861;

3° Du *Sirculârât financial department, Panjâb* « Cir-

---

[1] A. « Épée ».

[2] *Chaudharî* est un titre qu'on donne au propriétaire d'une espèce de terre féodale, et aussi au chef d'une maison de commerce.

[3] A. « Ordre ».

culaires de l'adr nistration financière du Panjâb »,
d'après R. Cust; Lahore, 1860, in-8° de 48 p.;

4° Du *Muntakhab fihrist Sirculârät Revenue*, etc. «Abstract of the Revenue circulars from the year 1849 to
1860 »; Lahore, 1861.

HUKUMAT [1] RAÉ est un médecin célèbre de la tribu
des kâyaths à qui on doit beaucoup de dohras, de kabits
et d'autres poëmes hindis. Il habitait 'Ariâbâd, dans la
province de Dehli. Je possède de cet auteur un masnawî,
roman en vers, intitulé *Dilfaroz* « Ce qui enflamme le
cœur [2]. C'est un manuscrit autographe écrit à Sarawîh
en 1243 (1827) : il fait partie d'un volume intitulé
Majma'-i dastân « Recueil d'histoires », qui contient
deux autres ouvrages persans : 1° *'Adû quissa*, etc.,
conte en prose sur l'amour et la bravoure; 2° Histoire
de Bahram-gûr, en vers. Ce manuscrit a appartenu à
Mr. Fraser, de Dehli, frère du voyageur en Perse. Il y
a un chapitre à sa louange, ce qui prouve qu'il était
connu de l'auteur et même que ce dernier devait être
son munschî.

HUMA [3] (le maulawî Nur Huçaïn) est auteur d'une
grammaire persane rédigée en hindoustani et intitulée
Muntakhab-i cawâ'id « Abrégé des règles »; Lahore, 16 p.

I. HUNAR [4] (Muhammad Daud), de Haïderâbâd, est
un poëte hindoustani mentionné par Câcim et Sarwar.

II. HUNAR est un autre poëte ancien signalé aussi
par Sarwar.

[1] A. « Gouvernement, direction ».

[2] Cet ouvrage paraît être aussi intitulé : *'Adû quissa, dar yâd-i
munsifî* « Histoire de l'ennemi en rapport avec la justice ».

[3] P. Nom d'un oiseau fabuleux sur lequel on peut consulter mon
Mémoire sur « la Poésie philosophique et religieuse chez les Persans ».

[4] P. « Honneur ».

III. HUNAR (Waris 'Alî Khan) est un troisième poëte de ce takhallus, dont j'ai trouvé quelque part la mention.

IV. HUNAR (Miyan) est auteur d'un mukhammas sur un gazal de Hâmid 'Alî, fils de l'ex-roi d'Aoude, publié dans le nº du 29 décembre de l'*Awadh akhbâr*.

HUSN [1] (Ictidar uddaula Murtascham ulmulk, Mahdî 'Alî Khan Bahadur Zaïgam Jang), de Lakhnau, fils de Mirzâ Imâm uddîn, petit-fils du nabâb d'Aoude Schuja' uddaula Bahâdur et élève de Sa'âdat Khân Nâcir, est auteur d'un Diwân dont Muhcin donne des vers gracieux.

HUWAIDA [2] (Mîr Muhammad A'zam), frère de Mir Muhammad Ma'çûm, de Dehli, est auteur de beaucoup de marciyas sur l'imâm Huçaïn; mais la plupart de ses poésies sont écrites en persan, parce qu'il partageait les idées singulières de bien des écrivains de l'Inde qui préfèrent se servir du persan pour rédiger leurs ouvrages, quoique cette langue soit maintenant morte pour eux et qu'ils l'écrivent par suite assez mal [3]. Il est néanmoins cité comme poëte hindoustani. 'Ali Ibrâhim donne en effet plusieurs vers de lui écrits en cet idiome.

I. HUZUR [4] (le schaïkh Gulam-i Yahya [5]), défunt, était un des personnages les plus distingués de 'Azimâbâd, capitale du Bihar, plus connue sous le nom de

---

[1] A. « Beauté » et « bonté ».

[2] P. « Manifeste, apparent ».

[3] Il en est de même en Europe pour la langue latine. Le pâle latin de nos rhétoriciens serait probablement aussi peu intelligible quelquefois aux anciens Romains que doit l'être souvent le persan de l'Inde aux habitants de Schiraz et d'Ispahan.

[4] A. « Présence, dignité ».

[5] Le nom de ce poëte paraît être Gulâm-bakhsch et non Gulâm Yahyâ, s'il faut en croire Karîm. Toutefois Sprenger le nomme Gulâm Yahyâ.

Patna. Sans avoir étudié l'art des vers sous aucun maître, il s'adonna à la culture de la poésie, pour laquelle il avait les plus heureuses dispositions. Dans sa jeunesse il avait appris les principes de la grammaire arabe, sous son oncle paternel le maulawî Muhammad Bâquir; et à l'époque où 'Alî Ibrâhîm écrivait son Tazkira, il était encore tout jeune et se livrait à quelques entreprises de commerce. Il était très-lié avec ce dernier, et il lui remit plusieurs pages de ses vers pour les insérer dans sa biographie. Huzûr est, entre autres, auteur d'un Dîwân et d'un masnawî sur le *dargâh* ou châsse tumulaire de Schâh Arzân [1], qui existe à 'Azîmâbâd. 'Alî Ibrâhîm, dans son *Gulzâr*, a cité de ce masnawî quelques vers dont je joins ici la traduction :

La coupole qui surmonte le tombeau de ce saint personnage brille de loin; c'est là que se manifestent des choses merveilleuses.

Les deux bassins qui existent auprès de ce monument ne sont pas comme de simples réservoirs d'eau.

Ni sur la terre, ni dans les cieux, on ne peut voir un pareil spectacle; mes yeux avides l'ont contemplé fixement.

Des beautés à visage de fée s'y rendent en foule pour captiver les cœurs; les boucles de leurs cheveux leur servent de chaînes pour les serrer.

Leurs regards produisent un effet prodigieux; que puis-je dire, si ce n'est que mon cœur en a reçu une impression violente?

Les paupières secondent admirablement les regards; elles font l'effet d'un carquois d'où s'élancent ces flèches meurtrières.

____

[1] Afsos, dans son *Arâïsch-i mahfil*, dit que la châsse de ce saint musulman est à un kos de la porte ouest de Patna. W. Hamilton en parle aussi dans son « Gazetteer », t. II, p. 382. Il nous apprend qu'Arzân mourut en 1032 de l'hégire (1622-1623), et que son tombeau attire des Hindous aussi bien que des musulmans.

Lorsque je pense à la fossette qui embellit le menton de ces jeunes Indiennes, je ne sais comment décrire cette sorte de puits où mon âme est submergée.

Parlerai-je de la beauté des vêtements qui ornent leur corps? et, pour peindre le poli de leur cou, dois-je le comparer à la bougie renfermée dans une lanterne opaque, mais dont la flamme se fait voir au-dessus?

Huzûr est mort à Patna.

II. HUZUR (Lala Bal Mukund [1]), de Dehli, est un poëte hindoustanî qui vivait dans la dernière moitié du dix-huitième siècle, et qui fut élève de Mîr Dard. Il a écrit à la manière antique. Il fréquentait les réunions littéraires et les concours poétiques. Il est auteur d'un Diwân dont les biographes originaux citent plusieurs vers. Huzûr était un Hindou de la tribu des kâyaths [2], habile en arabe, chose rare chez un musulman de l'Inde et plus forte raison chez un Hindou; mais on dit à la vérité qu'il était musulman de cœur. Il résidait à Lakhnau avant sa mort.

III. HUZUR (le munschi et miyân Muhammad 'Abd ul-bacîr), que Muhcin nomme poëte incomparable, est fils du maulawî 'Abd ulganî. Il est natif de Balgram, mais il habitait Lakhnau. Il est élève de Mîr Wazîr Sabâ. Muhcin, dans son Anthologie, cite plusieurs gazals de ce poëte.

HUZURI [3] (le maulawî Mazhar 'Alî), grand philosophe adonné à l'alchimie, habite Jahânguîrâbâd et est auteur de poésies dont Muhcin donne un échantillon.

---

[1] Sprenger prononce Makand. Dans tous les cas, la leçon Kâmand est mauvaise.

[2] Et selon Muhcin *khatrî*, c'est-à-dire kschatriya.

[3] A. P. « Majestueux » (*huzûrî*, adjectif dérivé de *huzûr* « présence, majesté »).

ADDITION A L'ARTICLE 'AJÎZ (MUHAMMAD)[1].

ANALYSE DU *QUISSA-I LA'L O GAUHAR*[2].

Il y avait un roi de Bengale nommé Zamurrud[3] Schâh,
autre Nuschirwan, autre Alexandre, qui avait un fils nommé
La'l[4], beau de visage et très-aimable. Un soir La'l était profondément endormi sur son *masnad*[5], lorsqu'à minuit des fées
l'ayant aperçu s'approchèrent et admirèrent sa beauté. Quelques-unes d'entre elles disaient que Gauhar[6], la perle des parîs[7],
était néanmoins plus belle; d'autres soutenaient le contraire;
enfin elles se décidèrent à transporter La'l avec son masnad
auprès de Gauhar, qui dormait aussi sur le sien, pour voir qui
des deux était le plus parfait. Ainsi firent-elles, puis elles
réveillèrent La'l et Gauhar pour en mieux juger. Ceux-ci
étonnés gardèrent d'abord le silence; ensuite La'l demanda à
Gauhar qui elle était, et si elle savait qui avait transporté là
son trône. « Je suis, dit-elle, la fée Gauhar, fille de Jawâhir[8]
Schâh, roi puissant parmi les parî-zâdas[9]. La ville où vous vous
trouvez se nomme Nagulna[10]; notre empire s'étend jusqu'au
désert du Magrib[11]. » La'l dit son nom à son tour et celui de
son père, et épris des charmes de Gauhar, il s'élança sur son
trône. Celle-ci, pour l'éviter, s'élança sur celui de La'l. Les

[1] P. 168-169.

[2] Ce roman, écrit en dakhni, d'un style élégant et facile, se compose
de cinq cents distiques ou baïts. Il est féerie, comme la plupart des
romans orientaux, mais très-simple quant à l'intrigue. Il ressemble un
peu à Kamrûp, et à d'autres récits déjà connus. On sait qu'il n'y a pas
beaucoup de variété dans les romans orientaux, et qu'un petit nombre
de légendes, quelquefois sans modifications essentielles, forment le fond
de ce genre de littérature.

[3] P. « Émeraude ».

[4] A. « Rubis ».

[5] A. « Canapé, trône ».

[6] P. « Diamant, perle, joyau », en arabe *jauhar*

[7] Ou *péri* « fée ».

[8] A. Pluriel irrégulier de *jauhar*.

[9] P. « Les fils des fées, la nation des fées »

[10] P. « Le chaton d'une bague ».

[11] A. « L'occident ».

fées voulant empêcher la continuation de ces actes, endormi-
rent La'l par enchantement, et le transportèrent de nouveau
au lieu où elles l'avaient pris.

La'l et Gauhar devinrent ainsi amoureux l'un de l'autre.
Les compagnes de Gauhar étaient étonnées de l'entendre
nommer sans cesse La'l. Jawâhir Schâh, instruit de cette circonstance, alla voir sa fille, et d'après ce qu'il vit et entendit,
il crut qu'elle avait perdu la raison, et il la fit enchaîner sur
son trône. Mais il fut fort étonné de le trouver changé. C'était
en effet celui de La'l. La pauvre jeune fée se désolait; des
pleurs comme des perles roulaient dans ses yeux. De son côté
La'l était dans une position analogue. Son père, Zamurrud
Schâh, le crut, comme celui de Gauhar, attaqué de folie, et
il remarqua aussi que son trône enrichi de diamants avait été
changé contre un trône de saphir. Il appela des médecins pour
le traiter; mais ils reconnurent en lui la maladie de l'amour,
et ils en instruisirent le roi, en ajoutant qu'on ne pourrait l'en
guérir qu'en le réunissant à celle qui l'avait charmé. Zamurrud
Schâh, plein de tendresse pour son fils, le pressa de lui faire
savoir la vérité. Alors La'l lui raconta son aventure, et le pria
de lui permettre de se déguiser en derviche et d'aller à la
découverte de son aimable parî. Le roi, après avoir élevé bien
des difficultés, finit par y consentir, et La'l se mit en route,
laissant dans la tristesse son père, sa mère et tous les sujets.

Le jeune prince marcha à travers les forêts vers l'occident.
Après avoir cheminé pendant deux ans, il aboutit à un désert
affreux énergiquement peint par le poëte.

Là, trempé de sueur, les pieds ensanglantés, consumé par
la soif, et ne pouvant plus se soutenir, il se roula par terre de
désespoir. Cependant l'amour lui fit reprendre courage. Lorsqu'il eut marché l'espace de quelques kos, il aperçut enfin un
édifice; il alla se reposer à l'ombre de ses murs et il s'endormit.

Cet édifice était un merveilleux château où demeurait une
belle fée nommée Hîrâ[1], qui était reine des parî-zâdas, et
très-habile dans la magie. Elle aperçut La'l à travers les
jalousies, le lia par le moyen d'un charme, et le transporta

---

[1] « Diamant ».

dans son palais. Ravi de la beauté de La'l, elle le réveilla en
lui pressant les pieds, et pensant qu'elle avait enfin trouvé un
amant digne d'elle, elle lui demanda qui il était. Notre jeune
prince lui raconta son histoire, et la supplia ensuite en soupirant de lui indiquer le chemin de Naguina. La rusée Hîrâ lui
répondit : « J'ai entendu dire que cette ville est à un lakh de
parasanges d'ici ; n'expose donc pas ta vie à y aller. Reste
auprès de moi, et je ferai tout ce qui pourra t'être agréable. »

La'l dédaigna les avances de Hîrâ. Il lui déclara que l'amour
qu'il ressentait pour Gauhar était comme inné en lui, que rien
ne pourrait l'arracher de son cœur. Alors Hîrâ en colère le
transforma en daim. Ainsi métamorphosé, le prince fit entendre
des cris plaintifs. Il cherchait en son esprit quelque stratagème
pour échapper aux machinations de Hîrâ, lorsqu'il aperçut
un merveilleux arbrisseau, sur les branches duquel deux
oiseaux s'entretenaient ensemble. Le mâle disait à sa femelle :
« Il est bon que tu connaisses les propriétés de cet arbrisseau.
Sache donc que si on est submergé dans l'océan de la magie,
on est délivré en se frottant la tête avec la racine de cet arbre ;
si on se ceint les reins avec ses feuilles, on disparaît de la vue
du monde ; si on applique ses fleurs à sa poitrine, on est transporté dans l'endroit qu'on veut ; enfin, celui qui prendra ses
branches en main n'a qu'à former un souhait pour qu'il soit
accompli. »

Lorsque La'l eut entendu le discours de ces oiseaux, il pensa
que sa main avait saisi la perle de son désir. Après avoir repris
la forme humaine au moyen du frottement indiqué par les
oiseaux, il prit à ces arbrisseaux quelques branches chargées
de feuilles et de fleurs, et s'étant fait une ceinture de ces feuilles, il cessa d'être visible ; puis il appliqua des fleurs sur sa poitrine, en exprimant le désir d'être transporté à Naguina. Aussitôt cette ville s'offrit à ses regards, et il se mit à la parcourir
au comble de la joie. Toujours invisible, il parvint jusqu'au
trône de Gauhar, et il la trouva enchaînée et entourée de pari-
zâdas qui la gardaient à vue. Cependant Gauhar se lamentait
et disait : « Aucun être ne me plaît, si ce n'est La'l. Qui pourra
lui transmettre mes paroles? Si je ne puis le revoir, je ne tar-
derai pas, malgré ma jeunesse, d'être jointe à la poussière. »

Quand La'l vit l'état de Gauhar (*perle*), des larmes comme
des *perles* coulèrent de ses yeux ; mais se souvenant aussitôt
du pouvoir que lui donnaient les rameaux de l'arbre merveilleux, il n'eut qu'à former un désir, et Gauhar fut délivrée de
ses liens. Elle ne tarda pas à comprendre que La'l était auprès
d'elle. Son cœur lui en donna le témoignage. Elle dit aux
parî-zâdas : « Mon La'l est venu dans mon palais, c'est lui
qui a brisé mes liens. » Puis elle s'écria : « Rends-toi visible
à moi, ô mon bien-aimé, je t'en conjure. » La'l, touché des
cris de Gauhar, ôta de ses reins sa ceinture de feuilles ; il devint
ainsi visible, et alla s'asseoir sur le masnad de la fée. Les parî-
zâdas, frappés d'étonnement, coururent aussitôt avertir Jawâhir
Schâh de ce qui se passait. Celui-ci entra dans une violente
colère, et tirant son épée, il alla à la tête de tous les parî-zâdas
auprès de Gauhar. Là, dans son irritation, il ordonna de
mettre Gauhar dans une cage et de la précipiter au fond de
l'Océan. « Puisque son amant est un mortel, ajouta-t-il, peut-il
être mon gendre? Quant à cet homme, renversez-le par terre,
tuez-le comme un animal qu'on immole, et noyez-le dans son
sang. »

Les parî-zâdas obéissants se disposaient à exécuter les
ordres du schâh ; mais Gauhar, en voyant arriver cette troupe
hostile, répandit des larmes de ses yeux comme l'eau tombe
du ciel au mois d'avril ; puis La'l prit à sa main une branche
de l'arbre merveilleux, et d'après son désir Jawâhir Schâh et
tous les parî-zâdas se trouvèrent serrés dans des liens étroits.
Jawâhir faisait entendre des cris plaintifs : « Ouvrez, lui
disait-il, la vessie du musc de la compassion, brisez les nœuds
des cordes de la colère; et j'en jure par la puissance de Salomon, j'unirai le rubis (La'l) à la perle (Gauhar), et je les pla-
cerai dans le même chaton. »

La'l se confiant à la parole du schâh, fit tomber par la
force de son désir les liens des parî-zâdas et les laissa aller.
En effet, Jawâhir arracha de son cœur l'épine de l'inimitié,
et se ceignit les reins dans le service de La'l. Les préparatifs
des fiançailles furent promptement terminés. Bientôt des instruments de musique annoncèrent la joie ; des mets savoureux
et de délicieuses boissons furent distribués. De charmantes

danseuses déployèrent leur talent. On entendait le son mesuré
des anneaux de leurs pieds... La cour d'Indra elle-même était
dans l'admiration de ce spectacle. Les cérémonies étant ache-
vées, on conduisit les mariés à la chambre nuptiale. Leur
bonheur fut consommé sans retard, et à l'aurore ils firent leurs
ablutions. Pendant quarante jours ils distillèrent la rose de
l'intimité, rose qu'ils avaient cueillie dans le jardin de l'amour.
Après cet espace de temps, La'l voulut retourner dans son
pays et emmener avec lui Gauhar. Jawâhir leur donna des
parî-zâdas pour les accompagner. Ceux-ci placèrent les nouveaux époux sur un char enrichi de diamants, et les transportèrent avec la rapidité du vent vers le lieu qui était le but de
leur voyage.

Un malheureux hasard les conduisit au séjour de Hirâ. Or,
depuis le jour où La'l avait quitté le palais de Hirâ et s'était
sauvé par la puissance du talisman qu'il avait trouvé, Hirâ
était plongée dans un violent désespoir. Elle songeait à son
malheur, lorsqu'elle aperçut La'l et Gauhar dans leur char
venant de l'occident. Aussitôt elle enleva ce trône dans un
tourbillon, et rendit les parî-zâdas semblables à des toupies.
En voyant ce qui se passait, La'l lava avec ses larmes formées
du sang de son cœur ses joues couleur de rose. Cependant il
prit en ses mains des branches de l'arbre qui avait déjà opéré
tant de merveilles, et exprima le désir d'être délivré des machinations de Hîrâ. Son vœu fut exaucé, et les parî-zâdas, aussi
lestes que le vent, prirent de nouveau leur essor, transportant
le trône aérien.

Dès le soir La'l aperçut sa ville désirée, et il ne tarda pas
d'arriver à la porte. On alla prévenir Zamurrud Schâh. « Fais
résonner le naubat[1], lui dit-on, ton fils La'l est revenu. Cesse
de te livrer à la tristesse et au chagrin ; assieds-toi content et
satisfait. » Zamurrud prit alors un peu de nourriture, demanda
son char, y monta et alla à la rencontre de son fils chéri.
Quand il l'aperçut, il descendit de son char, et le serra contre
sa poitrine aussi bien que Gauhar, en faisant des vœux pour

---

[1] A. On nomme ainsi dans l'Inde un tambour qui est à la porte des
grands personnages et qu'on frappe dans certaines occasions.

leur bonheur. Ensuite il les fit asseoir sur un trône splendide, puis il donna aux pari-zâdas des robes d'honneur et les congédia.

Lorsque La'l rentra dans le palais, les instruments de musique retentirent, et on chanta des hymnes de congratulation. Zamurrud fit faire dans toute la ville une proclamation pour annoncer qu'il abdiquait en faveur de La'l, et qu'on devait désormais lui obéir comme à lui-même. Il mit ensuite la couronne sur la tête de son fils, et renonça pour toujours au gouvernement. Des fêtes furent célébrées à l'occasion de cet heureux événement, et on distribua aux pauvres de larges aumônes. La'l et Gauhar jouirent longtemps de leur bonheur.

FIN DU TOME PREMIER.

HISTOIRE

DE LA

LITTÉRATURE HINDOUIE ET HINDOUSTANIE

Par M. GARCIN DE TASSY,

MEMBRE DE L'INSTITUT, ETC.

SECONDE ÉDITION.

La première édition de cet ouvrage, publiée en 1846 sous les auspices du Comité des traductions de la Société Royale Asiatique de Londres (n° 57 de ses publications), et dédiée, avec permission, à S. M. la Reine d'Angleterre, ne se composait que de deux volumes. Celle-ci, revue, corrigée et considérablement augmentée, forme trois volumes de plus de 600 pages chacun, dont le second paraîtra en avril, et le troisième et dernier en août.

LA SOUSCRIPTION EST OUVERTE

Chez Adolphe LABITTE, Libraire de la Société Asiatique

4, rue de Lille.

Le prix de chaque volume sera de 12 francs pour les souscripteurs, et de 15 francs pour les non-souscripteurs, comme pour la première édition.

ON TROUVE CHEZ LE MÊME LIBRAIRE

DU MÊME AUTEUR

MÉMOIRE SUR LES PARTICULARITÉS DE LA RELIGION MUSULMANE DANS L'INDE, in-8° de 108 pages; 1869. Prix : 3 fr.

PARIS. TYPOGRAPHIE DE HENRI PLON, IMPRIMEUR DE L'EMPEREUR,
RUE GARANCIÈRE, 8.